Karl May.

KARL MAY'S ILLUSTRIERTE WERKE

Herausgegeben
von
Heinrich Pleticha und
Siegfried Augustin

Der Schatz im Silbersee

von

Karl May

Mit den zeitgenössischen
Illustrationen
von
Věnceslav Černý

Erstes Kapitel

Der schwarze Panther

Es war um die Mittagszeit eines sehr heißen Junitags, als der »Dogfish«, einer der größten Passagier- und Güterdampfer des Arkansas, mit seinen mächtigen Schaufelrädern die Fluten des Stromes peitschte. Er hatte am frühen Morgen Little Rock verlassen und sollte nun bald Lewisburg erreichen, um dort anzulegen, falls neue Passagiere oder Güter aufzunehmen seien.

Die große Hitze hatte die besser situierten Reisenden in ihre Kajüten und Kabinen getrieben, und die meisten der Deckpassagiere lagen hinter Fässern, Kisten und andern Gepäckstücken, welche ihnen ein wenig Schatten gewährten. Für diese Passagiere hatte der Kapitän unter einer ausgespannten Leinwand einen *Bed-and-board* errichten lassen, auf welchem allerlei Gläser und Flaschen standen, deren scharfer Inhalt jedenfalls nicht für verwöhnte Gaumen und Zungen berechnet war. Hinter diesem Schenktisch saß der Kellner mit geschlossenen Augen, von der Hitze ermüdet, mit dem Kopfe nickend. Wenn er einmal die Lider hob, wand sich ein leiser Fluch oder sonst ein kräftiges Wort über seine Lippen. Dieser sein Unmut galt einer Anzahl von wohl zwanzig Männern, welche vor dem Tische in einem Kreise auf dem Boden saßen und den Würfelbecher von Hand zu Hand gehen ließen. Es wurde um den sogenannten »Drink« gespielt, d.h. der Verlierende hatte am Schlusse der Partie für jeden Mitspielenden ein Glas Schnaps zu bezahlen. Infolgedessen war dem Kellner das Schläfchen, zu welchem er so große Lust verspürte, versagt.

Diese Männer hatten sich jedenfalls nicht erst hier auf dem Steamer zusammengefunden, denn sie nannten einander »du« und schienen, wie gelegentliche Äußerungen verrieten, ihre gegenseitigen Verhältnisse genau zu kennen. Entgegengesetzt dieser allgemeinen Vertraulichkeit gab es unter ihnen einen, dem eine gewisse Art von Respekt erwiesen wurde. Man nannte ihn Cornel, eine gebräuchliche Verstümmelung des Wortes Colonel, Oberst.

Dieser Mann war lang und hager; sein glatt rasiertes, scharf und spitz gezeichnetes Gesicht wurde von einem borstigen roten Kehlbarte umrahmt; fuchsrot waren auch die kurzgeschorenen Kopfhaare, wie man sehen konnte, da er den alten, abgegriffenen Filzhut weit in den Nacken geschoben hatte. Sein Anzug bestand aus schweren, nägelbeschlagenen Lederschuhen, Nankingbeinkleidern und einem kurzen Jackett von demselben Stoffe. Eine Weste trug er nicht; an Stelle derselben war ein ungeplättetes, schmutziges Hemd zu sehen, dessen breiter Kragen, ohne von einem Halstuche gehalten zu werden, weit offen stand und die nackte, sonnenverbrannte Brust sehen ließ. Um die Hüften hatte er sich ein rotes Fransentuch geschlungen, aus welchem die Griffe des Messers und zweier Pistolen blickten. Hinter ihm lag ein ziemlich neues Gewehr und ein leinener Schnappsack, welcher mit zwei Bändern versehen war, um auf dem Rücken getragen zu werden.

Die andern Männer waren in ähnlicher Weise sorglos und gleich schmutzig gekleidet, dafür aber sehr gut bewaffnet. Es befand sich kein einziger unter ihnen, dem man beim ersten Blicke hätte Vertrauen schenken können. Sie trieben ihr Würfelspiel mit wahrer Leidenschaftlichkeit und unterhielten sich dabei in so rohen Ausdrücken, daß ein halbwegs anständiger Mensch sicher keine Minute lang bei ihnen stehen geblieben wäre. Jedenfalls hatten sie schon manchen »Drink« gethan, denn ihre Gesichter waren nicht nur von der Sonne erhitzt, sondern der Geist des Branntweins führte bereits die Herrschaft über sie.

Der Kapitän hatte die Kommandobrücke verlassen und war aufs Achterbord zum Steuermann gegangen, um demselben einige notwendige Weisungen zu erteilen. Als dies geschehen war, sagte der letztere: »Was meint Ihr zu den Jungens, welche da vorn beim Würfeln sitzen, Kapitän? Mir scheint, es sind Boys von der Art, die man nicht gern an Bord kommen sieht.«

»Denke es auch«, nickte der Gefragte. »Haben sich zwar als *Harvesters* (Erntearbeiter) ausgegeben, welche nach dem Westen wollen, um sich auf Farmen zu verdingen, aber ich möchte nicht der Mann sein, bei welchem sie nach Arbeit fragen.«

»*Well,* Sir. Ich meinesteils halte sie für richtige und wirkliche Tramps. Hoffentlich halten sie wenigstens hier an Bord Ruhe!«

»Wollte es ihnen nicht raten, uns mehr, als wir gewöhnt sind, zu belästigen. Wir haben Hands genug an Bord, sie alle in den alten, gesegneten Arkansas zu werfen. Macht Euch übrigens zum Anlegen klar; denn in zehn Minuten kommt Lewisburg in Sicht!«

Der Kapitän kehrte auf seine Brücke zurück, um die beim Landen nötigen Befehle zu erteilen. Man sah sehr bald die Häuser des genannten Ortes, welche das Schiff mit einem langgezogenen Brüllen der Dampfpfeife begrüßte. Von der Landebrücke wurde das Zeichen gegeben, daß der Steamer Fracht und Passagiere mitzunehmen habe. Die bisher unter Deck befindlichen Reisenden kamen herauf, um die kurze Unterbrechung der langweiligen Fahrt zu genießen.

Ein sehr unterhaltendes Schauspiel bot sich ihnen freilich nicht. Der Ort war damals noch lange nicht von seiner jetzigen Bedeutung. Am Halteplatze standen nur wenige müßige Menschen; es gab nur einige Kisten und Pakete aufzunehmen, und die Zahl der an Bord steigenden neuen Passagiere betrug nicht mehr als drei, welche, als sie die Passage bezahlten, von dem betreffenden Offizier ganz und gar nicht als Gentlemen behandelt wurden.

Der eine von ihnen war ein Weißer von hoher, außerordentlich kräftiger Gestalt. Er trug einen so kräftigen, dunkeln Vollbart, daß man nur die Augen, die Nase und den obern Teil der Wangen erkennen konnte. Auf seinem Kopfe saß eine alte Bibermütze, welche im Laufe der Jahre fast kahl geworden war. Ihre einstige Gestalt zu bestimmen, war ein Werk der Unmöglichkeit; höchst wahrscheinlich hatte sie schon alle möglichen Formen gehabt. Der Anzug dieses Mannes bestand aus Hose und Jacke von starkem, grauem Leinen. In dem breiten Ledergürtel steckten zwei Revolver, ein Messer und mehrere kleine, dem Westmanne unentbehrliche Instrumente. Außerdem besaß er eine schwere Doppelbüchse, an deren Schaft, um beides bequemer tragen zu können, ein langes Beil gebunden war.

Als er das Fahrgeld bezahlt hatte, warf er einen forschenden Blick über das Deck. Die gut gekleideten Kajütenpassagiere schienen ihn nicht zu interessieren. Da fiel sein Auge auf die andern, welche vom Spiele aufgestanden waren, um die an Bord Steigenden zu betrachten. Er sah den Cornel; sein Blick verließ denselben sofort wieder, als ob er ihn gar nicht bemerkt habe; aber er brummte, indem er die heruntergerutschten Schäfte seiner hohen Wasserstiefel wieder über die mächtigen Oberschenkel heraufzog, leise vor sich hin: »*Behold!* Wenn das nicht der rote Brinkley ist, so will ich geräuchert und mit der Schale aufgefressen werden! Der Zweck, zu welchem er sich eine solche Schar von Boys zusammengetrommelt hat, ist sicherlich kein guter. Hoffentlich kennt er mich nicht.«

Derjenige, den er meinte, hatte auch ihn gesehen und gestutzt. Er wendete sich in leisem Tone an seine Gefährten: »Seht euch einmal den schwarzen Kerl an! Kennt ihn einer von euch?«

Die Frage wurde verneint.

»Nun, ich muß ihn schon einmal gesehen haben, und zwar unter Umständen, welche für mich nicht erfreulich gewesen sind. Es steckt in mir so eine dunkle Erinnerung davon.«

»Dann müßte er dich doch auch kennen«, meinte einer. »Er hat uns angesehen, dich aber dabei gar nicht bemerkt.«

»Hm! Vielleicht fällt es mir noch ein. Oder noch besser, ich frage ihn nach seinem Namen. Wenn ich den höre, werde ich gleich wissen, woran ich bin. Gesichter kann ich wohl vergessen, Namen aber nicht. Machen wir also einen Drink mit ihm!«

»Wenn er mitthut!«

»Etwa nicht? Das wäre eine schandbare Beleidigung, wie ihr alle wißt. Derjenige, dem ein Drink abgeschlagen wird, hat hier zu Lande das Recht, mit dem Messer oder der Pistole zu antworten, und wenn er den Beleidiger niedersticht, kräht kein Hahn darüber.«

»Er sieht aber nicht so aus, als ob er zu etwas, was ihm nicht beliebt, zu zwingen sei.«

»*Pshaw!* Wettest du mit?«

»Ja, wetten, wetten!« ertönte es im Kreise. »Der Verlierer zahlt drei Glas für jeden.«

»Mir ist's recht«, erklärte der Cornel.

»Mir auch«, meinte der andere. »Aber es muß Gelegenheit zur Revanche sein. Drei Wetten und drei Drinks.«

»Mit wem?«

»Nun, zunächst mit dem Schwarzen, den du zu kennen behauptest, ohne zu wissen, wer er ist. Sodann mit einem der Gentlemen, die noch da stehen und nach dem Ufer gaffen. Nehmen wir den großen Kerl, der wie ein Riese unter Zwergen bei ihnen steht. Und endlich den roten Indsman, welcher nebst seinem Jungen mit an Bord gekommen ist. Oder fürchtest du dich vor ihm?«

Ein allgemeines Gelächter ertönte als Antwort auf diese Frage, und der Cornel meinte in verächtlichem Tone: »Ich mich vor dieser roten Fratze fürchten? *Pshaw!* Dann noch eher vor dem Riesen, auf den du mich hetzen willst. *All devils,* muß dieser Mensch stark sein! Aber gerade solche Giganten pflegen am wenigsten Mut zu haben, und er ist so fein und schmuck gekleidet, daß er sicher nur in Salons, nicht aber mit Leuten unsers Schlags umzugehen versteht. Also ich halte die Wette. Einen Drink von drei Gläsern mit jedem der drei. Und nun an das Werk!«

Er hatte die drei letzten Sätze so laut gerufen, daß sie von allen Passagieren gehört werden mußten. Jeder Amerikaner und jeder Westmann kennt die Bedeutung des Wortes Drink, besonders wenn dasselbe so laut und drohend ausgesprochen wird, wie es hier der Fall war. Darum richteten sich aller Augen auf den Cornel. Man sah, daß er, ebenso wie seine Gesellen, schon halb betrunken war, doch ging keiner fort, da jeder eine interessante Scene erwartete und gern erfahren und sehen wollte, wer die drei seien, denen der Trunk angeboten werden sollte.

Der Cornel ließ die Gläser füllen, nahm das seinige in die Hand, ging auf den Schwarzbärtigen los, welcher sich noch in der Nähe befand, und nach einem bequemen Platz für sich suchte, und sagte: »*Good day*, Sir! Ich möchte Euch dieses Glas anbieten. Ich halte Euch natürlich für einen Gentleman, denn ich trinke nur mit wirklich noblen Leuten und hoffe, daß Ihr es auf mein Wohl leeren werdet!«

Der Vollbart des Angeredeten wurde breit und zog sich wieder zusammen, woraus zu schließen war, daß ein vergnügtes Lächeln über sein Gesicht gehe.

»*Well*«, antwortete er. »Ich bin nicht abgeneigt, Euch diesen Gefallen zu thun, möchte aber vorher wissen, wer mir diese überraschende Ehre erweist.«

»Ganz richtig, Sir! Man muß wissen, mit wem man trinkt. Ich heiße Brinkley, Cornel Brinkley, wenn's Euch beliebt. Und Ihr?«

»Mein Name ist Großer, Thomas Großer, wenn Ihr nichts dagegen habt. Also auf Euer Wohl, Cornel!«

Er leerte das Glas, wobei die andern auch austranken und gab es dem Obersten zurück. Dieser fühlte sich als Sieger, betrachtete ihn in beinahe beleidigender Art und Weise vom Kopfe bis zu den Füßen herab und fragte:

»Mir scheint, das ist ein deutscher Name. Ihr seid also ein verdammter Dutchman, he?«

»Nein, sondern ein German, Sir«, antwortete der Deutsche in freundlichster Weise, ohne sich durch die Grobheit des andern aufregen zu lassen. »Euern verdammten Dutchman müßt Ihr an eine andre Adresse bringen. Bei mir verfängt er nicht. Also Dank für den Drink und damit hallo!«

Er wendete sich scharf auf dem Absatze um und ging rasch davon, indem er sich leise sagte: »Also wirklich dieser Brinkley! Und Cornel nennt er sich jetzt! Der Kerl hat nichts Gutes vor. Wer weiß, wie lange man sich mit ihm an Bord befindet. Ich werde die Augen offen halten.«

Brinkley hatte zwar den ersten Teil der Wette gewonnen, blickte aber gar nicht sehr siegreich drein. Seine Miene war eine andre geworden; sie bewies, daß er sich ärgerte. Er hatte gehofft, daß Großer sich weigern und dann durch Drohungen zum Trinken zwingen lassen werde; dieser aber war der Klügere gewesen, hatte erst getrunken und dann ganz offen gesagt, daß er zu klug sei, Veranlassung zu einem Krakehl zu geben. Das wurmte den Cornel. Dann näherte er sich, nachdem er sich das Glas hatte wieder füllen lassen, seinem zweiten Opfer, dem Indianer.

Mit Großer waren nämlich zwei Indsmen mit an Bord gekommen, ein älterer und ein junger, welcher vielleicht fünfzehn Jahre zählen mochte. Die unverkennbare Ähnlichkeit ihrer Gesichtszüge ließ vermuten, daß sie

Vater und Sohn seien. Sie waren so gleich gekleidet und bewaffnet, daß der Sohn als das genaue, verjüngte Spiegelbild des Vaters erschien.

Ihre Anzüge bestanden aus ledernen, an den Seiten ausgefransten Leggins und gelb gefärbten Mokassins. Ein Jagdhemd oder Jagdrock war nicht zu sehen, da sie den Leib von den Schultern an in jene Art bunt schillernder Zunidecken, von denen das Stück oft über sechzig Dollar kostet, gehüllt hatten. Das schwarze Haar war schlicht nach hinten gekämmt und fiel dort bis auf den Rücken herab, was ihnen ein frauenhaftes Aussehen verlieh. Ihre Gesichter waren voll, rund und besaßen einen äußerst gutmütigen Ausdruck, welcher dadurch erhöht wurde, daß sie ihre Wangen mit Zinnober hochrot gefärbt hatten. Die Flinten, welche sie in den Händen hielten, schienen zusammen keinen halben Dollar wert zu sein. Überhaupt sahen die beiden ganz und gar ungefährlich aus, und so seltsam dazu, daß sie, wie bereits erwähnt, das Gelächter der Trinker erregt hatten. Sie waren, als ob sie sich vor andern Menschen fürchteten, scheu auf die Seite gegangen und lehnten nun an einem aus starkem Holze gefertigten mannshohen, ebenso breiten und gleich langen Kasten. Dort schienen sie auf nichts zu achten, und selbst als der Cornel jetzt auf sie zukam, erhoben sie die Augen nicht eher, als bis er hart vor ihnen stand und sie anredete: »Heißes Wetter heut! Oder nicht, ihr roten Burschen? Da thut ein Trunk wohl. Hier, nimm, Alter, und schütte es auf die Zunge!«

Der Indianer rührte kein Glied und antwortete in gebrochenem Englisch: »*Not to drink* – nicht trinken.«

»Was, du willst nicht?« brauste der Besitzer des roten Kehlbartes auf. »Es ist ein Drink, verstanden, ein Drink! Diesen zurückgewiesen zu sehen, ist für jeden veritablen Gentleman, wie ich einer bin, eine blutige Beleidigung, welche mit dem Messer vergolten wird. Doch, vorher muß ich wissen, wer du bist. Wie heißest du?«

»Nintropan-hauey«, antwortete der Gefragte ruhig und bescheiden.

»Zu welchem Stamme gehörst du?«

»Tonkawa.«

»Also zu den zahmen Roten, welche sich vor jeder Katze fürchten, verstanden, vor jeder Katze, und wenn es auch nur das kleinste Kätzchen wäre! Mit dir werde ich kein Federlesens machen. Also, willst du trinken?«

»Ich nicht trinken Feuerwasser.«

Er sagte das trotz der Drohung, welche der Cornel ausgesprochen hatte, ebenso ruhig, wie vorher. Der letztere aber holte aus und gab ihm eine schallende Ohrfeige.

»Hier dein Lohn, du roter Feigling!« rief er aus. »Ich will mich nicht anders rächen, weil so eine Canaille zu tief unter mir steht.«

Kaum war der Hieb erteilt, so fuhr die Hand des Indianerknaben unter die Zunidecke, jedenfalls nach einer Waffe und zugleich flog sein Blick zum Gesicht seines Vaters empor, was dieser jetzt thun und sagen werde.

Das Gesicht des Roten war ein so ganz andres geworden, daß man es jetzt fast nicht hätte wiedererkennen mögen. Seine Gestalt schien emporgewachsen zu sein, seine Augen leuchteten auf und über seine Züge zuckte eine plötzlich lebendig gewordene Energie. Aber ebenso schnell senkten sich seine Wimpern wieder nieder; sein Körper fiel zusammen, und sein Gesicht nahm den vorherigen ergebenen Ausdruck an.

»Nun, was sagst du dazu?« fragte der Cornel höhnisch.

»Nintropan-hauey danken.«

»Hat dir die Ohrfeige so sehr gefallen, daß du dich für sie bedankst? Nun, da hast du noch eine!«

Er holte abermals aus, schlug aber, da der Indianer den Kopf blitzschnell senkte, mit der Hand gegen den Kasten, an welchem die Indsmen lehnten, daß es einen lauten, hohlen Ton ergab. Da erscholl von innen erst ein kurzes, scharfes Knurren und Fauchen, welches schnell zu einem wilden, gräßlichen Schrei anschwoll, dem ein solch donnerähnliches Brüllen folgte, daß man meinte, das Schiff erzittere unter diesen entsetzlichen Tönen.

Der Cornel sprang einige Schritte zurück, ließ das Glas fallen und schrie mit erschrockener, heftig gellender Stimme: »*Heavens!* Was ist das? Welch eine Bestie steckt in diesem Kasten? Ist das erlaubt? Man kann vor Schreck den Tod oder wenigstens die Epilepsie davontragen!«

Der Schrecken hatte nicht nur ihn, sondern auch die andern Passagiere ergriffen. Die an Deck sich befindenden Männer hatten ebenso wie der Cornel laut aufgeschrieen. Nur vier von ihnen hatten mit keiner Wimper gezuckt, nämlich der Schwarzbärtige, welcher jetzt ganz vorn am Bug saß, der riesenhafte Herr, welchen der Cornel zum dritten Drink einladen wollte und die beiden Indianer. Diese vier Personen hatten ebensowenig wie die andern gewußt, daß sich ein wildes Tier an Bord und zwar dort in dem Kasten befinde, aber sie besaßen eine so große und langgeübte Selbstbeherrschung, daß es ihnen nicht schwer wurde, ihre Überraschung zu verbergen. Das Gebrüll war auch unter Deck in den Kajüten gehört worden. Es kamen mehrere Damen unter lautem Geschrei herauf und erkundigten sich nach der Gefahr, die ihnen drohe.

»Es ist nichts, Ladies und Mesch'schurs«, antwortete ein sehr anständig gekleideter Herr, welcher soeben auch aus seiner Kabine getreten war. »Nur ein Pantherchen, ein kleines Pantherchen, weiter gar nichts! Ein allerliebster *Felis panthera*, nur ein schwarzer, nur ein schwarzer, Mesch'schurs!«

»Was? Ein schwarzer Panther!« heulte ein kleines, bebrilltes Männlein auf, dem man es ansah, daß er mehr in zoologischen Büchern als im praktischen Verkehr mit wilden Tieren bewandert sei. »Der schwarze Panther ist ja das allergefährlichste Viehzeug! Er ist größer und länger als der Löwe und der Tiger! Er mordet aus reiner Blutgier und nicht nur aus Hunger. Wie alt ist er denn?«

»Nur drei Jahre, Sir, nicht älter.«

»Nur? Das nennt Ihr ›nur‹? Da ist er ja vollständig ausgewachsen! Mein Gott! Und so eine Bestie befindet sich hier an Bord! Wer kann das verantworten?«

»Ich, Sir, ich«, antwortete der elegante Fremde, indem er sich gegen die Damen und Herren verneigte. »Erlaubt mir, mich vorzustellen, Myladies und Gentlemen! Ich bin der berühmte Menageriebesitzer Jonathan Boyler und befinde mich seit einiger Zeit mit meiner Truppe in Van Büren. Da dieser schwarze Panther in New Orleans für mich angekommen war, so begab ich mich mit meinem erfahrensten Tierbändiger dorthin, um ihn abzuholen. Der Kapitän dieses guten Schiffes erteilte mir gegen hohen Transport die Erlaubnis, den Panther hier zu verladen. Er machte dabei die Bedingung, daß die Passagiere möglichst nicht erfahren sollten, in welcher Gesellschaft sie sich befinden. Darum fütterte ich den Panther nur des Nachts und habe ihm, *by god,* stets ein ganzes Kalb gegeben, damit er sich so vollfressen solle, daß er den ganzen Tag verschläft und sich kaum bewegen kann. Freilich, wenn man mit Fäusten an den Kasten schlägt, so wacht er auf und läßt auch seine Stimme hören. Ich hoffe, daß die verehrten Damen und Herren nun von der Anwesenheit des Pantherchens, welche ja nicht die mindeste Störung bewirkt, keine Notiz mehr nehmen.«

»Was?« antwortete der mit der Brille, indem seine Stimme fast überschnappte. »Keine Störung bewirkt? Keine Notiz mehr nehmen? Alle Teufel, ich muß wirklich sagen, daß eine solche Anforderung noch nie an mich gestellt worden ist! Ich soll dieses Schiff mit einem schwarzen Panther bewohnen? Ich will gehenkt sein, wenn ich das fertig bringe! Entweder muß er fort, oder ich gehe. Werft die Bestie ins Wasser! Oder schafft den Kasten an das Ufer!«

»Aber, Sir, es ist wirklich ganz und gar keine Gefahr vorhanden«, versicherte der Menageriebesitzer. »Seht Euch nur den starken Kasten an, und – –«

»Ach was Kasten«, unterbrach ihn das Männchen. »Diesen Kasten kann ich zersprengen, um wie viel leichter da erst der Panther!«

»Bitte, mich sagen zu lassen, daß sich in dem Kasten der eigentliche eiserne Käfig befindet, den selbst zehn Löwen oder Panther nicht zu zertrümmern vermöchten.«

»Ist das wahr? Zeigt uns den Käfig! Ich muß mich überzeugen.«

»Ja, den Käfig zeigen, den Käfig zeigen! Wir müssen wissen, woran wir sind«, riefen zehn, zwanzig, dreißig und noch mehr Stimmen.

Der Menageriebesitzer war Yankee und ergriff also die Gelegenheit beim Schopfe, diesen allgemeinen Wunsch zu seinem Vorteile auszubeuten.

»Ganz gern, ganz gern!« antwortete er. »Aber, Myladies und Gentlemen, es ist doch leicht einzusehen, daß man den Käfig nicht betrachten kann, ohne auch den Panther zu erblicken. Dies jedoch darf ich ohne eine gewisse Gegenleistung nicht gestatten. Um den Reiz dieses seltenen Schauspiels zu erhöhen, werde ich eine Fütterung des Tieres anbefehlen. Wir arrangieren drei Plätze, den ersten zu einem Dollar, den zweiten zu einem halben und den dritten zu einem Vierteldollar. Da sich lauter Ladies und wirkliche Gentlemen hier befinden, so bin ich überzeugt, daß wir den zweiten und dritten Rang gleich von vornherein weglassen können. Oder ist jemand da, der nur einen halben oder gar nur einen Vierteldollar zahlen will?«

Es antwortete natürlich niemand.

»Nun also, nur erste Plätze. Bitte, Myladies und Mylords, einen Dollar die Person.«

Er nahm seinen Hut ab und kassierte die Dollars ein, während sein Tierbändiger, den er herbeigerufen hatte, die zu der Schaustellung nötigen Vorbereitungen traf. Die Passagiere waren meist Yankees, und als solche erklärten sie sich mit der jetzigen Angelegenheit vollständig einverstanden. Waren vorher die meisten von ihnen empört darüber gewesen, daß der Kapitän seinen Steamer zur Beförderung eines so gefährlichen Raubtieres hergegeben hatte, so fühlten sie sich jetzt durch die Gelegenheit versöhnt, durch die Besichtigung des Panthers eine willkommene Abwechselung in das langweilige Schiffsleben gebracht zu sehen. Selbst der kleine Gelehrte hatte seine Angst überwunden und sah der Schaustellung mit großem Interesse entgegen.

Der Cornel benutzte dieselbe, seinen Gefährten den Antrag zu stellen: »Hört, Boys, eine Wette habe ich gewonnen und die andre verloren, da der rote Halunke nicht getrunken hat. Das hebt sich auf. Die dritte machen wir nicht um drei Gläser Brandy, sondern um den Dollar Entree, den wir zahlen müssen. Seid ihr damit einverstanden?«

Natürlich nahmen die Genossen den Vorschlag an, denn der Riese sah nicht so aus, als ob er sich Angst einflößen lassen werde.

»Gut«, meinte der Cornel, den der Genuß des vielen Branntweins siegesgewiß machte. »Paßt auf, wie gern und schnell dieser Goliath mit mir trinken wird!«

Er ließ sich das Glas füllen und näherte sich dann dem Erwähnten. Die Körperformen dieses Mannes waren allerdings riesige zu nennen. Er war noch höher und breiter gebaut als der Schwarzbärtige, welcher sich Großer genannt hatte. Er war ganz gewiß kein Stubenmensch, denn sein Gesicht war von der Sonne braun gebrannt; seine männlich schönen Züge besaßen einen kühnen Schnitt, und seine blauen Augen hatten jenen eigentümlichen, nicht zu beschreibenden Blick, durch welchen sich Menschen auszeichnen, welche auf großen Flächen leben, wo der Horizont kein eng begrenzter ist, also Seeleute, Wüstenbewohner und Prairiemänner. Zu erwähnen wäre noch, daß sein Gesicht glatt rasiert war, daß er vielleicht vierzig Jahre alt sein konnte, und daß er einen eleganten Reiseanzug trug. Waffen sah man nicht an ihm. Er stand bei mehreren Herren, mit denen er sich lebhaft über den Panther unterhielt. Auch der Kapitän befand sich bei ihnen. Er war von der Kommandobrücke herabgekommen, um die Vorstellung mit dem Panther auch anzusehen.

Da kam der Cornel herbei, stellte sich breitspurig vor sein drittes vermeintliches Opfer hin und sagte: »Sir, ich biete Euch einen Drink an. Hoffentlich weigert Ihr Euch nicht, mir als einem veritablen Gentleman zu sagen, wer Ihr seid.«

Der Angeredete warf ihm einen erstaunten Blick in das Gesicht und wendete sich wieder weg, um die durch den frechen Patron unterbrochene Unterhaltung fortzusetzen.

»Pooh!« rief dieser aus. »Seid Ihr taub, oder wollt Ihr mich absichtlich nicht hören? Dieses letztere möchte ich Euch nicht raten, da ich keinen Spaß verstehe, wenn mir ein Drink abgeschlagen wird. Ich gebe Euch den guten Rat, Euch ein Beispiel an dem Indsman zu nehmen!«

Der Belästigte zuckte leicht die Achsel und fragte den Kapitän: »Ihr habt gehört, was dieser Bursche da zu mir sagt?«

»*Yes,* Sir, jedes Wort«, nickte der Gefragte.

»*Well,* so seid Ihr Zeuge, daß ich ihn nicht hergerufen habe.«

»Was?« brauste der Cornel auf. »Einen Burschen nennt Ihr mich? Und den Drink weist Ihr zurück? Soll es Euch wie dem Indianer ergehen, dem ich – –«

Er kam nicht weiter, denn er hatte in diesem Augenblick eine so gewaltige Ohrfeige von dem Riesen erhalten, daß er niederstürzte, eine ganze Strecke auf dem Boden hinschoß und sich dann sogar noch überkugelte. Da lag er einen Augenblick wie erstarrt, raffte sich jedoch schnell auf, riß das Messer heraus, erhob es zum Stoße und sprang auf den Riesen ein.

Dieser hatte die beiden Hände in die Hosentaschen gesteckt und stand so gemütlich da, als ob ihm nicht die mindeste Gefahr drohe, als ob der Cornel gar nicht vorhanden sei. Dieser brüllte in wütendem Tone: »Hund, mir eine Ohrfeige? Das kostet Blut, und zwar das deinige!«

Mehrere der Männer und auch der Kapitän wollten dazwischen treten, aber der Riese wies sie mit einem energischen Kopfschütteln zurück, erhob, als der Cornel ihm bis auf zwei Schritte nahe gekommen war, das rechte Bein und empfing ihn mit einem solchen Fußtritte auf den Magen, daß der Betroffene abermals zu Boden flog und fortkollerte.

»Nun ist's aber gut, sonst – –« rief der Goliath drohend. Aber der Cornel sprang wieder auf, schob das Messer in den Gürtel und zog, vor Grimm brüllend, eine der Pistolen hervor, um sie auf den Gegner zu richten. Dieser aber nahm seine rechte Hand aus der Tasche, in welcher er einen Revolver stecken gehabt hatte.

»Fort mit der Pistole!« gebot er, indem er den Lauf seiner kleinen, aber guten Waffe auf die rechte Hand des Gegners hielt.

Ein – zwei – drei dünne, aber scharfe Knalle – – der Cornel schrie auf und ließ die Pistole fallen.

»So, Bursche!« sagte der Riese. »Du wirst nicht gleich wieder Ohrfeigen geben, wenn man es verschmäht, aus dem Glase zu trinken, an welchem du vorher dein großes Maul abgewischt hast. Ich habe dir die Hand zerschmettert. Und wenn du nun noch wissen willst, wer ich bin, so – –«

»Verdammt sei dein Name!« schäumte der Cornel. »Ich mag ihn nicht hören. Dich selbst aber will und muß ich haben. Drauf, auf ihn, Jungens; *go on!*«

Jetzt zeigte es sich, daß diese Kerls eine wirkliche Bande bildeten, in welcher alle für einen standen. Sie rissen ihre Messer aus den Gürteln und warfen sich auf den Riesen, welcher verloren zu sein schien, ehe der Kapitän seine Leute zu Hilfe rufen konnte. Der mutige Mann aber streckte einen Fuß vor, erhob die Arme und rief: »So kommt heran, wenn ihr es wagt, mit Old Firehand anzubinden!«

Der Klang dieses Namens war von augenblicklicher Wirkung. Der Cornel, welcher sein Messer mit der unverletzten Linken wieder ergriffen hatte, hielt den Schritt an und rief: »Old Firehand! Alle Teufel, wer hätte das gedacht! Warum habt Ihr das nicht vorher gesagt!«

»Ist's etwa nur der Name, der einen Gentleman vor euern Ungezogenheiten schützt? Macht euch von dannen, setzt euch ruhig in einen Winkel und kommt mir nicht wieder vor die Augen, sonst lösche ich euch alle aus!«

»*Well,* wir sprechen später weiter!«

Er drehte sich um und ging mit seiner blutenden Hand nach vorn. Die Seinen folgten ihm wie Hunde, welche Prügel bekommen haben. Dort setzten sie sich nieder, verbanden ihrem Anführer die Hand, sprachen leise und angelegentlich miteinander und warfen dabei Blicke nach dem

Der Cornel schrie auf und ließ die Pistole fallen.

berühmten Jäger, welche zwar keineswegs freundliche waren, aber doch bewiesen, welch einen gewaltigen Respekt sie vor ihm hatten.

Aber nicht allein auf sie hatte der weitbekannte Name gewirkt. Es gab unter den Passagieren wohl keinen, der nicht schon von diesem kühnen Manne, dessen ganzes Leben aus gefährlichen Thaten und Abenteuern zusammengesetzt war, gehört gehabt hätte. Man trat unwillkürlich ganz ehrerbietig von ihm zurück, und betrachtete nun viel eingehender die hohe Gestalt, deren doch so harmonische Dimensionen und Verhältnisse jedem schon vorher aufgefallen waren.

Der Kapitän reichte ihm die Hand und sagte im freundlichsten Tone, zu dem ein Yankee sich verstehen kann: »Aber, Sir, das hätte ich wissen sollen! Ich hätte Euch meine eigene Kajüte abgetreten. Bei Gott, es ist eine Ehre für den ›Dogfish‹, daß Eure Füße seine Planken betreten haben. Warum habt Ihr Euch anders genannt?«

»Ich habe Euch meinen wirklichen Namen gesagt. Old Firehand aber werde ich von den Westmännern genannt, weil das Feuer meiner Büchse, von meiner Hand geleitet, stets ein verderbenbringendes ist.«

»Ich hörte, Ihr schießt nie fehl?«

»*Pshaw!* Fehlschießen eine Unmöglichkeit! Jeder gute Westmann kann das genau so wie ich. Aber Ihr seht, welchen Vorteil ein bekannter Kriegsname hat. Hätte sich der meinige nicht so weit herumgesprochen, so wäre es gewiß zum Kampfe gekommen.«

»In welchem Ihr gegen diese Übermacht hättet unterliegen müssen!«

»Meint Ihr?« fragte Old Firehand, indem ein selbstbewußtes, doch gar nicht stolzes Lächeln über sein Gesicht flog. »So lange man nur mit Messern kommt, ist mir gar nicht bange. Ich hätte mich gewiß so lange gehalten, bis Eure Leute zur Hand gewesen wären.«

»An denen hätte es freilich nicht gefehlt. Aber was thue ich nun mit den Halunken? Ich bin Herr, Gebieter und Richter hier. Soll ich sie in Ketten legen und dann abliefern?«

»Nein.«

»Oder soll ich sie ans Ufer setzen?«

»Auch nicht.«

»Aber Strafe muß doch sein.«

»Ich rate Euch, darauf zu verzichten. Ihr macht diese Tour mit Eurem Steamer doch wohl nicht zum letztenmal?«

»Fällt mir gar nicht ein! Ich denke, noch lange Jahre auf dem alten Arkansas auf und ab zu schwimmen.«

»Nun, so hütet Euch, jetzt die Rache dieser Menschen zu erwecken! Es würde sicher zu Eurem Verderben sein. Sie sind im stande, sich irgendwo am Ufer festzusetzen und Euch einen Streich zu spielen, der Euch nicht nur das Schiff, sondern auch das Leben kosten kann.«

»Das sollten sie wagen!«

»Sie wagen es gewiß. Übrigens würde das gar kein Wagnis für sie sein. Sie würden alles heimlich thun und es so einrichten, daß ihnen niemand etwas anhaben kann.«

Jetzt sah Old Firehand den Schwarzbärtigen, welcher herbeigekommen und in der Nähe stehen geblieben war, den Blick in bescheidenem Verlangen auf den Jäger gerichtet. Dieser trat auf ihn zu und fragte: »Ihr wollt mit mir sprechen, Sir? Kann ich Euch einen Gefallen erweisen?«

»Einen sehr großen«, antwortete der Deutsche.

»So sagt, welchen!«

»Erlaubt mir, Euch einmal die Hand zu drücken, Sir! Das ist alles, um was ich Euch bitte. Dann will ich befriedigt gehen und Euch nicht weiter belästigen. Aber an diese Stunde werde ich mit Freuden denken all mein Leben lang.«

Man sah seinem offenen Blick und hörte seinem Tone an, daß diese Worte wirklich aus dem Herzen kamen. Old Firehand streckte ihm die Rechte entgegen und fragte: »Wie weit wollt Ihr mit diesem Schiffe fahren?«

»Mit diesem Schiffe? Nur bis Fort Gibson.«

»Das ist doch weit genug!«

»O, dann will ich mit dem Boote noch weiter. Ich fürchte, daß Ihr, der berühmte Mann, der noch niemals unterlegen ist, mich für furchtsam haltet.«

»Warum?«

»Weil ich vorhin den Drink dieses sogenannten Cornels angenommen habe.«

»O nein. Ich kann Euch nur loben, daß Ihr so besonnen gewesen seid. Freilich, als er dann den Indsman schlug, nahm ich mir vor, ihm eine scharfe Lehre zu erteilen, was ja auch geschehen ist.«

»Hoffentlich läßt er sie sich zur Warnung dienen. Übrigens, wenn Ihr ihm die Finger steif geschossen habt, so ist's mit ihm als Westmann aus. Von dem Roten aber weiß ich nicht, was ich denken soll.«

»Wieso?«

»Er hat sich als wirklicher Feigling betragen, und ist doch nicht im mindesten erschrocken, als das Brüllen des Panthers erscholl. Das kann ich mir gar nicht zusammenreimen.«

»Nun, den Reim will ich Euch machen. Es fällt mir nicht schwer, ihn fertig zu bringen.«

»So, kennt Ihr den Indianer?«

»Gesehen habe ich ihn noch nie, desto mehr aber von ihm gehört.«

»Auch ich hörte den Namen, als er ihn aussprach. Es ist ein Wort, bei dem man die Zunge brechen kann. Es war mir unmöglich, es mir zu merken.«

»Weil er sich seiner Muttersprache bediente, jedenfalls um den Cornel nicht merken zu lassen, mit wem er es zu thun hatte. Sein Name ist Nintropan-hauey, und sein Sohn heißt Nintropan-homosch; das bedeutet der ›große Bär‹ und der ›kleine Bär‹.«

»Ist’s möglich? Von diesem Vater und diesem Sohne habe ich freilich schon oft gehört. Die Tonkawa sind entartet. Nur diese beiden Nintropan haben die Kriegslust ihrer Ahnen geerbt und treiben sich im Gebirge und in der Prairie umher.«

»Ja, sie sind zwei tüchtige Kerls. Und nun werdet Ihr wohl nicht mehr denken, daß sie aus Feigheit dem Cornel nicht geantwortet haben, wie es sich eigentlich gehörte.«

»Ein andrer Indsman hätte den Kerl sofort kalt gemacht!«

»Vielleicht. Aber habt Ihr nicht gesehen, daß der Sohn unter seine Decke nach dem Messer oder dem Tomahawk griff? Nur als er das regungslose Gesicht seines Vaters sah, verzichtete er darauf, die That augenblicklich zu rächen. Ich sage Euch, bei diesen Indsmen genügt ein kurzer Blick, wo es bei uns Weißen oft einer langen Rede bedarf. Seit dem Augenblicke, daß der Cornel den Indianer in das Gesicht schlug, ist sein Tod eine beschlossene Sache. Die beiden ›Bären‹ werden nicht eher von seiner Fährte lassen, bis sie ihn ausgelöscht haben. Aber, Ihr nanntet ihm Euern Namen, den ich als einen deutschen erkannte. Wir sind also Landsleute.«

»Wie, Sir, auch Ihr seid ein Deutscher?« fragte Großer erstaunt.

»Allerdings. Mein eigentlicher Name ist Winter. Auch ich fahre noch eine gute Strecke mit diesem Schiffe, und da findet sich für uns beide jedenfalls Gelegenheit, uns wieder zu sprechen.«

»Wenn Ihr Euch herablassen wollt, so soll es mir die denkbar größte Ehre sein, Sir.«

»Macht keine Komplimente. Ich bin nicht mehr, als Ihr seid, ein Westmann, weiter nichts.«

»Ja, aber der General ist auch nicht mehr als der Rekrut, ein Soldat nämlich.«

»Wollt Ihr Euch in Wahrheit mit einem Rekruten vergleichen? Dann dürftet Ihr Euch nur erst kurze Zeit im Westen befinden.«

»Nun«, meinte der Bärtige in bescheidenem Tone, »etwas länger bin ich doch schon da. Ich heiße Thomas Großer. Den Familiennamen läßt man hier weg; aus dem Thomas macht man einen Tom, und weil ich einen so gewaltigen und schwarzen Bart trage, nennt man mich den schwarzen Tom.«

»Wie? Was?« rief Old Firehand aus. »Ihr seid der schwarze Tom, der berühmte Rafter?«

»Tom heiße ich, Rafter bin ich, ob berühmt, das bezweifle ich.«

»Ihr seid es, Ihr seid es, Sir. Ich versichere es Euch mit meinem Handschlage!«

»Nicht allzulaut, bitte, Sir!« warnte Tom. »Der Colonel dort soll meinen Namen nicht hören.«

»Warum nicht?«

»Weil er mich an demselben wiedererkennen würde.«

»So habt Ihr schon mit ihm zu thun gehabt?«

»Ein wenig. Ich erzähle es Euch schon noch. Ihr kennt ihn nicht?«

»Ich sah ihn heut zum erstenmal.«

»Nun, seht seinen Bart und sein rotes Haar und hört dazu, daß sein Name Brinkley ist.«

»Was Ihr sagt! So ist er der rote Brinkley, der hundert Schandthaten begangen hat, ohne daß man ihm eine einzige beweisen kann?«

»Er ist's, Sir. Ich habe ihn erkannt.«

»Dann werde ich ihm, wenn er länger an Bord bleibt, etwas schärfer auf die Finger sehen. Und Euch muß ich näher kennen lernen. Ihr seid der Mann, der für mich paßt. Wenn Ihr Euch nicht bereits anderweit versprochen hättet, könnte ich Euch brauchen.«

»Nun«, meinte Tom, indem er nachdenklich zu Boden blickte, »die Ehre, bei Euch sein zu können, ist viel mehr wert als alles andre. Ich bin zwar einen Bund mit andern Rafters eingegangen; sie haben mich sogar zu ihrem Anführer gemacht; aber wenn Ihr mir Zeit lassen könnt, sie zu benachrichtigen, so läßt sich das leicht lösen.«

»Schön. Ihr müßt Euch einen Kajütenplatz nehmen, damit wir beisammen sind. Was Ihr draufzuzahlen habt, will ich gern ersetzen.«

»Danke, Sir! Wir Rafters verdienen, wenn wir fleißig sind, auch viel Geld. Und gerade jetzt habe ich alle Taschen voll, denn ich komme von Vicksburg unten herauf, wo ich unsre Rechnungen präsentiert und in Kasse umgewandelt habe. Ich kann also den Kajütenplatz selbst bezahlen. Aber seht! Mir scheint, die Vorstellung soll jetzt beginnen.«

Der Menageriebesitzer hatte aus Kisten und Paketen mehrere Sitzreihen hergestellt und lud nun in pomphaften Worten das Publikum ein, Platz zu nehmen. Dies geschah. Das Schiffspersonal durfte, soweit es nicht beschäftigt war, gratis zuschauen. Der Cornel kam mit seinen Leuten nicht herbei; er hatte die Lust dazu verloren.

Die beiden Indianer waren nicht gefragt worden, ob sie auch mit teilnehmen wollten. Zwei Indsmen bei Ladies und Gentlemen, welche pro Person einen Dollar bezahlt hatten, das wollte der Besitzer des Tieres sich nicht vorwerfen lassen. Sie standen also von ferne und schienen weder dem Käfige noch der Zuschauergruppe die geringste Aufmerksamkeit zu schenken, während aber ihren scharfen, verstohlenen Blicken von allem, was geschah, nicht das Geringste entging.

Nun saßen die Zuschauer vor dem noch geschlossenen Kasten. Die meisten von ihnen hatten keinen richtigen Begriff von einem schwarzen Panther. Die katzenartigen Raubtiere der Neuen Welt sind bedeutend kleiner und ungefährlicher als diejenigen der Alten Welt. Der Gaucho zum Beispiel fängt den Jaguar, welcher der amerikanische Tiger genannt wird, mit dem Lasso und schleift ihn hinter sich her. Das dürfte er beim bengalischen Königstiger nicht wagen. Und der amerikanische Löwe, der Puma, flieht vor dem Menschen, selbst wenn er vom Hunger gepeinigt wird. Man hat die Vorstellung, daß der Panther bedeutend kleiner sei als der Löwe und Tiger, und da die Zuschauer bei diesen beiden Bezeichnungen an den Puma und Jaguar dachten, so erwarteten die meisten von ihnen, ein kaum mehr als einen halben Meter hohes und dementsprechend langes und starkes Raubtier zu sehen. Wie fühlten sie sich daher betroffen, als jetzt die Vorderwand des Kastens entfernt wurde und sie den Panther erblickten.

Er hatte seit New Orleans im Dunkeln gelegen; der Kasten war nur des Nachts geöffnet worden. Jetzt erblickte er zum erstenmal wieder das Tageslicht, welches seine Augen blendete. Er schloß sie und blieb noch liegen, lang ausgestreckt, so lang, wie der Kasten war. Dann blinzelte er leise; dabei bemerkte er die vor ihm sitzenden Menschen. Im Nu war er auf und stieß ein Brüllen aus, welches die Wirkung hatte, daß die Mehrzahl der Zuschauer aufsprang, um zu retirieren.

Ja, es war ein ausgewachsenes, prächtiges Exemplar, gewiß einen Meter hoch und ohne Schwanz zweimal so lang. Er faßte die Stäbe des eisernen Käfigs mit den Vordertatzen und schüttelte sie, daß der Kasten in Bewegung kam. Dabei zeigte er das fürchterliche Gebiß. Die dunkle Farbe erhöhte nur den Eindruck, den er machte.

»Ja, Myladies und Gentlemen«, sagte der Menageriebesitzer in erklärendem Tone, »die schwarze Abart des Panthers ist wohl auf den Sundainseln daheim. Diese Tiere sind aber klein. Der echte schwarze Panther, welcher freilich sehr selten ist, wird in Nordafrika, an der Grenze der Sahara gefunden. Er ist ebenso stark und weit gefährlicher als der Löwe und kann ein ausgewachsenes Rind im Rachen forttragen. Was seine Zähne vermögen, werdet ihr gleich sehen, da die Fütterung beginnt.«

Der Bändiger brachte die Hälfte eines Schafes herbei und legte sie vor dem Käfig nieder. Als der Panther das Fleisch erblickte, gebärdete er sich wie unsinnig. Er sprang auf und ab und fauchte und brüllte, daß die furchtsameren der Zuschauer sich noch weiter zurückzogen als bisher.

Ein an der Schiffsmaschine beschäftigter Neger hatte der Neugierde nicht widerstehen können und sich herbeigeschlichen. Der Kapitän sah ihn und befahl ihm, sofort an seine Arbeit zurückzukehren. Da der Schwarze nicht gleich gehorchte, ergriff der Kapitän ein nahe liegendes Tauende und versetzte ihm mit demselben einige Hiebe. Nun zog sich der Gezüchtigte schnell zurück, blieb aber an der in den Maschinenraum führenden Luke stehen, zog dem Kapitän hinter dem Rücken desselben eine drohende Grimasse und schüttelte die Fäuste gegen ihn. Da die Zuschauer nur auf den Panther achteten, hatten sie das nicht bemerkt. Der Cornel aber sah es und sagte zu seinen Gefährten: »Dieser Nigger ist dem Kapitän nicht hold, wie es scheint. Vielleicht kann er uns von Nutzen sein. Wollen uns an ihn machen. Einige Dollar wirken bei einem Schwarzen Wunder.«

Jetzt schob der Tierbändiger das Fleisch zwischen den Eisenstäben hindurch in den Käfig, musterte die Zuschauer mit prüfendem Blicke und sagte dann seinem Herrn einige leise Worte. Dieser schüttelte bedenklich den Kopf; der andre redete weiter auf ihn ein und schien seine Bedenken zu zerstreuen, denn der Besitzer nickte endlich und erklärte den vor dem Käfige Sitzenden und Stehenden: »Myladies und Mesch'schurs, ich sage euch, daß ihr ungeheures Glück habt. Ein gebändigter schwarzer Panther ist noch nie gesehen worden, wenigstens hier in den Staaten nicht. Während des dreiwöchentlichen Aufenthaltes in New Orleans nun hat mein Bändiger den Panther in die Schule genommen und erklärt jetzt, zum erstenmal öffentlich zu ihm in den Kasten gehen und sich neben ihm niedersetzen zu wollen, falls ihr ihm eine entsprechende Gratifikation zusagt.«

Der Bändiger war ein starker, außerordentlich muskulöser Mensch mit einem ungewöhnlich selbstbewußten Zuge im Gesicht. Er war jedenfalls vom Gelingen seines Vorhabens vollständig überzeugt, wie seine gegenwärtige zuversichtliche Miene bewies.

Der Panther hatte sich über seine Mahlzeit hergemacht, deren Knochen zwischen seinen Zähnen wie Pappe zermalmt wurden. Er schien nur auf seinen Fraß zu achten, und so konnte wohl selbst der Laie der Ansicht sein, daß es keine große Gefahr auf sich habe, gerade jetzt den Käfig zu betreten. Kein andrer, als der vorhin am ängstlichsten war, nämlich der kleine, bebrillte Gelehrte, antwortete enthusiasmiert: »Das würde herrlich sein, Sir! Ein Bravourstück, für welches man schon etwas zahlen kann. Wieviel will der Mann denn haben?«

»Hundert Dollar!«

»Hm! Ist das nicht zu viel?«

»Nein, sondern viel zu wenig, Sir. Die Gefahr, in welche er sich begibt, ist nicht gering, da er des Tieres erst kaum halb sicher ist.«

»So! Nun, ich bin nicht reich. Fünf Dollar aber steuere ich bei. Mesch'schurs, wer zahlt noch etwas?«

Es meldeten sich so viele, daß die Summe zusammenkommen mußte. Man hatte nun einmal begonnen, und so sollte das Schauspiel auch völlig ausgekostet werden. Selbst der Kapitän wurde erregt und bot Wetten an.

»Sir«, warnte ihn Old Firehand, »begeht keinen Fehler! Ich bitte Euch, das Wagnis nicht zuzugeben. Gerade weil der Mann des Tieres noch nicht sicher ist, habt Ihr die Verpflichtung, Einspruch zu erheben.«

»Einspruch?« lachte der Kapitän. »*Pshaw!* Bin ich etwa der Vater oder die Mutter des Bändigers? Habe ich ihm Befehle zu erteilen? Hier in diesem gesegneten Lande hat jedermann das Recht, seine Haut zu Markte zu tragen, ganz wie es ihm beliebt. Wird er von dem Panther gefressen, nun, so ist das seine und des Panthers Sache, nicht aber die meinige. Also, Gentlemen, ich behaupte, daß der Mann nicht so heil wieder herauskommt, wie er hineingeht, und setze hundert Dollar. Wer geht darauf ein? Zehn Prozent der Gewinne soll der Bändiger noch extra erhalten.«

Dieses Beispiel elektrisierte. Es wurden mehrere Wetten zu nicht unbedeutenden Beträgen abgeschlossen, und es stellte sich heraus, daß dieselben dem Bändiger, falls sein Wagnis gelingen sollte, gegen dreihundert Dollar einbringen mußten.

Es war nicht gesagt, ob der Tierbändiger dabei bewaffnet sein solle. Er holte seinen Totschläger, eine Peitsche, deren Knauf eine Explosionskugel enthielt. Griff das Tier ihn an, so bedurfte es nur eines kräftigen Hiebes seinerseits, den Panther augenblicklich zu töten.

»Ich traue selbst einem solchen Totschläger nicht«, sagte Old Firehand zu dem schwarzen Tom. »Ein Feuerwerkskörper wäre praktischer, da das Tier durch denselben zurückgeschreckt würde, ohne doch getötet zu werden. Doch thue jeder nach seinem Wohlgefallen. Ich will's loben, aber erst dann, wenn es gelungen ist.«

Jetzt hielt der Bändiger eine kurze Ansprache an das Publikum, und wendete sich dann gegen den Käfig. Er öffnete die schweren Riegel und schob darauf das schmale Gitter, welches die ungefähr fünf Fuß hohe Thür bildete, zur Seite. Um einzutreten, mußte er sich bücken. Dabei bedurfte er beider Hände, um die Thür zu halten, und dann, wenn er sich im Käfige befand, wieder zu schließen; deshalb hatte er den Totschläger zwischen die Zähne genommen und war also, wenn auch nur für diesen kurzen Augenblick, wehrlos. Zwar war er schon oft bei dem Tiere im Käfige gewesen, aber unter ganz andern Umständen. Da war dasselbe nicht tagelang im Dunkeln gewesen; es hatten sich nicht so viele Menschen in der Nähe befunden, und es hatte auch nicht das Stampfen der Maschine und das Rauschen und Brausen der Räder gegeben. Diese Umstände waren weder von dem Menageriebesitzer noch von dem Bändiger genug in Betracht gezogen worden, und nun zeigten sich die Folgen.

Als der Panther das Geräusch des Gitters hörte, drehte er sich um. Eben schob der Bändiger den gesenkten Kopf herein – eine geradezu gedankenschnelle Bewegung des Raubtieres, ein blitzähnliches Aufzukken, und es hatte den Kopf, aus dessen Mund der Totschläger fiel, im Rachen und zerkrachte ihn mit einem einzigen Bisse in Splitter und zu Brei.

Das Geschrei, welches sich in diesem Augenblicke vor dem Käfige erhob, spottete jeder Beschreibung. Alles sprang auf und rannte zeternd davon. Nur drei blieben, der Menageriebesitzer, Old Firehand und der schwarze Tom. Der erstere wollte die Thür des Käfigs zuschieben, aber dies war unmöglich, da die Leiche sich halb in demselben und halb außerhalb befand. Dann wollte er den Toten bei den Beinen fassen und herausziehen.

»Um Gottes willen, das nicht!« rief Old Firehand. »Der Panther käme hinterdrein. Schiebt den Körper vollends hinein; er ist nun doch tot. Dann geht die Thüre zu!«

Der Panther lag vor der kopflosen Leiche. Die Knochensplitter im blutig geifernden Rachen, hielt er die funkelnden Augen auf seinen Herrn gerichtet. Er schien die Absicht desselben zu erraten, denn er brüllte zornig auf und kroch auf der Leiche vor, dieselbe durch die Schwere seines Körpers festhaltend. Sein Kopf war nur noch wenige Zoll von der Thüröffnung entfernt.

»Fort, fort! Er kommt heraus!« rief Old Firehand. »Tom, Ihr Gewehr! Ihr Gewehr! Ein Revolver würde das Übel nur ärger machen!«

Der schwarze Tom sprang nach seiner Büchse.

Von dem Augenblicke, in welchem der Bändiger den Käfig betreten hatte, bis zum gegenwärtigen waren kaum zehn Sekunden vergangen. Niemand hatte noch Zeit gefunden, sich vollständig in Sicherheit zu bringen. Das ganze Deck bildete einen Wirrwarr von fliehenden und vor Angst schreienden Personen. Die Thüren nach den Kajüten und den Unterdecks waren verstopft. Man duckte sich hinter Fässern und Kisten nieder und sprang doch wieder auf, weil man sich da nicht vollständig sicher fühlte.

Der Kapitän war nach seiner Kommandobrücke gerannt und stieg dieselbe empor, drei und vier Stufen auf einmal nehmend. Old Firehand folgte ihm. Der Menageriebesitzer flüchtete sich nach der Hinterwand des Käfigs. Der schwarze Tom rannte nach seinem Gewehre. Unterwegs fiel ihm ein, daß er das Beil mit demselben zusammengebunden hatte und es also nicht augenblicklich gebrauchen könne. Er blieb also bei den beiden Indianern, an denen er vorübergewollt hatte, stehen und riß dem »großen Bär« die Flinte aus der Hand.

»Ich selbst schießen«, sagte dieser, seine Hand nach der Waffe ausstreckend.

»Laß mich!« herrschte der Bärtige ihm zu. »Ich schieße jedenfalls besser als du!«

Er drehte sich nach dem Käfig um. Der Panther hatte diesen soeben verlassen, hob den Kopf und brüllte. Der schwarze Tom legte an und drückte ab. Der Schuß krachte, aber die Kugel traf nicht. Hastig riß er nun auch dem jungen Indianer die Flinte aus der Hand und gab die Ladung derselben auf das Tier ab – mit demselben Mißerfolge.

»Schlecht schießen. Gewehr nicht kennen«, sagte der »große Bär« so ruhig, als ob er in seinem sicheren Wigwam beim Braten sitze.

Der Deutsche beachtete diese Worte nicht. Er warf die Flinte weg und eilte weiter nach vorn, wo die Gewehre der Leute des Cornel lagen. Diese Gentlemen hatten keine Lust gehabt, den Kampf mit dem Tiere aufzunehmen, sondern sich schleunigst versteckt.

Da ertönte in der Nähe der Kommandobrücke ein entsetzlicher Schrei. Eine Dame wollte sich auf dieselbe flüchten. Der Panther sah sie eben, als das erwähnte Brüllen beendet war. Er duckte sich nieder und sprang dann in langen, weiten Sätzen auf sie zu. Sie sah es und stieß jenen Schrei aus. Sie befand sich noch unten, während Old Firehand auf der fünften oder sechsten Stufe stand. Im Nu hatte er sie erfaßt, schwang sie zu sich empor und hob sie mit starken Armen über sich hinauf, wo der Kapitän sie an sich nahm. Das war das Werk von zwei Augenblicken gewesen, und nun befand sich der Panther an der Brücke. Er setzte die beiden Vordertatzen auf eine der Stufen und zog schon den Körper zusammen, um sich empor und auf Old Firehand zu schnellen. Dieser versetzte ihm mit aller Gewalt einen Fußtritt auf die Nase und feuerte ihm dann die noch übrigen drei Kugeln seines Revolvers gegen den Kopf.

Diese Art der Abwehr war eigentlich eine lächerliche. Mit einem Fußtritte und einigen erbsengroßen Revolverkugeln schreckt man keinen schwarzen Panther zurück; aber Old Firehand besaß eben kein wirksameres Verteidigungsmittel. Er war überzeugt, daß das Tier ihn nun packen werde; aber es geschah doch nicht, sondern der Panther drehte, in seiner an der Treppe aufgerichteten Stellung verharrend, den Kopf langsam zur Seite, als ob er sich auf etwas Besseres besinnen wolle. Hatten die aus solcher Nähe abgeschossenen Kugeln, die kaum linientief in seine harte Schädeldecke eingedrungen sein konnten, ihn in eine Art von Betäubung versetzt? Oder war der Tritt auf die empfindliche Nase ihm zu schmerzhaft gewesen, kurz und gut, er richtete die Augen nicht mehr auf Old Firehand, sondern nach dem Vorderdeck, wo jetzt ein etwa dreizehnjähriges Mädchen stand, unbeweglich, wie vom Schreck gelähmt, beide Arme nach der Kommandobrücke ausgestreckt. Es war die Tochter der Dame, welche Old Firehand soeben vor dem Panther gerettet hatte. Das Kind hatte, sich selbst auf der Flucht befindend, seine Mutter in Gefahr gesehen und war vor Entsetzen darüber da, wo es noch stand, halten geblieben, in ein helles, weithin leuchtendes Gewand gekleidet, welches dem Panther in die Augen fiel. Er ließ die Tatzen von der Treppe, wendete sich ab und schnellte sich, sechs bis acht Ellen lange Sätze machend, auf das Kind zu, welches das Entsetzliche kommen sah und sich weder zu bewegen, noch einen Laut auszustoßen vermochte.

»Mein Kind, mein Kind!« jammerte die Mutter.

Alle, die es sahen, schrieen oder brüllten mit; aber keiner rührte die Hand oder den Fuß zur Rettung. Es war auch keine Zeit dazu. Keine? Und rührte sich wirklich kein Mensch? Doch einer, und zwar derjenige, dem man eine solche Umsicht, Kühnheit und Geistesgegenwart wohl am allerwenigsten zugetraut hätte, nämlich der junge Indianer.

Er hatte mit seinem Vater ungefähr zehn Schritte von dem Mädchen entfernt gestanden. Als er die Gefahr bemerkte, in welcher sich dasselbe befand, blitzten seine Augen auf. Er sah nach rechts und links, wie nach einem Rettungswege suchend; dann ließ er die Zunidecke von den Schultern fallen und rief seinem Vater in der Sprache der Tonkawa zu: »Tiakaitat; schai schoyana – bleib stehen; ich werde schwimmen!«

Er sprang mit zwei Sätzen auf das Mädchen zu, ergriff es an dem Taillengürtel, schnellte mit ihr nach der Reiling (Schiffsgeländer) und schwang sich auf diese hinauf. Dort blieb er einen Augenblick stehen, um zurückzublicken. Der Panther war hinter ihm und setzte eben zum letzten Sprunge an. Kaum hatten die Pranken des Tieres den Boden verlassen, so flog der junge Indianer, sich eine seitwärtige Richtung gebend, um nicht neben dem Tiere in das Wasser zu kommen, von der Reiling in den Fluß hinab. Das Wasser schlug über ihm und seiner Last zusammen. Zugleich schoß der Panther, dessen Sprungkraft eine so große war, daß er sich nicht zu halten vermochte, über das Geländer hinaus hinunter in den Strom.

»Stopp, stopp auf der Stelle!« kommandierte der Kapitän geistesgegenwärtig durch das Sprachrohr in den Maschinenraum hinab.

Der Ingenieur gab Gegendampf; der Steamer stoppte und blieb dann dadurch auf der Stelle halten, daß die Räder nur so viel Wasser griffen, als nötig war, die Rücktrift zu vermeiden.

Da die Gefahr für die Passagiere jetzt vorüber war, eilten alle aus den verschiedenen Verstecken hervor und an das Geländer. Die Mutter des Kindes war in Ohnmacht gefallen; der Vater desselben rief mit überlauter Stimme: »Tausend Dollar für die Rettung meiner Tochter, zweitausend, dreitausend, fünftausend, noch mehr, noch viel mehr!«

Niemand hörte auf ihn. Alle beugten sich über die Reiling, um in den Fluß hinabzusehen. Da lag der Panther, als vortrefflicher Schwimmer, mit ausgebreiteten Pranken auf dem Wasser und sah sich nach der Beute um – vergeblich. Der kühne Knabe war mit dem Mädchen nicht zu sehen.

Der Panther war hinter ihm und setzte eben zum letzten Sprunge an.

»Sie sind ertrunken, in die Räder gekommen!« jammerte der Vater, indem er sich das Haar mit beiden Händen raufte.

Da aber ertönte vom andern Bord die schallende Stimme des alten Indianers herüber: »Nintropan-homosch klug gewesen. Unter Schiff wegschwimmen, damit Panther nicht sehen. Hier unten sein!«

Alles rannte nun nach Steuerbord, und der Kapitän befahl, Taue auszuwerfen. Ja wirklich, da unten, hart an der Schiffswand, schwamm langsam auf dem Rücken, um nicht abgetrieben zu werden, der »kleine Bär« und hatte sich das bewußtlose Mädchen quer über den Leib gelegt. Taue waren schnell zur Hand; sie wurden hinabgelassen. Der Knabe befestigte eines derselben unter den Armen des Mädchens und schwang, während dieses emporgezogen wurde, sich behend an einem zweiten an Bord.

Er wurde mit brausendem Jubel begrüßt, schritt aber stolz davon, ohne ein Wort zu sagen. Aber als er an dem Cornel, welcher auch mit zugesehen hatte, vorüber kam, blieb er vor ihm stehen und sagte so laut, daß jedermann es hörte: »Nun, fürchtet sich Tonkawa vor kleiner, räudiger Katze? Cornel ist ausgerissen mit all seinen zwanzig Helden; Tonkawa aber hat großes Ungetüm auf sich gelenkt, um Mädchen und Passagiere zu retten. Cornel bald noch mehr von Tonkawa hören!«

Die Gerettete wurde nach der Kajüte getragen. Da streckte der Steuermann, welcher den besten Ausblick hatte, die Hand nach Backbord aus und rief: »Seht den Panther; seht das Floß!«

Jetzt sprangen alle wieder auf die angegebene Seite hinüber, wo sich ihnen ein neues und nicht weniger aufregendes Schauspiel bot. Man hatte nämlich, nur mit dem bisher Erzählten beschäftigt, ein kleines, aus Strauchwerk und Schilf gefertigtes Floß nicht bemerkt, auf welchem zwei Gestalten saßen, welche vom rechten Flußufer her den Steamer erreichen wollten. Sie arbeiteten mit aus Zweigen improvisierten Rudern. Die eine Person war ein Knabe, die andre schien ein ganz eigen- oder fremdartig gekleidetes Frauenzimmer zu sein. Man sah eine Kopfbedeckung, ähnlich einer alten Flatusenhaube, darunter ein volles, rotwangiges Gesicht mit kleinen Äuglein. Die übrige Gestalt steckte in einem weiten Sacke oder einem ähnlichen Dinge, dessen Schnitt und Fasson jetzt nicht zu bestimmen war, da die Person nicht stand, sondern saß. Der schwarze Tom stand neben Old Firehand und fragte ihn: »Sir, kennt Ihr diese Frau?«

»Nein. Ist sie denn so berühmt, daß ich sie kennen müßte?«

»Allerdings. Sie ist nämlich gar keine Frau, sondern ein Mann, ein Prairiejäger und Fallensteller. Und da kommt der Panther. Da werdet Ihr sehen, was eine Frau, die ein Mann ist, zu leisten vermag.«

Er beugte sich über die Reiling und rief hinab: »Holla, Tante Droll, aufgepaßt! Der will Euch fressen.«

Das Floß war ungefähr noch fünfzig Schritte von dem Steamer entfernt. Der Panther war, nach seiner Beute suchend, immer an der Seite des Schiffes hin und her geschwommen. Jetzt sah er das Floß und hielt auf dasselbe zu. Die auf demselben befindliche scheinbare Frau sah nach dem Deck empor, erkannte den, der sie angerufen hatte, und antwortete mit hoher Fistelstimme: »*Good luck*, Ihr seid es, Tom? Freue mich sehr, Euch zu sehen, wenn es nötig ist! Was ist das für ein Tier?«

»Ein schwarzer Panther, der von Bord gesprungen ist. Macht Euch davon. Schnell, schnell!«

»Oho! Tante Droll reißt vor niemand aus, auch nicht vor einem Panther, mag er schwarz, blau oder grün aussehen. Darf man das Vieh erschießen?«

»Natürlich! Aber Ihr bringt es nicht fertig. Es gehörte in eine Menagerie und ist das gefährlichste Raubtier der Welt. Flieht auf die andre Seite des Schiffes.«

Niemand als nur Tom kannte die närrische Gestalt, doch riefen alle ihr die Warnung zu, zu fliehen. Sie aber schien einen Spaß daran zu finden, mit dem Panther Haschens zu spielen. Sie führte das zerbrechliche Ruder mit wahrer Meisterschaft und wußte dem Tiere mit erstaunlicher Geschicklichkeit auszuweichen. Dabei rief sie immer mit derselben Fistelstimme herauf: »Werde es schon fertig bringen, alter Tom. Wohin wird denn so eine Kreatur geschossen, wenn es nötig ist?«

»Ins Auge«, antwortete Old Firehand.

»*Well!* So wollen wir diese Wasserratte mal herankommen lassen.«

Er zog das Ruder ein und griff zu der Büchse, welche neben ihm gelegen hatte. Floß und Panther näherten sich einander schnell. Das Raubtier blickte mit weit offenen, starren Augen auf den Feind, welcher das Gewehr anlegte, kurz zielte und zweimal abdrückte. Das Gewehr weglegen, zum Ruder greifen und das Floß zurücktreiben, war das Werk eines Augenblickes. Der Panther war verschwunden. Da, wo man ihn zuletzt gesehen hatte, bezeichnete ein Strudel den Ort seines Todeskampfes; dann sah man ihn weiter abwärts wieder an der Oberfläche erscheinen, regungslos und tot; dort trieb er einige Sekunden lang und wurde wieder in die Tiefe gezogen.

»Ein Meisterschuß!« rief Tom vom Deck herab, und die Passagiere stimmten begeistert bei, nur der Menageriebesitzer nicht, welcher um den teuren Panther und seinen Tierbändiger gekommen war.

»Zwei Schüsse waren es«, antwortete die abenteuerliche Gestalt vom Flusse herauf. »In jedes Auge einer. Wohin geht dieser Steamer, wenn es nötig ist?«

»Soweit er genug Wasser findet«, antwortete der Kapitän.

»Wir wollten an Bord und haben uns deshalb drüben am Ufer dieses Floß gebaut. Wollt Ihr uns aufnehmen?«

»Könnt Ihr Passage zahlen, Ma'am (Madame) oder Sir? Ich weiß wirklich nicht, ob ich Euch als Mann oder als Frau heraufbefördern soll.«

»Als Tante, Sir. Ich bin nämlich Tante Droll, verstanden, wenn es nötig ist. Und was die Passage betrifft, so pflege ich mit gutem Gelde oder gar mit Nuggets zu bezahlen.«

»So sollt Ihr die Strickleiter hinunter haben. Kommt also an Bord! Wir müssen machen, daß wir von dieser unglückseligen Stelle fortkommen.«

Die Strickleiter wurde herabgelassen. Erst stieg der Knabe hinauf, der auch mit einem Gewehre bewaffnet war; dann warf der andre das Gewehr über, erhob sich, ergriff die Leiter, stieß das Floß unter sich fort und turnte sich mit einer eichkätzchenartigen Geschicklichkeit an das Deck, wo er mit großen, ungemein erstaunten Blicken empfangen wurde. – –

Zweites Kapitel

Die Tramps

»Die Vereinigten Staaten von Nordamerika sind trotz oder vielmehr infolge ihrer freisinnigen Institutionen der Herd ganz eigenartiger sozialer Landplagen, welche in einem europäischen Staate vollständig unmöglich sein würden.«

Der Kenner der dortigen Zustände wird zugeben, daß diese Behauptung eines neueren Geographen ihre guten Gründe habe. Man könnte die Plagen, von denen er spricht, in chronische und akute einteilen. In ersterer Beziehung wären vor allen Dingen die händelsuchenden Loafers und Rowdies, und sodann die sogenannten Runners, welche es vorzugsweise auf die Einwanderer abgesehen haben, zu nennen. Das Runner-, Loafer- und Rowdytum ist stabil geworden und wird, wie es allen Anschein hat, noch verschiedene Jahrzehnte überdauern. Anders ist es bei der zweiten Art der Plagen, welche sich schneller entwickeln und von kürzerer Dauer sind. Dahin gehörten die rechtlosen Zustände des fernen Westens, infolge deren sich förmliche Räuber- und Mörderbanden bildeten, welche Master Lynch nur durch das energischeste Vorgehen zu vernichten vermochte. Ferner wären hier die Kukluxes zu erwähnen, welche während des Bürgerkrieges und auch noch nach demselben ihr Wesen trieben. Zur schlimmsten und gefährlichsten Landplage aber entwickelten sich die Tramps als Vertreter des rohesten und brutalsten Vagabundentums.

Als zu einer gewissen Zeit ein schwerer Druck auf Handel und Wandel lag, Tausende von Fabriken stillstanden und Zehntausende von Arbeitern beschäftigungslos wurden, begaben sich die Arbeitslosen auf die Wanderung, welche vorzugsweise in westlicher Richtung erfolgte. Die am und jenseits des Mississippi liegenden Staaten wurden von ihnen förmlich überschwemmt. Dort trat bald ein Scheideprozeß ein, indem die Ehrlichen unter ihnen Arbeit nahmen, wo sie dieselbe fanden, selbst wenn die Beschäftigung nur eine wenig lohnende und dabei anstrengende war. Sie traten meist auf Farmen an, um bei der Ernte zu helfen, und wurden deshalb gewöhnlich Harvesters, Erntearbeiter genannt.

Die arbeitsscheuen Elemente aber vereinigten sich zu Banden, welche von Raub, Mord und Brand ihr Leben fristeten. Die Mitglieder derselben sanken schnell auf die tiefste Stufe sittlicher Verkommenheit herab und wurden von Männern angeführt, welche die Zivilisation meiden mußten, weil die Faust des Strafgesetzes sich verlangend nach ihnen ausstreckte.

Diese Tramps (Vagabunden) erschienen gewöhnlich in größeren Haufen, zuweilen bis dreihundert Köpfe stark und darüber. Sie überfielen nicht bloß einzelne Farmen, sondern selbst kleinere Städte, um sie vollständig auszurauben. Sie bemächtigten sich sogar der Eisenbahnen, überwältigten die Beamten und bedienten sich der Züge, um schnell in ein andres Gebiet zu gelangen und dort dieselben Verbrechen zu wiederholen. Dieses Unwesen nahm so überhand, daß in einigen Staaten die Gouverneure gezwungen waren, die Miliz einzuberufen, um den Strolchen förmliche Schlachten zu liefern.

Für solche Tramps hatten der Kapitän und der Steuermann des »Dogfish«, wie bereits erwähnt, den Cornel Brinkley und seine Leute gehalten. Diese Vermutung konnte, selbst wenn sie richtig war, keinen Grund zu direkten Befürchtungen bieten. Die Gesellschaft war nur ungefähr zwanzig Mann stark und also viel zu schwach, um mit den übrigen Passagieren und der Schiffsbesatzung anzubinden, doch konnten Vorsicht und Aufmerksamkeit keineswegs als überflüssig gelten.

Der Cornel hatte seine Aufmerksamkeit natürlich auch auf die wunderliche Gestalt gerichtet, welche sich dem Schiffe auf so zerbrechlichem Flosse näherte und, nur so wie beiläufig, das mächtige Raubtier erlegte. Er hatte gelacht, als Tom den sonderbaren Namen Tante Droll aussprach. Aber jetzt, als der Fremde das Verdeck betrat und er das Gesicht desselben deutlicher erkennen konnte, zogen sich seine Brauen zusammen, und er wies seine Leute an, mit ihm zu kommen. Er führte sie nach der Spitze des Vorderdecks und antwortete, als man ihn nach dem Grunde dieses Rückzuges fragte: »Dieser Kerl ist gar nicht so lächerlich, wie er erscheinen will; ich sage euch sogar, daß wir uns vor ihm in acht zu nehmen haben.«

»Warum? Kennst du ihn? Ist er eine Frau oder ein Mann?« antwortete einer.

»Natürlich ein Mann.«

»Warum dann diese Maskerade?«

»Es ist keine Maskerade. Dieser Mensch ist in Wirklichkeit ein Original, dabei aber einer der gefährlichsten Polizeispione, die es geben kann.«

»*Pshaw!* Tante Droll und Polizeispion! Der Mann soll alles sein, was dir beliebt, ich will es glauben, aber nur Detektive nicht!«

»Und doch ist er es. Ich habe von Tante Droll gehört; sie soll ein halbverrückter Fallensteller sein, der mit allen Indianerstämmen seiner Lustigkeit wegen auf bestem Fuße steht. Nun ich sie aber jetzt gesehen habe, kenne ich sie besser. Dieser dicke Mensch ist ein Detektive, wie er im Buche steht. Ich bin ihm droben in Fort Sully am Missouri begegnet, wo er einen Kameraden mitten aus unsrer Gesellschaft holte und an den Strick lieferte, er allein, und wir waren über vierzig Mann!«

»Das ist unmöglich. Ihr konntet ihm doch wenigstens vierzig Löcher in den Leib stechen!«

»Nein, das konnten wir nicht. Er arbeitet mehr mit Verschlagenheit als mit Gewalt. Seht euch nur einmal seine kleinen, listigen Maulwurfsäuglein an! Denen entgeht keine Ameise im dicksten Grase. Er macht sich mit der größten, unwiderstehlichsten Freundlichkeit an sein Opfer und klappt die Falle zu, bevor es möglich ist, an eine Überrumpelung auch nur zu denken.«

»Kennt er denn dich?«

»Das halte ich für unmöglich. Er hat mich damals nicht beachten können; es ist eine lange Zeit her, und ich habe mich inzwischen sehr verändert. Dennoch bin ich der Meinung, daß es geraten ist, uns still und unbefangen zu verhalten, daß wir seine Aufmerksamkeit nicht erregen. Ich denke, daß wir hier einen guten Streich ausführen können, und möchte nicht haben, daß er uns dabei im Wege steht. Old Firehand ist nebst Old Shatterhand der berühmteste Jäger des Westens. Der schwarze Tom hat sich auch als ein Mann gezeigt, mit dem man rechnen muß, aber weit gefährlicher noch als diese beiden ist Tante Droll. Nehmt euch vor ihr in acht, und thut lieber so, als ob ihr sie gar nicht bemerkt.«

So gefährlich, wie Droll von dem Cornel geschildert wurde, sah er freilich nicht aus, vielmehr mußten sich die Anwesenden alle Mühe geben, bei seinem Erscheinen nicht in ein verletzendes Gelächter auszubrechen. Nun, da er auf dem Decke stand, ließ sich erkennen und sagen, welcher Art seine Kleidung war.

Seine Kopfbedeckung war weder Hut noch Mütze noch Haube, und doch konnte man sie mit jedem dieser Worte bezeichnen. Sie bestand aus verschieden geformten Lederstücken. Das mittlere, welches auf dem Kopfe saß, hatte die Gestalt eines umgestülpten Napfes; das vordere beschattete die Stirn, und sollte jedenfalls eine Art von Schirm oder Krempe sein; das linke und das rechte waren breite Klappen, welche die Ohren bedeckten.

Der Rock war sehr lang und außerordentlich weit. Er war aus lauter ledernen Flicken und Flecken zusammengesetzt, einer immer auf und über den andern genäht. Keiner dieser Flecken trug das gleiche Alter; man sah ihnen vielmehr an, daß sie so nach und nach, zu den verschiedensten Zeiten, vereinigt worden waren. Vorn waren die Ränder dieses Rockes mit kurzen Riemen versehen, welche zusammengebunden waren, auf welche

Weise die mangelnden Knöpfe ersetzt wurden. Da die große Länge und Weite dieses außerordentlichen Kleidungsstückes das Gehen erschwerte, hatte der Mann dasselbe hinten vom unteren Saume an bis an den Leib aufgeschnitten und die beiden Hälften sich in der Weise um die Beine gebunden, daß sie eine Pumphose bildeten, welche den Bewegungen der Tante Droll ein geradezu lächerliches Aussehen erteilte. Diese improvisierten Hosenbeine reichten bis auf den Knöchel herab. Zwei Lederschuhe bildeten die Vervollständigung nach unten hin. Die Ärmel dieses Rockes waren auch ungewöhnlich weit und dem Manne viel zu lang. Er hatte sie vorn zugenäht und weiter nach hinten zwei Löcher angebracht, aus denen er die Hände streckte. In dieser Weise bildeten die Ärmel nun zwei herabhängende Ledertaschen, in denen allerhand untergebracht werden konnte.

Die Figur des Mannes bekam durch dieses Kleidungsstück das Aussehen der Unförmlichkeit, und die Lachlust geradezu herausfordernd wirkte dazu das volle, rotwangige, ungemein freundliche Gesicht, dessen Äuglein nicht eine Sekunde lang stillstehen zu können schienen, sondern fortgesetzt in Bewegung waren, damit ihnen ja nichts entgehen möge.

Dergleichen Erscheinungen sind im Westen gar nicht etwa selten. Wer sich jahrelang in der Wildnis aufhält, hat weder Zeit noch Gelegenheit noch auch Geld, seine abgerissenen Kleidungsstücke anders als durch das zu ersetzen, was ihm durch das abgeschiedene Leben an die Hand gegeben wird, und man trifft da häufig auf berühmte Leute, deren Anzug ein solcher ist, daß anderwärts die Kinder schreiend und lachend hinterherlaufen würden.

In der Hand hatte der Mann ein doppelläufiges Gewehr, welches jedenfalls ein sehr ehrwürdiges Alter besaß. Ob er außerdem noch Waffen bei sich habe, das konnte man nur vermuten, nicht aber sehen, da der Rock die Gestalt wie ein zugebundener Sack umschloß, in dessen Innerem allerdings gar mancher Gegenstand verborgen sein konnte.

Der Knabe, welcher sich in der Gesellschaft dieses Originals befand, konnte vielleicht sechzehn Jahre zählen. Er war blond, starkknochig und schaute sehr ernst, ja trotzig drein, wie einer, welcher seinen Weg schon selbst zu gehen weiß. Sein Anzug bestand aus Hut, Jagdhemd, Hose, Strümpfen und Schuhen, alles aus Leder gefertigt. Außer der Flinte war er noch mit einem Messer und einem Revolver bewaffnet.

Als Tante Droll das Deck betrat, streckte sie dem schwarzen Tom die Hand entgegen und rief mit ihrer hohen, dünnen Fistelstimme: »*Welcome*, alter Tom! Welch eine Überraschung! Eine wirkliche Ewigkeit, daß wir uns nicht gesehen haben! Woher des Weges und wohin?«

Sie schüttelten sich die Hände in der herzlichsten Weise, wobei Tom antwortete: »Vom Mississippi herauf. Will ins Kansas hinein, wo ich meine Rafters in den Wäldern habe.«

»*Well,* so ist alles richtig. Wir haben ganz dieselbe Route. Will auch dorthin und gar noch weiter. Können also noch einige Zeit beisammen sein. Doch vor allen Dingen die Passage, Sir. Was haben wir zu zahlen, nämlich ich und dieser kleine Mann, wenn's nötig ist?«

Diese Frage war an den Kapitän gerichtet.

»Es fragt sich, wie weit ihr mitfahrt und welchen Platz ihr wollt«, antwortete dieser.

»Platz? Tante Droll fährt stets auf dem ersten; also Kajüte, Sir. Und wie weit? Sagen wir einstweilen Fort Gibson. Können das Lasso ja zu jeder Zeit länger machen. Nehmt Ihr Nuggets?«

»Ja, ganz gern.«

»Aber wie steht's da mit der Goldwage? Seid Ihr ehrlich?«

Diese Frage kam so drollig heraus, und die beiden Äuglein zwinkerten dabei so eigenartig, daß sie gar nicht übelgenommen werden konnte. Dennoch gab der Kapitän sich den Anschein, als ob er sich ärgere, und antwortete: »Fragt ja nicht noch einmal, sonst werfe ich Euch auf der Stelle über Bord!«

»Oho! Meint Ihr, daß Tante Droll so leicht ins Wasser zu bringen sei? Da irrt Ihr Euch gewaltig. Versucht's einmal!«

»Na«, wehrte der Kapitän ab, »gegen Damen muß man höflich sein, und da Ihr eine Tante seid, so gehört Ihr ja zum schönen Geschlechte. Ich will also Eure Frage nicht so scharf nehmen. Übrigens hat es mit dem Zahlen keine große Eile. Wendet Euch gelegentlich an den Offizier!«

»Nein, ich borge nicht, keine Minute lang; das ist so mein Prinzip, wenn's nötig ist.«

»*Well!* So kommt also mit zur Office.«

Die beiden entfernten sich und die andern tauschten gegenseitig ihre Ansichten über den sonderbaren Menschen aus. Der Kapitän kehrte schneller zurück als Droll. Er sagte in erstauntem Tone: »Mesch'schurs, die Nuggets hättet ihr sehen sollen, die Nuggets! Er fuhr mit der einen Hand in seinen Ärmel zurück, und als er sie dann wieder aus dem Loche streckte, hatte er sie voller Goldkörner, erbsengroß, haselnußgroß und sogar noch größer. Dieser Mann muß eine Bonanza entdeckt und ausgenommen haben. Ich wette, er ist viel, viel reicher, als er aussieht.«

Droll bezahlte indessen in der Office das Passagegeld und sah sich dann in der Nähe um. Er erblickte zunächst die Leute des Cornels. Da er nicht derjenige war, der sich auf einem Schiffe befand, ohne zu erfahren, welche Mitpassagiere er habe, so schlenderte er langsam nach dem Vorderdecke zu und sah sich die Männer an. Sein Auge ruhte für einige

Augenblicke auf dem Cornel, dann fragte er ihn: »Verzeihung, Sir, haben wir uns nicht schon einmal gesehen?«

»Nicht daß ich wüßte«, antwortete der Gefragte.

»O, mir ist genau so, als ob wir uns schon begegnet seien. War't Ihr vielleicht schon einmal oben am Missouri?«

»Nein.«

»Auch nicht in Fort Sully?«

»Kenne es gar nicht.«

»Hm! Darf ich vielleicht Euren Namen erfahren?«

»Warum? Wozu?«

»Weil Ihr mir gefallt, Sir. Und sobald ich mein Wohlgefallen an einem Menschen habe, so läßt es mir nicht eher Ruhe, als bis ich erfahre, wie er heißt.«

»Was das betrifft, so gefallt Ihr mir auch«, antwortete der Cornel in scharfem Tone; »trotzdem aber möchte ich nicht so unhöflich sein, Euch nach Eurem Namen zu fragen.«

»Warum? Ich halte das für keine Unhöflichkeit und würde Eure Frage sofort beantworten. Ich habe keine Veranlassung, meinen Namen zu verschweigen. Nur derjenige, der keine ganz ehrlichen Gründe hat, verschweigt es, wie er heißt.«

»Das soll wohl eine Beleidigung sein, Sir?«

»Fällt mir gar nicht ein! Ich beleidige niemals ein Menschenkind, wenn's nötig ist. Adieu, Sir, und behaltet Euren Namen für Euch! Ich mag ihn nicht haben.«

Er drehte sich um und ging von dannen.

»Mir das!« knirschte der Rote. »Und ich muß es so hinnehmen!«

»Warum leidest du es?« lachte einer seiner Leute. »Ich hätte diesem Ledersacke mit der Faust geantwortet.«

»Und den kürzern gezogen!«

»*Pshaw!* Diese Kröte sah nicht nach großer Körperstärke aus.«

»Aber ein Mann, der einen schwarzen Panther bis auf den Handgriff herankommen läßt und ihm dann so kaltblütig die Ladung gibt, als ob er ein Prairiehuhn vor sich habe, der ist nicht zu mißachten. Übrigens handelt es sich nicht um ihn allein. Ich würde sofort noch andre gegen mich haben, und wir müssen alles Aufsehen vermeiden.«

Droll war wieder nach hinten gegangen und stieß unterwegs auf die beiden Indianer, welche sich auf einen Tabakballen gesetzt hatten. Als sie ihn erblickten, erhoben sie sich wie Leute, welche erwarten, angeredet zu werden. Droll hemmte seinen Schritt, als er sie sah, ging dann eilig auf sie zu und rief aus: »*Mira, el oso viejo y el oso mozo* – siehe da, der ›große Bär‹ und der ›kleine Bär‹!«

Das war spanisch. Er mußte also wissen, daß die beiden Roten das Englisch nicht gut, das Spanisch aber geläufiger sprachen und verstanden.

»*Qué sorpresa, la tia Droll* – welche Überraschung, die Tante Droll«, antwortete der alte Indsman, obgleich er ihn schon gesehen hatte, als er noch auf dem Floße saß.

»Was thut ihr hier im Osten und auf diesem Schiffe?« fragte Droll, indem er beiden die Hand reichte.

»Wir waren mit mehreren roten Brüdern in New Orleans, um Sachen einzukaufen, und befinden uns auf dem Heimwege, während die andern die Sachen nachbringen. Es sind viele Monde vergangen, seit wir das Angesicht der Tante Droll nicht gesehen haben.«

»Ja, der ›kleine Bär‹ ist indessen doppelt so groß und lang geworden, als er damals war. Leben meine roten Brüder mit ihren Nachbarn in Frieden?«

»Sie haben ihre Kriegsbeile in die Erde gelegt und wünschen nicht, sie ausgraben zu müssen.«

»Wann werdet ihr zu den Eurigen kommen?«

»Das wissen wir nicht. Wir glaubten, einen halben Mond zuzubringen, nun aber wird es länger währen.«

»Nun aber? Was haben diese beiden Worte zu bedeuten?«

»Daß der ›große Bär‹ nicht eher heimkehren kann, bis er sein Messer in das Blut des Beleidigers getaucht hat.«

»Wer ist das?«

»Der weiße Hund dort mit dem roten Haar. Er hat den ›großen Bär‹ mit der Hand in das Gesicht geschlagen.«

»Alle Teufel! Ist dieser Kerl bei Sinnen gewesen! Er muß doch wissen, was es heißt, einen Indianer mit der Hand zu schlagen, zumal den ›großen Bären‹.«

»Er scheint nicht zu wissen, daß ich dieser bin. Ich habe meinen Namen in der Sprache meines Volkes gesagt und bitte meinen weißen Bruder, ihm denselben nicht ins Englische zu übersetzen.«

»Wenn ich ihm jemals etwas übersetze, so wird es jedenfalls etwas andres sein als der Name meines Bruders. Jetzt will ich fort, zu den andern, welche gern mit mir reden wollen; ich werde noch oft zu euch kommen, um eure Stimmen zu vernehmen.«

Er setzte den unterbrochenen Gang nach hinten fort. Dort war jetzt der Vater des geretteten Mädchens aus der Kajüte angekommen, um zu melden, daß seine Tochter aus ihrer Ohnmacht erwacht sei, sich verhältnismäßig wohl fühle und nun nur der Ruhe bedürfe, um sich vollständig zu erholen. Dann eilte er zu den Indianern, um dem mutigen Knaben Dank für die verwegene That zu sagen. Droll hatte seine Worte gehört und erkundigte sich nach dem, was geschehen war. Als Tom es ihm erzählt hatte, sagte er: »Ja, das traue ich diesem Knaben zu; er ist kein Kind mehr, sondern ein voller, ganzer Mann.«

»Kennt Ihr ihn und seinen Vater? Wir sahen, daß Ihr mit ihnen gesprochen.«

»Ich bin ihnen einigemal begegnet.«

»Begegnet? Er nannte sich ein Tonkawa, und dieser fast ausgestorbene Stamm befindet sich nie auf Wanderung, sondern ist auf seinen elenden Reservationen im Thale des Rio Grande seßhaft.«

»Der ›große Bär‹ ist nicht seßhaft geworden, sondern den Gewohnheiten seiner Vorfahren treu geblieben. Er streift umher, gerade wie der Apachenhäuptling Winnetou. Es steht zwar zu erwarten, daß er einen bestimmten Ort hat, an welchem er von seinen Strapazen ausruht, aber er hält ihn geheim. Er spricht zuweilen von ›den Seinigen‹, und so oft ich ihm begegne, erkundige ich mich, ob es denselben wohlgehe; aber wer, was und wo sie sind, das habe ich nicht erfahren können. Er wollte auch jetzt zu ihnen, sieht sich aber durch die Rache aufgehalten, welche er gegen den Cornel hat.«

»Sprach er davon?«

»Ja. Er will nicht eher ruhen, als bis sie vollzogen ist. Der Cornel ist also in meinen Augen ein verlorener Mann.«

»Das habe ich auch gesagt«, meinte Old Firehand. »Wie ich die Indianer kenne, ließ er sich den Hieb nicht aus Feigheit gefallen.«

»So?« fragte Droll, indem er den Riesen musternd anblickte. »Ihr habt die Indsmen auch kennen gelernt, wenn's nötig ist? Ihr seht mir aber gar nicht danach aus, obgleich Ihr ein wirklicher Goliath zu sein scheint. Ich denke, Ihr paßt viel besser in den Salon als in die Prairie.«

»O weh, Tante!« lachte Tom. »Da habt Ihr einen gewaltigen Pudel geschossen. Ratet einmal, wer dieser Sir ist!«

»Fällt mir gar nicht ein. Vielleicht seid Ihr so gut, es mir lieber gleich zu sagen.«

»Nein, so leicht werde ich es Euch doch nicht machen. Ihr sollt dabei Euren Kopf wenigstens einigermaßen anstrengen. Dieser Herr gehört nämlich zu unsern berühmtesten Westmännern.«

»So! Nicht zu den berühmten, sondern den berühmtesten?«

»Ja.«

»Von dieser Sorte gibt es nach meiner Ansicht nur zwei, denn kein dritter verdient es so wie sie, daß man den Superlativ auf sie anwendet.«

Er machte eine Pause, kniff das eine Auge zusammen, zwinkerte Old Firehand mit dem andern an, ließ ein kurzes Lachen hören, welches wie ein auf der Klarinette geblasenes »Hihihihi« klang, und fuhr dann fort:

»Diese beiden sind nämlich Old Shatterhand und Old Firehand. Da ich den ersteren kenne, wenn's nötig ist, so könnte dieser Sir kein andrer als Old Firehand sein. Ist's erraten?«

»Ja, ich bin es«, nickte der Genannte.

»Egad?« fragte Droll, indem er zwei Schritte zurücktrat, und ihn nochmals mit dem einen offenen Auge betrachtete. »Ihr seid wirklich dieser Mann, vor welchem jeder Halunke zittert. Die Gestalt habt Ihr ganz so, wie er beschrieben wird, aber – – vielleicht macht Ihr doch nur Spaß!«

»Nun, ist das auch Spaß?« fragte Old Firehand, indem er mit der Rechten Droll am Kragen seines Rockes packte, ihn emporhob, dreimal rund um sich schwenkte und dann auf eine nahestehende Kiste stellte.

Das Gesicht des also Gemaßregelten war dunkelrot geworden. Er schnappte nach Atem und rief dabei in einzelnen kurz abgerissenen Sätzen: »*Zounds,* Sir, haltet Ihr mich für einen Perpendikel oder einen Zentrifugalregulator! Bin ich dazu erschaffen worden, im Kreise um Euch durch die Luft zu tanzen! Ein wahres Glück, daß mein Sleepinggown von starkem Leder ist, sonst wäre er zerrissen und Ihr hättet mich in den Fluß geschleudert! Aber die Probe war gut, Sir; ich sehe, daß Ihr wirklich Old Firehand seid. Ich muß es schon aus dem Grunde glauben, weil Ihr sonst im stande seid, diesen Gentlemen den Umlauf des Mondes um die Erde noch einmal mit mir zu demonstrieren. Habe oft, wenn von Euch die Rede war, gedacht, wie sehr ich mich freuen würde, wenn ich Euch einmal zu sehen bekäme. Ich bin nur ein einfacher Trapper, weiß aber sehr genau, was ein Mann Eures Schlages zu bedeuten hat. Hier ist meine Hand, und wenn Ihr mich nicht tief betrüben wollt, so weist sie nicht zurück!«

»Zurückweisen? Das wäre die reine Sünde. Ich gebe jedem braven Manne gern die Hand, um wie viel mehr also einem, der sich bei uns in so ausgezeichneter Weise eingeführt hat.«

»Eingeführt? Wieso?«

»Indem Ihr den Panther erschossen habt.«

»Ach so! Das war keine That, über welche man viele Worte macht. Dem Tiere war nicht allzu wohl im Wasser; es hat mir gar nichts thun, sondern sich nur auf mein Floß retten wollen. Bin da leider nicht sehr gastfreundlich gewesen.«

»Das war klug von Euch, denn der Panther hatte es in Wahrheit auf Euch abgesehen. Vor dem Wasser fürchtet er sich nicht; er ist ein ausgezeichneter Schwimmer und hätte das Ufer ohne alle Anstrengung erreichen können. Welch ein Unglück, wenn ihm das gelungen wäre. Indem Ihr ihn tötetet, habt Ihr jedenfalls vielen Menschen das Leben gerettet. Ich schüttle Euch die Hand und wünsche, daß wir uns näher kennen lernen.«

»Ganz auch mein Wunsch, Sir. Aber nun schlage ich vor, auf diese

»Nun, ist das auch Spaß?« fragte Old Firehand, indem er mit der Rechten Droll am Kragen seines Rockes packte.

Bekanntschaft einen Trunk zu thun. Ich bin nicht auf diesen Steamer gekommen, um zu verdursten. Gehen wir also in den Salon.«

Man folgte dieser Aufforderung. Tom mußte, um sich anschließen zu können, für die Kajüte nachzahlen, was er aber sehr gern that.

Als die Gentlemen vom Deck verschwunden waren, kam der Neger, welcher den Panther nicht mit hatte ansehen dürfen, aus dem Maschinenraume. Er war dort von einem andern Arbeiter abgelöst worden und suchte sich nun ein schattiges Plätzchen für den Mittagsschlaf. Langsam und verdrossen nach vorn schlendernd, zeigte er ein Gesicht, welchem deutlich anzusehen war, daß er sich in keiner guten Stimmung befand. Das sah der Cornel; er rief ihn an und winkte näher zu kommen.

»Was soll's sein, Sir?« fragte der Schwarze, als er herangekommen war. »Habt Ihr einen Auftrag, so wendet Euch an den Steward. Ich bin nicht für die Passagiere da.«

Er sprach sein Englisch wie ein Weißer.

»Das kann ich mir denken«, antwortete der Cornel. »Ich wollte Euch nur fragen, ob es Euch beliebt, ein Glas Brandy mit uns zu trinken.«

»Wenn's das ist, so bin ich Euer Mann. Im Feuerraume unten trocknet die Gurgel und die Leber aus. Aber ich sehe ja keinen einzigen Schluck hier!«

»Hier habt Ihr einen Dollar; holt, was Euch beliebt, dort am Board, und setzt Euch mit zu uns!«

Der Ausdruck der Verdrossenheit verschwand sofort vom Gesichte des Negers, auch war er jetzt viel beweglicher als vorher. Er brachte zwei volle Flaschen nebst einigen Gläsern und setzte sich dann neben den Cornel, welcher bereitwillig zur Seite rückte. Als das erste Glas über seine Zunge gelaufen war, goß er sich noch ein zweites voll, leerte es und fragte darauf: »Das ist eine Erquickung, Sir, die unsereiner sich nicht oft gewähren kann. Aber wie kommt Ihr auf den Gedanken, mich einzuladen? Ihr Weißen seid doch sonst nicht so zuvorkommend gegen uns Schwarze.«

»Bei mir und meinen Freunden ist ein Neger ebensoviel wert, wie ein Weißer. Ich habe bemerkt, daß Ihr beim Kessel abgestellt seid. Das ist eine schwere und durstige Arbeit, und da ich mir denke, daß der Kapitän Euch nicht mit Hundertdollarnoten bezahlen wird, so sagte ich mir, daß Euch ein guter Schluck so gerade recht sein würde.«

»Da habt Ihr einen vortrefflichen Gedanken gehabt. Der Kapitän zahlt freilich schlecht; man kann es zu keinem rechten Trunke bringen, zumal er keinen Vorschuß gibt, wenigstens mir nicht, sondern erst am Schlusse der Fahrt in den Beutel greift – *damn!*«

»So hat er es wohl auf Euch abgesehen?«

»Ja, gerade auf mich.«

»Warum?«

»Er sagt, mein Durst sei zu groß; den andern zahlt er täglich, mir aber nicht. Da ist's dann kein Wunder, wenn der Durst größer und immer größer wird.«

»Nun, es soll ganz auf Euch ankommen, ob Ihr ihn heute werdet stillen können oder nicht.«

»Wieso?«

»Ich bin bereit, Euch einige Dollar zu geben, wenn Ihr mir dafür einen Gefallen thut.«

»Einige Dollar? *Huzza!* Dafür bekäme ich ja mehrere Flaschen voll! Nur heraus mit Eurem Wunsche, Sir. Den Gefallen werde ich Euch gut und gern erweisen.«

»Die Sache ist nicht so leicht. Ich weiß nicht, ob Ihr der richtige Mann sein werdet.«

»Ich? Wenn's gilt, einen Brandy zu verdienen, so bin ich stets der richtige Mann.«

»Möglich. Aber es muß schlau angefangen werden.«

»Schlau? Es ist doch nicht etwa etwas, was meinem Rücken Schaden bringen kann? Der Kapitän duldet keine Unregelmäßigkeit.«

»Keine Sorge; es ist nichts derartiges. Ihr sollt nur ein wenig lauschen, ein wenig horchen.«

»Wo? Bei wem?«

»In dem Salon.«

»So? Hm?« brummte er nachdenklich. »Warum denn, Sir?«

»Weil – nun, ich will aufrichtig mit Euch sein.« – Er schob dem Neger ein volles Glas hin und fuhr in vertraulichem Tone fort: »Da ist ein großer, riesenhaft gebauter Sir, den sie Old Firehand nennen, ferner ein dunkelbärtiger Kerl, welcher Tom heißt, und endlich eine Fastnachtsmaske in einem langen Lederrocke, welche auf den Namen Tante Droll hört. Dieser Old Firehand ist ein reicher Farmer, und die beiden andern sind seine Gäste, welche er mit zu sich nimmt. Zufälligerweise wollen auch wir nach dieser Farm, um dort Arbeit zu nehmen. Es versteht sich da ganz von selbst, daß es da eine gute Gelegenheit gibt, zu erfahren, was für Leute die sind, mit denen wir es zu thun haben werden. Ich denke, sie werden von ihren Angelegenheiten sprechen, und wenn Ihr die Ohren offen haltet, kann es Euch gar nicht schwer fallen, uns zufrieden zu stellen. Ihr seht und hört, daß ich gar nichts Unrechtes und Verbotenes von Euch verlange.«

»Ganz richtig, Sir! Kein Mensch hat mir verboten, zuzuhören, wenn andre hier sprechen. Die nächsten sechs Stunden gehören mir; ich bin arbeitsfrei und kann thun, was mir beliebt.«

»Aber wie wollt Ihr es anfangen?«

»Das ist eine Frage, über welche ich soeben nachdenke.«

»Dürft Ihr in den Salon?«

»Untersagt ist es mir gerade nicht; aber ich habe nichts darin zu suchen.«

»So macht Ihr Euch einen Vorwand!«

»Aber welchen? Ich könnte etwas hineintragen, etwas herausholen.

Das ist aber in so kurzer Zeit geschehen, daß ich meinen Zweck dabei nicht zu erreichen vermag.«

»Gibt es denn nicht irgend eine Arbeit, mit welcher Ihr Euch länger darin beschäftigen müßt?«

»Nein – – oder doch! Da fällt mir etwas ein. Die Fenster sind schmutzig; ich könnte sie putzen.«

»Wird das nicht auffallen?«

»Nein. Da der Salon stets besetzt ist, so kann diese Arbeit nicht zu einer Zeit vorgenommen werden, in welcher niemand da ist.«

»Aber Ihr seid es nicht, der sie zu verrichten hat.«

»Das schadet nichts. Sie ist eigentlich des Stewards Sache; diesem aber thue ich den größten Gefallen, wenn ich sie ihm abnehme.«

»Aber er kann Verdacht fassen.«

»Nein. Er weiß, daß ich kein Geld habe und doch gern einen Brandy trinke. Ich sage, daß ich Durst habe und an seiner Stelle für ein Glas die Fenster putzen will. Da wird er kein Mißtrauen fassen. Ihr braucht keine Sorge zu haben, Sir; ich werde es gewiß ermöglichen. Also wie viele Dollar versprecht Ihr mir?«

»Ich zahle nach dem Werte der Nachricht, welche Ihr mir bringt, zum wenigsten aber drei Stück.«

»*All right;* es wird gemacht. Schenkt mir noch einmal ein, dann will ich gehen.«

Als er sich entfernt hatte, wurde der Cornel gefragt, was er eigentlich mit dem erteilten Auftrage bezwecke. Er antwortete: »Wir sind arme Tramps und müssen überall sehen, wo wir bleiben. Wir haben hier Passage zahlen müssen, und so will ich wenigstens den Versuch machen, zu erfahren, ob wir dieses Geld nicht auf irgend eine Weise wieder bekommen können. Für den weiten Marsch, welchen wir vorhaben, müssen wir Vorbereitungen treffen, welche viel Geld kosten, und ihr wißt, daß unsre Beutel ziemlich leer geworden sind.«

»Wir wollen sie ja aus der Eisenbahnkasse füllen!«

»Wißt ihr so genau, daß uns dieser Plan gelingen wird? Wenn wir schon hier Geld machen können, so wäre es die größte Thorheit, die Gelegenheit unbenutzt vorübergehen zu lassen.«

»Also, daß ich es gerade heraussage, Diebstahl hier an Bord? Das ist gefährlich. Man kann doch nicht dann augenblicklich fort, und wenn der Betreffende den Verlust entdeckt, so gibt es ganz sicher ein schauderhaftes Hallo, dem eine Durchsuchung sämtlicher Personen und aller Winkel des Schiffes folgen wird. Gerade wir werden die ersten sein, auf welche der Verdacht fällt.«

»Du bist der größte Kindskopf, der mir vorgekommen ist. So eine Sache ist gefährlich und auch nicht, ganz je nachdem, wie sie angefaßt wird. Und ich bin nicht derjenige, der sie bei der falschen Seite faßt. Wenn ihr mir in allem folgt, so muß uns alles, auch später der letzte große Coup gelingen.«

»Der droben am Silbersee? Hm! Wenn man dir da nur nicht einen Bären aufgebunden hat.«

»*Pshaw!* Ich weiß, was ich weiß. Es kann mir nicht einfallen, euch jetzt schon einen ausführlichen Bericht zu geben. Wenn wir an Ort und Stelle sind, werde ich euch unterrichten. Bis dahin müßt ihr mir Vertrauen schenken und mir glauben, wenn ich euch sage, daß es da oben Reichtümer gibt, welche für uns alle lebenslang ausreichen. Jetzt wollen wir alles unnötige Geschwätz vermeiden und lieber ruhig abwarten, was der dumme Nigger uns für einen Bericht bringt.«

Er lehnte sich an die Schanzverkleidung und schloß die Augen zum Zeichen, daß er nun nichts mehr hören wolle und nichts mehr sagen werde. Auch die andern machten es sich so bequem wie möglich. Die einen gaben sich Mühe, einzuschlafen, ohne aber diesen Zweck zu erreichen; die andern flüsterten leise miteinander über den großen Plan, zu dessen Ausführung sie sich auf Leben und Tod verbunden hatten.

Der »dumme Nigger« schien seiner Aufgabe doch gewachsen zu sein. Hätte er ein unüberwindliches Hindernis gefunden, so wäre er gewiß zurückgekehrt, um es zu melden. So aber war er erst nach dem Bedienungsraume gegangen, wohl um mit dem Steward zu sprechen, und dann im Eingange zum Salon verschwunden, ohne wieder gesehen zu werden. Es verging weit über eine Stunde, ehe er auf dem Deck erschien. Er hatte mehrere Wischtücher in der Hand, trug diese fort und kam dann zu der sogleich munter werdenden Gesellschaft, bei welcher er sich niederließ, ohne die vier Augen zu sehen, von denen er und die Tramps scharf beobachtet wurden. Diese vier Augen gehörten den beiden Indianern, dem »großen« und dem »kleinen Bär«.

»Nun?« fragte der Cornel gespannt. »Wie habt Ihr Euch meines Auftrages entledigt?«

Der Gefragte antwortete mißgestimmt: »Ich habe mir alle Mühe gegeben, glaube aber nicht, daß ich für das, was ich gehört habe, mehr als die ausgemachten drei Dollar bekommen werde.«

»Warum?«

»Weil mein Lauschen vergeblich gewesen ist. Ihr habt Euch nämlich geirrt, Sir.«

»Worin?«

»Der Riese heißt allerdings Old Firehand, ist aber gar nicht Farmer und kann also diesen Tom und die Tante Droll auch nicht zu sich eingeladen haben.«

»Das wäre!« fuhr der Cornel auf, indem er den Ton der Enttäuschung nachahmte.

»Ja, es ist so«, bekräftigte der Neger. »Der Riese ist ein berühmter Jäger und will weit hinauf ins Gebirge.«

»Wohin?«

»Das sagte er nicht. Ich habe alles gehört und es ist mir kein einziges Wort des Gesprächs entgangen. Die drei Männer saßen mit dem Vater des Mädchens, welches der Panther fressen wollte, beisammen, abseits von den übrigen.«

»Will er allein hinauf?«

»Nein. Dieser Vater heißt Butler und ist Ingenieur; auch er will mit.«

»Ein Ingenieur? Was werden diese beiden in den Bergen wollen!«

»Vielleicht wurde eine Mine entdeckt, welche Butler untersuchen soll.«

»Nein, denn Old Firehand versteht das selbst besser als der klügste Ingenieur.«

»Sie wollen erst den Bruder Butlers aufsuchen, welcher in Kansas eine großartige Farm besitzt. Dieser Bruder muß ein sehr reicher Mann sein. Er hat Vieh und Getreide nach New Orleans geliefert und der Ingenieur hat das Geld dafür jetzt einkassiert, um es ihm mitzubringen.«

Das Auge des Cornels leuchtete auf; aber weder er noch einer der Tramps verriet durch eine Bewegung oder Miene, wie wichtig diese Mitteilung war.

»Ja, in Kansas gibt es steinreiche Farmer«, bemerkte der Anführer in gleichgültigem Tone. »Dieser Ingenieur aber ist ein unvorsichtiger Mensch. Ist die Summe groß?«

»Er flüsterte von neuntausend Dollar in Papier; ich habe es aber dennoch verstanden.«

»So eine Summe trägt man doch nicht mit sich herum. Wozu wären denn die Banken da. Wenn er den Tramps in die Hände fällt, so ist das Geld verloren.«

»Nein; sie würden es nicht finden.«

»O, die sind verschlagene Kerls.«

»Aber da, wo er es hat, werden sie gewiß nicht suchen.«

»So kennt Ihr das Versteck?«

»Ja. Er zeigte es den andern. Er that zwar heimlich dabei, weil ich zugegen war. Ich wendete ihnen den Rücken zu, und so glaubten sie, daß ich die Fingerzeige nicht sehen werde; aber sie dachten nicht an den Spiegel, in welchen ich blickte und in dem ich alles sah.«

»Hm, ein Spiegel ist trügerisch. Wer vor demselben steht, der sieht bekanntlich seine rechte Seite links und die linke rechts.«

»Das habe ich noch nicht beobachtet und verstehe nichts davon; aber was ich gesehen habe, das habe ich gesehen. Der Ingenieur hat nämlich ein altes Bowiemesser mit einem hohlen Griffe, in welchem die Noten stecken. Die Tramps mögen, falls er ihnen in die Hände fiele, ihn immerhin ausrauben. So ein altes, schlechtes Messer nimmt selbst der ärgste Räuber seinem Opfer nicht, weil er es eben nicht selbst braucht und dem Beraubten doch wenigstens eine Waffe, ein Werkzeug lassen muß, ohne welches er im Westen verloren wäre.«

»Das ist freilich sinnreich. Aber wo hat er denn das Messer? Er trägt keinen Jägeranzug, keinen Gürtel.«

»Er hat den Gürtel unter der Weste, und von demselben hängt die Ledertasche, in welcher es steckt, an der linken Seite unter dem Rockschoße herab.«

»So! Nun, das kann uns freilich nicht interessieren. Wir sind keine Tramps, sondern ehrliche Erntearbeiter. Es thut mir nur leid, daß ich mich in dem Riesen geirrt habe. Die Ähnlichkeit mit dem Farmer, den ich meine, ist sehr groß, und er führt auch ganz denselben Namen.«

»Vielleicht ist er ein Bruder von ihm. Übrigens hat nicht bloß der Ingenieur so viel Geld bei sich. Der Schwarzbärtige sprach auch von einer bedeutenden Summe, welche er erhalten habe und an seine Kameraden, welche Rafters sind, verteilen müsse.«

»Wo befinden sich denn die?«

»Sie fällen ihre Bäume jetzt am Black-bear-Flusse, den ich freilich nicht kenne.«

»Ich kenne ihn. Er mündet unterhalb Tuloi in den Arkansas. Ist die Gesellschaft zahlreich?«

»Gegen zwanzig Mann, lauter tüchtige Boys, sagte er. Und der lustige Kerl in dem ledernen Schlafrocke hat eine ganze Menge von Nuggets bei sich. Auch er will nach dem Westen. Möchte wissen, wozu er das Gold mitnimmt. Das schleppt man doch nicht mit in der Wildnis umher!«

»Warum nicht? Auch im Westen hat der Mensch Bedürfnisse. Da gibt es Forts, Sommerstores und herumziehende Krämer, bei denen man genug Geld und Nuggets los werden kann. Also diese Leute sind mir nun vollständig gleichgültig. Ich begreife nur nicht, daß dieser Ingenieur hinauf in das Felsengebirge will und doch ein junges Mädchen bei sich hat.«

»Er hat nur dieses eine Kind. Die Tochter liebt ihn sehr und hat sich nicht von ihm trennen wollen. Da er nun beabsichtigt, eine ungewöhnlich lange Zeit in den Bergen zu bleiben, wozu es sogar notwendig sein wird, Blockhäuser zu bauen, so hat er sich endlich entschlossen, sie und die Mutter mitzunehmen.«

»Blockhäuser? Hat er das gesagt?«

»Ja.«

»Für ihn und seine Tochter würde doch eine einzige Blockhütte genügen. Es steht also zu vermuten, daß sie nicht allein sein, sondern sich in Gesellschaft befinden werden. Ich möchte wissen, welchen Zweck sie verfolgen.«

»Das wollte auch der Schwarzbärtige wissen; aber Old Firehand sagte ihm, daß er es später erfahren werde.«

»Also wird es geheim gehalten. Es muß sich also doch wahrscheinlich um eine Bonanza, eine reiche Erzader handeln, welche man heimlich untersuchen und günstigen Falls ausbeuten will. Möchte doch den Ort erfahren, nach dem sie wollen!«

»Der wurde leider nicht genannt. Wie es scheint, wollen sie den Schwarzbärtigen und auch die Tante Droll mitnehmen. Sie haben großen Gefallen aneinander gefunden, einen so großen, daß sie hier in nebeneinander liegenden Kabinen schlafen.«

»In welchen? Wisset Ihr das?«

»Ja, denn sie verhandelten laut darüber. In Nummer eins schläft der Ingenieur; Nummer zwei hat Old Firehand, Nummer drei Tom, Nummer vier die Tante Droll und Nummer fünf der kleine Fred.«

»Wer ist das?«

»Der Boy, den die Tante mitgebracht hat.«

»Ist er Drolls Sohn?«

»Nein, soviel ich erraten habe.«

»Wie ist sein Familienname und weshalb befindet er sich bei Droll?«

»Darüber wurde kein Wort gesprochen.«

»Liegen die Kabinen eins bis fünf rechts oder links?«

»Auf der Steuerbordseite, von hier aus also links. Das Mädchen des Ingenieurs schläft natürlich mit ihrer Mutter in einer Damenkabine. Doch brauche ich nicht davon zu reden, denn das alles kann Sie ja gar nicht interessieren.«

»Das ist freilich richtig. Da ich mich in diesen Leuten geirrt habe, kann es mir sehr gleichgültig sein, wo sie liegen und schlafen. Ich beneide sie übrigens nicht um ihre engen Kabinen, in denen sie fast ersticken müssen, während wir hier auf dem offenen Deck so viel Luft haben, wie wir nur verlangen können.«

»*Well!* Aber gute Luft haben auch die Kajütenherren, da die Fenster herausgenommen werden und an deren Stelle Gazeflächen eingesetzt werden. Am allerschlimmsten sind natürlich wir daran. Wir müssen, wenn wir des Nachts nicht zu arbeiten haben, eigentlich da unten schlafen« – er zeigte auf eine Luke, welche nicht weit von ihnen unter das Deck führte – »und es ist nur eine ganz besondere Gunst, wenn der Offizier erlaubt, uns hier zu den Passagieren zu legen. Durch die enge Luke kommt keine Luft hinab, und aus dem Unterraum steigt ein Moderduft herauf. Es ist an warmen Tagen geradezu zum Ersticken.«

»Euer Schlafraum steht mit dem Kielraum in Verbindung?« fragte der Cornel angelegentlich.

»Ja. Es geht eine Treppe hinab.«

»Könnt Ihr diese nicht verschließen?«

»Nein, denn das würde zu umständlich sein.«

»So seid Ihr allerdings zu bedauern. Doch genug von diesen Geschichten; wir haben ja noch Brandy in der Flasche.«

»Recht so, Sir! Auch vom Sprechen wird die Kehle trocken. Ich will noch einmal trinken und mich dann in den Schatten machen, um ein Schläfchen zu thun. Wenn meine sechs Stunden vorüber sind, muß ich wieder an die Kessel. Wie aber steht es nun mit meinen Dollars?«

»Ich halte Wort, obgleich ich sie vollständig umsonst bezahle. Aber da mein eigener Irrtum daran schuld ist, so sollt nicht Ihr die Folge tragen. Hier sind also die drei Dollar. Mehr könnt Ihr nicht verlangen, da Eure Gefälligkeit uns keinen Nutzen gebracht hat.«

»Ich begehre auch nicht mehr, Sir. Für diese drei Dollar bekomme ich so viel Brandy, daß ich mich tottrinken kann. Ihr seid ein nobler Gentleman. Habt Ihr wieder einen Wunsch, so wendet Euch nur an mich und nicht etwa an einen andern. Ihr könnt auf mich rechnen.«

Er trank noch ein volles Glas aus und begab sich dann zur Seite, wo er sich in den Schatten eines großen Ballens niederlegte.

Die Tramps sahen ihren Anführer neugierig an. In der Hauptsache wußten sie, woran sie waren, aber sie konnten einige seiner Fragen und Erkundigungen nicht in den richtigen Zusammenhang bringen.

»Da schaut ihr mich nun um Auskunft an«, sagte er, indem sein Gesicht ein überlegenes, selbstgefälliges Lächeln zeigte. »Neuntausend Dollar in Banknoten, also bares Geld und nicht etwa Checks oder Wechsel, bei deren Präsentation man in Gefahr geraten kann, festgenommen zu werden! Das ist eine tüchtige Summe, die uns willkommen sein wird.«

»Wenn wir sie haben!« fiel derjenige ein, welcher für die andern den Sprecher zu machen pflegte.

»Wir haben sie!«

»Noch lange nicht!«

»Oho! Wenn ich es sage, so ist es so.«

»Nun, wie bekommen wir sie denn? Wie wollen wir das Messer erhalten?«

»Ich hole es.«

»Aus der Schlafkabine?«

»Ja.«

»Du selbst?«

»Natürlich. So eine wichtige Arbeit überlasse ich keinem andern.«

»Und wenn man dich erwischt?«

»Das ist unmöglich. Mein Plan ist fertig, und er wird gelingen.«

»Wenn's wahr ist, soll es mir lieb sein. Aber der Ingenieur wird sein Messer beim Erwachen vermissen. Dann geht der Teufel los!«

»Ja, dann geht freilich der Teufel los; aber wir sind fort.«

»Wohin?«

»Welche Frage! An das Ufer natürlich.«

»Sollen wir etwa hinüberschwimmen?«

»Nein. Das mute ich weder mir noch euch zu. Ich bin kein übler Schwimmer, aber des Nachts möchte ich mich doch diesem breiten Strome, dessen Ufer man kaum sieht, nicht anvertrauen.«

»So meinst du, daß wir uns eines der beiden Boote bemächtigen?«

»Auch das nicht. Unmöglich wäre es zwar nicht, dies zu thun, ohne daß es gesehen wird, aber ich will lieber mit Umständen rechnen, welche mir bekannt sind, als mit solchen, die ganz unerwartet eintreten und die Ausführung meines Plans unmöglich machen können.«

»So sehe ich nicht ein, in welcher Weise wir ans Land kommen sollen, bevor der Diebstahl entdeckt ist.«

»Das ist eben ein Beweis, daß du ein Kindskopf bist. Warum habe ich mich denn so angelegentlich nach dem Kielraum erkundigt?«

»Das kann ich nicht wissen!«

»Wissen freilich nicht, aber erraten. Schau dich um! Was steht dort neben der Ankertaurolle?«

»Das scheint ein Werkzeugkasten zu sein.«

»Erraten! Ich habe gesehen, daß er Hammer, Feilen, Zangen und mehrere Bohrer enthält, unter denen einer ist, dessen Gewinde einen Durchmesser von anderthalb Zoll hat. Nun vereinige einmal beides, den Kielraum und diesen Bohrer!«

»*Thunder-storm!* Willst du etwa das Schiff anbohren?« fuhr der andre auf.

»Allerdings will ich das.«

»Daß wir alle ersaufen!«

»*Pshaw!* Mache dich nicht lächerlich! Vom Ertrinken ist keine Rede. Ich will nur den Kapt'n zwingen, ans Ufer zu legen.«

»Ah so! Aber wird das gelingen?«

»Jedenfalls. Wenn das Schiff Wasser zieht, muß ein Leck da sein, und wenn ein Leck da ist, fährt man an das Ufer, um der Gefahr zu entgehen und das Schiff mit Muße zu untersuchen.«

»Aber wenn man es zu spät bemerkt!«

»Sei doch nicht so ängstlich. Wenn das Schiff sinkt, was sehr langsam geschieht, so steigt die Wasserlinie außen. Das muß der Offizier oder Steuermann bemerken, wenn er nicht blind ist. Es wird das einen solchen Lärm und Schreck geben, daß der Ingenieur zunächst gar nicht an sein Messer denken wird. Wenn er dann den Verlust entdeckt, sind wir längst fort.«

»Und wenn er doch an das Messer denkt und zwar am Ufer anlegt, aber keinen Menschen aussteigen läßt? Man muß alles überlegen.«

»So wird man auch nichts finden. Wir binden das Messer an eine Schnur, lassen es an derselben ins Wasser hinab und befestigen das andre Ende draußen am Schiffe. Wer es da findet, der muß geradezu allwissend sein.«

»Dieser Gedanke ist freilich nicht übel. Was aber dann, wenn wir vom Schiffe sind? Wir wollten doch eigentlich so weit wie möglich mit demselben fahren.«

»Für neuntausend Dollar läuft man gern eine Strecke. Wenn wir teilen, kommt auf den Kopf eine Summe von weit über vierhundert Dollar. Übrigens werden wir uns nicht zu lange auf unsre Beine zu verlassen brauchen. Ich denke, daß wir bald eine Farm oder ein Indianerlager treffen, wo wir uns Pferde kaufen können, ohne sie zu bezahlen.«

»Das lasse ich gelten. Und dann reiten wir wohin?«

»Zunächst nach dem Black-bear-Flusse.«

»Etwa zu den Rafters, von denen der Nigger sprach?«

»Ja. Es ist sehr leicht, ihr Lager auszukundschaften. Natürlich lassen wir uns dort nicht sehen, sondern lauern den Schwarzbärtigen ab, um auch ihm sein Geld abzunehmen. Ist das geschehen, so haben wir genug, um uns für unsern weiten Ritt ausrüsten zu können.«

»Auf die Eisenbahnkasse wollen wir also dann verzichten?«

»Keineswegs. Sie wird viele, viele Tausende enthalten, und wir werden uns dieses Geld holen. Wir wären aber Thoren, wenn wir nicht schon vorher alles mögliche mitnähmen. Und nun wißt ihr, woran ihr seid. Heute abend gibt's zu thun, und an Schlaf ist nicht zu denken. Darum legt euch jetzt aufs Ohr, damit ihr dann frisch seid und gut marschieren könnt!«

Dieser Weisung wurde Folge geleistet. Es herrschte überhaupt infolge der großen Hitze auf dem Schiffe eine ganz ungewöhnliche Stille und Ruhe. Die Landschaft rechts und links des Flusses bot nichts, was die Aufmerksamkeit der Passagiere auf sich zu ziehen vermochte, und so verbrachte man die Zeit schlafend oder wenigstens in jenem Hindämmern, welches das Mittelding zwischen Schlafen und Wachen ist und weder dem Körper noch dem Geiste eine wirkliche Erholung gewährt.

Erst gegen Abend, als die Sonne sich dem Horizonte näherte, gab es wieder Bewegung auf dem Deck. Die Hitze hatte nachgelassen und ein leidlich frischer Luftzug war wach geworden. Die Ladies und Gentlemen kamen aus ihren Kabinen, um diese Frische zu genießen. Auch der Ingenieur befand sich unter ihnen. Er hatte seine Frau und Tochter mit, welch letztere sich von ihrem Schrecken und dem unfreiwilligen Wasserbade vollständig erholt hatte. Diese drei Personen suchten die Indianer auf, da die beiden Damen denselben noch nicht gedankt hatten.

Der alte und der junge Bär hatten den ganzen Nachmittag mit echt indianischer Ruhe und Unbeweglichkeit auf derselben Kiste zugebracht, auf welcher sie schon gesessen hatten, als sie von Tante Droll begrüßt worden waren. Sie saßen auch jetzt noch da, als der Ingenieur mit Frau und Tochter zu ihnen kam.

»He – el bakh schai – bakh matelu makik – jetzt werden sie uns Geld geben«, sagte der Vater in der Tonkawasprache zu seinem Sohne, als er sie kommen sah. Sein Gesicht verfinsterte sich, da die von ihm angegebene Art und Weise der Dankbarkeit für einen Indianer eine Beleidigung ist. Der Sohn hielt die rechte Hand, mit dem Rücken nach oben gerichtet, vor sich hin und ließ sie dann rasch sinken, was so viel bedeutet, daß er mit seinem Vater nicht derselben Ansicht sei. Sein Auge ruhte mit Wohlgefallen auf dem Mädchen, welches er gerettet hatte. Dieses kam mit raschen Schritten auf ihn zu, nahm seine Hand zwischen die ihrigen beiden, drückte sie herzlich und sagte: »Du bist ein guter und mutiger Knabe. Schade, daß wir uns nicht nahe wohnen; ich würde dich lieb haben.«

Er sah ihr ernst in das rosige Gesichtchen und antwortete: »Mein Leben würde dir gehören. Der große Geist diese Worte hören; er wissen, daß sie wahr sind.«

»So will ich dir wenigstens ein Andenken geben, damit du dich meiner erinnerst. Darf ich?«

Er nickte nur. Sie zog einen dünnen Goldring von ihrem Finger und steckte ihm denselben an den linken kleinen Finger, an welchen er gerade paßte. Er blickte auf den Ring und dann auf sie, griff unter seine Zunidecke, nestelte etwas vom Halse los und gab es ihr. Es war ein kleines, starkes, viereckiges Lederstück, weiß gegerbt und glatt gepreßt, auf welches einige Zeichen eingepreßt waren.

»Ich dir auch geben Andenken«, sagte er. »Es ist Totem von Nintropan-homosch, nur Leder, kein Gold. Aber wenn du kommen in Gefahr bei Indianer und es vorzeigen, dann Gefahr gleich zu Ende. Alle Indianer kennen und lieben Nintropan-homosch und gehorchen sein Totem.«

Sie verstand nicht, was ein Totem sei und welch einen großen Wert es unter Umständen haben kann. Sie wußte nur, daß er ihr für den Ring ein

Stück Leder als Gegengabe schenkte; aber sie zeigte sich nicht enttäuscht. Sie war zu mild- und gutherzig, als daß sie es über das Herz gebracht hätte, ihn durch die Zurückweisung seiner scheinbar armseligen Gabe zu kränken. Darum band sie sich das Totem um den Hals, wobei die Augen des jungen Indianers vor Vergnügen leuchteten, und antwortete: »Ich danke dir! Nun besitze ich etwas von dir und du hast etwas von mir. Das erfreut uns beide, obgleich wir uns auch ohne diese Gaben nicht vergessen würden.« Jetzt bedankte sich auch die Mutter des Mädchens und zwar durch einfachen Händedruck. Dann sagte der Vater: »Wie soll nun ich die That des ›kleinen Bären‹ belohnen? Ich bin nicht arm; aber alles, was ich habe, wäre zu wenig, für das, was er mir erhalten hat. Ich muß also sein Schuldner bleiben, aber auch sein Freund dazu. Nur ein Andenken kann ich ihm geben, mit welchem er sich gegen seine Feinde schützen kann, wie er meine Tochter gegen den Panther verteidigt hat. Wird er diese Waffen nehmen? Ich bitte ihn darum.«

Er zog zwei neue, sehr gut gearbeitete Revolver, deren Kolben mit Perlmutter ausgelegt waren, aus der Tasche und hielt sie ihm entgegen. Der junge Indianer brauchte sich keinen Augenblick über das, was er zu thun habe, zu besinnen. Er trat einen Schritt zurück, richtete sich kerzengerade auf und sagte: »Der weiße Mann bietet mir Waffen; das große, große Ehre für mich, denn nur Männer erhalten Waffen. Ich nehmen sie an und sie nur brauchen dann, wenn verteidigen gute Menschen und schießen auf böse Menschen. Howgh!«

Er nahm die Revolver und steckte sie unter der Decke in seinen Gürtel. Jetzt konnte sein Vater sich nicht länger halten. Man sah es seinem Gesichte an, daß er mit seiner Rührung kämpfte. Er sagte zu Butler: »Auch ich weißem Mann danken, daß nicht geben Geld wie an Sklaven oder Menschen, die keine Ehre haben. So sein es großer Lohn, den wir nie vergessen. Wir stets Freunde des weißen Mannes, seiner Squaw und seiner Tochter. Er gut bewahren Totem von ›kleinem Bär‹; es sein auch das meinige. Der große Geist ihm stets schicken Sonne und Freude!«

Der Danksagungsbesuch war zu Ende; man reichte sich nochmals die Hände und trennte sich dann. Die beiden Indianer setzten sich wieder auf ihre Kiste.

»Tua enokh – gute Leute!« sagte der Vater.

»Tua – tua enokh – sehr gute Leute!« stimmte der Sohn bei. Das waren die einzigen Herzensergüsse, welche ihre indianische Schweigsamkeit ihnen nun noch gestattete. Der Vater fühlte sich ganz besonders dadurch geehrt, daß man nicht auch ihn, sondern nur seinen Sohn, auf welchen er so stolz war, beschenkt hatte.

Daß der Dank des Ingenieurs nach indianischen Begriffen mit solcher

»Ich danke dir! Nun besitze ich etwas von dir
und du hast etwas von mir.«

Zartheit ausgefallen war, hatte seinen Grund nicht in ihm selbst. Er war mit den Ansichten und Gebräuchen der Roten zu wenig vertraut, als daß er hätte wissen können, wie er sich in diesem gegebenen Falle zu verhalten habe. Darum hatte er Old Firehand um Rat gefragt und war von ihm unterrichtet worden. Jetzt kehrte er zu ihm zurück, der mit Tom und Droll vor der Kajüte saß, und erzählte ihm von der Aufnahme, welche die Geschenke gefunden hatten. Als er das Totem erwähnte, konnte man aus seinem Tone hören, daß er die Bedeutung desselben nicht ganz zu schätzen wisse. Darum fragte ihn Old Firehand: »Ihr wißt, was ein Totem ist, Sir?«

»Ja. Es ist das Handzeichen eines Indianers, etwa wie bei uns das Petschaft oder Siegel, und kann in den verschiedensten Gegenständen und aus den verschiedensten Stoffen bestehen.«

»Diese Erklärung ist richtig, aber nicht ganz gründlich. Nicht jeder Indianer darf ein Totem führen, sondern nur berühmte Häuptlinge haben es. Daß dieser Knabe schon eins besitzt, ist, auch abgesehen davon, daß es zugleich dasjenige seines Vaters ist, ein Beweis, daß er bereits Thaten hinter sich hat, welche selbst von den roten Männern für ungewöhnliche gehalten werden. Sodann sind die Totems je nach ihrem Zweck verschieden. Eine gewisse Art wird allerdings nur zum Zwecke der Legitimation und Bekräftigung benutzt, also allerdings wie bei uns das Siegel oder die Unterschrift. Diejenige Art aber, welche für uns Bleichgesichter die wichtigste ist, gilt als eine Empfehlung dessen, der es erhalten hat. Die Empfehlung kann je nach ihrer Art und Weise, also nach dem Grade ihrer Wärme, eine verschiedene sein. Laßt mich doch einmal das Leder sehen!«

Das Mädchen gab es ihm und er betrachtete es genau.

»Könnt Ihr denn diese Zeichen enträtseln, Sir?« fragte Butler.

»Ja«, nickte Old Firehand. »Ich bin so oft und so lange bei den verschiedensten Stämmen gewesen, daß ich nicht nur ihre Dialekte spreche, sondern auch ihre Schriftzeichen verstehe. Dieses Totem ist ein höchst wertvolles, wie selten eins verschenkt wird. Es ist im Tonkawa abgefaßt und lautet: ›Schakhe-i-kauvan-ehlatan, henschon-schakin henschon-schakin schakhe-i-kauvan-ehlatan, he-el ni-ya.‹ Diese Worte heißen, genau übersetzt: ›Sein Schatten ist mein Schatten, und sein Blut ist mein Blut; er ist mein älterer Bruder.‹ Und darunter steht das Namenszeichen des ›kleinen Bären‹. Die Bezeichnung ›älterer Bruder‹ ist noch ehrenvoller als bloß ›Bruder‹. Das Totem enthält eine Empfehlung, wie sie wärmer nicht gedacht werden kann. Wer dem Besitzer desselben etwas zuleide thut, hat die strengste Rache des großen und des kleinen Bären und aller ihrer Freunde zu erwarten. Wickelt das Totem gut ein, Sir, damit die rote Farbe der Zeichen sich erhält. Man weiß nicht, welche großen Dienste es Euch erweisen kann, da wir in die Gegend wollen, wo die Verbündeten der Tonkawa wohnen. An diesem kleinen Lederstückchen kann das Leben vieler Menschen hängen.« –

Der Steamer hatte während des Nachmittags Ozark, Fort Smith und Van Buren passiert und erreichte jetzt den Winkel, in welchem das Bett des Arkansas eine entschiedene Bewegung nach Norden macht. Der Kapitän hatte verkündet, daß man ungefähr zwei Stunden nach Mitternacht Fort Gibson erreichen werde, wo er bis morgen liegen bleiben müsse, um sich nach dem weiteren Wasserstande zu erkundigen. Um bei der Ankunft dort munter zu sein, legten sich die meisten Reisenden sehr zeitig schlafen, denn es stand zu erwarten, daß man in Fort Gibson gleich bis zum Morgen wach bleiben werde. Das Deck leerte sich gänzlich von den Kajütenpassagieren, und auch der Salon enthielt nur wenige Personen, welche bei Schach und andern Spielen saßen. In dem daranstoßenden Rauchsalon saßen nur drei Personen, nämlich Old Firehand, Tom und Droll, welche sich, ungestört von andern, über ihre Erlebnisse unterhielten. Der erstere wurde von den andern beiden mit einer an Ehrfurcht grenzenden Hochachtung behandelt, welche aber nicht verhinderte, daß er über die Verhältnisse und nächsten Absichten der Tante Droll noch nichts Genaues hatte erfahren können. Jetzt erkundigte er sich, wie Droll zu der sonderbaren Bezeichnung Tante gekommen sei. Der Befragte antwortete: »Ihr kennt ja die Gewohnheit der Westmänner, jedem einen Spitz- oder Kriegsnamen zu geben, welcher sich auf eine hervorragende Eigentümlichkeit des Betreffenden bezieht. Ich sehe in meinem Sleeping-gown allerdings einem Frauenzimmer ähnlich, zu welchem Umstande auch meine hohe Stimme paßt. Früher sprach ich im Basse, aber eine riesige Erkältung hat mich um die tiefen Töne gebracht. Da ich nun ferner die Gewohnheit habe, mich eines jeden braven Kerls wie eine gute Mutter oder Tante anzunehmen, so hat man mir den Namen Tante Droll gegeben.«

»Aber Droll ist doch nicht etwa Euer Familienname?«

»Nein. Ich bin gern lustig, vielleicht auch ein wenig drollig. Daher der Name.«

»Darf man nicht vielleicht Euren wirklichen hören. Ich heiße Winter, und Tom heiß Großer; Ihr habt schon gehört, daß wir eigentlich Deutsche sind. Ihr scheint Eure Herkunft aber in tiefes Dunkel hüllen zu wollen.«

»Ich habe freilich Gründe, nicht davon zu sprechen, aber nicht etwa, weil ich mich über irgend etwas zu schämen hätte. Diese Gründe sind mehr – – geschäftlicher Art.«

»Geschäftlich? Wie soll ich das verstehen?«

»Davon vielleicht später. Ich weiß wohl, daß Ihr gern wissen wollt, was ich jetzt im Westen treiben will und warum ich mich dabei mit einem sechzehnjährigen Buben schleppe. Es kommt schon noch die Zeit, in welcher ich es Euch sage. Was nun meinen Namen betrifft, so würde ein Dichter über denselben erschrecken; er ist nämlich ungeheuer unpoetisch.«

»Schadet nichts. Niemand ist schuld an seinem Namen. Also heraus damit!«

Droll machte das eine Auge zu, druckte und schluckte, als ob ihn etwas würge, und stieß dann die drei Worte hervor: »Ich heiße – – Pampel.«

»Was, Pampel?« lachte Old Firehand. »Poetisch ist dieses Wort freilich nicht, und wenn ich lache, so geschieht dies nicht wegen des Namens, sondern wegen des Gesichtes, welches Ihr bei demselben macht. Es sah ja gerade aus, als ob es einer Dampfmaschine bedürfe, um ihn herauszutreiben. Übrigens ist dieser Name gar nicht selten. Ich habe einen Geheimrat Pampel gekannt, welcher ihn mit großer Würde trug. Aber das Wort ist deutsch; Ihr seid wohl auch von deutscher Abstammung?«

»Ja.«

»Und in den Vereinigten Staaten geboren?«

Da machte Droll sein listigstes und lustigstes Gesicht und antwortete in deutscher Sprache: »Nee, das is mer damals gar nicht eingefalle; ich habe mer e deutsches Elternpaar herausgesucht!«

»Was? Also ein geborener Deutscher, ein Landsmann?« rief Old Firehand. »Wer hätte das gedacht!«

»Das ham Se sich nich denke könne? Und ich habe gemeent, mer sieht mersch sofort an, daß ich als Urenkel der alten Germanen gebore bin. Könne Se vielleicht errate, wo ich meine erschten Kinderschtiefel angetrete und abgeloofe habe?«

»Natürlich! Ihr Dialekt sagt es mir.«

»Sagt ersch wirklich noch? Das kann mich außerordentlich freue, denn grad off unsern schönen Dialekt bin ich schtets geradezu versesse gewese, was mer leider schpäter meine ganze Carrière verdorbe hat, wenn's nötig is. Nu also, sage Se mal, wo bin ich denn gebore?«

»Im schönen Herzogtume Altenburg, wo die besten Quarkkäse gemacht werden.«

»Richtig, im Altenburgschen; Se habe es sofort errate! Und das mit de Käse is ooch sehr wahr; se werde Quärcher genannt, und in Deutschland gibt's nich ihresgleiche. Wisse Se, ich hab' Se überrasche wolle und darum nich gleich gesagt, daß ich ooch e Landsmann von Ihne bin. Jetzt aber, wo mer so hübsch alleene beisamme sitze, is mersch endlich herausgefahre, und nun wolle mer von unsrer schöne Heimat schpreche, die mer nich aus dem Sinne kommt, obgleich ich schon so lange hier im Lande bin.«

Es hatte allen Anschein, daß sich nun eine sehr animierte Unterhaltung entwickeln werde, leider aber war das nicht der Fall, denn einige der im Salon gewesenen Herren waren des Spielens satt geworden und kamen jetzt herein, um noch einen tüchtigen »Smoke« (Rauchen) zu thun. Sie verwickelten die Anwesenden in ihr Gespräch und nahmen sie so in Anspruch, daß dieselben es aufgeben mußten, ihr Thema festzuhalten. Als man sich später trennte, um schlafen zu gehen, verabschiedete sich Droll von Old Firehand mit den Worten: »Das war jammerschade, daß mer nich weiter rede konnte; doch morgen is noch e Tag, wo mer unser Gespräch fortsetze könne. Gute Nacht, Herr Landsmann; schlafe Se wohl und e bißche rasch, denn nach Mitternacht müsse mer schon wieder off!«

Jetzt waren alle Kabinen besetzt, und in den Salons wurden die Lichter verlöscht. An Deck brannten nur die beiden vorgeschriebenen Laternen, die eine vorn an der Bugspitze und die andre hinten. Die erstere beleuchtete den Fluß so hell und so weit, daß ein am Ausguck stehender Matrose etwaige im Wasser liegende Hindernisse noch rechtzeitig sehen und melden konnte. Dieser Mann, der Steuermann und der auf dem Deck hin und her spazierende Offizier waren die einzigen Menschen, welche wach zu sein schienen, die Bedienung der Maschine ausgenommen.

Auch die Tramps lagen da, als ob sie schliefen, in ziemlicher Entfernung von den Matrosen, welche der unten herrschenden Wärme wegen auch oben lagen. Der Cornel hatte schlauerweise seine Leute rund um die nach unten führende Luke placiert, so daß niemand, ohne gesehen zu werden, zu derselben konnte. Natürlich schlief kein einziger von ihnen.

»Eine verteufelte Geschichte!« flüsterte er demjenigen zu, welcher neben ihm lag. »Ich habe doch nicht daran gedacht, daß des Nachts hier vorn ein Mann steht, um das Fahrwasser zu beobachten. Der Kerl ist uns im Wege.«

»Nicht so, wie du denkst. In dieser Dunkelheit kann er nicht bis her zur Luke sehen. Es ist rabennacht; kein einziger Stern steht am Himmel. Überdies hat er scharf in den Lichtkreis der Laternen zu sehen und ist also geblendet, wenn er sich umdreht. Wann beginnen wir?«

»Sofort. Wir haben keine Zeit zu verlieren, denn vor Fort Gibson müssen wir fertig sein.«

»Natürlich holst du zuerst das Geld.«

»Nein, das würde eine Dummheit sein. Wenn der Ingenieur erwacht und den Diebstahl bemerkt, bevor das Schiff ans Ufer muß, kann alles fehlschlagen. Hingegen wenn wir anlegen müssen, ehe ich das Geld habe, ist noch gar nichts verloren, denn es wird ganz leicht sein, ihm in der Verwirrung des Landens das Messer zu entreißen und mit demselben zu verschwinden. Den Bohrer habe ich schon; ich steige jetzt hinab. Solltest du mich warnen müssen, so huste laut. Ich werde es wohl hören.«

Er schob sich, von der dichten Finsternis begünstigt, an die Luke und setzte die Füße auf die schmale Treppe, welche hinabführte. Die zehn Stufen, welche sie hatte, waren schnell zurückgelegt. Nun untersuchte er die Diele, indem er sie betastete. Er fand die Luke, welche weiter nach unten führte, und stieg die zweite Treppe hinab, welche mehr Stufen als die obere besaß. Unten angekommen, strich er ein Zündholz an und leuchtete um sich. Um sich genau zu orientieren, mußte er weiter gehen und noch mehrere Hölzer verbrennen.

Der Raum, in welchem er sich befand, war mehr als manneshoch und führte fast bis in die Mitte des Schiffes. Durch keine Zwischenwand getrennt, hatte er die ganze Breite des untern Schiffskörpers von einer Seite zur andern. Einige kleine Gepäckstücke lagen umher.

Jetzt trat der Cornel an die Backbordseite und setzte den Bohrer, natürlich unter der Wasserlinie, an die Schiffswand. Unter dem kräftigen Drucke seiner Hand griff das Werkzeug ein und fraß schnell in dem Holze weiter. Dann gab es einen harten Widerstand – das Blech, mit welchem der unter Wasser stehende Teil des Schiffes bekleidet war. Dieses mußte mit dem Bohrer durchschlagen werden. Aber es waren zur schnelleren Füllung des Raumes wenigstens zwei Löcher nötig. Der Cornel bohrte also zunächst möglichst weit hinten ein zweites, auch bis auf das Blech. Dann hob er einen der harten Steine auf, welche als Ballast dalagen, und schlug damit so lange auf den Griff des Bohrers, bis dieser durch das Blech gedrungen war. Sofort drang das Wasser herein und benetzte ihm die Hand; aber als er den Bohrer mit einiger Anstrengung zurückgezogen hatte, traf ihn ein starker, kräftiger Wasserstrahl, so daß er schnell weichen mußte. Das Klopfen war bei dem Geräusch, welches die Maschine machte, ganz unmöglich zu hören gewesen. Nun schlug er auch das Blech des ersten Loches, welches der Treppe näher war, durch und kehrte nach oben zurück. Er hatte den Bohrer in der Hand behalten und warf ihn erst, als er sich vor der oberen Treppe befand, weg. Warum sollte er ihn erst noch mit hinaufnehmen!

Bei den Seinen angekommen, wurde er leise gefragt, ob es gelungen sei. Er antwortete bejahend und erklärte, nun sofort nach der Kabine Nummer eins zu schleichen.

Der Salon und das daran stoßende Rauchzimmer lagen auf dem Hinterdeck, an beiden Seiten die Kabinen. Jede derselben hatte eine eigene, in den Salon führende Thür. Die Außenwände, aus leichtem Holzgetäfel bestehend, waren mit ziemlich großen Fenstern versehen, deren Öffnungen jetzt nur mit Gaze verschlossen waren. Zwischen jeder Kabinenseite und dem betreffenden Schiffsborde führte ein schmaler Gang hin, der leichteren Passage wegen.

Nach dem Gange linker Hand, also Steuerbord, hatte sich der Cornel zu wenden. Die Kabine Nummer eins war die erste, lag also an der Ecke. Er legte sich auf den Boden und kroch vorsichtig nach vorn, hart an der Reiling, also am Schiffsrande, um von dem hin und her spazierenden Offizier nicht bemerkt zu werden. Er erreichte sein Ziel glücklich. Durch die Gaze des ersten Fensters fiel ein leiser Schein heraus. Es brannte Licht in der Kabine. Sollte Butler noch wach sein, vielleicht lesen?

Aber der Cornel überzeugte sich, daß auch in den andern Kabinen Licht war, und das beruhigte ihn. Vielleicht erleichterte gerade diese Beleuchtung die Ausführung seines Vorhabens, welche im Dunkel ziemlich schwierig war. Er zog sein Messer und zerschnitt die Gaze geräuschlos von oben bis unten. Ein Vorhang verhinderte ihn, durch das Fenster in die Kabine zu sehen; er schob denselben leise zur Seite. Er hätte vor Freude über das, was er sah, laut aufjubeln mögen.

An der linken Wand hing über dem Bette ein brennendes, nach unten, um den Schläfer nicht zu stören, verhülltes Nachtlämpchen. Darunter lag, fest schlafend, mit dem Gesichte nach der Wand gekehrt, der Ingenieur. Auf einem Stuhle lagen seine Kleidungsstücke. An der rechten Wand befand sich ein Klapptischchen, auf welchem die Uhr, die Börse und – – das Messer des Schläfers lagen, von außen ganz leicht mit der Hand zu erreichen. Der Cornel griff hinein und nahm das Messer fort, ließ aber Uhr und Börse liegen. Er zog es aus dem Futterale und probierte den Griff. Dieser ließ sich wie eine Nadel- oder Federbüchse aufdrehen. Das genügte.

»Alle Teufel, ging das leicht!« hauchte der Dieb. »Ich hätte einsteigen und ihn unter Umständen gar erwürgen müssen!«

Niemand hatte diesen Vorgang gesehen; das Fenster führte steuerbords nach dem Wasser. Der Cornel warf das Futteral über Bord, steckte das Messer in den Gürtel und legte sich wieder nieder, um zu seinen Leuten zurückzukriechen. Er gelangte glücklich an dem Lieutenant vorüber. Wenige Ellen weiter fiel sein Blick nach links; da war es ihm, als sehe er zwei leise phosphoreszierende Punkte, die sofort wieder verschwanden. Das waren Augen; er wußte es. Er schnellte sich mit einer kräftigen Bewegung, aber ganz leise, vorwärts und rollte sich dann ebenso rasch zur Seite, um aus der Linie zu kommen, auf welcher er sich befunden hatte. Richtig! Von der Stelle her, von welcher aus er die Augen gesehen hatte, erscholl ein Geräusch, wie wenn jemand sich auf einen andern werfen will. Der Offizier hatte es gehört und trat hinzu.

»Wer ist da?« fragte er.

»Ich, Nintropan-hauey«, antwortete es.

»Ach, der Indianer! Schlafe doch!«

»Hier ein Mann geschlichen; hat etwas Böses gethan; ich ihn gesehen; er aber schnell fort.«

»Wohin?«

»Nach vorn, wo Cornel liegen; er vielleicht selbst gewesen.«

»*Pshaw!* Wozu sollte er oder ein andrer hier schleichen! Schlafe und störe die andern nicht!«

»Ich schlafe, aber dann auch nicht schuld, wenn Böses geschehen.«

Der Offizier horchte nach vorn, und da sich dort nichts hören ließ, beruhigte er sich. Er war überzeugt, daß der Rote sich geirrt habe.

Es verging eine lange, lange Zeit; da wurde er von dem Ausguck nach dem Buge gerufen.

»Sir«, sagte der Mann, »ich weiß nicht, woran es liegen mag, aber das Wasser kommt schnell höher; das Schiff sinkt.«

»Unsinn!« lachte der Offizier.

»Kommt her und seht.«

Er blickte hinab, sagte nichts und eilte fort nach der Kajüte des Kapitäns. Nach zwei Minuten kam er mit diesem wieder auf das Deck. Sie hatten eine Laterne mit und leuchteten mit derselben über Bord. Eine zweite Laterne wurde geholt. Der Lieutenant stieg in die Hinter- und der Kapitän in die Vorderluke, um den Kielraum zu untersuchen. Die Tramps hatten sich von derselben entfernt. Nach schon kurzer Zeit kam er herauf und begab sich mit eiligen Schritten nach hinten zum Steuermann.

»Er will nicht Lärm schlagen«, flüsterte der Cornel den Seinen zu. »Aber paßt auf, daß der Steamer ans Ufer gehen wird!«

Er hatte recht. Die Matrosen und Arbeiter wurden heimlich geweckt, und das Schiff veränderte seine Richtung. Ohne einige Unruhe konnte das nicht geschehen; die Deckpassagiere erwachten, und einige Kajütenreisende kamen aus ihren Kabinen.

»Es ist nichts, Mesch'schurs; es hat keine Gefahr«, rief ihnen der Kapitän zu. »Wir haben etwas Wasser im Raume und müssen es auspumpen. Wir legen an, und wer Angst hat, kann einstweilen ans Ufer gehen.«

Er wollte beruhigend wirken; aber es fand das Gegenteil statt. Man schrie; man rief nach Rettungsgürteln; die Kabinen entleerten sich. Alles rannte durcheinander. Da fiel der Schein der Vorderlaterne auf das hohe Ufer. Das Schiff machte eine Wendung, daß es parallel zu demselben kam, und ließ den Anker fallen. Die beiden Landebrücken erwiesen sich als lang genug; sie wurden ausgelegt und die Ängstlichen drängten sich an das Land. Allen voran waren natürlich die Tramps, welche schnell im Dunkel der Nacht verschwanden.

An Bord geblieben waren außer den Schiffsleuten nur Old Firehand, Tom, Droll und der »große Bär«. Der erstere war in den Raum gestiegen, um das Wasser zu sehen. Mit dem Lichte in der Rechten und dem Bohrer in der Linken kam er wieder herauf und fragte den Kapitän, welcher das Herbeischaffen der Pumpen beaufsichtigte: »Sir, wo hat dieser Bohrer seinen Platz?«

»Dort im Werkzeugkasten«, antwortete ein Matrose. »Er lag am Nachmittage noch drin.«

»Jetzt lag er im Zwischendeck. Die Spitze hat sich an den Schiffsplatten umgebogen. Ich wette, daß das Schiff angebohrt worden ist.«

Man kann sich den Eindruck, den diese Worte hervorbrachten, denken. Es kam ein Neuer dazu. Der Ingenieur hatte vor allen Dingen Frau und Tochter ans Ufer gebracht; dann war er auf das Schiff zurückgekehrt, um seinen Anzug zu vervollständigen. Jetzt kam er aus seiner Kabine und rief, daß alle es hörten: »Ich bin bestohlen! Neuntausend Dollars. Man hat das Gazefenster zerschnitten und sie mir vom Tische genommen!«

Und da rief der alte Bär noch lauter: »Ich wissen, Cornel hat gestohlen und Schiff angebohrt. Ich ihn sehen; aber Offizier nicht glauben. Fragen schwarzen Feuermann! Er trinken mit Cornel; er gehen fort in Salon und wischen Fenster; er kommen und trinken wieder; er sagen müssen alles.«

Sofort scharten sich der Kapitän, der Offizier, der Steuermann und die Deutschen um den Indianer und den Ingenieur, um sie genauer zu vernehmen. Da ertönte vom Lande, unterhalb der Stelle, an welcher das Schiff lag, ein Schrei.

»Das sein ›kleiner Bär‹«, rief der Indianer. »Ich ihn nachgeschickt dem Cornel, welcher schnell ans Land; er sagen wird, wo Cornel sein.«

Und da kam der »kleine Bär« im eiligsten Laufe über die Landebrücke gesprungen und rief, auf den Fluß deutend, welcher von den vielen inzwischen angebrannten Lichtern des Schiffes weit hinaus erleuchtet wurde: »Dort rudern hinaus! Ich nicht gleich finden Cornel, dann aber sehen großes Boot, welches haben abgeschnitten hinten und hinein, um hinüber ans andre Ufer.«

Jetzt war die Hauptsache, wenn auch nicht alles klar. Man sah das entfliehende Boot. Die Tramps jubelten und schrieen höhnisch herüber; die Schiffsleute und ein großer Teil der Passagiere antworteten ihnen wütend. In der allgemeinen Aufregung achtete man nicht auf die Indianer, welche verschwunden waren. Endlich gelang es der mächtigen Stimme Old Firehands, Ruhe herzustellen, und da hörte man auch eine andre Stimme unten vom Wasser herauf: »Der ›große Bär‹ kleines Boot geborgt. Er hinter dem Cornel her, um zu rächen. Kleines Boot drüben lassen und anbinden, Kapitän wird es finden. Häuptling der Tonkawa nicht lassen entkommen Cornel. ›Großer Bär‹ und ›kleiner Bär‹ müssen haben sein Blut. Howgh!« – Die beiden hatten sich das Vorderboot genommen und ruderten nun hinter den Flüchtigen her. Der Kapitän fluchte und schimpfte gewaltig, doch umsonst.

Während nun die Deckhands mit dem Auspumpen des Schiffes begannen, wurde der schwarze Feuermann verhört. Old Firehand trieb ihn mit scharfen Fragen so in die Enge, daß er alles gestand und jedes Wort berichtete, welches gesprochen worden war. Daraus erklärte sich nun alles.

Die beiden hatten sich das Vorderboot genommen und ruderten nun hinter den Flüchtigen her.

Der Cornel war der Dieb und hatte das Schiff angebohrt, um noch vor der Entdeckung des Diebstahles mit seinen Leuten an das Land entkommen zu können. Dem Neger sollte sein Verrat nicht ungestraft hingehen. Er wurde angebunden, damit er nicht entfliehen, sondern am Morgen die ihm vom Kapitän zu bestimmenden Hiebe erhalten könne. Gerichtlich war er freilich nicht zu belangen.

Es stellte sich sehr bald heraus, daß die Pumpen das Wasser leicht bewältigten und das Schiff sich nicht in Gefahr befand, sondern in kurzer Zeit die Fahrt fortsetzen konnte. Die Passagiere kehrten also von dem unwirtlichen Ufer an Bord zurück und machten es sich bequem. Der Zeitverlust kümmerte sie nicht, ja, viele freuten sich sogar über die interessante Unterbrechung der langweiligen Reise.

Am wenigsten Interesse konnte freilich der Ingenieur dieser Unterbrechung abgewinnen. Er war da um eine bedeutende Summe Geldes gekommen, welche er ersetzen mußte. Old Firehand tröstete ihn, indem er ihm sagte: »Noch ist Hoffnung vorhanden, das Geld wieder zu erhalten. Fahrt in Gottes Namen mit Eurer Frau und Eurer Tochter weiter. Ich treffe bei Eurem Bruder wieder mit Euch zusammen.«

»Wie? Ihr wollt mich verlassen?«

»Ja, ich will diesem Cornel nach, um ihm seinen Raub abzujagen.«

»Aber das ist doch gefährlich!«

»*Pshaw!* Old Firehand ist nicht der Mann, sich vor diesen Tramps, denn das sind sie gewiß, zu fürchten.«

»Und dennoch bitte ich Euch, es zu unterlassen. Ich will die Summe lieber verlieren.«

»Sir, es handelt sich nicht bloß um Eure neuntausend Dollar, sondern um mehr. Die Tramps haben durch den Neger erfahren, daß auch Tom Geld bei sich hat, auf welches seine Gefährten am Black-bear-Flusse warten. Ich täusche mich gewiß nicht, wenn ich meine, daß sie sich dorthin wenden, um ein neues Verbrechen auszuführen, bei welchem es sich um Menschenleben handeln kann. Die beiden Tonkawa sind wie gute Schweißhunde hinter ihnen her und beim Anbruche des Tages folgen wir ihrer Fährte, nämlich ich, Tom, Droll und dessen Knabe Fred. Nicht wahr, Mesch'schurs?«

»Ja«, antwortete Tom einfach und ernst.

»Jawohl«, stimmte auch Droll bei. »Der Cornel muß unser werden, auch schon um andrer willen. Erwischen wir ihn, dann genade ihm, wenn's nötig ist!«

Drittes Kapitel

Nächtliche Kämpfe

Am hohen Ufer des Black-bear-Flusses brannte ein großes Feuer. Zwar stand der Mond am Himmel, aber sein Licht vermochte nicht, die dichten Wipfel der Bäume zu durchdringen, unter denen ohne das Feuer tiefe Finsternis geherrscht hätte. Die Flamme desselben beleuchtete eine Art Blockhaus, welches nicht aus horizontal übereinander lagernden Stämmen, sondern in andrer Weise errichtet war. Man hatte von vier in den Winkeln eines regelmäßigen Vierecks stehenden Bäumen die Wipfel abgesägt und auf die Stämme Querhölzer gelegt, welche das Dach trugen. Dieses letztere bestand aus sogenannten Clapboards, Brettern, welche man roh aus astlosen Cypressen- oder auch Roteichenstämmen spaltet. In der vordern Wand waren drei Öffnungen gelassen, eine größere als Thür und zwei kleinere, zu den Seiten der vorigen, als Fenster. Vor diesem Hause brannte das erwähnte Feuer und um dasselbe saßen gegen zwanzig wilde Gestalten, denen es anzusehen war, daß sie längere Zeit nicht mit der sogenannten Zivilisation in Berührung gekommen waren. Ihre Anzüge waren abgerissen und ihre Gesichter von Sonne, Wind und Wetter nicht nur gebräunt, sondern förmlich gegerbt. Außer den Messern hatten sie keine Waffen bei sich; diese mochten vielmehr im Innern des Blockhauses liegen.

Über dem Feuer hing von einem starken Baumaste herab ein großer, eiserner Kessel, in welchem mächtige Stücke Fleisches kochten. Neben dem Feuer standen zwei ausgehöhlte Riesenkürbisse mit gegorenem Honigwasser, also Met. Wer Lust dazu hatte, schöpfte sich einen solchen Trunk oder nahm sich einen Becher voll Fleischbrühe aus dem Kessel.

Dabei wurde eine lebhafte Unterhaltung geführt. Die Gesellschaft schien sich sehr sicher zu fühlen, denn keiner gab sich die Mühe, leise zu sprechen. Hätten diese Leute die Nähe eines Feindes angenommen, so wäre das Feuer wohl nach indianischer Weise genährt worden, so daß es eine nur kleine, nicht weit sichtbare Flamme gab. An der Wand des Hauses lehnten Äxte, Beile, große Sägen und andres Handwerkszeug, aus welchem sich erraten ließ, daß man eine Gesellschaft von Rafters, also von Holzhauern und Flößern, vor sich habe.

Diese Rafters sind eine ganz eigene Art der Hinterwäldler. Sie stehen zwischen den Farmern und Fallenstellern mitten inne. Während der Farmer zur Zivilisation in näherer Beziehung steht und zu den seßhaften Leuten gehört, führt der Trapper, der Fallensteller ein beinahe wildes Leben, ganz ähnlich dem Indianer. Auch der Rafter ist nicht an die Stelle gebunden und führt ein freies, fast unabhängiges Dasein. Er streift aus einem Staate in den andern und aus einer County in die andre. Menschen und deren Wohnungen sucht er nicht gern auf, weil das Gewerbe, welches er treibt, eigentlich ein ungesetzliches ist. Das Land, auf welchem er Holz schlägt, ist nicht sein Eigentum. Es fällt ihm auch nur selten ein, zu fragen, wem es gehört. Findet er passende Waldung und ein zum Verflößen bequemes Wasser in der Nähe, so beginnt er seine Arbeit, ohne sich darum zu bekümmern, ob der Ort, wo er sich befindet, Kongreßland ist oder schon einem Privateigentümer gehört. Er fällt, schneidet und bearbeitet die Stämme, sucht sich dazu nur die besten Bäume aus, verbindet sie zu Flößen und schwimmt auf denselben dann abwärts, um das erbeutete Gut irgendwo zu verkaufen.

Der Rafter ist ein nicht gern gesehener Gast. Zwar ist es wahr, daß manchem neuen Ansiedler der dichte Wald, den er vorfindet, zu schaffen macht, und daß er froh wäre, denselben gelichtet vorzufinden; aber der Rafter lichtet nicht. Er nimmt, wie gesagt, nur die besten Stämme, schneidet die Kronen ab und läßt sie liegen. Unter und zwischen diesen Wipfeln sprossen dann neue Schößlinge hervor, welche durch wilde Reben und andre Schlingpflanzen zu einem festen Ganzen verbunden werden, gegen welches die Axt und oft sogar auch das Feuer nur wenig vermag.

Dennoch bleibt der Rafter meist unbelästigt, denn er ist ein kräftiger und kühner Gesell, mit welchem in der Wildnis, fern von aller Hilfe, nicht so leicht jemand anzubinden wagt. Allein kann er natürlich nicht arbeiten, sondern es thun sich stets mehrere, meist vier bis acht oder zehn zusammen. Zuweilen kommt es auch vor, daß die Gesellschaft aus noch mehr Personen besteht; dann fühlt sich der Rafter doppelt sicher, denn mit einer solchen Anzahl von Menschen, welche um den Besitz eines Baumstammes ihr Leben auf das Spiel setzen würden, wird kein Farmer oder sonstiger Besitzer einen Streit beginnen.

Freilich führen sie ein sehr hartes, anstrengungs-und entbehrungsreiches Leben, doch ist am Ende ihr Lohn kein geringer. Der Rafter verdient, da ihn das Material nichts kostet, ein schönes Stück Geld. Während die andern arbeiten, sorgt ein Kamerad oder sorgen zwei oder mehrere, je nach der Größe der Gesellschaft, für die Ernährung derselben. Das sind die Jäger, welche tagsüber und oft auch während der Nacht umherstreifen, um »Fleisch zu machen«. In wildreichen Gegenden ist das nicht schwer.

Mangelt es aber an Wild, so gibt es viel zu thun; der Jäger hat keine Zeit übrig, Honig und andre Delikatessen zu suchen, und die Rafters müssen auch diejenigen Fleischstücke essen, welche der Hinterwäldler sonst verschmäht, sogar die Eingeweide.

Die Gesellschaft nun, welche hier am schwarzen Bärenflusse ihr Wesen trieb, schien, wie der volle Kessel bewies, keine Not zu leiden. Darum waren alle guter Laune, und es wurde nach der harten Tagesarbeit viel gescherzt. Man erzählte sich heitere oder sonst interessante Erlebnisse; man schilderte Personen, welche man getroffen hatte und die irgend eine Eigenschaft besaßen, welche zum Lachen Veranlassung gab.

»Da solltet ihr einen kennen, den ich da oben mal in Fort Niobrara getroffen habe«, sagte ein alter, graubärtiger Kerl. »Der Mann war ein Mann und wurde doch nur Tante genannt.«

»Meinst du etwa Tante Droll?« fragte ein andrer.

»Ja, grad den und keinen andern meine ich. Bist du ihm etwa auch begegnet?«

»Ja, einmal. Das war in Desmoines, im Gasthofe, wo sein Erscheinen große Aufmerksamkeit erregte und sich alle über ihn lustig machten. Besonders einer war es, der ihm keine Ruhe ließ, bis Droll ihn bei den Hüften nahm und zum Fenster hinauswarf. Der Mann kam nicht wieder herein.«

»Das traue ich der Tante gut und gern zu. Droll liebt einen Spaß und hat nichts dagegen, wenn man über ihn lacht; aber über einen gewissen Punkt hinaus darf man nicht gehen, sonst zeigt er die Zähne. Übrigens würde ich einen jeden, der ihn ernstlich beleidigen wollte, sofort niederschlagen.«

»Du, Blenter? Warum?«

»Darum, weil ich ihm mein Leben verdanke. Ich bin mit ihm bei den Sioux gefangen gewesen. Ich sage euch, daß ich damals gewiß und wirklich von ihnen in die ewigen Jagdgründe geschickt worden wäre. Ich bin nicht der Mann, der sich vor drei oder fünf Indianern fürchtet; ich pflege auch nicht zu wimmern, wenn es mir einmal verkehrt geht; damals aber war keine Spur von Hoffnung mehr vorhanden, und ich wußte wahrhaftig keinen Ausweg. Dieser Droll aber ist ein Pfiffikus sondergleichen; er hat die Roten so eingeseift, daß sie nicht mehr aus den Augen sehen konnten. Wir entkamen.«

»Wir war das? Wie ging das zu? Erzähle, erzähle!«

»Wenn es dir recht ist, werde ich lieber den Mund halten. Es ist kein Vergnügen, eine Begebenheit zu berichten, bei welcher man keine rühmliche Rolle gespielt hat, sondern von den Roten übertölpelt wurde. Genug, daß ich dir sage, wenn ich heut hier sitze und mir den Rehbock schmecken lassen kann, so habe ich das nicht mir, sondern der Tante Droll zu danken.«

»So muß die Tinte, in welcher du saßest, sehr tief und schwarz gewesen sein. Der alte Missouri-Blenter ist doch als ein Westmann bekannt, welcher gewiß die Thür findet, wenn überhaupt eine vorhanden ist.«

»Damals aber habe ich sie nicht gefunden. Ich stand fast schon unter dem Marterpfahle.«

»Wahrhaftig? Das ist freilich eine Situation, in welcher es wenig Aussicht auf Entkommen gibt. Eine verteufelte Erfindung, dieser Marterpfahl! Ich hasse die Canaillen doppelt, wenn ich an dieses Wort denke.«

»So weißt du nicht, was du thust und was du sagst. Wer die Indsmen haßt, der beurteilt sie falsch, der hat nicht darüber nachgedacht, was die Roten alles erduldet haben. Wenn jetzt jemand käme, um uns von hier zu vertreiben, was würdest du thun?«

»Mich wehren, und sollte es sein oder mein Leben kosten.«

»Und ist dieser Ort etwa dein Eigentum?«

»Weiß ganz und gar nicht, wem er gehört; ich aber habe ihn gewiß nicht bezahlt.«

»Nun, den Roten gehörte alles Land; es ist ihnen von uns genommen worden, und wenn sie sich wehren, wozu sie mehr Recht haben als du, so verurteilst du sie?«

»Hm! Ist schon richtig, was du sagst; aber der Rote muß fort, muß aussterben; das ist ihm bestimmt.«

»Ja, er stirbt aus, weil wir ihn morden. Es heißt, daß er nicht kulturfähig sei und darum verschwinden müsse. Die Kultur aber schießt man nicht wie eine Kugel nur so aus dem Laufe heraus; dazu gehört Zeit, viel Zeit; ich verstehe das nicht, aber ich meine, daß dazu sogar Jahrhunderte gehören. Gibt man aber etwa dem Roten Zeit? Schickst du einen sechsjährigen Boy in die Schule und schlägst ihm über den Kopf, wenn er nach einer Viertelstunde noch kein Professor geworden ist? Das thut man aber mit den Indsmen. Ich will sie nicht verteidigen, denn ich habe nichts davon; aber ich habe bei ihnen ebensoviel gute Menschen getroffen wie bei den Weißen, ja noch viel mehr. Wem habe denn grad ich es zu verdanken, daß ich nicht mein schönes Heim und meine Familie besitze, sondern als alter, grauer Kerl noch im wilden Westen herumirren muß, den Roten oder den Weißen?«

»Das kann doch ich nicht wissen. Du hast noch nie davon gesprochen.«

»Weil ein richtiger Mann solche Sachen lieber in sich hinein vergräbt, als daß er von ihnen redet. Ich brauche nur noch einen, den letzten, der mir entkam und der von ihnen übrig geblieben ist, gerade der Anführer, der Allerschlimmste!«

Der alte Mann sprach das knirschend aus, langsam, als ob er auf jedes Wort ein schweres Gewicht legen wolle. Das erhöhte die Aufmerksamkeit der andern; sie rückten näher zusammen und sahen ihn auffordernd an, ohne aber etwas zu sagen. Er starrte eine Weile in das Feuer, stieß mit dem Fuße in die brennenden Hölzer und fuhr fort, als ob er nur zu sich selbst spräche: »Ich habe sie nicht erschossen und nicht erstochen, sondern totgepeitscht, einen nach dem andern. Lebendig mußte ich sie haben, damit sie ganz genau so sterben sollten, wie meine Familie sterben mußte, mein Weib und meine beiden Söhne. Sechs waren es; fünf von ihnen habe ich ausgelöscht in kurzer Zeit; der sechste entkam. Ich habe ihn gejagt durch die ganzen Staaten, bis es ihm gelang, seine Fährte unsichtbar zu machen. Ich bin noch nicht wieder auf sie getroffen; aber er lebt noch, denn er war jünger als ich, viel jünger, und so denke ich, daß meine alten Augen ihn noch einmal erblicken, ehe ich sie für immer schließe.«

Es trat eine tiefe Stille ein. Alle fühlten, daß es sich hier um etwas ganz Ungewöhnliches handle. Erst nach einer langen Pause wagte einer zu fragen: »Blenter, wer war der Mann?«

Der Alte fuhr aus seinem Sinnen auf und antwortete: »Wer er war? Nicht etwa ein Indianer, sondern ein Weißer, ein Scheusal, wie es bei den Roten keines gibt. Ja, Männer, ich will es euch sogar sagen, daß er das war, was ihr alle seid und was auch ich jetzt bin, nämlich ein Rafter.«

»Wie? Rafters haben deine Familie getötet?«

»Ja, Rafters! Ihr habt gar keine Veranlassung, stolz auf euer Gewerbe zu sein und besonders euch besser zu dünken, als die Roten sind. So wie wir hier sitzen, sind wir alle Diebe und Spitzbuben.«

Diese Behauptung stieß natürlich auf lebhafte Widersprüche. Blenter aber fuhr unbekümmert um dieselben fort: »Dieser Fluß, an dem wir uns befinden, dieser Wald, dessen Bäume wir niederschlagen und verkaufen, ist nicht unser Eigentum. Wir vergreifen uns widerrechtlich an dem, was dem Staate oder gar Privatpersonen gehört. Wir würden jeden niederschießen, selbst den rechtmäßigen Besitzer, wenn er uns von hier vertreiben wollte. Ist das nicht Diebstahl? Ja noch mehr, ist das nicht Raub?«

Er sah im Kreise umher, und da er nicht gleich eine Antwort bekam, sprach er weiter: »Und mit solchen Räubern bekam ich es damals zu thun. Ich war von Missouri herübergekommen mit dem richtigen Kaufbriefe in der Hand. Mein Weib und meine Söhne waren bei mir. Wir hatten Rinder mit, einige Pferde, Schweine und einen großen Wagen voll Hausgerät, denn ich war leidlich wohlhabend, sage ich euch. Einen Ansiedler gab es nicht in der Nähe; aber wir brauchten auch niemand, denn unsre acht Arme waren kräftig und fleißig genug, alles selbst und auch schnell fertig zu bringen. In kurzer Zeit stand das Blockhaus da; wir brannten und rodeten ein Ackerland aus und begannen, zu säen. Eines schönen Tages fehlte mir eine Kuh und ich ging in den Wald, sie zu suchen. Da hörte ich Axtschläge und ging dem Schalle nach. Ich fand sechs Rafters, welche meine Bäume niederschlugen. Bei ihnen lag die Kuh; sie hatten sie erschossen, um sie zu verzehren. Nun, Mesch'schurs, was hättet ihr an meiner Stelle gemacht?«

»Die Kerls niedergeschossen!« antwortete einer. »Und das mit vollem Rechte. Nach dem Gesetze des Westens verfällt ein Pferde- oder Rinderdieb dem Tode.«

»Das ist richtig; aber ich habe es doch nicht gethan. Ich sprach freundlich zu den Leuten und verlangte von ihnen nur, meinen Grund und Boden zu verlassen und mir die Kuh zu bezahlen. War das etwa zu viel?«

»Nein, nein!« ertönte es im Kreise. »Thaten sie es nicht?«

»Nein. Sie lachten mich aus. Ich ging aber nicht direkt heim, denn ich wollte etwas für das Abendessen schießen. Als ich dann nach Hause kam, fehlte auch die zweite Kuh. Die Rafters hatten sie indessen geholt, mir zum Trotze, um mir zu zeigen, daß sie sich aus mir nichts machten. Als ich am andern Morgen hinkam, hatten sie dieselbe in Stücke zerlegt und die Schnitten zum Trocknen aufgehangen, um Pemmikan zu machen. Meine wiederholte und nun natürlich gesteigerte Forderung wurde ebenso verlacht wie gestern. Ich drohte also, von meinem Rechte Gebrauch zu machen, und verlangte Geld. Dabei legte ich das Gewehr an. Ein Mensch, welcher den Sprecher und Anführer machte, erhob sofort auch sein Gewehr. Ich sah es ihm an, daß er Ernst mache, und zerschmetterte es ihm mit meiner Kugel. Ich hatte ihn nicht verwunden wollen, sondern auf das Gewehr gezielt. Dann eilte ich zurück, um meine Söhne zu holen. Wir drei fürchteten uns keineswegs vor diesen sechs, doch als wir kamen, waren sie schon fort. Natürlich war nun Vorsicht geboten, und wir kamen mehrere Tage lang nicht über die nächste Umgebung der Blockhütte hinaus. Am vierten Morgen waren die Rationen alle geworden, und ich ging also mit dem einen Sohn, um Fleisch zu machen. Natürlich sahen wir uns vor, aber es war keine Spur von den Rafters zu bemerken. Als wir uns dann langsam und leise durch den Wald pirschten, vielleicht zwanzig Schritte voneinander entfernt, sah ich plötzlich den Anführer von ihnen hinter einem Baum stehen. Er erblickte nicht mich, sondern meinen Sohn und legte das Gewehr auf ihn an. Hätte ich den Kerl augenblicklich niedergeschossen, wie es mein gutes Recht und sogar meine Pflicht war, so wäre ich gewiß nicht kinderlos und Witwer geworden. Aber es ist nie meine Passion gewesen, ohne Not ein Menschenkind zu töten, und so sprang ich nur schnell hinzu, riß ihm die Flinte aus der Hand, das Messer und das Pistol aus dem Gürtel und gab ihm einen Hieb in das Gesicht, daß er zu Boden stürzte. Er verlor seine Geistesgegenwart keinen Augenblick, war vielmehr noch schneller als ich. Im Nu hatte er sich aufgerafft und sprang davon, ehe ich nur eine Hand nach ihm ausstrecken konnte.«

»Alle Teufel! Diese Dummheit hast du nachher büßen müssen!« rief einer. »Es ist ausgemacht, daß der Mann diesen Schlag später gerächt hat.«

»Ja, er hat ihn gerächt«, nickte der Alte, indem er aufstand, um einigemal auf und ab zu schreiten. Die Erinnerung regte ihn auf. Dann setzte er sich wieder nieder und fuhr fort: »Wir hatten Glück und machten eine gute Jagd. Als wir heimkehrten, ging ich hinter das Haus, um dort die Beute einstweilen abzulegen. Es war mir, als ob ich einen erschrockenen Ruf meines Sohnes hörte, aber ich achtete leider nicht darauf. Beim Eintritte in die Stube sah ich meine Leute gebunden und geknebelt am Herde liegen, und zu gleicher Zeit wurde ich gepackt und niedergerissen. Die Rafters waren während unsrer Abwesenheit nach der Farm gekommen und hatten meine Frau und den jüngeren Sohn überwältigt, um dann auch auf uns zu warten. Als der älteste Sohn dann vor mir kam, hatten sie sich so schnell über ihn gemacht, daß ihm kaum Zeit zu dem erwähnten Warnungsrufe geblieben war. Mir erging es nicht schlimmer und nicht besser als den andern. Es kam so überraschend und ging so schnell, daß ich gebunden war, ehe ich an Gegenwehr denken konnte; dann stopfte man auch mir irgend einen Zeugfetzen in den Mund, damit ich nicht schreien könne.«

»Bist selber schuld daran! Warum warst du nicht vorsichtiger! Wer sich mit Rafters verfeindet und überdies einen von ihnen geschlagen hat, muß sich vorsehen.«

»Ist wahr. Aber ich hatte damals meine jetzigen Erfahrungen noch nicht. Töteten Rafters mir heut eine Kuh, so schösse ich die Kerls einzeln weg, ohne mich von ihnen sehen zu lassen. Doch weiter! Ich will es kurz machen, denn was nun kommt, kann mit Worten nicht geschildert werden. Es wurde Gericht gehalten; daß ich geschossen hatte, wurde mir als todeswürdiges Verbrechen ausgelegt. Die Halunken hatten sich übrigens über meinen Brandy hergemacht; sie tranken sich einen solchen Rausch an, daß sie nicht mehr Menschen, auch nicht Tiere waren, sondern zur Bestie wurden. Sie beschlossen, uns sterben zu lassen. Als Extrastrafe für den Schlag, den der Anführer von mir erhalten hatte, verlangte er, daß auch wir geschlagen, das heißt totgepeitscht werden sollten. Zwei stimmten ihm bei; drei waren dagegen; er setzte es aber durch. Wir wurden hinaus an die Fenz geschafft. Die Frau kam zuerst daran. Man band sie fest und schlug mit Knütteln auf sie los. Einer fühlte doch eine Art von Mitleid mit ihr und gab ihr eine Kugel in den Kopf. Den Söhnen erging es schlimmer als ihr; sie wurden buchstäblich totgeprügelt. Ich lag dabei und mußte es mit ansehen, denn ich sollte der letzte sein. Leute, ich sage euch, daß jene

Viertelstunde mir zur Ewigkeit geworden ist. Es kann mir nicht einfallen, zu versuchen, euch meine Gedanken und Gefühle zu beschreiben. Die Worte Mut und Grimm sagen gar nichts, es gibt eben kein passendes Wort. Ich war wie wahnsinnig und konnte mich doch nicht rühren, nicht bewegen. Also endlich kam ich an die Reihe. Ich wurde aufgerichtet und angebunden. Die Schläge, welche ich nun erhielt, habe ich nicht gefühlt. Meine Seele befand sich in einem Zustande, in welchem sie auf die körperlichen Schmerzen gar nicht achthaben konnte. Ich weiß nur, daß plötzlich vom Maisfelde her ein lauter Ruf erscholl und daß, als dieser von den Rafters nicht augenblicklich beachtet wurde, ein Schuß fiel. Ich war ohnmächtig geworden.«

»Ach, es kamen zufällig Leute, welche dich retteten!«

»Leute? Nein, denn es war nur einer. Er kannte natürlich die Verhältnisse nicht und hatte gemeint, daß ein Dieb oder sonstiger Verbrecher gezüchtigt werde. Aus der Haltung meines Kopfes hatte er schon von weitem gesehen, daß mein Leben keinen Penny wert sei, wenn er nicht schon aus der Ferne Einhalt thue. Darum sein Ruf und sein Schuß. Er hatte nur einen Warnungsschuß gethan, also in die Luft geschossen, da er nicht geglaubt hatte, es mit Mördern zu thun zu haben. Als er dann rasch herbeikam, erkannte ihn einer der Kerls und rief erschrocken seinen Namen. Feig morden hatten sie gekonnt; aber sie, sechs Personen, es mit diesem einen aufzunehmen, dazu fehlte ihnen der Mut. Sie rannten davon, indem sie das Haus als Deckung benutzten, um nach dem Walde zu entkommen.«

»Dann muß der Ankömmling ein hochberühmter und gefürchteter Westmann gewesen sein.«

»Westmann? *Pshaw!* Ein Indianer war's. Ja, Leute, ich sage euch, daß ein Roter mich rettete!«

»Ein Roter? Der so gefürchtet war, daß sechs Rafters vor ihm davonliefen? Unmöglich!«

»Zweifle nicht! Auch du würdest, wenn du ein böses Gewissen hättest, alles im Stiche lassen, um vor ihm zu entkommen, denn es war kein andrer als Winnetou.«

»Winnetou, der Apache? *Good luck!* Ja, dann ist's freilich zu glauben! Aber war der denn schon damals so bekannt?«

»Er stand freilich erst im Anbeginne seines Ruhmes; aber der eine Rafter, welcher den Namen rief und dann ausriß, hatte ihn wohl schon auf eine Weise kennen gelernt, die ihm ein zweites Zusammentreffen nicht erwünscht sein ließ. Überdies, wer Winnetou nur ein einziges Mal gesehen hat, der weiß, welchen Eindruck sein bloßes Erscheinen macht.«

»Aber er hat die Kerls entwischen lassen?«

»Einstweilen, ja. Oder hättest du es etwa anders gemacht? Aus ihrer eiligen Flucht erkannte er zwar, daß sie ein böses Gewissen hatten, aber die eigentlichen Umstände wußte er doch nicht. Dann sah er mich hängen und die losgebundenen Leichen, die er vorher nicht hatte bemerken können, am Boden liegen. Nun wußte er freilich, daß ein Verbrechen geschehen war; aber er konnte den Fliehenden nicht nach, weil er sich vor allen Dingen meiner anzunehmen hatte. Dabei war auch gar nichts versäumt, denn ein Winnetou weiß seine Leute auch später mit Sicherheit zu finden. Als ich erwachte, kniete er neben mir, gerade wie der Samariter in der heiligen Schrift. Er hatte mich von den Fesseln und dem Knebel befreit, verbot mir aber, zu sprechen, eine Untersagung, auf welche ich nicht achtete. Ich fühlte wahrhaftig keine Schmerzen und wollte auf und fort, um mich zu rächen. Er gab das nicht zu, schaffte mich und die Leichen in das Haus, wo ich mich, falls die Rafters es sich einfallen lassen sollten, wiederzukommen, leicht ihrer erwehren konnte, und ritt dann zum nächsten Nachbar, um eine pflegende und helfende Hand zu holen. Ich sage euch, daß dieser Nachbar über dreißig Meilen von mir wohnte und daß Winnetou noch nie in dieser Gegend gewesen war. Er fand ihn doch, obgleich er erst des Abends dort ankam, und brachte ihn und den Knecht gegen Morgen zu mir. Dann verließ er mich, um die Spuren der Mörder zu verfolgen. Ich mußte ihm heilig versprechen, nicht eigenmächtig zu handeln, da dies zwecklos sei. Er blieb über eine Woche aus. Ich hatte indessen meine Toten begraben und dem Nachbar Auftrag gegeben, meinen Besitz zu verkaufen. Meine zerschlagenen Glieder waren noch nicht heil; aber ich hatte mit wahren Schmerzen auf die Rückkehr des Apachen gewartet. Er war den Rafters gefolgt, hatte sie des Abends belauscht und gehört, daß sie nach dem Smoky-hill-Fort wollten. Gezeigt hatte er sich ihnen nicht, ihnen auch nichts gethan, da die Rache nur die meine war. Als er sich von mir verabschiedet hatte, nahm ich die Büchse, stieg auf das Pferd und ritt fort. Das Übrige wißt ihr bereits oder könnt es euch denken.«

»Nein, wir wissen es nicht und denken es uns auch nicht. Erzähle nur weiter, erzähle! Warum ist Winnetou nicht mit dir gegangen?«

»Jedenfalls weil er noch andres und Besseres zu thun hatte. Oder hatte er vielleicht noch nicht genug gethan? Und weitererzählen werde ich nicht. Ihr könnt euch denken, daß mir das kein Vergnügen sein kann. Die fünf sind ausgelöscht, einer nach dem andern; der sechste und schlimmste ist mir entkommen. Er war Rafter und ist vielleicht noch bei diesem Geschäfte; darum bin ich auch Rafter geworden, weil ich denke, daß ich ihn auf diese Weise am sichersten einmal treffen kann. Und nun – – *behold!* Was für Personen sind denn das?«

Dann sah er mich hängen und die losgebundenen Leichen.

Er sprang auf, und die andern folgten seinem Beispiele, denn soeben waren zwei in bunte Decken gehüllte Gestalten aus dem Dunkel des Waldes in den Lichtkreis des Feuers getreten. Es waren Indianer, ein alter und ein junger. Der erstere hob beruhigend die Hand und sagte: »Nicht Sorge haben, denn wir nicht Feinde sind! Arbeiten hier Rafters, welche schwarzen Tom kennen?«

»Ja, den kennen wir«, antwortete der alte Blenter.

»Er für euch fort, um zu holen Geld?«

»Ja, er soll kassieren und kann in einer Woche wieder bei uns sein.«

»Er noch eher kommen. Wir also bei richtige Leute, bei Rafters, welche wir suchen. Feuer klein machen, sonst weit sehen. Und auch leise sprechen, sonst weit gehört werden.«

Er warf die Decke ab, trat an das Feuer, riß die Brände auseinander, verlöschte sie und ließ nur einige weiterbrennen. Der junge Indianer half ihm dabei. Als das geschehen war, warf er einen Blick in den Kessel, setzte sich nieder und sagte: »Uns Stück Fleisch geben, denn wir weit geritten und nicht gegessen; großen Hunger haben.«

Sein so selbständiges Beginnen erregte natürlich das Erstaunen der Rafters. Der alte Missourier gab demselben Ausdruck, indem er fragte: »Aber, Mann, was fällt dir ein! Wagst dich zu uns heran, sogar des Nachts und obgleich du ein Roter bist! Und thust genau so, als ob dieser Platz nur dir gehörte!«

»Wir nichts wagen«, lautete die Antwort. »Roter Mann muß nicht sein schlechter Mann. Roter Mann sein guter Mann. Bleichgesicht wird das erfahren.«

»Aber wer bist du denn? Du gehörst jedenfalls nicht einem Flußlands- und Prairiestamme an. Nach deinem Aussehen muß ich vielmehr vermuten, daß du aus Neumexiko kommst und vielleicht ein Pueblo bist.«

»Komme aus Neumexiko, bin aber kein Pueblo. Bin Tonkawahäuptling, heiße der ›große Bär‹, und dies mein Sohn.«

»Was, der ›große Bär‹?« riefen mehrere Rafters überrascht, und der Missourier fügte hinzu: »So ist dieser Knabe also der ›kleine Bär‹?«

»So richtig!« nickte der Rote.

»Ja, das ist etwas andres! Die beiden Tonkawabären sind überall willkommen. Nehmt euch Fleisch und Met, ganz wie es euch beliebt, und bleibt bei uns, so lange es euch gefällt. Was aber führt euch denn in diese Gegend?«

»Wir kommen, um Rafters warnen.«

»Warum? Gibt es für uns eine Gefahr?«

»Große Gefahr.«

»Welche denn? Sprich!«

»Tonkawa erst essen und Pferde holen, dann reden.«

Er gab seinem Sohne einen Wink, worauf dieser sich entfernte, und nahm sich dann ein Stück Fleisch aus dem Kessel, welches er mit solcher Ruhe zu verzehren begann, als ob er sich daheim in seinem sichern Wigwam befände.

»Pferde habt ihr mit?« fragte der Alte. »Des Nachts hier im finstern

Walde? Und dabei habt ihr uns gesucht und auch wirklich gefunden! Das ist wirklich eine Art Meisterstück von euch!«

»Tonkawa hat Augen und Ohren. Er weiß, daß Rafters stets wohnen am Wasser, am Fluß. Ihr sehr laut reden und großes Feuer brennen, welches wir sehen sehr weit und riechen noch weiter. Rafters sehr unvorsichtig, denn Feinde haben es leicht, sie zu finden.«

»Es gibt hier keine Feinde. Wir befinden uns ganz allein in dieser Gegend und sind auf alle Fälle stark genug, uns etwaiger Feinde zu erwehren.«

»Missouri-Blenter sich irren!«

»Wie, du kennst meinen Namen?«

»Tonkawa stehen lange Zeit da hinter Baum und hören, was Bleichgesichter sprechen; auch hören deinen Namen. Wenn Feinde nicht da, so nun doch kommen. Und wenn Rafters unvorsichtig, dann werden besiegt sogar von wenigen Feinden.«

Jetzt hörte man Hufschlag im weichen Boden. Der ›kleine Bär‹ brachte zwei Pferde, band sie an einen Baum, nahm ein Stück Fleisch aus dem Kessel und setzte sich neben seinen Vater, um zu essen. Dieser letztere hatte seine Portion verzehrt, schob das Messer in den Gürtel und sagte: »Nun Tonkawa sprechen, und Rafters dann wohl mit ihm Friedenspfeife rauchen. Der schwarze Tom hat viel Geld. Tramps kommen, ihm aufzulauern und es ihm abzunehmen.«

»Tramps? Hier am schwarzen Bärenflusse? Da wirst du dich wohl irren.«

»Tonkawa nicht irren, sondern genau wissen und es auch erzählen.«

Er berichtete in seinem gebrochenen Englisch das Erlebnis auf dem Steamer, war jedoch zu stolz, dabei über die Heldenthat seines Sohnes ein Wort zu erwähnen. Man hörte ihm natürlich mit der größten Spannung zu. Er erzählte auch, was nach der Flucht der Tramps geschehen war. Er hatte kurz nach ihnen mit seinem Sohne im kleinen Boote das Ufer des Arkansas erreicht und war da bis zum ersten Tagesgrauen liegen geblieben, da er des Nachts nicht der Fährte zu folgen vermochte. Diese war dann sehr deutlich gewesen und hatte, Fort Gibson vermeidend, zwischen dem Canadian und dem Red-fork nach Westen geführt, um dann wieder nach Norden einzulenken. Während einer der nächsten Nächte hatten die Tramps ein Dorf der Creekindianer überfallen, um sich Pferde zu verschaffen. Am Mittag des nächsten Tages waren die beiden Tonkawa wandernden Choctowkriegern begegnet, von denen sie sich zwei Pferde gekauft hatten. Doch war durch die beim Pferdehandel gebräuchlichen Zeremonien eine so lange Zeit in Anspruch genommen worden, daß die Tramps einen Vorsprung von einem ganzen Tag bekommen hatten. Sie waren dann über den Red-fork gegangen und über die offene Prairie nach dem schwarzen Bärenflusse geritten. Den Tonkawa war es gelungen, ihnen nahe zu kommen. Nun lagerten die Tramps auf einer kleinen Lichtung am Flußufer, und die Tonkawa hatten es für notwendig gehalten, zunächst die Rafters aufzusuchen, um diese zu benachrichtigen.

Die Wirkung dieser Erzählung ließ nicht auf sich warten. Man sprach nun nur noch im leisen Tone und löschte das Feuer ganz aus.

»Wie weit ist der Lagerplatz dieser Tramps von hier aus entfernt?« fragte der alte Missourier.

»So viel, was die Bleichgesichter eine halbe Stunde nennen.«

»Alle Wetter! Da können sie zwar unser Feuer nicht gesehen, aber doch den Rauch gerochen haben. Wir sind wirklich zu sicher gewesen. Und seit wann liegen sie dort?«

»Eine ganze Stunde vor Abend.«

»Dann haben sie gewiß auch nach uns gesucht. Weißt du nichts darüber?«

»Tonkawa nicht dürfen beobachten Tramps, weil noch heller Tag. Sogleich weiter, um Rafters zu warnen, denn – –«

Er hielt inne und lauschte. Dann fuhr er in noch viel leiserem Tone fort: »›Großer Bär‹ etwas sehen, eine Bewegung an Ecke von Haus. Still sitzen und nicht sprechen! Tonkawa fortkriechen und nachsehen.«

Er legte sich auf den Boden nieder und kroch, sein Gewehr zurücklassend, dem Hause zu. Die Rafters spitzten die Ohren. Es vergingen wohl zehn Minuten, dann ertönte ein schriller, kurzer Schrei, ein Schrei, den jeder Westmann kennt – der Todesschrei eines Menschen. Nach kurzer Zeit kehrte der Häuptling zurück.

»Ein Kundschafter der Tramps«, sagte er. »Tonkawa hat ihm das Messer gegeben, von hinten in das Herz getroffen. Wird nicht sagen können, was hier gesehen und gehört. Aber vielleicht noch ein zweiter da. Wird zurückkehren und melden. Drum schnell machen, wenn weiße Männer wollen vielleicht belauschen Tramps.«

»Das ist wahr«, stimmte der Missourier flüsternd ein. »Ich werde mitgehen und du wirst mich führen, da du den Ort kennst, an welchem sie lagern. Jetzt haben sie noch keine Ahnung davon, daß wir von ihrer Gegenwart wissen. Sie fühlen sich also sicher und werden über ihr Vorhaben sprechen. Wenn wir uns gleich aufmachen, erfahren wir vielleicht, welche Pläne sie haben.«

»Ja, aber ganz leise und heimlich, damit, wenn etwa noch zweiter Kundschafter da, er nicht sehen, daß wir gehen. Und nicht Flinte mitnehmen, sondern nur Messer. Gewehr uns im Weg sein.«

»Und was machen inzwischen die andern hier?«

»In Haus hineingehen und still warten, bis wir zurückkehren.«

Dieser Rat wurde befolgt. Die Rafters begaben sich in die Blockhütte, wo sie nicht beobachtet werden konnten; der Missourier aber kroch mit dem Häuptling eine Strecke weit fort, und erst dann erhoben sich die beiden, um am Flusse abwärts zu gehen und womöglich die Tramps zu belauschen.

Der schwarze Bärenfluß kann die Grenze jenes eigentümlich hügeligen Landes genannt werden, welches man mit dem Namen Rolling-Prairie, die rollende Prairie, bezeichnet. Es erhebt sich da Hügel neben Hügel, fast einer genau so wie der andre, getrennt durch Thäler, welche einander ebenso gleichen. Das geht durch den ganzen Osten von Kansas. Diese rollende Prairie ist wasserreich und gut bewaldet. Aus der Vogelschau könnte man diese unendlich aufeinander folgenden Hügel und Thäler mit den rollenden Wogen eines grüngefärbten Meeres vergleichen. Daher der Name, aus dem man erkennt, daß unter Prairie nicht stets ein ebenes Gras- oder Wiesenland zu verstehen ist. In dieses weiche, humusreiche Hügelland haben sich die Wasser des schwarzen Bärenflusses tief eingefressen, so daß seine Ufer bis dahin, wo sie die rollende Prairie verlassen, meist steil und dabei bis an das Wasser mit dicht stehenden Bäumen bewachsen sind. Das ist oder vielmehr war ein rechtes, echtes Wildland, denn in neuerer Zeit ist die rollende Prairie verhältnismäßig dicht bevölkert und von den Sonntagsjägern ihres Wildstandes beraubt worden.

Da, wo die Rafters ihren Arbeitsplatz aufgeschlagen hatten, fiel das hohe Ufer unweit des Blockhauses steil zum Wasser hinab, was höchst vorteilhaft war, da es die Anlegung sogenannter Schleifen ermöglichte, das sind Rutschbahnen, auf denen die Rafters die Stämme und Hölzer ohne große Anstrengung an das Wasser bringen können. Glücklicherweise war das Ufer vom Unterholze frei, aber dennoch war es nicht leicht, dasselbe in der Dunkelheit zu beschreiten. Der Missourier war ein alter gewandter und viel erfahrener Westmann; dennoch wunderte er sich über den Häuptling, der ihn bei der Hand genommen hatte und nun geräuschlos und so sicher zwischen den Bäumen dahinschritt und die Stämme so sicher zu vermeiden wußte, als ob es heller Tag sei. Unten hörte man das Rauschen des Flusses, ein sehr vorteilhafter Umstand, da dasselbe ein etwa mit dem Fuße erzeugtes Geräusch unhörbar machte.

Blenter befand sich seit längerer Zeit hier. Er arbeitete nicht als Rafter, sondern als Jäger und Fleischmacher und kannte die Gegend ganz genau. Um so mehr mußte er die Sicherheit anerkennen, mit welcher der Indianer, der sich zum erstenmal und zwar auch nur seit dem Anbruch der Dunkelheit hier befand, sich bewegte.

Als etwas über eine Viertelstunde vergangen war, stiegen die beiden in ein Wellenthal hinab, welches den Lauf des Flusses durchkreuzte. Auch dieses war mit Bäumen dicht bewachsen; es wurde durch einen leise murmelnden Bach bewässert. In der Nähe der Stelle, wo derselbe sich in den Fluß ergoß, gab es einen baumfreien Platz, auf dem nur einige Büsche standen. Dort hatten sich die Tramps gelagert und ein Feuer angebrannt, dessen Schein den beiden Männern schon in die Augen fiel, als sie sich noch unter dem Wipfeldache des Waldes befanden.

»Tramps ebenso unvorsichtig wie Rafters«, flüsterte der Tonkawahäuptling seinem Gefährten zu. »Brennen großes Feuer, als ob sie braten wollten ganzen großen Büffel. Roter Krieger stets nur kleines Feuer machen. Flamme nicht sehen und ganz wenig Rauch. Wir da sehr leicht hinkommen und es so machen können, daß uns nicht sehen.«

»Ja, hinkommen können wir«, meinte der Alte. »Aber ob so nahe, daß wir hören können, was sie sprechen, das ist noch fraglich.«

»Wir ganz nahe; wir hören werden. Aber einander beistehen, wenn Tramps uns entdecken. Angreifer totstechen und schnell in Wald hinein.«

Sie gingen bis an die letzten Bäume vor und sahen nun das Feuer und die um dasselbe lagernden Leute. Hier unten gab es mehr Stechmücken, die gewöhnliche Plage der Flußläufe dieser Gegenden, als oben im Lager der Rafters. Wohl aus diesem Grunde hatten die Tramps ein so mächtiges Feuer angebrannt. Seitwärts standen die Pferde. Man sah sie nicht, aber man hörte sie. Sie wurden so von den Moskitos geplagt, daß sie, um diese von sich abzuwehren, in immerwährender Bewegung waren. Der Missourier hörte das Stampfen ihrer Hufe; ja, der Häuptling vernahm sogar das Peitschen ihrer Schwänze.

Nun legten sie sich auf die Erde nieder und krochen nach dem Feuer hin. Dabei benutzten sie als Deckung die Büsche, welche auf der Lichtung standen. Die Tramps saßen nahe am Bache, dessen Ufer mit dichtem Schilfe bewachsen war; das letztere reichte bis an das Lager hin.

Der vorankriechende Indianer wendete sich dem Schilfe zu, welches die beste Gelegenheit zum Verbergen bot. Dabei entfaltete er eine wahre Meisterschaft in Beziehung auf die Kunst des Anschleichens. Es galt, durch die hohen, dürren Halme zu kommen, ohne das im Schilfe fast unvermeidliche Geräusch zu verursachen. Auch durften sich die Spitzen desselben nicht bewegen, weil dadurch leicht die Entdeckung herbeigeführt werden konnte. Der alte Bär vermied diese Gefahr dadurch, daß er sich einfach den Weg schnitt. Er legte mit dem scharfen Messer das Schilf vor sich nieder und hatte dabei noch Aufmerksamkeit für den Missourier übrig, um diesem das Nachfolgen zu erleichtern. Dieses Niedersicheln des harten Schilfes geschah so unhörbar, daß sogar der Alte das Fallen der Halme nicht vernehmen konnte.

So näherten sie sich dem Feuer und blieben erst dann liegen, als sie sich so nahe bei den Tramps befanden, daß sie deren Gespräch, welches freilich nicht leise geführt wurde, hören konnten. Blenter war nicht zurückgeblieben, sondern hatte sich neben dem Häuptling Platz gemacht. Er überflog die vor ihm sitzenden Gestalten und fragte leise: »Welcher ist denn der Cornel, von welchem du uns erzählt hast?«

»Cornel nicht da; er fort«, antwortete der Indianer flüsternd.

»Wohl auch, um nach uns zu suchen?«

»Ja; es können fast nicht anders sein.«

»So ist er jedenfalls derjenige, den du erstochen hast?«

»Nein, er es nicht sein.«

»Das hast du doch nicht sehen können?«

»Bleichgesicht sehen nur mit Augen; Indianer aber sehen auch mit Händen. Meine Finger hätten Cornel gewiß erkannt.«

»So ist er nicht allein, sondern in Begleitung eines andern gewesen, und diesen andern hast du erstochen.«

»Das sehr richtig. Nur hier warten, bis Cornel zurückkehren.«

Die Tramps unterhielten sich sehr lebhaft; sie schwatzten von allem möglichen, nur nicht von dem, was den beiden Lauschern interessant gewesen wäre, bis dann doch einer sagte: »Soll mich wundern, ob der Cornel richtig vermutet hat. Es wäre ärgerlich, wenn sich die Rafters nicht mehr hier befänden.«

»Sie sind noch da, und zwar ganz nahe«, antwortete ein andrer. »Die Axtspäne, welche das Wasser hier angeschwemmt hat, sind noch ganz neu; sie stammen von gestern oder höchstens vorgestern.«

»Wenn das richtig ist, so müssen wir wieder zurück, weil wir den Kerls hier so nahe sind, daß sie uns bemerken werden. Und sehen dürfen sie uns doch nicht. Mit ihnen haben wir eigentlich nichts zu schaffen, sondern wir wollen nur den schwarzen Tom und sein Geld abfangen.«

»Und werden es nicht bekommen«, fiel ein dritter ein.

»Warum nicht?«

»Weil wir es so dumm angefangen haben, daß es unmöglich gelingen kann. Meint ihr etwa, daß die Rafters uns nicht bemerken werden, wenn wir eine Strecke zurückgehen? Sie müßten geradezu blind sein. Wir lassen hier Spuren zurück, welche gar nicht zu vertilgen sind. Und ist unsre Anwesenheit verraten, so ist es aus mit unserm Plan.«

»Gar nicht! Wir schießen die Kerls nieder!«

»Werden sie sich hinstellen und ruhig auf sich schießen lassen? Ich habe dem Cornel den besten Rat gegeben, bin aber leider von ihm abgewiesen worden. Im Osten, in den großen Städten, geht der Bestohlene zur Polizei und überläßt es dieser, den Dieb ausfindig zu machen; hier im

Westen aber nimmt jeder seine Sache in die eigene Hand. Ich bin überzeugt, daß man uns wenigstens eine Strecke weit verfolgt hat. Und wer sind diejenigen gewesen, die sich auf unsre Fährte gesetzt haben? Jedenfalls nur diejenigen unter den Passagieren, welche sich auf so etwas verstehen, also Old Firehand, der schwarze Tom und höchstens noch diese sonderbare Tante Droll. Wir hätten auf sie warten sollen, und es wäre uns sehr leicht gewesen, Tom sein Geld abzunehmen. Statt aber das zu thun, haben wir diesen weiten Ritt gemacht und sitzen nun hier am Bärenflusse, ohne zu wissen, ob wir es bekommen werden. Und daß der Cornel jetzt bei Nacht im Walde herumläuft, um die Rafters zu suchen, das ist ebenso dumm. Er konnte bis morgen warten und – –«

Er hielt in seinem Raisonnement inne, denn derjenige, von welchem er sprach, kam in diesem Augenblick unter den Bäumen hervor und auf das Feuer zugeschritten. Er sah die Blicke seiner Leute neugierig auf sich gerichtet, nahm den Hut vom Kopfe, warf ihn auf den Boden und sagte: »Bringe keine gute Nachricht, Leute; habe Unglück gehabt.«

»Welches? Was für eins? Inwiefern?« fragte es rundum. »Wo ist Bruns? Warum kommt er nicht mit?«

»Bruns?« antwortete der Cornel, indem er sich niedersetzte. »Der kommt überhaupt nicht wieder, er ist tot.«

»Tot? Bist du des Teufels? Wie ist er verunglückt? Denn getötet kann ihn doch niemand haben.«

»Wie klug du bist!« antwortete der Anführer dem Frager. »Freilich ist der arme Teufel nur verunglückt, aber durch ein Messer, welches man ihm in das Herz gestoßen hat.«

Diese Nachricht brachte eine große Aufregung hervor. Jeder fragte nach dem Wie und Wo, und vor lauter Fragen konnte der Cornel gar nicht zur Antwort kommen. Darum gebot er Ruhe. Als diese eingetreten war, berichtete er: »Ich nahm gerade Bruns und keinen andern mit, weil er der beste Sucher ist oder vielmehr war. Er hat sich in dieser Eigenschaft auch gut bewährt, denn seine Nase führte uns zu den Rafters.«

»Seine Nase?« fragte derjenige, welcher die Gewohnheit zu haben schien, für die andern den Sprecher zu machen.

»Ja, seine Nase. Wir vermuteten die Gesellschaft natürlich weiter aufwärts und schlugen also diese Richtung ein. Dabei mußten wir sehr vorsichtig sein, da wir sonst leicht gesehen werden konnten. Aus diesem Grunde kamen wir nur langsam weiter, und es wurde dunkel. Ich wollte umkehren, aber Bruns gab das nicht zu. Wir hatten mehrere Spuren gesehen, aus denen er schloß, daß wir dem Flößplatze nahe seien. Er meinte, wir würden die Rafters riechen, da sie schon wegen der Stechfliegen ein Feuer haben mußten. Diese Ansicht bewahrheitete sich, denn es roch endlich nach Rauch, und auf der Höhe des Ufers gab es einen leichten Schein, wie von einem Feuer, dessen Licht durch Büsche und Bäume dringt. Wir kletterten hinauf und konnten nun das Feuer vor uns sehen. Es brannte vor einem Blockhause, und um die Flamme saßen die Rafters, ihrer zwanzig, gerade so viel wie wir. Um sie zu belauschen, schlichen wir uns näher. Ich blieb unter einem Baume liegen, und Bruns machte sich hinter das Haus. Wir hatten noch gar nicht Zeit gefunden, auf das Gespräch zu achten, als plötzlich zwei Kerls kamen, nicht Rafters, sondern Fremde. Ratet einmal, wer sie waren! Doch nein, ihr kommt doch nicht auf das Richtige. Es waren nämlich die beiden Indianer, der große und der kleine Bär, vom ›Dogfish‹.«

Die Tramps zeigten sich über diese Nachricht sehr erstaunt; sie wollten derselben keinen Glauben schenken. Geradezu betroffen aber wurden sie, als sie erfuhren, was der Häuptling den Rafters erzählt hatte. Dann fuhr der Cornel fort: »Ich sah, daß der Rote das Feuer ganz auslöschte, und dann wurde so leise gesprochen, daß ich nichts mehr verstehen konnte. Ich wollte nun gern fort, mußte aber selbstverständlich auf Bruns warten. Plötzlich hörte ich einen Schrei, so entsetzlich, so fürchterlich, daß er mir durch Mark und Bein ging. Er kam von der Blockhütte her, hinter welcher Bruns steckte. Mir wurde bange um ihn, und ich schlich mich also um das Lager nach der Hütte. Es war so dunkel, daß ich mich vorwärts tasten mußte. Dabei traf ich mit der Hand auf einen menschlichen Körper, welcher in einer Blutlache lag. Ich fühlte an der Kleidung, daß es Bruns war, und erschrak auf das heftigste. Er hatte im Rücken einen Stich, welcher gerade ins Herz gedrungen sein muß, war also tot. Was konnte ich thun? Ich leerte seine Taschen, nahm sein Messer und seinen Revolver zu mir und ließ ihn liegen. Als ich dann wieder nach vorn kam, bemerkte ich, daß die Rafters sich in die Blockhütte zurückgezogen hatten, und machte mich nun schnell aus dem Staube.«

Die Tramps ergingen sich in Ausdrücken des Mitleids über den Tod ihres Gefährten, doch der Anführer machte denselben ein Ende, indem er sagte: »Laßt das jetzt sein! Wir haben keine Zeit dazu, denn wir müssen fort.«

»Warum?« wurde er gefragt.

»Warum? Habt ihr denn nicht gehört, daß diese Roten unsern Lagerplatz kennen? Natürlich werden sie uns überfallen wollen, wahrscheinlich am Morgen. Da sie sich aber sagen müssen, daß wir den Toten vermissen und infolgedessen Verdacht schöpfen werden, so ist es möglich, daß sie noch eher kommen. Lassen wir uns überraschen, so sind wir verloren. Wir müssen also sofort weiter.«

»Aber wohin?«

»Nach dem Eagle-tail.«

»Ach, um uns die Eisenbahnkasse zu holen! Auf das Geld der Rafters sollen wir also verzichten?«

»Leider! Es ist das Klügste, und –«

Er hielt inne und machte mit der Hand eine Bewegung der Überraschung, welche die andern nicht verstanden.

»Was ist's? Was hast du?« fragte ihn einer. »Sprich weiter.«

Der Cornel stand, ohne zu antworten, auf. Er hatte nahe an der Stelle gesessen, wo die beiden Lauscher lagen. Diese befanden sich nicht mehr nebeneinander wie vorher. Als nämlich das Auge des alten Missouriers auf den Cornel gefallen war, hatte sich seiner eine ganz ungewöhnliche Aufregung bemächtigt, welche sich bei dem Klange der Stimme des Genannten noch gesteigert hatte. Er blieb nicht ruhig liegen, sondern schob sich weiter und immer weiter im Schilfe vor. Seine Augen glühten, und es schien, als ob sie aus ihren Höhlen treten wollten. In dieser Erregung vergaß er die nötige Vorsicht; er achtete nicht darauf, daß sein Kopf fast ganz aus dem Schilfe ragte.

»Nicht sehen lassen!« raunte ihm der Häuptling zu, indem er ihn faßte und zurückzog.

Aber es war schon zu spät, denn der Cornel hatte den Kopf gesehen. Darum unterbrach er seine Rede und war rasch aufgestanden, um den Lauscher unschädlich zu machen. Er verfuhr dabei mit großer Schlauheit, indem er sagte: »Es fiel mir eben ein, daß ich dort bei den Pferden noch – – doch, kommt ihr beide einmal mit!«

Er winkte den zwei Männern, welche an seiner Rechten und Linken gesessen hatten. Sie standen sogleich auf, und er flüsterte ihnen zu:» Ich verstelle mich nur, denn da hinter uns liegt ein Kerl, jedenfalls ein Rafter, im Schilfe. Sieht er, daß ich es auf ihn abgesehen habe, so läuft er davon. Sobald ich mich auf ihn werfe, packt ihr ihn auch sofort. Auf diese Weise bekommen wir ihn gleich so fest, daß er sich gar nicht wehren und mich verwunden kann. Also – – vorwärts!«

Bei dem Worte vorwärts, welches er nun laut ausrief, drehte er sich blitzschnell um und that einen Sprung nach der Stelle, an welcher er den Kopf gesehen hatte.

Der Tonkawahäuptling war ein äußerst vorsichtiger, erfahrener und scharfsinniger Mann. Er sah den Cornel aufstehen und mit den beiden flüstern; er sah, daß der eine derselben eine unwillkürliche Bewegung nach rückwärts machte. So gering und fast unbemerkbar diese Bewegung war, dem großen Bär verriet sie doch, um was es sich handle. Er berührte den Alten mit der Hand und flüsterte ihm zu: »Schnell fort! Cornel dich gesehen und dich fangen. Schnell, schnell!«

Der alte Blenter wurde trotz seiner gerühmten Geistesgegenwart vollständig überrumpelt.

Zu gleicher Zeit wendete er sich um und schnellte sich, ohne sich vom Boden zu erheben, fort und hinter den nächsten Busch. Das war das Werk von höchstens zwei Sekunden; aber schon ertönte hinter ihm das »Vorwärts« des Cornels, und als er zurückblickte, sah er diesen sich auf den Missourier stürzen, welchem Beispiele die beiden andern Tramps augenblicklich folgten.

Der alte Blenter wurde trotz seiner gerühmten Geistesgegenwart vollständig überrumpelt. Die drei lagen oder knieten auf ihm und hielten ihm die Arme und Beine fest, und die Tramps sprangen vom Feuer auf und kamen schnell herbei. Der Indianer hatte sein Messer gezogen, um dem Alten beizustehen; er mußte aber einsehen, daß er gegen diese Übermacht nichts auszurichten vermöge. Er konnte nichts weiter thun, als sehen, was mit dem Missourier geschehen werde, und dann die Rafters benachrichtigen. Um aber nicht auch selbst entdeckt zu werden, kroch er von dem in das Schilf geschnittenen Wege fort, weit weg zur Seite, wo er sich hinter einem Busch verbarg.

Die Tramps wollten, als sie den Gefangenen erblickten, laut werden, doch der Cornel gebot ihnen Schweigen: »Still! Wir wissen nicht, ob noch andre da sind. Haltet ihn fest. Ich werde nachsehen.«

Er ging die Umgebung des Feuers ab und bemerkte zu seiner Beruhigung keinen Menschen. Dann gebot er, den Mann an das Feuer zu bringen. Dieser hatte alle seine Kräfte angestrengt, sich loszumachen, doch vergebens. Er sah ein, daß er sich in sein Schicksal fügen müsse. Allzu schlimm konnte dasselbe nicht sein, da er den Tramps ja bis jetzt nichts zuleide gethan hatte. Übrigens mußte ihn der Gedanke an den Indianer beruhigen. Dieser ging gewiß schnell fort, um Hilfe herbeizuholen.

Während vier Mann den Gefangenen am Boden festhielten, beugte sich der Cornel nieder, um ihm in das Gesicht zu sehen. Es war ein langer, langer, scharf und nachdenklich forschender Blick, mit dem er dies that. Dann sagte er: »Kerl, dich müßte ich kennen! Wo habe ich dich eigentlich schon gesehen?«

Der Alte hütete sich wohl, es ihm zu sagen, da er in diesem Falle verloren gewesen wäre. Der Haß kochte in seiner Brust, aber er gab sich Mühe, ein möglichst gleichgültiges Gesicht zu zeigen.

»Ja, ich muß dich gesehen haben«, wiederholte der Cornel. »Wer bist du? Gehörst du zu den Rafters, welche da oberhalb arbeiten?«

»Ja«, antwortete der Gefragte.

»Was hast du dich hier herumzuschleichen? Warum belauschst du uns?«

»Sonderbare Frage? Ist es hier im Westen etwa verboten, sich die Leute anzusehen? Ich meine vielmehr, daß es ein Gebot der Notwendigkeit ist, dies zu thun. Es gibt da Leute genug, vor denen man sich in acht nehmen muß.«

»Zählst du vielleicht auch uns zu denselben?«

»Unter welche Sorte von Menschen ihr gehört, das muß sich erst zeigen. Ich kenne euch ja nicht.«

»Das ist eine Lüge. Du hast gehört, was wir gesprochen haben, und wirst also wissen, wer und was wir sind.«

»Nichts habe ich gehört. Ich war unten am Flusse und wollte nach unserm Lager; da sah ich euer Feuer und schlich natürlich herbei, um zu sehen, wer hier lagert. Ich fand gar nicht Zeit, zu hören, was gesprochen wurde, denn ich war zu unvorsichtig und wurde in dem Augenblicke, an welchem ich mich zum Lauschen anschickte, von euch gesehen.«

Er hoffte, daß nur der getötete Tramp ihn oben an der Blockhütte gesehen habe, da er sein Gesicht derselben zugewendet gehabt hatte; aber er irrte sich, denn der Rothaarige antwortete: »Das ist lauter Schwindel. Ich sah dich vorhin nicht nur bei den Rafters sitzen, sondern ich hörte dich auch sprechen und erkenne dich wieder. Willst du das eingestehen?«

»Kann mir nicht einfallen! Was ich sage, ist wahr; du verkennst mich also.«

»So bist du wirklich allein hier gewesen?«

»Ja.«

»Und behauptest, wirklich nichts von unserer Unterhaltung gehört zu haben?«

»Kein Wort.«

»Wie heißest du?«

»Adams«, log der Missourier, welcher allen Grund zu haben glaubte, seinen wirklichen Namen nicht zu nennen.

»Adams«, wiederholte der Cornel nachdenklich. »Adams! Habe niemals einen Adams gekannt, der dein Gesicht gehabt hätte. Und doch ist es mir, als ob wir einander schon gesehen hätten. Kennst du mich? Weißt du, wie ich heiße?«

»Nein«, behauptete der Alte, abermals wahrheitswidrig. »Nun aber laßt mich los! Ich habe euch nichts gethan und hoffe, daß ihr ehrliche Westmänner seid, welche andre ehrliche Leute in Ruhe lassen.«

»Ja, wir sind allerdings ehrliche Männer, sehr ehrliche Männer«, lachte der Rote; »aber ihr habt vorhin einen von uns erstochen, und nach den Gesetzen des Westens schreit das nach Rache. Blut um Blut, Leben um Leben. Magst du sein, wer du willst, es ist aus mit dir!«

»Wie? Ihr wollt mich ermorden?«

»Ja, gerade so, wie ihr unsern Kameraden ermordet habt. Es handelt sich nur darum, ob du, gerade so wie er, durch das Messer stirbst, oder ob wir dich da im Flusse ersäufen. Große Zeremonien aber werden keinesfalls gemacht. Wir haben keine Zeit zu verlieren. Stimmen wir schnell ab. Bindet ihm den Mund zu, daß er nicht schreien kann. Wer von euch dafür ist, daß wir ihn in das Wasser werfen, der hebe den Arm empor.«

Diese Aufforderung war an die Tramps gerichtet, deren Mehrzahl sofort das erwähnte Zeichen gab.

»Also ersäufen!« meinte der Cornel. »Bindet ihm Arme und Beine fest zusammen, damit er nicht schwimmen kann; dann schnell in das Wasser, und nachher fort mit uns, ehe seine Leute kommen!«

Der alte Missourier war während des Verhöres von mehreren Männern festgehalten worden. Jetzt sollte ihm zunächst der Mund zugebunden werden. Er wußte, daß der Indianer unmöglich schon die Rafters erreicht haben könne; auf Hilfe war also nicht zu rechnen; dennoch that er das, was jeder andre auch gethan haben würde; er wehrte sich mit Anstrengung aller seiner Kräfte und schrie um Hilfe. Der Ruf drang weit in die Stille der Nacht hinaus.

»All lightnings!« zürnte der Rote. »Laßt ihn doch nicht so schreien. Wenn ihr nicht mit ihm fertig werdet, so will ich selbst ihn ruhig machen. Paßt auf!«

Er ergriff sein Gewehr und holte aus, um dem Alten einen Kolbenhieb an den Kopf zu versetzen, kam aber nicht dazu, seine Absicht auszuführen, denn – – – Kurz vor Abend waren vier Reiter, welche die Fährte der Tramps scharf im Auge hatten, dem Ufer des Flusses aufwärts gefolgt, nämlich Old Firehand, der schwarze Tom und Tante Droll mit seinem Knaben. Die Spur führte unter den Bäumen hin; sie war wohl leidlich zu erkennen, aber schwer nach ihrem Alter zu bestimmen. Erst als sie über eine mit Gras bewachsene lichte Stelle ging, stieg Old Firehand vom Pferde, um sie zu untersuchen, da die Halme bessere Anhaltspunkte als das niedrige Waldmoos gaben. Als er die Eindrücke genau betrachtet hatte, sagte er: »Die Kerls sind ungefähr eine englische Meile vor uns, denn die Fährte wurde vor einer halben Stunde getreten. Wir müssen unsre Pferde also besser ausgreifen lassen.«

»Warum?« fragte Tom.

»Um noch vor Nacht so nahe an die Tramps zu kommen, daß wir ihren Lagerplatz erfahren.«

»Ist das nicht gefährlich für uns?«

»Nicht, daß ich wüßte.«

»O doch! Sie lagern sich jedenfalls, noch ehe es dunkel wird, und wenn wir eilen, müssen wir gewärtig sein, ihnen gerade in die Arme zu reiten.«

»Das befürchte ich nicht. Selbst wenn Ihre Voraussetzung richtig sein sollte, können wir sie vor der Dämmerung nicht erreichen. Ich schließe aus verschiedenen Anzeichen, daß wir uns in der Nähe der Rafters, welche wir vor ihnen zunächst zu warnen haben, befinden. Da ist es vorteilhaft, den Ort zu kennen, an welchem die Tramps lagern. Und dazu ist eben Eile nötig. Sonst überrascht uns die Nacht, in welcher bis zum Morgen viel geschehen kann, was wir dann nicht zu verhindern vermöchten. Was meinen Sie dazu, Droll?«

Die beiden hatten deutsch gesprochen. Droll antwortete also in seinem Dialekte: »Se habe da ganz meine eegne Meenung ausgeschproche. Reite mer rasch weiter, so habe mer se eher; reite mer aber langsamer, so bekomme mer se schpäter und könne leicht eher und tiefer ins Dekerment gerate als diejenigen, welche mer rette wolle. Also, meine Herre, reite mer Trab, daß de Bäume wackle!«

Da die Bäume nicht eng standen, konnte dieser Vorschlag selbst im Walde ausgeführt werden. Doch hatten auch die Tramps das Tageslicht vollständig ausgenützt und erst dann Halt gemacht, als sie durch die Dunkelheit dazu gezwungen wurden. Hätte Old Firehand sich nicht auf der Fährte derselben, sondern mehr in der Nähe des Ufers gehalten, so wäre er auf die Spur der beiden Tonkawaindianer gestoßen, welche einen ganz geringen Vorsprung vor ihm hatten.

Als es so dunkel wurde, daß die Hufeindrücke fast nicht mehr zu erkennen waren, stieg er abermals ab, um sie zu untersuchen. Das Resultat war: »Wir haben eine halbe Meile gut gemacht; aber leider sind die Tramps auch schnell geritten. Dennoch wollen wir versuchen, sie zu erreichen. Steigen Sie ab; wir müssen nun zu Fuß weiter und die Pferde führen!«

Leider war die Strecke, welche sie noch zurücklegen konnten, nicht bedeutend, da es so finster wurde, daß die Fährte nicht mehr zu erkennen war. Die vier blieben also halten.

»Was nun?« fragte Tom. »Wir sind fast gezwungen, hier zu kampieren.«

»Nee«, antwortete Droll. »Ich kampiere nich, sondern mer laufe hübsch weiter, bis mer se finde.«

»Da hören sie uns doch kommen!«

»So mache mer sachte. Mich höre se nich, und mich kriege se nich. Meene Se nich ooch, Herr Firehand?«

»Ja, ich bin ganz Ihrer Meinung«, antwortete der Genannte. »Aber die Vorsicht verbietet uns, die Richtung der Fährte beizubehalten. Thäten wir das, so würde Tom recht behalten, die Tramps müßten uns kommen hören. Halten wir uns mehr nach rechts, vom Flusse ab; dann haben wir sie zwischen uns und dem Wasser und müssen ihr Feuer bemerken, ohne daß sie uns gewahren.«

»Und wenn sie kein Feuer haben?« bemerkte Tom.

»So rieche mer ihre Pferde«, antwortete Droll. »Im Walde schnuppert mer de Pferde viel leichter aus als drauße im freie Felde. Meine Nase hat mich da noch nich im Schtich gelasse. Schteige mer also weiter, nach rechts nebber!«

Old Firehand schritt, sein Pferd am Zügel führend, voran, und die andern folgten hintereinander. Leider aber machte der Fluß hier einen ziemlich weiten Bogen nach links. Die Folge war, daß sie zu weit von demselben abkamen. Old Firehand bemerkte das an der verminderten Feuchtigkeit des Bodens und der Umgebung und wendete sich darum mehr nach links. Aber der Umweg war nicht ungeschehen zu machen, zumal man im finstern Walde nur sehr langsam gehen konnte. Die vier kamen zu der Ansicht, einen Fehler gemacht zu haben, und hielten es für geraten, vor allen Dingen nach dem Flusse zurückzukehren. Sie wußten nicht, daß sie den Lagerplatz der Tramps umgangen hatten und sich nun zwischen demselben und demjenigen der Rafters befanden. Glücklicherweise spürte Old Firehand den Geruch des Rauches und blieb stehen, um zu prüfen, woher derselbe komme. Hinter ihm schnoperte Droll in der Luft herum und meinte dann: »Das is Rooch; er kommt von da drüben rebber; also müsse mer dort nebber. Aber nehme mer uns in acht; mer scheint's, als ob's dort heller werde wolle. Das kann nur vom Feuer sein.«

Er wollte den Fuß weiter setzen, hielt aber inne, denn sein scharfes Ohr vernahm nahende Schritte. Old Firehand vernahm sie auch und zugleich das hastige Atmen des Kommenden. Er ließ den Zügel seines Pferdes los und trat einige Schritte vor. Sein Gehör sagte ihm, daß der Mann da vorüberkomme. Im Dunkel der Nacht und des Waldes, selbst dem Auge des berühmten Jägers kaum erkennbar, tauchte vor demselben eine Gestalt auf, welche schnell weiter huschen wollte. Old Firehand griff mit beiden Händen zu.

»Halt!« gebot er, doch mit unterdrückter Stimme, um nicht zu weit gehört zu werden. »Wer bist du?«

»Schai nek-enokh, schai kopeia – ich weiß es nicht, niemand«, antwortete der Gefragte, indem er sich loszureißen versuchte.

Selbst der furchtloseste Mann wird erschrecken, wenn er, sich des Nachts im Walde allein wähnend, plötzlich von zwei starken Fäusten gepackt wird. In solchen Augenblicken des Schreckens bedient sich fast jeder, der auch in andern Zungen spricht, ganz unwillkürlich der Muttersprache. So auch der Mann, welcher von Firehand festgehalten wurde. Dieser letztere verstand die Worte und sagte überrascht: »Das ist Tonkawa! Der ›große Bär‹ ist mit seinem Sohne vor uns. Solltest du – sag, wer bist du?«

Jetzt hörte der Mann auf, zu widerstehen; er hatte die Stimme des großen Jägers erkannt und antwortete hastig in seinem gebrochenen Englisch: »Ich Nintropan-hauey; du Old Firehand. Das sehr gut, sehr gut! Noch mehr Männer bei dir?«

»Also der ›große Bär‹! Das ist ein glücklicher Zufall. Ja, ich bin Old Firehand. Es sind noch drei Personen bei mir, und wir haben Pferde mit. Was treibst du hier? Die Tramps sind in der Nähe. Nimm dich in acht!«

»Habe sie gesehen. Haben gefangen nehmen alt Missourier-Blenter. Wollen ihn wahrscheinlich töten. Ich laufen zu Rafters nach Hilfe; da mich Old Firehand festhalten.«

»Sie wollen einen Rafter töten? Da müssen wir Einhalt thun. Wo sind sie?«

»Dort hinter mir, wo zwischen den Bäumen hell werden.«

»Ist der rote Cornel bei ihnen?«

»Ja, er dort sein.«

»Wo haben sie ihre Pferde?«

»Wenn Old Firehand zu ihnen, dann Pferde stehen rechts, ehe an Feuer kommen.«

»Und wo befinden sich die Rafters?«

»Oben auf Berg. Der ›große Bär‹ schon bei ihnen gewesen und mit ihnen gesprochen.«

Er erzählte in fliegender Eile, was geschehen war, worauf Old Firehand antwortete: »Wenn ein Tramp getötet worden ist, so werden sie dafür den Missourier ermorden wollen, und zwar gleich, um keine Zeit zu verlieren, da sie fliehen müssen, weil ihre Anwesenheit verraten ist. Wir vier werden unsre Pferde hier anbinden und uns schleunigst nach dem Feuer begeben, um den Mord zu verhindern. Du aber lauf zu den Rafters, um sie herbeizuholen! Wir fürchten uns zwar nicht vor diesen Tramps, aber es ist immerhin besser, wenn die Holzfäller schnell nachkommen.«

Der Indianer rannte fort. Die vier befestigten die Zügel ihrer Pferde an die Bäume und schritten dann so schnell wie möglich dem Lager der Tramps zu. Schon nach kurzer Zeit wurde es vor ihnen heller, und bald sahen sie das Feuer zwischen den Stämmen der Bäume leuchten. Rechts erblickten sie auf der Lichtung die Pferde.

Sie hatten sich bis jetzt keine Mühe gegeben, nicht gehört und gesehen zu werden. Nun aber legten sie sich nieder und näherten sich dem Feuer kriechend. Dabei wendete Old Firehand sich zu dem Knaben Fred. Er wollte ihm sagen, sich zu den Pferden zu begeben und jeden Tramp niederzuschießen, der etwa aufsteigen und entfliehen wollte; aber kaum war das erste Wort über seine Lippen, so ertönte vor ihnen ein lauter, durchdringender Schrei. Es war der bereits erwähnte Hilferuf des alten Missouriers.

»Sie morden ihn!« sagte Old Firehand, aber noch immer in gedämpftem Tone. »Schnell drauf, mitten unter sie hinein. Keine Schonung gegen den, der sich wehrt!«

Er erhob sich und sprang nach dem Feuer zu und warf drei, vier Tramps zur Seite, um zu dem Roten zu kommen, welcher eben, wie schon berichtet, zum Schlage ausholte. Er kam gerade noch zur rechten Zeit und hieb den Cornel mit dem Kolben nieder. Zwei, drei Tramps, welche beschäftigt waren, den Missourier zu binden und zu knebeln, um ihn dann in den Fluß zu werfen, fielen unter seinen nächsten Streichen. Dann zog er, das noch nicht abgeschossene Gewehr wegwerfend, die Revolver und feuerte auf die übrigen Feinde. Dabei sagte er kein Wort. Es war seine Gewohnheit, im Kampfe zu schweigen, außer wenn er gezwungen war, Befehle zu erteilen.

Desto lauter waren die drei andern. Der schwarze Tom war auch wie ein Wetter unter die Tramps gefahren und arbeitete sie mit dem Kolben nieder, indem er ihnen die kräftigsten Schimpf-, Spott- und Drohnamen zurief. Der sechzehnjährige Fred hatte erst die Flinte auf sie abgeschossen, sie weggeworfen, und die Revolver gezogen. Er gab Schuß auf Schuß ab und schrie dabei aus Leibeskräften, um ihren Schreck zu erhöhen.

Am lautesten aber ließ sich die kreischende Fistelstimme der Tante Droll hören. Der wundersame Jäger schrie und wetterte geradezu für hundert Personen. Seine Bewegungen waren so ungemein schnell, daß keiner der Feinde mit Sicherheit auf ihn zu schießen vermocht hätte. Aber es gab auch keinen, der dies beabsichtigte. Die Tramps waren vor Schreck über den unerwarteten Überfall so verblüfft, daß sie zunächst gar nicht an Widerstand dachten, und als sie zu sich kamen, sahen die Unverletzten von ihnen so viele ihrer Kameraden tot oder verwundet oder betäubt am Boden liegen, daß sie es für das klügste hielten, die Flucht zu ergreifen. Sie rannten davon, ohne sich Zeit genommen zu haben, die Angreifer zu zählen, deren sie infolge von Tante Drolls Geschrei eine große Anzahl vorhanden glaubten. Von dem Augenblicke, an welchem Old Firehand den ersten Streich geführt hatte, bis zur Flucht der unverwundeten Tramps war nicht eine ganze Minute vergangen.

»Ihnen nach!« rief Old Firehand. »Ich halte den Platz. Laßt sie nicht zu den Pferden!«

Tom, Droll und Fred rannten unter großem Geschrei nach dem Platze, an welchem sie die Tiere gesehen hatten. Diejenigen Tramps, welche dorthin geflohen waren, um sich in den Sattel zu retten, kamen vor Angst nicht dazu, diesen Vorsatz auszuführen; sie flüchteten sich weiter in den Wald hinein.

Indessen hatten die Rafters oben in ihrer Blockhütte auf die Rückkehr der beiden Kundschafter, des Missouriers und des Tonkawahäuptlings, gewartet. Als sie die Schüsse unten am Flusse fallen hörten, glaubten sie diese beiden in Gefahr. Um sie womöglich zu retten, griffen sie zu den Waffen, verließen das Haus und rannten, so gut die Finsternis es ihnen gestattete, der Gegend zu, in welcher die Schüsse gefallen waren. Dabei schrieen sie aus Leibeskräften, um dadurch die Tramps von den Bedrohten abzuschrecken. Ihnen voran lief der »kleine Bär«, da er die Stelle, an welcher die Tramps lagerten, genau kannte. Er ließ von Zeit zu Zeit seine Stimme hören, um die Rafters in der rechten Richtung zu erhalten. Sie hatten kaum die Hälfte des Weges zurückgelegt, als vor ihnen noch eine andre Stimme erschallte, nämlich diejenige des »großen Bären«.

»Rasch kommen!« rief er. »Old Firehand da sein und auf Tramps schießen. Er nur drei Mann mit; ihm helfen.«

Nun ging es mit vermehrter Schnelligkeit zu Thale. Das Schießen hatte aufgehört, und man wußte also nicht, wie die Angelegenheit stand. Das Geschrei der Rafters hatte zur Folge, daß die fliehenden Tramps in ihrer Flucht nicht inne hielten, sondern sich die größte Mühe gaben, soweit wie möglich zu entkommen. Die ersteren hatten es ebenso eilig. Mancher rannte an einen Baum und verletzte sich, ohne es aber zu beachten.

Viertes Kapitel

Der Vergeltung entronnen

Als die Rafters dann unten am Feuer erschienen, saßen Old Firehand, Tom, Droll, der Missourier und Fred so ruhig an demselben, als ob es für sie angebrannt worden und gar nichts Ungewöhnliches geschehen sei. Auf der einen Seite lagen die Leichen der getöteten, und auf der andern die gefesselten Körper der verwundeten und gefangenen Tramps, unter den letzteren der rote Cornel.

»Alle Wetter!« rief der erste der Ankommenden dem alten Missourier zu. »Wir glaubten dich in Gefahr, und da sitzest du gerade wie in Abrahams Schoß!«

»War auch so!« antwortete der Alte. »Sollte in Abrahams Schoß befördert werden. Der Gewehrkolben des Cornel schwebte schon über mir; da kamen diese vier Mesch'schurs und arbeiteten mich heraus. Schnelle und gute Arbeit! Könnt' was von ihnen lernen, Boys!«

»Und – – ist Old Firehand wirklich dabei?«

»Ja, da sitzt er. Seht ihn Euch an, und drückt ihm die Hand! Er hat es verdient. Denkt Euch, nur vier Mann werfen sich auf zwanzig und machen, ohne daß ihnen auch nur die Haut geritzt wird, neun Tote und sechs Gefangene, die Kugeln und Hiebe gar nicht gerechnet, welche die paar Entkommenen jedenfalls auch erhalten haben! Und eigentlich sind es nur drei Männer und ein Knabe. Könnt Ihr Euch das denken?«

Er war bei diesen Worten vom Feuer aufgestanden. Auch die andern erhoben sich. Die Rafters blieben ehrerbietig in einiger Entfernung stehen, die Blicke auf die Riesengestalt Old Firehands gerichtet. Er forderte sie auf, näher zu kommen, und drückte jedem einzelnen von ihnen die Hand. Die beiden Tonkawa bewillkommnete er mit besonderer Auszeichnung, indem er zu ihnen sagte: »Meine roten Brüder haben in der Verfolgung der Tramps ein Meisterstück geliefert, welches es mir sehr leicht gemacht hat, nachzukommen. Auch wir haben uns von Indianern Pferde gekauft, um euch womöglich noch vor dem Zusammentreffen mit den Tramps einzuholen.«

»Das Lob meines weißen Bruders ehrt mich mehr, als ich verdiene«, antwortete der »große Bär« bescheiden. »Die Tramps haben machen eine Fährte, so tief und breit wie Herde Büffel. Wer sie nicht sehen, der blind. Aber wo sein Cornel? Er auch tot?«

»Nein, er lebt. Mein Kolbenhieb hat ihn nur betäubt. Nun ist er wieder zu sich gekommen, und wir haben ihn gebunden. Da liegt er.«

Er deutete mit der Hand nach der Stelle, wo der Cornel lag. Der Tonkawa ging hin, zog das Messer und sagte: »Wenn er nicht gestorben von Hieb, dann er sterben von Messer. Er mich geschlagen, nun ich nehmen sein Blut!«

»Halt!« rief da der alte Missourier, indem er den mit dem Messer erhobenen Arm des Häuptlings ergriff. »Dieser Mann gehört nicht dir, sondern er ist mein.«

Der »große Bär« drehte sich um, blickte ihm ernst ins Gesicht und fragte: »Du auch Rache gegen ihn?«

»Ja, und was für eine!«

»Blut?«

»Blut und Leben.«

»Seit wann?«

»Seit vielen, vielen Jahren. Er hat mir mein Weib und meine beiden Söhne totpeitschen lassen.«

»Du dich nicht irren?« fragte der Indianer, dem es schwer wurde, seine Rache aufzugeben, wozu er nach den Gesetzen der Prairie doch nun gezwungen war.

»Nein, es ist kein Irrtum möglich. Ich habe ihn sofort erkannt. Ein solches Gesicht kann man nicht vergessen.«

»Du ihn also töten?«

»Ja, ohne Gnade und Barmherzigkeit.«

»Dann ich zurücktreten, aber nicht ganz. Er mir geben Blut und dir geben Leben. Tonkawa ihm nicht ganz darf schenken Strafe; er ihm also nehmen die Ohren. Du einverstanden?«

»Hm! Wenn ich nun nicht einverstanden bin?«

»Dann Tonkawa ihn sofort töten!«

»Gut, so nimm ihm die Ohren! Mag es nicht christlich sein, daß ich das zugebe; wer die Qualen erlebt hat, die er mir bis heute bereitete, der hält es mit dem Gesetze der Savanne und nicht mit der Milde, die selbst einen solchen Bösewicht verschont.«

»Wer vielleicht noch sprechen mit Tonkawa?« fragte der Häuptling, indem er sich im Kreise umsah, ob vielleicht noch jemand widersprechen wolle. Als aber niemand ein Wort sagte, fuhr er fort: »So, also Ohren mein, und ich sie mir sofort nehmen.«

Er kniete neben dem Cornel nieder, um seine Absicht auszuführen.

Als dieser sah, daß Ernst gemacht werden solle, rief er aus: »Was fällt euch ein, Mesch'schurs! Ist das christlich? Was habe ich euch gethan, daß ihr diesem roten Heiden erlaubt, meinen Kopf zu verstümmeln?«

»Von dem, was du nur mir gethan hast, werden wir nachher reden«, antwortete der Missourier kalt und ernst.

»Und was wir andern dir vorzuwerfen haben, werde ich dir gleich jetzt zeigen«, fügte Old Firehand hinzu. »Noch haben wir deine Taschen nicht untersucht; laß sehen, was sich in denselben befindet!«

Er gab Droll einen Wink, und dieser leerte die Taschen des Gefangenen aus. Da fand sich denn neben vielen andern Gegenständen die Brieftasche des Tramps. Als sie geöffnet wurde, zeigte es sich, daß sie noch die volle Summe, welche dem Ingenieur gestohlen worden war, in Banknoten enthielt.

»Ah, du hast noch nicht mit deinen Leuten geteilt!« lächelte Old Firehand. »Das ist ein Beweis, daß sie mehr Vertrauen zu dir besaßen als wir. Du bist ein Dieb und wahrscheinlich noch mehr als das. Du verdienst keine Gnade. Der ›große Bär‹ mag thun, was ihm beliebt.«

Der Cornel schrie vor Entsetzen laut auf; aber der Häuptling kehrte sich nicht an sein Geschrei, faßte ihn beim Schopfe und trennte ihm mit zwei schnellen, sicheren Schnitten die beiden Ohrmuscheln los, welche er in den Fluß warf.

»So!« sagte er, »Tonkawa sich nun gerächt, also jetzt fortreiten.«

»Jetzt?« fragte Old Firehand. »Willst du nicht mit mir reiten, nicht wenigstens diese Nacht noch bei uns bleiben?«

»Tonkawa es sein ganz gleich, ob Tag oder Nacht. Seine Augen gut, aber seine Zeit sehr kurz. Er hat verloren viele Tage, um zu verfolgen Cornel; nun er reiten Tag und Nacht, um sein Wigwam zu erreichen. Er Freund der weißen Männer; er großer Freund und Bruder von Old Firehand. Der große Geist stets geben viel Pulver und viel Fleisch den Bleichgesichtern, welche freundlich gewesen mit Tonkawa. Howgh!«

Er schulterte sein Gewehr und schritt davon. Sein Sohn warf ebenfalls die Flinte auf die Achsel und folgte ihm in die Waldesnacht hinein.

»Wo haben sie denn ihre Pferde?« erkundigte sich Old Firehand.

»Droben an unserm Blockhause«, antwortete der Missourier. »Natürlich gehen die beiden hinauf, um sie zu holen. Aber ob sie sich des Nachts durch den Urwald finden werden, das möchte ich – –«

»Habt keine Sorge«, fiel der Jäger ein. »Sie wissen den Weg, sonst würden sie geblieben sein. Der ›große Bär‹ hat, wie er sagte, viel eingekauft. Die Sachen sind unterwegs; er muß zu seiner Karawane stoßen und hat doch so viel Zeit versäumt. Da ist es leicht erklärlich, daß er sich sputete. Lassen wir sie also reiten, und wenden wir uns unsern eigenen Angelegenheiten zu. Was soll mit den Toten und Gefangenen werden?«

»Die ersteren werfen wir einfach ins Wasser, und über die andern halten wir nach altem Brauche Gericht. Vorher aber wollen wir uns überzeugen, daß uns durch die Entkommenen keine Gefahr drohe.«

»O, deren sind so wenig, daß wir sie nicht zu fürchten haben; sie werden so weit wie möglich gelaufen sein. Übrigens können wir einige Wachen ausstellen; das ist mehr noch als genügend.«

Der Cornel lag bei seinen gefangenen Tramps und wimmerte vor Schmerzen; aber es nahm niemand Notiz davon, wenigstens zunächst noch nicht. Von der Flußseite war nichts zu befürchten, und nach der Landseite wurden einige Wachen ausgestellt. Old Firehand ließ sein Pferd und auch diejenigen seiner bisherigen drei Gefährten holen, dann konnte das »Savannengericht« beginnen.

Zunächst wurde über die gewöhnlichen Tramps verhandelt. Es war ihnen nicht nachzuweisen, daß einer von ihnen einem der andern Anwesenden ein Leid zugefügt habe. Für das, was sie beabsichtigt hatten, wurden ihnen ihre jetzt empfangenen Wunden und der Verlust ihrer Pferde und Waffen als Strafe angerechnet. Heute nacht sollten sie streng bewacht und dann morgen früh entlassen werden. Die Wunden durften sie sich gegenseitig verbinden.

Nun kam die Reihe an den Hauptthäter, den Cornel. Er hatte bisher im Schatten gelegen und wurde nun nahe an das Feuer gebracht. Kaum fiel der Schein der Flamme auf sein Gesicht, so stieß Fred, der Knabe, einen lauten Schrei aus, sprang auf ihn zu, bückte sich über ihn, betrachtete ihn, als ob er ihn mit den Augen verschlingen wolle, und rief dann, zur Tante Droll gewendet, aus: »Er ist's, er ist's, der Mörder! Ich erkenne ihn. Wir haben ihn!«

Droll schnellte sich sofort auch wie elektrisiert herbei und fragte: »Irrst du dich nicht? Er kann es ja gar nicht sein; es ist nicht möglich.«

»O ja, er ist's; er ist's gewiß!« behauptete der Knabe. »Schau die Augen an, welche er macht! Liegt da nicht die Angst des Todes darin? Er sieht sich entdeckt und muß nun alle Hoffnung auf Rettung aufgeben.«

»Aber wenn er es wäre, müßtest du ihn schon auf dem Schiffe, auf dem Steamer, erkannt haben.«

»Da habe ich ihn gar nicht gesehen. Die Tramps sah ich wohl, ihn aber nicht. Er muß stets so gesessen haben, daß die andern ihn verbargen.«

»Das war allerdings der Fall. Aber noch eins: du hast mir den Thäter als schwarz und lockenhaarig beschrieben, der Cornel hier aber hat steifes und kurzes rotes Haar.«

Der Knabe antwortete nicht sofort. Er griff sich an die Stirn, schüttelte den Kopf, trat einen Schritt zurück und sagte dann im Tone hörbarer Ungewißheit: »Das ist freilich wahr! Sein Gesicht ist's ganz; aber das Haar ist völlig anders.«

»Es wird eine Verwechselung sein, Fred. Menschen sehen einander ähnlich; ein schwarzes Haar aber kann nicht rot werden.«

»Das zwar nicht«, fiel der alte Missourier ein; »aber man kann sich dunkle Haare abrasieren und dann eine rote Perücke tragen.«

»Ah! Sollte das hier – –?« fragte Droll, ohne daß er den Satz vollständig aussprach.

»Natürlich! Ich habe mich von dem roten Haare nicht irre machen lassen. Der Mann, nach welchem ich so lange Zeit gesucht habe, der Mörder meines Weibes und meiner Kinder, hatte auch schwarzes, lockiges Haar; dieser Kerl hier hat einen roten Kopf; aber ich behaupte dennoch, daß er der Gesuchte ist. Er trägt eine Perücke.«

»Unmöglich!« meinte Droll. »Habt ihr denn nicht gesehen, wie der Indianer ihn vorhin am Schopfe nahm, als er ihm die Ohren abschnitt? Trüge der Kerl eine falsche Haartour, so wäre sie ihm vom Kopfe gezogen worden.«

»*Pshaw!* Sie ist gut gearbeitet und vortrefflich befestigt. Ich werde es sofort beweisen.«

Der Cornel lag mit gefesselten Armen und Beinen lang ausgestreckt auf dem Boden. Seinen Ohren entströmte noch immer Blut; sie mußten ihm großen Schmerz verursachen; er aber achtete nicht darauf. Seine ganze Aufmerksamkeit war auf die Worte der beiden Sprecher gerichtet. Hatte er erst ziemlich trostlos dareingeschaut, so war der Ausdruck seines Gesichtes jetzt ein ganz andrer geworden. Die Angst war der Hoffnung, die Furcht dem Hohne, die Verzagtheit der Siegesgewißheit gewichen. Der alte Missourier war vollständig überzeugt, daß der Cornel eine falsche Haartour trage. Er richtete ihn in sitzende Stellung auf, ergriff ihn beim Haare und zog an demselben, um die Perücke vom Kopfe zu reißen. Zu seinem größten Erstaunen wollte das nicht gelingen, das Haar hielt fest; es war wirklich eigenes Haar.

»*All devils*, der Halunke hat wirklich Haare auf seiner Glatze!« rief er erstaunt aus und machte dabei ein so bestürztes Gesicht, daß die andern gewiß über dasselbe gelacht hätten, wenn die Situation nicht eine so ernste gewesen wäre.

Das Gesicht des Cornels verzog sich zu einem höhnischen Grinsen, und er rief im Tone grenzenlosen Hasses: »Nun, du Lügner und Verleumder, wo ist denn die Perücke? Es ist leicht, einen Menschen wegen einer Ähnlichkeit, die er mit einem andern hat, falsch anzuschuldigen. Beweise doch, daß ich derjenige bin, für den du mich ausgeben willst!«

Der alte Missourier blickte bald auf ihn, bald auf Old Firehand und sagte ratlos zu dem letzteren: »Sagt mir doch, Sir, was Ihr davon denkt! Derjenige, den ich meine, war wirklich schwarz und lockig; dieser aber ist schlicht und rot. Und dennoch will ich tausend Eide schwören, daß er es ist. Meine Augen können mich unmöglich täuschen.«

»Ihr könnt Euch dennoch irren«, antwortete der Jäger. »Wie es scheint, gibt es hier eine Ähnlichkeit, welche Euch täuscht.«

»Dann darf ich meinen alten, guten Augen nicht mehr trauen!«

»Mach sie besser auf!« höhnte der Cornel. »Der Teufel soll mich holen, wenn ich etwas davon weiß, daß irgendwo eine Mutter mit zwei Söhnen ermordet oder, wie du behauptest, gar totgepeitscht worden sind!«

»Aber du kennst mich doch! Du hast es mir vorhin selbst gesagt.«

»Muß ich, wenn ich dich einmal gesehen habe, der Mann sein, den du meinst? Auch der Knabe da verkennt mich vollständig. Jedenfalls ist der Mann, von welchem er redet, derjenige, von welchem auch du gesprochen hast; aber ich kenne den jungen Boy nicht und – –«

Er hielt plötzlich inne, als ob er über irgend etwas erschrocken oder erstaunt sei, faßte sich aber augenblicklich und fuhr in demselben Tone fort: »– und habe ihn niemals gesehen. Nun klagt mich meinetwegen an; aber bringt Beweise. Wenn ihr mich einer zufälligen Ähnlichkeit wegen verurteilen und exekutieren wollt, so seid ihr einfach Mörder, und das traue ich wenigstens dem berühmten Old Firehand nicht zu, in dessen Schutz ich mich hiermit begebe.«

Daß er sich mitten in dem Satze unterbrach, hatte einen sehr triftigen Grund. Er saß da, wo die Leichen lagen; er hatte mit dem Kopfe auf einer derselben gelegen. Als ihn dann der Missourier zum Sitzen aufrichtete, hatte der steife, leblose Körper derselben eine leichte rollende Bewegung gemacht, welche keinem Menschen auffallen konnte, da sie in dem Rotköpfigen ihren Stützpunkt verloren hatte. Nun lag sie hart hinter ihm, und zwar in seinem Schatten, weil dem Feuer entgegengesetzt. Aber dieser Mann war keineswegs tot, er war nicht einmal verwundet. Er gehörte zu denen, welche Old Firehand mit dem Kolben niedergeschlagen hatte. Das Blut seiner getöteten Kameraden hatte ihn bespritzt und ihm das Aussehen gegeben, als ob er selbst getroffen worden sei. Als er dann wieder zu sich kam, sah er sich unter den Toten, denen soeben die Taschen geleert und die Waffen abgenommen wurden. Er wäre zwar gern aufgesprungen und entflohen, da er nur vier Feinde zählte, aber in den Fluß wollte er nicht, und von der andern Seite ertönte das Geschrei der herannahenden Rafters. Darum beschloß er, einen günstigen Augenblick abzuwarten. Er zog heimlich sein Messer und verbarg es im Ärmel; dann trat der Missourier zu ihm, wendete ihn hin und her, hielt ihn für tot, nahm ihm ab, was sich in den Taschen und im Gürtel befand, und zog ihn nach der Stelle, wo die Leichen liegen sollten.

Von da an hatte der Tramp mit nur leise geöffnetem Auge alles beobachtet. Er war nicht gefesselt worden und konnte also im geeigneten Augenblicke aufspringen und davonlaufen. Da legte man den Cornel auf ihn, und sofort kam ihm der Gedanke, diesen auch zu befreien. Als der Rothaarige aufgerichtet wurde, rollte sich der angebliche Tote nach, so daß er hinter ihm zu liegen kam, dem die Hände hinten zusammengebunden waren. Während der Cornel sprach, und aller Aufmerksamkeit auf ihn gerichtet war, zog der Tramp sein Messer aus dem Ärmel und zerschnitt ihm mit einer vorsichtigen Bewegung die Fessel, worauf er ihm den Messergriff in die rechte Hand schob, damit er sich mit einer schnellen Bewegung auch der Fußbande entledigen und plötzlich aufspringen und entfliehen könne. Der Rothaarige fühlte natürlich die heimliche Befreiung seiner Hände; er fühlte den Messergriff, den er sofort faßte, und war darüber so erstaunt, daß er für einen Augenblick die Fassung verlor und in der Rede inne hielt, aber eben nur für einen kurzen Augenblick; dann sprach er weiter, und niemand merkte, was hinter dem Rücken des Angeklagten geschehen war. Da derselbe sich auf die Rechtlichkeit Old Firehands bezogen hatte, antwortete ihm dieser: »Wo ich mit drein zu reden habe, da findet kein Mord statt; darauf kannst du dich verlassen. Aber ebenso gewiß ist, daß ich mich durch die Röte deines Haares nicht irre machen lasse. Es kann gefärbt sein.«

»Oho! Kann man Haare, welche sich noch auf dem Kopfe befinden, auch rot färben.«

»Allerdings«, nickte der Jäger bedeutungsvoll.

»Etwa mit Ruddle (Rötelstein)?« fragte der Cornel mit einem gepreßten Lachen. »Der würde schön abfärben!«

»Lache immerhin; du wirst nicht lange höhnen«, antwortete Old Firehand in ruhigem, überlegenem Tone. »Andre magst du täuschen, mich aber nicht.«

Er trat zu den Waffen und Sachen, welche den Gefangenen und Toten abgenommen worden waren, bückte sich nieder, hob den Lederbeutel auf, welcher am Gürtel des Cornels gehangen hatte, und sprach weiter, indem er denselben öffnete: »Ich habe diesen Beutel schon vorhin untersucht, und darin einige Gegenstände gefunden, deren Zweck und Gebrauch mir unklar war; jetzt aber geht mir eine Ahnung auf, welche vielleicht die richtige ist.«

Er zog ein zugestöpseltes Fläschchen, eine kleine Raspel und ein fingerlanges Aststückchen, an welchem sich noch die Rinde befand, hervor, hielt dem Rothaarigen diese drei Gegenstände vor die Augen und fragte ihn: »Wozu führst du diese Sachen mit dir herum?«

Das Gesicht des Gefragten wurde um einige Töne blässer, doch antwortete er sofort und in zuversichtlichem Tone: »Welch ein Wunder, daß der große Firehand sich um solche Kleinigkeiten kümmert! Wer hätte das gedacht! Das Fläschchen enthielt eine Medizin; die Raspel ist für jeden Westmann ein unentbehrliches Instrument, und das Stück Holz kam ganz zufällig in den Beutel, ohne daß es einen besonderen Zweck hat. Seid Ihr nun zufrieden, Sir?«

Er warf bei dieser Frage einen höhnischen, dabei aber ängstlich forschenden Blick in das Gesicht des riesigen Jägers. Dieser antwortete in seiner ernsten, bestimmten Weise: »Ja, ich bin befriedigt, aber nicht durch deine Worte, sondern durch meine Folgerungen. Der Tramp bedarf keiner Raspel, zumal von so winziger Größe; eine Feile wird ihm von viel größerem Nutzen sein. Dieses Fläschchen enthält Raspelspäne in Spiritus, und dieses Stück Holz ist, wie ich nach der Rinde urteile, ein Stück vom Aste eines Zürgelbaumes *(Celtis occidentalis L.)*. Nun aber weiß ich sehr genau, daß man mit geraspeltem Zürgelholze, welches in Spiritus gestanden hat, selbst das dunkelste Haar rot zu färben vermag; folglich – – nun, was sagst du dazu?«

»Daß ich von dem ganzen gelehrten Vortrage kein Wort verstehe und begreife«, antwortete der Cornel zornig. »Möchte doch den Menschen sehen, dem es einfallen könnte, sein schönes, schwarzes Haar fuchsrot zu färben. Der Kerl hätte ja einen sehr schönen, bewundernswerten Geschmack!«

»Der Geschmack ist hier ganz gleichgültig; auf den Zweck kommt es an. Ein Mensch, welcher wegen schwerer Verbrechen verfolgt wird, färbt sich das Haar gewiß gern rot, wenn er dadurch sein Leben retten kann. Ich bin überzeugt, daß du der Gesuchte bist, und werde morgen früh, wenn es hell geworden ist, deinen Kopf und dein Haar genau untersuchen.«

»So lange brauchen wir gar nicht zu warten«, fiel Fred ein. »Es gibt ein Erkennungszeichen. Als er mich niederwarf und mit Füßen trat, stach ich ihm mit dem Messer in die Wade, hüben hinein und drüben heraus, so, daß das Messer stecken blieb. Er mag den Unterschenkel entblößen. Ist er der Richtige, was ich gar nicht bezweifle, so müssen die zwei Narben noch zu sehen sein.«

Nichts konnte dem Rothaarigen so gelegen kommen, wie dieser Vorschlag. Wurde derselbe ausgeführt, so brauchte er sich die Fußfessel nicht selbst zu durchschneiden. Darum antwortete er schnell: »*Well,* mein sehr kluger Boy. In diesem Falle wirst du dich überzeugen, daß ihr euch alle irrt. Bei deiner großen Pfiffigkeit aber muß ich mich wundern, daß du von mir verlangen kannst, die Hosen aufzustreifen. Einem Menschen, welchem sowohl die Hände als auch die Beine gefesselt sind, ist das doch wohl unmöglich.«

»Das weiß ich. Darum werde ich es selbst thun.«

Der Eifer trieb den Knaben hin zu dem Gefangenen. Er kniete bei ihm nieder und nestelte an dem Riemen, welcher demselben in der Wadengegend um die Beine gebunden war. Als der Knoten geöffnet war, wollte er das eine Bein der Nankinghose abstreifen, erhielt aber von dem Rothaarigen einen solchen Stoß mit den beiden Füßen, daß er weit fortflog. Im nächsten Augenblick schnellte der Cornel auf.

»*Good bye,* Mesch'schurs! Wir sehen uns wieder!« rief er aus, warf sich, das Messer hoch schwingend, zwischen zwei Rafters hindurch und schoß über die Lichtung hinüber den Bäumen zu.

Diese Flucht des Mannes, den man für sehr gut gefesselt gehalten hatte, kam, außer zweien, den Anwesenden so unerwartet, daß sie wie angenagelt standen. Die beiden Ausnahmen waren Old Firehand und die Tante Droll. Der erstere besaß eine Geistesgegenwart, auf welche man sich selbst in der ungewöhnlichsten Lage verlassen konnte, und der letztere stand ihm in dieser Beziehung beinahe gleich, trotz seiner andern Eigenschaften, welche einen Vergleich zwischen ihm und dem berühmten Jäger gar nicht aufkommen ließen.

Sobald der Rothaarige sich aus seiner sitzenden Lage aufschnellte und das Messer erhob, hatte Old Firehand auch schon zum Sprunge ausgeholt, um ihn zu fassen und festzuhalten; aber er traf da auf ein unerwartetes Hindernis. Der für tot gehaltene Tramp nämlich hielt seine Zeit für gekommen. Da aller Aufmerksamkeit auf den Cornel gerichtet war, so glaubte er jetzt leicht fliehen zu können. Er sprang also auch auf und schnellte sich an dem Feuer vorüber, um den Kreis der Rafters zu durchbrechen. In demselben Augenblicke kam Old Firehand in gewaltigem Satze über die Flamme herübergeflogen und stieß mit dem Tramp zusammen. Diesen packen, emporheben und niederwerfen, daß es förmlich krachte, war für ihn das Werk von nur zwei Sekunden.

»Bindet diesen Kerl, der nicht tot gewesen ist!« rief er, drehte sich nach dem Cornel um, welchem der Zusammenprall der beiden Zeit gegeben hatte, aus dem Lagerkreise hinauszukommen, riß das Gewehr empor und legte auf ihn an, um ihn durch eine Kugel niederzuwerfen.

Aber er erkannte die Unmöglichkeit, diesen Vorsatz auszuführen, denn Droll war hart hinter dem Flüchtling her und verdeckte mit seiner Gestalt dessen Figur in einer Weise, daß die Kugel ihn hätte treffen müssen.

Der Rothaarige rannte wie einer, der sein Leben zu retten hat. Droll stürmte, was er konnte, hinter ihm her. Er hätte ihn gewiß ereilt, wenn er seinen berühmten ledernen »Sleeping-gown« nicht angehabt hätte. Dieses Kleidungsstück war für eine solche Verfolgung viel zu schwer und unbehilflich. Darum ließ Old Firehand sein Gewehr fallen und schnellte sich mit fast pantherartigen Sätzen hinter den beiden her.

Der Rothaarige rannte wie einer, der sein Leben zu retten hat.

»Stehen bleiben, Droll!« rief er dabei seinem Vorläufer zu.

Dieser achtete aber nicht auf den Zuruf und rannte, obgleich derselbe einigemale wiederholt wurde, weiter. Jetzt hatte der Cornel den Lichtkreis des Feuers hinter sich und verschwand in dem Dunkel, welches unter den Bäumen herrschte.

»Stehen bleiben, beim Himmel, stehen bleiben, Droll!« schrie Old

Firehand voller Zorn nun zum fünftenmal. Er befand sich nur noch drei oder vier Schritte hinter ihm.

»Muß ihn haben, muß ihn haben!« antwortete die erregte Tante im gewöhnlichen Fisteltone, und schoß auch zwischen die Bäume hinein.

Da hielt Old Firehand wie ein gut geschultes Pferd, welches sogar in der Carriere dem Zügel gehorcht, mitten im eiligsten Laufe inne, drehte sich um und kehrte langsam, als ob gar nichts geschehen sei, zum Feuer zurück. Dort standen die Zurückgebliebenen in einzelnen erregten Gruppen und blickten nach dem Walde, um den Ausgang der Verfolgung zu erwarten.

»Nun, Ihr kehrt ja allein zurück!« rief der alte Missourier Old Firehand entgegen.

»Wie Ihr seht«, antwortete dieser achselzuckend und ruhig.

»War er denn nicht zu fassen?«

»Sehr leicht sogar, wenn mir nicht dieser verteufelte Tramp dazwischen gekommen und mit mir zusammengeprallt wäre.«

»Fatale Geschichte, daß uns gerade der Hauptspitzbube entkommen muß!«

»Nun, Ihr dürft Euch am wenigsten darüber beschweren, alter Blenter.«

»Warum ich?«

»Weil nur Ihr selbst daran schuld seid.«

»Ich?« fragte der Alte verwundert. »Das begreife ich nicht. Euer Wort in großen Ehren, Sir, aber erklären möchtet ihr es mir doch!«

»Das ist sehr leicht. Wer hat den Tramp, welcher nachher wieder lebendig wurde, untersucht?«

»Freilich ich.«

»Und ihn für tot gehalten! Wie kann das einem so erfahrenen Rafter und Jäger, wie Ihr seid, passieren! Und wer hat ihm die Taschen geleert und die Waffen abgenommen?«

»Auch ich.«

»Aber das Messer habt Ihr ihm gelassen!«

»Er hatte gar keines.«

»Er hatte es nur versteckt. Dann lag er, sich immerfort tot stellend, hinter dem Cornel und hat ihm nicht nur den Riemen zerschnitten, sondern ihm auch das Messer gegeben.«

»Sollte das wirklich so sein, Sir?« fragte der Alte verlegen.

»Fragt ihn selbst! Da liegt er ja.«

Blenter versetzte dem jetzt gefesselten Tramp einen Fußtritt und zwang ihn durch Drohungen, Antwort zu geben. Er erfuhr, daß alles so gewesen war, wie Old Firehand vermutet hatte. Da griff er sich mit beiden

Händen in die langen, grauen Haare, wühlte ärgerlich in denselben herum und meinte zornig: »Ich könnte mich selbst ohrfeigen. So eine Dummheit ist in den ganzen Staaten noch gar nicht vorgekommen. Ich bin schuld, ich ganz allein! Und ich möchte mein Leben setzen, daß er derjenige war, für den ich ihn hielt.«

»Natürlich war er es, sonst hätte er die Untersuchung seines Beines ruhig abgewartet. Waren die beiden Narben nicht vorhanden, so konnte ihm nichts geschehen, denn daß er das Geld des Ingenieurs gestohlen hatte, das konnten wir nach dem Gesetze der Savanne nicht bestrafen, da der Bestohlene nicht zugegen ist.«

Jetzt kam auch Droll langsam und zögernd über die Lichtung zurück. Man sah es ihm schon von weitem an, daß auch er keinen Erfolg gehabt hatte. Er war, wie er glaubte, dem Flüchtlinge eine weite Strecke im Walde nachgelaufen, hatte mit seinem Gesichte eine Anzahl von Bäumen karamboliert, war dann stehen geblieben, um zu lauschen, und hatte dann, als nicht das geringste Geräusch um ihn zu hören gewesen, den Rückweg angetreten. Old Firehand hatte den sonderbaren Mann lieb gewonnen und wollte ihn infolgedessen nicht vor den Rafters blamieren. Darum fragte er ihn in deutscher Sprache: »Aber, Droll, haben Sie denn nicht gehört, was ich Ihnen mehreremal zurief?«

»Was Se gerufe habe, ja, das hab' ich wohl gehört«, antwortete der Dicke.

»Und warum haben Sie nicht danach gehandelt?«

»Weil ich den Kerl hab' fange wolle.«

»Und da rennen Sie hinter ihm her in den Wald hinein?«

»Wie hätt' ich's denn sonst mache solle? Hat er vielleicht hinter mir dreinlaufe solle?«

»Freilich nicht«, lachte Old Firehand. »Aber um einen Menschen im Walde zu ergreifen, muß man ihn sehen oder wenigstens hören, wenn es des Nachts ist. Indem Sie selbst laufen, wird für Sie das Geräusch seiner Schritte unhörbar. Verstanden?«

»Das is freilich leicht zu begreife. Also hätt' ich schtehe bleibe solle?«

»Ja.«

»Herrjemerschneeh! Wer soll das begreife! Wenn ich schtehe bleibe, so rennt er fort, und ich kann nachher off derselben Schtelle warte bis zum jüngsten Tag! Oder denke Se etwa, daß er freiwillig zurückkomme und sich in meine Arme werfe wird?«

»So nicht, aber ähnlich. Ich wette, er ist so klug gewesen, gar nicht weit zu gehen. Er ist nur ein kleines Stück in den Wald hinein und hat sich dann hinter einen Baum gesteckt, um Sie in aller Gemütlichkeit an sich vorübersausen zu lassen.«

»Wie? Was? An ihm vorebber? Wenn's wahr wäre, hätte mer gar keene größere Blamage passiere könne!«

»Es ist gewißlich so. Darum forderte ich Sie auf, anzuhalten. Wir hätten uns, sobald wir uns im Dunkel des Waldes befanden, niedergelegt und gelauscht. Mit den Ohren an der Erde hätten wir seine Schritte gehört und die Richtung derselben beurteilen können. Wäre er stehen geblieben, so hätten wir ihn beschlichen. Und im Beschleichen leisten Sie etwas Ordentliches, das weiß ich ja.«

»Das will ich gloobe!« antwortete Droll, durch dieses Lob geschmeichelt. »Wenn ich drebber nachdenke, so will mir's scheine, als ob Se vollschtändig recht hätte. Ich bin da dumm gewese, e bissel sehre dumm. Aber vielleicht bringe mersch wieder ein. Meene Se nich? Was sage Se derzu?«

»Möglich ist es wohl, den Fehler wieder gut zu machen, aber leicht wird es uns nicht werden. Wir müssen warten bis morgen früh und dann seine Spur aufsuchen. Folgen wir nachher seiner Fährte, so holen wir ihn höchst wahrscheinlich ein.«

Diese Ansicht teilte er auch den Rafters mit, worauf der alte Missourier erklärte: »Sir, ich reite mit. Pferde haben wir ja genug erbeutet, so daß ich eines davon bekommen kann. Dieser rote Cornel ist derjenige, den ich seit langen Jahren suche. Nun setz' ich mich auf seine Spur, und meine Kameraden werden es mir nicht übelnehmen, daß ich sie verlasse. Einen Verlust habe ich dabei auch nicht, weil wir hier erst vor kurzem angefangen haben.«

»Das ist mir lieb«, antwortete Old Firehand. »Ich habe schon unterwegs beschlossen, euch allen einen Vorschlag zu machen, von welchem ich hoffe, daß ihr auf denselben eingehen werdet.«

»Welchen?«

»Davon nachher. Jetzt haben wir noch Nötigeres zu thun. Wir müssen nach eurem Blockhause hinauf.«

»Warum nicht bis zum Morgen hier bleiben, Sir?«

»Weil euer Eigentum sich in Gefahr befindet. Dem Cornel ist alles zuzutrauen. Er weiß, daß wir uns hier unten befinden, und kann sehr leicht auf den Gedanken kommen, die Hütte aufzusuchen.«

»*Zounds!* Das wäre fatal! Wir haben unsre Werkzeuge und Reservewaffen in derselben, auch Pulver und Patronen. Schnell, wir müssen fort!«

»Sehr wohl! Geht Ihr immer voran, Blenter, und nehmt noch zwei mit. Wir andern folgen mit den Pferden und Gefangenen nach. Den Weg erleuchten wir uns durch Brände, welche wir uns hier aus dem Feuer nehmen.«

Der scharfsinnige Jäger hatte den roten Cornel ganz richtig beurteilt. Dieser hatte, sobald er sich im Walde befand, sich hinter einen Baum gesteckt. Er hörte Droll an sich vorüberlaufen und sah, daß Old Firehand zum Feuer zurückkehrte. Da Droll eine nicht nach der Blockhütte gehende Richtung einhielt, so lag es für den Rothaarigen nahe, sich leise nach dorthin zu entfernen. Um nicht mit dem Gesicht anzustoßen, hielt er die Hände vor und richtete seine Schritte die Anhöhe empor.

Dabei kam ihm der Gedanke, welchen Vorteil ihm die Blockhütte biete. Er war schon dort gewesen und konnte sie also gar nicht verfehlen. Gewiß enthielt sie den größten Teil des Eigentums der Rafter; er konnte sich an ihnen rächen. Darum beschleunigte er seine Schritte, soweit die Dunkelheit dies zuließ.

Oben angekommen, blieb er zunächst lauschend stehen. Es war ja doch möglich, daß ein Rafter oder einige hier zurückgeblieben waren. Da alles still war, näherte er sich dem Blockhause, horchte abermals und tappte sich nach der Thür. Eben war er dabei, die Vorrichtung, durch welche dieselbe verschlossen wurde, zu untersuchen, als er plötzlich bei der Kehle gepackt und niedergerissen wurde. Mehrere Männer knieten auf ihm.

»Da haben wir wenigstens einen, und der soll es büßen!« sagte einer dieser Männer.

Der Rote erkannte diese Stimme; es war diejenige eines seiner Tramps. Er machte eine gewaltige Anstrengung, die Kehle frei zu bekommen, und es gelang ihm, die Worte hervorzustoßen: »Woodward, bist du des Teufels! Laß doch los.«

Woodward hieß der Unteranführer der Tramps. Er erkannte die Stimme des Roten, ließ los, schob die andern von ihm weg und antwortete: »Der Cornel! Wahrhaftig, der Cornel! Wo kommst du her? Wir hielten dich für gefangen.«

»War es auch«, keuchte der Genannte, indem er sich aufrichtete, »bin aber entkommen. Konntet ihr denn nicht vorsichtiger sein? Habt mich mit euren Fäusten beinahe umgebracht!«

»Wie hielten dich für einen Rafter.«

»So! Und was thatet ihr hier?«

»Wir fanden uns ganz zufällig da unten zusammen, drei Personen nur; wo die andern sind, das wissen wir nicht. Wir sahen, daß die Rafters am Feuer blieben, und kamen auf den Gedanken, uns hierher zu machen und ihnen einen Streich zu spielen.«

»Das ist recht! Ganz derselbe Gedanke hat auch mich hierher geführt. Ich möchte ihnen diese Bude wegbrennen.«

»Das wollten wir auch, doch nicht ohne vorher nachgesehen zu haben, was die Hütte enthält. Vielleicht finden wir doch etwas oder einiges, was wir gebrauchen können.«

»Dazu gehört Licht. Diese Halunken haben mir alles, also auch mein Feuerzeug abgenommen, und da drinnen können wir ewig suchen und doch keines finden.«

»Du vergissest, daß wir die unsrigen bei uns haben, da wir nicht ausgeraubt worden sind.«

»Das ist wahr. Eure Waffen habt ihr auch?«

»Ja, alle.«

»Und habt ihr euch überzeugt, daß es hier keinen Hinterhalt gibt?«

»Es ist keine Menschenseele da; die Thür geht leicht aufzuriegeln, und wir wollten eben hinein, als du kamst.«

»So macht schnell, ehe die Kerls auf den Gedanken verfallen, wieder heraufzukommen!«

»Dürfen wir denn nicht erfahren, was da unten vorgefallen ist, nachdem wir fort waren?«

»Jetzt nicht, später, wenn wir Zeit haben.«

Woodward schob den Riegel zurück, und sie traten ein. Nachdem er die Thür hinter sich zugezogen hatte, machte er Licht und leuchtete in dem Raume umher. Über den Lagerstätten waren Bretter angebracht, und auf denselben lagen Hirschtalglichter, wie sie von den Westmännern eigenhändig gegossen werden. Jeder der vier brannte eines für sich an, und nun wurde in aller Eile nach brauchbaren Gegenständen gesucht.

Es gab da einige Gewehre, gefüllte Pulverhörner, Äxte, Beile, Sägen, Messer, Pulver, Kartons mit Patronen, Fleisch und andern Proviant. Jeder nahm davon zu sich, was er brauchte und was ihm gefiel; dann wurden die brennenden Lichter in das Schilfrohr gesteckt, aus welchen die Lagerstätten bestanden. Diese faßten im Nu Feuer, und die Brandstifter eilten hinaus. Sie ließen die Thür offen, damit der nötige Zug vorhanden sei, und blieben draußen stehen, um zu lauschen. Es war nichts zu hören, als das Knistern des Feuers und das Rauschen der Luft in den Wipfeln der Bäume.

»Sie kommen noch nicht«, sagte Woodward. »Was nun?«

»Fort natürlich«, antwortete der Cornel.

»Aber wohin? Die Gegend ist uns unbekannt.«

»Man wird morgen früh unsre Spur suchen und ihr folgen. Wir dürfen also keine Fährte machen.«

»Das ist unmöglich, außer im Wasser.«

»So fahren wir.«

»Womit oder worin?«

»Im Boote natürlich. Weißt du denn nicht, daß sich jede Raftergesellschaft ein oder mehrere Boote anfertigen muß, welche zu dem Geschäfte ganz notwendig sind? Ich wette, sie liegen unten am Floßplatze.«

»Den kennen wir nicht.«

»Er wird zu finden sein. Da seht, hier führt die Rutschbahn hinab. Wollen untersuchen, ob wir hinab können.«

Soeben schlug die Flamme durch das Dach und erleuchtete den ganzen Platz. Am Rande des Waldes, nach dem Flusse zu, war eine Lücke zwischen den Bäumen zu bemerken. Die Tramps eilten auf dieselbe zu und sahen, daß ihr Anführer ganz richtig vermutet hatte. Es führte eine gerade, steile, schmale Bahn hinab, neben welcher ein Seil befestigt war, an welchem man sich halten konnte.

Die vier ließen sich hinab.

Als sie unten am Flußufer ankamen, hörten sie von ferne das Geschrei dreier Stimmen, welches von dem alten Missourier und dessen beiden Begleitern, die nach dem Blockhause vorangegangen waren, herrührte.

»Sie kommen«, sagte der Cornel. »Nun schnell, daß wir ein Boot finden!«

Sie brauchten nicht lange zu suchen, denn gerade da, wo sie standen, lagen drei Fahrzeuge angebunden. Es waren auf indianische Weise aus Baumrinde gebaute und mit Harz gedichtete Kanoes, jedes vier Personen fassend.

»Hängt die beiden andern hinten an«, gebot der Rothaarige. »Wir müssen sie mitnehmen und später vernichten, damit wir nicht verfolgt werden können.«

Man gehorchte ihm. Dann stiegen die vier in das erste Kanoe, griffen zu den darin liegenden Rudern und arbeiteten sich vom Ufer ab. Der Cornel saß hinten und steuerte. Einer seiner Leute that einen Ruderschlag, als ob er flußaufwärts wolle.

»Falsch!« sagte ihm der Anführer. »Wir gehen abwärts.«

»Aber wir wollen doch weiter ins Kansas hinein, zum großen Tramp-Meeting!« antwortete der Mann.

»Allerdings. Aber das wird dieser Old Firehand erfahren, denn er preßt es den Gefangenen sicher aus. Er wird uns also morgen flußaufwärts suchen; wir müssen deshalb abwärts, um ihn irre zu führen.«

»Ein gewaltiger Umweg!«

»Gar nicht. Wir fahren bis zur nächsten Prairie, welche wir am Morgen erreichen. Wir versenken die Boote und stehlen uns Pferde bei den dortigen Indianern. Dann geht es rasch nach Norden, und wir holen diese kleine Versäumnis in einem Tage ein, während die Rafters langsam, mühselig und vergeblich nach unsrer Fährte suchen.«

Die Boote wurden im Schatten des Ufers gehalten, damit der Schein des oben brennenden Feuers sie nicht treffen konnte. Dann, als sie die Grenze desselben unten erreicht hatten, steuerte der Cornel nach der

Mitte des Flusses, gerade als die Rafters mit den Pferden und Gefangenen die brennende Hütte erreichten.

Diese erhoben kein geringes Klagen, als sie ihre Habe im Feuer zu Grunde gehen sahen. Es gab hundert Flüche und kräftige Wünsche, welche den Brandstiftern galten. Old Firehand aber beruhigte sie, indem er ihnen sagte: »Ich habe es gedacht, daß der Cornel so etwas anstiften werde. Leider sind wir zu spät gekommen. Aber laßt es euch nicht zu Herzen gehen. Wenn ihr den Vorschlag, welchen ich euch machen will, annehmt, so werdet ihr bald mehr als vollen Ersatz für das Verlorene erhalten.«

»Wieso?« fragte der Missourier.

»Davon nachher. Jetzt müssen wir uns vor allen Dingen überzeugen, daß sich nicht noch ein solcher Halunke in der Nähe befindet.«

Die ganze Umgebung wurde aufs genaueste abgesucht, aber nichts Verdächtiges gefunden. Dann ließ man sich beim Schein des Feuers bei Old Firehand nieder. Die Gefangenen waren seitwärts untergebracht, so daß sie nicht hören konnten, was gesprochen wurde.

»Zunächst Mesch'schurs«, begann der Jäger, »gebt mir euer Ehrenwort, daß ihr das, was ich euch sage, nicht verraten wollet, auch wenn ihr nicht auf meinen Vorschlag eingehen solltet! Ich weiß, ihr alle seid Gentlemen, auf deren Wort ich mich verlassen kann.«

Er erhielt das verlangte Versprechen und fuhr dann fort: »Kennt jemand von euch das große Felsenwasser droben im Gebirge, welches man den Silbersee nennt?«

»Ich«, antwortete ein einziger, nämlich die Tante Droll. »Jeder von uns kennt den Namen, aber keiner außer mir ist oben gewesen, wie ich aus dem Schweigen dieser Gentlemen wohl schließen darf.«

»*Well!* Ich weiß, daß es da oben reiche, sehr reiche Minen gibt, alte Minen, aus den Zeiten der Vorindianer, welche den Reichtum gar nicht ausbeuteten, und Erzgänge und Erzlager, welche niemals in Angriff genommen worden sind. Ich kenne mehrere dieser Gänge und Lager und will jetzt mit einem tüchtigen Bergingenieur hinauf, damit wir uns die Sache ansehen, ob sie im großen betrieben werden kann, und ob wir die nötige hydraulische Kraft dem See zu entnehmen vermögen. Dieses Unternehmen ist freilich nicht ungefährlich, und darum brauche ich eine Schar tüchtiger und erfahrener Westmänner, welche uns begleiten. Laßt also eure Arbeit einstweilen hier ruhen, und reitet mit mir nach dem See, Mesch'schurs! Ich werde euch gut bezahlen!«

»Das ist ein Wort, ja, das ist ein schönes Wort!« rief der alte Missourier ganz begeistert. »Daß Old Firehand gut und ehrlich bezahlen wird, darüber kann es gar keinen Zweifel geben, und daß die Beteiligten hundert

Die vier ließen sich hinab.

und tausend wirkliche Abenteuer erleben, ist ebenso gewiß. Ich würde sofort und auf der Stelle dabei sein, aber ich kann nicht, ich darf nicht, weil ich diesen Cornel haben muß.«

»Und ich auch, ich auch«, stimmte Droll ein. »Wie gern würde ich mitgehen, wie gar so gern, nicht der Bezahlung, sondern der Erlebnisse wegen, und weil ich es für eine der größten Ehren halte, mit Sir Firehand reiten zu dürfen. Aber es kann nicht sein, denn ich darf auch nicht von der Spur dieses roten Cornels lassen.«

Über das Gesicht Old Firehands ging ein feines, überlegenes Lächeln, als er antwortete: »Ihr beide habt da einen Wunsch, welcher euch vielleicht gerade dann, wenn ihr bei mir bleibt, am sichersten erfüllt wird. Weshalb Master Blenter nach Rache strebt, wissen wir alle. Warum aber Droll mit seinem wackeren Fred hinter diesem Cornel her ist, hat er uns noch nicht gesagt. Ich will auch gar nicht in seine Geheimnisse dringen; er wird schon noch offenherzig werden. Eines aber darf ich euch nicht vorenthalten. Als wir unten das Feuer verließen, um hier herauf zu steigen, mußten wir natürlich die gefesselten Tramps führen. Ich nahm einen, den jüngsten von ihnen, in meine Hand. Er wagte es, mich anzureden, und ich hörte, daß er eigentlich nicht unter die Tramps paßt, daß es ihm leid ist, bei ihnen gewesen zu sein, und daß er nur aus Rücksicht für seinen Bruder, welcher unten bei den Toten liegt, sich angeschlossen hat. Er hat eigentlich die Absicht gehabt, ein tüchtiger, braver Westmann zu werden, und da er meinen Namen gehört hat, so brennt er förmlich darauf, wenn auch als der allergeringste meiner Leute bei mir sein zu dürfen. Er stellte mir Aufklärung über die Absichten des Cornels in Aussicht, und ich möchte ihn teils aus Menschlichkeit, teils aus Klugheit nicht von mir weisen. Darf ich den Mann holen?«

Die andern stimmten alle bei, und Old Firehand stand selbst auf, um den Tramp zu bringen. Dieser war nicht viel über zwanzig Jahre alt, von intelligentem Aussehen und kräftiger Statur. Old Firehand hatte ihm die Fesseln abgenommen und hieß ihn neben sich setzen. Die andern Tramps, von denen der Jäger ihn schon vorher abgesondert hatte, lagen so, daß sie ihn gar nicht sehen konnten. Sie vermochten also später nicht zu sagen, was mit ihm geworden sei oder gar, daß er sie und den Cornel verraten habe.

»Nun«, wendete Old Firehand sich an ihn, »du siehst, daß ich nicht abgeneigt bin, deinen Wunsch zu erfüllen. Du bist von deinem Bruder verleitet worden. Wenn du mir mit der Hand versprichst, von jetzt an ein braver Mensch zu sein, so gebe ich dich von diesem Augenblick an frei, und du sollst bei mir ein tüchtiger Westmann werden. Wie heißest du eigentlich?«

»Nolley heiße ich, Sir«, antwortete der Gefragte, indem er ihm unter hervorquellenden Thränen die Hand gab. »Ich will Euch nicht mit meiner Lebensgeschichte belästigen, das könnt Ihr später und gelegentlich erfahren; aber Ihr sollt mit mir zufrieden sein. Ich will es Euch zeit meines Lebens danken, wenn ihr mir zwei Wünsche erfüllt.«

»Welche?«

»Vergebt mir nicht nur scheinbar, sondern in Wirklichkeit, daß Ihr mich in so schlechter Gesellschaft gefunden habt, und gebt mir die Erlaubnis, morgen früh meinen erschossenen Bruder zu begraben. Er soll nicht im Wasser verfaulen und von den Fischen zerrissen werden.«

»Diese Wünsche sagen mir, daß ich mich in dir nicht geirrt habe; sie sind erfüllt. Von jetzt an gehörst du zu uns und wirst dich vor deinen früheren Kameraden nicht sehen lassen, denn sie dürfen nicht wissen, daß du nun zu uns hältst. Du hast von den Absichten des Cornels gesprochen. Kennst du dieselben?«

»Ja. Er hat erst lange damit zurückgehalten, gestern aber teilte er uns alles mit. Er will zunächst nach dem großen Tramp-Meeting, welches nächstens abgehalten werden soll.«

»Heigh-day!« rief da Droll. »So war ich also nicht falsch unterrichtet, als ich hörte, daß sich diese Vagabunden ungefähr hinter Harper zu Hunderten zusammenfinden wollen, um einige Streiche, welche in Masse unternommen werden sollen, zu verabreden. Kennst du den Ort?«

»Ja«, antwortete Nolley. »Er liegt allerdings von hier aus hinter Harper und wird Osage-nook genannt.«

»Habe von diesem Nook noch nichts gehört. Sonderbar! Ich wollte dieses Meeting aufsuchen, um dort vielleicht den zu finden, den ich suchte, und hatte keine Ahnung, daß ich mit ihm auf dem Steamer gefahren bin. Hätte ihn doch gleich an Bord fassen können! Also nach Osage-nook will der Cornel; nun, so reiten wir ihm nach, nicht wahr, Master Blenter?«

»Ja«, nickte der Alte. »Freilich müssen wir da auf Sir Firehand verzichten.«

»Das ist keineswegs der Fall«, antwortete der Jäger. »Mein nächstes Ziel liegt dort in der Nähe, nämlich Butlers Farm, welche dem Bruder des Ingenieurs, der mich dort erwartet, gehört. Wir bleiben also wenigstens bis dorthin zusammen. Hat der Cornel noch weitere Absichten?«

»Allerdings«, antwortete der bekehrte Tramp. »Er will nach dem Meeting nach dem Eagle-tail, um die dortigen Bahnbeamten und -arbeiter zu überfallen, um ihnen die Kasse, die sehr gefüllt sein soll, abzunehmen.«

»Gut, daß wir das erfahren! Fangen wir ihn beim Meeting nicht, so finden wir ihn dann um so sicherer am Eagle-tail.«

»Und entgeht er euch auch da«, fuhr Nolley fort, »so könnt ihr ihn später am Silbersee ergreifen.«

Diese Worte brachten eine allgemeine Überraschung hervor; selbst auf Old Firehand machten sie einen solchen Eindruck, daß er schnell fragte: »Am Silbersee? Was weiß und will denn der Cornel von diesem Orte?«

»Einen Schatz will er heben.«

»Einen Schatz? Soll sich denn einer dort befinden?«

»Ja, es sollen ungeheure Reichtümer dort vergraben oder versenkt sein, von alten Völkern und Zeiten her. Er hat einen genauen Plan des Ortes, an welchem man suchen muß.«

»Hast du diesen Plan gesehen?«

»Nein. Er zeigt ihn keinem Menschen.«

»Aber wir haben ihn doch ausgesucht und ihm alles abgenommen, ohne denselben bei ihm zu finden!«

»Er hat ihn jedenfalls zu gut versteckt. Ich glaube sogar, daß er ihn gar nicht bei sich trägt. Es war aus einer seiner Bemerkungen zu schließen, daß er ihn irgendwo vergraben hat.«

Die Aufmerksamkeit der Zuhörer war auf den Sprecher gerichtet, darum achtete niemand auf Droll und Fred, welche durch das, was sie da hörten, in eine nicht geringe Aufregung versetzt wurden. Droll starrte den Tramp an, als ob er dessen Worte nicht nur hören, sondern auch mit den weit geöffneten Augen verschlingen wolle, und Fred rief, als der Erzähler geendet hatte: »Der Cornel ist's, er ist's! Dieser Plan hat meinem Vater gehört!«

Jetzt richteten sich die Blicke aller auf den Knaben. Man bestürmte ihn mit Fragen, doch Droll wehrte energisch ab und sagte: »Jetzt nichts davon, Mesch'schurs! Ihr werdet später den Sachverhalt erfahren. Jetzt ist die Hauptsache, daß ich, wie nun die Verhältnisse stehen, erklären kann, daß ich mit Fred auf alle Fälle Old Firehand zu Diensten stehe.«

»Ich auch!« erklärte der alte Missourier in frohem Tone. »Wir sind da zwischen eine ganze Menge von Geheimnissen geraten, daß es mich wundern soll, wie wir dieselben auseinander wickeln werden. Ihr geht doch auch alle mit, Kameraden?«

»Ja, ja, natürlich ja!« ertönte es rund im Kreise der Rafters.

»*Well!*« sagte Old Firehand. »So wird morgen früh aufgebrochen. Wir brauchen uns um die Fährte des Cornels gar nicht zu kümmern, da wir den Ort kennen, an welchem er zu finden ist. Er wird gejagt durch die Wälder und Prairien, über Berg und Thal, und wenn es sein muß, sogar bis hinauf zum Silbersee. Es ist ein bewegtes Leben, welches unser wartet. Laßt uns gute Kameraden sein, Mesch'schurs!«

Fünftes Kapitel
Indianisches Meisterstück

Die Rolling-Prairie lag im Mittagssonnenglanze. Hügel auf Hügel, mit dichtem Grase, dessen Halme sich im leisen Winde bewegten, bewachsen, glich sie einem Smaragdsee, dessen Wellen plötzlich erstarren mußten. Eine dieser festgewordenen Wogen glich in Beziehung auf Länge, Gestalt und Höhe der andern, und wenn man aus einem der Wellenthäler in das andre kam, hätte man das letztere mit dem ersteren verwechseln können. Nichts, gar nichts rundum als Wellenhügel, so weit der Horizont reichte. Wer sich hier nicht nach dem Kompaß oder dem Stande der Sonne richtete, der mußte sich verirren, wie der Laie im kleinen Boote sich auf der weiten See verirrt.

In dieser grünen Einöde schien es kein Lebewesen zu geben; nur droben, hoch in den Lüften, zogen zwei schwarze Hühnergeier, scheinbar ohne die Flügel zu bewegen, ihre Kreise. Sollten sie wirklich die einzigen Geschöpfe sein, die es hier gab? Nein, denn soeben ließ sich ein kräftiges Schnauben vernehmen, und hinter einem der Wellenberge kam ein Reiter hervor, und zwar ein höchst sonderbar ausgestatteter Reiter.

Der Mann war von gewöhnlicher Gestalt, weder zu groß noch zu klein, weder zu dick noch zu dünn, schien aber kräftig zu sein. Er trug lange Hose, Weste und kurze Jacke, welche Kleidungsstücke aus wasserdichtem Gummistoffe gefertigt waren. Auf dem Kopfe saß ein Korkhut mit Nackentuch, wie die englischen Offiziere in Ostindien und andern heißen Ländern zu tragen pflegen. Die Füße steckten in indianischen Mokassins.

Die Haltung dieses Mannes war diejenige eines geübten Reiters; sein Gesicht – ja, dieses Gesicht war eigentlich ein sehr sonderbares. Der Ausdruck desselben war geradezu dumm zu nennen, und zwar nicht etwa ausschließlich durch die Nase, welche zwei ganz verschiedene Seiten hatte. Auf der linken Seite war sie weiß und hatte die leicht gebogene Gestalt einer gewöhnlichen Adlernase; auf der rechten Gesichtsseite war sie dick, wie geschwollen und von einer Farbe, welche man weder rot noch grün noch blau nennen konnte. Eingerahmt wurde dieses Gesicht von einem Kehlbarte, dessen lange dünne Haare vom Halse aus bis über das

Kinn hervorstarrten. Der Bart wurde gestützt durch zwei riesige Vatermörder, deren bläulicher Glanz verriet, daß der Reiter es in der Prairie vorzog, Gummiwäsche zu tragen.

An die Steigbügelriemen war rechts und links je ein Gewehr, dessen Kolben neben dem Fuße des Reiters auf dem schuhartigen Bügel stand, geschnallt. Quer vor dem Sattel hing eine lange Blechrolle oder Kapsel, deren Zweck wohl kaum zu erraten war. Auf dem Rücken trug der Mann einen Ledertornister mittlerer Größe und darauf einige blecherne Gefäße und sonderbar geformte Eisendrähte. Der Gürtel war breit, auch von Leder, und glich einer sogenannten Geldkatze. Vor ihm hingen mehrere Beutel nieder; vorn blickten die Kolben oder Griffe eines Messers und mehrerer Revolver heraus, und hinten waren zwei Taschen, welche man für Patronenbehälter halten mußte, daran befestigt.

Das Pferd war ein gewöhnlicher Gaul, nicht zu gut und nicht zu schlecht für die Strapazen des Westens; es war an ihm gar nichts Besonderes zu bemerken, als daß er als Schabracke eine Decke trug, welche sicherlich viel Geld gekostet hatte.

Der Reiter schien anzunehmen, daß sein Pferd mehr Prairieverstand besitze als er; wenigstens bemerkte man nicht, daß er demselben die Richtung gab; er ließ es laufen, wie und wohin es ihm beliebte. Es schritt durch einige Wellenthäler, kletterte dann einen Hügel hinauf, trollte drüben wieder hinab, fiel einmal freiwillig in Trab, ging wieder langsamer, kurz, der Mann mit dem Korkhelme und dem erzdummen Gesichte schien kein bestimmtes Ziel, aber viel Zeit und Muße zu haben.

Plötzlich blieb das Pferd stehen; es spitzte die Ohren, und der Reiter schreckte leicht zusammen, denn vor ihm, es war nur nicht zu sehen, woher eigentlich, ließ sich eine scharfe, befehlende Stimme hören: »Stop, keinen Schritt weiter, oder ich schieße! Wer seid Ihr, Master?«

Der Reiter blickte auf, vor sich, hinter sich, nach rechts und nach links; es war kein Mensch zu sehen. Er verzog keine Miene, zog den Deckel von der langen, rollenförmigen Blechkapsel, welche vorn quer über den Sattel hing, schüttelte ein Fernrohr heraus, schob die Glieder desselben auseinander, so daß es wohl fünf Fuß lang wurde, kniff das linke Auge zu, hielt das Rohr vor das rechte und richtete es gegen den Himmel, den er eine Weile ganz ernsthaft und angelegentlich beguckte, bis dieselbe Stimme sich lachend vernehmen ließ: »Schiebt doch Eure Sternenröhre wieder zusammen! Ich sitze nicht auf dem Monde, der auch gar nicht zu sehen ist, sondern hier unten auf der alten Mutter Erde. Und nun sagt mir, woher Ihr kommt!«

Der Reiter schob, dem Befehle gehorchend, das Rohr zusammen, steckte es in die Kapsel, verschloß dieselbe sorgfältig und langsam, als ob er gar keine Eile habe, deutete dann mit der Hand hinter sich und antwortete: »Von daher!«

»Das sehe ich, mein alter Boy! Und wo wollt Ihr hin?«

»Dorthin!« antwortete der Gefragte, indem er mit der Hand nun vorwärts zeigte.

»Ihr seid wirklich ein köstlicher Junge!« lachte der noch immer unsichtbare Inquirent. »Da Ihr Euch aber nun einmal auf dieser gebenedeiten Prairie befindet, vermute ich, daß Ihr die Gebräuche derselben kennt. Es treibt sich hier so viel fragwürdiges Gesindel umher, daß ein ehrlicher Mann gezwungen ist, jede Begegnung etwas scharf zu nehmen. Zurück könnt Ihr in Gottes Namen reiten, wenn es Euch gefällig ist. Wollt Ihr aber vorwärts, wie es allen Anschein hat, so müßt Ihr uns Rede und Antwort stehen, und zwar der Wahrheit gemäß. Also heraus damit! Woher kommt Ihr?«

»Von Schloß Castlepool«, antwortete der Mann im Tone eines Schulknaben, welcher sich vor dem strengen Gesichte des Lehrers fürchtet.

»Das kenne ich nicht. Wo ist dieser Ort zu finden?«

»Auf der Landkarte von Schottland«, erklärte der Reiter, indem sein Gesicht fast noch dümmer wurde als vorher.

»Gott segne Euren Verstand, Sir! Was geht mich Schottland an! Und wohin reitet Ihr?«

»Nach Kalkutta.«

»Mir auch unbekannt. Wo liegt denn dieser schöne Ort?«

»In Ostindien.«

»*Lack-a-day!* So wollt Ihr also an diesem sonnigen Nachmittage von Schottland aus über die Vereinigten Staaten nach Ostindien reiten?«

»Heute nicht ganz.«

»So! Würdet es wohl auch nicht leicht machen können. So seid Ihr wohl ein Englishman?«

»*Yes.*«

»Von welcher Profession?«

»Lord.«

»Alle Wetter! Ein englischer Lord mit einer runden Hutschachtel auf dem Kopfe! Euch muß man sich genauer besehen. Komm, Uncle, der Mann wird uns wohl nicht beißen. Ich habe alle Lust, seinen Worten Glauben zu schenken. Entweder ist er übergeschnappt oder wirklich ein englischer Lord mit fünf Meter Spleen und zehn Hektoliter Leberleiden.«

Jetzt wurden auf der Höhe des nächsten Wellenhügels zwei Gestalten, welche dort im Grase gelegen hatten, sichtbar, eine lange und eine sehr kleine. Beide waren ganz gleich gekleidet, ganz in Leder wie echte, richtige Westmänner, selbst ihre breitkrempigen Hüte waren von Leder.

Die Gestalt des Langen stand steif wie ein Pfahl auf dem Hügel; der Kleine war buckelig und hatte eine Habichtsnase, deren Rücken fast so scharf wie ein Messer war. Auch ihre Gewehre waren von gleicher Konstruktion, alte, sehr lange Rifles. Der kleine Buckelige hatte das seinige mit dem Kolben auf die Erde gesetzt, und doch ragte die Mündung des Laufes noch um einige Zoll über seinen Hut hinaus. Er schien der Sprecher der beiden zu sein, denn während der Lange noch kein Wort gesagt hatte, fuhr er jetzt fort: »Bleibt noch halten, Master, sonst würden wir schießen! Wir sind noch nicht miteinander fertig.«

»Wollen wir wetten?« fragte der Engländer hinauf.

»Was?«

»Zehn Dollar oder fünfzig oder hundert Dollar, ganz wie viel euch beliebt.«

»Worauf?«

»Daß ich euch eher erschieße als ihr mich.«

»Dann würdet Ihr verlieren!«

»Meint ihr? *Well,* setzen wir also hundert Dollar!«

Er griff nach hinten an die eine Patronentasche, zog sie nach vorn, öffnete sie und nahm einige Banknoten heraus. Die beiden Obenstehenden sahen einander erstaunt an.

»Master«, rief der Kleine, »ich glaube, Ihr macht wirklich Ernst!«

»Was denn sonst?« fragte der Englishman erstaunt. »Das Wetten ist meine Passion, das heißt, ich wette gern und bei jeder Gelegenheit.«

»Und tragt eine ganze Tasche voll Banknoten in der Prairie herum?«

»Könnte ich wetten, wenn ich kein Geld bei mir hätte? Also hundert Dollar, sagt ihr? Oder wollt ihr noch mehr setzen?«

»Wir haben kein Geld.«

»Das thut ja gar nichts; ich schieße es euch einstweilen vor, bis ihr mich bezahlen könnt.«

Er sagte das mit solchem Ernste, daß der Lange vor Verwunderung tief Atem holte und der Buckelige geradezu betroffen ausrief: »Uns borgen – bis wir bezahlen können? Ihr seid also sicher, zu gewinnen?«

»Sehr!«

»Aber, Master, um zu gewinnen, müßtet Ihr uns eher erschießen als wir Euch; als Tote aber könnten wir Euch nicht bezahlen!«

»Bleibt sich gleich! Ich hätte doch gewonnen und habe so viel, daß ich euer Geld nicht brauche.«

»Uncle«, meinte der Kleine kopfschüttelnd zu dem Langen, »so einen Boy habe ich weder schon gesehen, noch gehört. Wir müssen hinab zu ihm, um ihn näher zu betrachten.«

Er kam mit schnellen Schritten herab, und der Lange folgte ihm steif und in kerzengerader Haltung, als ob er eine Bohnenstange im Körper habe. Unten im Wellenthale angekommen, sagte der Buckelige: »Steckt Euer Geld wieder ein; aus der Wette kann nichts werden. Und nehmt den Rat von mir an: Laßt die Banknotentasche niemand sehen; Ihr könntet es zu bereuen haben oder gar mit dem Leben büßen. Ich weiß wirklich nicht, was ich von Euch denken und aus Euch machen soll. Es scheint nicht ganz richtig in Eurem Kopfe zu sein. Wir wollen Euch einmal auf den Zahn fühlen. Kommt also mit, nur wenige Schritte weiter!«

Er streckte die Hand aus, um das Pferd des Engländers am Zügel zu fassen; da glänzten in den beiden Händen desselben zwei Revolver und er rief in kurzem, strengem Tone: »Hand weg, oder ich schieße!«

Der Kleine fuhr erschrocken zurück und wollte sein Gewehr heben.

»Unten lassen! Keine Bewegung, sonst drücke ich los!«

Die Haltung und das Gesicht des Engländers hatten sich plötzlich außerordentlich verändert. Das waren nicht die dummen Züge von vorher, und aus den Augen blitzte eine Intelligenz, eine Energie, welche den beiden andern die Worte benahm.

»Meint ihr wirklich, daß ich verrückt bin?« fuhr er fort. »Und haltet ihr mich wirklich für einen Menschen, vor welchem ihr euch gebärden könnt, als ob die Prairie nur euer Eigentum sei? Da irrt ihr euch. Bisher habt ihr mich gefragt, und ich antwortete euch. Nun aber will auch ich wissen, wen ich vor mir habe. Wie heißt ihr, und was seid ihr?«

Diese Fragen waren an den Kleinen gerichtet; er sah in die scharf forschenden Augen des Fremden, die einen ganz eigenartigen Eindruck auf ihn machten, und antwortete halb ärgerlich und halb verlegen: »Ihr seid hier fremd; darum wißt Ihr es nicht; aber man kennt uns vom Mississippi an bis hinüber nach Frisco (San Francisco) als ehrliche Jäger und Fallensteller. Wir sind jetzt unterwegs nach den Bergen, um eine Gesellschaft von Bibermännern zu suchen, der wir uns anschließen können.«

»*Well!* Und eure Namen?«

»Unsre eigentlichen Namen können Euch nichts nützen. Mich nennt man den Humply-Bill, weil ich leider buckelig bin, worüber ich aber noch lange nicht Lust habe, vor Gram zu sterben, und mein Kamerad hier ist nur als Gunstick-Uncle bekannt, weil er stets so steif in der Welt herumläuft, als ob er einen Ladstock verschluckt hätte. So, nun kennt Ihr uns und werdet uns auch über Euch die Wahrheit sagen, ohne dumme Witze zu machen.«

Der Engländer betrachtete sie mit einem durchdringenden Blicke, als ob er ihnen bis tief in das Herz zu sehen wünsche; dann nahmen seine Züge einen freundlichen Ausdruck an; er nahm ein Papier aus der Banknotentasche, faltete es auseinander, reichte es den beiden hin und antwor-

»Hand weg, oder ich schieße!«

tete: »Ich habe nicht gescherzt. Da ich euch für brave und ehrliche Leute halte, so sollt ihr diesen Paß ansehen.«

Die beiden sahen und lasen, blickten einander an, dann riß der Lange die Augen und den Mund möglichst weit auf, und der Kleine sagte, diesmal in einem sehr höflichen Tone: »Wirklich ein Lord, Lord Castlepool! Aber, Mylord, was wollt Ihr in der Prairie? Das Leben steht Euch – –«

»Pshaw!« unterbrach ihn der Lord. »Was ich will? Die Prairie und das Felsengebirge kennen lernen und dann nach Frisco gehen. War schon überall in der Welt, nur in den Vereinigten Staaten noch nicht. Doch, jetzt sind wir einander vorgestellt und brauchen nicht mehr fremd zu thun. Kommt also zu euren Pferden! Ich meine nämlich, daß ihr Pferde habt, obgleich ich sie noch nicht gesehen habe.«

»Freilich haben wir welche; sie stehen da hinter dem Hügel, wo wir anhielten, um auszuruhen.«

»So folgt mir hin!«

Seinem Tone nach war er jetzt derjenige, welcher ihnen, anstatt sie ihm, Vorschriften zu machen hatte. Er stieg vom Pferde und schritt ihnen voran, in dem Wellenthale weiter, bis hinter den Wellenberg, wo zwei Pferde grasten, welche zu derjenigen Sorte zu gehören schienen, welche im Vulgärdeutsch Klepper, Ziegenbock oder gar Kracke genannt zu werden pflegen. Sein Pferd war ihm dabei wie ein Hund nachgelaufen. Die beiden Pferde kamen auf dasselbe zu; es wieherte aber zornig und schlug gegen sie aus, um sie von sich zu treiben.

»Eine giftige Kröte!« meinte Humply-Bill dazu. »Scheint ungesellig zu sein.«

»O nein«, antwortete der Lord. »Es weiß bloß, daß ich noch nicht nahe verwandt mit euch bin und will also mit euren Pferden einstweilen auch fremd bleiben.«

»Wäre es wirklich so klug? Man sieht es ihm nicht an. Scheint ein Ackerpferd gewesen zu sein.«

»Oho! Es ist ein echter kurdischer Husahn (Hengst), wenn ihr gütigst erlaubt.«

»So! Wo liegt denn dieses Land?«

»Zwischen Persien und der Türkei. Habe ihn selbst dort gekauft und mit nach Hause genommen.«

Er sagte das in einem so gleichgültigen Tone, als ob es ebenso leicht sei, ein Pferd aus Kurdistan nach England und von da wieder hinüber nach den Vereinigten Staaten zu transportieren, wie einen Kanarienvogel von dem Harze nach dem Thüringer Walde zu bringen. Die beiden Jäger warfen einander verstohlene Blicke zu. Er aber setzte sich ganz ungeniert in das Gras, wo sie vorher gesessen hatten. Dort lag eine angeschnittene, gestern gebratene Rehkeule. Er zog sein Messer, schnitt ein tüchtiges Stück herunter und begann zu essen, als ob das Fleisch nicht den andern, sondern ihm gehöre.

»So ist's recht!« meinte der Buckelige. »Nur keine Umstände machen in der Prairie.«

»Mache sie auch nicht«, antwortete er. »Habt gestern ihr Fleisch geschossen, so schieße heute oder morgen ich welches, natürlich auch für euch mit.«

»So? Meint Ihr denn, Mylord, daß wir morgen noch beisammen sein werden?«

»Morgen und noch viel länger. Wollen wir wetten? Ich setze zehn Dollar und auch mehr, wenn ihr wollt.«

Er griff nach der Geldtasche.

»Laßt Eure Banknoten hinten«, antwortete Humply. »Wir wetten nicht mit.«

»So setzt euch her zu mir! Will es euch erklären.«

Sie ließen sich ihm gegenüber nieder. Er musterte sie nochmals mit einem scharfen Blicke und sagte dann: »Bin den Arkansas heraufgekommen und in Mulvane ausgestiegen. Wollte dort einen Führer engagieren oder zwei; fand aber keinen, der mir gefiel. War lauter Schund, die Kerls. Bin also fortgeritten, weil ich mir sagte, daß echte Prairiemänner wohl nur in der Prairie zu finden sind. Treffe jetzt euch, und ihr gefallt mir. Wollt ihr mit?«

»Wohin denn?«

»Nach Frisco hinüber.«

»Das sagt Ihr so ruhig, als ob es nur ein Tagesritt sei?«

»Es ist ein Ritt. Ob er einen Tag oder ein Jahr dauert, das bleibt sich gleich.«

»Hm, ja. Aber habt Ihr eine Ahnung von dem, was einem unterwegs begegnen kann?«

»Habe noch nicht daran gedacht, hoffe aber, es zu erfahren.«

»Wünscht Euch nicht zu viel. Übrigens können wir nicht mit. Wir sind nicht so reich, wie Ihr zu sein scheint; wir leben von der Jagd und können also keinen monatelangen Abstecher nach Frisco machen.«

»Ich bezahle euch!«

»So? Na, dann würde sich über die Sache sprechen lassen.«

»Könnt ihr schießen?«

Es war ein fast mitleidiger Blick, den der Buckelige auf den Lord warf, als er antwortete: »Ein Prairiejäger und schießen! Das ist fast noch schlimmer, als ob Ihr fragt, ob ein Bär fressen könne. Beides ist genau so selbstverständlich wie mein Buckel.«

»Möchte aber doch eine Probe sehen. Könnt ihr die Geier von da ober herunterholen?«

Humply maß die Höhe, in welcher sich die beiden Vögel wiegten, mit den Augen und antwortete: »Warum nicht? Ihr freilich würdet es uns mit Euren beiden Sonntagsflinten nicht nachmachen.«

Er deutete auf das Pferd des Lords. Die Gewehre hingen noch an den

Bügelriemen; sie waren blank geputzt, so daß sie ganz wie neu aussahen, was dem Westmann ein Greuel ist.

»So schießt!« gebot der Lord, ohne auf die letzte Behauptung des Buckeligen zu achten.

Dieser stand auf, legte sein Gewehr an, zielte kurz und drückte ab. Man sah, daß der eine der Geier einen Stoß erhielt; er schlug flatternd die Flügel, suchte sich zu halten, doch vergebens; er mußte nieder, erst langsam, dann schneller; endlich zog er die Flügel an den Leib und fiel wie ein schwerer Klumpen senkrecht zur Erde nieder.

»Nun, Mylord, was sagt Ihr dazu?« fragte der kleine Schütze.

»Nicht übel«, lautete die kalte Antwort.

»Was? Nicht übel nur? Bedenkt diese Höhe, und daß die Kugel den Vogel gerade ins Leben traf, denn er war schon in der Luft tot! Jeder Kenner hätte das einen Meisterschuß genannt.«

»*Well*, der zweite!« nickte der Lord dem langen Jäger zu, ohne auf den Vorwurf des Kleinen einzugehen.

Gunstick-Uncle erhob sich steif vom Boden, stützte sich mit der Linken auf seine lange Rifle, erhob die Rechte wie ein Deklamierender, wendete das Auge gen Himmel zu dem zweiten Geier und sprach in pathetischem Tone: »Wandelt der Aar in Gefilden der Lüfte – blickt er herab auf die Grüfte und Schlüfte – denket mit Sehnsucht des Aases voll Düfte – ich aber schieße ihn tot in die Hüfte!«

Bei diesen improvisierten Reimen war seine Pose so steif und eckig wie diejenige eines Gliedermannes. Er hatte bisher noch kein einziges Wort gesprochen, desto größeren Eindruck mußte dieses herrliche Poem machen. So dachte er. Darum ließ er den erhobenen Arm sinken, wendete sich gegen den Lord und blickte diesen mit stolzer Erwartung an. Der Engländer hatte längst wieder sein dummes Gesicht angenommen; jetzt zuckte es in und auf demselben, als ob das Lachen mit dem Weinen kämpfe.

»Habt Ihr es richtig gehört, Mylord?« fragte der Buckelige. »Ja, der Gunstick-Uncle ist ein feiner Kerl. Er war Schauspieler und ist noch jetzt ein Dichter. Er spricht blutwenig, aber wenn er einmal den Mund aufthut, so redet er nur in Engelszungen, das heißt in Reimen.«

»*Well!*« nickte der Engländer. »Ob er in Reimen oder in Gurkensalat redet, das ist nicht meine, sondern seine Sache; aber kann er schießen?«

Der lange Dichter zog den Mund bis an das rechte Ohr und warf die Hand weit von sich, was eine Bewegung der Verachtung sein sollte. Dann erhob er seine Rifle zum Zielen, setzte sie aber wieder ab. Er hatte den rechten Augenblick versäumt, denn während seines dichterischen Ergusses hatte das Geierweibchen, erschrocken über den Tod ihres Männchens, beschlossen, sich davon zu machen. Der Vogel hatte sich schon weit entfernt.

»Er ist unmöglich zu treffen«, sagte Humply. »Meinst du nicht, Uncle?«

Der Gefragte erhob beide Hände gen Himmel nach dem Punkte, an welchem man den Geier erblickte, und antwortete in einem Tone, als ob er Tote erwecken wolle: »Es tragen ihn die Flügel – fort über Thal und Hügel – er ist mit großen Wonnen – nun leider mir entronnen – und wer ihn nun will kriegen – schnell hinterdrein mag fliegen!«

»Unsinn!« rief der Lord. »Meint Ihr wirklich, daß er nicht mehr zu treffen ist?«

»Ja, Sir«, antwortete Humply. »Kein Old Firehand, kein Winnetou und kein Old Shatterhand vermöchte ihn jetzt noch herunterzuholen, und das sind doch die drei besten Schützen des fernen Westens.«

»So!«

Während der Lord dies mehr hervorstieß als deutlich aussprach, ging ein helles, blitzartiges Zucken über sein Gesicht. Er trat schnell zum Pferde, nahm eins der Gewehre vom Riemen, entfernte die Sicherung, legte an, zielte, drückte ab, alles wie in einem einzigen kurzen Augenblicke, ließ das Gewehr wieder sinken, setzte sich nieder, griff nach der Rehkeule, um sich noch ein Stück von derselben zu schneiden, und sagte: »Nun, war er zu treffen oder nicht?«

Auf den Gesichtern der beiden Jäger lag der Ausdruck des höchsten Erstaunens, ja der Bewunderung. Der Vogel war getroffen, und zwar gut, denn er fiel mit zunehmender Schnelligkeit in einer sich verengenden Schneckenlinie zur Erde nieder.

»*Wonderful!*« rief Humply ganz begeistert aus. »Mylord, wenn das nicht ein Zufall – –«

Er hielt inne. Er hatte sich nach dem Engländer umgedreht und sah diesen kauend am Boden sitzen, den Rücken nach der Seite gerichtet, wohin der Meisterschuß gerichtet gewesen war. Das war doch kaum zu glauben!

»Aber, Mylord«, fuhr er fort, »dreht Euch doch um! Ihr habt den Geier nicht nur getroffen, sondern wirklich erlegt!«

»Das weiß ich«, antwortete der Englishman, indem er, ohne sich umzusehen, ein Stück Fleisch in den Mund schob.

»Aber Ihr habt es ja gar nicht beobachtet!«

»Ist nicht nötig; ich weiß es doch. Meine Kugel geht nie fehl.«

»Aber dann seid Ihr ja ein Kerl, der es, wenigstens was das Schießen betrifft, mit den drei berühmten Männern, deren Namen ich vorhin nannte, getrost aufnehmen kann! Oder nicht, Uncle?«

Der famose Ladestock-Onkel stellte sich abermals in Positur und antwortete, mit beiden Händen gestikulierend: »Getroffen ist der Geier – der Schuß war ungeheuer – ich muß auf Ruhm verzichten – –«

»Und höre auf, zu dichten!« fiel der Engländer ihm in die Rede. »Wozu diese Reime und das Geschrei! Ich wollte wissen, was für Schützen ihr seid. Nun setzt euch wieder her, und laßt uns weiter verhandeln. Also ihr geht mit mir, und ich bezahle euch die Reise. Einverstanden?«

Beide blickten einander an, nickten sich zu und antworteten mit einem beistimmenden Ja.

»*Well!* Und wieviel verlangt ihr?«

»Ja, Mylord, mit dieser Frage bringt Ihr mich in Verlegenheit. Wir haben noch nie im Dienste eines Mannes gestanden, und von einer sogenannten Bezahlung kann bei Scouts (Führer, Pfadfinder), die wir sein sollen, doch wohl nicht gesprochen werden.«

»*All right!* Ihr habt euren Stolz, und das gefällt mir. Es kann hier nur von einem Honorare die Rede sein, dem ich, wenn ich mit euch zufrieden bin, eine Extragratifikation zufüge. Ich bin hierher gekommen, um etwas zu erleben, um berühmte Jäger zu sehen, und mache euch also folgendes Anerbieten: Ich bezahle euch für jedes Abenteuer, welches wir erleben, fünfzig Dollar.«

»Sir«, lachte Humply, »da werden wir reiche Leute, denn an Abenteuern gibt's hier keinen Mangel; erleben thut man sie, ja, ob aber überleben, das ist eine andre Frage. An uns beiden soll es da nicht fehlen; aber für einen Fremden ist es geratener, die Abenteuer zu fliehen, anstatt sie aufzusuchen.«

»Ich aber will sie haben! Verstanden! Auch will ich mit berühmten Jägern zusammentreffen. Ihr nanntet vorhin drei Namen, von denen ich schon viel gehört habe. Sind diese drei Männer jetzt im Westen?«

»Da fragt Ihr mich zu viel. Diese berühmten Personen sind überall und nirgends. Man kann sie nur durch Zufall treffen, und selbst wenn man ihnen einmal begegnet, ist es die Frage, ob sich so ein König der Westmänner herbeiläßt, einen zu beachten.«

»Man soll und wird mich beachten! Ich bin Lord Castlepool, und was ich will, das will ich! Für jeden von diesen drei Jägern, dem wir begegnen, zahle ich euch hundert Dollar.«

»Alle Teufel! Habt Ihr denn gar so viel Geld bei Euch, Mylord?«

»Ich habe, was ich unterwegs brauche. Das Geld bekommt ihr erst in Frisco bei meinem Bankier. Seid ihr das zufrieden?«

»Ja, ganz gern. Hier unsre Hände darauf. Wir können ja gar nichts Besseres thun, als auf Eure Vorschläge eingehen.«

Beide reichten ihm die Hand. Dann zog er die zweite Tasche von hinten nach vorn, öffnete sie und nahm ein Buch heraus.

»Das ist mein Notizbuch, in welches alles eingetragen wird«, erklärte er. »Ich werde jedem von euch ein Conto eröffnen und seinen Kopf und Namen darübersetzen.«

»Seinen Kopf?« fragte der Buckelige verwundert.

»Ja, seinen Kopf. Bleibt einmal unbeweglich so sitzen wie jetzt!«

Er schlug das Buch auf und nahm den Stift zur Hand. Sie sahen, daß er abwechselnd sie anblickte, dann wieder auf das Papier niederschaute und dabei den Stift bewegte. Nach wenigen Minuten zeigte er ihnen, was er gezeichnet hatte; sie erkannten ihre wohlgetroffenen Köpfe und die Namen darunter.

»Auf diese Blätter wird eingetragen, was ich euch nach und nach schulden werde«, erklärte er ihnen. »Verunglücke ich, so nehmt ihr das Buch mit nach Frisco und zeigt es dem Bankier, dessen Namen ich euch später nenne; er wird euch die betreffende Summe sofort und unbeanstandet auszahlen.«

»Das ist ja eine ganz prächtige Einrichtung, Mylord«, meinte Humply. »Wir wollen zwar nicht wünschen, daß – – – *behold*, Uncle, sieh einmal unsre Pferde an! Sie wedeln mit den Ohren und öffnen die Nüstern. Es muß etwas Fremdes in der Nähe sein. Die Rolling-Prairie ist gefährlich. Steigt man auf die Hügel, so wird man gesehen, und bleibt man unten, so kann man das Nahen eines Feindes nicht bemerken und also sehr leicht überrascht werden. Will doch einmal nach oben steigen.«

»Ich steige mit«, erklärte der Lord.

»Bleibt lieber unten, Sir! Ihr könntet mir die Sache verderben.«

»*Pshaw!* Ich verderbe nichts.«

Die beiden stiegen aus dem Wellenthale nach der Spitze des Hügels empor. Als sie diesen beinahe erreicht hatten, legten sie sich nieder und krochen vorsichtig vollends hinauf. Das Gras verdeckte ihre Körper, und die Köpfe erhoben sie nur so weit, als nötig war, Umschau zu halten.

»Hm, Ihr fangt die Sache für einen Neuling gar nicht so übel an, Sir«, lobte Humply. »Ich könnte es wirklich selbst kaum besser machen. Aber seht Ihr dort den Mann auf dem zweiten Wellenhügel, geradeaus von uns?«

»*Yes!* Ein Indianer, wie es scheint?«

»Ja, es ist ein Roter. Hätte ich – – ah, Sir, lauft doch einmal hinab und holt Euer Fernrohr herbei, damit ich das Gesicht des Mannes erkennen kann.«

Der Lord folgte dieser Aufforderung.

Der Indianer lag auf dem erwähnten Hügel im Grase und schaute aufmerksam nach Osten, wo aber gar nichts zu sehen war. Er richtete einigemal seinen Oberkörper weiter auf, um seinen Gesichtskreis zu ver-

»Mein Bruder mag zu seinem weißen Freunde kommen!«

größern, ließ ihn aber stets schnell wieder niederfallen. Wenn er jemand erwartete, dann gewiß nur ein feindliches Wesen.

Jetzt brachte der Lord sein Rohr, stellte es und reichte es dem Buckeligen hin. Eben als derselbe den Indianer vor das Glas bekam, sah dieser für einen Augenblick nach rückwärts, so daß sein Gesicht zu erkennen war. Sofort legte Humply das Rohr weg, sprang vollständig auf, so daß seine ganze Gestalt vom Standpunkte des Roten aus zu erkennen war, hielt die Hände an den Mund und rief mit lauter Stimme: »Menaka schecha, Menaka schecha! Mein Bruder mag zu seinem weißen Freunde kommen!«

Der Indianer fuhr schnell herum, erkannte die buckelige Gestalt des Rufenden und glitt augenblicklich von der Spitze des Hügels herab, so daß er im Wellenthale verschwand.

»Jetzt, Mylord, werdet Ihr wohl sehr bald die ersten fünfzig Dollar einzahlen müssen«, sagte Humply zu dem Engländer, indem er sich wieder niederduckte.

»Wird es ein Abenteuer geben?«

»Sehr wahrscheinlich, denn der Häuptling blickte jedenfalls nach Feinden aus.«

»Ein Häuptling ist er?«

»Ja, ein tüchtiger Kerl, Osagenhäuptling.«

»Und ihr kennt ihn?«

»Wir kennen ihn nicht nur, sondern wir haben mit ihm die Pfeife des Friedens und der Bruderschaft geraucht und sind verpflichtet, ihm in jeder Lage beizustehen, so wie er uns auch.«

»*Well*, so wünsche ich, daß er nicht nur einen, sondern möglichst viele Gegner erwartet!«

»Malt den Teufel nicht an die Wand! Derartige Wünsche sind gefährlich, da sie nur allzuleicht in Erfüllung gehen. Kommt mit hinab! Der Uncle wird erfreut, aber auch erstaunt darüber sein, daß der Häuptling sich in dieser Gegend befindet.«

»Wie nanntet Ihr den Roten?«

»In der Osagensprache Menaka schecha; d.h. die ›gute Sonne‹ oder die ›große Sonne‹. Er ist ein sehr tapferer und erfahrener Krieger und dabei kein eigentlicher Feind der Weißen, obgleich die Osagen zu den Völkerschaften der noch ungezähmten Sioux gehören.«

Unten angekommen, fanden sie den Uncle in einer steifen, theatralischen Pose. Er hatte alles gehört und diese Haltung angenommen, um seinen roten Freund möglichst würdevoll zu begrüßen.

Nach kurzer Zeit begannen die Pferde zu schnauben, und gleich darauf sah man den Indianer kommen. Er befand sich in den besten Mannesjahren und trug die gewöhnliche indianische Lederkleidung, welche an einigen Stellen zerrissen und an andern mit frischem Blute befleckt war. Waffen hatte er keine. Auf jede seiner Wangen war eine Sonne tättowiert; an seinen beiden Handgelenken war die Haut aufgeschunden. Er mußte gebunden gewesen sein und die Fesseln gesprengt haben. Jedenfalls befand er sich auf der Flucht und wurde verfolgt.

Trotz der Gefahr, die dem Indianer drohte und ihm sehr nahe sein konnte, kam er sehr langsam herbei, reichte, ohne zunächst den Engländer zu beachten, den beiden Jägern die Rechte und sagte im ruhigsten Tone und sehr geläufigem Englisch: »Ich habe die Stimme und Gestalt meines Bruders und Freundes sogleich erkannt und freue mich, euch begrüßen zu können.«

»Wir freuen uns desgleichen; das wirst du uns glauben«, antwortete Humply.

Der lange Uncle hielt beide Hände ausgestreckt über den Kopf des Roten, als ob er ihn segnen wolle, und rief aus: »Sei gegrüßt im Erdenthale – viele, viele tausendmale – großer Häuptling, edler Schatz – nimm bei deinen Freunden Platz – und verzehr in aller Eile – diesen Rest der Reheskeule!«

Bei den letzten Worten deutete er in das Gras, wo das lag, was der Lord von der Keule übrig gelassen hatte, nämlich der Knochen mit einigen harten Fleischfasern, welche dem Messer nicht hatten weichen wollen.

»Still, Uncle!« gebot Humply, »es ist jetzt wahrhaftig keine Zeit für deine Gedichte. Siehst du denn nicht, in welchem Zustande sich der Häuptling befindet?«

»Gebunden, doch entkommen – hat er zu seinem Frommen – die Flucht hierher genommen«, antwortete der Gescholtene deklamierend.

Der Buckelige wendete sich von ihm ab, deutete auf den Lord und sagte zu dem Osagen: »Dieses Bleichgesicht ist ein Meister im Schießen und ein neuer Freund von uns. Ich empfehle ihn dir und deinem Stamme.«

Da gab der Rote dem Engländer nun auch die Hand und antwortete: »Ich bin der Freund eines jeden guten und ehrlichen Weißen; die Diebe, Mörder und Leichenschänder aber sollen vom Tomahawk gefressen werden!«

»Bist du so schlimmen Leuten begegnet?« erkundigte sich Humply.

»Ja. Meine Brüder mögen ihre Gewehre bereit halten, denn diejenigen, welche mir nachjagen, können jeden Augenblick hier sein, obgleich ich sie nicht gesehen habe. Sie werden zu Pferde sitzen und ich mußte gehen; aber die Füße der ›guten Sonne‹ sind so schnell und ausdauernd wie die Läufe des Hirsches, den kein Roß erreicht. Ich bin viele Bogen und Kreise gegangen, auch habe ich mich oft rückwärts bewegt, mit den Fersen voran, um sie aufzuhalten und irre zu führen. Sie trachten nach meinem Leben.«

»Das sollen sie bleiben lassen! Sind ihrer viele?«

»Ich weiß es nicht, denn als sie meine Flucht entdecken mußten, war ich schon fort.«

»Wer ist es denn? Welche Weißen konnten es wagen, die ›gute Sonne‹ gefangen zu nehmen, um sie zu töten?«

»Es sind viele, viele Menschen, mehrere hundert schlechte Leute, welche von den Bleichgesichtern Tramps genannt werden.«

»Tramps? Wie kommen diese hierher, und was wollen sie in dieser abgelegenen Gegend? An welchem Orte befinden sie sich?«

»In dem Winkel des Waldes, welchen ihr Osage-nook nennt, den aber wir die Ecke des Mordes heißen, weil unser berühmtester Häuptling mit seinen tapfersten Kriegern dort hinterlistig umgebracht worden ist. Alle Jahre, wenn der Mond sich dreizehnmal gefüllt hat, besuchen einige Abgesandte unsres Stammes diesen Ort, um an den Gräbern der gefallenen Helden den Tanz des Todes aufzuführen. So verließ auch ich in diesem Jahre mit zwölf Kriegern unsre Weidegründe, um mich nach dem Osage-nook zu begeben. Wir kamen vorgestern dort an, suchten die Gegend ab und überzeugten uns, daß kein feindliches Wesen vorhanden sei. Wir fühlten uns also sicher und schlugen unser Lager bei den Gräbern auf. Gestern jagten wir, um Fleisch zur Speise zu haben, und heute nahmen wir die Feier vor. Ich war so vorsichtig gewesen, zwei Wachen auszustellen, dennoch war es weißen Männern gelungen, sich unbemerkt in unsre Nähe zu schleichen. Sie hatten die Spuren gesehen, welche während der Jagd von unsern Füßen und den Hufen unsrer Pferde zurückgelassen worden waren, und fielen während des Tanzes so plötzlich über uns her, daß wir nur wenige Augenblicke zum Widerstande fanden. Sie waren mehrere hundert Köpfe stark; wir töteten einige von ihnen; sie erschossen acht von uns; ich wurde mit den übrigen vier überwältigt und gebunden. Man hielt Gericht über uns, und wir erfuhren, daß wir heute abend am Feuer gemartert und dann verbrannt werden sollten. Sie lagerten sich bei den Gräbern und trennten mich von meinen Kriegern, damit ich nicht mit denselben sprechen könne. Man band mich an einem Baume fest und stellte einen weißen Wächter zu mir; aber der Riemen, welcher mich hielt, war zu schwach; ich zerriß ihn. Zwar schnitt er mir, wie ihr sehen könnt, tief in das Fleisch, doch kam ich los und benutzte den Augenblick, an welchem der Wächter einmal fortging, dazu, mich heimlich davon zu schleichen.«

»Und deine vier Gefährten?« fragte Bill.

»Sie sind natürlich noch dort. Oder meinst du, daß ich hätte nach ihnen forschen sollen?«

»Nein; du wärst dadurch nur von neuem in die Gefangenschaft geraten.«

»Mein Bruder sagt die Wahrheit. Ich hätte sie nicht retten können, sondern wäre mit ihnen umgekommen. Ich beschloß, nach Butlers Farm zu eilen, deren Besitzer mein Freund ist, und von dort her Hilfe zu holen.«

Humply-Bill schüttelte den Kopf und meinte: »Fast unmöglich! Vom Osage-nook bis zu Butlers Farm sind gute sechs Stunden zu reiten; mit einem schlechten Pferde bringt man noch viel länger zu. Wie kannst du da bis zum Abend, an welchem deine Gefährten sterben sollen, zurückgekehrt sein?«

»O, die Füße der ›guten Sonne‹ sind ebenso schnell wie diejenigen eines Pferdes«, antwortete der Häuptling selbstbewußt. »Meine Flucht wird die Folge haben, daß man die Hinrichtung aufschiebt und sich zunächst alle Mühe gibt, mich wieder einzufangen. Die Hilfe würde also wohl zur rechten Zeit eintreffen.«

»Dieses Exempel kann stimmen und auch nicht. Gut, daß du uns getroffen hast, denn nun ist es nicht nötig, nach Butlers Farm zu laufen; wir werden mit dir gehen, um deine Gefährten zu befreien.«

»Will mein weißer Bruder dies wirklich thun?« fragte der Indianer in freudigem Tone.

»Natürlich! Was denn anders? Die Osagen sind ja unsre Freunde, während die Tramps die Gegner eines jeden ehrlichen Mannes sind.«

»Aber es sind ihrer so viele, so sehr viele, und wir hier haben zusammen nur acht Arme und Hände!«

»*Pshaw,* du kennst mich ja! Meinst du, daß ich die Absicht habe, mich offen mitten unter sie hineinzustürzen? Vier listige Köpfe können es schon wagen, sich an eine Horde Tramps zu schleichen, um einige Gefangene herauszuholen. Was sagst du dazu, alter Uncle?«

Der Steifnackige breitete beide Arme aus, schloß entzückt die Augen und rief: »Ich reite sofort mit Vergnügen – hin, wo die weißen Schufte liegen – und hole ohne Furcht und Graus – die roten Brüder alle 'raus!«

»Schön! Und Ihr, Mylord?«

Der Engländer hatte sein Notizbuch herausgenommen, um den Namen des Häuptlings zu notieren; er schob es jetzt wieder in die Tasche und antwortete: »Natürlich reite ich mit; es ist ja ein Abenteuer!«

»Aber ein sehr gefährliches, Sir!«

»Desto besser! Da zahle ich zehn Dollar mehr, also sechzig. Aber wenn wir reiten wollen, so müssen wir ein Pferd für die ›gute Sonne‹ besorgen!«

»Hm, ja!« antwortete der Buckelige, indem er ihn überrascht anblickte. »Aber woher würdet denn Ihr eins nehmen, he?«

»Natürlich von seinen Verfolgern, welche wahrscheinlich nahe genug hinter ihm sind.«

»Ganz richtig, ganz richtig! Ihr seid kein unebener Kerl, Sir, und ich denke, daß wir uns so leidlich zusammenarbeiten werden. Nur ist es dabei wünschenswert, daß unser roter Freund eine Waffe besitzt.«

»Ich trete ihm eins von meinen beiden Gewehren ab. Hier ist's ja schon; den Gebrauch desselben werde ich ihm erklären. Und nun dürfen wir keine Zeit versäumen, sondern ich schlage vor, uns so aufzustellen, daß die Verfolger, wenn sie hier ankommen, von allen Seiten eingeschlossen sind.«

Der Ausdruck des Erstaunens auf dem Gesichte des Kleinen wurde immer intensiver. Er maß den Engländer mit einem fragenden Blicke und antwortete: »Ihr sprecht da grad wie ein alter, erfahrener Jäger, Sir! Wie meint Ihr denn eigentlich, daß wir das anzufangen hätten?«

»Sehr einfach. Einer bleibt hier auf dem Hügel, auf welchem wir beide jetzt waren. Er empfängt die Kerls genau so, wie ihr beide vorher mich empfangen habt. Die andern drei gehen einen Bogen, so daß ihre Spuren nicht zu sehen sind, und besteigen die drei benachbarten Höhen. Kommen dann die Kerls, so befinden sie sich zwischen den vier besetzten Hügeln, und wir haben sie fest, denn wir sind oben gedeckt und können sie nach Belieben wegputzen, während sie von uns nur den Rauch unsrer Schüsse bemerken.«

»Ihr redet wirklich wie ein Buch, Mylord! Sagt aufrichtig, befindet Ihr Euch wirklich jetzt zum erstenmal in der Prairie?«

»Allerdings. Aber ich habe mich vorher an andern Orten befunden, wo man nicht weniger vorsichtig sein muß als hier. Wir haben ja bereits davon gesprochen.«

»*Well!* Ich sehe, daß wir mit Euch nicht viel Ärger haben werden, und das ist mir lieb. Ich gestehe, daß ich ganz denselben Vorschlag machen wollte. Bist du einverstanden, alter Uncle?«

Der Steife machte eine theatralische Armbewegung und antwortete: »Jawohl, sie werden eingeschlossen – und miteinander totgeschossen!«

»Gut, so bleibe ich hier, um sie, sobald sie kommen, anzureden. Der Mylord geht nach rechts; du wendest dich links, und der Häuptling postiert sich auf den vorstehenden Hügel. Auf diese Weise bekommen wir sie zwischen uns, und ob wir sie töten oder nicht, das soll ganz darauf ankommen, wie sie sich verhalten.«

»Nicht töten!« meinte der Lord.

»Ganz recht, Sir! Auch ich bin dagegen; aber diese Schurken verdienen eigentlich keine Nachsicht, und wenn wir sie schonen, was thun wir dann mit ihnen? Können wir sie mit uns schleppen? Unmöglich! Und lassen wir ihnen die Freiheit, so verraten sie uns. Ich werde so laut mit ihnen reden, daß Ihr jedes Wort hört; dann wißt Ihr, was zu thun ist. Schieße ich einen über den Haufen, so ist das ein sicheres Zeichen, daß Ihr auf die andern schießen sollt. Entkommen darf keiner. Denkt daran, daß sie acht Osagen getötet haben, ohne von diesen vorher feindlich behandelt worden zu sein! Und nun vorwärts, Mesch'schurs; ich denke, daß wir nicht länger zögern dürfen.«

Er stieg den nächsten Wellenberg empor und legte sich da, wo er vorher mit dem Engländer den Indianer beobachtete hatte, in das Gras. Die drei andern verschwanden zu beiden Seiten in den Wellenthälern. Die Pferde blieben da, wo sie gestanden hatten. Der Lord hatte sein Fernrohr mitgenommen.

Es verging wohl eine Viertelstunde, ohne daß die Annäherung eines menschlichen Wesens zu bemerken war. Der Wächter, welchem der Häuptling entkommen war, mußte sehr nachlässig gewesen sein und die Flucht desselben spät entdeckt haben. Dann war von dem Hügel, auf dem sich der Engländer befand, der laute Ruf zu hören: »Aufgepaßt, sie kommen!«

»Still!« warnte der Buckelige etwas weniger laut.

»*Pshaw!* Sie können es nicht hören, sind fast noch eine Meile entfernt.«

»Wo?«

»Geradeaus nach Ost. Habe durch das Rohr zwei Kerls gesehen, welche auf einem Hügel standen und herwärts schauten, ob der Häuptling zu sehen sei. Haben jedenfalls die Pferde unten stehen gehabt.«

»So paßt doppelt scharf auf, und schont die Pferde; wir brauchen sie!«

Es verging wieder einige Zeit; dann hörte man den Hufschlag nahender Tiere. Im Wellenthal, das vor dem Buckeligen lag, wurden zwei nebeneinander reitende Männer sichtbar; sie waren sehr gut bewaffnet und beritten und hielten die Augen scharf auf die Fährte des Häuptlings, welcher sie folgten, gerichtet. Gleich hinter ihnen erschienen noch zwei und dann noch einer; es waren also fünf Verfolger. Als sie die Mitte des Wellenthales erreicht hatten, und sich also zwischen den vier Versteckten befanden, rief Bill ihnen zu: »*Stop,* Mesch'schurs! Keinen Schritt weiter, oder ihr hört meine Büchse reden!«

Sie hielten überrascht an und schauten nach oben, ohne aber jemand zu erblicken, da der Buckelige im tiefen Grase lag. Doch gehorchten sie seinem Befehle, und der Vorderste antwortete: »Alle Teufel! Was gibt es denn hier für einen heimlichen Wegelagerer? Zeigt Euch uns doch, und sagt, welches Recht Ihr habt, uns anzuhalten!«

»Das Recht eines jeden Jägers, welchem Fremde begegnen.«

»Wir sind auch Jäger. Seid Ihr ein ehrlicher Kerl, so laßt Euch sehen!«

Die fünf Tramps hatten ihre Gewehre zur Hand genommen; sie sahen keineswegs friedlich aus, dennoch antwortete der Kleine: »Ich bin ein ehrlicher Mann und kann mich wohl sehen lassen. Da habt ihr mich!«

Er sprang auf, so daß sie seine ganze Gestalt sehen konnten, hielt aber sein Auge so scharf auf sie gerichtet, daß ihm nicht die geringste ihrer Bewegungen entgehen konnte.

»*Zounds!*« rief einer von ihnen. »Irre ich mich nicht, so ist das der Humply-Bill!«

»So werde ich allerdings genannt.«

»Dann ist auch der Gunstick-Uncle in der Nähe; denn diese beiden trennen sich nie!«

»Kennt Ihr uns denn?«

»Will's meinen; habe von früher her ein Wort mit Euch zu reden!«

»Ich kenne Euch aber nicht!«

»Möglich, denn Ihr habt mich bloß von weitem gesehen. Boys, dieser Kerl ist uns im Wege; ich glaube gar, er hat mit dem Roten gemeinschaftliche Sache gemacht. Holen wir ihn von da oben herunter!«

Er zielte auf den Kleinen und drückte ab. Bill sank blitzschnell, wie von der Kugel getroffen, in das Gras nieder.

»*Heigh-day*, das war fein gezielt!« rief der Mann. »Nun ist nur noch der Gun – – –«

Er konnte den Satz nicht vollenden. Bill hatte sich freiwillig niedergeworfen, um nicht getroffen zu werden; jetzt blitzte es rasch hintereinander aus seinen beiden Läufen auf, und keine Sekunde später krachten auch die Gewehre der drei andern. Die fünf Tramps stürzten von ihren Pferden, und die vier Sieger kamen von den Hügeln in das Thal herab, um die fünf Pferde an der Flucht zu hindern. Die Tramps wurden untersucht.

»Nicht schlecht gemacht«, meinte Bill. »Kein einziger Fehlschuß. Der Tod ist augenblicklich eingetreten.«

Der Osagenhäuptling betrachtete die beiden Männer, nach deren Stirnen er gezielt hatte. Er sah die kleinen Kugellöcher hart über den Nasenwurzeln und wendete sich an den Lord: »Das Gewehr meines Bruders ist von sehr kleinem Kaliber, aber es ist eine ausgezeichnete Gun, auf welche man sich verlassen kann.«

»Will es meinen«, nickte der Englishman. »Habe beide Gewehre extra für die Prairie bestellt.«

»Mein Bruder mag mir dieses hier verkaufen. Ich gebe ihm hundert Biberfelle dafür.«

»Es ist mir nicht feil.«

»So gebe ich ihm hundertfünfzig!«

»Auch dann nicht!«

»Auch nicht für zweihundert?«

»Nein, und wenn diese Biberfelle zehnmal so groß wie Elefantenhäute wären.«

»So biete ich ihm den höchsten Preis, den es geben kann; ich tausche diese Gun gegen das beste Reitpferd der Osagen ein!«

Es war seinem Gesichte anzusehen, daß er glaubte, ein noch nie dagewesenes Gebot gemacht zu haben, doch der Lord schüttelte den Kopf und antwortete: »Lord Castlepool tauscht und verkauft nie. Was wollte ich

Die fünf Tramps stürzten von ihren Pferden.

mit dem Pferde thun, da das meinige wenigstens ebenso vortrefflich ist wie dasjenige, von welchem du sprichst.«

»Kein Pferd der Savanne kommt über das meinige. Aber da ich meinen weißen Bruder nicht zwingen kann, mir sein Gewehr zu verkaufen, so werde ich es ihm hiermit zurückgeben. Diese Toten haben mehr Waffen bei sich, als ich für mich bedarf.«

Er gab das Gewehr zurück, machte aber dabei ein Gesicht, in welchem das größte Bedauern zu lesen war. Den Toten wurden alle nützlichen Gegenstände abgenommen. Als man ihre Taschen nach solchen durchsuchte, meinte Bill: »Der Kerl hat mich gekannt; ich aber kann mich nicht erinnern, ihn jemals gesehen zu haben. Mag sein! Aus seinen Worten ging hervor, daß ich von ihm und also auch von den andern nichts Gutes zu erwarten hatte. Darum wollen wir uns ja nicht über den Tod dieser Menschen grämen. Wer weiß, wie viele Schandthaten wir dadurch, daß sie unsre Kugeln bekamen, verhütet haben. Nun kann sich auch der Häuptling beritten machen, und es bleiben noch vier ledige Pferde übrig, gerade ausreichend für die Osagen, welche wir herausholen wollen.«

»Nun reiten wir sofort zu den Tramps?« fragte der Engländer.

»Natürlich! Ich kenne diese Gegend und weiß, daß wir nicht vor Abend an dem Osage-nook ankommen können, da wir nicht die gerade Richtung einschlagen dürfen, sondern einen Bogen schlagen müssen, um den Wald hinter ihnen zu erreichen.«

»Und diese Leichen?«

»Lassen wir einfach liegen. Oder habt Ihr vielleicht Lust, diesen Halunken ein Erbbegräbnis, ein Mausoleum bauen zu lassen? Mögen sie in den Magen der Geier und Cojoten begraben werden; mehr gehört ihnen nicht!«

Das war vielleicht eine harte, eine unchristliche Rede, aber der wilde Westen hat seine eigene Art von Zartgefühl; in einer Gegend, wo ringsum Tod und Verderben drohen, wird der Mensch gezwungen, Rücksicht zunächst nur auf sich selbst zu nehmen und alles zu vermeiden, was seine persönliche Sicherheit gefährdet. Hätten die vier Männer sich bei den Leichen verweilen wollen, um sie zu begraben und ein Gebet über ihnen zu sprechen, so wäre das eine Zeitverschwendung gewesen, welche sie sehr leicht, die gefangenen Osagen aber fast sicher mit dem Leben hätten bezahlen müssen. Man koppelte also die ledigen Pferde zusammen, stieg auf und ritt davon, zunächst gerade nordwärts, um dann nach Osten umzubiegen. Der Häuptling machte den Führer, da er den Lagerplatz der Tramps kannte. Es ging während des ganzen Nachmittags über die offene Rolling-Prairie. Keine Fährte wurde getroffen und kein Mensch gesehen. Als die Sonne sich zur Rüste neigen wollte, erblickte man in der Ferne einen dunklen Waldstreifen, und der Osage erklärte: »Das ist die hintere Seite des Waldes. Die vordere biegt sich nach innen und bildet die Ecke oder den Winkel, welchen wir den Winkel des Mordes nennen, und dort liegen die Gräber unsrer Erschlagenen.«

»Wie weit ist es, ehe man von hier aus quer durch den Wald den Winkel erreicht?« fragte der Lord.

»Haben wir den Wald betreten, so müssen wir eine Viertelstunde gehen, um an das Lager der Tramps zu gelangen«, erklärte der Rote.

Da hielt Bill sein Pferd an, stieg ab und setzte sich, ohne ein Wort zu sprechen, im Grase nieder. Der Uncle und der Indianer folgten diesem Beispiele, als ob sich das ganz von selbst verstehe. Der Englishman stieg infolgedessen auch ab, erkundigte sich aber: »Ich denke, wir dürfen keine Zeit verlieren. Wie können wir die Osagen befreien, wenn wir uns hier niedersetzen und die Hände in den Schoß legen?«

»Das ist sehr falsch gefragt, Sir«, antwortete der Buckelige. »Fragt lieber: Wie können wir die Osagen befreien, wenn wir erschossen worden sind?«

»Erschossen? Wieso?«

»Meint Ihr, daß die Tramps ruhig in ihrem Lager sitzen bleiben?«

»Schwerlich!«

»Ganz gewiß nicht! Sie müssen essen und werden also jagen. Sie schwärmen im Walde umher. Dieser ist da, wo wir ihn betreten, nur eine Viertelstunde breit, und es läßt sich mit vollster Bestimmtheit erwarten, daß sich gerade dort Leute befinden, welche uns kommen sehen würden. Wir müssen also hier warten, bis es dunkel geworden ist; dann haben sich die Kerls alle nach dem Lager zusammengezogen, und wir können unbemerkt den Wald erreichen. Seht Ihr das ein?«

»*Well*«, nickte der Lord, indem er sich nun auch niedersetzte. »Habe nicht geglaubt, daß ich noch so dumm sein kann!«

»Ja, Ihr wäret diesen Leutchens gerade in die Hände geritten, und ich hätte Euer Tagebuch nach Frisco tragen müssen, ohne einen einzigen Dollar zu bekommen.«

»Nichts bekommen? Warum?«

»Weil wir unser Abenteuer noch nicht ganz erlebt haben.«

»Haben es erlebt! Ist bereits vorüber und auch eingetragen. Begegnen mit dem Häuptling und Erschießen der fünf Tramps war ein vollständiges Abenteuer für fünfzig Dollar. Steht bereits im Buche. Befreiung der Osagen ist ein neues Abenteuer.«

»Auch für fünfzig Dollar?«

»*Yes!*« nickte der Lord.

»Nun, dann notiert nur immer fort, Sir«, lachte Bill. »Wenn Ihr jedes Erlebnis in so und so viele Unterabenteuer zerlegt, werdet Ihr uns in Frisco ein solches Geld zu zahlen haben, daß Ihr nicht wißt, woher es nehmen!«

Der Lord lächelte leise vor sich hin und antwortete: »Wird schon ausreichen. Kann Euch bezahlen, ohne Schloß Castlepool verkaufen zu müssen. Wollen wir wetten? Ich setze zehn Dollar. Wer noch?«

»Ich nicht, Sir. Wollte ich immer so mit Euch wetten, so würde ich alles, was ich mir bei Euch verdiene, wieder verlieren, und das kann dem Neffen meines Onkels nicht einfallen.«

Die Sonne verschwand, und die Schatten der Dämmerung huschten durch die Wellenthäler, stiegen höher und höher, überfluteten auch die Hügel und hüllten endlich die ganze Erde in ihr düsteres Gewand. Auch der Himmel war dunkel und ganz sternenleer.

Nun wurde aufgebrochen; aber man ritt nicht bis ganz an den Wald heran. Die Vorsicht gebot, die Pferde im Freien zu lassen. Hölzerne Pflöcke, um die Pferde mittels der Zügel an den Boden zu fesseln, führt jeder Westmann mit sich. Auf diese Weise band man die Tiere an und wendete sich dann im Gänsemarsch dem Walde zu.

Der Rote schritt voran. Sein Fuß berührte den Boden so leise, daß das Ohr nichts davon zu vernehmen vermochte. Der Lord, welcher ihm folgte, gab sich Mühe, ebenso unhörbar zu gehen. Es war rundum nichts zu vernehmen als der leise Wind, welcher die Wipfel der Bäume bewegte.

Jetzt ergriff der Osage die rechte Hand des Engländers und flüsterte ihm zu: »Mein weißer Bruder gebe seine andre Hand weiter, damit die drei Bleichgesichter eine Kette bilden, welche ich führe, damit sich keiner an einen Baum stoße.«

Während er mit der ausgestreckten einen Hand sich vorwärts tastete, zog er mit der andern die Weißen hinter sich her. Dem Lord wurde die Zeit sehr lang, denn in solchen Lagen dehnen die Minuten sich zu Stunden aus. Endlich blieb der Häuptling stehen und flüsterte: »Meine Brüder mögen lauschen. Ich habe die Stimmen der Tramps vernommen.«

Sie horchten und bemerkten bald, daß der Rote sich nicht geirrt hatte. Man hörte sprechen, wenn auch aus weiter Ferne, so daß die Worte nicht verstanden werden konnten. Nach wenigen Schritten gewahrte man einen leisen Dämmerschein, welcher es dem Auge ermöglichte, die Baumstämme zu unterscheiden.

»Meine Brüder mögen hier warten, bis ich zurückkehre«, sagte der Osage.

Kaum gesagt, huschte der Rote schon fort und war im nächsten Augenblicke verschwunden. Es war wohl über eine halbe Stunde vergangen, als er zurückkehrte. Sie hatten sein Kommen weder gesehen noch gehört; er tauchte plötzlich vor ihnen, wie aus der Erde, auf.

»Nun?« fragte Bill. »Was hast du uns zu melden?«

»Daß noch mehr Tramps gekommen sind, noch viel mehr.«

»Wetter! Ob diese Kerls vielleicht hier ein Meeting abzuhalten gedenken? Dann wehe den Farmers und sonstigen Leuten, welche in der Gegend wohnen. Hast du gehört, was gesprochen wurde?«

»Es brannten mehrere Feuer, und der ganze Platz war hell. Die Tramps hatten einen Kreis gebildet, in welchem ein Bleichgesicht mit roten Haaren stand und eine lange und sehr laute Rede hielt.«

»Wovon sprach er? Hast du ihn verstanden?«

»Ich verstand ihn ganz genau, denn er sprach beinahe brüllend; aber meine Aufmerksamkeit war darauf gerichtet, meine roten Brüder zu entdecken, und so habe ich nur sehr wenig von dem, was er sprach, behalten.«

»Nun, und das Wenige? Was war es?«

»Er sagte, der Reichtum sei ein Raub an den Armen und man müsse also den Reichen alles nehmen, was sie haben. Er behauptete, der Staat dürfe von dem Unterthan keine Steuern erheben und man müsse ihm also alles Geld, welches er in den Kassen habe, wieder wegnehmen. Er sagte, daß die Tramps alle Brüder seien und schnell sehr reich werden könnten, wenn sie seinen Vorschlägen folgen wollten.«

»Weiter! Was noch?«

»Ich habe nicht weiter auf seine Worte geachtet. Er sprach noch von der großen, vollen Kasse einer Eisenbahn, welche leer gemacht werden müsse. Dann aber habe ich nicht mehr auf seine Worte gehört, denn ich sah den Ort, an welchem sich meine roten Brüder befinden.«

»Wo ist das?«

»In der Nähe eines kleineren Feuers, an welchem niemand saß. Dort standen sie an Baumstämmen, an welche sie gebunden waren, und bei jedem von ihnen saß ein Tramp, der ihn bewachte.«

»So kann man sich nicht leicht anschleichen?«

»Man kann es. Ich hätte sie wohl losschneiden können; besser aber war es, ich that es nicht und holte meine weißen Brüder, um mir dabei zu helfen, weil es da viel schneller geht. Aber ich bin vorher bis zu einem meiner roten Brüder gekrochen und habe ihm zugeflüstert, daß sie gerettet werden sollen.«

»Das ist sehr gut, denn nun sind sie vorbereitet und werden, wenn wir ihnen nahe kommen, uns nicht etwa durch eine Bewegung der Freude und Überraschung verraten. Diese Tramps sind keine Westmänner. Es ist eine ungeheure Dummheit von ihnen, die Gefangenen nicht in ihre Mitte zu nehmen. In diesem Falle könnten wir sie nicht durch List befreien, sondern wir müßten, obgleich wir nur vier Personen sind, in den Kreis dieser Kerls hineinspringen, um, während der Schreck sie lähmt, die Osagen loszuschneiden. Führe uns nach dem Orte, an welchem sie sich befinden!«

Der Häuptling voran, huschten die vier von Baum zu Baum und gaben sich dabei Mühe, möglichst im Schatten der Stämme zu bleiben. So näherten sie sich schnell dem Lagerplatze, auf welchem sie jetzt acht Feuer zählen konnten. Das kleinste brannte in dem innersten Winkel der Ecke, sehr nahe bei den Bäumen, und dorthin waren die Schritte des Häuptlings gerichtet. Er blieb einmal für einige Augenblicke stehen und raunte den drei Weißen zu: »Jetzt sitzen mehrere Bleichgesichter an diesem Feuer. Vorhin saß niemand dort. Der Mann mit dem roten Haar ist dabei. Diese Leute scheinen die Anführer, die Häuptlinge zu sein. Seht ihr wenige Schritte davon meine Osagen an den Bäumen?«

»Ja«, antwortete der Buckelige. »Die Rede, welche der Rote gehalten hat, ist zu Ende und nun sitzen die Kerls abgesondert von den übrigen, jedenfalls um Rat zu halten. Es kann sehr wichtig sein, zu erfahren, was sie vorhaben. So viele Tramps sind nicht wegen einer Kleinigkeit hier versammelt. Glücklicherweise stehen einige Büsche unter den Bäumen. Ich werde einmal hinkriechen, um zu hören, wovon gesprochen wird.«

»Mein Bruder mag es lieber nicht thun«, warnte der Häuptling.

»Warum? Glaubst du, daß ich mich erwischen lasse?«

»Nein. Ich weiß, daß mein Bruder das Anschleichen versteht; aber er könnte doch gesehen werden.«

»Gesehen, doch nicht erwischt!«

»Ja, mein Bruder hat leichte Füße und würde schnell entkommen, doch würde es uns dann unmöglich sein, die Osagen zu befreien.«

»Nein. Wir würden in einigen Augenblicken ihre Wächter niedergemacht und ihre Banden zerschnitten haben; dann schnell fort durch den Wald und zu den Pferden. Möchte den Tramp sehen, welcher das verhindern wollte! Also ich schleiche mich hin. Werde ich bemerkt, so springet Ihr zu den Gefangenen. Geschehen kann uns nichts. Hier ist mein Gewehr, Uncle.«

Er gab, um von derselben nicht gehindert zu sein, seinem Gefährten die Büchse, legte sich auf die Erde nieder und kroch dem Feuer zu. Seine Aufgabe war viel leichter zu lösen, als er geglaubt hatte. Die Tramps sprachen so laut, daß er fast auf halbem Wege liegen bleiben und doch jedes Wort hören konnte.

Wenn der Häuptling der Ansicht gewesen war, daß die vier an diesem Feuer sitzenden Männer die hervorragenden Tramps, die Anführer seien, so hatte er sich nicht geirrt. Der eine von ihnen, der mit dem roten Kopfe, war der Cornel Brinkley, welcher sich mit seinen wenigen, den Rafters entkommenen Begleitern heute gegen Abend hier eingestellt hatte. Er war soeben im Sprechen, und der Humply-Bill hörte ihn sagen: »Ich kann euch also einen großen Erfolg versprechen, denn dort ist die Hauptkasse. Ihr seid also einverstanden?«

»Ja, ja, ja«, antworteten die drei andern.

»Und wie ist's mit Butlers Farm? Wollt ihr sie auch mitnehmen? Oder soll ich das auf eigene Faust ausführen und ein halbes Schock eurer Leute dazu werben?«

»Wir machen natürlich mit!« erklärte einer. »Sehe nicht ein, warum wir das Geld dir in die Tasche fallen lassen sollen! Es fragt sich nur, ob es schon da ist.«

»Noch nicht. Die Rafters haben nicht sofort Pferde gehabt, während ich gleich am nächsten Morgen einige gute Klepper fand. Sie können also noch nicht auf der Farm sein. Aber Butler ist auch ohnedies reich genug. Wir überfallen die Farm, rauben sie aus und erwarten dann ganz ruhig die Ankunft der Rafters und der Halunken, von denen sie befehligt werden.«

»Weißt du denn genau, daß sie dorthin kommen werden?«

»Ganz genau. Dieser Old Firehand muß hin, eines Ingenieurs wegen, welcher sich jedenfalls schon jetzt dort befindet.«

»Welches Ingenieurs? Was ist mit ihm?«

»Nichts. Das ist eine Geschichte, welche euch ganz gleichgültig sein kann. Vielleicht erzähle ich sie euch ein anderes Mal. Vielleicht engagiere ich euch noch zu einem ganz andern Coup, bei welchem das Geld in Masse zu verdienen ist.«

»Du sprichst in Rätseln! Aufrichtig gestanden, möchte ich mit diesem Old Firehand lieber nichts zu thun haben. Ich hörte oft von ihm erzählen.«

»Hast du Angst?« höhnte der Rote.

»Angst nicht, aber eine sehr triftige Abneigung gegen diese Art von Menschen.«

»Unsinn! Was sollte er uns anhaben können? Denke doch, daß wir vierhundert Kerls beisammen haben, welche es mit dem Teufel aufnehmen würden!«

»Sollten die alle mit nach Butlers Farm?«

»Natürlich! Der Weg dorthin geht ja in unsrer Richtung. Wollen wir etwa wieder nach hier zurück?«

»Nein, das ist richtig. Und wann brechen wir auf?«

»Morgen nachmittag, so daß wir die Farm am Abend erreichen. Sie ist groß und wird ein hübsches Feuer geben, an welchem wir uns manchen Braten wärmen können.«

Humply-Bill hatte genug gehört; er kroch zurück zu den Gefährten und forderte dieselben auf, sich nun an die Befreiung der Osagen zu machen. Nach seiner Meinung sollte sich jeder hinter einen derselben schleichen; aber der Häuptling fiel ihm in die Rede und sagte: »Ich habe meine weißen Brüder nur geholt, um mir schnell Hilfe zu bringen, falls es mir nicht gelingen sollte, meine roten Brüder allein zu befreien. Was jetzt geschehen muß, ist nicht Sache der weißen, sondern der roten Männer. Ich gehe allein, und meine Brüder mögen mir nur dann beispringen, wenn das, was ich thue, bemerkt wird.«

Er schlich sich wie eine Schlange auf dem Boden fort.

»Was hat er vor?« fragte der Engländer leise.

»Ein Meisterstück«, antwortete Bill. »Seid so gut und legt Euch mit uns nieder, und schaut scharf dorthin, wo die Gefangenen stehen. Geht es verkehrt, so eilen wir hin und helfen. Wir brauchen ihnen nur die Riemen zu durchschneiden und dann zu unsern Pferden zu laufen.«

Der Lord folgte der Aufforderung. Das Feuer, an welchem die vier Anführer der Tramps saßen, war vielleicht zehn Schritte von dem Rande des Waldes entfernt. An dem letzteren standen die Bäume, an welche die Gefangenen in aufrechter Stellung an Händen und Füßen gebunden waren. Neben jedem Gefangenen saß oder lag ein bewaffneter Wächter. Der Englishman strengte seine Augen an, den Häuptling zu sehen, doch vergebens. Er sah nur, daß einer der Wächter, welcher gesessen hatte, sich jetzt umlegte und zwar mit einer so schnellen Bewegung, als ob er umgefallen sei. Auch die andern drei Wächter bewegten sich, einer nach dem andern, und sonderbarerweise so, daß ihre Köpfe in den Schatten der betreffenden Bäume zu liegen kamen. Dabei war kein Laut, nicht das leiseste Geräusch zu hören gewesen.

Es verging noch eine kleine Weile und dann sah der Lord plötzlich den Häuptling zwischen sich und Bill am Boden liegen.

»Nun, fertig?« fragte der letztere.

»Ja«, antwortete der Rote.

»Aber deine Osagen sind ja noch gefesselt!« flüsterte der Lord ihm zu.

»Nein; sie sind nur stehen geblieben, bis ich mit euch gesprochen habe. Mein Messer traf die Wächter mitten in das Herz, und dann habe ich ihnen die Skalps genommen. Jetzt schleiche ich mich wieder hin, um mit meinen roten Brüdern zu den Pferden zu gehen, bei denen sich auch die unsrigen noch befinden. Da alles so gut gegangen ist, werden wir nicht fortgehen, ohne unsre Pferde zu holen.«

»Warum euch noch in diese Gefahr begeben?« warnte Bill.

»Mein weißer Bruder irrt sich. Es ist jetzt keine Gefahr mehr vorhanden. Sobald ihr die Osagen von ihren Bäumen verschwinden seht, könnt ihr euch fortbegeben. Bald werdet ihr das Stampfen der Pferde hören und das Geschrei der Tramps, welche dort wachen. Dann kommen wir zu der Stelle, an welcher wir vorhin abgestiegen sind, *howgh!*«

Mit diesem letzten Bekräftigungsworte wollte er andeuten, daß jeder Einwand nutzlos sei; dann war er plötzlich nicht mehr zu sehen. Der Lord fixierte die Gefangenen; sie lehnten steif aufgerichtet an ihren Bäumen, dann waren sie in einem Nu fort, wie in die Erde hinein verschwunden.

»*Wonderful!*« flüsterte er dem Buckeligen begeistert zu. »Ganz, wie man es in Romanen gelesen hat!«

»Hm!« antwortete der Kleine. »Ihr werdet bei uns noch manchen Roman erleben; das Lesen ist freilich leichter als das Mitmachen.«

»Mein Messer traf die Wächter mitten in das Herz.«

»Wollen wir fort?«

»Noch nicht. Ich möchte die Gesichter sehen, welche die Kerls machen, wenn die Geschichte losgeht. Wartet noch einige Augenblicke.«

Es verging keine lange Zeit, so ertönte von jenseits des Lagers ein lauter Schreckensruf; ein zweiter antwortete; darauf folgten mehrere schrille Schreie, denen man es anhörte, daß sie aus Indianerkehlen kamen,

– und nun ein Schnauben und Stampfen, ein Wiehern und Dröhnen, unter welchem die Erde zu zittern schien.

Die Tramps waren aufgesprungen. Jeder rief, schrie und fragte, was geschehen sei. Da ertönte die Stimme des roten Cornels: »Die Osagen sind fort. Alle Teufel, wer hat sie – –«

Er hielt entsetzt mitten in der Rede inne. Er war, während er sprach, zu den Wächtern gesprungen und hatte den ihm nächsten derselben gepackt, um ihn emporzuzerren. Er sah die verglasten Augen und den haarlosen, blutigen Schädel desselben. Er riß den zweiten, dritten und vierten in den Schein des Feuers und schrie dann entsetzt: »Tot! Skalpiert, alle vier! Und die Roten sind fort! Wohin?«

»Indianer, Indianer!« rief es in diesem Augenblicke von der Seite her, an welcher sich die Pferde befunden hatten.

»Zu den Waffen, zu den Pferden!« brüllte der rote Cornel. »Wir sind überfallen. Man will uns die Pferde stehlen!«

Es gab eine Scene ganz unbeschreiblicher Verwirrung. Alles rannte durcheinander, aber es war kein Feind zu sehen, und erst als man sich nach längerer Zeit einigermaßen beruhigt hatte, stellte es sich heraus, daß nur die erbeuteten Indianerpferde fehlten. Nun erst, nachdem das Unglück geschehen war, wurden Posten ausgestellt und man durchsuchte die Umgebung des Lagers, doch ohne allen Erfolg. Man kam zu der Meinung, daß noch andre als nur die gefangenen Osagen im Walde gewesen seien und sich herbeigeschlichen hatten, um ihre Kameraden zu befreien. Sie hatten dabei die Wächter von hinten erstochen und skalpiert und sich dann der Indianerpferde bemächtigt. Unbegreiflich war es den Tramps, daß die Ermordung der Wächter so vollständig lautlos hatte vor sich gehen können. Wie hätten sie sich aber gewundert, wenn sie gewußt hätten, daß es nur ein einziger gewesen war, der dieses indianische Meisterstück fertig gebracht hatte.

Als dann die Anführer wieder an ihrem Feuer beisammensaßen, sagte der Cornel: »Dieses Ereignis ist zwar kein großes Unglück für uns, aber es zwingt uns zur Änderung unsres Planes für morgen. Wir müssen schon sehr frühzeitig von hier aufbrechen.«

»Warum?« wurde er gefragt.

»Weil die Osagen alles gehört haben, was wir gesprochen haben. Ein wahres Glück ist es, daß sie von unsrer Absicht auf den Eagle-tail nichts wissen, denn davon sprachen wir nicht hier, sondern vorher drüben beim andern Feuer. Aber was wir mit Butlers Farm vorhaben, das wissen sie.«

»Und du meinst, daß sie es verraten?«

»Natürlich!«

»Sollten diese wilden Halunken mit Butler befreundet sein?«

»Befreundet oder nicht; sie werden es ihm melden, um sich an uns zu rächen und uns einen warmen Empfang zu bereiten.«

»Das ist freilich leicht zu denken, und da ist es allerdings geraten, uns so viel wie möglich zu sputen. Möchte nur wissen, wo die fünf Kerls bleiben, welche dem flüchtigen Häuptling nach sind!«

»Mir auch unbegreiflich. Hätte er seine Zuflucht in dem Walde gesucht, so wäre er schwer oder unmöglich zu finden gewesen; seine Spur führte aber weit in die offene Prairie hinaus und er hatte kein Pferd. Da müssen sie ihn doch erwischt haben!«

»Jedenfalls. Aber sie sind wohl auf dem Rückwege von der Nacht überrascht worden und haben sich verirrt. Oder haben sie sich gelagert, um sich nicht zu verirren, und stoßen morgen früh zu uns. Jedenfalls werden wir ihre Fährte treffen, denn sie nahmen genau die Richtung, welche wir einhalten müssen.«

Da allerdings befand sich der Sprecher in einem Irrtum. Der Himmel oder vielmehr die Wolken sorgten dafür, daß die betreffende Spur verwischt wurde, denn es stellte sich später ein, wenn auch leichter, aber mehrere Stunden anhaltender Regen ein, welcher alle Huf- und Fußeindrücke verwischte.

Sechstes Kapitel

Ein Parforceritt im Finstern

Sobald sich, wie im vorigen Kapitel geschildert, vorhin bei den Pferden das Geschrei erhoben hatte, war es für Bill, den Uncle und den Engländer an der Zeit gewesen, sich in Sicherheit zu bringen. Sie waren, so schnell es die Finsternis gestattete, durch den Wald und zu ihren Pferden geeilt. Daß die letzteren nicht verfehlt wurden, war nur dem Scharfsinn der beiden Jäger zu verdanken. Der Lord hätte sich wohl nicht so leicht zurecht gefunden, da ein Wellenberg und Wellenthal bei Nacht noch viel mehr als am Tage dem andern glich. Sie machten die Pferde los, stiegen auf und nahmen die ledigen an der Koppel fest. Kaum war das geschehen, so hörten sie die Indianer kommen. Der Häuptling hatte sich in der Finsternis ebenso leicht wie am hellen Tage an Ort und Stelle gefunden.

»Diese Tramps waren blind und taub«, sagte er. »Wir konnten weiter keinen von ihnen töten, denn wenn wir unsre Pferde haben wollten, durften wir uns nicht bei den Menschen verweilen; aber es werden ihrer viele in die ewigen Jagdgründe wandern, um die Geister der Osagen zu bedienen.«

»Du willst dich rächen?« fragte Bill.

»Warum spricht mein weißer Bruder solche Worte aus? Sind nicht heute acht Osagen gefallen, deren Tod gerächt werden muß? Sollten nicht die vier übrigen gemartert und gemordet werden? Wir werden nach den Wigwams der Osagen reiten, um viele Krieger zu holen. Dann folgen wir der Fährte dieser Bleichgesichter, um ihrer so viele auszulöschen wie Manitou in unsre Hände gibt.«

»In welcher Richtung weiden jetzt die Herden der Osagen?«

»Gegen Westen.«

»So müßt ihr an Butlers Farm vorüber?«

»Ja.«

»Und wie lange reitest du von dort aus, um die Deinigen zu erreichen?«

»Die ersten Herden sind schon nach einem halben Tage zu treffen, wenn man ein gutes Pferd besitzt und sich beeilt.«

»Das ist sehr gut. Wir werden uns beeilen müssen, um Butlers Farm zu retten.«

»Was sagt mein Bruder? Butler ist der Freund und Beschützer der Osagen. Droht ihm ein Unglück?«

»Ja. Doch sprechen wir nicht jetzt und hier davon. Wir müssen zunächst fort, um aus der Nähe der Tramps zu kommen. Diese wollen morgen die Farm überfallen, und wir müssen hin, um den Besitzer zu warnen.«

»Uff! Meine roten Brüder mögen die ledigen Pferde führen, damit die weißen Brüder mir leichter folgen können!«

Seine Leute gehorchten, indem sie zu den ihrigen auch noch die erbeuteten ledigen Pferde nahmen; dann ging es im Galopp zwischen die niedrigen Hügel hinein, nicht auf der Spur zurück, welche sie selbst geritten waren, denn das wäre ein Umweg nach Norden gewesen, sondern auf der Fährte, die der Häuptling und seine Verfolger heute am Nachmittage gemacht hatten. Diese führte in schnurgerader Richtung der Gegend zu, in welcher Butlers Farm lag, die der Osage hatte aufsuchen wollen.

Im Galopp! Und zwar in dieser Finsternis! Und doch war es so. Schon am Tage war es nur dem Kundigen möglich, sich ohne Irrung in dieser Rolling-Prairie zurecht zu finden; aber bei Nacht sich nicht zu verirren, das konnte fast als ein Wunder gelten. Als der Engländer dem kleinen Bill, neben welchem er ritt, eine darauf bezügliche Bemerkung machte, antwortete dieser: »Ja, Sir, ich habe zwar schon bemerkt, daß auch Ihr nicht auf den Kopf gefallen seid; aber Ihr werdet hier noch manches sehen, hören und auch selbst erleben, was Ihr vorher nicht für möglich hieltet.«

»So würdet auch Ihr Euch hier nicht verirren?«

»Ich! Hm! Wenn ich aufrichtig sein will, so muß ich Euch sagen, daß es mir nicht einfallen würde, so zwischen diese welligen Hügel hineinzustürmen. Ich würde hübsch langsam reiten und die Krümmung jedes einzelnen Thales, dem ich folgen muß, genau prüfen. Dennoch aber würde ich morgen früh an einer ganz andern Stelle als derjenigen sein, an welche ich gelangen will.«

»So kann das dem Häuptling doch auch passieren!«

»Nein. So ein Roter riecht die Richtung und den Weg förmlich. Und, was die Hauptsache ist, jetzt hat er sein eigenes Pferd wieder. Dieses Tier weicht sicher keinen Schritt von der Fährte ab, welche sein Herr heute gelaufen ist. Darauf könnt Ihr Euch verlassen. Der Himmel ist so schwarz wie ein Sack voll Ruß, und von der Erde sehe ich nicht so viel, wie ich auf einen Fingernagel legen könnte; dennoch galoppieren wir wie am hellen Tage und auf ebener Straße, und ich wette, daß wir, ehe sechs Stunden vorüber sind, unsre Pferde gerade vor der Thüre von Butlers Farm anhalten werden.«

»Wie? Was?« rief der Engländer erfreut. »Ihr wollt wetten? Das ist ja herrlich! Also Ihr behauptet das? So behaupte ich das Gegenteil und setze fünf Dollar, oder auch zehn. Oder wollt Ihr höher wetten? Ich bin sofort dabei!«

»Danke, Mylord! Das von der Wette war nichts als eine Redensart. Ich wiederhole, daß ich niemals wette. Behaltet Euer Geld! Ihr braucht es anderwärts. Denkt, was Ihr mir und dem Uncle nur schon für heute zu zahlen habt!«

»Hundert Dollar. Fünfzig für die vier erschossenen Tramps und fünfzig für die befreiten Osagen.«

»Und bald wird es noch mehr sein.«

»Allerdings, denn der Überfall der Farm, den wir abschlagen werden, ist wieder ein Abenteuer, welches fünfzig kostet.«

»Ob uns das Abweisen des Überfalles glückt, ist noch unbestimmt; es ist auch im Gegenfalle ein Abenteuer, welches Euch fünfzig Dollar kostet, nämlich wenn wir leben bleiben. Aber wie war es denn eigentlich mit Old Shatterhand, Winnetou und Old Firehand? Wieviel wollt Ihr zahlen, falls Euch einer dieser drei Männer zu Gesicht kommt?«

»Hundert Dollar, wenn es Euch recht ist.«

»Sehr recht sogar, denn es ist wahrscheinlich, daß wir morgen oder übermorgen Old Firehand begegnen.«

»Wirklich? Wirklich?«

»Ja. Er will nämlich auch nach Butlers Farm kommen.«

Der voranreitende Häuptling hatte diese Worte gehört. Er drehte, ohne den Lauf seines Pferdes zu mäßigen, sich um und fragte: »Old Firehand, dieses berühmte Bleichgesicht, will kommen?«

»Ja. Der rote Cornel sagte es.«

»Der rothaarige Mann, welcher die lange Rede hielt? Woher weiß er es? Hat er den großen Jäger gesehen oder gar gesprochen?«

Bill erzählte im Vorwärtsjagen, was er gehört hatte.

»Uff!« rief der Häuptling. »Dann ist die Farm gerettet, denn der Kopf dieses Bleichgesichts ist mehr wert als die Waffen von tausend Tramps. Wie freue ich mich, ihn sehen zu können!«

»Kennst du ihn schon?«

»Alle Häuptlinge des Westens haben ihn gesehen und mit ihm das Calumet geraucht. Warum soll ich allein ihn nicht kennen? Fühlst du, daß es zu regnen beginnt? Das ist gut, denn der Regen gibt dem niedergetretenen Grase die Kraft, sich bald wieder aufzurichten. Die Tramps werden also morgen früh unsre Fährte nicht wahrnehmen können.«

Jetzt hörte die Unterhaltung auf. Die Schnelligkeit des Rittes und die Aufmerksamkeit, welche dabei zu verwenden war, erschwerten das Sprechen, und außerdem macht ja der Regen stets weniger mitteilsam.

Der Weg an und für sich bot keine Schwierigkeiten; kein Stein, kein Graben, kein ähnliches Hindernis hemmte den Schritt, und die Wellenthäler waren so breit, daß stets mehrere Pferde ganz bequem nebeneinander gehen konnten. Der Boden bestand ganz ausschließlich aus weichem Graslande. Nur die Dunkelheit war zu überwinden.

Zuweilen ließen die Reiter ihre Pferde, um dieselben nicht allzusehr zu ermüden, im Schritte gehen; dann wurde wieder im Trab oder gar Galopp geritten. Als einige Stunden vergangen waren, schien die vorherige Zuversicht Bills doch ein wenig nachzulassen, denn er fragte den Häuptling: »Ist mein Bruder überzeugt, daß wir uns in der beabsichtigten Richtung befinden?«

»Mein weißer Bruder sorge nicht«, antwortete der Gefragte. »Wir haben uns sehr beeilt und werden sehr bald die Stelle erreichen, an welcher ich dich und den Uncle heute getroffen habe.«

War das Übung oder angeborener Instinkt, daß dieser Indianer diese Behauptung so bestimmt auszusprechen vermochte? Bill wollte gar nicht glauben, daß man eine so bedeutende Strecke zurückgelegt habe. Aber mit dem Regen hatte sich ein scharfer Luftzug erhoben, welcher die Reiter von hinten traf und den Pferden das Laufen wesentlich erleichterte.

Schon kurze Zeit nach der erwähnten Frage und Antwort fiel das Pferd des Häuptlings plötzlich aus dem Galopp in einen langsamen Schritt, blieb dann sogar, ohne von dem Reiter angehalten worden zu sein, stehen und stieß ein leises Schnauben aus.

»Uff!« sagte der Rote in gedämpftem Tone. »Es müssen Menschen vor uns sein. Meine Brüder mögen lauschen, sich nicht bewegen und die Luft scharf durch die Nase atmen!«

Der Trupp hielt stille und man hörte, daß der Häuptling den Geruch der Luft prüfte.

»Ein Feuer!« flüsterte er.

»Man sieht ja keine Spur davon!« meinte Bill.

»Ich rieche aber Rauch, welcher um den nächsten Hügel zu kommen scheint. Mein Bruder mag absteigen und den Hügel mit mir erklimmen, damit wir sehen, was sich hinter demselben befindet.«

Die beiden verließen ihre Pferde und huschten nebeneinander nach dem Wellenberge hin. Noch waren sie aber nicht zehn Schritte weit gekommen, so legten sich zwei Hände mit gewaltigem Drucke um den Hals des Indianers, welcher zur Erde niedergedrückt wurde und mit Armen und Beinen um sich schlug, ohne daß es ihm möglich war, einen Laut von sich zu geben. Zu gleicher Zeit ergriffen zwei andre Hände den Buckeligen bei der Kehle und zogen ihn ebenso zu Boden nieder.

»Haben Sie ihn fest?« fragte derjenige, welcher den Indianer gepackt hielt, den andern ganz leise und zwar in deutscher Sprache.

»Ja, ich habe ihn so fest ergriffe, daß er gar nich rede kann«, lautete die ebenso leise gegebene Antwort.

»Dann schnell fort, hinter den Hügel! Wir müssen wissen, wen wir vor uns haben. Oder wird er Ihnen zu schwer?«

»Kann mir gar nich einfalle! Der Kerl is ja leichter wie eene Fliege, die drei Woche lang nischt gegesse und getrunke hat. Herrje, er scheint hinten eenen Buckel zu habe, was mer so ee schiefes Rückgrat nennt! Es wird doch nich etwa – –«

»Was?«

»Nich etwa mein guter Freund Humply-Bill sein!«

»Das werden wir am Feuer erfahren. Für den Augenblick sind wir sicher, daß uns niemand folgen wird. Ich möchte den Trupp auf wenigstens ein Dutzend Männer schätzen, die sich aber nicht von der Stelle bewegen werden, weil sie auf die Rückkehr dieser beiden zu warten haben.«

Das war alles so blitzschnell und geräuschlos vor sich gegangen, daß die Begleiter der beiden Ergriffenen trotz der großen Nähe, in der es von ihnen geschah, keine Ahnung davon hatten. Old Firehand – denn dieser war es – nahm seinen Gefangenen auf die Arme, und Droll zog den seinigen auf dem Rasen hinter sich her, um den Hügel. Jenseits desselben lagen müde Pferde; ein kleines Feuer brannte, und bei dem Scheine desselben konnte man über zwanzig Gestalten sehen, welche mit angelegten Gewehren bereit standen, einen etwaigen Feind mit ebenso vielen Kugeln zu begrüßen.

Als die beiden Männer ihre Gefangenen an das Feuer brachten, entfuhr jedem von ihnen ein Ruf der Verwunderung.

»Alle Wetter!« meinte Old Firehand. »Das ist ja Menaka schecha, der Häuptling der Osagen! Von dem haben wir nichts zu befürchten.«

»Sapperlot!« stimmte Droll ein. »Es is wirklich Bill, der Humply-Bill! Kerl, Freund, geliebtes Menschenkind, konnste mer denn das nich sage, als ich der an de Gurgel ging! Nu liegste da und kannst weder schnaufe noch rede! Schteh off, und fall mer in de Arme, Bruderherz! Ach so, der verschteht ja gar nich deutsch. Er wird mer doch nich etwa schterbe! Schpring doch endlich off, Herzensschatz! Ich hab' dich wirklich nich erwürge wolle, wenn's halbwegs möglich is!«

Der brave Altenburger stand in diesem Augenblicke fast mehr Angst aus als der Gewürgte, welcher mit geschlossenen Augen dalag, begierig nach Luft schnappte, dann endlich die Lider öffnete, einen langen, immer bewußter werdenden Blick auf den über ihn gebeugten Droll warf und nun mit heiserer Stimme fragte: »Ist's möglich! Tante Droll!«

»Gott sei Dank, ich habe dich nicht umgebracht!« antwortete der

Gefragte jauchzend, nun in englischer Sprache. »Natürlich bin ich es. Warum hast du mir nicht gesagt, daß du es bist?«

»Konnte ich sprechen? Ich wurde so schnell gepackt, ohne jemand gesehen zu haben, daß ich – – Himmel, Old Firehand!«

Er sah den Jäger stehen und der Anblick desselben gab ihm seine Bewegungsfähigkeit zurück. Der Druck von Firehands Fäusten war weit kräftiger gewesen als derjenige von Tante Droll. Der Häuptling lag mit geschlossenen Augen und bewegungslos am Boden.

»Ist er tot?« fragte Bill.

»Nein«, antwortete der Riese, indem er dem Kleinen die Hand reichte. »Er ist nur bewußtlos und wird bald zu sich kommen. Willkommen, Bill! Das ist eine freudige Überraschung. Wie kommt Ihr zu dem Häuptling der Osagen?«

»Ich kenne ihn schon seit Jahren.«

»So? Wer ist bei Euch? Vermutlich Indianer vom Stamme des Häuptlings?«

»Ja, vier Mann.«

»Nur? So habt Ihr ledige Pferde bei Euch?«

»Allerdings. Außerdem befinden sich der Gunstick-Uncle, den Ihr wohl auch kennt, und ein englischer Lord bei uns.«

»Ein Lord? Vornehme Begegnung also. Holt diese Leute herbei. Sie haben von uns und wir von ihnen nichts zu befürchten.«

Bill lief fort; doch legte er nur die Hälfte der Entfernung zurück und rief dann freudig: »Uncle, reitet immer vorwärts! Wir sind bei Freunden. Old Firehand und die Tante Droll sind da.«

Der Angerufene gehorchte diesen Worten. Die im Anschlage liegenden Rafters erhoben sich aus dem Grase, um die Ankömmlinge zu bewillkommnen. Wie erstaunten diese letzteren, als sie den Häuptling bewußtlos sahen und erfuhren, was geschehen war! Die Osagen standen, als sie von ihren Pferden gestiegen waren, von fern und betrachteten den berühmten Jäger mit ehrfurchtsvollen Blicken. Der Lord machte große Augen und näherte sich der Riesengestalt desselben mit langsamen Schritten; dabei machte er ein so dummes Gesicht, daß man über dasselbe hätte lachen können. Old Firehand sah dasselbe und die auf der einen Seite so dick angeschwollene Nase. Er reichte ihm die Hand und sagte: »Willkommen, Mylord! Ihr seid in der Türkei, in Indien, vielleicht auch in Afrika gewesen?«

»Woher wißt Ihr das, Sir?« fragte der Englishman.

»Ich vermute es, da Ihr noch jetzt den Rest des *Bouton d'Alep* (Aleppobeule) an Eurer Nase tragt. Wer solche Reisen gemacht hat, wird sich wohl auch hier zurecht finden, obgleich – – –«

Er hielt inne und warf einen lächelnden Blick auf die Ausrüstung des Engländers, besonders auf den Bratapparat, welcher auf den Tornister desselben geschnallt war. In diesem Augenblicke kam der Häuptling zu sich. Die Augen öffnen, tief Atem holen, aufspringen und das Messer ziehen war bei ihm eins. Da aber fiel sein Blick auf den Jäger; er senkte die Hand mit dem Messer und rief: »Old Firehand! Warst du es, der mich ergriff?«

»Ja. Es war so dunkel, daß ich meinen roten Bruder nicht erkennen konnte.«

»So bin ich froh. Von Old Firehand besiegt zu sein, ist keine Schande. Wäre es aber ein andrer gewesen, so hätte die Schmach so lange auf meinem Haupte gelegen, bis ich ihn getötet hätte. Mein weißer Bruder will nach Butlers Farm?«

»Ja. Woher weißt du es?«

»Bleichgesichter sagten es.«

»Nach der Farm will ich später. Jetzt liegt mein Ziel am Osage-nook.«

»Wen sucht mein berühmter Bruder dort?«

»Einen Weißen, der sich Cornel Brinkley nennt, und seine Genossen, lauter Tramps.«

»So kann mein Bruder getrost nach der Farm mit uns reiten, denn der Rote kommt morgen hin, um sie zu überfallen.«

»Woher weißt du das?«

»Er selbst hat es gesagt, und Bill hörte es. Die Tramps haben heute mich und meine Osagen überfallen, acht von ihnen getötet und mich mit den übrigen gefangen genommen. Ich entkam und holte Bill und den Uncle, welche mir mit diesem weißen Engländer halfen, meine roten Brüder zu befreien.«

»Du wurdest von fünf Tramps bis hierher verfolgt?«

»Ja.«

»Bill und der Uncle lagerten hier?«

»So ist es.«

»Und der Engländer war kurz vorher auf diese beiden getroffen?«

»Du sagst es; aber woher weißt du das?«

»Wir sind am schwarzen Bärenflusse aufwärts geritten und haben ihn heute früh verlassen, um an den Osage-nook zu kommen. Wir fanden hier die Leichen von fünf Tramps und – –«

»Sir«, unterbrach ihn der Humply-Bill, »woher wißt Ihr, daß diese Männer Tramps gewesen sind? Niemand kann es Euch gesagt haben?«

»Dieses Stück Papier hat es mir verraten«, antwortete er. »Ihr habt diese Kerls ausgesucht, das Papier aber in der Tasche des einen stecken lassen.«

Er zog ein Stück Zeitung hervor, hielt es gegen das Feuer und las: »Ein Vergessen oder Versehen, welches man nicht für möglich halten sollte, ist jetzt durch den Kommissär des Landbureaus der Vereinigten Staaten an das Tageslicht gezogen worden. Dieser Beamte lenkte die Aufmerksamkeit der Regierung auf die erstaunliche Thatsache, daß es innerhalb der Vereinigten Staaten einen Landstrich gibt, größer als mancher Staat, der sich der Auszeichnung erfreut, ganz und gar nicht regiert und verwaltet zu werden. Dieses merkwürdige Stück Land ist ein ungeheures Viereck von 40 Meilen Breite und 150 Meilen Länge und enthält beinahe 4 Millionen Acres Land. Es liegt zwischen dem Indianerterritorium und New Mexiko, nördlich von Texas und südlich von Kansas und Colorado. Wie sich jetzt herausgestellt hat, ist dieses Land bei der öffentlichen Vermessung übersehen worden und verdankt den erwähnten Vorzug einem Fehler in der Bestimmung der Grenzlinien der benachbarten Territorien. Es ist infolgedessen keinem Staate und keinem Territorium zugeteilt, ohne Regierung irgend welcher Form, und also auch der Jurisdiktion keines Gerichtes unterworfen. Gesetz, Recht und Steuern sind dort unbekannte Dinge. In dem Berichte des Kommissärs wird dieses Land als eine der schönsten und fruchtbarsten Gegenden des ganzen Westens angegeben, vortrefflich für Viehzucht und Ackerbau geeignet. Die wenigen Tausend ›freien Amerikaner‹, welche es bewohnen, sind aber nicht friedliche Ackerbauer oder Hirten, sondern sie bilden Banden von zusammengelaufenem Gesindel, Strolchen, Pferdedieben, Desperados und flüchtigen Verbrechern, welche sich aus allen Himmelsgegenden da zusammengefunden haben. Sie sind der Schrecken der benachbarten Territorien, in denen namentlich die Viehzüchter durch die Räubereien dieser Menschen viel zu leiden haben. Von diesen geplagten Nachbarn wird dringend verlangt, daß diesem freien Räuberstaate ein Ende gemacht werde, damit durch Einführung einer Regierungsoberhoheit dieses gesetzlose Treiben aufhören müsse.«

Die Roten, welche diese Worte gehörte hatten, blieben gleichgültig, die Weißen aber blickten sich erstaunt an.

»Ist das wahr? Ist das möglich?« fragte der Lord.

»Ich halte es für wahr«, antwortete Old Firehand. »Ob dieser Bericht lügt oder nicht, ist übrigens hier Nebensache. Hauptsache ist, daß nur ein Tramp so ein Blatt so lange und so weit mit sich herumschleppen kann. Dieses Papier ist der Grund, weshalb ich die fünf Männer für Tramps gehalten habe. Als wir hier ankamen und die Leichen sahen, wußten wir natürlich, daß ein Kampf stattgefunden habe. Wir untersuchten die Leichen und alle vorhandenen Spuren und stellten uns als Ergebnis folgende Thatsachen zusammen: Zwei Weiße kampierten hier, ein langer und ein kleiner. Dann kam ein dritter Weißer, der sich zu ihnen gesellte und den Rest ihres Mahles verspeiste. Es wurde ein Probeschießen abgehalten, bei welchem man zwei Geier tötete. Der dritte Weiße bewies, daß er ein guter Schütze sei, und wurde in die Gesellschaft der beiden andern aufgenommen. Dann näherte sich ihnen ein Indianer in eiligem Laufe. Er befand sich auf der Flucht, vom Osage-nook her, und wurde von fünf Tramps verfolgt. Es stellte sich heraus, daß er ein Freund der Weißen sei; diese standen ihm bei und erschossen die fünf Verfolger. Dann stiegen die drei Bleichgesichter und der Indianer zu Pferde, um sich auf einem Umwege nach dem Osage-nook zu schleichen; sie wollten also die Tramps überfallen. Ich beschloß, ihnen zu helfen. Da es aber mittlerweile Nacht geworden war, so mußte ich bis zum Anbruche des Tages warten, da ich des Nachts den Spuren nicht zu folgen vermochte.«

»Warum überfiel uns mein weißer Bruder?« fragte der Häuptling.

»Weil ich euch für Tramps halten mußte.«

»Aus welchem Grunde?«

»Ich wußte, daß sich am Osage-nook viele Tramps befinden. Fünf von ihnen waren fortgeritten, um einen Indianer zu verfolgen. Sie wurden hier erschossen, kehrten also nicht zurück. Das mußte die Besorgnis der übrigen erwecken, und es lag sehr im Bereiche der Möglichkeit, daß man ihnen Hilfe nachsenden werde. Ich stellte darum Wachen aus, welche mir vorhin meldeten, daß sich ein Trupp von Reitern nähere. Da der Wind vom Osage-nook her wehte, so konnten wir eure Annäherung sehr früh bemerken. Ich ließ meine Leute zu den Waffen greifen und schlich mit Droll euch entgegen. Zwei stiegen ab, um uns zu beschleichen, und wir nahmen sie gefangen, um am Feuer ihre Gesichter anzusehen. Das übrige wißt ihr.«

»Mein Bruder hat wieder bewiesen, daß er der berühmteste Jäger unter den Bleichgesichtern ist. Was gedenkt er zu thun? Sind die Tramps seine persönlichen Feinde?«

»Ja. Ich verfolge den Roten, um mich seiner zu bemächtigen. Doch, was ich zu thun beschließen werde, das kann ich erst dann wissen, wenn ich erfahren habe, wie es am Osage-nook steht und was dort geschehen ist. Wollt Ihr es mir erzählen, Bill?«

Der Humply-Bill gehorchte dieser Aufforderung und stattete einen ausführlichen Bericht ab. Am Schlusse desselben fügte er hinzu: »Ihr seht also ein, Sir, daß wir schnell handeln müssen. Ihr werdet wohl gern aufsitzen, um mit uns sofort nach der Farm zu reiten.«

»Nein. Das werde ich nicht thun.«

»Warum? Wollt Ihr etwa unterwegs einen Kampf mit den Tramps aufnehmen?«

»Kann mir nicht einfallen. Aber ich bleibe hier, obgleich ich weiß, daß die Gefahr noch viel größer ist, als Ihr denkt.«

»Größer? Wieso?«

»Ihr meint, daß diese Kerls erst nachmittags aufbrechen?«

»Ja.«

»Und ich sage Euch, daß sie den Ritt schon am frühen Morgen beginnen werden!«

»Der Cornel hat es aber doch gesagt!«

»Er hat sich inzwischen anders besonnen, Bill.«

»Wie kommt Ihr auf diesen Gedanken, Sir?«

»Wo waren die gefangenen Osagen angebunden?«

»In der Nähe des Feuers, an welchem der Rote saß.«

»Haben sie gehört, was gesprochen wurde?«

»Ja.«

»Auch daß Butlers Farm überfallen werden soll?«

»Auch das.«

»Nun, und jetzt sind sie entflohen. Muß da der Cornel nicht ganz notwendig auf den Gedanken kommen, daß sie zu Butler eilen werden, um ihn zu benachrichtigen?«

»Teufel, das ist richtig! Das versteht sich ja von selbst!«

»Allerdings. Um den Schaden, den ihnen das machen kann, möglichst zu verringern, werden sie also zeitiger aufbrechen. Ich wette, daß sie schon jetzt entschlossen sind, mit Tagesgrauen zu Pferde zu steigen.«

»Wetten?« rief der Lord, »*Well*, Ihr seid mein Mann, Sir! Ihr wettet, daß sie so früh aufbrechen? Gut, so behaupte ich, daß sie erst morgen abend den Osage-nook verlassen. Ich setze zehn Dollar, auch zwanzig und dreißig. Oder sind Euch fünfzig lieber?« Er zog die eine Tasche nach vorn und öffnete sie, um Geld herauszunehmen. Ein leiser, von dem Engländer unbemerkter Wink des Humply-Bill genügte für Old Firehand, zu wissen, daß er einen passionierten Wetter vor sich habe. Darum antwortete er: »Macht Eure Tasche getrost wieder zu, Sir; es kann mir nicht einfallen, das Wort vom Wetten wirklich im Ernste zu nehmen. So wichtige Sachen sind überhaupt zum Wetten nicht geeignet.«

»Aber ich wette nun einmal gern!« behauptete der Lord.

»Ich aber nicht!«

»Das ist schade, jammerschade! Ich habe so sehr viel Gutes und Schönes über Euch gehört. Jeder wahrhaftige Gentleman wettet. Daß Ihr das nicht thut, zwingt mich beinahe, meine gute Meinung über Euch zu ändern.«

»Thut das immerhin, wenn es Euch beliebt! Es kommt dann wohl rasch die Zeit, in welcher Ihr wieder zur früheren Ansicht zurückkehrt.

Jetzt haben wir andres und Besseres zu thun, als Wetten einzugehen. Es steht das Eigentum und Leben vieler Menschen auf dem Spiele, es ist unsre Pflicht, dieses Unheil abzuwenden. Das thut man nicht durch Wetten.«

»Ganz recht, Sir. Ich wette auch nur so nebenbei. Wenn es zu Thaten kommt, so werdet Ihr mich sicher auf meinem Platze finden, vielleicht ebenso fest und ruhig, wie Ihr auf dem Eurigen steht. Die körperliche Stärke thut es nicht allein. Merkt Euch das einmal!«

Er war in Zorn geraten und ließ einen beinahe beleidigenden Blick an der herkulischen Gestalt des Jägers herniederlaufen. Dieser schien einen Moment lang nicht zu wissen, woran er mit dem Engländer sei; sein Gesicht wollte sich verfinstern, hellte sich aber schnell wieder auf, denn er erriet die Gedanken des Lords. Darum antwortete er demselben: »Nur gemach, Sir! Bevor wir uns nicht kennen gelernt haben, wollen wir uns wenigstens keine Grobheiten sagen. Ihr seid noch neu hier zu Lande.«

Das Wort »neu« verfehlte die beabsichtigte Wirkung nicht, denn der Lord rief noch zorniger als vorher: »Wer sagt Euch das? Sehe ich etwa wie neu aus? Ich bin mindestens so ausgerüstet, wie die Prairie es erfordert; Ihr aber sitzt da, als ob Ihr soeben aus einem Klub oder gar aus einer Ladiesgesellschaft kämet!«

Also richtig, das war es! Old Firehand trug nämlich noch denselben eleganten Reiseanzug wie auf dem Dampfer. Er hatte ihn noch nicht ablegen können, da seine Jägerausrüstung auf Butlers Farm bereit lag. Dieser Anzug war zwar durch den Ritt zu den Rafters und dann hierher sehr mitgenommen worden, schien aber bei dem Scheine des kleinen, vom Regen niedergedrückten Feuers noch ganz neu zu sein. Der berühmte Mann wurde von dem Engländer nicht für voll angesehen. Er nickte lächelnd und sagte: »Kann Euch nicht ganz unrecht geben, Sir; aber vielleicht richte ich mich noch hier im alten Westen ein; auf alle Fälle aber wollen wir Freunde bleiben.«

»Wenn das Euer Ernst ist, so räsonniert nicht wieder über das Wetten, denn an dem Einsatze erkennt man den echten, richtigen Gentleman. Übrigens begreife ich nicht, warum Ihr hier bleiben und nicht sofort mit nach der Farm reiten wollt. Das hat mich zuerst irre an Euch gemacht.«

»Habe meinen guten Grund dazu.«

»Will mein weißer Bruder mir wohl diesen Grund nennen?« fragte der Osage.

»Ja. Es genügt, wenn du nach der Farm reitest und Butler benachrichtigst. Er ist ganz der Mann, die richtigen Vorbereitungen zu treffen. Ich bleibe mit meinen Rafters hier und halte die Tramps so in Schach, daß sie nur langsam vorwärts kommen und gewiß nicht eher bei der Farm anlangen, als bis man dort zu ihrem Empfange bereit ist.«

»Mein Bruder hat stets den besten Gedanken; das würde auch dieses Mal der Fall sein; aber Butler ist nicht in seinem Wigwam.«

»Nicht?« fragte Firehand überrascht.

»Nein. Als ich nach dem Osage-nook ritt, kam ich an der Farm vorüber und kehrte ein, um ein Calumet mit meinem weißen Bruder Butler zu rauchen. Ich traf ihn nicht daheim. Er hatte den Besuch seines fernen Bruders und dessen Tochter erhalten und war mit ihnen beiden nach Fort Dodge geritten, um Kleider für die weiße Tochter einzukaufen.«

»So ist der Bruder also schon angekommen! Weißt du, wie lange Butler in Fort Dodge bleiben will?«

»Noch einige Tage.«

»Und wann warst du auf der Farm?«

»Vorgestern des Morgens.«

»So muß ich hin, unbedingt hin«, rief Old Firehand, indem er aufsprang. »Wie lange währt es, bis du deine Osagen zur Hilfe bringen könntest?«

»Wenn ich jetzt sofort reite, so sind wir um nächste Mitternacht an der Farm.«

»Das ist viel, viel zu spät. Sind die Osagen jetzt mit den Sheyennes und Arapahoes befreundet?«

»Ja. Wir haben die Beile des Krieges in die Erde gegraben.«

»Diese beiden Stämme wohnen jenseits des Flusses und sind von hier aus in vier Stunden zu erreichen. Will mein Bruder in diesem Augenblicke aufbrechen, um ihnen eine Botschaft von mir zu überbringen?«

Der Häuptling sagte kein Wort; er trat zu seinem Pferde und stieg in den Sattel.

»Reite hin«, fuhr Old Firehand fort, »und sage den beiden Häuptlingen, daß ich sie bitte, so schnell wie möglich mit je hundert Mann nach Butlers Farm zu kommen!«

»Ist das die ganze Botschaft?«

»Ja.«

Der Osage schnalzte mit der Zunge, gab seinem Pferde die Fersen und war einen Augenblick später im Dunkel der Nacht verschwunden. Der Lord schaute höchst verwundert drein. Gehorchte solch ein Krieger wirklich so unbedingt und fraglos dem Manne mit dem Salonrocke? Aber dieser letztere saß auch bereits im Sattel.

»Mesch'schurs, wir dürfen keine Minute verlieren«, sagte er. »Unsre Pferde sind zwar ermüdet, aber bis zur Farm müssen sie es noch aushalten. Vorwärts!«

Im Nu bildete sich der Zug. Voran Old Firehand mit seinen näheren Bekannten und Jägern, dann die Rafters und endlich die wenigen Osagen

Der Osage schnalzte mit der Zunge und gab
seinem Pferd die Fersen.

mit den Pferden. Das Feuer wurde verlöscht, und dann setzten sich die Reiter in Bewegung.

Erst ritt man langsam, dann im Trab, und als die Augen sich von dem Lagerfeuer weg an die Dunkelheit gewöhnt hatten, im Galopp. Der Lord machte sich an Bill und fragte: »Wird sich Old Firehand nicht etwa verirren?«

»O, noch viel weniger als der Osagenhäuptling. Man behauptet sogar, er könne des Nachts sehen wie eine Katze.«

»Und hat einen Gesellschaftsanzug an. Sonderbarer Heiliger!«

»Wartet nur, bis Ihr ihn im ledernen Büffelrock seht! Da bildet er eine ganz andre Figur.«

»Nun, Figur hat er auch so schon genug. Aber wer ist denn eigentlich die Frau, welche sich an Euch vergriffen hatte?«

»Frau? O, diese Lady ist ein Mann.«

»Wer es glaubt!«

»Glaubt es nur immerhin!«

»Sie wurde doch Tante genannt!«

»Zum Scherze nur, weil er eine so hohe Fistelstimme hat und sich so eigenartig kleidet. Er heißt Droll und ist ein sehr tüchtiger Jäger. Als Fallensteller besitzt er sogar einen ganz außerordentlichen Ruf. Die Biber und Ottern drängen sich geradezu in seine Fallen. Er scheint da ein Geheimnis zu besitzen, eine Lockung, welche kein andrer hat. Doch lassen wir jetzt das Reden. Wie wir jetzt reiten, hat man seine Portion Verstand zusammenzunehmen.«

Er hatte recht. Old Firehand ritt wie ein Teufel voran, und die andern hetzten wohl oder übel mit gleicher Schnelligkeit hinter ihm drein. Der Lord war ein leidenschaftlicher Parforcereiter und hatte schon oft seinen Hals gewagt; ein Ritt aber wie der gegenwärtige war ihm noch nicht vorgekommen. Man befand sich in dichter Finsternis, gerade wie in einem unerleuchteten Tunnel; kein Hügel war zu erkennen, und auch nicht die Erde, welche die Hufe der Pferde berührten. Es war, als ob die Tiere sich in einem unendlichen, lichtlosen Schlunde bewegten, und doch kein Fehltritt und kein Straucheln! Ein Pferd folgte genau dem andern und alles kam bloß auf Old Firehand an. Sein Pferd war noch nie in dieser Gegend gewesen und noch dazu ein ganz gewöhnlicher Klepper, den er hatte nehmen müssen, weil kein andrer zu bekommen gewesen war. Der Lord begann wieder Respekt vor diesem Manne zu fühlen.

So ging es fort, eine halbe Stunde, eine ganze und noch eine ganze, mit nur kurzen Unterbrechungen, während denen sich die Pferde verschnaufen durften. Der Regen fiel noch immer hernieder, doch so dünn und leicht, daß er diese abgehärteten Männer nicht im geringsten zu genieren vermochte. Dann hörte man Old Firehand vorn rufen: »Aufgepaßt, Mesch'schurs! Es geht abwärts und dann durch eine Furt. Doch reicht das Wasser den Pferden nur bis an den Leib.«

Es wurde langsamer geritten. Man hörte das Rauschen eines Flusses und man sah trotz der ägyptischen Finsternis die phosphoreszierende Oberfläche des Wassers. Die Füße der Reiter badeten sich in der Flut;

dann erreichte man das jenseitige Ufer. Noch ein kurzer Ritt von einer Minute; dann wurde angehalten und der Lord vernahm das scharfe Läuten einer Glocke. Vor seinen Augen war es gerade noch so finster wie vorher.

»Was ist das? Wer läutet, und wo sind wir?« fragte er den Humply-Bill.

»An dem Thore von Butlers Farm«, antwortete dieser.

»Seht Ihr denn etwas von dieser Farm?«

»Nein. Aber reitet einige Schritte näher, so werdet Ihr die Mauer fühlen.«

Hunde bellten. Aus ihren tiefen, rauhen Stimmen ließ sich auf ihre Größe schließen. Dann ertönte eine fragende Stimme: »Wer läutet, wer will herein?«

»Ist Master Butler schon zurück?« fragte der Jäger.

»Nein.«

»So holt den Schlüssel von der Lady und sagt, daß Old Firehand hier ist!«

»Old Firehand? *Well,* Sir, soll schnell besorgt werden. Die Ma'am schläft nicht, und auch jedes andre Auge ist offen. Der Osage war im Vorüberreiten hier und hat gemeldet, daß Ihr kommen werdet.«

»Was für Menschen gibt es hier!« dachte der Lord. »Der Häuptling ist also noch viel, viel schneller geritten als wir!«

Nach einiger Zeit hörte man Befehle, durch welche die Hunde zurückgescheucht wurden; dann klirrte ein Schlüssel im Schlosse, hölzerne Riegel schrieen, Angeln kreischten, und nun endlich sah der Lord mehrere Laternen, deren Lichter aber die Finsternis eines grenzenlos scheinenden Hofes nur noch undurchdringlicher machte. Herbeieilende Knechte nahmen den Reitern die Pferde ab, und dann wurden die Gäste in ein hohes, finster erscheinendes Haus geführt. Eine Magd bat Old Firehand, nach oben zur Ma'am zu kommen. Für die andern wurde im Parterre ein großes, rauchgeschwärztes Gemach geöffnet, von dessen Decke eine schwere Petroleumlampe herniederhing. Da standen einige Tafeln und Tische mit Bänken und Stühlen, auf denen die Männer Platz zu nehmen hatten. Auf den Tischen standen allerlei Eßwaren, Flaschen und Gläser, eine Folge davon, daß der Trupp von dem Häuptlinge angemeldet worden war.

Die Rafters ließen sich mit den Osagen an zwei langen Tafeln nieder und griffen sofort wacker zu. Der Westmann gibt und nimmt nicht gern unnötige Komplimente. Dabei hatte es sich wie ganz von selbst gemacht, daß die Elite der Gesellschaft an einen entfernten Tisch zu sitzen gekommen war. Dort hatte zuerst der Lord Platz genommen und den Humply-Bill und den Gunstick-Uncle neben sich gewinkt; dann war Tante Droll mit Fred Engel und dem schwarzen Tom zu ihnen gekommen, und endlich hatte sich auch Blenter, der alte Missourier, zu ihnen gemacht.

Nun ging es ans Essen und Trinken, daß es eine Art hatte. Der Lord schien der Ansicht zu sein, daß er, wenn er sich unter Wölfen befand, mit denselben heulen müsse, denn er hatte alle seine Standeswürde abgelegt und benahm sich nicht besser und nicht schlimmer als die Nachbarn, welche bei ihm saßen.

Später kam Old Firehand mit der Dame des Hauses, welche ihre Gäste auf das freundlichste willkommen hieß, herein. Sie erklärte dem Englishman, daß ein besonderes Zimmer für ihn bereit stehe, er aber verzichtete auf dasselbe und auf jeden Vorzug vor seinen Kameraden, da er jetzt nichts andres als ein Westmann sei. Dieses Verhalten erfreute die andern so, daß sie ihm ihre laute und aufrichtig gemeinte Anerkennung zuriefen. Old Firehand teilte dann mit, daß die Kameraden für heute nacht nicht in Anspruch genommen werden, sondern sich ausruhen sollten, um morgen frisch auf dem Platze sein zu können; es seien Knechte und Hirten genug da, mit deren Hilfe er die nötigen Vorbereitungen treffen werde.

Der Lord konnte den Blick nicht von ihm wenden, denn der berühmte Jäger hatte in kurzer Zeit seinen »zivilisierten« Anzug ab- und sein Jägerkostüm angelegt. Er trug ausgefranste, nur bis an die Kniee reichende und an den beiden Seiten reich gestickte Leggins, deren Säume in den weit heraufgezogenen Aufschlagestiefeln steckten, eine Weste von weichem, weißgegerbtem Rehleder, eine kurze hirschlederne Jagdjacke und darüber einen starken Rock von Büffelbauch. Um die kräftigen Lenden hatte er einen breiten Ledergürtel geschnallt, in welchem die kurzen Waffen steckten, und auf dem Kopfe saß ein Biberhut mit sehr breiten Krempen und hinten herabhängendem Biberschwanz, welcher wohl weniger dazu bestimmt war, dem riesigen Manne ein abenteuerliches Aussehen zu geben, als vielmehr dazu, seinen Nacken gegen den Hieb eines hinterlistigen Feindes zu schützen. Um seinen Hals hing eine lange Kette, welche aus den Zähnen des grauen Bären bestand, und an ihr die Friedenspfeife mit einem meisterhaft geschnittenen Kopfe aus dem heiligen Thone. Sämtliche Nähte des Rockes waren mit Grislykrallen verbrämt, und da ein Mann wie Old Firehand sicherlich nicht fremde Beute trug, so konnte man aus diesem Schmucke und der Pfeifenkette ersehen, wie viele dieser furchtbaren Tiere seiner sichern Kugel und seiner starken Faust zum Opfer gefallen waren. Als er sich dann mit der Dame entfernt hatte, meinte der Englishman zu den andern: »Nun glaube ich gern alles, was man von ihm erzählt. Dieser Mann ist ja der richtige Gigant!«

»Pshaw!« antwortete Droll. »Nicht nach der Gestalt allein will ein Westmann beurteilt sein; der Geist hat weit höhern Wert. Es ist höchst selten, daß solche Riesen Mut besitzen. Bei ihm ist freilich beides beisammen. Old Shatterhand ist nicht so lang und breit, und Winnetou, der

Apache, ist noch weit schmächtiger; aber beide stehen ihm in jeder Beziehung gleich.«

»Auch in Betreff der Körperstärke?«

»Ja. Ich habe gesehen, daß Old Shatterhand mit einem Arme einen Mustang dreimal auf und nieder riß. Wer weiß, ob Old Firehand ihm das nachzumachen versteht. Die Muskeln des Westmannes werden nach und nach wie Eisen und die Flechsen wie Stahl, auch wenn er nicht die Gestalt eines Riesen besitzt.«

»So seid wohl auch Ihr von Stahl und Eisen, Master Droll?«

Es klang etwas wie Hohn in seinem Tone, doch der Kleine antwortete freundlich lächelnd: »Wollt Ihr das wissen, Sir?«

»*Yes,* sehr gern.«

»Es scheint aber, Ihr zweifelt daran?«

»Allerdings! Eine Tante, und stählerne Muskeln und Flechsen! Wollen wir wetten?«

»Was und wie?«

»Wer stärker ist, ich oder Ihr.«

»Warum nicht?«

Jetzt endlich hatte der Englishman einen gefunden, der ihn nicht zurückwies. Er sprang erfreut auf und rief: »Aber, Tante Droll, ich habe manchen geworfen, der sich bücken mußte, um Euch nur zu sehen! Wollt Ihr's wirklich wagen?«

»Versteht sich!«

»Um fünf Dollar?«

»*Well.*«

»Ich werde sie Euch borgen.«

»Danke! Droll borgt nie.«

»So habt Ihr Geld?«

»Für das, was Ihr gewinnen könnt, reicht es gewißlich aus, Sir.«

»Auch zehn Dollar?«

»Auch das.«

»Oder zwanzig?«

»Warum nicht!«

»Vielleicht sogar fünfzig?« rief der Lord in seiner Herzensfreude.

»Einverstanden! Aber nicht mehr, denn ich will Euch nicht um Euer Geld bringen, Sir.«

»Wie? Was? Den Lord Castlepool um sein Geld bringen! Seid Ihr wahnsinnig, Tante? Heraus mit dem Gelde! Hier sind fünfzig Dollar.«

Er zog die an dem starken Hüftriemen hängende eine Tasche nach vorn, entnahm derselben zehn Fünfdollarnoten und legte sie auf den Tisch. Droll fuhr mit der Hand in das herabhängende Ärmelende seines

Sleeping-gown und brachte einen Beutel zum Vorscheine. Als er denselben geöffnet hatte, zeigte es sich, daß er mit lauter haselnußgroßen Nuggets gefüllt war. Er legte fünf derselben auf den Tisch, steckte den Beutel wieder ein und sagte: »Ihr habt Papier, Mylord? *Fie!* Die Tante Droll macht nur in echtem Gold. Diese Nuggets sind mehr als fünfzig Dollar wert. Und nun kann's losgehen, aber wie?«

»Macht mir's vor, und ich mach's nach; dann umgekehrt.«

»Nein. Ich bin nur eine Tante; Ihr aber seid ein Lord. Ihr habt also den Vortritt.«

»Gut! Steht also fest, und wehrt Euch; ich hebe Euch da auf den Tisch!«

»Versucht's einmal!«

Droll spreizte die Beine auseinander, und der Lord packte ihn bei den Hüften, um ihn zu heben; aber die Füße der Tante verließen den Boden um keines Zolles Höhe. Es war, als ob Droll von Blei sei. Der Engländer mühte sich vergeblich ab und mußte endlich eingestehen, daß er außer stande sei, sein Vorhaben auszuführen, doch tröstete er sich selbst mit den lauten Worten: »Brachte ich Euch nicht hinauf, dann bringt Ihr's mit mir erst recht nicht zuwege.«

»Wollen sehen«, lachte Droll, indem er den Blick zur Decke hob, an welcher gerade über dem Tische ein starker Eisenhaken zum Aufhängen einer zweiten Lampe angebracht war. Die andern, welche diesen Blick sahen und die drollige Tante, welche wirklich eine sehr ungewöhnliche Körperstärke besaß, kannten, stießen sich heimlich an.

»Nun, vorwärts!« drängte der Lord.

»Also bloß bis auf den Tisch?« fragte Droll.

»Wollt Ihr mich vielleicht noch höher bringen?«

»So hoch, wie es hier möglich ist. Paßt auf, Sir!«

Er stand trotz der Unbeholfenheit seiner Kleidung mit einem einzigen Sprunge auf dem Tische und ergriff den Lord bei den Achseln. Dieser flog so schnell, daß er gar nicht bemerken konnte, in welcher Weise es geschah, empor, hoch über den Tisch hinauf und hing einen Augenblick später mit dem bereits erwähnten Hüftriemen an dem Haken. Droll aber sprang herab und fragte lachend: »Nun, seid Ihr oben, Sir?«

Der Englishman schlug mit Armen und Beinen um sich und rief: »Himmel, wo bin ich! *Woe to me*, an der Decke! Nehmt mich herab, nehmt mich herab! Wenn der Haken nachgibt, breche ich den Hals!«

»Sagt erst, wer gewonnen hat!«

»Ihr natürlich, Ihr.«

»Und der zweite Teil der Wette, den nun ich Euch vormachen soll?«

»Den erlasse ich Euch. Nehmt mich nun herab! Schnell, schnell!«

Droll stieg wieder auf den Tisch, von welchem natürlich das Speisegeschirr entfernt worden war, ergriff den Engländer mit beiden Händen an den Hüften, hob ihn empor, daß der Riemen aus dem Haken kam, und schwenkte ihn erst neben sich auf dem Tisch und dann hinab auf den Fußboden. Als er nachgesprungen war, legte er ihm die Hand auf die Schulter und fragte: »Nun, Sir, wie gefällt Euch die Tante?«

»*Much, how much, too much* – sehr, wie sehr, allzusehr!« antwortete der Gefragte, indem sein Blick noch immer dort hing, wo er selbst gehangen hatte.

»Dann also in den Sack mit dem alten Papiere!«

Er steckte die Noten und Nuggets in den Beutel und fuhr dann schmunzelnd fort: »Und bitte, Mylord, wenn Ihr wieder einmal wetten wollt, so wendet Euch getrost an mich! Ich mache immer mit.«

Er stellte die Teller, Flaschen und Gläser wieder auf den Tisch, wobei ihm von allen Seiten anerkennend zugenickt wurde. Der Lord aber setzte sich wieder nieder, betastete seine Arme, Beine und Hüften, um zu sehen, ob da vielleicht eine Schraube locker geworden sei, und als er sich überzeugt hatte, daß er sich ganz wohl befinde, gab er der Tante die Hand und sagte, indem er vergnügt lächelte: »Herrliche Wette! Nicht wahr? Sind doch prächtige Kerls, diese Westmänner! Man muß sie nur richtig behandeln!«

»Nun, ich denke, daß ganz im Gegenteile ich es bin, der Euch behandelt hat, Sir!«

»Auch richtig! Ihr seid wirklich stark. Das hat aber seinen guten Grund, denn Ihr stammt jedenfalls aus Oldengland?«

»O nein, Sir. Ich bin ein Deutscher«, antwortete die Tante bescheiden.

»Ein Deutscher? Dann aber doch sicher aus Pommern?«

»Falsch geraten! Dort wachsen die Pflanzen höher und breiter, als ich bin. Ich stamme aus Altenburg.«

»Hm! Kleines Nest!«

»Deutsches Herzogtum, Sir! Dort kommen die besten Ziegenkäse her.«

»Kenne ich nicht.«

»Das ist jammerschade!«

»Rührt mich aber nicht zu Thränen. Ihr seid ein tüchtiger Kerl, Tante. Interessiere mich für Euch. Ihr seid doch nicht immer Westmann gewesen? Oder gibt es in Altenburg auch Trappers?«

»Zu meiner Zeit noch nicht. Es müßten sich vielleicht jetzt welche eingenistet haben.«

»Was war Euer Vater, und warum seid Ihr nach den Vereinigten Staaten gegangen?«

»Mein Vater war kein Lord, aber viel, viel mehr.«

»*Pshaw,* ist nicht möglich!«

»Sehr! Ihr seid nur Lord, wahrscheinlich weiter nichts. Mein Vater aber war vielerlei.«

»Nun, was denn?« drängte der Lord, welcher erwartete, eine sehr interessante Lebensgeschichte zu hören.

»Er war Hochzeits-, Kindtaufs- und Leichenbitter, Glöckner, Kirchner, Kellner und Totengräber, Sensenschleifer, Obsthüter und zugleich Bürgergardenfeldwebel. Ist das nicht genug?«

»*Well,* mehr als genug!«

»Richtig, denn wenn ich es kürzer fassen will, so war er ein braver Mann.«

»Er ist tot?«

»Schon längst. Ich besitze keine Verwandten mehr.«

»Und da seid Ihr aus Gram über das große Wasser gegangen?«

»Nicht aus Gram. Mein Dialekt hat mich herübergetrieben.«

»Euer Dialekt? Wie ist das möglich?«

»Um das zu verstehen, müßtet Ihr ein Deutscher sein, oder wenigstens deutsch sprechen können. Man sagt, daß ein jeder Mensch unsichtbar einen Engel und einen Teufel neben sich habe; nun, mein Teufel ist der Altenburger Dialekt gewesen. Er hat mich daheim aus einem Hause in das andre, aus einer Straße in die andre, aus einem Orte in den andern und endlich gar über das Meer getrieben. Dann endlich ist mir dieser Satanas, da hier englisch gesprochen wird, abhanden gekommen. Ich sehne mich nach meinem Vaterlande, ich hätte auch die Mittel, mich da drüben dauernd zur Ruhe zu setzen, aber ich kann leider nicht hinüber, denn in Hamburg oder Bremerhaven steht dieser Teufel schon seit Jahren, um sich mir sofort nach der Landung wieder beizugesellen.«

»Das verstehe ich nicht.«

»Aber ich verstehe es«, fiel der schwarze Tom ein. »Droll spricht nämlich ein so schauderhaftes Deutsch, daß er sich drüben gar nicht hören lassen kann.«

»So muß er es besser lernen!«

»Geht nicht! Es ist von allen Seiten an ihm herumgepaukt worden, doch nur mit dem einzigen Erfolge, daß er immer konfuser geworden ist. Reden wir von andern Dingen; er liebt dieses Thema nicht.«

Jetzt kam Old Firehand wieder, um die Leute darauf aufmerksam zu machen, daß es geraten sei, jetzt zur Ruhe zu gehen, da man sehr früh schon wieder wach sein müsse. Die Männer gehorchten dieser Aufforderung mit löblicher Bereitwilligkeit und begaben sich in einen Raum, in welchem auf Holzrahmen gespannte Häute hingen, die den Bediensteten der Farm sowohl als Hängematten, wie auch als Schlafstellen dienten. Für Bequemlichkeit war durch weiche Unterlagen und Decken gesorgt. In diesen echt westlichen Bettstellen schliefen die Männer auf das prächtigste.

Siebentes Kapitel

Im Kampf um Butlers Farm

In früher Morgenstunde wurden die Verteidiger der Farm wieder geweckt. Der Tag schien ein warmer, ja heißer Sonnentag werden zu wollen und im freundlichen Morgenlichte nahm sich das gestern so düstere Gebäude heute ganz anders aus. Es war für viele Bewohner eingerichtet, aus Backsteinen gebaut, sehr lang und tief, und bestand aus dem Parterre und einem oberen Stockwerke mit plattem Dache. Die Fenster waren sehr hoch, doch so schmal, daß ein Mensch nicht hindurchkriechen konnte. Diese Vorsichtsmaßregel war in einer Gegend, welche oft von räuberischen Indianern durchzogen wird, sehr geboten. In jenen Gegenden kommt, oder wenigstens kam es oft vor, daß ein einsames Haus, eine Farm, mehrere Tage lang von den Bewohnern gegen solches Gesindel verteidigt werden mußte.

Ebenso praktisch für diesen Zweck erwies sich auch der große, weite Hofraum, welcher von einer hohen, mit Schießscharten versehenen Adobesmauer umgeben war. Zwischen den Schießscharten waren breite Mauerbänke angebracht, auf welche man steigen konnte, wenn über die Mauer hinweggeschossen werden sollte.

Unweit des Hauses rauschte der Fluß vorüber, durch dessen Furt man gestern gekommen war. Sie konnte von der Mauer aus sehr bequem mit Büchsenkugeln bestrichen werden und war während der Nacht auf Befehl Old Firehands durch Verhaue unzugänglich gemacht worden. Als zweite und sehr notwendige Vorsichtsmaßregel hatte der Genannte die Herden Butlers nach den Weideplätzen des nächsten Nachbars treiben lassen, auch schon während der Nacht. Und sodann war ein Bote in die Gegend von Fort Dodge gesandt worden, um die beiden Brüder Butler zu warnen, falls diese sich etwa bereits auf dem Heimwege befinden sollten; sie durften nicht in die Hände der Tramps fallen.

Old Firehand führte die Gefährten auf das Dach des Hauses, von welchem aus man eine sehr weite Aussicht hatte, gegen Osten und Norden auf die wellige Grasprairie, gegen Süden und Westen auf umfangreiche und wohl angebaute Mais- und andre Felder.

Vom Dach des Hauses hatte man eine sehr weite Aussicht gegen Osten und Norden.

»Wann werden die erwarteten Indianer kommen?« fragte Droll.

»Nach der Berechnung, welche der Häuptling gestern machte, könnten sie nun bald eintreffen«, antwortete Firehand.

»Darauf rechne ich nicht. Diese Roten müssen erst, vielleicht von weither, zusammengeholt werden, und treten einen Kriegszug niemals an, bevor ihren alten Gebräuchen genügt worden ist. Wir wollen froh sein, wenn sie zur Mittagszeit hier eintreffen. Dann aber können sich die Tramps auch schon in der Nähe befinden. Ich traue diesen Sheyennes und Arapahoes nicht viel zu.«

»Ich auch nicht«, stimmte Bill bei. »Beide Stämme sind sehr klein und haben seit langer, langer Zeit kein Kriegsbeil in den Händen gehabt. Wir können uns nicht auf sie verlassen; starke Nachbarn gibt es auch nicht, und so können wir uns auf eine lange Belagerung gefaßt machen.«

»Die ist nicht zu fürchten, denn die Keller bergen große Vorräte«, berichtete Old Firehand.

»Aber Wasser, was doch die Hauptsache ist!« meinte Droll. »Wenn die Tramps draußen stehen, können wir doch nicht nach dem Flusse, um zu schöpfen!«

»Ist auch nicht nötig. In einem der Keller ist ein Brunnenloch, welches gutes Trinkwasser für die Menschen liefert, und für die Tiere ist durch den Kanal gesorgt.«

»Gibt es denn einen Kanal?«

»Ja. Es ist hier eben alles für den Kriegsfall angelegt und eingerichtet. Hinter dem Hause könnt Ihr eine hölzerne Fallthür bemerken. Öffnet man diese, so sieht man Treppenstufen, welche zum überwölbten Kanal führen, der draußen mit dem Flusse in Verbindung steht.«

»Ist er tief?«

»Mannstief. Das Wasser reicht einem fast bis an die Brust.«

»Und seine Mündung in den Fluß ist offen?«

»O nein. Der Feind darf sie nicht bemerken; darum ist die betreffende Stelle des Ufers dicht mit Büschen und Schlinggewächsen bepflanzt worden.«

Es war keine eigentlich klar bewußte Absicht, welche Droll veranlaßte, sich so genau nach dem Kanale zu erkundigen, aber später kam ihm diese Kenntnis außerordentlich zu statten.

Die Dame des Hauses war noch nicht zu sprechen; sie hatte mit Old Firehand die ganze Nacht in Sorgen durchwacht und sich erst mit Tagesanbruch in ihr Gemach zurückgezogen; dennoch hatten die Gäste über keine Vernachlässigung zu klagen, da für die Erfüllung aller ihrer Wünsche gesorgt worden war. Die Tafeln, Tische, Stühle und Bänke, an denen gestern abend gegessen worden war, wurden in den Hof geschafft, damit das Frühstück im Freien eingenommen werden könne. Dann wurden alle im Hause vorhandenen Waffen und Munitionsvorräte zusammengebracht, um auf ihre Brauchbarkeit untersucht zu werden.

Später saß Old Firehand mit Frau Butler auf der Plattform des Hauses und schaute sehnsüchtig nach Süden aus, woher die erwarteten Indianer kommen mußten. Endlich, der Mittag war bereits vorüber, näherte sich eine lange, lange Reihe roter, im Gänsemarsch hintereinander herschreitender Gestalten; es waren die Erwarteten, und die »große Sonne« befand sich zu Pferde an ihrer Spitze.

Als sie durch das Thor einzogen, zählte Old Firehand über zweihundert Mann. Leider waren nur wenige von ihnen wirklich gut bewaffnet. Die meisten von ihnen besaßen keine Pferde, und diejenigen, welche sich im Besitze solcher befanden, hatten sich geweigert, dieselben mitzunehmen; sie wollten lieber sich als ihre Pferde verwunden oder gar erschießen lassen. Übrigens waren zur Verteidigung dieses festen Platzes gar keine Reiter nötig.

Old Firehand teilte diese einst so stolzen und jetzt herabgekommenen Roten in zwei Trupps; der erste sollte auf der Farm bleiben, und der zweite sich unter der Anführung des Osagenhäuptlings an der Grenze gegen den Nachbarn aufstellen, auf dessen Weiden sich die fortgetriebenen Herden befanden. Diese Leute hatten die Aufgabe, einen etwaigen Versuch der Tramps, dort einzufallen, zurückzuweisen. Um sie zur Aufmerksamkeit und Tapferkeit anzuspornen, wurde für jeden getöteten Tramp ein Preis ausgesetzt, dann zog der Häuptling mit dieser seiner Abteilung ab.

Innerhalb der Mauer der Farm befanden sich nun etwas über hundert Indianer, zwanzig Rafters und die sonst mit Namen genannten Jäger. Der großen Zahl der Tramps gegenüber war das gewiß nicht viel; aber ein Jäger oder Rafter wog gewiß mehrere Tramps auf, und der Schutz, welchen Mauer und Haus gewährten, war gewiß auch nicht gering anzuschlagen. Besondere Befehle konnten jetzt noch nicht erteilt werden, da man noch nicht wußte, in welcher Weise die Tramps ihren Angriff ausführen würden.

Nun konnte man nichts weiter thun, als die Ankunft derselben ruhig abwarten. Ein großes Glück war es zu nennen, daß Mistreß Butler der Gefahr mit ziemlicher Ruhe entgegenblickte. Es fiel ihr nicht ein, ihre Leute durch Wehklagen zu verwirren; vielmehr ließ sie dieselben zu sich kommen und verhieß ihnen für ein treues und mutiges Verhalten eine entsprechende Belohnung. Da waren auch gegen zwanzig Knechte, welche ihre Waffen zu gebrauchen verstanden und auf die Old Firehand sicher rechnen konnte.

Als alle Vorbereitungen getroffen waren, saß Old Firehand mit der Dame und dem Engländer wieder oben. Er hatte das Riesenfernrohr des letzteren in der Hand und suchte fleißig denjenigen Teil des Horizontes ab, an welchem die Tramps erscheinen mußten. Nach lange vergeblich angestrengter Aufmerksamkeit entdeckte er endlich an einer Stelle, welche mit dem unbewaffneten Auge unmöglich erreicht werden konnte, eine Menge Menschen und Pferde. Das waren gewiß die Tramps. Bald sonderten sich von ihnen drei Gestalten ab, welche sich in der Richtung der Farm weiter bewegten, nicht zu Pferde, sondern zu Fuß.

»Ah, man schickt Kundschafter voraus!« sagte Old Firehand. »Vielleicht sind sie gar so frech, Einlaß zu begehren.«

»Das wäre eine Kühnheit, die ich diesen Menschen nicht zutraue«, bemerkte der Lord.

»Warum nicht? Man schickt drei Kerls, welche hier niemand kennt; sie kommen unter irgend einem Vorwand herein; wer kann ihnen da etwas anhaben? Gehen wir hinab in den oberen Stock, damit sie uns nicht auf dem Dache sehen. Wir aber können sie von dem Fenster aus durch das Fernrohr beobachten.«

Die mitgebrachten Pferde befanden sich hinter dem Hause, so daß sie nicht gesehen werden konnten. Auch sämtliche Verteidiger mußten sich verstecken. Die drei Tramps sollten, falls sie auf den Hof kamen, der Ansicht werden, daß das Haus ohne hinreichende Bewachung sei.

Sie kamen langsam näher und Old Firehand bemerkte, daß einer den andern hob, damit dieser durch eine Schießscharte in den Hof blicken könne. Er erteilte schnell noch einige Befehle, welche er für nötig hielt, und begab sich dann in den Hof hinab. Es wurde an der Glocke gezogen; er ging zum Thore und fragte nach dem Begehr.

»Ist der Farmer daheim?« fragte eine Stimme.

»Nein, er ist verreist«, antwortete er.

»Wir wollen um Arbeit anfragen. Wird kein Hirt oder Knecht gebraucht?«

»Nein.«

»Dann möchten wir wenigstens gern um einen Imbiß bitten. Wir kommen von weit her und haben Hunger. Bitte, laßt uns ein!«

Das wurde in einem sehr kläglichen Tone gesagt. Es gibt im ganzen Westen keinen Farmer, welcher einen Hungrigen von sich weist. Bei allen Naturvölkern, und in allen Gegenden, wo es keine Hotels und Gasthäuser gibt, wird dieser Mangel durch die schöne Sitte der Gastfreundschaft ausgeglichen, so auch im fernen Westen. Es wäre nicht nur grausam gegen den Bedürftigen, sondern auf der andern Seite auch eine Schande für die Farm, vielmehr für den Besitzer, einen Fremden, welcher um Aufnahme bittet, dieselbe zu verweigern.

Die Leute wurden also eingelassen, und nachdem das Thor wieder verriegelt worden war, zu den Sitzen gewiesen, welche sich an der Seite des Hauses befanden. Dieses letztere schien aber nicht nach ihrer Absicht zu sein. Sie gaben sich zwar den Anschein der Unbefangenheit, doch konnte es nicht entgehen, daß sie das Haus und dessen Umgebung mit scharf forschenden Blicken betrachteten, und sich dann gegenseitig in bezeichnender Weise anschauten. Der eine von ihnen sagte: »Wir sind arme, geringe Leute, die nicht inkommodieren wollen. Erlaubt, daß wir hier am Thore bleiben, wo wir überdies noch mehr Schatten haben als dort! Wir werden uns einen Tisch holen.«

Dieser Wunsch wurde ihnen erfüllt, obgleich er ein heimtückischer war, denn sie wollten am Thore bleiben, um dasselbe ihren Genossen zu öffnen. Sie trugen sich den Tisch und einige Sitze herbei, und dann wurde ihnen von einer Magd ein reichlicher Imbiß vorgesetzt. Nun war auf dieser Seite des Hofes kein Mensch zu sehen, da alle, selbst die Magd, sich zurückgezogen hatten.

Die angeblichen Arbeiter waren über diesen Umstand sehr befriedigt, wie Old Firehands scharfes Auge aus ihren Mienen und Gesten, mit denen sie ihr leises Gespräch begleiteten, erkannte. Sie hatten die Überzeugung erlangt, daß das Farmhaus so wenig Verteidiger beherberge, daß dieselben gar nicht in Betracht zu ziehen seien. Nach einiger Zeit stand der eine von ihnen auf und ging anscheinend harmlos zu der nächsten Schießscharte, durch welche er hinausblickte. Dies wiederholte sich einigemal und war ein sicheres Zeichen, daß diese Kerls die Ankunft der Tramps bald erwarteten.

Old Firehand stand wieder oben am Fenster und beobachtete durch das Fernrohr die Gegend, aus welcher dieselben kommen mußten. Sie hatten sich vorhin nach Absendung der Boten wieder zurückgezogen, so daß man sie nicht mehr sehen konnte; jetzt aber kamen sie endlich abermals zum Vorscheine und zwar im Galopp, um die Strecke, auf welcher sie von der Farm aus gesehen werden konnten, so schnell wie möglich zurückzulegen.

Man sah, daß sich unter ihnen welche befanden, die die Örtlichkeit kannten, denn sie nahmen ihre Richtung schnurgerade auf die Furt zu. Als sie dieselbe erreichten und durch den Verhau maskiert fanden, hielten sie an, um die Stelle zu untersuchen. Jetzt war die Zeit zum Handeln für Old Firehand gekommen. Er ging hinab zum Thore. Eben stand wieder der eine vor der Schießscharte und lugte hinaus nach seinen Kameraden. Er erschrak sichtlich, als er sich bemerkt sah, und trat rasch zurück.

»Was thust du hier? Was hast du an dem Loche zu schaffen?« fragte ihn Old Firehand in barschem Tone.

Der Gefragte blickte verlegen an dem riesigen Manne empor und antwortete: »Ich – ich wollte – ich wollte sehen, wo wir nun hingehen.«

»Lüge nicht! Euren Weg kennt ihr bereits. Er führt hinaus an den Fluß zu den Menschen, welche sich dort befinden.«

»Welche Menschen meint Ihr, Sir?« fragte der Mann mit erheucheltem Erstaunen. »Ich habe niemand bemerkt.«

»Wäre das wahr, so müßtest du blind sein. Du mußt die Reiter gesehen haben.«

»Keinen einzigen von ihnen! Wer sind sie?«

»Gib dir keine Mühe, dich zu verstellen; sie ist doch unnütz. Ihr gehört zu den Tramps vom Osage-nook, welche uns überfallen wollen, und seid von ihnen abgeschickt.«

Da nahm der Kerl die Miene schweren Gekränktseins an und rief im Tone der Entrüstung aus: »Was? Tramps sollen wir sein? Sir, wir sind ehrliche und fleißige Arbeiter, und haben mit Vagabunden, falls es solche hier geben sollte, nichts zu schaffen. Wir suchen Beschäftigung, und da wir bei Euch keine finden, so werden wir weitergehen, um anderwärts anzufragen. Uns zu solchem Gesindel zu zählen, ist eine Beleidigung für uns. Überlegt Euch die Sache recht! Wäre es wahr, daß Tramps Euch überfallen wollten, und daß wir zu ihnen gehörten, was hätte es für einen Zweck, daß wir vorher zu Euch kämen? Das wäre ein Wagnis, welches uns sehr schlecht bekommen könnte.«

»Es hat einen sehr bestimmten Zweck. Unsre Mauern sind hoch; darum habt ihr unter dem Vorwande, Arbeit zu suchen, zu uns gehen müssen, um euren Kumpanen das Thor von innen zu öffnen. Aus diesem Grunde habt ihr euch so nahe an dasselbe gesetzt.«

»Sir!« brauste der Mann wie zornig auf, indem er in die Tasche griff.

Aber Old Firehand hatte sofort seinen Revolver in der Hand und drohte: »Laßt eure verborgenen Waffen stecken! Sobald ich eine solche sehe, drücke ich los. Ja, euer Kommen ist ein Wagnis, denn ich könnte euch jetzt festnehmen und zur Rechenschaft ziehen; aber ihr seid mir so wenig fürchterlich, daß ich euch laufen lassen werde. Geht also hinaus und sagt dem Gesindel, daß wir jedem, welcher den Fluß überschreitet, eine Kugel geben werden. Jetzt sind wir fertig, und nun packt euch fort.«

Er öffnete das Thor. Die Leute schienen noch etwas sagen zu wollen, schwiegen jedoch angesichts des auf sie gerichteten Revolvers. Aber als sie sich draußen befanden und der Riegel wieder vorgeschoben war, lachten sie höhnisch auf, und Old Firehand hörte die Worte: »Dummkopf! Warum lässest du uns laufen, wenn wir Tramps sind? Zähle nur nach, wie viele wir sind! Wir werden mit deinen paar Leuten kurzen Prozeß machen. In einer Viertelstunde seid ihr alle aufgehängt.«

»Und ihr werdet die ersten sein, die an unsre Gewehre glauben müssen!« rief er ihnen nach. Darauf gab er das verabredete Zeichen, auf welches die bisher unsichtbaren Verteidiger hinter dem Hause hervorkamen und an den Schießscharten Posto faßten. Er selbst stellte sich an eine derselben, um die Bewegungen der Feinde zu beobachten.

Die abgewiesenen Kundschafter hatten jetzt das diesseitige Ufer des

Flusses erreicht, und riefen Worte hinüber, welche man von der Mauer aus nicht verstehen konnte. Daraufhin ritten die Tramps ein kleines Stück am Wasser hin, um von dort aus schwimmend herüber zu gelangen. Sie trieben ihre Pferde in den Fluß.

»Nehmt ihr sofort die Kundschafter auf euch, wie ich es ihnen angedroht habe«, gebot Old Firehand Droll und dem schwarzen Tom, welche in seiner Nähe hielten. »Ich ziele auf die beiden ersten, welche landen. Nach mir schießen Bill, der Uncle, Blenter, der Lord und die andern, wie sie der Reihe nach stehen. Dadurch bekommt jeder seinen bestimmten Mann, es zielen nicht zwei von uns auf denselben Tramp, und wir vermeiden alle Munitionsverschwendung.«

»Gut so!« antwortete Humply-Bill. »Werde mich nach dieser Reihenfolge halten.« – Und sein Spezial, der Gunstick-Uncle, stimmte bei: »Sobald sie herüberkommen – werden sie aufs Korn genommen – nach der Reihe anvisiert – und zur Hölle expediert!«

Jetzt erreichte der erste Reiter das diesseitige Ufer; der zweite folgte ihm. An der Stelle, wo sie landeten, standen die angeblichen Arbeiter. Old Firehand winkte. Seine zwei Schüsse krachten fast zu gleicher Zeit mit denen Toms und Drolls; die beiden Reiter flogen von ihren Pferden, und die Kundschafter lagen an der Erde. Als die Tramps das sahen, erhoben sie ein wütendes Geheul und drängten vorwärts, um ans Ufer zu gelangen. Einer schob den andern dem Verderben entgegen, denn sobald ein Pferd landete, wurde der Reiter desselben von der Farm aus durch eine Kugel aus dem Sattel geholt. In der Zeit von kaum zwei Minuten gab es zwanzig bis dreißig ledige Pferde, welche hüben führerlos umhersprangen.

Einen solchen Empfang hatten die Tramps nicht erwartet. Die ihnen von den Kundschaftern über das Wasser zugerufenen Worte waren jedenfalls des Inhalts gewesen, daß die Farm lächerlich arm an Verteidigern sei. Und nun fiel rasch Schuß auf Schuß aus den Scharten; keine von diesen Kugeln ging fehl, sondern traf genau ihren Mann! Das Wutgeschrei wurde zum ängstlichen Schreien; eine befehlende Stimme ertönte, worauf alle schon und noch im Wasser befindlichen Reiter ihre Pferde wendeten, um an das jenseitige Ufer zurückzukehren.

»Abgeschlagen!« meinte der alte Blenter. »Bin neugierig, was sie nun machen werden.«

»Darüber kann es gar keinen Zweifel geben«, antwortete Old Firehand. »Sie werden an einer Stelle, welche außerhalb des Bereiches unsrer Kugeln liegt, herüberschwimmen.«

»Und dann?«

»Dann? Das läßt sich noch nicht sagen. Wenn sie es klug angreifen, werden wir einen schweren Stand haben.«

»Und was haltet Ihr für klug?«

»Sie dürfen nicht in Masse herankommen, sondern sie müssen sich zerstreuen. Lassen sie ihre Pferde zurück, um von allen vier Seiten zugleich nach der Mauer zu rennen und hinter derselben Deckung zu suchen, so sind wir zu schwach, sie zurückzuschlagen. Wir wären gezwungen, uns über vier Fronten zu verteilen. Ziehen die Tramps sich dann plötzlich auf einen Punkt zusammen, so ist es ihnen möglich, über die Mauer zu kommen.«

»Das ist wahr, doch würden ihrer viele weggeputzt. Wir freilich ständen ihnen auch so ziemlich ohne Deckung gegenüber.«

»*Pshaw!* Wir zögen uns ins Haus zurück und wären dann zahlreich genug, sie wieder über die Mauer zurückzujagen. Ein Glück, daß der Hof so groß und frei ist und das Haus gerade in der Mitte desselben steht. Mir ist nicht angst; warten wir ab, was sie thun werden. Sie scheinen sich zu beraten.«

Die Tramps hielten in einem Haufen beisammen, von welchem sich vier derselben abgesondert hatten, wahrscheinlich die Anführer. Man konnte ihre Gesichter nicht erkennen, aber aus ihren lebhaften Gestikulationen war zu ersehen, daß sie sich über Wichtiges unterhielten. Dann setzten sich alle flußaufwärts, also nach Norden zu, in Bewegung, bis sie sich außerhalb des Schußbereiches der Farm befanden. Dort gingen sie an das andre Ufer. Als alle beisammen waren, bildeten sie einen geschlossenen Haufen, dessen Front nach dem Thore der Mauer gerichtet war. Bis jetzt hatten die Verteidiger die Ostseite inne gehabt, nun aber rief Old Firehand mit lauter Stimme: »Schnell alle hinüber nach der Nordseite! Sie wollen das Thor forcieren!«

»Sie können es doch nicht einrennen!« entgegnete Blenter.

»Nein; aber wenn sie es erreichen, so können sie sich vom Sattel aus so schnell über Thor und Mauer schwingen, daß es ihnen möglich ist, uns hier im Hofe zu erdrücken.«

»Vorher aber werden viele fallen!«

»Noch mehr aber übrig bleiben! Schießt nicht eher, als bis ich es befehle, dann aber alle zu gleicher Zeit, zwei Salven aus den Doppelgewehren, mitten in den Haufen hinein!«

Die Nordseite wurde schnell besetzt. Teils hielten die Verteidiger an den Schießscharten, teils standen sie auf den zwischen diesen befindlichen Erhöhungen, von denen aus über die Mauer geschossen werden konnte. Diese letzteren duckten sich nieder, um von den Angreifenden nicht zu früh gesehen zu werden.

Nun zeigte es sich, wie richtig Old Firehand vermutet hatte. Der Trupp setzte sich in Bewegung, im Galopp gerade nach dem Thore zu. Erst als er sich höchstens noch achtzig Schritte von demselben befand, erscholl der Befehl zum Feuern; zwei Salven krachten schnell hintereinander, so genau abgegeben, daß sie wie zwei einzelne Schüsse klangen. Der Erfolg entsprach ganz den Erwartungen Old Firehands. Es war, als ob die Tramps mitten im Jagen durch ein quer vorgespanntes Seil aufgehalten worden seien. Sie bildeten einen wilden Knäuel, welcher sich nicht schnell genug zu lösen vermochte. Der Lord, welcher zwei Gewehre besaß, gab noch zwei Schüsse ab; die andern bekamen Zeit, rasch zu laden, wenn auch nur einen Lauf, und feuerten nun nicht salvenmäßig, sondern *ad libitum* und unaufhörlich in den Wirrwarr hinein. Das vermochten die Tramps nicht auszuhalten; sie stoben auseinander und ließen ihre Toten und Verwundeten liegen, da es höchst gefährlich für sie war, sich bei und mit denselben aufzuhalten. Die ledigen Pferde rannten instinktmäßig dem Farmhause zu, und man öffnete das Thor, um sie hereinzuholen. Als dann die Tramps doch den Versuch machten, sich ihrer Verwundeten anzunehmen, wurden sie nicht belästigt, da es einem Akt der Menschlichkeit galt. Man sah, daß sie dieselben unter eine ferne Baumgruppe schafften, um sie dort, so gut die Verhältnisse es erlaubten, zu verbinden.

Währenddessen war es Mittag geworden, und es wurde Speise und Trank unter die tapferen Verteidiger verteilt. Dann sah man, daß die Tramps sich entfernten, indem sie die Beschädigten unter den Bäumen liegen ließen; sie ritten nach Westen.

»Ob sie abziehen?« fragte Humply-Bill. »Sie haben eine tüchtige Lehre erhalten, und es wäre nur klug von ihnen, wenn sie sich dieselbe zu Herzen nähmen.«

»Fällt ihnen gar nicht ein«, antwortete Tante Droll. »Gäben sie wirklich ihre Absicht auf, so würden sie die Verwundeten mitnehmen. Ich meine, daß sie jetzt an die Herden denken werden, welche zur Farm gehören. Gegen diese ist ihr jetziges Vorhaben gerichtet. Da schaut hinauf auf das Haus! Droben steht Old Firehand mit dem Fernrohr in der Hand. Er beobachtet die Kerls, und ich denke, daß wir bald einen Befehl erhalten werden.«

»Welchen?«

»Den Hirten und Indianern zu Hilfe zu kommen.«

Die Vermutung der Tante erwies sich als ganz richtig. Die Tramps waren nun so weit fort, daß man sie von der Mauer aus nicht mehr sehen konnte; aber Firehand hatte sie noch im Auge; er rief plötzlich von oben herab: »Schnell die Pferde satteln! Die Kerls wenden sich südwärts, und werden nun mit der ›guten Sonne‹ und seinen Leuten zusammentreffen.«

In weniger als fünf Minuten standen die Pferde bereit, und alle, außer einigen Knechten, welche im Hofe zurückbleiben und nötigenfalls das

Thor schnell öffnen sollten, stiegen auf. Old Firehand an ihrer Spitze, ritten sie zum Thore hinaus, und um die nächste Mauerecke, um sich dann südlich zu halten. Dort gab es zunächst einige Felder, hinter denen die Prairie begann, ein grünes Weideland, auf welchem hie und da ein Buschwerk zu sehen war.

Auch jetzt waren die Tramps nicht mit dem bloßen Auge zu erkennen; aber Old Firehand hatte das Fernrohr mit, durch welches er sie beobachtete. Dadurch wurde es möglich, ihnen stets parallel und unsichtbar zu bleiben. Nach einer Viertelstunde hielt Old Firehand an, denn die Tramps hatten auch angehalten. Sie waren an der Grenze des Nachbars angekommen und erblickten nicht nur die dort weidenden Tiere, sondern auch die bewaffneten Beschützer derselben.

Old Firehand musterte die verschiedenen Buschinseln des Graslandes, und suchte sich diejenigen aus, welche ihm Deckung gewähren konnten. Hinter ihnen verborgen, näherte er sich mit seinen Leuten der Gegend, in welcher der Zusammenstoß voraussichtlich stattzufinden hatte. Dann verließen sie die Pferde und schlichen in gebückter Stellung weiter, bis sie eine breite Strauchgruppe erreichten, zu welcher aller Voraussetzung nach die Tramps während des Kampfes kommen mußten. Hier stellten sie sich so auf, daß sie von denselben nicht gesehen werden konnten, und hielten ihre Gewehre schußbereit. Von dieser Stelle aus nun waren sowohl die Angreifer als auch diejenigen, welche angegriffen werden sollten, mit unbewaffnetem Auge zu erkennen.

Die ersteren schienen ziemlich betroffen zu sein, eine solche Anzahl von Indianern zum Schutze der Tiere vorzufinden. Wie kam es, daß rote Männer dazu engagiert worden waren, und noch dazu in solcher Anzahl? Die Tramps stutzten. Bald aber bemerkten sie, daß die Indianer nur mangelhaft, weil nicht mit Feuergewehren, bewaffnet waren, und das beruhigte sie. Die Anführer hielten eine kurze Beratung, und dann erfolgte der Befehl zum Angriff. Es war aus der Art und Weise sofort zu ersehen, daß man sich nicht mit einem langen Fernkampfe aufhalten, sondern die Roten einfach niederreiten wollte. Die Reiter sprengten in geschlossenem Trupp und unter drohendem Geschrei gerade auf dieselben ein.

Jetzt zeigte es sich, daß die »gute Sonne« ihrer Aufgabe gewachsen war. Er gab einen lauten Befehl, infolgedessen seine eng beieinander stehenden Leute sich zerstreuten, so, daß von einem Niederreiten keine Rede sein konnte. Die Tramps sahen das ein; sie machten eine Schwenkung, um an den rechten Flügel der Roten zu kommen und dieselben nach dem linken hin aufzurollen. Der Osagenhäuptling durchschaute diese Absicht. Wieder erschallte seine laute Stimme. Seine Leute schwirrten zusammen, bildeten für einen Augenblick einen scheinbar wirren Knäuel und flogen dann wieder auseinander. Sie hatten ihre Aufstellung vollständig verändert. Diese war vorher eine westöstliche gewesen, nun aber zu einer nordsüdlichen geworden. Der Osage hatte diese Veränderung getroffen, nicht weil er die Nähe seiner Verbündeten kannte, sondern um, wie ein angegriffener Bison, dem Feinde nicht die Flanke, sondern die starke, hornbewehrte Stirn zu bieten. War sie schon an und für sich ein Meisterstück, so hatte sie außerdem den von ihm freilich ungeahnten Erfolg, daß die Wegelagerer sich nun ganz plötzlich zwischen Indianern und den hinter dem Buschwerke versteckten Weißen befanden. Sie sahen ihre Absicht vereitelt und hielten an, eine Unvorsichtigkeit, welche sie augenblicklich zu büßen hatten. Sie schienen sich in der Tragweite der Indianerwaffen zu irren und sich vor denselben sicher zu fühlen. Einer ihrer Anführer sprach auf sie ein, jedenfalls, um ihnen einen andern Plan mitzuteilen. Diese Pause benutzte der Osage. Er stieß einen Ruf aus, auf welchen seine Leute schnell vorwärts sprangen, plötzlich stehen blieben, ihre Pfeile abschossen und sich dann ebenso schnell wieder zurückzogen. Die Geschosse erreichten ihr Ziel; es gab Tote und noch mehr Verwundete, nicht nur unter den Reitern, sondern auch unter den Pferden. Die Tiere bäumten sich auf; sie wollten durchgehen und waren kaum zu bändigen. Das gab eine Verwirrung, welche Old Firehand benutzen mußte.

»Jetzt los!« gebot er. »Aber schießt nur auf die Kerls und nicht auf die Pferde!«

Seine Leute traten hinter den Büschen hervor; sie befanden sich im Rücken der Feinde, von denen sie nicht gesehen wurden. Als ihre Schüsse krachten und ihre Kugeln in den Haufen der Tramps flogen, drehten sich die letzteren um, gerade als die zweite Salve auf sie abgegeben wurde. Sie schrieen vor Schreck auf.

»Fort!« brüllte unter ihnen eine Stimme. »Wir sind umzingelt. Brecht durch die Linie der Roten!«

Diesem Befehle wurde augenblicklich Folge geleistet. Die Tramps jagten, ihre Toten und Schwerverwundeten im Stiche lassend, auf die Indianer ein, welche ihnen nur zu gern den Ausweg eröffneten und hinter ihnen ein triumphierendes Geheul erhoben.

»Da reißen sie aus!« lachte der alte Blenter. »Die kommen nicht wieder. Wißt ihr, wer es war, der zur Flucht aufforderte?«

»Natürlich!« antwortete der schwarze Tom. »Die Stimme kennt man genau. Der rote Cornel war's; den scheint der Satan vor unsern Kugeln in Schutz zu nehmen. Wollen wir nicht den Halunken nach, Sir?«

Er hatte diese Frage an Old Firehand gerichtet, und dieser antwortete: »Nein. Wir sind zu schwach, um es im Handgemenge mit ihnen aufzunehmen. Übrigens erraten sie vielleicht, daß wir uns nicht ursprünglich hier befunden haben, sondern den Roten von der Farm her zu Hilfe gekommen sind. In diesem Falle ist es sehr wahrscheinlich, daß sie dorthin reiten, um während unsrer Abwesenheit einzudringen. Wir müssen also schleunigst zurück.«

»Und was geschieht mit den verwundeten Tramps und den ledig herumlaufenden Pferden?«

»Wir müssen sie den Indianern überlassen. Doch, keine Zeit verloren, schnell jetzt zu den Pferden!«

Die Männer schwenkten ihre Hüte und riefen den Roten ein donnerndes Hurra zu, welches von diesen durch ein schrilles Siegesgeschrei beantwortet wurde; dann ging es zu den Pferden, und als man diese bestiegen hatte, nach der Farm zurück. Kein Tramp war in der Nähe derselben zu sehen, natürlich die Verwundeten ausgenommen, welche bei der Baumgruppe liegen gelassen worden waren. Old Firehand begab sich sofort auf das platte Dach des Gebäudes, um Umschau zu halten.

Da oben saß Mrs. Butler, welche in großer Besorgnis gewesen war, und nun zu ihrer Freude vernahm, daß der Angriff glanzvoll zurückgewiesen worden sei.

»So sind wir wohl gerettet?« fragte sie aufatmend. »Da die Tramps so schwere Verluste erlitten haben, darf man doch annehmen, daß ihnen der Mut zur Fortsetzung der Feindseligkeit vergangen ist.«

»Vielleicht«, antwortete der Jäger nachdenklich.

»Nur vielleicht?«

»Leider! An die Herden werden sie sich zwar nicht wieder wagen, weil sie annehmen müssen, daß dieselben nicht nur von Indianern, sondern auch durch eine hinreichende Anzahl von Weißen bewacht werden. Anders aber steht es hier mit dem Hause. Die Kerls werden freilich eingesehen haben, daß am Tage nichts gegen dasselbe zu unternehmen ist, doch können sie das Eindringen im Dunkel der Nacht für möglich halten. Jedenfalls müssen wir auf einen nächtlichen Angriff vorbereitet sein.«

»Aber am Tage werden sie sich sicher nicht mehr sehen lassen?«

»O doch! Da draußen bei den Bäumen liegen ihre Verwundeten, deren sie sich annehmen müssen. Ich bin überzeugt, daß wir sie bald dort sehen werden. Sie sind in westlicher Richtung geflohen, und von dorther werden sie kommen.«

Er blickte in der angegebenen Richtung durch das Fernrohr und fuhr schon nach kurzer Zeit fort: »Ganz richtig, dort sind sie! Sie haben einen Bogen geschlagen und kehren nun zu den Blessierten zurück. Es ist anzunehmen, daß – –«

Er hielt inne. Noch immer durch das Rohr sehend, hatte er demselben eine nördliche Richtung gegeben.

»Was ist's?« fragte die Dame. »Warum sprecht Ihr nicht weiter, Sir? Warum zeigt Ihr plötzlich ein so bedenkliches Gesicht?«

Er sah noch eine Weile durch das Rohr, setzte dasselbe dann ab und antwortete: »Weil jetzt wahrscheinlich etwas geschieht, was unsre Lage nicht zu verbessern geeignet ist.«

»Was meint Ihr? Was soll geschehen?« fragte sie in ängstlichem Tone.

Er überlegte, ob er ihr die Wahrheit sagen solle. Glücklicherweise wurde seiner Verlegenheit dadurch ein Ende gemacht, daß der Lord auf dem Dache erschien, um sich zu erkundigen, ob die Tramps zu sehen seien. Dies benutzte Old Firehand, der Dame zu antworten: »Es ist nichts, was uns besonders Angst zu machen braucht, Mylady. Ihr könnt ohne Sorgen hinabgehen, um den Leuten, welche durstig sind, einen Trunk verabreichen zu lassen.«

Sie folgte beruhigt dieser Aufforderung, doch als sie verschwunden war, sagte der Jäger zu dem Lord, welcher sein Riesenteleskop mitgebracht hatte: »Ich hatte einen guten Grund, die Dame jetzt zu entfernen. Nehmt Euer Rohr zur Hand, Mylord, und schaut gerade westlich. Wer ist da zu sehen?«

Der Engländer folgte dieser Aufforderung und antwortete dann: »Die Tramps. Ich sehe sie deutlich. Sie kommen.«

»Kommen sie wirklich?«

»Natürlich! Was sollen sie sonst thun?«

»So scheint mein Rohr besser zu sein als das Eurige, obgleich es viel kleiner ist. Seht Ihr denn die Tramps in Bewegung?«

»Nein, sie halten.«

»Mit den Gesichtern wohin gewendet?«

»Nach Nord.«

»So folgt einmal mit dem Rohre dieser Richtung! Vielleicht seht Ihr dann, weshalb die Kerls angehalten haben.«

»*Well,* Sir, werde schauen!« Und nach einigen Augenblicken fuhr er fort: »Dort kommen drei Reiter, ohne die Tramps zu bemerken.«

»Reiter? Wirklich?«

»*Yes!* Doch nein; es scheint eine Lady dabei zu sein. Richtig, es ist eine Dame. Ich sehe das lange Reitkleid und den wehenden Schleier.«

»Und wißt Ihr, wer diese drei sind?«

»Nein. Wie könnte ich wissen – *heighho,* es werden doch nicht etwa –?«

»Allerdings«, nickte Old Firehand ernst. »Sie sind es; der Farmer und sein Bruder nebst dessen Tochter. Der Bote, den wir ihnen entgegenschickten, um sie zu warnen, hat sie nicht getroffen.«

Der Lord schob sein Rohr zusammen und rief: »So müssen wir schnell zu Pferde und hinaus, sonst fallen sie den Tramps in die Hände!«

Er wollte fort. Der Jäger hielt ihn beim Arme fest und sagte: »Bleibt, Sir, und macht keinen Lärm! Die Lady braucht jetzt nichts zu erfahren. Wir können weder warnen noch helfen, denn es ist bereits zu spät. Seht, seht!«

Der Lord setzte sein Rohr wieder an und sah, daß die Tramps sich in Bewegung setzten und den dreien im Galopp entgegenritten.

»*All devils!*« rief er aus. »Sie werden sie umbringen!«

»Fällt ihnen gar nicht ein! Diese Kerls kennen ihren Vorteil und werden ihn gehörig auszunutzen suchen. Welchen Gewinn könnten sie von dem Tode dieser drei Personen haben? Gar keinen. Sie würden dadurch ganz im Gegenteile nur erreichen, daß unser Verhalten sich verschärfte. Lassen sie dieselben aber leben, um sie als Geiseln zu benutzen, so können sie uns Zugeständnisse erpressen, zu denen wir uns sonst nicht verstehen würden. Paßt auf! Jetzt ist's geschehen. Die drei sind umringt. Wir konnten das nicht ändern. Erstens war die Zeit zu kurz, zweitens sind wir im freien Felde gegen die Tramps selbst jetzt noch viel zu schwach.«

»*Well,* das ist richtig, Sir«, meinte der Lord. »Aber wehe den Halunken, wenn sie die Gefangenen nicht anständig behandeln! Und – wollen wir uns wirklich irgend welche Zugeständnisse erpressen lassen? Eigentlich müßte man sich schämen, mit solchen Menschen nur in Verhandlung zu treten!«

Old Firehand zuckte auf sehr eigentümliche Weise die Achsel, und ein selbstbewußtes, fast verächtliches Lächeln spielte um seine Lippen, als er antwortete: »Laßt mich nur machen, Sir! Ich habe noch nie etwas gethan, dessen ich mich schämen müßte. Und von Tramps, selbst wenn es tausend wären, läßt Old Firehand sich keine Befehle erteilen. Wenn ich Euch sage, daß die drei Personen, welche jetzt da draußen gefangen genommen worden sind, in keinerlei Gefahr schweben, so könnt Ihr meinen Worten glauben. Dennoch aber ersuche ich Euch, Mrs. Butler nicht wissen zu lassen, was geschehen ist. Ich selbst hätte es im Augenblicke der Überraschung fast verraten, und doch kann es nichts nützen, sondern nur schaden, wenn sie es erfährt.«

»Soll es auch sonst niemand wissen?«

»Denjenigen, welche uns näher stehen, wollen wir es mitteilen, damit wenigstens sie wissen, woran wir sind. Wollt Ihr das übernehmen, so geht jetzt hinab zu ihnen, doch sollen sie es nicht weiter plaudern. Ich werde hier die Vagabunden weiter beobachten, und dann nach ihrem Verhalten meine Maßregeln treffen.«

Der Lord begab sich wieder in den Hof hinab, um das Geschehene den Betreffenden bekannt zu machen. Old Firehand richtete seine Aufmerksamkeit auf die Tramps, welche ihre drei Gefangenen in die Mitte genommen hatten und nach der mehrfach erwähnten Baumgruppe ritten, um dort anzuhalten. Sie stiegen daselbst von den Pferden und lagerten sich. Der Jäger sah, daß es eine sehr bewegte Unterhaltung oder Beratung zwischen ihnen gab. Er glaubte zu wissen, welches Resultat dieselbe haben werde, und dachte darüber nach, wie er sich zu demselben verhalten solle. In diesem Sinnen wurde er durch Droll gestört, welcher hastig heraufkam und in deutscher Sprache fragte: »Is es werklich wahr, was der Lord uns sage soll? Die zwee Herrn Butlers sind gefange genomme worde und das Fräulein noch derzu?«

»Allerdings«, nickte Old Firehand.

»Sollte mersch denke, daß so was möglich ist! Nu werde de Tramps denke, daß se off'n große Pferd sitze; se werde komme und große Forderunge mache. Und wir? Was werde wir daroff antworte?«

»Nun, was raten Sie?« fragte Old Firehand, indem er einen lustig forschenden Blick auf den Kleinen warf.

»Das könne Se noch frage!« antwortete dieser. »Nischt, gar nischt wird zugeschtande. Oder wolle Se etwa gar een Lösegeld gebe?«

»Sind wir nicht dazu gezwungen?«

»Nee und nee, und abermals nee! Diese Halunke könne gar nischt mache. Was wolle se thue? Etwa die Gefangene erschlage? Das wird ihne nich einfalle, denn dann hätte se unsre Rache zu fürchte. Zwar werde se uns dermit drohe, wir aber gloobe es nich und lache se eenfach aus.«

»Aber wir haben, selbst wenn Ihre Vermutung richtig ist, Rücksicht auf die Gefangenen zu nehmen, deren Lage jedenfalls eine höchst unangenehme ist. Wenn man sie auch an Leib und Leben schont, so wird man ihnen doch sonst alles mögliche anthun und ihnen in der Weise mit Drohungen zusetzen, daß sie sich ganz unglücklich fühlen.«

»Das kann ihne gar nischt schade; das müsse se sich gefalle lasse. Warum sind se so unvorsichtig in den Gänseschtall gekroche! Es wird ihne in Zukunft zur Warnung diene, und übrigens wird das Elend gar nich lange dauern. Wir sind ja da, und es müßte mit dem Kuckuck zugehe, wenn wir nich Mittel und Wege fände, sie aus der Patsche herauszuhole.«

»Wie wollen wir das anfangen? Haben Sie einen Plan?«

»Nee, noch nich; is ooch gar nich nötig. Zunächst müsse mer abwarte, was weiter geschieht; dann erscht könne mer handle. Es is mer ganz und gar nich angst, wenigstens nich um mich, denn ich kenne mich. Is der richtige Oogenblick da, so wird mer sicher ooch der richtige Verschtand komme. Warte mer nur de Nacht ruhig ab, und passe mer off, wo se Lager mache. Da werde ich mich so successive hinausschlängle, um de Gefangene herauszuhole.«

»Ich traue Ihnen dieses Wagnis ganz gerne zu; aber es ist höchst gefährlich!«

»Papperlapapp! Sie und ich habe schon ganz andre Dinge unternomme. Mer sind alle beede nich off de Kopp gefalle. Een altes Altenburger Sprichwort sagt: ›Mache könne mersch, denn habe thune mersch.‹ So is es ooch hier. Wersch im Koppe hat, nämlich de angeborene Intelligenzigkeet, bei dem kann's in der Ausführung gar nich fehle. Mer werde uns doch nich vor solche Heiducke fürchte, wie diese Tramps sind, die noch gar nich dahin geroche habe, wo Barthel den Most gefunde hat! Ich denke, daß – – halt!« unterbrach er sich. »Passe Se off! Jetzt komme se. Zwee Kerls, grad offs Haus zu. Se schwenke de Tücher in de Fingersch, damit mer sehe solle, daß se als Parlamentärsch reschpektiert werde müsse. Werde Se mit ihne rede?«

»Natürlich! Um der Gefangenen willen muß ich wissen, was man von uns fordert. Kommen Sie!«

Die beiden begaben sich in den Hof, wo die Besatzung an den Schießscharten stand, um die zwei Unterhändler zu beobachten. Diese blieben außerhalb Schußweite stehen und winkten mit den Tüchern. Old Firehand öffnete das Thor, trat hinaus und gab ihnen ein Zeichen, herbei zu kommen, welcher Aufforderung sie folgten. Als sie ihn erreicht hatten, grüßten sie höflich, gaben sich aber Mühe, möglichst zuversichtliche Gesichter zu zeigen.

»Sir, wir kommen als Abgesandte«, sagte der eine, »um unsre Forderungen zu stellen.«

»So!« antwortete der Jäger in ironischem Tone. »Seit wann wagen es die Prairiehasen, zum Grislybären zu gehen, um ihm Befehle zu erteilen?«

Der Vergleich, dessen er sich bediente, war gar nicht so übel. Er stand vor ihnen so hoch, so breit und mächtig und aus seinen Augen schoß ein Blick auf sie, daß sie unwillkürlich einen Schritt zurückwichen.

»Wir sind keine Hasen, Sir!« erklärte der Sprecher.

»Nicht? Nun, dann wohl feige Prairiewölfe, welche sich mit Aas begnügen? Ihr gebt euch für Parlamentäre aus. Räuber seid ihr, Diebe und Mörder, welche sich außerhalb des Gesetzes gestellt haben, und auf die jeder ehrliche Mann also nach Belieben schießen kann!«

»Sir«, fuhr der Tramp auf, »ich muß mir solche Beleidigungen – –«

»Schweig, Halunke!« donnerte Old Firehand ihn an. »Spitzbuben seid ihr, weiter nichts! Es ist eigentlich eine Schande für mich, daß ich mit euch rede. Ich habe euch die Annäherung auch nur aus dem Grunde gestattet, um einmal zu sehen, wie weit solches Gelichter die Frechheit zu treiben vermag. Ihr habt zu hören, was ich sage, und nicht darüber zu mucksen. Sagt noch ein einziges Wort, welches mir nicht gefällt, und ich schlage euch sofort zu Boden. Wißt ihr, wer ich bin?«

»Nein«, antwortete der Mann, eingeschüchtert und kleinlaut.

»Man nennt mich Old Firehand. Sagt das denen, die euch gesandt haben; sie werden vielleicht wissen, daß ich nicht der Mann bin, mit welchem sich Narretei treiben läßt; sie haben es ja heute schon fühlen und erfahren müssen. Und nun kurz, welchen Auftrag habt ihr auszurichten?«

»Wir sollen melden, daß der Farmer mit seinem Bruder und seiner Nichte in unsre Hände gefallen ist.«

»Weiß es schon!«

»Diese drei Personen müssen sterben –«

»Pshaw!« unterbrach ihn der Jäger.

»– – wenn Ihr nicht auf unsre Bedingungen eingeht«, fuhr der Parlamentär fort.

»Old Firehand läßt sich niemals Bedingungen machen, am allerwenigsten von Leuten eures Schlages. Überdies seid ihr die Besiegten, und hätte jemand Bedingungen zu stellen, so würde nur ich der Betreffende sein.«

»Aber, Sir, wenn Ihr mich nicht anhört, so werden die Gefangenen vor Euren Augen dort an den Bäumen aufgeknüpft!«

»Thut das immerhin! Es gibt hier auf der Farm auch für euch Stricke genug.«

Das hatte der Tramp nicht erwartet. Er wußte wohl, daß man es nicht wagen werde, seine Drohung auszuführen. Er blickte verlegen vor sich nieder und meinte dann: »Bedenkt, drei Menschenleben!«

»Das bedenke ich gar wohl – – nur drei Menschenleben, für welche wir euch alle auslöschen werden! Der Vorteil liegt ganz klar auf unsrer Seite.«

»Aber Ihr könnt den Tod Eurer Freunde so leicht verhüten!«

»Wodurch?«

»Dadurch, daß ihr abzieht und uns die Farm übergebt.«

Da legte Old Firehand dem Manne die Faust so schwer auf die Schulter, daß dieser zusammenzuckte, und antwortete: »Mensch, bist du verrückt? Hast du mir noch etwas zu sagen?«

»Nein.«

»So hebe dich schleunigst von dannen, sonst betrachte ich dich als einen Wahnsinnigen, den man unschädlich zu machen hat.«

»Ist das Euer Ernst, Sir?«

»Mein vollster Ernst. Hinweg mit euch, sonst ist's um euch geschehen!«

Er zog den Revolver. Die beiden zogen sich schnell zurück, doch wagte es der eine, in gewisser Entfernung für einen Augenblick stehen zu bleiben und zu fragen: »Dürfen wir wiederkommen, wenn wir einen andern Auftrag erhalten?«

»Nein.«

»Ihr weist also jede Verhandlung ab?«

»Ja. Nur für den roten Cornel werde ich zu sprechen sein, aber auch nicht länger als einen Augenblick.«

»Versprecht Ihr ihm freie Rückkehr zu uns?«

»Ja, im Falle er mich nicht beleidigt.«

»Wir werden es ihm sagen.«

Sie rannten so schnell fort, daß man sah, wie froh sie waren, aus der Nähe des berühmten Mannes entkommen zu sein. Dieser trat nicht wieder in den Hof zurück, sondern er schritt in der Richtung der Tramps vom Thore fort, bis er die Hälfte der Strecke zurückgelegt hatte. Dort setzte er sich auf einen Stein, um den roten Cornel zu erwarten, von dem er als sicher annahm, daß er kommen werde.

Wer Old Firehand nicht kannte, der hätte es für ein außerordentliches Wagnis gehalten, daß dieser sich so weit von den Seinen entfernte, ohne wenigstens ein Gewehr bei sich zu haben; er aber wußte gar wohl, was er thun durfte oder nicht.

Bald zeigte es sich, daß er sich in seiner Vermutung nicht geirrt hatte. Der Kreis der Tramps öffnete sich, und der Cornel kam langsam auf ihn zugeschritten. Er machte eine elegant sein sollende, aber sehr eckig ausfallende Verbeugung und sagte: »*Good day,* Sir! Ihr habt mit mir zu sprechen verlangt?«

»Davon weiß ich nichts«, antwortete der Westmann. »Ich habe nur gesagt, daß ich außer Euch mit keinem andern reden würde; am liebsten wäre es mir gewesen, auch Ihr hättet Euch nicht sehen lassen.«

»Master, Ihr bedient Euch eines sehr stolzen Tones!«

»Habe auch Ursache dazu. Euch aber wollte ich nicht raten, denselben Ton anzunehmen.«

Sie blickten sich Auge in Auge. Der Cornel senkte das seine zuerst und antwortete in mühsam unterdrücktem Zorne: »Wir stehen wohl ganz gleichberechtigt voreinander!«

»Der Tramp vor dem ehrlichen Westmanne, der Besiegte vor dem Sieger – nennt Ihr das gleichberechtigt?«

»Noch bin ich nicht besiegt. Wir werden Euch beweisen, daß Eure bisherigen Erfolge nur vorübergehende sind. Es liegt ja nur in unsrer Hand, den Spieß umzukehren.«

»Versucht es doch!« lachte Old Firehand verächtlich.

Das ärgerte den Tramp und er antwortete auffahrend: »Wir brauchen ja nur Eure Unvorsichtigkeit zu benutzen!«

»Ah! Wieso? Welche Unvorsichtigkeit habe ich begangen?«

»Die, daß Ihr Euch bis hierher von der Farm entfernt habt. Wenn wir gewollt hätten, wäret Ihr in unsre Hände gefallen. Und ohne Euch, das geben wir zu, wären die dort hinter den Mauern nichts gegen uns gewesen.«

Über das Gesicht Old Firehands ging ein heiteres Lachen, demjenigen ähnlich, welches sich bei gutmütigen Erwachsenen zeigt, wenn ein Kind eine recht drastische Dummheit gesagt hat.

»Ihr glaubt Euren eigenen Worten doch wohl selbst nicht«, antwortete er. »Ihr, und Old Firehand fangen! Warum habt Ihr es denn nicht gethan? Daß Ihr es nicht einmal versucht habt, ist der beste Beweis, daß Ihr selbst nicht an die Möglichkeit glaubtet.«

»Oho! Man weiß zwar, daß Ihr ein guter Westmann seid; aber der Unbesiegliche, für den man Euch hält, seid Ihr doch noch lange nicht. Ihr befindet Euch gerade in der Mitte zwischen uns und der Farm. Es brauchen nur einige von uns sich zu Pferde zu setzen, um Euch den Rückweg abzuschneiden, so wäret Ihr unser Gefangener geworden.«

»Meint Ihr wirklich?«

»Ja. Und wenn Ihr der beste Läufer wäret, ein Pferd ist doch noch schneller; das gebt Ihr doch wohl zu. Also wäret Ihr umzingelt gewesen, bevor Ihr das Haus erreichtet.«

»Eure Berechnung stimmt bis auf zwei Punkte. Erstens fragt es sich, ob ich mich nicht gewehrt hätte; einige von euch fürchte ich noch lange nicht. Und zweitens habt Ihr außer acht gelassen, daß diejenigen, welche mich fangen wollten, in den Kugelbereich meiner Leute hätten kommen müssen; sie wären einfach weggeputzt worden. Doch nicht das ist es, wovon wir zu sprechen haben.«

»Nein, das ist es nicht, Sir. Ich bin gekommen, um Euch Gelegenheit zu geben, das Leben unsrer drei Gefangenen zu retten.«

»Dann habt Ihr Euch unnütz bemüht, denn das Leben dieser Leute befindet sich nicht in Gefahr.«

»Nicht?« meinte der Cornel mit einem schadenfrohen Grinsen. »Da irrt Ihr Euch gewaltig, Sir. Wenn Ihr nicht auf unsre Forderungen eingeht, werden sie aufgeknüpft.«

»Ich habe Euch schon sagen lassen, daß ihr alle dann auch aufgehängt würdet.«

»Lächerlich! Habt Ihr gezählt, wie viele Köpfe wir sind?«

»Sehr wohl; aber wißt auch Ihr vielleicht, welche Anzahl ich Euch entgegenstellen kann?«

»Sehr genau.«

»*Pshaw!* Ihr habt uns nicht zählen können.«

»Das ist nicht nötig. Wir wissen, wie viele Knechte auf Butlers Farm gewöhnlich vorhanden sind; mehr werden es auch jetzt nicht sein. Dazu kommen höchstens noch die Rafters, welche Ihr vom schwarzen Bärenflusse mitgebracht habt.«

Er blickte den Jäger erwartungsvoll von der Seite an, denn er befand sich wirklich im unklaren über die Leute, welche diesem zur Verfügung standen. Nun wollte er die Miene desselben beobachten, um aus derselben zu schließen, ob die ausgesprochene Vermutung richtig sei oder nicht. Old Firehand wußte das. Er machte eine wegwerfende Handbewegung und antwortete: »Zählt eure Toten und Verwundeten und sagt mir dann, ob die wenigen Rafters das fertig gebracht hätten. Überdies habt Ihr meine Indianer gesehen und auch die andern Weißen, welche euch im Rücken nahmen.«

»Die andern Weißen?« lachte der Tramp. »Es sind keine andern als eben nur die Rafters gewesen. Ich gebe zu, daß ihr uns da überlistet habt. Ihr seid den Indianern aus der Farm zu Hilfe gekommen; das habe ich mir leider zu spät überlegt. Wir hätten sofort nach der Farm reiten sollen; dann wäre dieselbe in unsre Hände gefallen. Nein, Sir, mit eurer Anzahl könnt ihr uns nicht imponieren. Wenn wir die Gefangenen töten, ist es euch ganz unmöglich, sie zu rächen.«

Wieder war es ein versteckt lauernder Blick, den der Cornel auf Old Firehand warf. Dieser zuckte geringschätzig die Achsel und meinte: »Streiten wir uns nicht. Selbst wenn wir so wenige Köpfe zählten, wie Ihr irrigerweise anzunehmen scheint, wären wir euch weit überlegen. Tramps, Tramps, was sind das für Leute? Faule Arbeiter, Vagabunden, Landstreicher! Da drinnen aber, hinter der Mauer, stehen die berühmtesten Jäger und Scouts des wilden Westens. Ein einziger von ihnen nimmt mindestens zehn Tramps auf sich. Wären wir auch nur zwanzig Westmänner beisammen, und ihr wagtet es, die Gefangenen zu töten, so würden wir wochen- und monatelang auf eurer Ferse bleiben, um euch bis auf den letzten Mann auszurotten. Das wißt ihr sehr genau, und darum werdet ihr euch hüten, diesen drei Personen auch nur ein Haar zu krümmen.«

Er hatte diese Worte in drohendem und so zuversichtlichem Tone gesprochen, daß der Cornel den Blick zu Boden senkte. Dieser letztere wußte, daß der Jäger ganz der Mann sei, seine Worte zur Thatsache zu machen. Es war schon oft dagewesen, daß ein einziger kühner Mann eine ganze Bande verfolgt hatte, um sich an derselben zu rächen, und daß nach und nach alle seiner sicheren Büchse erlegen waren. Und wenn irgend einem Menschen, so war es gerade diesem Old Firehand zuzutrauen, dieses Bravourstück nachzumachen. Doch hütete der Tramp sich gar wohl, dies zuzugeben; er hob den Blick, bohrte ihn höhnisch in das Auge des Jägers und sagte: »Warten wir es ab! Wäret Ihr Eurer Sache so sicher, so ständet Ihr nicht hier. Nur die Besorgnis kann Euch zu mir heraus getrieben haben.«

»Schwatzt nicht solches Zeug. Ich habe mich bereit finden lassen, mit Euch, gerade nur mit Euch zu sprechen, aber nicht aus Angst, sondern um mir Euer Gesicht und Eure Stimme noch einmal genau einzuprägen, um für die Zukunft meiner Sache sicher zu sein. Das ist der Grund. Jetzt seid Ihr meinem Gedächtnisse so sicher einverleibt, daß wir uns trennen können. Wir sind fertig miteinander.«

»Noch nicht, Sir! Erst muß ich wissen, welche Antwort Ihr uns gebt.«

»Ihr habt sie schon.«

»Nein, denn ich habe Euch einen neuen Vorschlag zu machen. Wir wollen nämlich von der Besetzung der Farm absehen.«

»Ach, sehr gnädig! Und was weiter?«

»Ihr gebt uns unsre Pferde, welche ihr eingefangen habt, zurück; dazu legt ihr alle eure Waffen und Munition; dann liefert ihr uns die nötigen Rinder aus, damit wir uns Proviant machen können, und endlich zahlt ihr zwanzigtausend Dollar; so viel wird auf der Farm vorhanden sein.«

»Nur das? Weiter nichts! Sehr schön! Und was bietet Ihr uns dafür?«

»Wir liefern euch die Gefangenen aus und ziehen ab, nachdem Ihr uns Euer Ehrenwort gegeben habt, daß Ihr Euch fortan gegen jeden von uns aller Feindseligkeit enthalten werdet. Jetzt wißt Ihr, was ich will, und ich bitte mir Eure Entscheidung aus. Wir haben bereits zu lange und unnötigerweise geschwatzt.«

Er sagte das in einem Tone, als ob er das größte moralische Recht zu seiner Forderung habe. Old Firehand zog seinen Revolver und antwortete, nicht zornig, sondern sehr ruhig und unter einem unbeschreiblich verächtlichen Lächeln: »Ja, geschwatzt habt Ihr genug, und lauter tolles, hirnverrücktes Zeug, auf welches ich Euch nur das eine sagen kann: Ihr trollt Euch augenblicklich von dannen, sonst erhaltet Ihr eine Kugel in den Kopf!«

»Wie? Ist das – – –«

»Fort! Augenblicklich!« unterbrach ihn der Jäger mit erhobener Stimme, und indem er den Lauf der Waffe auf ihn richtete. »Eins – – zwei – –«

Der Tramp zog es vor, die »drei« nicht abzuwarten; er drehte sich, einen drohenden Fluch ausstoßend, um, und schritt schnell davon. Er hatte es Old Firehand angesehen, daß dieser bei der dritten Zahl wirklich schießen werde. Der Jäger blickte ihm nach, bis er sicher war, nicht etwa hinterrücks von ihm geschossen zu werden; dann kehrte er nach der Farm zurück, von welcher aus man die Zusammenkunft mit großer Aufmerksamkeit beobachtet hatte. Nach dem Erfolge derselben gefragt, erstattete er einen kurzen Bericht, welcher sehr beifällig aufgenommen wurde.

»Ihr habt sehr richtig gehandelt, Sir«, erklärte der Lord. »Solchen

»Fort! Augenblicklich!« unterbrach ihn der Jäger mit erhobener Stimme.

Schurken darf man keinesfalls auch nur das geringste Zugeständnis machen. Sie haben Angst und werden es unterlassen, sich an den Gefangenen zu vergreifen. Was denkt Ihr, daß sie nun beginnen werden?«

»Hm!« antwortete der Gefragte. »Die Sonne ist im Untergehen. Ich vermute, daß sie warten werden, bis es finster geworden ist, um dann doch noch den Versuch zu machen, über die Mauer zu kommen. Gelingt ihnen das nicht, nun, so bleiben ihnen immer noch die Gefangenen für einen weiteren Erpressungsversuch.«

»Sollten sie wirklich noch einen Angriff wagen?«

»Wahrscheinlich. Sie wissen, daß sie uns an Zahl noch immer vielfach überlegen sind. Wir müssen uns zur Abwehr vorbereiten. Die Vorsicht gebietet uns, sie genau zu beobachten. Sobald es dunkel ist, müssen einige von uns hinaus, um sich an sie anzuschleichen und mich von jeder ihrer Bewegungen zu benachrichtigen. Wer meldet sich freiwillig zu dieser gefährlichen Aufgabe?«

Es waren nicht weniger als alle, welche sich bereit erklärten, und Old Firehand wählte drei aus, welche ihm am geeignetsten erschienen, nämlich die Tante Droll, den Humply-Bill und den Gunstick-Uncle; diese waren herzlich erfreut, ein solches Zeichen seines Vertrauens zu erhalten.

Die Sonne hatte jetzt den Horizont erreicht und ihre wie flüssiges Gold über die weite Ebene flutenden Strahlen trafen die Gruppe der Tramps in der Weise, daß man von der Farm aus jeden einzelnen deutlich zu erkennen vermochte. Sie trafen keinerlei Vorbereitungen, weder zur Abreise, noch zum Nachtlager. Daraus war zu vermuten, daß sie die Gegend nicht zu verlassen gedachten, aber auch nicht da, wo sie sich jetzt befanden, bleiben wollten.

Old Firehand ließ Holz nach den vier Ecken des Hofes schaffen, auch Kohlen, welche in Kansas massenhaft gefunden werden und darum sehr billig sind, dazu einige Fässer mit Petroleum. Als es vollständig dunkel geworden war, wurden die Kundschafter hinausgelassen. Damit dieselben im Falle einer schleunigen Rückkehr, bei welcher sie verfolgt wurden, nicht auf das Öffnen des Thores zu warten brauchten, wobei sie von den Feinden erreicht werden konnten, wurden an einigen Stellen der Mauer starke Lassos befestigt und draußen herabgelassen, an denen sie sich schnell empor- und in den Hof schwingen konnten. Dann tauchte man Holzscheite in Petroleum, brannte sie an und warf sie durch die Schießscharten hinaus. Nachdem noch mehr Holz und dann Kohlen darauf gekommen waren, loderten an den Außenecken vier Feuer, durch welche die Mauerseiten und das vor ihnen liegende Terrain so hell erleuchtet wurden, daß man die Annäherung der Tramps, nicht nur in Haufen, sondern auch jedes einzelnen von ihnen leicht bemerken konnte. Die Flammen wurden nach Bedarf fort und fort durch die Schießscharten gespeist, weil dies diejenige Art und Weise war, bei welcher man sich nicht den Kugeln der Feinde bloßzustellen brauchte.

Nun verging weit über eine Stunde, und nichts schien draußen sich zu regen. Da kam der Gunstick-Uncle über die Mauer geturnt. Er suchte Old Firehand auf und meldete in seiner originellen Weise: »Die Tramps sind von den Bäumen fort – nach einem völlig andern Ort.«

»Dachte es mir. Aber wohin?« fragte der Jäger, über den Reim lächelnd.

Der Gefragte deutete nach der Ecke, rechts vom Thore, und antwortete in unerschütterlichem Ernste: »Da draußen, im Gesträuch am Fluß – man sie von jetzt an suchen muß.«

»So nahe haben sie sich herangewagt! Aber da hätte man doch ihre Pferde hören müssen?«

»Die trieb man weislich unterdessen – auf die Prairie, um Gras zu fressen – doch kenne ich die Stelle nicht – es fehlte mir das Lampenlicht.«

»Und wo sind Bill und Droll?«

»Die wollten hinterher sich machen – um die Halunken zu bewachen!«

»Schön! Ich muß die Stelle ganz genau wissen, an welcher die Tramps liegen. Seid also so gut, Euch wieder zu den beiden zu gesellen. Sobald die Kerls sich fest gelagert haben, mag Droll kommen und es mir sagen; sie glauben wahrscheinlich, klug zu handeln, sind aber in eine Falle gegangen, welche wir nur zu schließen brauchen.«

Der Uncle entfernte sich, und der Lord, welcher die Unterredung mit angehört hatte, fragte, welche Falle Old Firehand meine. Dieser antwortete: »Der Feind befindet sich dort am Flusse. Er hat hinter sich das Wasser, und vor sich die Mauer; wenn wir die beiden andern Seiten versperren, so haben wir ihn fest.«

»Ganz richtig! Aber wie wollt Ihr diese Sperrung vornehmen?«

»Indem ich die Indianer holen lasse, welche ihn von Süden nehmen müssen; wir aber, die wir uns hier befinden, schleichen uns zum Thore hinaus und greifen ihn im Norden an.«

»So wollt Ihr die Mauer ohne Bedeckung lassen?«

»Nein, die Knechte bleiben zurück; sie werden genügen. Wir würden allerdings schlimm daran sein, wenn die Tramps auf den klugen Gedanken kämen, sich auf die Mauer zu werfen; aber ich traue ihnen die Schlauheit nicht zu, anzunehmen, daß wir so verwegen sind, gerade diesen Hauptverteidigungspunkt preiszugeben. Auch werde ich erkunden lassen, wo sich die Pferde befinden. Erfahren wird das, so sind die wenigen Wächter jedenfalls nicht schwer zu überwältigen. Befinden wir uns im Besitze der

Pferde, so sind die Kerle verloren, denn wir können diejenigen, welche uns heute abend entkommen, am Tage verfolgen, einholen und aufreiben.«

»*Well,* ein zwar kühner, aber sehr vortrefflicher Plan. Es ist wahr, Sir, Ihr seid ein tüchtiger Kerl!«

Jetzt mußte der schwarze Tom mit dem alten schlauen Blenter hinaus, um nach den Pferden zu suchen. Dann wurden zwei Knechte, da dieselben die Gegend genau kannten, zu dem Osagenhäuptling geschickt, um demselben eine ausführliche Instruktion zu überbringen. Vor der Wiederkehr dieser Leute konnte nichts unternommen werden.

Es verging eine lange Zeit, ehe sich einer von ihnen sehen ließ. Endlich kamen die Knechte zurück. Sie hatten die Indianer gefunden und herbeigeführt; dieselben lagen nur einige hundert Schritte von den Tramps entfernt am Flusse und waren bereit, beim ersten Schuß, den sie hörten, auf dieselben einzudringen.

Jetzt kam auch Droll mit Bill und dem Uncle.

»Alle drei?« fragte Old Firehand mißbilligend. »Es hätte wenigstens einer noch draußen bleiben sollen.«

»Ich wüßte nicht, weshalb, wenn's nötig ist«, antwortete Droll, wieder einmal in seine altgewohnte Redensart verfallend.

»Um die Tramps weiter zu beobachten, natürlich!«

»Würde überflüssig sein! Ich weiß, woran ich bin, habe mich so nahe an sie herangeschlichen, daß ich genug hören konnte. Sie ärgern sich riesig über unsre Feuer, welche einen Überfall unmöglich machen, und wollen abwarten, wie lange Holz und Kohlen bei uns reichen. Sie hegen die Ansicht, daß nach einigen Stunden der Vorrat zu Ende sein wird, da der Farmer jedenfalls nicht auf so große Brände eingerichtet ist. Dann wollen sie losbrechen.«

»Das ist ja sehr vorteilhaft für uns, denn so bekommen wir Zeit, die Falle zuzuklappen.«

»Welche Falle?«

Old Firehand erklärte ihm, was er vorhatte.

»Das ist herrlich, hihihihi!« lachte Droll halblaut vor sich hin, wie er zu thun pflegte, wenn irgend etwas ihm gute Laune machte. »Das wird und muß gelingen. Die Kerle meinen nämlich, wir denken, daß sie sich noch immer da draußen unter den Bäumen befinden. Aber, Sir, es gibt dabei etwas zu bedenken, was von großer Bedeutung ist.«

»Was?«

»Die Lage der Gefangenen. Ich befürchte, daß man sie töten wird, sobald wir die Feindseligkeiten beginnen.«

»Meint Ihr, daß ich mir das nicht auch schon überlegt habe? Glücklicherweise habe ich nicht die Sorge, welche Ihr soeben ausgesprochen habt. Freilich bin ich überzeugt, daß die Gefangenen die ersten sein würden, welche fallen müßten; aber wir können das verhüten, indem wir dafür sorgen, daß ihnen nichts geschehen kann. Wir schleichen uns an, und drei von uns haben, wenn wir losbrechen, sofort ihre Hände über die beiden Butler und die junge Dame zu halten. Sind sie gefesselt?«

»Ja, aber nicht schwer.«

»Nun, so müssen sie schnell von ihren Banden befreit werden und dann – –«

»Und dann mit ihnen ins Wasser«, fiel Droll schnell ein.

»Ins Wasser?« fragte Old Firehand erstaunt.

»Natürlich.«

»Ihr scherzt wohl, liebe Tante?«

»Scherzen? Fällt mir gar nicht ein!« Und als er die verwunderten Blicke sah, welche die Umstehenden auf ihn gerichtet hielten, fuhr er kichernd fort: »Ja ins Wasser mit ihnen; hihihihi, das ist der schönste Streich, den es geben kann. Was werden die Tramps für Gesichter machen! Und wie werden sie sich die Köpfe zerbrechen!«

»Dazu werden sie gar keine Zeit finden, da ihnen die Schädel ja von uns zerschmettert werden.«

»Nicht sofort, nicht sofort, sondern später.«

»Später? Wieso! Sollen wir ihnen Zeit lassen, uns zu entkommen?«

»Das nicht; aber wir werden ihnen die Gefangenen noch vor dem Überfalle entführen.«

»Haltet Ihr das für möglich?«

»Nicht nur für möglich, sondern sogar für sehr notwendig. Während des Kampfes ist es schwer, für die Sicherheit der Gefangenen zu sorgen; wir müssen sie also schon vorher der Gefahr entzogen haben. Und das ist gar nicht schwer.«

»Nicht? Nun, wie denkt Ihr Euch das? Ich weiß, Ihr seid ein schlauer Fuchs. Ihr habt schon manchen sonst klugen Kerl hinters Licht geführt und Euern Kopf, der sicher verloren schien, heiler Haut aus der Schlinge gezogen. Ist Euch vielleicht auch jetzt so eine bunte Raupe angelaufen?«

»Will's meinen!«

»Nun, so beschreibt sie uns!«

»Gehört gar keine große Klugheit dazu. Wundere mich, daß Ihr nicht schon selbst darauf gekommen seid. Denkt doch mal an den Kanal, welcher vom Hofe aus, da hinter dem Hause, nach dem Flusse geht! Er ist unterirdisch, oder richtiger gesagt, verdeckt, und die Tramps haben keine Ahnung von seinem Vorhandensein. Ich habe mich an ihnen vorüber bis an den Fluß geschlichen und erkannte trotz der Dunkelheit den Ort, an welchem der Kanal mündet, an den großen Steinen, welche man dort in das Wasser geworfen hat, um einen kleinen Damm zu bilden, durch welchen die Wellen in den Kanal geleitet werden. Und, denkt euch, Mesch'schurs, grad bei dieser Mündung lagern die Tramps. Sie haben am Ufer einen Halbkreis gebildet, in dessen Innern sich die Gefangenen befinden. Sie glauben, dieselben auf diese Weise ganz sicher zu haben, und doch ist es gerade dieser Umstand, welcher es uns möglich macht, sie ihnen zu entführen.«

»Ah, ich beginne zu verstehen!« meinte Old Firehand. »Ihr wollt innerhalb des Hofes in den Kanal hinab und demselben bis zum Flusse folgen?«

»Ja. Ich freilich nicht allein; es müssen noch zwei mit, daß auf jeden Gefangen einer kommt.«

»Hm! Dieser Gedanke ist freilich vortrefflich. Wir wollen uns aber erst genau erkundigen, ob der Kanal wirklich passierbar ist.«

Old Firehand fragte einige Knechte aus und erfuhr zu seiner Freude, daß der Kanal rein vom Schlamme sei und keine schlechte Luft enthalte; man könne denselben ganz gut beschreiten und – was ein ganz besonders glücklicher Umstand war – es sei an der Mündung ein kleines Boot verborgen, welches drei Männer fassen könne; dieses Boot sei da stets versteckt, damit es nicht von Indianern oder sonstigen Fremden gestohlen werde.

Der Plan der alten listigen Tante wurde nun eingehend besprochen, und man kam darin überein, daß er von Droll, Humply-Bill und dem Gunstick-Uncle ausgeführt werden solle. Als man so weit war, kehrten Blenter und Tom zurück; sie hatten einen ziemlich weiten Umkreis abgesucht, leider aber die Pferde nicht gefunden. Die Tramps waren so klug gewesen, dieselben möglichst weit von der Farm zu entfernen.

Zunächst schwang sich Old Firehand mit dem betreffenden Knechte über die Mauer, um sich zu dem Osagenhäuptling zu begeben und sich selbst zu überzeugen, daß derselbe gut unterrichtet sei. Als das geschehen war und er zurückgekehrt war, zogen Droll, Bill und der Uncle ihre Oberkleider aus und stiegen in den Kanal hinab, wo ihnen eine Laterne mitgegeben wurde. Es zeigte sich, daß das Wasser ihnen nur bis an die Brust reichte. Sie nahmen die Gewehre auf die Schulter und befestigten sich die Messer, Revolver und Munitionsbeutel an den Hals. Der lange Gunstick-Uncle ging mit der Laterne voran. Als sie im Eingange des Kanals verschwunden waren, brach Old Firehand mit seinen Leuten auf.

Er ließ das Thor leise öffnen und ließ es, als er mit seinen Begleitern dasselbe passiert hatte, nur wieder anlehnen, damit er nötigenfalls, wenn er gezwungen sein sollte, sich zurückzuziehen, es gleich offen fand. Doch blieb ein Knecht zurück, um zu wachen, und es sofort zu schließen, falls die Tramps sich nähern sollten. Die andern Knechte, und auch die Mägde, standen an der nach dem Flusse zu liegenden Mauer bereit, einen etwaigen Angriff nach Kräften abzuwehren.

Die Rafters, und besonders die bei ihnen sich befindenden Westmänner, waren im Anschleichen geübt. Unter Führung des berühmten Jägers schlugen sie zunächst einen Bogen nach Norden, um vom Scheine des Feuers nicht getroffen zu werden; dann, als sie den Fluß erreichten, kehrten sie kriechend am Ufer desselben nach Süden zurück, bis sie annehmen konnten, daß sie die Tramps ziemlich erreicht hatten. Old Firehand kroch allein noch weiter, bis sein scharfes Auge trotz der Dunkelheit den Halbkreis der lagernden Vagabunden bemerkte; nun wußte er, nach welchem Punkte der Angriff zu richten sei, und kehrte zu seinen Leuten zurück, um sie zu orientieren und dann auf das Zeichen zu warten, welches mit den drei Befreiern der Gefangenen verabredet worden war.

Diese hatten inzwischen den Kanal passiert, dessen Wasser nicht so kalt war, daß es ihnen hätte beschwerlich werden können. Unweit der Mündung, noch im Innern des Kanales, lag das kleine Boot, welches an einen Eisenhaken befestigt war. Zwei Ruder lagen in demselben. Der Uncle löschte die Laterne aus und hing sie an den Haken; dann gebot Droll den beiden andern, hier zu warten; er wollte zunächst allein hinaus in den Fluß, um zu rekognoszieren. Es dauerte über eine Viertelstunde, ehe er zurückkehrte.

»Nun?« fragte Humply-Bill gespannt.

»Es war keine leichte Aufgabe«, antwortete die Tante. »Das Wasser ist uns nicht hinderlich, da es draußen auch nicht tiefer ist als hier; aber die Finsternis, welche zwischen den Büschen und Bäumen herrscht, machte mir zu schaffen. Es war gar nichts zu sehen, und ich mußte mich geradezu mit den Händen fortgreifen. Nun ich aber orientiert bin, ist diese Dunkelheit unsre beste Verbündete.»

»Man muß doch, wenn man gegen unsre Feuer blickt, ziemlich deutlich sehen können!«

»Nicht vom Wasser, sondern vom Ufer aus, da das erstere tiefer liegt. Also die Tramps sitzen in einem Halbkreise, dessen Durchmesser der Fluß bildet, und innerhalb desselben, gar nicht weit vom Wasser, befinden sich die Gefangenen – –«

»Welche Unvorsichtigkeit! Auf diese Art und Weise können sie bei der herrschenden Finsternis doch gar nicht genau beobachtet werden. Wie nun, wenn es ihnen gelänge, sich von den Banden zu befreien. Es wäre ihnen dann leicht, ins Wasser zu entkommen und, da jedenfalls wenigstens die beiden Männer schwimmen können, sich zu retten.«

»Unsinn! Es sitzt als besonderer Wächter einer der Tramps bei ihnen, der sie scharf beobachtet.«

»Hm! Der muß also fort. Aber wie?«

»Er wird ausgelöscht; es geht nicht anders und wird auch nicht schade sein um den Kerl.«

»So habt Ihr einen Plan?«

»Ja, die Gefangenen brauchen nicht in das Wasser zu gehen. Wir schaffen das Boot zur Stelle.«

»Das wird man sehen, da sich die Gestalt desselben von den schimmernden Wellen abhebt.«

»Hat sich sein Schimmern! Von dem gestrigen Regen ist das Wasser so getrübt, daß es, besonders unter den Bäumen am Ufer, gar nicht vom festen Erdboden zu unterscheiden ist. Also wir schaffen das Boot hin und binden es an; ihr bleibt bei demselben im Wasser stehen, und ich gehe allein an das Land, um dem Wächter das Messer zu geben und den Gefangenen die Bande zu lösen. Ich bringe sie zu euch; sie rudern sich in den Kanal, wo sie sicher sind, und wir setzen uns dann ganz gemütlich an die Stelle, wo die Gefangenen gesessen haben. Geben wir dann das Zeichen, den Geierschrei, so wird der Tanz sofort beginnen. Einverstanden?«

»*Well,* es kann nicht besser gemacht werden.«

»Und Ihr, Uncle?«

»Genau so, wie Ihr's ausgedacht – wird das famose Werk vollbracht«, antwortete der Gefragte in seiner poetischen Weise.

»Schön, also vorwärts!«

Sie banden das Boot los und schoben es aus dem Kanale in den Fluß. Droll, welcher das Terrain kannte, machte den Führer. Sich immer hart am Ufer haltend, bewegten sie sich langsam und vorsichtig weiter, bis er anhielt und die beiden andern bemerkten, daß er das Fahrzeug anband.

»Wir sind zur Stelle«, raunte er ihnen zu, »jetzt warten, bis ich wiederkomme!«

Das Ufer war hier nicht hoch. Er kroch leise hinauf. Jenseits der Büsche brannten an den beiden Mauerecken die Feuer, gegen die sich die Gegenstände in leidlich erkennbaren Umrissen abhoben. Höchstens zehn Schritt vom Ufer entfernt saßen vier Personen, die Gefangenen mit ihrem Wächter. Weiter zurück sah der Kleine die Tramps in allen möglichen Stellungen ruhen. Er kroch, ohne das Gewehr wegzulegen, weiter, bis er sich hinter dem Wächter befand. Nun erst legte er es weg und griff zum Messer. Der Tramp mußte sterben, ohne einen Laut ausstoßen zu können. Droll zog die Knie unter dem Leib heran, schnellte sich rasch auf, ergriff den Mann mit der Linken von hinten fest bei der Kehle und stieß ihm mit der Rechten die Klinge so kunstgerecht und genau in den Rücken, daß sie das Herz durchschnitt. Sich dann rasch wieder niederlassend zog er den Tramp neben sich auf den Boden. Das war so blitzschnell gegangen, daß die Gefangenen es gar nicht bemerkt hatten. Erst nach einiger Zeit sagte das Mädchen: »Pa'a, unser Wächter ist ja fort!«

»Wirklich? Ah, ja; das wundert mich; aber bleib still sitzen; jedenfalls will er uns auf die Probe stellen.«

»Leise, leise!« flüsterte Droll ihnen zu. »Niemand darf einen Laut hören. Der Wächter liegt erstochen im Grase; ich bin gekommen, euch zu retten.«

»Retten? *Heavens!* Unmöglich! Ihr seid der Wächter selbst!«

»Nein, Sir; ich bin Euer Freund. Ihr kennt mich vom Arkansas her. Droll, den sie die Tante nennen.«

»Mein Gott! Ist's wahr?«

»Leiser, leiser, Sir! Old Firehand ist auch da, und der schwarze Tom und noch viele andre. Die Tramps wollten die Farm plündern; wir aber haben sie zurückgeschlagen. Wir sahen, daß sie Euch ergriffen, und ich habe mich mit zwei tüchtigen Boys hergeschlichen, um Euch zunächst herauszuholen. Und wenn Ihr mir noch nicht traut, da Ihr mein Gesicht nicht sehen könnt, so will ich Euch die Wahrheit meiner Worte beweisen, indem ich Euch losbinde. Gebt Eure Fesseln her!«

Einige Schnitte mit dem Messer, und die drei Leute befanden sich wieder im freien Gebrauche der Glieder.

»Jetzt glauben wir Euch, Sir«, flüsterte der Farmer, der bis jetzt geschwiegen hatte. »Ihr sollt sehen, wie ich Euch danke. Jetzt aber wohin?«

»Leise hinunter in den Kahn. Wir sind durch den Kanal gekommen und haben das Boot mitgebracht. Ihr steigt mit der kleinen Miß hinein und retiriert nach dem Kanal, den Ihr ja kennt, um zu warten, bis der Tanz vorüber ist.«

»Der Tanz? Welcher Tanz?«

»Der eben beginnen soll. Hier auf dieser Seite haben die Tramps den Fluß und gegenüber die Mauer, zwei Hindernisse, welche sie nicht beseitigen können. Rechts von uns hält Old Firehand mit einer Anzahl von Rafters und Jägern, und links wartet der Osagenhäuptling ›gute Sonne‹ mit einer Schar von Roten nur auf mein Zeichen zum Angriffe. Sobald ich es gebe, wissen die Leute, daß Ihr Euch in Sicherheit befindet, und dringen auf die Tramps ein, welche, von rechts und links angegriffen, und von dem Flusse und der Mauer eingeschlossen, wenn auch nicht vollständig aufgerieben, aber doch so große Verluste erleiden werden müssen, daß sie nicht daran denken können, die Feindseligkeiten fortzusetzen.«

»Ach, steht es so! Und da sollen wir uns im Boote in Sicherheit bringen?«

»Ja. Es stand ja zu befürchten, daß die Kerle, sobald wir sie angriffen, kurzen Prozeß mit euch machen würden. Darum kamen wir, um vor allen Dingen erst euch herauszuholen.«

»Das ist ebenso brav wie kühn von Euch, und Ihr habt Euch das Recht auf unsre größte Dankbarkeit erworben; aber glaubt Ihr denn wirklich, daß mein Bruder und ich solche Memmen sind, daß wir die Hände in den Schoß legen, während ihr andern für uns kämpft und euer Leben wagt? Nein, Sir, da irrt Ihr Euch!«

»Hm, schön! Ist mir lieb zu hören! Das gibt zwei Männer mehr für uns. Thut also, was Euch gefällt. Aber die kleine Miß darf nicht da bleiben, wo die Kugeln fliegen werden; die wenigstens müssen wir fortschaffen.«

»Allerdings. Habt die Güte, sie im Boote nach dem Kanale zu bringen! Wie aber steht es mit den Waffen? Man hat uns die unsrigen abgenommen. Könnt Ihr uns nicht wenigstens einen Revolver, ein Messer ablassen?«

»Ist nicht nötig, Sir. Was wir haben, brauchen wir selber; aber hier liegt der Wächter, dessen Armatur für einen von euch hinreicht. Für den andern werde ich dadurch sorgen, daß ich mich gleich an einen Tramp schleiche, um ihm – – – pst, still, da kommt einer! Jedenfalls einer der Anführer, welcher sich überzeugen will, daß ihr gut bewacht werdet. Laßt mich nur machen!«

Gegen das Feuer blickend, sah man einen Mann kommen, welcher die Stellung der Tramps abschritt, um nachzusehen, ob alles in Ordnung sei. Er kam langsam herbei, blieb vor den Gefangenen stehen und fragte: »Nun, Collins, ist etwas vorgekommen?«

»Nein«, antwortete Droll, den er für den Wächter hielt.

»*Well!* Halte die Augen offen! Es gilt deinen Kopf, wenn du nicht aufpaßest. Verstanden?«

»*Yes*. Mein Kopf sitzt jedenfalls fester als der deinige. Nimm dich in acht!«

Er bediente sich absichtlich dieser drohenden Worte und sprach sie ebenso absichtlich mit unverstellter Stimme; er wünschte, daß der Mann sich zu ihm niederbücken möge. Sein Zweck wurde erreicht. Der Tramp trat einen Schritt näher, bog den Kopf herab und sagte: »Was fällt dir ein! Wie meinst du das? Wessen Stimme ist das? Bist du denn nicht Collins, den ich – – –«

Er konnte nicht weiter sprechen, denn Droll legte ihm beide Hände so fest wie Eisenklammern um den Hals, riß ihn vollends zu sich nieder und drückte ihm die Kehle so zusammen, daß derselben kein weiterer Laut entfahren konnte. Man hörte ein kurzes Strampeln der Beine; dann wurde es still, bis Droll leise sagte: »So, der hat auch seine Waffen gebracht; das war sehr gefällig von ihm.«

»Habt Ihr ihn denn fest?« fragte der Farmer.

»Wie könnt Ihr nur fragen! Er ist ausgelöscht. Nehmt sein Gewehr und alles, was er bei sich hat; ich werde indessen die kleine Miß zum Boote bringen.«

Droll richtete sich halb auf, nahm Ellen Butler bei der Hand und geleitete sie an das Wasser, wo er seine wartenden Gefährten von dem Stand der Dinge unterrichtete. Bill und der Uncle brachten das Mädchen nach dem Kanal, wo sie das Boot festbanden, und wateten dann zurück, um sich zu Droll und den beiden Butlers zu gesellen. Diese hatten sich inzwischen mit den Waffen der beiden Tramps bewehrt, und nun meinte Tante Droll ernst: »Jetzt kann's losgehen. Die Kerle werden natürlich sofort hierher kommen, um sich der Gefangenen zu versichern, und das könnte für uns gefährlich werden. Kriechen wir also zunächst eine Strecke fort, nach rechts hinauf, um dem zu entgehen.«

Die fünf bewegten sich vorsichtig am Ufer hin, bis sie eine geeignete Stelle fanden. Dort richteten sie sich auf, und jeder stellte sich hinter einen Baum, der ihm Deckung gewährte. Sie befanden sich im vollständigen Dunkel und hatten die Tramps deutlich genug vor sich, um genau zielen zu können. Da legte Droll die Hand an den Mund und ließ ein kurzes, müdes Krächzen hören, wie von einem Raubvogel, welcher für einen Augenblick aus dem Schlaf erwacht. Dieser in der Prairie so häufige Ton konnte den Tramps nicht auffallen; sie beachteten ihn gar nicht, selbst als er ein- und noch einmal wiederholt wurde. Für wenige Augenblicke herrschte noch tiefe Stille; dann hörte man plötzlich Old Firehands weithin schallenden Befehl: »Los, Feuer!«

Von rechts her krachten die Büchsen der Rafters, welche sich so nahe herangeschlichen hatten, daß jeder seinen Mann auf das Korn nehmen konnte. Darauf ertönte links das markzerschneidende, schrille Kriegsgeheul der Indianer, welche erst einen Pfeilregen auf die Tramps sandten und dann mit den Tomahawks auf dieselben eindrangen.

»Jetzt auch wir!« gebot Droll. »Erst die Kugeln, und dann mit den Kolben drauf!«

Es war eine echte, wilde Westlandsscene, welche sich nun entwickelte. Die Tramps hatten sich so vollständig sicher gefühlt, daß der plötzliche Angriff sie in tiefsten Schreck versetzte. Wie Hasen, über denen die Fänge des Adlers rauschen, duckten sie sich zunächst entsetzt und widerstandslos zusammen; dann, als die Angreifenden sich mitten unter ihnen befanden und mit Kolben, Tomahawks, Revolvern und Bowiemessern arbeiteten, wich die augenblickliche Erstarrung von ihnen, und sie begannen sich zu wehren. Sie waren nicht im stande, die Gegner zu zählen; die Schar derselben erschien ihnen in dem von den Feuern nur dürftig erhellten nächtlichen Dunkel als eine doppelt und dreifach größere, als sie wirklich war. Das vermehrte ihre Angst, und die Flucht erschien ihnen der einzige Rettungsweg.

»Fort, fort, zu den Pferden!« hörte man eine Stimme rufen oder vielmehr brüllen.

»Das ist der Cornel«, schrie Droll. »Werft euch auf ihn; laßt ihn nicht entkommen!«

Er eilte nach der Gegend, aus welcher der Ruf erklungen war, und andre folgten ihm, doch vergeblich. Der rote Cornel war so schlau gewesen, sich sofort im Gebüsch zu verstecken und von demselben aus die Scene zu beobachten. Er schlich sich wie eine Schlange von Strauch zu Strauch und hielt sich dabei immer im tiefen Dunkel, so daß er nicht gesehen werden konnte. Die Sieger gaben sich alle Mühe, möglichst wenige entkommen zu lassen, aber die Zahl der Tramps war eine so große, daß ihnen, zumal sie sich endlich klugerweise eng beisammen hielten, der Durchbruch leicht gelingen mußte. Sie rannten nach Norden zu von dannen.

»Immer hinter ihnen drein!« gebot Old Firehand. »Laßt sie nicht zu Atem kommen!«

Er wollte mit den Tramps zugleich zu ihren Pferden gelangen, aber das stellte sich bald als unmöglich heraus. Je weiter man sich von der Farm entfernte, desto geringer wurde der Schein der brennenden Feuer, und man war schließlich von einer solchen Finsternis umgeben, daß zwischen Freunden und Feinden gar nicht mehr unterschieden werden konnte. Es kam vor, daß die ersteren aneinander gerieten, und das hielt die Verfolgung auf. Old Firehand sah sich gezwungen, zum Sammeln zu rufen; es dauerte Minuten, bevor er seine Leute vereinigen konnte, und das gab den Flüchtlingen einen Vorsprung, welcher, da man sie nicht sehen konnte, unmöglich auszugleichen war. Zwar drangen die Verfolger in der bisherigen Richtung weiter, aber bald hörten sie ein höhnisches Geheul der Tramps, und der Hufschlag vieler davonjagenden Pferde belehrte sie, daß alle weitere Mühe vergeblich sein werde.

»Umkehren!« befahl Old Firehand. »Es bleibt uns nur noch übrig zu verhindern, daß die Verwundeten sich verstecken, um dann zu entkommen.«

Diese Sorge war eine überflüssige. Die Indianer hatten sich nicht an der Verfolgung beteiligt. Nach den Skalps der Weißen lüstern, waren sie zurückgeblieben und hatten den Kampfplatz und das daran stoßende Gebüsch bis an den Fluß sorgfältig abgesucht, um jeden noch lebenden Tramp zu töten und zu skalpieren.

Als dann beim Schein von Holzbränden die Leichen gezählt wurden, stellte es sich heraus, daß, die schon am Tage Gefallenen mitgerechnet, auf jeden Sieger zwei Besiegte kamen, eine schreckliche Anzahl! Trotzdem war die Zahl der Entkommenen eine so bedeutende, daß man sich über ihre Flucht beglückwünschen konnte.

Ellen Butler war selbstverständlich sofort aus ihrem Verstecke geholt worden. Das junge Mädchen hatte sich nicht gefürchtet und sich überhaupt vom Augenblicke der Gefangennahme an erstaunlich ruhig und besonnen gezeigt. Als Old Firehand dies erfuhr, erklärte er dem Vater: »Ich habe es bisher für sehr gewagt gehalten, Ellen mit nach dem Silbersee zu nehmen, nun aber habe ich nichts mehr dagegen, denn ich bin überzeugt, daß sie uns keine besondere Sorge machen wird.«

Da an eine Rückkehr der Tramps nicht zu denken war, so konnte man, wenigstens was die Indianer betraf, den Rest der Nacht der Siegesfreude widmen. Sie erhielten zwei Rinder, welche geschlachtet und verteilt wurden, und bald ging von den Feuern der kräftige Duft des Bratens aus. Später wurde die Beute verteilt. Die Waffen der Gefallenen und auch sonst alles, was dieselben bei sich gehabt hatten, waren den Roten überlassen worden, ein Umstand, welcher dieselben mit Entzücken erfüllte. Sie gaben demselben den bei ihnen gebräuchlichen Ausdruck. Lange Reden wurden gehalten, Kriegs- und andre Tänze aufgeführt; erst als der Tag anbrach, nahm der Lärm ein Ende; der Jubel verstummte, und die Roten hüllten sich in ihre Decken, um endlich einzuschlafen.

Anders die Rafters. Glücklicherweise war keiner von ihnen gefallen, doch hatten einige Verwundungen davongetragen. Old Firehand beabsichtigte, mit ihnen bei Tagesanbruch der Spur der Tramps zu folgen, um zu erfahren, wohin sich diese gewendet hatten. Darum hatten sie sich schlafen gelegt, um zur angegebenen Zeit gekräftigt und munter zu sein. Sie fanden dann, daß die Fährte zurück nach dem Osage-nook führte, und folgten ihr bis dorthin; aber als sie ankamen, war der Platz leer. Old Firehand untersuchte ihn genau. Es waren inzwischen neue Scharen von Tramps angekommen gewesen; die Flüchtigen hatten sich mit diesen vereinigt und waren dann ohne Verweilen in nördlicher Richtung davongeritten, wohl ahnend, daß man sie hier aufsuchen werde. Sie hatten also ihre Absicht auf die Farm aufgegeben und ahnten nicht, daß Old Firehand den Plan genau kannte, den sie nun jetzt verfolgen wollten.

Achtes Kapitel

Ein Drama auf der Prairie

Über die Prairie schritt langsam und müd ein Fußgänger, eine seltene Erscheinung dort, wo selbst der allerärmste Teufel ein Pferd besitzt, da der Unterhalt desselben nichts kostet. Welchem Stande dieser Mann angehörte, das war schwer zu erraten. Sein Anzug war städtisch, aber sehr abgetragen, und gab ihm das Aussehen eines friedlichen Mannes, zu dem aber die alte, gewaltig lange Flinte, welche er geschultert trug, nicht recht passen wollte. Das Gesicht war bleich und eingefallen, wohl infolge der Entbehrungen, welche eine lange Fußwanderung mit sich gebracht hatte.

Zuweilen blieb er stehen, wie um auszuruhen, aber die Hoffnung, Menschen zu treffen, trieb ihn immer schnell wieder zur neuen Anstrengung seiner müden Füße. Er musterte wieder und immer wieder den Horizont, doch lange vergeblich, bis endlich sein Auge froh aufleuchtete – er hatte draußen am Horizont einen Mann bemerkt, auch einen Fußgänger, welcher von rechts her kam, so daß beide Richtungen zusammenstoßen mußten. Das gab seinen Gliedern neue Spannkraft; er schritt schnell und weit aus und sah bald, daß er von dem andern bemerkt wurde, denn dieser blieb stehen, um ihn herankommen zu lassen.

Dieser andre war sehr eigentümlich gekleidet. Er trug einen blauen Frack mit rotem Stehkragen und gelben Knöpfen, rotsamtene Kniehosen und hohe Stiefel mit gelbledernen Stulpen. Um seinen Hals war ein blauseidenes Tuch geschlungen und vorn in eine große, breite Doppelschleife, welche die ganze Brust bedeckte, geknüpft. Den Kopf beschattete ein breitkrempiger Strohhut. An einem um den Hals gehenden Riemen hing vorn ein Kasten aus poliertem Holze. Der Mann war lang und dürr, das glatt rasierte Gesicht scharf geschnitten und hager. Wer in diese Züge und in die kleinen, listigen Augen blickte, der wußte sofort, daß er einen echten Yankee vor sich habe, einen Yankee von jener Sorte, deren Durchtriebenheit sprichwörtlich geworden ist.

Als die beiden sich bis auf bequeme Hörweite genähert hatten, lüpfte der Kastenträger leicht seinen Hut und grüßte den andern: »*Good day*, Kamerad! Woher des Weges?«

»Von Kinsley da unten», antwortete der Gefragte, indem er mit der Hand rückwärts deutete. »Und Ihr?«

»Von überall her. Zuletzt von der Farm, welche da hinter mir liegt.«

»Und wohin wollt Ihr?«

»Überall hin. Zunächst nach der Farm, welche da vor uns liegt.«

»Gibt es da eine?«

»Ja. Wir werden kaum länger als eine halbe Stunde zu gehen haben.«

»Gott sei Dank! Ich hätte es auch nicht länger aushalten können!«

Er sagte das mit einem tiefen Seufzer. Er war herangekommen und stehen geblieben, wobei man seinen Körper wanken sah.

»Nicht aushalten? Warum?«

»Vor Hunger.«

»Alle Teufel! Hunger? Ist das möglich! Warte, da kann ich helfen. Setzt Euch nieder, hierher auf meinen Kasten. Ihr sollt gleich etwas zwischen die Zähne bekommen.«

Er legte den Kasten ab, drückte den Fremden auf denselben nieder, zog dann aus der Brusttasche seines Frackes zwei riesige Butterbrote hervor, brachte aus der einen Schoßtasche ein großes Stück Schinken zum Vorscheine, reichte beides dem Hungrigen und fuhr fort: »Da eßt, Kamerad! Es sind nicht etwa Delikatessen, aber für den Hunger wird es ausreichend sein.«

Der andre griff schnell zu. Er war so hungrig, daß er das Brot sofort zum Munde führen wollte; doch besann er sich, hielt in dieser Bewegung inne und meinte: »Ihr seid sehr gütig, Sir; aber diese Sachen sind für Euch bestimmt; wenn ich sie esse, werdet dann Ihr selbst hungern müssen.«

»O nein! Ich sage Euch, daß ich auf der nächsten Farm soviel zu essen bekommen werde, wie mir beliebt.«

»So seid Ihr dort bekannt?«

»Nein. Ich war noch nie in dieser Gegend. Aber sprecht jetzt nicht, sondern eßt!«

Der Hungrige folgte dieser Aufforderung, und der Yankee setzte sich in das Gras, sah ihm zu und freute sich darüber, daß die riesigen Bissen so schnell hinter den gesunden Zähnen des Essenden verschwanden. Als sowohl Brot wie auch Schinken alle geworden waren, fragte er: »Satt seid Ihr noch nicht, aber einstweilen befriedigt wohl?«

»Ich bin wie neugeboren, Sir. Denkt Euch, ich bin seit drei Tagen unterwegs, ohne einen Bissen zu essen.«

»Ist das denkbar! Von Kinsley bis hierher habt Ihr nichts gegessen? Warum? Konntet Ihr Euch denn nicht Proviant mitnehmen?«

»Nein. Meine Abreise ging zu plötzlich vor sich.«

»Oder unterwegs einkehren?«

»Ich habe die Farmen vermeiden müssen.«

»Ah so! Aber Ihr habt ein Gewehr bei Euch; da konntet Ihr Euch doch ein Wild schießen!«

»O, Sir, ich bin kein Schütze. Ich treffe eher den Mond als einen Hund, der gerade vor mir sitzt.«

»Wozu dann aber das Gewehr?«

»Um etwaige rote oder weiße Vagabunden abzuschrecken.«

Der Yankee sah ihn forschend an und meinte dann: »Hört, Master, bei Euch ist irgend etwas nicht in Ordnung. Ihr scheint Euch auf der Flucht zu befinden und doch ein höchst ungefährliches Subjekt zu sein. Wo wollt Ihr denn eigentlich hin?«

»Nach Sheridan an die Eisenbahn.«

»So weit noch, und ohne Lebens- und Existenzmittel! Da könnt Ihr leicht Schiffbruch leiden. Ich bin Euch unbekannt, aber wenn man sich in der Not befindet, so ist es gut, Vertrauen zu fassen. Sagt mir also, wo Euch der Schuh drückt. Vielleicht kann ich Euch helfen.«

»Das ist bald gesagt. Ihr seid nicht aus Kinsley, sonst müßte ich Euch kennen, und könnt also nicht zu meinen Feinden gehören. Ich heiße Haller; meine Eltern waren Deutsche. Sie kamen aus dem alten Lande herüber, um es zu etwas zu bringen, kamen aber nicht vorwärts. Auch mir haben keine Rosen geblüht. Ich habe mancherlei gemacht und gearbeitet, bis ich vor zwei Jahren Bahnschreiber wurde. Zuletzt war ich in Kinsley angestellt. Sir, ich bin ein Kerl, der keinen Wurm treten kann, aber wenn man allzusehr beleidigt wird, so läuft endlich die Galle über. Ich bekam mit dem dortigen Redakteur einen Streit, auf welchen ein Duell folgte. Denkt Euch, ein Duell auf Flinten! Und ich habe niemals im Leben so ein Mordwerkzeug in den Händen gehabt! Ein Duell auf Flinten, dreißig Schritt Distanz! Es wurde mir gelb und blau vor den Augen, als ich es nur hörte. Ich will es kurz machen: die Stunde kam, und wir stellten uns auf. Sir, denkt von mir, was Ihr wollt, aber ich bin ein friedfertiger Mann und mag kein Mörder sein. Schon bei dem Gedanken, daß ich den Gegner töten könnte, überlief mich eine Gänsehaut, welche so scharf wie ein Reibeisen war. Darum zielte ich, als kommandiert wurde, mehrere Ellen weit daneben. Ich drückte ab, er auch. Die Schüsse gingen los – denkt Euch, ich war nicht getroffen, aber meine Kugel war ihm gerade durch das Herz gegangen. Die Flinte, die gar nicht mir gehörte, festhaltend, rannte ich entsetzt fort. Ich behaupte, daß der Lauf krumm ist; die Kugel geht volle drei Ellen zu weit nach links. Was aber das Schlimmste war, der Redakteur hatte einen zahl- und einflußreichen Anhang, und das hat hier im Westen gar viel zu bedeuten. Ich mußte fliehen, sofort fliehen und nahm mir nur Zeit, mich kurz von meinem Vorgesetzten zu verabschieden.

Meiner ferneren Existenz wegen gab er mir den Rat, nach Sheridan zu gehen, und händigte mir einen offenen Empfehlungsbrief an den dortigen Ingenieur ein. Ihr könnt ihn lesen, um Euch zu überzeugen, daß ich die Wahrheit sage.«

Er zog ein Schreiben aus der Tasche, öffnete es und gab es dem Yankee. Dieser las:

»Liebster Charoy!

Hier sende ich Dir Master Joseph Haller, meinen bisherigen Schreiber. Er ist von deutscher Abstammung, ein ehrlicher, treuer und fleißiger Kerl, hat aber das Unglück gehabt, um die Ecke zu schießen und gerade darum seinen Gegner in den Sand zu legen. Er muß darum für einige Zeit von hier fort, und Du thust mir einen Gefallen, wenn Du ihn in Deinem Bureau so lange beschäftigst, bis hier Gras über die Angelegenheit gewachsen ist.

Dein Bent Norton.«

Unter diesem Namen war zur besseren Legitimation noch ein Stempel angebracht. Der Yankee faltete den Brief wieder zusammen, gab ihn dem Eigentümer zurück und sagte, indem ein halb ironisches, halb mitleidiges Lächeln um seine Lippen spielte: »Ich glaube Euern Worten, Master Haller, auch ohne daß Ihr mir diesen Brief zu zeigen braucht. Wer Euch sieht und sprechen hört, der weiß, daß er einen grundehrlichen Menschen, welcher gewiß mit Willen kein Wässerlein trübt, vor sich hat. Mir geht es gerade wie Euch; auch ich bin kein großer Jäger und Schütze vor dem Herrn. Das ist kein Fehler, denn der Mensch lebt nicht durch Pulver und Blei allein. Aber so sehr ängstlich wie Ihr wäre ich an Eurer Stelle denn doch nicht gewesen. Ich glaube, Ihr habt Euch ein wenig ins Bockshorn jagen lassen.«

»O nein; die Sache war wirklich gefährlich.«

»So seid Ihr überzeugt, daß man Euch verfolgt hat?«

»Gewiß! Darum habe ich bisher alle Farmen vermieden, damit man nicht erfahren soll, wohin ich mich gewendet habe.«

»Und seid Ihr überzeugt, daß Ihr in Sheridan gut aufgenommen werdet und eine Stelle erhaltet?«

»Ja, denn Mr. Norton und Mr. Charoy, der Ingenieur in Sheridan, sind außerordentlich befreundet.«

»Nun, welchen Gehalt gedenkt Ihr dort zu beziehen?«

»Ich hatte jetzt wöchentlich acht Dollar und meine, daß man mich dort ebenso bezahlen wird.«

»So! Ich weiß eine Anstellung mit noch einmal so viel, also sechzehn Dollar und freie Station für Euch.«

»Was? Wirklich?« rief der Schreiber erfreut, indem er aufsprang. »Sechzehn Dollar? Das ist ja geradezu zum Reichwerden!«

»Wenn auch das nicht; aber sparen könntet Ihr Euch etwas dabei.«

»Wo ist diese Stelle zu haben? Bei wem?«

»Bei mir.«

»Bei – – Euch?« erklang es im Tone der Enttäuschung.

»Allerdings. Wahrscheinlich traut Ihr mir das nicht zu?«

»Hm! Ich kenne Euch nicht.«

»Dem kann gleich abgeholfen werden. Ich bin nämlich Magister Doktor Jefferson Hartley, Physician und Farrier meines Berufes.«

»Also Menschen- und Roßarzt?«

»Arzt für Menschen und Tiere«, nickte der Yankee. »Habt Ihr Lust, so sollt Ihr mein Famulus sein, und ich zahle Euch den erwähnten Gehalt.«

»Aber ich verstehe nichts von der Sache«, erklärte Haller bescheiden.

»Ich auch nicht«, gestand der Magister.

»Nicht?« fragte der andre erstaunt. »Ihr müßt doch Medizin studiert haben?«

»Fällt mir gar nicht ein!«

»Aber, wenn Ihr Magister und auch Doktor seid – – !«

»Das bin ich allerdings! Diese Titel und Würden besitze ich; das weiß ich am allerbesten, denn ich selbst habe sie mir verliehen.«

»Ihr – – Ihr selbst?«

»Freilich! Ich bin offen gegen Euch, weil ich denke, daß Ihr meinen Antrag annehmen werdet. Eigentlich bin ich Schneider; dann wurde ich Friseur, nachher Tanzlehrer; später gründete ich ein Erziehungsinstitut für junge Ladies; als das aufhörte, griff ich zur Ziehharmonika und wurde wandernder Musikant. Seitdem habe ich mich noch in zehn bis zwanzig andern Branchen rühmlichst hervorgethan. Ich habe das Leben und die Menschen kennen gelernt, und diese Kenntnis gipfelt in der Erfahrung, daß ein gescheiter Kerl kein Dummkopf sein darf. Diese Menschen wollen betrogen sein; ja man thut ihnen den größten Gefallen, und sie sind außerordentlich erkenntlich dafür, wenn man ihnen ein X für ein U vormacht. Besonders muß man ihren Fehlern schmeicheln, ihren geistigen und leiblichen Fehlern und Gebrechen, und darum habe ich mich auf diese letzteren gelegt und bin Arzt geworden. Hier seht Euch einmal meine Apotheke an!«

Er schloß den Kasten auf und schlug den Deckel desselben zurück. Das Innere hatte ein höchst elegantes Aussehen; es bestand aus fünfzig Fächern, welche mit Samt ausgeschlagen und mit goldenen Linien und

Arabesken verziert waren. Jedes Fach enthielt eine Phiole mit einer schön gefärbten Flüssigkeit. Es gab da Farben in allen möglichen Schattierungen und Abstufungen.

»Daß also ist Eure Apotheke!« meinte Haller. »Woher bezieht Ihr die Medikamente?«

»Die mache ich mir selbst.«

»Ich denke, Ihr versteht nichts davon!«

»O, das verstehe ich schon! Es ist ja kinderleicht. Was Ihr da seht, ist alles weiter nichts als ein klein wenig Farbe und ein bißchen viel Wasser, *Aqua* genannt. In diesem Worte besteht mein ganzes Latein. Dazu habe ich mir die übrigen Ausdrücke selbst fabriziert; sie müssen möglichst schön klingen. Und so seht Ihr hier Aufschriften wie: *Aqua salamandra, Aqua peloponnesia, Aqua chimborassolaria, Aqua invocabulataria* und andre. Ihr glaubt gar nicht, welche Kuren ich mit diesen Wassern schon gemacht habe, und ich nehme Euch das gar nicht übel, denn ich glaube es selbst auch nicht. Die Hauptsache ist, daß man die Wirkung nicht abwartet, sondern das Honorar einzieht und sich aus dem Staube macht. Die Vereinigten Staaten sind groß, und ehe ich da herumkomme, können viele, viele Jahre vergehen, und ich bin inzwischen ein reicher Mann geworden. Das Leben kostet nichts, denn überall, wohin ich komme, setzt man mir mehr vor, als ich essen kann, und steckt mir, wenn ich gehe, auch noch die Taschen voll. Vor den Indianern brauche ich mich nicht zu fürchten, weil ich als Medizinmann bei ihnen für heilig und unantastbar gelte. Schlagt ein! Wollt Ihr mein Famulus sein?«

»Hm!« brummte Haller, indem er sich hinter dem Ohre kratzte. »Die Sache kommt mir bedenklich vor. Es ist keine Ehrlichkeit dabei.«

»Macht Euch nicht lächerlich! Der Glaube thut alles. Meine Patienten glauben an die Wirkung meiner Medizin und werden gesund davon. Ist das Betrug? Versucht es wenigstens zunächst einmal! Ihr habt Euch jetzt gestärkt, und da die Farm, nach der ich will, auf Eurem Wege liegt, so habt Ihr keinen Schaden davon.«

»Nun, versuchen will ich es, schon aus Dankbarkeit; aber ich habe kein Geschick, den Leuten etwas weiszumachen.«

»Ist gar nicht nötig; das besorge ich von selbst. Ihr habt ehrfurchtsvoll zu schweigen, und Eure ganze Arbeit besteht darin, diejenige Phiole aus dem Kasten zu langen, welche ich Euch bezeichne. Freilich müßt Ihr es Euch gefallen lassen, daß ich Euch dabei Du nenne. Also vorwärts! Brechen wir auf!«

Er hing sich den Kasten wieder um, und dann schritten sie miteinander der Farm entgegen. Nach kaum einer halben Stunde sahen sie dieselbe von weitem liegen; sie schien nicht groß zu sein. Nun mußte Haller den

Kasten tragen, da sich das nicht für den Prinzipal, Doktor und Magister schickte.

Das Hauptgebäude der Farm war aus Holz gebaut; neben und hinter demselben lag ein wohlgepflegter Baum- und Gemüsegarten. Die Wirtschaftsgebäude standen in einiger Entfernung von diesem Wohnhause. Vor demselben waren drei Pferde angebunden, ein sicheres Zeichen, daß sich Fremde hier befanden. Diese saßen in der Wohnstube und tranken Hausbier, welches der Farmer selbst gebraut hatte. Die Fremden waren allein, da sich nur die Farmersfrau daheim befand und jetzt in dem kleinen Stalle war. Sie sahen den Quacksalber mit seinem Famulus kommen.

»Thunderstorm!« rief der eine von ihnen. »Sehe ich recht? Den muß ich kennen! Wenn mich nicht alles trügt, so ist das Hartley, der Musikant mit der Harmonika!«

»Ein Bekannter von dir?« fragte der zweite. »Hast du etwas mit ihm gehabt?«

»Freilich. Der Kerl hatte gute Geschäfte gemacht und die Taschen voller Dollars. Natürlich machte ich ebenso gute Geschäfte, indem ich sie ihm des Nachts leerte.«

»Weiß er, daß du es gewesen bist?«

»Hm, wahrscheinlich. Wie gut, daß ich meine roten Haare gestern schwarz gefärbt habe! Nennt mich ja nicht Brinkley und auch nicht Cornel! Der Kerl könnte uns einen Strich durch die Rechnung machen!«

Aus diesen Worten ging hervor, daß dieser Mann der rote Cornel war.

Die beiden Ankömmlinge hatten jetzt das Haus erreicht, gerade als die Farmersfrau aus dem Stalle kam. Sie begrüßte dieselben freundlich und fragte nach ihrem Begehr. Als sie hörte, daß sie einen Arzt und dessen Famulus vor sich habe, zeigte sie sich sehr erfreut und ersuchte sie, in die Stube zu treten, die sie öffnete.

»Mesch'schurs«, rief sie hinein, »da kommt ein hochgelehrter Arzt mit seinem Apotheker. Ich denke, daß euch die Gesellschaft dieser Herren nicht unangenehm sein wird.«

»Hochgelehrter Arzt?« brummte der Cornel vor sich hin. »Unverschämter Kerl! Möchte ihm zeigen, was ich von ihm denke!«

Die Eintretenden grüßten, und nahmen ohne Umstände an dem Tische Platz. Der Cornel bemerkte zu seiner Genugthuung, daß er von Hartley nicht erkannt wurde. Er gab sich für einen Fallensteller aus und sagte, daß er mit seinen beiden Gefährten hinauf in die Berge wolle. Dann entspann sich ein Gespräch, währenddessen die Wirtin am Herdfeuer beschäftigt war. Über demselben hing ein Kessel, in welchem das Mittagessen kochte. Als dasselbe fertig war, trat sie vor das Haus und stieß nach der Sitte jener Gegenden in das Horn, um die Ihrigen herbeizurufen.

Diese kamen von den naheliegenden Feldern. Es war der Farmer, ein Sohn, eine Tochter und ein Knecht. Sie reichten den Gästen, besonders dem Arzte, mit aufrichtiger Freundlichkeit die Hand und setzten sich dann zu ihnen, um das Mahl, vor und nach welchem gebetet wurde, einzunehmen. Es waren einfache, unbefangene, fromme Leute, welche gegen die Smartneß eines richtigen Yankee freilich nicht aufzukommen vermochten.

Während des Essens verhielt sich der Farmer vollständig einsilbig; nach demselben brannte er sich eine Pfeife an, legte die Ellbogen auf den Tisch und sagte in erwartungsvollem Tone zu Hartley: »Nachher, Doktor, müssen wir wieder auf das Feld; jetzt aber haben wir ein wenig Zeit, mit Euch zu reden. Vielleicht kann ich Eure Kunst in Anspruch nehmen. In welchen Krankheiten seid Ihr denn bewandert?«

»Welche Frage!« antwortete der Kurpfuscher. »Ich bin Physician und Farrier und heile also die Krankheiten aller Menschen und aller Tiere.«

»*Well*, so seid Ihr der Mann, den ich brauche. Hoffentlich gehört Ihr nicht zu den Schwindlern, welche als Ärzte umherziehen und alles gewesen sind und alles versprechen, aber nicht studiert haben?«

»Sehe ich etwa aus, wie so ein Halunke?« warf sich Hartley in die Brust. »Hätte ich mein Doktor- und Magisterexamen bestanden, wenn ich nicht ein studierter Mann wäre? Hier sitzt mein Famulus. Fragt ihn, und er wird Euch sagen, daß Tausende und aber Tausende von Menschen, die Tiere gar nicht mitgerechnet, mir Gesundheit und Leben verdanken.«

»Ich glaube es, ich glaube es, Sir! Ihr kommt gerade zur richtigen Zeit. Ich habe eine Kuh im Stalle stehen. Was das heißen will, werdet Ihr wissen. Hier zu Lande kommt eine Kuh nur dann in den Stall, wenn sie schwer krank ist. Sie hat zwei Tage nichts gefressen und hängt den Kopf bis zur Erde herab. Ich gebe sie verloren.«

»*Pshaw!* Ich gebe einen Kranken erst dann verloren, wenn er gestorben ist! Der Knecht mag sie mir mal zeigen; dann sage ich Euch Bescheid.«

Er ließ sich nach dem Stalle führen, um die Kuh zu untersuchen. Als er zurückkam, zeigte er eine sehr ernste Miene und sagte: »Es war die höchste Zeit, denn die Kuh wäre bis heute abend gefallen. Sie hat Bilsenkraut gefressen. Glücklicherweise habe ich ein untrügliches Gegenmittel; morgen früh wird sie so gesund sein wie zuvor. Bringt mir einen Eimer Wasser, und du, Famulus, gib einmal das *Aqua sylvestropolia* heraus!«

Haller suchte, nachdem er den Kasten geöffnet hatte, das betreffende Fläschchen, aus welchem Hartley einige Tropen in das Wasser goß, von dem der Kuh dreistündlich je eine halbe Gallone gegeben werden sollte. Dann kamen die menschlichen Patienten daran. Die Frau hatte einen beginnenden Kropf und erhielt *Aqua sumatralia.* Der Farmer litt an Rheumatismus und bekam *Aqua sensationia.* Die Tochter war kerngesund, doch wurde sie leicht veranlaßt, gegen einige Sommersprossen *Aqua furonia* zu nehmen. Der Knecht hinkte ein wenig, schon seit seinen Knabenjahren, ergriff aber die Gelegenheit, diesen Umstand durch *Aqua ministerialia* zu beseitigen. Zuletzt fragte Hartley auch die drei Fremden, ob er ihnen dienen könne. Der Cornel schüttelte den Kopf und antwortete: »Danke, Sir! Wir sind äußerst gesund. Und fühle ich mich je einmal unwohl, so helfe ich mir auf schwedische Weise.«

»Wieso?«

»Durch Heilgymnastik. Ich lasse mir nämlich auf der Ziehharmonika einen flotten Reel vorspielen und tanze so lange danach, bis ich in Schweiß komme. Dieses Mittel ist probat. Verstanden?«

Er nickte ihm dabei bedeutungsvoll zu. Der Heilkünstler schwieg betroffen und wandte sich von ihm ab, um den Wirt nach den nächstliegenden Farmen zu fragen. Laut des Bescheides, den er bekam, lag die nächste acht Meilen weit gegen Westen, dann eine fünfzehn Meilen nach Norden. Als der Magister erklärte, daß er unverzüglich nach der ersteren aufbrechen werde, fragte ihn der Farmer nach dem Honorare. Hartley verlangte fünf Dollar und bekam sie auch sehr gern ausbezahlt. Dann brach er mit seinem Famulus auf, welcher wieder den Kasten auf sich lud. Als sie sich so weit entfernt hatten, daß sie von der Farm aus nicht mehr gesehen werden konnten, sagte er: »Wir sind westlich gegangen, biegen aber nun nach Norden ein, denn es kann mir nicht einfallen, nach der ersten Farm zu gehen; wir suchen die zweite auf. Die Kuh war so hinfällig, daß sie wohl schon in einer Stunde stirbt. Wenn es da dem Farmer einfällt, mir nachzureiten, kann es mir schlecht ergehen. Aber ein Mittagessen und fünf Doller für zehn Tropfen Anilinwasser, ist das nicht einladend? Ich hoffe, Ihr erkennt Euren Vorteil und tretet in meinen Dienst!«

»Die Hoffnung trügt Euch, Sir«, antwortete Haller. »Was Ihr mir bietet, ist viel, sehr viel Geld; dafür aber hätte ich noch viel mehr Lügen zu machen. Nehmt es mir nicht übel! Ich bin ein ehrlicher Mann und will es auch bleiben. Mein Gewissen verbietet mir, auf Euern Vorschlag einzugehen.«

Er sagte das so ernst und fest, daß der Magister einsah, daß alles fernere Zureden unnütz sei. Darum sagte der letztere, indem er mitleidig mit dem Kopfe schüttelte: »Ich habe es gut mit Euch gemeint. Schade, daß Euer Gewissen ein so zartes ist!«

»Ich danke Gott, daß er mir kein andres gegeben hat. Hier habt Ihr Euern Kasten zurück. Ich möchte Euch gern erkenntlich für das sein, was Ihr an mir gethan habt, aber ich kann nicht; es ist mir unmöglich.«

»*Well!* Des Menschen Wille ist sein Himmelreich; darum will ich nicht weiter in Euch dringen. Aber wir brauchen uns trotzdem nicht sogleich zu trennen. Euer Weg ist fünfzehn Meilen weit bis zu der betreffenden Farm, auch der meinige, und wir können also wenigstens bis dahin beisammen bleiben.«

Er nahm seinen Kasten wieder an sich. Die Schweigsamkeit, in welche er nun verfiel, ließ vermuten, daß die Rechtlichkeit des Schreibers nicht ganz ohne Eindruck auf ihn geblieben sei. So wanderten sie nebeneinander weiter und richteten ihre Augen nur nach vorwärts, bis sie hinter sich Pferdegetrappel vernahmen. Sich umdrehend, erblickten sie die drei Männer, mit denen sie auf der Farm zusammengetroffen waren.

»Woe to me!« entfuhr es Hartley. »Das scheint mir zu gelten. Diese Kerle wollten doch nach den Bergen! Warum reiten sie da nicht westlich! Ich traue ihnen nicht; sie scheinen eher Strolche als Trappers zu sein.«

Er sollte bald zu seinem Leidwesen erfahren, daß er mit dieser Vermutung das Richtige getroffen hatte. Die Reiter hielten bei den beiden an, und der Cornel wendete sich in höhnischer Weise an den Quacksalber: »Master, warum habt Ihr Eure Richtung geändert? Nun wird der Farmer Euch nicht finden.«

»Mich finden?« fragte der Yankee.

»Ja. Als Ihr fort waret, sagte ich ihm aufrichtig, was es für eine Bewandtnis mit Euren schönen Titeln hat, und er brach schleunigst auf, um Euch zu folgen und sich sein Geld wieder zu holen.«

»Unsinn, Sir!«

»Es ist nicht Unsinn, sondern die Wahrheit. Er ist nach der Farm, welche Ihr angeblich mit Eurer Gegenwart beglücken wolltet. Wir aber waren klüger als er. Wir verstehen es, Fährten zu lesen und sind der Eurigen gefolgt, um Euch einen Vorschlag zu machen.«

»Wüßte nicht, welchen. Ich kenne Euch nicht, und habe nichts mit Euch zu schaffen.«

»Desto mehr aber wir mit Euch. Wir kennen Euch. Indem wir dulden, daß Ihr diese ehrlichen Farmersleute betrügt, sind wir Eure Mitschuldigen geworden, wofür es nur recht und billig ist, daß Ihr uns einen Teil des Honorares auszahlt. Ihr seid zwei, und wir sind drei Personen; also haben wir drei Fünftel des Betrags zu fordern. Ihr seht, daß wir gerecht und billig handeln. Solltet Ihr nicht einverstanden sein, so – nun seht Euch meine Kameraden an!«

Er deutete nach den beiden andern, welche jetzt ihre Gewehre auf Hartley richteten. Dieser hielt nun alle Disputation für vergeblich. Er war völlig überzeugt, es mit richtigen Wegelagerern zu thun zu haben, und freute sich innerlich, so billig davonzukommen. Darum zog er drei Dollar aus der Tasche, hielt sie dem Cornel hin und sagte: »Ihr scheint Euch in

»*Woe to me*« entfuhr es Hartley. »Das scheint mir zu gelten«.

meiner Person zu irren und Euch in Verhältnissen zu befinden, welche diesen Teil meines wohlverdienten Honorares für Euch nötig machen. Ich will Eure Forderung als Scherz gelten lassen und auf denselben eingehen. Hier sind die drei Dollar, welche nach Eurer eigenen Rechnung auf Euch entfallen.«

»Drei Dollar? Seid Ihr des Teufels!« lachte der Cornel. »Meint Ihr, daß wir Euch einer solchen Lumperei wegen nachreiten? Nein, nein! Es war nicht bloß das heutige Geld gemeint. Wir verlangen unsern Anteil von dem, was Ihr bisher überhaupt verdient habt. Ich nehme an, daß Ihr ein erkleckliches Sümmchen bei Euch tragt.«

»Sir, das ist keineswegs der Fall«, rief Hartley erschrocken.

»Werden sehen! Wenn Ihr leugnet, muß ich Euch untersuchen. Ich denke, daß Ihr Euch das ruhig gefallen lassen werdet, denn meine Kameraden spaßen mit Ihren Büchsen nicht. Das Leben eines armseligen Harmonikaspielers ist für uns keinen Pfifferling wert.«

Er stieg vom Pferde und trat zu dem Yankee. Dieser erging sich in allen möglichen Vorstellungen, um das drohende Unheil von sich abzuwenden, doch vergebens. Die Gewehrmündungen starrten ihm so drohend entgegen, daß er sich in sein Schicksal ergab. Dabei hoffte er im stillen, daß der Cornel nichts finden werde, da er seine Barschaft sehr gut versteckt glaubte.

Der jetzt schwarz gefärbte Rote untersuchte alle Taschen, fand aber nur wenige Dollar. Dann betastete er jeden Zoll breit des Anzuges, um zu fühlen, ob vielleicht etwas eingenäht sei. Das war ohne Erfolg. Nun glaubte Hartley, der Gefahr entgangen zu sein, aber der Cornel war schlau. Er ließ den Kasten öffnen und betrachtete denselben genau.

»Hm!« meinte er. »Diese samtene Apotheke ist so tief, daß die Fächer nicht bis auf den Boden reichen. Wollen doch einmal versuchen, ob sie sich nicht herausnehmen lassen.«

Hartley erbleichte, denn der Gauner befand sich auf der richtigen Spur. Der letztere faßte mit beiden Händen an den Zwischenwänden der Fächer und zog – – richtig, die Apotheke ließ sich aus dem Kasten heben, und unter ihr lagen mehrere Papiercouverte neben- und übereinander. Als er sie öffnete, sah er sie mit Banknoten verschiedenen Wertes gefüllt.

»Ah, hier ist der verborgene Schatz zu heben«, lachte er vergnügt. »Habe es mir gedacht! Ein Physician und Farrier verdient ein Heidengeld; es mußte also welches vorhanden sein.«

Er griff zu, um die Couverte einzustecken. Das versetzte den Yankee in die größte Wut. Er warf sich auf ihn, um ihm das Geld zu entreißen. Da krachte ein Schuß. Die Kugel hätte ihn gewiß durchbohrt, wenn er sich nicht gerade in schneller Bewegung befunden hätte; so traf sie nur den Oberarm, dessen Knochen sie zerschmetterte. Einen Schrei ausstoßend, sank der Verwundete in das Gras.

»Recht so, Halunke!« rief der Cornel. »Stehe wieder auf, oder sage nur ein falsches Wort, so trifft dich die zweite Kugel besser als die erste. Nun wollen wir auch den Master Famulus untersuchen.«

Er schob die Couverte in seine Tasche und trat zu Haller.

»Ich bin nicht sein Famulus; ich habe ihn erst kurz vor der Farm getroffen«, erklärte dieser ängstlich.

»So? Wer oder was seid Ihr denn?«

Haller beantwortete diese Frage der Wahrheit gemäß. Er gab dem Cornel sogar den Empfehlungsbrief zu lesen, um die Wahrheit seiner Aussage zu beweisen. Dieser nahm Kenntnis von dem Inhalt des Schreibens, gab ihm dasselbe zurück und sagte verächtlich: »Ich glaube Euch. Wer Euch ansieht, der muß gleich beim ersten Blicke bemerken, daß Ihr ein gutehrlicher Kerl seid, der aber das Pulver nicht erfunden hat. Lauft immerhin nach Sheridan; ich habe nichts mit Euch zu schaffen.« Und sich wieder an den Yankee wendend, fuhr er fort: »Ich sprach von unserem Anteile; da du uns aber belogen hast, so kannst du dich nicht darüber beklagen, daß wir dir das Ganze abnehmen. Gib dir Mühe, auch weiterhin gute Geschäfte zu machen. Wenn wir dich dann wieder treffen, werden wir genauer teilen.«

Hartley hatte erkannt, daß Widerstand vergeblich sei. Er gab gute Worte, um wenigstens einen Teil seines Geldes zurückzuerhalten, hatte jedoch nur den Erfolg, daß er ausgelacht wurde. Der Cornel stieg wieder zu Pferde und ritt mit seinen Gefährten und dem Raube davon, nach Norden zu, dadurch beweisend, daß er kein Trapper sei und es gar nicht in seiner Absicht gelegen habe, sich westwärts in die Berge zu wenden.

Unterwegs besprachen und belachten die Strolche das gehabte Abenteuer und kamen überein, das Geld zu teilen, ohne ihren Genossen davon zu erzählen. Als sie nach längerer Zeit einen passenden Ort fanden, von welchem aus die ganze Gegend zu übersehen war und sie also weder gestört noch beobachtet werden konnten, stiegen sie ab, um den Raub zu zählen. Als dann jeder seinen Anteil zu sich gesteckt hatte, meinte einer der beiden Tramps zu dem Cornel: »Du hättest den andern auch durchsuchen sollen. Es sollte mich wundern, wenn er ohne Geld gewesen wäre.«

»*Pshaw!* Was kann man bei einem armen Schreiber finden! Einige Dollar höchstens und das lohnt die Mühe nicht.«

»Es fragt sich, ob er die Wahrheit gesagt hat und wirklich ein Schreiber war. Was stand in dem Briefe, den er dir zeigte?«

»Es war ein Empfehlungsschreiben an den Ingenieur Charoy in Sheridan.«

»Was? Wirklich?« fuhr der Mann auf. »Und das hast du ihm wiedergegeben?«

»Ja. Was hätte dieser Wisch uns nützen können?«

»Viel, sehr viel! Und das fragst du noch? Es liegt doch klar auf der Hand, daß dieser Brief der Ausführung unsres Planes ungeheuer förderlich hätte sein müssen. Es ist geradezu wunderbar, daß du das nicht einsiehst und nicht darauf gekommen bist. Wir haben unsre Leute zurückgelassen, um uns zunächst die Gelegenheit heimlich zu betrachten. Wir müssen die Örtlichkeit kennen lernen und auch die Kassenverhältnisse, das ist um so schwieriger, als wir uns dabei nicht sehen lassen wollen. Hätten wir aber diesem Manne den Brief abgenommen, so konnte einer von uns nach Sheridan gehen und sich für diesen Schreiber ausgeben; er wäre gewiß im Bureau beschäftigt worden, hätte Einblick in die Bücher erhalten und wäre wohl schon am ersten oder zweiten Tage im stande gewesen, uns alle notwendige Auskunft zu erteilen.«

»Teufel!« rief der Cornel. »Das ist wahr. Wie ist's nur möglich, daß ich nicht auf diesen Gedanken gekommen bin! Gerade du bist mit der Feder bewandert und hättest diese Rolle übernehmen können.«

»Und ich hätte sie wohl auch richtig ausgeführt. Es wären damit alle Schwierigkeiten beseitigt gewesen. Sollte es nicht noch Zeit sein, das Versäumte nachzuholen?«

»Gewiß! Natürlich ist's noch Zeit! Wir wissen ja, wohin die beiden wollen; der Weg ist ihnen von dem Farmer angedeutet worden und führt hier vorüber. Wir brauchen also nur zu warten, bis sie kommen.«

»Ganz richtig; thun wir das! Aber es genügt nicht, dem Schreiber den Brief abzunehmen. Er würde nach Sheridan gehen und uns alles verderben. Wir müssen also ihn und den Quacksalber daran verhindern.«

»Das versteht sich ganz von selbst. Wir geben jedem eine Kugel in den Kopf und scharren sie ein. Du gehst dann mit dem Briefe nach Sheridan, suchst alles Nötige zu erfahren und gibst uns Nachricht davon.«

»Aber wo und wie?«

»Wir zwei reiten zurück und holen die andern. Du wirst uns dann in der Gegend finden, wo die Bahn über den Eagle-tail geht. Genau können wir die Stelle vorher nicht bestimmen. Ich werde Vorposten in der Richtung nach Sheridan aufstellen, auf welche du unbedingt treffen mußt.«

»Schön! Aber wenn nun meine Entfernung auffällt und Verdacht erweckt?«

»Hm, darauf müssen wir uns freilich gefaßt machen. Aber wir können es umgehen, indem du nicht allein gehst, sondern den Faller mitnimmst. Du gibst an, ihn unterwegs getroffen zu haben, und er sagt, daß er an dem Bahnbaue Beschäftigung suche.«

»Vortrefflich!« stimmte der zweite Tramp bei, welcher Faller hieß. »Arbeit werde ich sofort bekommen, und wenn nicht, so ist es mir desto lieber, da ich dann Zeit habe, die Botschaft nach dem Eagle-tail zu bringen.«

Der Plan wurde noch weiter besprochen und die Ausführung desselben beschlossen. Dann warteten die drei auf die Annäherung des Quacksalbers und seines Gefährten. Aber es vergingen Stunden, ohne daß dieselbe erfolgte. Es war anzunehmen, daß sie ihre ursprüngliche Richtung verändert hatten, um nicht etwa abermals mit den drei Tramps zusammenzutreffen. Diese faßten daher den Entschluß, zurückzureiten und der neuen Spur zu folgen.

Was nun die beiden Männer betrifft, welche von dieser neuen Gefahr bedroht wurden, so hatte der Yankee sich zunächst von dem Schreiber notdürftig verbinden lassen. Der Oberarm war schwer verletzt, und es stellte sich für den Verwundeten die Notwendigkeit heraus, einen Ort aufzusuchen, an welchem er wenigstens für die ersten Tage Pflege finden konnte. Dies war die Farm, nach welcher sie sich wenden wollten. Da aber die Tramps dieselbe Richtung eingeschlagen hatten, meinte der Yankee: »Wollen wir ihnen nochmals in die Hände laufen? Wir müssen gewärtig sein, daß sie bedauern, uns nicht unschädlich gemacht zu haben, und dann, wenn wir wieder auf sie treffen, das Versäumte nachholen. Mein Geld haben sie; aber mein Leben möchte ich ihnen nicht auch noch hinterdrein tragen. Suchen wir uns also eine andre Farm!«

»Wer weiß, wie spät wir eine solche finden«, sagte Haller. »Werdet Ihr eine so lange Wanderung aushalten?«

»Ich denke es. Ich bin ein so kräftiger Kerl, daß wir wohl an Ort und Stelle sein werden, ehe das Wundfieber eintritt. Auf alle Fälle hoffe ich, daß Ihr mich nicht vorher verlasset.«

»Gewißlich nicht. Solltet Ihr unterwegs liegen bleiben, so suche ich Leute auf, welche Euch zu sich holen werden. Nun wollen wir aber keine Zeit verlieren. Wohin wenden wir uns?«

»Nach Norden, wie vorher, nur etwas weiter rechts. Der Horizont ist dort dunkel: es scheint da also Wald oder Busch zu geben, und wo Bäume sind, da ist auch Wasser, was ich zur Kühlung meiner Wunde notwendig brauche.«

Haller nahm den Kasten auf und die beiden verließen die Unglücksstelle. Die Vermutung des Yankee bewährte sich. Sie gelangten nach einiger Zeit in eine Gegend, wo es zwischen grünem Buschwerk ein Wasser gab, an welchem der erste Verband erneuert wurde. Hartley schüttete alle seine gefärbten Tropfen weg und füllte die Phiolen mit reinem Wasser, um unterwegs den Verband nach Bedarf befeuchten zu können. Dann brachen sie wieder auf. Sie kamen über eine Prairie von so kurzem Grase, daß die Fußspuren kaum zu erkennen waren. Es gehörte das Auge eines sehr erfahrenen Westmannes dazu, um bestimmen zu können, ob die Fährte von einem oder von zwei Menschen verursacht worden sei. Nach längerer Zeit sahen sie die Linie des Horizonts wieder dunkel vor sich liegen, ein Zeichen, daß sie sich abermals einer waldigen Stelle näherten. Als der

Yankee sich jetzt zufällig einmal umdrehte, erblickte er hinter sich mehrere Punkte, welche sich bewegten. Es waren ihrer drei, und so kam ihm sofort die Überzeugung, daß die Tramps umgekehrt seien; es galt also das Leben. Ein andrer hätte den Schreiber auf die Verfolger aufmerksam gemacht; Hartley aber that das nicht; er setzte den Weg mit verdoppelter Schnelligkeit fort, und als Haller sich über diese plötzliche Eile wunderte, stellte er ihn durch den ersten besten plausiblen Grund zufrieden.

Reiter kann man natürlich weiter sehen als Fußgänger. Die Entfernung der Reiter war eine solche, daß Hartley annehmen konnte, daß er und sein Begleiter von den Tramps noch nicht bemerkt worden seien. Hierauf gründete er den Plan zu seiner Rettung. Er sagte sich, daß Widerstand vergeblich sein werde; wurden sie ereilt, so waren sie beide verloren. Höchstens war für einen von ihnen die Möglichkeit, sich zu retten, vorhanden; dann aber mußte der andre geopfert werden und dieser andre sollte natürlich der Schreiber sein; er durfte nicht erfahren, welche Gefahr ihm drohe. Darum schwieg der schlaue Yankee. Er fühlte sein Gewissen, daß er seinen Gefährten dem Verderben überliefere, nicht im mindesten beschwert, da derselbe ja auf jeden Fall verloren war.

So ging es schnell weiter und weiter, bis sie das Gehölz erreichten, welches aus dichtem Buschwerke bestand, über welchem sich die Wipfel von einzelnen Hickorys, Eichen, Walnußbäumen und Wasserulmen erhoben. Es war nicht tief, zog sich aber lang ausgedehnt nach rechts hinüber. Als sie dasselbe durchschritten hatten und den jenseitigen Rand erreichten, blieb der Yankee stehen und sagte: »Master Haller, ich habe mir überlegt, wie beschwerlich ich Euch falle. Ihr wollt nach Sheridan und habt meinetwegen vom geraden Weg abweichen müssen. Wer weiß, ob und wann wir in der jetzigen Richtung eine Farm finden; da könnt Ihr Euch tagelang mit mir herumquälen, während es doch ein höchst einfaches Mittel gibt, diese Aufopferung ganz unnötig zu machen.«

»So? Welches denn?« fragte Haller ahnungslos.

»Ihr geht in Gottes Namen weiter, und ich kehre nach der Farm zurück, von welcher ich kam, ehe ich Euch heute traf.«

»Das kann ich nicht zugeben; es ist zu weit.«

»Ganz und gar nicht. Ich bin erst westlich gegangen und dann mit Euch gerade nördlich, also im rechten Winkel. Wenn ich diesen abschneide, habe ich von hier aus nicht ganz drei Stunden zu gehen, und so lange halte ich es sehr gut aus.«

»Meint Ihr? Nun gut; aber ich gehe mit. Ich habe versprochen, Euch nicht zu verlassen.«

»Und ich muß Euch dieses Versprechens entbinden, da ich Euch nicht in Gefahr bringen darf.«

»Gefahr?«

»Ja. Die Pflanzersfrau ist nämlich, wie sie mir erzählte, die Schwester des Sheriffs von Kinsley. Werdet Ihr von dort aus verfolgt, so ist hundert gegen eins zu wetten, daß der Sheriff auf dieser Farm vorspricht. Ihr würdet ihm also gerade in die Hände laufen.«

»Das werde ich freilich bleiben lassen«, meinte Haller erschrocken. »Wollt Ihr denn wirklich hin?«

»Ja; es ist das beste für mich und auch für Euch.«

Er stellte ihm die Vorteile dieses Entschlusses in so aufrichtiger und eindringlicher Weise vor, daß der arme Schreiber endlich in die Trennung willigte. Sie schüttelten sich die Hände, sprachen gegenseitig die besten Wünsche aus und trennten sich dann. Haller ging weiter, auf die offene Prairie hinaus. Hartley sah ihm nach und meinte dabei zu sich selbst: »Der Kerl kann mir leid thun; aber es geht nicht anders. Blieben wir zusammen, so wäre er auch verloren, und ich müßte mit ihm sterben. Nun aber ist's hohe Zeit für mich. Wenn sie ihn einholen und nach mir fragen, wird er ihnen sagen, wohin ich bin, also da nach rechts hinüber. Ich mache mich also nach links davon und suche mir einen Ort, an welchem ich mich verstecken kann.«

Er war kein Jäger oder Fallensteller; aber er wußte, daß er keine Fährte zurücklassen dürfe, und hatte auch zuweilen gehört, wie man es machen müsse, um eine Spur zu verwischen. Indem er in die Büsche eindrang, suchte er sich solche Stellen aus, welche keine Fußeindrücke aufnahmen. War ja ein solcher zu bemerken, so glich er ihn hinter sich mit der Hand wieder aus. Dabei war ihm freilich seine Verwundung hinderlich und ebenso der Kasten, den er wieder an sich genommen hatte. Er kam also nur sehr langsam weiter, traf aber zu seinem Glücke bald auf eine Stelle, auf welcher die Büsche so dicht standen, daß sie für das Auge undurchdringlich waren. Er arbeitete sich hinein, legte den Kasten ab und setzte sich darauf. Kaum war das geschehen, so hörte er die Stimmen der drei Reiter und den Schritt ihrer Pferde. Sie ritten vorüber, ohne zu bemerken, daß die Spur von jetzt an eine nur einfache war.

Der Yankee schob die Zweige nach der betreffenden Richtung auseinander; er konnte hinaus auf die Prairie blicken. Da draußen ging Haller. Die Tramps sahen ihn, und ließen ihre Pferde in Galopp fallen. Jetzt hörte er sie, drehte sich um und blieb erschrocken stehen. Bald hatten sie ihn erreicht; sie sprachen mit ihm; er deutete ostwärts; jedenfalls sagte er ihnen, daß der Yankee in dieser Richtung nach der Farm zurückgekehrt sei. Dann krachte ein Pistolenschuß und Haller stürzte nieder.

»Es ist geschehen«, murmelte Hartley. »Wartet nur, ihr Halunken! Vielleicht begegne ich euch einmal, und dann sollt ihr diesen Schuß bezahlen! Bin neugierig, was sie nun thun werden.«

Er sah, daß sie abstiegen, und sich mit dem Erschossenen beschäftigten. Dann standen sie beratend bei einander, bis sie wieder zu Pferde stiegen, wobei der Cornel den Ermordeten zu sich quer über den Sattel nahm. Zum Erstaunen des Yankee kam dieser zurück, während seine beiden Gefährten nicht mit ihm umkehrten, sondern weiter ritten. Als der Cornel das Buschwerk erreichte, drängte er sein Pferd ein Stück in dasselbe hinein und ließ dann die Leiche herabfallen; sie lag nun so, daß man sie von außerhalb des Gebüsches nicht sehen konnte, gar nicht weit von Hartley entfernt. Hierauf zog der Reiter sein Pferd zurück und ritt fort, wohin, das konnte Hartley nicht sehen; er hörte den Hufschlag noch kurze Zeit; dann wurde es still.

Den Yankee überkam ein Grauen. Fast bereute er es jetzt, den Schreiber nicht gewarnt zu haben. Er war Zeuge der entsetzlichen That gewesen; nun lag die Leiche fast in seiner unmittelbaren Nähe; er hätte sich gern davon machen mögen, wagte es aber nicht, da er annehmen mußte, daß der Cornel nach ihm suchen werde. Es verging eine Viertelstunde und noch eine; da beschloß er, die grausige Stelle zu verlassen. Vorher sah er noch einmal hinaus auf die Prairie; da erblickte er etwas, was ihn veranlaßte, noch in seinem Verstecke zu bleiben.

Ein Reiter, welcher ein lediges Pferd neben sich her führte, kam von rechts her über die Prairie geritten. Er stieß auf die Spur der beiden Tramps und hielt an, um abzusteigen. Nachdem er sich sorgfältig nach allen Richtungen umgeschaut hatte, bückte er sich nieder, um die Spur zu untersuchen. Dann schritt er, während die Pferde ihm freiwillig folgten, auf derselben zurück bis an die Stelle, an welcher der Mord geschehen war. Hier blieb er wieder halten, um sie zu betrachten. Erst nach längerer Zeit richtete er sich wieder auf und kam näher. Die Augen auf den Boden geheftet, folgte er der Spur des Cornels. Etwa fünfzig Schritte vom Gebüsch entfernt, blieb er stehen, stieß einen eigentümlichen Kehllaut aus und deutete mit dem Arme nach dem Gesträuch. Das schien dem Reitpferde zu gelten, denn dieses entfernte sich von ihm, schlug einen kurzen Bogen nach den Büschen und kam dann am Rande derselben her, die Luft in die weit geöffneten Nüstern ziehend. Da es kein Zeichen von Unruhe gab, fühlte der Reiter sich befriedigt und kam nun auch herbei.

Jetzt sah der Yankee, daß er einen Indianer vor sich hatte. Derselbe trug ausgefranste Leggins und ein ebenso an den Nähten mit Fransen und Stickereien versehenes Jagdhemd. Die kleinen Füße staken in Mokassins. Sein langes schwarzes Haar war in einen helmartigen Schopf geordnet, aber mit keiner Adlerfeder versehen. Um den Hals hing eine dreifache Kette von Bärenkrallen, die Friedenspfeife und der Medizinbeutel. In der Hand hielt er ein Doppelgewehr, dessen Schaft mit vielen silbernen Nägeln beschlagen war. Sein Gesicht, matt hellbraun mit einem leisen Bronzehauch, hatte fast römischen Schnitt, und nur die ein wenig hervorstehenden Backenknochen erinnerten an den Typus der amerikanischen Rasse.

Eigentlich war die Nähe eines Roten ganz geeignet, den Yankee, welcher überhaupt nicht zum Helden geboren war, mit Angst zu erfüllen. Aber je länger dieser letztere in das Gesicht des Indianers blickte, um so mehr kam es ihm vor, als ob er sich vor diesem Mann nicht zu fürchten brauche. Derselbe hatte sich auf vielleicht zwanzig Schritte genähert. Das Pferd war noch weiter herbeigekommen, während das andre sich hinter dem Reiter hielt. Jetzt – es hob schon den kleinen Vorderhuf, um weiter zu schreiten, da stieg es vorn empor und warf sich mit einem lauten, auffälligen Schnauben zurück; es hatte einen von dem Yankee oder dem Toten kommenden Luftzug gespürt. Der Indianer that im Nu einen wahren Panthersatz zur Seite und verschwand, mit ihm auch das zweite Pferd. Hartley konnte sie nicht mehr sehen.

Er verhielt sich lange, lange still und bewegungslos, bis ein halb unterdrückter Laut an sein Ohr drang. »Uff!« diese Silbe hatte er gehört, und als er das Gesicht nach der betreffenden Seite wendete, sah er den Indianer über der Leiche des Schreibers knieen und dieselbe mit Augen und Händen untersuchen. Dann kroch der Rote zurück und war wohl eine Viertelstunde lang nicht zu sehen, bis der Yankee erschrocken zusammenfuhr, denn hart neben ihm erklangen die Worte: »Warum sitzt das Bleichgesicht hier versteckt? Warum tritt es nicht hervor, um sich dem Blicke des roten Kriegers zu zeigen? Will es etwa nicht sagen, wohin die drei Mörder des andern Bleichgesichtes entwichen sind?«

Als Hartley mit dem Kopfe herumfuhr, sah er den Indianer, das blanke Bowiemesser in der Hand, neben sich knieen. Die Worte desselben bewiesen, daß er die Fährte richtig gelesen und höchst scharfsinnig beurteilt hatte. Er hielt nicht den Yankee für den Mörder; das beruhigte diesen, und er antwortete: »Ich verstecke mich vor ihnen. Zwei sind fort, in die Prairie hinaus; der dritte warf die Leiche hier ab, und ich blieb stecken, weil ich nicht weiß, ob er fort ist oder nicht.«

»Er ist fort. Seine Spur führt durch den Busch und dann nach Osten.«

»So ist er nach der Farm, um mich zu verfolgen. Aber ist er auch wirklich nicht mehr da?«

»Nein. Mein weißer Bruder und ich sind die einzigen lebenden Menschen, welche sich hier befinden. Er mag heraus ins Freie kommen und mir erzählen, was geschehen ist.«

Der Rote sprach sehr gut englisch. Was er sagte und wie er es sagte, flößte dem Yankee Vertrauen ein; darum weigerte sich der letztere nicht, der Aufforderung zu folgen. Er kroch aus dem Dickicht hervor und sah, als er das Gebüsch hinter sich hatte, daß die beiden Pferde eine ziemliche Strecke abwärts angepflockt waren. Der Rote betrachtete den Weißen mit einem Blicke, welcher alles zu durchdringen schien, und sagte dann: »Von Süden her sind zwei Männer auf ihren Füßen gekommen; der eine versteckte sich hier, und der bist du; der andre ging weiter, in die Prairie hinaus. Da kamen drei Reiter, welche diesem andern folgten; sie schossen ihm eine Pistolenkugel in den Kopf. Zwei ritten fort. Der dritte nahm die Leiche auf das Pferd, ritt an das Gebüsch, warf sie hinein und jagte dann ostwärts im Galopp von dannen. Ist es so?«

»Ja, genau so«, nickte Hartley.

»So magst du mir sagen, warum man deinen weißen Bruder erschossen hat. Wer bist du, und warum befindest du dich in dieser Gegend? Sind es auch die drei Männer gewesen, welche deinen Arm verwundet haben?«

Der freundliche Ton, in welchem diese Fragen ausgesprochen wurden, bewies dem Yankee, daß der Rote ihm wohlgesinnt sei und keinerlei Verdacht gegen ihn hege. Er beantwortete die ihm vorgelegten Fragen. Der Indianer sah ihn dabei nicht an; dann aber fragte er plötzlich mit einem durchbohrenden Blicke: »So hat dein Gefährte dein Leben mit dem seinigen bezahlen müssen?«

Der Yankee schlug die Augen nieder und antwortete beinahe stokkend: »Nein. Ich bat ihn, sich mit mir zu verstecken; aber er wollte nicht.«

»So hast du ihm gezeigt, daß die Mörder hinter euch her kamen?«

»Ja.«

»Und ihm auch gesagt, daß du dich hier verbergen wolltest?«

»Ja.«

»Warum hat er den Mörder, als dieser nach dir fragte, ostwärts nach der Farm gewiesen?«

»Um ihn zu täuschen.«

»So hat er dich retten wollen und war ein wackerer Kamerad. Bist du seiner wert gewesen? Nur der große Manitou weiß alles; mein Auge kann nicht in dein Inneres dringen. Könnte es das, so würdest du dich vielleicht vor mir schämen müssen; ich will schweigen; dein Gott mag dein Richter sein. Kennst du mich?«

»Nein«, antwortete Hartley kleinlaut.

»Ich bin Winnetou, der Häuptling der Apachen. Meine Hand richtet sich gegen die bösen Menschen, und mein Arm schützt jeden, der ein gutes Gewissen hat. Ich werde nach deiner Wunde sehen; noch notwendiger als das aber ist, zu erfahren, warum die Mörder umgekehrt sind, um euch zu folgen. Weißt du es?«

Hartley hatte schon oft von Winnetou gehört. Nun er wußte, daß dieser berühmte Häuptling vor ihm stehe, antwortete er in doppelt höflichem Tone: »Ich habe es dir bereits gesagt. Sie wollten uns auf die Seite schaffen, damit wir nicht verraten könnten, daß sie mich beraubt haben.«

»Nein. Wäre es bloß das, so hätten sie euch sofort getötet. Es muß etwas andres sein, was ihnen erst später eingefallen ist. Hatten sie dich genau durchsucht?«

»Ja.«

»Und dir alles abgenommen? Auch deinem Gefährten?«

»Nein. Er sagte ihnen, daß er ein armer Flüchtling sei, und bewies es ihnen, indem er ihnen den Brief zeigte.«

»Einen Brief? Haben sie denselben behalten?«

»Nein; er bekam ihn zurück.«

»Wo steckte er ihn hin?«

»In die Brusttasche seines Rockes.«

»Da befindet er sich nicht mehr. Ich habe in alle Taschen des Toten gegriffen und keinen Brief gefunden; sie haben ihm denselben hier abgenommen. Also ist es dieses Schreiben, welches sie bewogen hat, umzukehren und euch einzuholen.«

»Schwerlich!« meinte Hartley kopfschüttelnd.

Der Indianer antwortete nicht darauf. Er holte die Leiche aus dem Gebüsch und untersuchte die Taschen noch einmal. Der Tote bot einen gräßlichen Anblick, nicht etwa zufolge der Kugelwunde, sondern weil man sein Gesicht mit Messern kreuz und quer zerschnitten hatte, so daß es ganz unkenntlich geworden war. Die Taschen waren leer. Natürlich hatte man auch sein Gewehr mitgenommen.

Der Indianer blickte sinnend in das Weite; dann sagte er im Tone tiefster Überzeugung: »Dein Kamerad wollte nach Sheridan; zwei von den Mördern sind nordwärts geritten, in der Richtung dieses Ortes; sie wollen auch dorthin. Warum haben sie ihm den Brief abgenommen? Weil sie denselben brauchen, sich desselben bedienen wollen. Warum haben sie das Gesicht des Toten entstellt? Damit man ihn nicht erkennen soll. Man soll nicht wissen, daß Haller tot ist; er darf nicht gestorben sein, weil einer der Mörder in Sheridan sich für Haller ausgeben will.«

»Aber zu welchem Zwecke?«

»Das weiß ich nicht, werde es aber erfahren.«

»So willst du auch hin, ihnen nach?«

»Ja. Ich wollte nach dem Smocky-hill-Fluß, und Sheridan liegt in der Nähe desselben; wenn ich nach diesem Orte reite, wird mein Weg dadurch nicht viel größer und länger werden. Diese Bleichgesichter haben etwas Schlimmes vor, was sie dort ausführen wollen. Vielleicht ist es mir möglich, es ihnen zunichte zu machen. Geht mein weißer Bruder mit?«

»Ich wollte eine nahe Farm aufsuchen, um meinen Arm zu pflegen. Freilich möchte ich noch lieber nach Sheridan. Vielleicht erhalte ich dort das geraubte Geld zurück.«

»So wirst du mit mir reiten.«

»Aber meine Verwundung!«

»Ich werde sie untersuchen. Auf der Farm hat mein weißer Bruder zwar Pflege, aber keinen Arzt; in Sheridan aber wird es einen solchen geben. Auch versteht sich Winnetou auf Behandlung der Wunden. Er kann zersplitterte Knochen wieder fest machen und besitzt ein ausgezeichnetes Mittel gegen das Wundfieber. Zeige mir jetzt deinen Arm!«

Schon der Schreiber hatte dem Yankee den Frackärmel aufgetrennt; es fiel also dem letzteren nicht schwer, seinen Arm zu entblößen. Winnetou untersuchte denselben und erklärte, daß die Wunde nicht so schlimm sei, als es den Anschein habe. Die Kugel hatte, da der Schuß aus so großer Nähe abgegeben worden war, den Knochen nicht zersplittert, sondern glatt durchschlagen.

Der Rote holte eine getrocknete Pflanze aus seiner Satteltasche, befeuchtete sie und legte sie auf die Wunde; dann schnitt er zwei Holzschienen zurecht und verband mit Hilfe derselben den Arm so kunstgerecht, wie ein Wundarzt es mit den gegebenen Mitteln auch nicht besser fertig gebracht hätte. Dann erklärte er: »Mein Bruder kann getrost mit mir reiten. Das Fieber wird gar nicht kommen, oder doch erst dann, wenn er sich längst in Sheridan befindet.«

»Aber wollen wir nicht erst zu erfahren suchen, was der dritte Mörder thut?« fragte Hartley.

»Nein. Er sucht nach dir, und wenn er deine Spur findet, so wird er umkehren und den beiden andern folgen. Vielleicht thut er das nicht, sondern er hat noch andre Verbündete, welche er vorher aufsucht, um mit ihnen nach Sheridan zu reiten. Ich komme aus bewohnten Gegenden und habe erfahren, daß sich in Kansas viele von den Bleichgesichtern, welche Tramps genannt werden, zusammenziehen. Es ist möglich, daß die Mörder zu diesen Leuten gehören, daß die Tramps einen Streich gegen Sheridan beabsichtigen. Wir dürfen keine Zeit verlieren; wir müssen schnell hin, um die dortigen Weißen zu warnen.«

»Aber wenn dieser dritte Feind nach hier zurückkehrt, wird er unsre Spur finden und aus ihr ersehen, daß wir seinen Freunden gefolgt sind? Muß er da nicht Verdacht schöpfen?«

»Wir folgen ihnen nicht. Winnetou weiß, wohin sie wollen, und braucht also ihre Fährte nicht. Wir reiten einen andern Weg.«

»Und wann werden wir nach Sheridan kommen?«

»Ich weiß nicht, wie mein Bruder reitet.«

»Nun, ein Kunstreiter bin ich freilich nicht. Ich habe noch wenig im Sattel gesessen; aber abwerfen lasse ich mich nicht.«

»So dürfen wir nicht stürmen, werden das aber durch Stetigkeit einholen. Wir reiten von jetzt an die ganze Nacht hindurch und werden am Morgen am Ziele sein. Diejenigen, denen wir folgen, werden des Nachts Lager machen und also später als wir ankommen.«

»Und was geschieht hier mit der Leiche des armen Haller?«

»Wir werden sie begraben, und mein Bruder mag dann ein Gebet sprechen.«

Die Erde war locker, und so wurde, obgleich nur die Messer gebraucht werden konnten, recht bald eine leidlich tiefe Grube fertig, in welche die beiden den Toten legten, um ihn dann mit der aufgeworfenen Erde zu bedecken. Hierauf nahm der Yankee den Hut ab und faltete die Hände. Ob er dabei wirklich betete, war zu bezweifeln. Der Apache blickte ernst in die untergehende Sonne. Es war, als ob sein Auge jenseits des Westens die ewigen Jagdgründe suche. Er war ein Heide, aber er betete ganz gewiß. Dann schritten sie zu den Pferden.

»Mein weißer Bruder mag mein Tier nehmen«, sagte der Rote. »Es hat einen sanften Gang, gleich und eben wie ein Kanoe im Wasser. Ich nehme das ledige.«

Sie stiegen auf und ritten fort, erst eine Strecke westlich, um dann nach Norden einzubiegen. Die Pferde hatten gewiß schon einen weiten Weg gemacht, schritten aber so munter und rüstig aus, als ob sie eben erst von der Weide gekommen seien. Die Sonne sank tiefer und tiefer; endlich verschwand sie hinter dem Horizonte; die kurze Dämmerung ging schnell vorüber, und dann wurde es finstere Nacht. Das machte den Yankee bange.

»Wirst du dich bei dieser Finsternis nicht verirren?«

»Winnetou verirrt sich nie, weder bei Tag noch bei Nacht. Er ist wie ein Stern, welcher sich stets an der richtigen Stelle befindet, und kennt alle Gegenden des Landes so genau, wie das Bleichgesicht die Räume seines Hauses kennt.«

»Aber es gibt so viele Hindernisse, welche man nicht sehen kann!«

»Winnetous Augen sehen auch des Nachts. Und was er nicht bemerken kann, wird seinem Pferde sicher nicht entgehen. Mein Bruder reite nicht neben, sondern hinter mir, so wird sein Tier keinen falschen Schritt thun.«

Es war auch wirklich fast wunderbar, mit welcher Sicherheit Pferd und Reiter sich bewegten. Bald im Schritt, bald im Trabe, oft sogar galoppierend, wurde Stunde um Stunde zurückgelegt und jedes Hindernis umgangen. Es waren sumpfige Stellen zu vermeiden und Bäche zu durchwaten; man kam an Farmen vorüber; stets wußte Winnetou, wo er sich befand, und nicht einen einzigen Augenblick lang schien er im Zweifel über die Örtlichkeit zu sein. Das beruhigte den Yankee ungemein. Er war besonders seines Armes wegen besorgt gewesen; aber das Wundkraut war von außerordentlicher Wirkung. Er fühlte fast gar keinen Schmerz und hatte sich über nichts als nur die Unbequemlichkeit des ungewohnten Reitens zu beklagen. Einigemal wurde angehalten, um die Pferde trinken zu lassen und den Verband mit kühlendem Wasser zu benetzen. Nach Mitternacht zog Winnetou ein Stück Fleisch hervor, welches Hartley essen mußte. Sonst gab es keine Unterbrechung, und als die zunehmende Kühle den Morgen verkündete, sagte sich der letztere, daß er recht gut imstande sei, noch länger im Sattel zu sitzen.

Nun graute der Osten, doch waren die Linien des Terrains noch nicht zu erkennen, da ein dicker Nebel auf der Erde lag.

»Das sind die Nebel des Smocky-hill-Flusses«, erklärte der Häuptling. »Wir werden ihn bald erreichen.«

Es war ihm anzuhören, daß er hatte weiter sprechen wollen, aber er hielt sein Pferd an und lauschte nach links hinüber, von wo taktmäßiger Hufschlag sich näherte. Das mußte von einem galoppierenden Reiter sein. Richtig, da kam er heran und flog vorüber, *ventre à terre*, blitzesschnell wie ein Phantom. Die beiden hatten weder ihn noch sein Pferd gesehen; nur sein dunkler, breitkrempiger Hut, welcher über dem dichten, am Boden hinkriechenden Nebelschwaden hervorragte, war für einen Augenblick sichtbar gewesen. Einige Sekunden später war der Hufschlag schon nicht mehr zu hören.

»Uff!« rief Winnetou überrascht. »Ein Bleichgesicht! So, wie dieser Mann ritt, können nur zwei Weiße reiten, nämlich Old Shatterhand; aber dieser befindet sich nicht hier, da ich oben am Silbersee mit ihm zusammentreffen will; der zweite ist Old Firehand. Sollte er sich jetzt in Kansas befinden? Sollte er es gewesen sein?«

»Old Firehand?« meinte der Yankee. »Das ist ein hochberühmter Westmann.«

»Er und Old Shatterhand sind die besten und tapfersten, auch erfahrensten Bleichgesichter, welche Winnetou kennt. Er ist ihr Freund.«

»Der Mann schien es sehr notwendig zu haben. Wohin mag er wollen?«

»Nach Sheridan, denn seine Richtung ist die unsrige. Links liegt der Eagle-tail und vor uns befindet sich die Furt, welche über den Fluß führt. Wir werden sie in wenigen Minuten erreichen. Und in Sheridan werden wir erfahren, wer dieser Reiter gewesen ist.«

Die Nebel begannen sich zu zerteilen; sie wurden vom Morgenwinde auseinander getrieben, und bald sahen die beiden den Smocky-hill-Fluß vor sich liegen. Auch hier bewährte sich die außerordentliche Ortskennt-

Richtig, da kam er heran und flog vorüber.

nis des Apachen. Er erreichte das Ufer genau an der Stelle, an welcher sich die Furt befand. Das Wasser reichte den Pferden hier kaum bis an den Leib, so daß der Übergang ein leichter und ganz ungefährlicher war.

Jenseits angekommen, hatten die Reiter ein Gebüsch, welches sich am Ufer hinzog, zu durchqueren und ritten dann wieder durch offenes Grasland, bis Sheridan, ihr Ziel, sich ihren Augen zeigte.

Neuntes Kapitel

List und Gegenlist

Sheridan war in der Zeit, in der unsre Erzählung spielt, weder Stadt noch Ort, sondern nichts als eine ambulante Niederlassung der Bahnarbeiter. Es gab da eine Menge von Stein-, Erd- und Blockhütten, höchst primitive Bauwerke, über deren Thüren aber zuweilen die stolzesten Inschriften prangten. Man sah da Hotels und Salons, in denen in Deutschland nicht der geringste Handwerker hätte wohnen mögen. Auch gab es einige allerliebste hölzerne Wohnungen, deren Konstruktion eine solche war, daß sie zu jeder Zeit abgebrochen und an einem andern Orte wieder zusammengesetzt werden konnten. Das größte dieser Gebäude stand auf einer Anhöhe und trug die weithin sichtbare Firma: »Charles Charoy, Ingenieur«. Dorthin ritten die beiden; sie stiegen an der Thür ab, neben welcher ein indianisch gesatteltes und aufgezäumtes Pferd angebunden war.

»Uff!« meinte Winnetou, als er dasselbe mit leuchtendem Blicke betrachtete. »Dieses Roß ist es wert, einen guten Reiter zu tragen. Es gehört gewiß dem Bleichgesichte, welches an uns vorüberkam.«

Sie stiegen ab und banden ihre Pferde ebenfalls an. Es war kein Mensch in der Nähe, und als sie die Niederlassung überblickten, sahen sie der frühen Stunde wegen nur drei oder vier Personen, welche gähnend nach dem Wetter ausschauten. Aber die Thür stand offen, und sie traten ein. Ein junger Neger kam ihnen entgegen und fragte nach ihrem Begehr. Noch ehe sie zu antworten vermochten, wurde zur Seite eine Thür geöffnet, und unter derselben erschien ein noch junger Weißer, welcher den Apachen mit freundlich erstaunten Augen betrachtete. Es war der Ingenieur. Sein Name, sein bräunlicher Teint und das dunkellockige Haar ließen vermuten, daß er der Abkömmling einer südstaatlichen, ursprünglich französischen Familie sei.

»Wen sucht ihr hier so früh, Mesch'schurs?« fragte er , indem er dem Roten eine sehr achtungsvolle Verbeugung machte.

»Wir suchen den Ingenieur Mr. Charoy«, antwortete dieser in geläufigem Englisch, wobei er sogar den französischen Namen ganz richtig aussprach.

»*Well,* der bin ich. Habt die Güte, einzutreten!«

Er zog sich in das Zimmer zurück, so daß die beiden ihm folgen konnten. Der Raum war klein und einfach ausgestattet. Die auf den Möbeln liegenden Schreibrequisiten ließen vermuten, daß es das Bureau des Ingenieurs sei. Dieser schob den Ankömmlingen zwei Stühle hin und wartete dann mit sichtlicher Spannung auf das, was sie ihm zu sagen hatten. Der Yankee setzte sich sofort nieder; der Indianer blieb noch höflich stehen, neigte wie grüßend den schönen Kopf und begann: »Sir, ich bin Winnetou, der Häuptling der Apachen –«

»Weiß es schon, weiß es schon!« fiel der Ingenieur schnell ein.

»Du weißt es schon, Sir?« fragte der Rote. »So hast du mich bereits gesehen?«

»Nein; aber es ist einer da, welcher dich kennt und euch durch das Fenster kommen sah. Ich bin außerordentlich erfreut, den berühmten Winnetou kennen zu lernen. Setze dich, und sage, was dich zu mir führt; dann werde ich dich bitten, mein Gast zu sein.«

Der Indianer setzte sich auf den Stuhl und antwortete: »Kennst du ein Bleichgesicht, welches unten in Kinsley wohnt und Bent Norton heißt?«

»Ja, sehr gut. Dieser Mann ist einer meiner besten Freunde«, antwortete der Gefragte.

»Und kennst du auch das Bleichgesicht Haller, seinen Schreiber?«

»Nein. Seit mein Freund in Kinsley wohnt, habe ich ihn noch nicht besucht.«

»Dieser Schreiber wird heute mit noch einem Weißen zu dir kommen, um dir ein Empfehlungsschreiben von Norton zu übergeben. Du sollst den einen in deinem Bureau anstellen und auch dem andern Arbeit geben. Aber wenn du das thust, wirst du dich in große Gefahr begeben.«

»In welche Gefahr?«

»Das weiß ich noch nicht. Die beiden Bleichgesichter sind Mörder. Wenn du ein kluger Mann bist, werden wir, sobald sie mit dir gesprochen haben, erraten, welche Absicht sie verfolgen.«

»Etwa mich morden?« lächelte Charoy ungläubig.

»Vielleicht!« nickte Winnetou ernst. »Und nicht nur dich, sondern auch noch andre. Ich halte sie für Tramps.«

»Für Tramps?« fragte der Ingenieur schnell. »Ach, das ist etwas andres. Ich habe soeben erfahren, daß eine Horde von Tramps nach dem Eagle-tail und nach hier will, um uns zu berauben. Diese Kerle haben es auf unsre Kasse abgesehen.«

»Von wem hast du das erfahren?«

»Von – – nun, es ist wohl am besten, daß ich den Mann nicht nenne, sondern ihn dir gleich zeige.«

Sein Gesicht glänzte vor Vergnügen, dem Roten eine freudige Überraschung bereiten zu können. Er öffnete die Thür zum Nebenzimmer, aus welchem Old Firehand trat. Wenn der Ingenieur geglaubt hatte, daß der Rote in Worte des Entzückens ausbrechen werde, so war er mit den Gewohnheiten der Indianer nicht vertraut. Kein roter Krieger wird seiner Freude oder seinem Schmerze in Gegenwart andrer einen auffälligen Ausdruck verleihen. Zwar glänzten die Augen des Apachen, sonst aber blieb er ruhig; er trat auf den Jäger zu und streckte ihm die Hand entgegen. Dieser zog ihn an seine breite Brust, küßte ihn auf beide Wangen und sagte im Tone freudiger Rührung: »Mein Freund, mein lieber, lieber Bruder! Wie überrascht und entzückt war ich, als ich dich kommen und vom Pferde steigen sah! Wie lange haben wir uns nicht gesehen!«

»Ich sah dich heut beim Tagesgrauen«, antwortete der Indianer, »als du im Nebelmeere jenseit des Flusses an uns vorüberjagtest.«

»Und hast mich nicht angerufen!«

»Der Nebel umhüllte dich, so daß ich dich nicht genau erkennen konnte, und wie der Sturm der Ebene warst du vorüber.«

»Ich mußte schnell reiten, um eher anzukommen als die Tramps. Auch mußte ich diesen Ritt selbst unternehmen, weil die Sache so wichtig ist, daß ich sie keinem andern anvertrauen mochte. Es sind über zweihundert Tramps im Anzuge.«

»Dann habe ich mich nicht getäuscht. Die Mörder sind die Kundschafter, welche ihnen vorangehen.«

»Darf ich erfahren, welche Bewandtnis es mit diesen Leuten hat?«

»Der Häuptling der Apachen ist nicht ein Mann der Zunge, sondern der That. Hier aber steht ein Bleichgesicht, welches euch alles genau erzählen wird.« – Er deutete auf Hartley, welcher sich beim Eintritte Old Firehands vom Stuhle erhoben hatte und den gewaltigen Mann noch jetzt mit Staunen betrachtete. Ja, das waren Recken, dieser Old Firehand und dieser Winnetou! Der Yankee kam sich so klein und armselig vor, und den Ingenieur mochte ein ähnliches Gefühl beschleichen; wenigstens ließ sein Gesicht und seine achtungsvolle Haltung dies vermuten.

Hartley erzählte, als alle sich wieder gesetzt hatten, seine gestrigen Erlebnisse. Als er zu Ende war, berichtete Old Firehand, wenn auch möglichst kurz, sein Zusammentreffen mit dem roten Cornel auf dem Steamer, bei den Rafters und zuletzt auf Butlers Farm. Dann ließ er sich den Anführer der drei beschreiben, denjenigen, welcher den Schreiber niedergeschossen und sich dann von den beiden andern getrennt hatte. Als es dem Yankee gelungen war, ein möglichst genaues Bild dieser Person zu liefern, sagte der Jäger: »Ich wette, daß es der Cornel war. Er hat sich die Haare dunkel gefärbt. Hoffentlich läuft er mir endlich in die Hände!«

»Dann sollen ihm solche Streiche wohl vergehen!« zürnte der Ingenieur. Über zweihundert Tramps! Welch ein Morden, Sengen und Brennen wäre das gewesen! Mesch'schurs, ihr seid unsre Retter, und ich weiß nicht, wie ich euch danken soll! Dieser Cornel muß es auf irgend eine Weise erfahren haben, daß ich die Gelder für eine lange Strecke beziehe und sie dann unter meine Kollegen zur Auszahlung zu verteilen habe. Nun ich gewarnt bin, mag er mit seinen Tramps kommen; wir werden gerüstet sein.«

»Dünkt Euch nicht allzu sicher!« warnte Old Firehand. »Zweihundert desperate Kerle haben immer etwas zu bedeuten!«

»Mag sein; aber ich kann in einigen Stunden tausend Bahnarbeiter beisammen haben.«

»Die gut bewaffnet sind?«

»Jeder hat irgend eine Schießwaffe. Schließlich thun es die Messer, die Spaten und Schaufeln auch.«

»Spaten und Schaufeln gegen zweihundert Flinten? Das würde ein Blutvergießen ergeben, welches ich nicht zu verantworten haben möchte.«

»Nun, so bekomme ich von Fort Wallace recht gern bis an die hundert Soldaten geschickt.«

»Euer Mut ist lobenswert, Sir; aber List ist da stets besser als Gewalt. Wenn ich den Feind durch List unschädlich machen kann, warum soll ich da so viele Menschenleben opfern?«

»Welche List meint Ihr, Sir? Ich will ja gern thun, was Ihr mir ratet. Ihr seid ein ganz andrer Kerl, als ich bin, und wenn Ihr zufrieden seid, so bin ich sofort bereit, Euch das Kommando über diesen Platz und meine Leute abzutreten.«

»Nicht so schnell, Sir! Wir müssen überlegen. Zunächst dürfen die Tramps nicht ahnen, daß Ihr gewarnt seid. Sie dürfen also nicht wissen, daß wir uns hier befinden. Auch unsre Pferde dürfen sie nicht sehen. Gibt es kein Versteck für die Tiere?«

»Die kann ich gleich verschwinden lassen, Sir.«

»Aber so, daß wir sie leicht zur Hand haben?«

»Ja, glücklicherweise seid Ihr so zeitig am Tage gekommen, daß Ihr von den Arbeitern nicht gesehen wurdet. Von ihnen könnten es die Kundschafter erfahren. Mein Neger, welcher treu und verschwiegen ist, wird die Pferde verstecken und versorgen.«

»Gut, gebt ihm den Befehl dazu! Und Ihr selbst müßt Euch dieses Master Hartley annehmen. Gebt ihm ein Bett, daß er sich niederlegen kann. Aber kein Mensch darf von seiner Anwesenheit etwas wissen, kein Mensch außer Euch, dem Neger und dem Arzte, denn ein Doktor ist doch wohl vorhanden?«

»Jawohl. Ich werde ihn sofort kommen lassen.«

Er entfernte sich mit dem Yankee, welcher ihm recht gern folgte, da er sich nun sehr ermüdet fühlte. Als der Ingenieur nach einiger Zeit zurückkehrte, um zu sagen, daß sowohl der Verwundete als auch die Pferde gut versorgt seien, meinte Old Firehand: »Ich wollte alle Beratung in Gegenwart dieses Arzneischwindlers vermeiden, denn ich traue ihm nicht. Es gibt in seiner Erzählung einen dunklen Punkt. Ich bin überzeugt, daß er den armen Schreiber mit Absicht in den Tod geschickt hat, um sich selbst zu retten. Mit solchen Menschen mag ich nichts zu thun haben. Jetzt sind wir unter uns und wissen genau, daß jeder sich auf den andern verlassen kann.«

»So wollt Ihr uns wohl einen Plan mitteilen?« fragte der Ingenieur wißbegierig.

»Nein. Einen Plan können wir erst dann entwerfen, wenn wir denjenigen der Tramps kennen gelernt haben, und das wird nicht eher der Fall sein, als bis die Kundschafter hier eingetroffen sind und mit Euch gesprochen haben.«

»Das ist richtig. Wir müssen uns also einstweilen in Geduld fassen.«

Da hob Winnetou die Hand zum Zeichen, daß er einer andern Ansicht sei, und sagte: »Jeder Krieger kann auf zweierlei Weise kämpfen; er kann angreifen oder sich verteidigen. Wenn Winnetou nicht weiß, wie und ob er sich verteidigen kann, so greift er lieber an. Das ist schneller, sicherer und auch tapferer.«

»So will mein roter Bruder vom Plane der Tramps gar nichts wissen?« fragte Old Firehand.

»Er wird ihn jedenfalls erfahren; aber warum soll der Häuptling der Apachen sich zwingen lassen, nach ihrem Plane zu handeln, wenn es ihm leicht ist, sie zu zwingen, sich nach dem seinigen zu richten?«

»Ach, du hast also bereits einen Plan?«

»Ja. Er ist mir während des Rittes in dieser Nacht gekommen und hat sich vervollständigt, als ich hörte, was die Tramps vorher gethan haben. Diese Geschöpfe sind keine Krieger, mit denen man ehrenvoll kämpfen kann, sondern räudige Hunde, welche man mit Stöcken erschlagen muß. Warum soll ich warten, bis so ein Hund mich beißt, wenn ich ihn vorher mit einem Hiebe töten oder in einer Falle erwürgen kann!«

»Kennst du eine solche Falle für die Tramps?«

»Ich kenne eine, und wir werden sie bauen. Diese Coyoten kommen, um die Kasse zu berauben. Ist die Kasse hier, so kommen sie hierher; ist sie anderwo, so gehen sie dorthin, und befindet sie sich im Feuerwagen, so werden sie denselben besteigen und in das Verderben fahren, ohne den Leuten, welche hier wohnen, das Geringste gethan zu haben.«

»Ah, ich beginne zu begreifen!« rief Old Firehand. »Welch ein Plan!

Den kann freilich nur ein Winnetou ersinnen! Du meinst, daß wir die Kerle in den Zug locken sollen?«

»Ja. Winnetou versteht nichts von dem Feuerrosse und wie es gelenkt wird. Er hat den Gedanken gegeben, und seine weißen Brüder mögen über denselben nachdenken.«

»In einen Bahnzug locken?« fragte der Ingenieur. »Aber wozu denn? Wir können sie doch hier erwarten und vernichten, hier im Freien!«

»Wobei aber viele von uns sterben müßten!« entgegnete Old Firehand. »Besteigen sie aber den Zug, so können wir sie an einen Ort bringen, an welchem sie sich ergeben müssen, ohne uns schaden zu können.«

»Es wird ihnen nicht einfallen, einzusteigen!«

»Sie steigen ein, wenn wir sie durch die Kasse hineinlocken.«

»So soll ich die Kasse in den Zug thun?«

Das war eine Frage, welche man dem geistreich blickenden Ingenieur nicht zugetraut hätte. Winnetou machte eine geringschätzende Handbewegung, doch Old Firehand antwortete: »Wer mutet Euch das zu? Die Tramps müssen nur überzeugt sein, daß sich Geld in dem Zuge befindet. Ihr stellt den Kundschafter als Schreiber an und stellt Euch so, als ob Ihr ihm großes Vertrauen schenktet. Ihr teilt ihm mit, daß hier ein Zug hält, in welchem sich eine große Menge Geldes befindet. Da kommen sie sicher, und alle drängen sich in die Wagen. Sind sie drin, dann geht es fort mit ihnen.«

»Das klingt allerdings nicht übel, Sir, ist aber nicht so leicht, wie Ihr denkt.«

»So? Welche Schwierigkeiten könnte es haben? Steht Euch kein Zug zu diesem Zwecke zur Verfügung?«

»O, so viele Wagen, wie Ihr wollt! Und die Verantwortlichkeit wollte ich auch sehr gern übernehmen, wenn ich nur so leidlich an das Gelingen glauben könnte. Aber es gibt da noch ganz andre Fragen. Wer soll den Zug leiten? Es ist gewiß, daß der Maschinist und der Feuermann von den Tramps erschossen werden.«

»*Pshaw!* Ein Maschinist wird sich wohl finden, und den Feuermann mache ich. Ich glaube, wenn ich mich dazu erbiete, so beweise ich dadurch, daß keine Gefahr vorhanden ist. Wir werden das Nähere noch besprechen; die Hauptsache ist, daß wir nicht allzu lange zu warten brauchen. Ich vermute, daß die Tramps heute am Eagle-tail ankommen werden, denn dorthin wollen sie zunächst. Also können wir den Streich auf morgen nacht feststellen. Sodann ist es nötig, einen Ort zu bestimmen, wohin wir die Kerle fahren. Den werden wir uns noch während des Vormittages suchen, weil wohl schon nachmittags die Kundschafter kommen. Habt Ihr eine Bahndraisine, Sir?«

»Natürlich.«

»Nun, so fahren wir beide miteinander. Winnetou kann nicht mit; er muß versteckt bleiben, weil seine Anwesenheit unsre Absicht verraten könnte. Auch mir darf man es nicht ansehen, daß ich Old Firehand bin; das habe ich vorhergesehen und mir darum den alten Leinenanzug mitgebracht, welchen ich auf allen meinen Zügen zur Aushilfe bei mir trage.«

Der Ingenieur machte ein immer verlegeneres Gesicht und meinte: »Sir, Ihr sprecht von dieser Sache gerade wie der Fisch vom Schwimmen. Mir aber kommt sie gar nicht so leicht und natürlich vor. Wie geben wir den Tramps Nachricht? Wie bringen wir sie dazu, sich richtig einzustellen?«

»Welche Frage! Der neue Schreiber horcht Euch aus, und was Ihr ihm weismacht, das teilt er ihnen heimlich als volle Wahrheit mit.«

»Nun gut! Aber wenn sie nun auf den Gedanken kommen, nicht in den Zug zu steigen? Wenn sie es nun vorziehen, die Schienen an irgend einer Stelle zu zerstören und ihn zum Entgleisen zu bringen?«

»Das könnt Ihr leicht verhüten, indem Ihr dem Schreiber sagt, daß jedem solchen Geldzuge wegen seiner Wichtigkeit eine Probierlokomotive vorangehe. Dann werden sie die Zerstörung des Geleises bleiben lassen. Wenn Ihr klug seid, wird alles glatt ablaufen. Den Schreiber müßt Ihr so beschäftigen und so durch Freundlichkeit festzuhalten suchen, daß er bis zum Schlafengehen das Haus nicht verläßt und mit keinem Menschen sprechen kann. Dann gebt Ihr ihm eine Stube im Gestock, welche nur ein Fenster hat. Das platte Dach liegt nur eine halbe Elle über diesem letzteren; ich steige hinauf und werde jedes Wort hören, welches gesprochen wird.«

»Ihr seid der Ansicht, daß er zum Fenster hinaus sprechen werde?«

»Allerdings. Dieser sogenannte Haller soll Euch auskundschaften, und der andre, welcher mit ihm kommt, soll den Zwischenträger machen. Es ist gar nicht anders möglich; Ihr werdet das bald einsehen. Dieser andre wird auch Arbeit verlangen, um hierbleiben zu dürfen, sie aber aus irgend einem Grunde nicht antreten, um den Ort beliebig verlassen und den Boten machen zu können. Er wird versuchen, mit dem Schreiber zu sprechen, um Neuigkeiten zu erfahren, kann aber nicht vor der Schlafenszeit an ihn kommen. Dann wird er das Haus umschleichen; der Schreiber wird das Fenster öffnen, und ich liege über demselben auf dem Dache, um alles zu hören. Jetzt freilich kommt Euch das alles noch schwierig und höchst abenteuerlich vor, weil Ihr kein Westmann seid; habt Ihr die Sache aber erst einmal beim Schopfe gepackt, so werdet Ihr erfahren, daß alles ganz selbstverständlich ist.«

»Howgh!« stimmte der Indianer bei. »Meine weißen Brüder mögen jetzt nach einer Stelle suchen, an welcher die Falle geschlossen werden kann. Wenn sie zurückgekehrt sind, werde ich mich entfernen, damit ich hier nicht gesehen werde.«

»Wohin will mein roter Bruder einstweilen gehen?«

»Winnetou ist überall daheim, im Walde und auf der Prairie.«

»Das weiß niemand besser als ich; aber der Häuptling der Apachen kann Gesellschaft haben, wenn er will. Ich habe meine Rafters und die Jäger, welche sich bei ihnen befinden, nach einer Stelle beordert, welche einen Stundenritt unterhalb des Eagle-tail liegt. Sie sollen dort die Tramps beobachten. Die Tante Droll befindet sich bei ihnen.«

»Uff!« rief der Apache, indem sein sonst so ernstes Gesicht einen belustigten Ausdruck annahm. »Die Tante ist ein braves, tapferes und kluges Bleichgesicht. Winnetou wird zu ihr gehen.«

»Schön! Mein roter Bruder wird noch andre tüchtige Männer finden, den schwarzen Tom, den Humply-Bill, den Gunstick-Uncle, lauter Männer, deren Namen er wenigstens gehört hat. Einstweilen aber mag er mit in meine Stube gehen und da warten, bis wir zurückkehren.«

Old Firehand hatte noch vor der Ankunft des Apachen von dem Ingenieur ein Stübchen angewiesen bekommen; dorthin begab er sich jetzt mit Winnetou, um den auffälligen Jagdanzug mit dem andern zu vertauschen, in welchem er von den Bahnarbeitern für einen neu angeworbenen Kameraden gehalten werden konnte; denn diese Leute durften heute noch nicht wissen, daß etwas so Ungewöhnliches im Anzuge sei. Bald stand die Draisine bereit. Old Firehand bestieg mit dem Ingenieur den Vordersitz, und zwei Arbeiter standen über den Laufrädern, um die Handstangen in Bewegung zu setzen. Das Vehikel rollte durch den Ort, in welchem jetzt überall fleißige Hände beschäftigt waren, und dann hinaus auf die freie Bahnstrecke, welche schon bis Kit Karson mit Schienen belegt war.

Der Apache machte es sich indessen bequem; er war die ganze Nacht hindurch geritten und ließ jetzt die Gelegenheit, eine kurze Zeit zu schlafen, nicht unbenutzt vorübergehen. Als die beiden zurückkehrten, wurde er geweckt. Er erfuhr, daß Old Firehand einen höchst geeigneten Ort gefunden hatte, und als ihm derselbe beschrieben worden war, nickte er befriedigt und sagte: »Das ist gut! Die Hunde werden zittern vor Angst und heulen vor Schreck. Es wird eine Erlösung für sie sein, in unsre Hände zu geraten. Winnetou reitet jetzt zu der Tante Droll, um ihr und den Rafters zu sagen, daß sie sich bereithalten mögen.«

Er schlich sich, um nicht bemerkt zu werden, möglichst heimlich vom Hause fort und nach dem Verstecke, in welchem sich seine Pferde befanden.

Der scharfsinnige Häuptling hatte sich auch in Beziehung auf die

Ankunft der Kundschafter nicht getäuscht. Kaum war die auf den Mittag fallende Arbeitspause vorüber, so sah man zwei Reiter langsam vom Flusse her geritten kommen. Nach der Beschreibung, welche der Yankee von ihnen geliefert hatte, war nicht zu zweifeln, daß sie die Erwarteten seien.

Old Firehand begab sich schnell zu Hartley, welcher schlief, aber gern aufstand, um zu sehen, ob es nicht etwa andre Männer seien. Nachdem er sie mit voller Bestimmtheit als die Betreffenden rekognosziert hatte, ging Old Firehand in die neben dem Bureau liegende Stube, um durch die nur angelehnte Thür Zeuge der Unterredung zu sein. Er hatte während der Draisinenfahrt den Ingenieur vollständig für seinen Plan gewonnen und ihm denselben so genau erklärt, daß ein Fehler des Bahnbeamten fast unmöglich war.

Dieser letztere befand sich in seinem Zimmer, als die beiden Männer eintraten. Sie grüßten höflich, und dann überreichte der eine, ohne zunächst über den Zweck seiner Anwesenheit etwas zu sagen, den Empfehlungsbrief. Der Ingenieur las denselben und sagte dann in freundlichem Tone: »Ihr waret bei meinem Freunde Norton angestellt? Wie geht es ihm?«

Es folgten nun die unter solchen Umständen gewöhnlichen Fragen und Antworten, und dann erkundigte sich der Ingenieur nach dem Grunde, welcher den Schreiber aus Kinsley fortgetrieben hatte. Der Gefragte erzählte eine wehmütige Geschichte, welche zwar mit dem Inhalte des Briefes harmonierte, die er sich aber selbst ausgesonnen hatte. Der Beamte hörte ihm aufmerksam zu und sagte dann: »Das ist so traurig, daß es allerdings mein Mitgefühl erregt, zumal ich aus diesen Zeilen ersehe, daß Ihr das Wohlwollen und Vertrauen Nortons besessen habt. Darum soll seine Bitte um eine Anstellung für Euch nicht vergebens sein. Ich habe zwar schon einen Schreiber, bedarf aber schon seit langem eines Mannes, dem ich auch vertrauliche und sonst wichtige Sachen in die Feder geben darf. Meint Ihr, daß ich es da mit Euch versuchen darf?«

»Sir«, antwortete der angebliche Haller erfreut, »versucht es mit mir! Ich bin überzeugt, daß Ihr mit mir zufrieden sein werdet.«

»*Well,* versuchen wir es. Über den Gehalt wollen wir jetzt noch nicht sprechen; ich muß Euch erst kennen lernen, und das wird in einigen Tagen geschehen sein. Je anstelliger Ihr seid, desto besser werdet Ihr bezahlt. Jetzt bin ich sehr beschäftigt. Seht Euch einstweilen im Orte um, und kommt um fünf Uhr wieder. Bis dahin werde ich einige Arbeiten ausgesucht haben. Ihr wohnt hier bei mir im Hause, eßt mit an meinem Tische und habt Euch nach der Hausordnung zu richten. Ich wünsche nicht, daß Ihr mit den gewöhnlichen Arbeitern verkehrt. Punkt zehn Uhr wird die Thür verschlossen.«

»Das ist mir recht, Sir, denn gerade so habe ich es bisher stets gehalten«, versicherte der Mann, welcher eine große Genugthuung darüber empfand, daß er überhaupt angestellt wurde. Dann fügte er hinzu: »Und noch eine Bitte, welche hier meinen Reisegefährten betrifft. Hättet Ihr vielleicht Arbeit für ihn?«

»Was für Arbeit?«

»Irgend welche«, antwortete der andre bescheiden. »Ich bin nur froh, wenn ich Beschäftigung erhalte.«

»Wie heißt Ihr?«

»Faller. Ich habe Master Haller unterwegs getroffen und mich ihm angeschlossen, als ich hörte, daß hier an der Bahn gearbeitet wird.«

»Haller und Faller. Das ist eine sonderbare Ähnlichkeit der Namen. Hoffentlich seid Ihr auch in andrer Beziehung ähnlich. Was seid Ihr denn bisher gewesen, Mr. Faller?«

»Ich war längere Zeit Cow-boy auf einer Farm drüben bei Las Animas. Das war ein wüstes, unartiges Leben, welches ich nicht länger mitmachen konnte, und ich ging also fort. Darüber kam ich noch am letzten Tage mit einem andern Boy, einem rüden Burschen, in Streit, wobei mir sein Messer durch die Hand fuhr. Die Wunde ist noch nicht ganz heil; ich hoffe aber, daß ich in zwei oder drei Tagen die Hand zur Arbeit, wenn Ihr mir welche geben wollt, gebrauchen kann.«

»Nun, Arbeit könnt Ihr zu jeder Zeit haben. Bleibt also immerhin da, pflegt die Hand, und wenn sie heil geworden ist, so meldet Euch. Jetzt könnt Ihr gehen.«

Die Bursche verließen das Bureau. Als sie draußen an dem offenen Fenster der Stube, in welcher sich Old Firehand befand, vorüber gingen, hörte dieser einen von ihnen mit unterdrückter Stimme sagen: »Alles gut! Wenn nur auch das Ende so, wie der Anfang ist!«

Der Ingenieur trat zu Old Firehand herein und sagte: »Ihr hattet sehr recht, Sir! Dieser Faller hat dafür gesorgt, daß er nicht zu arbeiten braucht, sondern Zeit hat, nach dem Eagle-tail zu gehen. Er trug die Hand verbunden.«

»Jedenfalls ist dieselbe ganz gesund. Warum habt Ihr den Schreiber erst auf fünf Uhr bestellt?«

»Weil ich ihn bis zum Schlafengehen beschäftigen soll. Das würde ihn und mich ermüden und ihm wohl auch auffällig sein, wenn es allzu lange währte.«

»Sehr richtig. Es sind immerhin fünf volle Stunden bis zehn Uhr, und es wird nicht leicht sein, ihn bis dahin vom Verkehre mit den andern abzuhalten.«

So war also nun der erste Teil der Einleitung vollendet. Zu dem zweiten Teile konnte man erst dann übergehen, wenn man das Gespräch der beiden Kundschafter belauscht hatte. Bis dahin war noch eine lange Zeit, welche Old Firehand, der sich nicht sehen lassen wollte, auf den Schlaf verwendete. Als er erwachte, war es fast dunkel geworden, und der Neger brachte ihm sein Abendbrot. Gegen zehn Uhr kam dann der Ingenieur und meldete, daß der Schreiber schon längst gegessen habe und sich nun auf sein Zimmer begeben werde.

Old Firehand stieg also in das Stockwerk hinauf, von welchem aus eine viereckige Klappe auf das flache Dach führte. Auf dem letzteren angekommen, legte er sich nieder und kroch leise nach derjenigen Stelle der Dachkante, unter welcher, wie er sich erkundigt hatte, das betreffende Fenster lag. Es war so dunkel, daß er es wagen konnte, hinabzugreifen, Es war so nahe, daß er es mit der Hand zu erreichen vermochte.

Als er einige Zeit ruhig wartend dagelegen hatte, hörte er unter sich eine Thür gehen. Schritte gingen nach dem Fenster, und der Schein eines Lichtes fiel aus demselben hinaus ins Freie. Das Dach bestand aus einer dünnen Bretterlage und darauf genageltem Zinkblech. So wie Old Firehand die Schritte unter sich hörte, so konnte auch er selbst von dem Schreiber gehört werden; es war also große Vorsicht nötig. Nun strengte der Jäger seine Augen an, um das nächtliche Dunkel zu durchdringen, und zwar nicht vergeblich. In der Nähe des aus dem Fenster fallenden Lichtscheines stand eine Gestalt. Dann klang das Fenster; es wurde geöffnet.

»Esel!« raunte eine viertelslaute, zornige Stimme. »Thu doch die Lampe weg; das Licht trifft ja auf mich!«

»Selber Esel!« antwortete der Schreiber. »Was kommst du schon jetzt! Man ist im Hause noch wach. Komm in einer Stunde wieder.«

»Gut! Aber sag wenigstens, ob du eine Nachricht hast!«

»Und was für eine!«

»Gut?«

»Herrlich! Viel, viel prächtiger, als wir es hätten ahnen können. Aber gehe jetzt; man könnte dich sehen!«

Das Fenster wurde geschlossen, und die Gestalt verschwand aus der Nähe des Hauses. Nun war Old Firehand gezwungen, eine Stunde und noch länger warten zu müssen, ohne sich regen zu dürfen. Aber das war keine Anstrengung für ihn, denn ein Westmann ist an viel Schwierigeres gewöhnt. Die Zeit verging, wenn auch langsam, aber doch. Unten in den Häusern und Hütten brannten noch die Lichter. Hier oben aber bei der Wohnung des Ingenieurs war alles in tiefes Dunkel gehüllt. Old Firehand hörte, daß das Fenster wieder geöffnet wurde; die Lampe brannte nicht mehr. Der Schreiber erwartete seinen Gefährten. Nicht lange, so hörte man das leise Knirschen des Bodens, auf welchen ein Fuß getreten hatte.

»Faller!« flüsterte der Schreiber vom Fenster aus hinab.

»Ja«, antwortete der Genannte.

»Wo stehst du? Ich sehe dich nicht.«

»Ganz nahe an der Wand, gerade unter deinem Fenster.«

»Ist alles dunkel im Hause?«

»Alles. Ich habe mich zweimal um dasselbe geschlichen. Es ist kein Mensch mehr wach. Was hast du mir zu sagen?«

»Daß es nichts mit der hiesigen Kasse ist. Es gibt hier vierzehntägige Löhnung, und gestern ist Zahltag gewesen. Wir müßten also volle zwei Wochen warten, und das ist doch unmöglich. Es sind nicht ganz dreihundert Dollar in der Kasse; das ist nicht der Mühe wert.«

»Und das nanntest du vorhin eine herrliche, prächtige Nachricht? Dummkopf!«

»Schweig! Mit der hiesigen Kasse ist es freilich nichts; aber morgen, des Nachts, kommt ein Zug mit über viermalhunderttausend Dollar hier durch.«

»Unsinn!«

»Es ist wahr. Ich habe mich mit meinen eigenen Augen überzeugt. Der Zug kommt von Kansas City und geht nach Kit Karson, wo das Geld für die neue Strecke verwendet werden soll.«

»Das weißt du gewiß?«

»Ja. Ich habe den Brief und auch die Depeschen gelesen. Dieser alberne Ingenieur hat ein Vertrauen zu mir, gerade wie zu sich selbst.«

»Was nützt uns das! Der Zug geht ja hier durch!«

»Esel! Er hält volle fünf Minuten hier.«

»Donner!«

»Und ich und du werden auf der Lokomotive stehen.«

»Alle Wetter! Du phantasierst.«

»Fällt mir nicht ein! Der Zug muß von einem Extrabeamten in Carlyle übernommen werden. Dieser Mann bleibt bis hier auf der Lokomotive und fährt dann sogar bis Wallace mit, um den Train dort zu übergeben.«

»Und dieser Extrabeamte sollst gerade du sein?«

»Ja. Und du sollst mit, oder vielmehr, du darfst mit.«

»Wieso?«

»Der Ingenieur hat mir erlaubt, mir noch einen zweiten auszusuchen, der bei mir sein soll, und als ich ihn fragte, wen er mir vorschlage, so antwortete er, daß er mir da keine Vorschriften mache; er werde meine Wahl billigen. Da versteht es sich ganz von selbst, daß ich dich wähle.«

»Du, ist ein so schnelles und großes Vertrauen nicht auffällig?«

»Eigentlich, freilich. Aber ich erkenne aus allem, daß er einen Vertrauten braucht und nie einen gehabt hat. Der famose Empfehlungsbrief hat natürlich auch viel geholfen. Und außerdem kann mich dieses allerdings rasche Vertrauen nicht nachdenklich machen, weil ein Aber dabei ist.«

»So! Welches denn?«

»Der Auftrag ist nicht ganz ungefährlich.«

»Ah! Das beruhigt mich vollständig. Ist etwa die Strecke leichtsinnig gebaut?«

»Nein, obgleich sie eigentlich jetzt nur eine Interimsstrecke ist, wie ich aus den Büchern und Plänen ersehen habe. Aber du kannst dir denken, daß bei einer so großen, neuen Bahn nicht genug geprüfte Beamte vorhanden sind. Es gibt Maschinisten, welche man noch nicht kennt, und es melden sich als Heizer Leute, deren Herkunft und Auftreten bedenklich ist. Denke dir nun einen Zug, welcher fast eine halbe Million Dollar bei sich führt, von so einem Maschinisten und Heizer geleitet. Wenn die zwei Kerle darüber einig werden, können sie ihn leicht irgendwo auf der Strecke stehen lassen und sich mit dem Gelde davon machen. Darum muß ein Beamter bei ihnen sein, und da sie zwei Personen sind, hat derselbe noch einen Gehilfen zu sich zu nehmen. Verstanden, es ist eine Art Polizeiposten. Wir werden jeder, du und ich, einen geladenen Revolver in der Tasche haben, um die Kerle, sobald sie eine verbrecherische Absicht verraten, sofort niederzuschießen.«

»Du, das ist spaßhaft. Wir, und das Geld bewachen! Wir werden die Kerle unterwegs zwingen, anzuhalten, und uns dann die Dollars nehmen.«

»Das geht nicht; denn außer dem Maschinisten und dem Heizer ist noch der Kondukteur vorhanden, und auch ein Kassenbeamter aus Kansas City, welcher das Geld in einem Koffer mit sich führt. Beide sind gut bewaffnet. Diese zwei würden, wenn wir auch die ersten beiden zwingen könnten, den Zug halten zu lassen, sofort Verdacht schöpfen und ihre Wagen verteidigen. Nein, das muß auf ganz andre Weise geschehen. Man muß mit Übermacht angreifen, und zwar an einem Orte, wo so etwas gar nicht zu vermuten ist, also hier.«

»Und du denkst, daß es gelingt?«

»Natürlich! Es ist nicht das geringste Bedenken dabei, und keinem von uns wird ein Haar gekrümmt werden. Ich bin so überzeugt davon, daß ich dich jetzt fortschicke, um den Cornel zu unterrichten.«

»Der Ritt ist bei der jetzigen Finsternis unmöglich, denn ich kenne die Gegend nicht.«

»So magst du bis gegen Morgen warten; aber das ist die allerspäteste Zeit, denn ich muß bis Mittag Nachricht haben. Sporne dein Pferd tüchtig an, und wenn du es totreiten solltest.«

»Und was soll ich sagen?«

»Was du jetzt von mir gehört hast. Der Zug trifft Punkt drei Uhr des Nachts hier ein. Wir stehen beide auf der Lokomotive und werden, sobald er hält, den Maschinisten und den Heizer auf uns nehmen. Nötigenfalls schießen wir sie nieder. Der Cornel muß sich mit den Unsrigen heimlich an der Bahn aufgestellt haben und augenblicklich die Wagen besteigen. Bei einer solchen Übermacht werden die etwa wachen Bewohner von Sheridan und die drei oder vier Beamten, mit denen wir es zu thun haben, so verblüfft sein, daß sie gar keine Zeit zur Gegenwehr finden.«

»Hm, der Plan ist nicht übel. Eine erschreckliche Summe! Wenn jeder von uns gleichviel bekommt, so entfallen auf den Mann zweitausend Dollar. Hoffentlich geht der Cornel auf deinen Vorschlag ein.«

»Er wäre geradezu verrückt, wenn er es nicht thäte. Sage ihm, daß ich in diesem Falle mich von ihm lossagen und mich entschließen werde, den Streich allein auszuführen. Das Wagnis würde freilich größer sein, aber es fiele mir im Falle des Gelingens auch die ganze Summe zu.«

»Habe keine Sorge! Mir fällt es gar nicht ein, diese prächtige Gelegenheit vorübergehen zu lassen. Ich werde den Plan so befürworten, daß der Cornel gar nicht dazu kommen wird, Bedenken gegen denselben geltend zu machen. Ich bringe dir sicher eine zustimmende Antwort mit. Aber wie kann ich dir dieselbe übermitteln?«

»Das ist freilich eine heikle Frage. Wir müssen alles vermeiden, was Verdacht zu erregen vermag, was den Gedanken erwecken kann, daß wir Heimlichkeiten miteinander haben. Darum müssen wir es vermeiden, uns persönlich zu treffen. Auch weiß ich nicht, ob wir Zeit und die passende, unauffällige Gelegenheit dazu finden würden. Du mußt mich brieflich benachrichtigen.«

»Ist nicht gerade dieses am auffälligsten? Wenn ich dir einen Boten sende –«

»Einen Boten? Wer spricht davon?« unterbrach ihn der Schreiber. »Das wäre die größte Dummheit, welche wir begehen könnten. Ich kann noch nicht sagen, ob ich dazu kommen werde, das Haus einmal zu verlassen; also mußt du mir alles aufschreiben und den Zettel in der Nähe desselben verstecken.«

»Und wo?«

»Hm! Ich muß einen Ort wählen, zu welchem ich gelangen kann, ohne auffällig zu werden und viel Zeit dazu zu gebrauchen. Ich weiß schon, daß ich am Vormittag tüchtig zu arbeiten haben werde; es sind lange Lohnlisten auszufüllen, wie mir der Ingenieur sagte. Jedenfalls aber finde ich einmal Zeit, wenigstens an die Hausthüre zu treten. Hart neben derselben steht ein Regenfaß, hinter welches du den Zettel verstecken kannst. Wenn du ihn mit einem Stein beschwerst, so wird ihn kein Unberufener entdecken.«

»Wie aber erfährst du es, daß der Zettel an dem Ort liegt? Du kannst doch nicht öfters und umsonst zu dem Fasse gehen.«

»Auch das läßt sich machen. Ich habe dir doch zu sagen oder sagen zu lassen, daß du mit mir den Geldzug besteigen sollst. Das werde ich schon am Vormittag thun. Ich lasse nach dir suchen, und das wirst du bei deiner Rückkehr sofort erfahren. Du kommst dann, um zu fragen, weshalb ich nach dir verlangt habe. Dabei verbirgst du den Zettel, und ich weiß, daß er an seinem Orte liegt. Bist du einverstanden?«

»Ja. Sind wir fertig, oder hast du noch weitere Mitteilungen?«

»Ich habe nichts mehr zu sagen. Also dringe ja darauf, daß mein Plan angenommen wird, und zwar möglichst ohne Änderungen, denn dieselben würden der Vorbereitungen bedürfen, zu denen wir keine Zeit fänden. Und spute dich unterwegs. Nun gute Nacht!«

Der andre erwiderte den Gruß und huschte fort. Das Fenster wurde leise zugemacht. Old Firehand blieb noch eine Weile liegen und schob sich dann höchst vorsichtig nach der Klappe, um zurückzusteigen. Als er die Treppe hinabgeschlichen kam, fragte ihn eine leise Stimme: »Wer kommt da? Ich bin's, der Ingenieur.«

»Old Firehand. Kommt mit in meine Stube, Sir!«

Als sie sich in der letzteren befanden, fragte der Beamte, ob es möglich gewesen sei, das Gespräch zu belauschen. Der Jäger erzählte ihm alles, was er gehört hatte, und sprach die Überzeugung aus, daß die Angelegenheit den beabsichtigten Gang gehen werde. Nach einigen weiteren unwesentlichen Bemerkungen trennten sie sich, um sich zur Ruhe zu legen.

Old Firehand erwachte am andern Morgen zeitig. Ihm, der an Thätigkeit und Bewegung gewöhnt war, fiel es nicht leicht, so ruhig und versteckt in seiner Stube auszuhalten; doch mußte er sich darein ergeben. Es mochte gegen elf Uhr sein, als der Ingenieur zu ihm kam. Dieser sagte ihm, daß der Schreiber fest bei der ihm aufgetragenen Arbeit sei und sich die größte Mühe gebe, für einen soliden Mann zu gelten. Es war auch nach Faller geschickt worden; natürlich hatte man ihn nicht gefunden. Infolgedessen hatten die Arbeiter den Auftrag erhalten, ihn, sobald er sich sehen lasse, zu dem Ingenieur zu schicken. Eben als diese Mitteilungen vorüber waren, sah Old Firehand einen kleinen bucklichten Kerl die Anhöhe heraufsteigen; derselbe trug ein ledernes Jagdgewand und hatte ein langes Gewehr überhängen.

»Der Humply-Bill!« sagte er betroffen. Und erklärend fügte er hinzu: »Dieser Mann gehört zu meinen Leuten. Es muß etwas Unerwartetes geschehen sein, sonst würde er sich nicht hier sehen lassen. Hoffentlich ist es nichts Allzuschlimmes. Er weiß, daß ich hier sozusagen inkognito bin, und wird also keinen andern als nur Euch nach mir fragen. Wollt Ihr ihn hereinbringen, Sir?«

Der Ingenieur ging hinaus, und Bill trat in demselben Augenblicke in das Haus.

»Verzeihung, Sir«, sagte er. »Ich lese an dem Schilde, daß hier der Ingenieur wohnt. Darf ich mit diesem Master sprechen?«

»Ja; ich selbst bin es. Kommt herein.«

Er geleitete ihn in Old Firehands Stube, welcher den Kleinen mit der Frage empfing, was ihn veranlaßt habe, so gegen alle Vorherbestimmung hierher zu kommen.

»Keine Sorge, Sir; es ist nichts Schlimmes«, antwortete Bill. »Vielleicht ist's sogar etwas Gutes, auf alle Fälle aber etwas, was Ihr erfahren mußtet. Darum wurde ich ausgewählt, Euch die Nachricht zu bringen. Ich bin scharf geritten und habe mich stets auf der Eisenbahn gehalten, wo die Tramps sich jedenfalls nicht sehen lassen werden. Ich bin also nicht von ihnen bemerkt worden. Das Pferd habe ich draußen im Walde versteckt und mich in der Weise herbeigemacht, daß ich von den hiesigen Leuten wohl gar nicht bemerkt worden bin.«

»Gut«, nickte Old Firehand. »Also was ist geschehen?«

»Gestern, gegen Abend kam, wie Ihr wissen werdet, Winnetou zu uns. Er richtete bei der Tante ungeheure Freude an, und auch die andern waren stolz darauf, diesen Mann bei sich zu sehen –«

»Da er Euch so leicht fand, so hattet Ihr Euch wohl nicht sehr gut versteckt?«

»Denkt das nicht, Sir! Wir dürfen uns doch nicht vor den Tramps sehen lassen und haben zum Lager einen Ort gewählt, welchen wohl keiner dieser Kerle zu entdecken vermag. Aber was kann den Augen eines Winnetou entgehen! Kurz vorher hatte er auch den Lagerplatz der Tramps ausgekundschaftet, und als es völlig dunkel geworden war, begab er sich dorthin, um sie zu beobachten und vielleicht etwas zu erlauschen. Als er bis zum Tagesanbruch und auch einige Stunden in den Morgen hinein noch nicht wiedergekommen war, wollte es uns angst um ihn werden; aber das war überflüssig; es war ihm nichts geschehen; vielmehr hatte er wieder einmal eins seiner Meisterstücke abgelegt und sich am hellen Morgen so weit an die Tramps geschlichen, daß er ihr Gespräch verstehen konnte. Dieses Gespräch war übrigens weniger ein Reden als vielmehr ein Schreien gewesen. Es war ein Bote von hier angekommen und hatte die ganze Gesellschaft durch die Nachricht, welche er brachte, außer Rand und Band gebracht.«

»Aha, Faller!«

»Ja, Faller; so hat der Kerl geheißen. Er sprach von einer halben Million Dollar, welche aus dem Bahnzug geholt werden solle.«

»Das ist richtig!«

»So! Der Apache sprach auch davon. Es ist das also eine Falle, in welche Ihr die Kerle locken wollt. Faller hat den Tramps nur das erzählt, was Ihr ihm weisgemacht habt. Und jedenfalls wißt Ihr, daß er zu ihnen ist, um es ihnen zu berichten?«

»Ja, daß er es ihnen sagen soll, gehört mit zu unserm Plane.«

»Aber Ihr müßt notwendigerweise auch erfahren, was darauf beschlossen worden ist?«

»Natürlich! Wir haben eine Einrichtung getroffen, durch welche es uns kurz nach der Rückkehr Fallers verraten wird.«

»Nun, diesen Kerl braucht Ihr gar nicht, denn Winnetou hat alles erlauscht. Die Halunken haben vor Seligkeit so laut geschrieen, daß es meilenweit zu hören gewesen ist. Faller hat ein schlechtes Pferd; er wird erst nach Mittag ankommen können. Darum war es vielleicht umsichtig von Winnetou, daß er mich zu Euch schickte.«

»Es war richtig von ihm, denn je eher wir den Entschluß der Tramps kennen, desto früher können wir nach demselben handeln. Ich will Euch unsern Plan genau mitteilen.«

Old Firehand beschrieb dem Kleinen die Umstände alle, auf welche und mit denen man zu rechnen hatte. Bill hörte aufmerksam zu und sagte dann: »Vortrefflich, Sir! Ich denke, daß alles nach Eurer Berechnung verlaufen wird. Die Tramps sind nämlich auf die Vorschläge des Schreibers sofort eingegangen, und es soll nichts mehr als nur ein Punkt geändert werden.«

»Welcher?«

»Der Ort, an welchem der Überfall zu geschehen hat. Da hier in Sheridan viele Arbeiter wohnen und ein solcher Geldzug jedenfalls Aufmerksamkeit erregt, so meinen die Tramps, daß wohl viele der Arbeiter ihr Lager verlassen werden, um sich den Train anzusehen. Das könnte unerwarteten Widerstand ergeben; die Kerle wünschen zwar das Geld, wollen aber nicht ihr Blut dafür hergeben. Darum soll der Schreiber den Zug ruhig aus Sheridan gehen lassen und aber dann kurz nachher den Maschinisten und den Heizer zwingen, auf offener Strecke zu halten.«

»Wurde ein Ort bestimmt?«

»Nein; aber die Tramps wollen am Geleise ein Feuer anbrennen, neben welchem die Lokomotive zu halten hat. Wollen der Maschinist und der Heizer nicht gehorchen, so sollen sie erschossen werden. Vielleicht ist Euch diese Veränderung unlieb, Sir?«

»Nein, gar nicht, denn wir entgehen dadurch der immerhin in Berechnung zu ziehenden Gefahr, daß es zwischen den hiesigen Arbeitern und den Tramps zum Kampfe kommt. Ferner brauchen wir nicht mit den beiden Kundschaftern nach Carlyle zu gehen. Wir haben nun überhaupt nicht nötig, sie noch länger zu täuschen. Hat Winnetou Euch gesagt, wo Ihr Euch aufzustellen habt?«

»Ja, vor dem Tunnel, welches sich jenseits der Brücke öffnet.«

»Richtig! Aber Ihr habt Euch verborgen zu halten, bis der Zug in denselben eingefahren ist. Das übrige ergibt sich ganz von selbst.«

Jetzt wußte man, woran man war, und konnte mit den Vorbereitungen beginnen. Der Telegraph spielte nach Carlyle und auch nach Fort Wallace; nach dem ersteren Orte, um den betreffenden Zug zusammenstellen zu lassen, und nach dem letzteren, um Soldaten zu requirieren. Inzwischen erhielt der Humply-Bill Speise und Trank und entfernte sich dann ebenso unauffällig, wie er gekommen war.

Um Mittag trafen von den beiden genannten Stationen die Nachrichten ein, daß man den Anordnungen Folge leisten werde. Ungefähr zwei Stunden später sah man Faller kommen. Old Firehand saß mit dem Ingenieur in seiner Stube. Beide beobachteten unbemerkt den Tramp, welcher sich für einen kurzen Augenblick an dem Regenfasse zu schaffen machte.

»Empfangt ihn im Bureau«, sagte Old Firehand, »und sprecht dort so lange mit ihm, bis ich nachkomme. Ich werde den Zettel lesen.«

Der Ingenieur begab sich in sein Arbeitszimmer, und als Faller dort eingelassen worden war, ging Old Firehand hinaus an die Hausthür. Als er einen Blick hinter das Faß warf, sah er dort einen Stein liegen. Er hob denselben auf und fand das erwartete Papier; er faltete es auseinander und las die von dem Cornel geschriebenen Zeilen. Der Inhalt derselben stimmte genau mit dem Berichte des Humply-Bill überein. Er legte das Papier wieder unter den Stein und trat dann in das Bureau, in welchem Faller in ehrerbietiger Haltung vor dem Ingenieur stand. Der Tramp erkannte den Jäger, welcher den Leinenanzug trug, nicht und erschrak darum nicht wenig, als dieser ihm die Hand auf die Achsel legte und ihn in drohendem Tone fragte: »Wißt Ihr, wer ich bin, Master Faller?«

»Nein«, lautete die Antwort.

»So habt Ihr bei Butlers Farm die Augen nicht offen gehabt. Ich bin Old Firehand. Habt Ihr Waffen bei Euch?«

Er zog dem Tramp das Messer aus dem Gürtel und einen Revolver aus der Hosentasche, ohne daß der entsetzte Mann eine Bewegung machte, dies zu verhindern. Dann sagte er zu dem Ingenieur: »Bitte, Sir, geht hinauf zu dem Schreiber und sagt ihm, daß Faller hier gewesen ist, aber weiter nichts. Dann kehrt Ihr hieher zurück.«

Der Beamte entfernte sich. Old Firehand drückte den Tramp auf einen Stuhl nieder und band ihn mit einer auf dem Schreibtische liegenden starken Schnur an die Lehne desselben fest.

»Sir«, meinte der erst nun von seinem Schreck sich erholende

Mensch, »warum diese Behandlung? Warum bindet Ihr mich? Ich kenne Euch nicht!«

»Schweige jetzt!« gebot der Jäger, den Revolver ergreifend. »Wenn du einen Laut eher, als ich es dir erlaube, hören lässest, jage ich dir eine Kugel in den Kopf!«

Der Bedrohte wurde leichenblaß und wagte nun nicht mehr, die Lippen zu bewegen. Jetzt trat der Ingenieur wieder ein. Old Firehand winkte ihm, an der Thür stehen zu bleiben; er selbst stellte sich an das Fenster, doch so, daß er von draußen nicht gesehen werden konnte. Er war überzeugt, daß die Neugierde dem Schreiber nicht lange Ruhe lassen werde. Es währte auch kaum zwei Minuten, so sah er einen Vorderarm erscheinen, welcher hinter das Faß langte; der Besitzer dieses Armes war nicht zu sehen, da er dicht an der Thürpfoste stand. Firehand nickte dem Ingenieur zu, und dieser öffnete schnell die Thür, gerade als der Schreiber an derselben vorüberhuschen wollte.

»Master Haller, wollt Ihr nicht einmal hereinkommen?« fragte er ihn.

Der Angeredete hielt das Papier noch in der Hand. Er steckte es schnell ein und folgte der an ihn ergangenen Aufforderung mit sichtlicher Verlegenheit. Was aber machte er erst für ein Gesicht, als er seinen Genossen an den Stuhl gebunden sah! Doch nahm er sich schnell zusammen, und es gelang ihm wirklich, eine ziemlich unbefangene Miene zu zeigen.

»Was für ein Papier habt Ihr soeben eingesteckt?« fragte ihn Old Firehand.

»Eine alte Tüte«, antwortete der Tramp.

»So? Zeigt sie doch einmal her!«

Der Schreiber warf ihm einen erstaunten Blick zu und antwortete: »Wie kommt Ihr dazu, mir einen so unbegreiflichen Befehl erteilen zu wollen? Wer seid Ihr denn? Ich kenne Euch nicht. Sind meine Taschen etwa Euer Eigentum?«

»Ihr kennt ihn dennoch«, fiel der Ingenieur ein. »Es ist Old Firehand.«

»Old Fi – – – !« schrie der Tramp förmlich auf. Die zwei letzten Silben ließ der Schreck nicht aus seinem Munde. Seine Augen waren weit und starr auf den Genannten gerichtet.

»Ja, ich bin es«, bestätigte dieser; »hier habt Ihr mich wohl nicht vermutet! Und was den Inhalt deiner Taschen betrifft, so habe ich auf ihn wohl mehr Recht als du selbst. Zeig einmal her!«

Old Firehand nahm dem Tramp, ohne daß dieser zu widerstreben wagte, zuerst das Messer ab; dann holte er einen geladenen Revolver, welchen er zu sich steckte, aus der Tasche, und nun zog er ihm auch den Zettel aus derselben.

»Sir«, fragte der Schreiber jetzt in verbissenem Tone, »mit welchem Rechte thut Ihr das?«

»Zunächst mit dem Rechte des Stärkern und des Ehrlichen, und sodann hat Mr. Charoy, welcher die Polizeigewalt dieses Ortes vertritt, mir den Auftrag erteilt, in dieser Angelegenheit seine Stelle zu vertreten.«

»In welcher Angelegenheit? Was ich bei mir trage, ist mein Eigentum. Ich habe nichts Ungesetzliches gethan und muß unbedingt wissen, aus welchem Grunde Ihr mich wie einen Dieb behandelt!«

»Dieb? *Pshaw!* Wohl Euch, wenn es nur das wäre! Es handelt sich nicht nur um einen Diebstahl, sondern erstens um einen Mord und zweitens um etwas, was noch viel schlimmer ist als einfacher Mord, nämlich um den Überfall und die Plünderung des Eisenbahnzuges, wobei voraussichtlich nicht nur ein einzelner Mensch sein Leben verlieren würde.«

»Sir, höre ich recht?« rief der Mann mit gut gespieltem Erstaunen. »Wer hat Euch eine solche Ungeheuerlichkeit vorgelogen?«

»Niemand. Wir wissen genau, daß diese Ungeheuerlichkeit in der That ausgeführt werden soll.«

»Von wem?«

»Von Euch!«

»Von mir?« lachte der Tramp auf. »Nehmt es mir nicht übel, Sir, aber wer da behaupten kann, daß ich, ein armer Schreiber, der hier ganz allein steht und diese That also ohne Helfershelfer ausführen müßte, einen Zug anhalten und berauben will, der muß verrückt sein!«

»Ganz richtig! Aber zunächst seid Ihr kein Schreiber, und sodann steht Ihr nicht so allein da, wie Ihr uns glauben machen wollt. Ihr gehört zu den Tramps, welche am Osage-nook die Osagen überfallen, dann Butlers Farm angegriffen haben und nun hier eine halbe Million Dollar aus dem Bahnzuge holen wollen.«

Man sah den beiden Männern an, daß sie erschraken, doch nahm sich der vermeintliche Haller zusammen und antwortete im Tone eines vollständig unschuldigen Menschen: »Davon weiß ich kein Wort!«

»Und doch seid Ihr nur zu dem Zwecke hierher gekommen, um die Gelegenheit auszuspähen und Eure Verbündeten zu benachrichtigen!«

»Ich? Ich bin ja keinen Augenblick aus diesem Hause gekommen!«

»Ganz recht; aber Euer Kamerad hier hat den Boten gemacht. Was habt Ihr denn gestern Abend durch das geöffnete Fenster miteinander gesprochen? Ich habe über Euch auf dem Dache gelegen und jedes Wort gehört. Auf diesem Zettel steht die Antwort, welche Euch der rote Cornel sendet. Ich habe ihn noch nicht gelesen, kenne sie aber bereits und will Euch das beweisen. Die Tramps lagern drüben beim Eagle-tail. Sie wollen in der nächsten Nacht herüberkommen und sich außerhalb Sheridan an

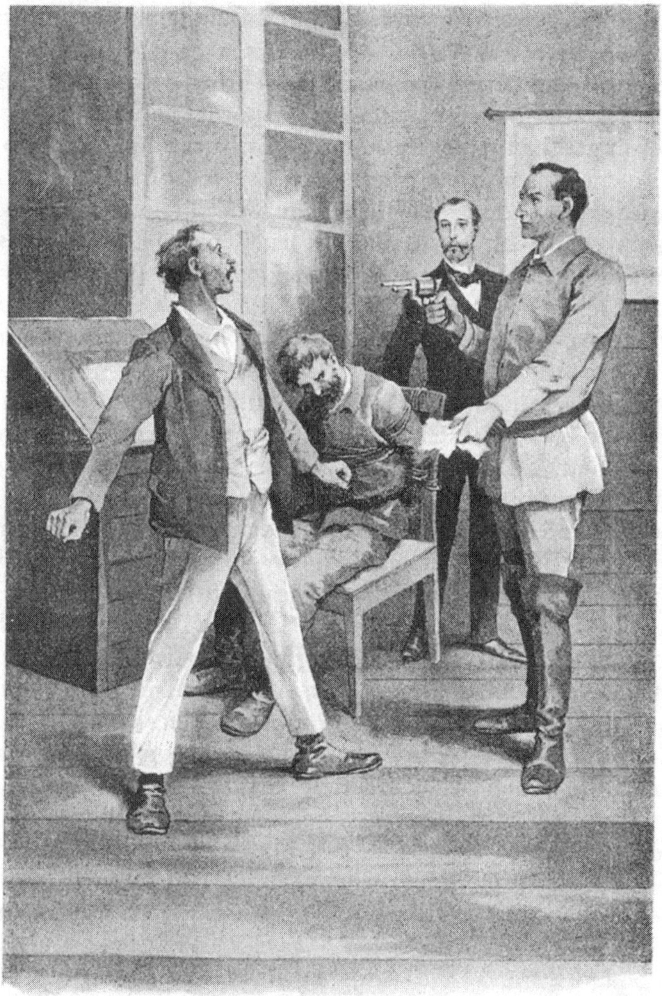

»Schweigt!« gebot Old Firehand. »Ein ehrlicher Mann mordet nicht.«

der Bahn lagern und ein Feuer anbrennen. Dieses letztere soll euch beiden den Ort andeuten, an welchem ihr den Maschinisten zwingen sollt, mit dem Zuge zu halten; aus diesem wollen sie sich dann das Geld holen.«

»Sir«, stieß der Schreiber, welcher jetzt seine Angst nicht mehr verbergen konnte, hervor, »wenn es wirklich Leute gibt, welche das unternehmen wollen, so ist es nur eine mir ganz unbekannte Folge von Umständen, welche mich mit diesen Verbrechen in Verbindung zu bringen scheinen. Ich bin ein ehrlicher Mann und – –«

»Schweigt!« gebot Old Firehand. »Ein ehrlicher Mann mordet nicht.«

»Wollt Ihr etwa behaupten, daß ich gemordet habe?«

»Allerdings! Ihr beide seid Mörder. Wo ist der Arzt, und wo ist sein Gehilfe, welche Ihr mit dem roten Cornel verfolgt habt? Ist der letztere nicht erschossen worden, weil Ihr seinen Brief brauchtet, um Euch hier statt seiner als den Schreiber Haller vorzustellen und Euch auf diese Weise das Handwerk des Spions zu erleichtern? Habt Ihr etwa dem Arzte nicht sein ganzes Geld abgenommen?«

»Sir, ich weiß – – kein – – kein Wort von alledem!« stotterte der Tramp.

»Nicht? So werde ich Euch sofort überführen. Damit Ihr aber nicht auf den Gedanken kommt, Euch uns zu entziehen, werden wir uns Eurer Person versichern. Mr. Charoy, habt doch die Güte, diesem Kerl die Hände auf den Rücken zu binden. Ich werde ihn halten.«

Als der Tramp diese Worte hörte, wendete er sich rasch nach der Thür, um zu entfliehen. Noch schneller aber war Old Firehand. Er ergriff ihn, riß ihn zurück und hielt ihn trotz des kräftigen Sträubens so fest, daß der Ingenieur ihn ohne alle Mühe fesseln konnte. Dann wurde Faller vom Stuhle losgebunden und mit dem Schreiber nach dem Zimmer geführt, in welchem der verwundete Hartley lag. Als dieser die beiden Menschen erblickte, welche er sofort erkannte, erhob er sich in sitzende Stellung und rief aus: »Holla, das sind ja die Kerle, die mich beraubt und den armen Haller ermordet haben! Wo ist denn der dritte?«

»Der fehlt uns noch, wird uns aber auch noch in die Hände laufen«, antwortete Old Firehand. »Sie leugnen die That.«

»Leugnen? Ich erkenne sie wieder, ganz genau, und will tausend Eide darauf schwören, daß sie es sind. Hoffentlich gilt mein Wort mehr als ihre Ausrede!«

»Es bedarf Eurer Versicherung gar nicht, Master Hartley. Wir haben Beweise genug in den Händen, um zu wissen, woran wir mit ihnen sind.«

»Schön! Aber wie steht es mit meinem Gelde?«

»Das wird sich noch finden. Zunächst habe ich ihnen nur die Waffen abgenommen und diesen Zettel, welchen wir nun lesen wollen.«

Er entfaltete denselben und gab ihn dann dem Ingenieur zu lesen. Auf dem Papier stand ganz genau das, was Winnetou erlauscht und Old Firehand vorhin den Tramps gesagt hatte. Diese letzteren sagten kein Wort; sie erkannten, daß ferneres Leugnen mehr als lächerlich sei.

Nun wurden ihre Taschen vollends geleert. Es fanden sich die Banknoten, welche auf ihren Anteil gefallen waren, die man Hartley zurückgab.

Sie gestanden, daß der rote Cornel den Rest besitze. Dann wurden sie auch an den Füßen gefesselt und auf die Diele gelegt. Es gab im Hause keinen Keller oder sonstigen festen Raum, in welchen man sie hätte stekken können. Hartley war so erzürnt auf sie, daß es keinen bessern Wächter für sie gab als ihn. Er bekam einen geladenen Revolver und dazu die Weisung, sie sofort zu erschießen, falls sie den Versuch machen sollten, sich ihrer Banden zu entledigen.

Als man mit diesen beiden fertig war, konnten die weiteren Vorbereitungen für die Ausführung des Planes getroffen werden. Es war nun nicht mehr nötig, die beiden Tramps auf die Lokomotive zu postieren, und darum brauchte der Zug, welcher in Carlyle rangiert wurde, nicht schon dort von Old Firehand übernommen zu werden. Es wurde dorthin vielmehr die Weisung telegraphiert, daß der Train zur bestimmten Zeit dort abgehen und eine Strecke vor Sheridan an einer bestimmten Stelle halten solle, um dort übernommen zu werden.

Im ferneren Laufe des Nachmittags traf von Fort Wallace die Drahtmeldung ein, daß mit Einbruch der Dunkelheit ein Detachement Soldaten abgehen und schon um Mitternacht am Rendezvous eintreffen würde.

Zehntes Kapitel

Am Eagle-tail

Die Arbeiter in Sheridan waren meist Deutsche und Irländer. Sie hatten von all den eben erzählten Vorgängen noch keine Ahnung, da man es doch für möglich hielt, daß der Cornel einen oder einige Kundschafter senden werde, um sie zu beobachten, und da diese aus dem Gebaren der Leute vielleicht hätten schließen und erraten können, daß dieselben unterrichtet seien. Aber als die Stunde des Feierabends gekommen war, teilte der Ingenieur seinem *Overseer of the workmen* (Schichtmeister) das Nötige mit und gab ihm den Auftrag, die Arbeiter in unauffälliger Weise damit bekannt zu machen und ihnen anzudeuten, daß sie sich möglichst unbefangen zu verhalten hätten, damit etwaige Späher nicht mißtrauisch würden.

Der Schichtmeister war ein New-Hampshireman und hatte ein sehr bewegtes Leben hinter sich. Ursprünglich für das Baufach bestimmt und auch eine Reihe von Jahren in demselben thätig gewesen, hatte er es nicht zur Selbständigkeit gebracht und darum nach anderm gegriffen, was für den Yankee gar keine Schande ist. Das Glück war ihm aber auch da nicht hold gewesen, und so hatte er dem Osten Valet gesagt und war über den Mississippi gegangen, um dort sein Heil zu versuchen, leider aber mit ganz demselben Mißerfolg. Nun endlich hatte er hier in Sheridan seine jetzige Anstellung, in welcher er die früher erworbenen Kenntnisse verwerten konnte, gefunden, fühlte sich aber keineswegs befriedigt. Wer die Luft der Prairie und des Urwaldes einmal eingeatmet hat, dem ist es schwer, wenn nicht gar unmöglich, sich in geordnete Verhältnisse zu finden. Dieser Mann, welcher Watson hieß, war außerordentlich erfreut, als er hörte, was geschehen solle.

»Gott sei Dank, endlich einmal eine Unterbrechung dieses alltäglichen, immerwährenden Einerlei!« sagte er. »Meine alte Rifle hat lange im Winkel gelegen und sich danach gesehnt, wieder einmal ein vernünftiges Wort sprechen zu können. Ich schätze, daß sie heute die Gelegenheit dazu finden wird. Aber, wie ist mir denn? Der Name, den Ihr da genannt habt, kommt mir nicht unbekannt vor, Sir. Der rote Cornel? Und Brinkley soll er heißen? Ich bin einmal einem Brinkley begegnet, welcher falsches rotes Haar trug, obgleich sein natürlicher Skalp von dunkler Farbe war. Ich habe dieses Zusammentreffen beinahe mit dem Leben bezahlt.«

»Wo und wann ist das gewesen?« fragte Old Firehand.

»Vor zwei Jahren, und zwar droben am Grand River. Ich war mit einem Mate, einem Deutschen, welcher Engel hieß, droben am Silbersee gewesen; wir wollten nach Pueblo und dann auf der Arkansasstraße nach dem Osten, um uns dort die Werkzeuge zu einem Unternehmen zu verschaffen, welches uns zu Millionären gemacht hätte.«

Old Firehand horchte auf.

»Engel hieß der Mann?« fragte er. »Ein Unternehmen, welches Euch Millionen bringen sollte? Darf man vielleicht etwas Näheres über dasselbe erfahren?«

»Warum nicht! Wir beide hatten uns zwar das tiefste Schweigen gelobt; aber die Millionen sind zu nichts zerronnen, weil der Plan nicht zur Ausführung gekommen ist, und darum schätze ich, daß ich nicht mehr an das Gelöbnis der Verschwiegenheit gebunden bin. Es handelte sich nämlich um die Hebung eines ungeheuren Schatzes, welcher in das Wasser des Silbersees versenkt worden ist.«

Der Ingenieur ließ ein kurzes, ungläubiges Lachen hören; darum fuhr der Schichtmeister fort: »Es mag das abenteuerlich klingen, Sir; aber es ist trotzdem wahr. Ihr, Mr. Firehand, seid einer der berühmtesten Westmänner und werdet manches erlebt und erfahren haben, was Euch, falls Ihr es erzählen wolltet, niemand glauben würde. Vielleicht lacht wenigstens Ihr nicht über meine Worte.«

»Fällt mir gar nicht ein«, antwortete der Jäger im ernstesten Tone. »Ich bin gern bereit, Euch allen Glauben zu schenken, und habe meine guten Gründe dazu. Auch ich habe als ganz gewiß erfahren, daß ein Schatz in der Tiefe des Sees liegen soll.«

»Wirklich? Nun, dann werdet Ihr mich nicht für einen leichtgläubigen Menschen oder gar für einen Schwindler halten. Ich schätze, es mit gutem Gewissen beschwören zu können, daß es mit diesem Schatze seine Richtigkeit habe. Der, welcher uns davon erzählte, hat uns gewiß nicht belogen.«

»Wer war das?«

»Ein alter Indianer. Ich habe noch nie einen so ur-, ur-, uralten Menschen gesehen. Er war geradezu zum Gerippe abgezehrt und sagte uns selbst, daß er weit mehr als hundert Sommer erlebt habe. Er nannte sich Hauey-kolakakho, teilte uns aber einst vertraulich mit, daß er eigentlich Ikhatschi-tatli heiße. Was diese indianischen Namen zu bedeuten haben, weiß ich nicht.«

»Aber ich weiß es«, fiel Old Firehand ein. »Der erstere gehört der Tonkawa-, der zweite der aztekischen Sprache an, und beide haben ganz dieselbe Bedeutung, nämlich ›großer Vater‹. Sprecht weiter, Mr. Watson! Ich bin außerordentlich begierig, zu erfahren, auf welche Weise Ihr diesen Indianer kennen gelernt habt.«

»Nun, es ist eigentlich gar nichts Besonderes oder gar Abenteuerliches dabei. Ich hatte mich in der Zeit verrechnet und war zu lange in den Bergen geblieben, so daß ich von dem ersten Schnee überrascht wurde. Ich mußte also oben bleiben und mich nach einem Ort umsehen, an welchem ich, ohne verhungern zu müssen, überwintern konnte. Ich ganz allein, tief eingeschneit, das war kein Spaß! Glücklicherweise kam ich noch bis an den Silbersee und erblickte dort eine Steinhütte, aus welcher Rauch aufstieg; ich war gerettet. Der Besitzer dieser Hütte war eben jener alte Indianer. Er hatte einen Enkel und einen Urenkel namens der ›große und der kleine Bär‹, welche – – «

»Ah! Nintropan-haury und Nintropan-homosch?« fiel Old Firehand ein.

»Ja, so waren die indianischen Worte. Kennt Ihr vielleicht diese beiden, Sir?«

»Ja. Doch weiter, weiter!«

»Die beiden ›Bären‹ waren nach den Wahsatschbergen hinüber, wo sie bis zum Frühjahr bleiben mußten. Der Winter kam allzufrüh, und es war eine vollständige Unmöglichkeit, durch den Massenschnee von dort herüber nach dem Silbersee zu kommen. Jedenfalls waren sie um den Alten in großer Sorge. Sie wußten ihn allein und mußten überzeugt sein, daß er in dieser Einsamkeit zu Grunde gehen müsse. Glücklicherweise kam ich zu ihm und fand auch schon einen andern in seiner Hütte, eben den vorhin erwähnten Deutschen namens Engel, welcher sich gerade so wie ich vor dem ersten Schneesturme hierher gerettet hatte. Ich schätze, daß es geraten ist, mich kurz zu fassen, und will nur sagen, daß wir drei den ganzen Winter miteinander verlebten. Zu hungern brauchten wir nicht; es gab Wild genug; aber die Kälte hatte den Alten zu sehr angegriffen, und als die ersten lauen Lüfte wehten, mußten wir ihn begraben. Er hatte uns lieb gewonnen und teilte uns, um sich uns dankbar zu erweisen, das Geheimnis vom Schatze des Silbersees mit. Er besaß ein uraltes Lederstück, auf welchem sich eine genaue Zeichnung der betreffenden Stelle befand, und erlaubte uns, eine Kopie davon zu machen. Zufälligerweise hatte Engel Papier bei sich, ohne welches wir die Zeichnung nicht hätten machen können, weil der Alte das Leder uns nicht geben, sondern dasselbe für die beiden ›Bären‹ aufbewahren wollte. Er hat es am Tage vor seinem Tode vergraben, doch wo, das erfuhren wir nicht, da wir seinen

Willen achteten und nicht nachforschten. Als er dann unter seinem Hügel lag, brachen wir auf. Engel hatte die Zeichnung in seinen Jagdrock eingenäht.«

»Ihr habt nicht auf die Rückkehr der beiden ›Bären‹ gewartet?« fragte Old Firehand.

»Nein.«

»Das war ein großer Fehler!«

»Mag sein; aber wir waren monatelang eingeschneit gewesen und sehnten uns nach Menschen. Wir kamen auch bald unter Leute, aber unter welche! Wir wurden von einer Schar Utahindianer überfallen und vollständig ausgeraubt. Sie hätten uns sicher getötet; aber sie kannten den alten Indianer, welcher bei ihnen in großen Ehren gestanden hatte, und als sie erfuhren, daß wir uns seiner angenommen und ihn dann nach seinem Tode begraben hatten, schenkten sie uns das Leben, gaben uns wenigstens die Kleider zurück und ließen uns laufen. Unsre Waffen aber behielten sie, ein Umstand, den wir ihnen nicht danken konnten, da wir ohne Waffen allen Fährlichkeiten, sogar dem Hungertode preisgegeben waren. Glücklicher- oder vielmehr unglücklicherweise trafen wir am dritten Tage auf einen Jäger, von welchem wir Fleisch erhielten. Als er hörte, daß wir nach Pueblo wollten, gab er vor, dasselbe Ziel zu haben, und erlaubte uns, uns ihm anzuschließen.«

»Das war der rote Brinkley?«

»Ja. Er nannte sich zwar anders, aber ich habe später erfahren, daß er so hieß. Er fragte uns aus, und wir sagten ihm alles; nur das von dem Schatze und der Zeichnung, welche Engel bei sich trug, verschwiegen wir ihm, denn er hatte kein vertrauenerweckendes Aussehen. Ich kann nicht dafür, aber ich habe stets gegen rothaarige Menschen einen Widerwillen gehabt, obgleich ich schätze, daß es unter ihnen auch nicht mehr Schurken gibt, als unter denjenigen Leuten, deren Köpfe anders gefärbte Skalpe tragen. Freilich hat uns unsre Schweigsamkeit nichts genützt. Da nur er Waffen hatte, so ging er oft fort, um zu jagen, und dann saßen wir beide beisammen und sprachen fast nur von dem Schatze. Da ist er denn einmal heimlich zurückgekehrt, hat sich hinter uns geschlichen und unser Gespräch belauscht. Als er darauf wieder nach Fleisch ging, forderte er mich auf, mitzugehen, da vier Augen mehr sehen als zwei. Nach einer Stunde, als wir uns weit genug von Engel entfernt hatten, sagte er mir, daß er alles gehört habe und uns zur Strafe für unser Mißtrauen die Zeichnung abnehmen werde. Zugleich zog er sein Messer und fiel über mich her. Ich wehrte mich aus Leibeskräften, doch vergeblich; er stieß mir das Messer in die Brust.«

»Schändlich!« rief Old Firehand. »Er hatte die Absicht, dann auch

»Ich wehrte mich aus Leibeskräften, doch vergeblich.«

Engel zu ermorden, um in den alleinigen Besitz des Geheimnisses zu gelangen.«

»Jedenfalls. Glücklicherweise hatte er mich nicht ins Herz getroffen und doch angenommen, daß ich tot sei. Als ich erwachte, lag ich neben einer großen Blutlache im Schoße eines Indianers, der mich gefunden hatte. Es war Winnetou, der Häuptling der Apachen.«

»Welch ein Glück! Da befandet Ihr Euch in den besten Händen. Es scheint, daß dieser Mann allgegenwärtig ist.«

»In guten Händen befand ich mich; das ist wahr. Der Rote hatte mich bereits verbunden. Er gab mir Wasser, und ich mußte ihm, so gut das bei meiner Schwachheit ging, erzählen, was geschehen war. Darauf ließ er mich allein liegen, und ging den Spuren Brinkleys nach. Als er nach mehr als zwei Stunden zurückkehrte, teilte er mir das Resultat seiner Nachforschung mit. Der Mörder war direkt zurückgekehrt, um nun auch Engel zu töten. Dieser hatte aus dem Umstande, daß Brinkley mich mitgenommen hatte, Verdacht geschöpft und war uns heimlich nachgegangen. Was nun geschehen war, das sagten die Spuren deutlich. Er hatte die beabsichtigte Mordthat von weitem bemerkt, doch war er zu weit entfernt gewesen und der Mörder hatte zu schnell gehandelt, als daß er Zeit gefunden hätte, mir zu Hilfe zu kommen. Er wußte nun auch sich in Gefahr, und da er nicht bewaffnet war, so hielt er es für geraten, schleunigst die Flucht zu ergreifen. Als Brinkley mich dann für tot liegen ließ und zurückkehrte, fand er die Fährte des Flüchtigen und folgte ihm nach. Engel ist ihm aber doch entkommen, wie ich später erfahren habe.«

»Ja, er ist entkommen«, nickte Old Firehand.

»Wie?« fragte der Schichtmeister. »Ihr wißt das, Sir?«

»Ja. Doch davon später. Erzählt jetzt weiter!«

»Winnetou befand sich auf einem Ritte nach Norden. Er hatte keine Zeit, sich wochenlang mit mir zu befassen, und brachte mich in ein Lager der Timbabatsch-Indianer, mit denen er sich auf freundschaftlichem Fuße befand. Diese pflegten mich, bis ich wiederhergestellt war, und brachten mich dann nach der nächsten Ansiedelung, wo ich gute Aufnahme und alle mögliche Unterstützung fand. Ich habe da ein halbes Jahr lang alle möglichen Arbeiten verrichtet, um mir so viel zu verdienen, um nach Osten gehen zu können.«

»Wohin wolltet Ihr?«

»Zu Engel. Ich nahm an, daß er entkommen sei. Ich wußte, daß er in Russelville, Kentucky, einen Bruder hatte, und wir hatten beschlossen, diesen aufzusuchen, um von dort aus die Vorbereitungen zu unserm Zuge nach dem Silbersee zu treffen. Als ich dort angekommen war, hörte ich, daß dieser Bruder nach dem Arkansas gezogen sei; aber wohin, das konnte mir niemand sagen. Er hatte bei seinem Nachbar einen Brief für seinen Bruder, falls dieser kommen und nach ihm fragen sollte, zurückgelassen. Der letztere war auch eingetroffen und hatte den Brief erhalten, in welchem jedenfalls der neue Wohnort angegeben war; dann war er wieder fort, und den Nachbar gab es auch nicht mehr, da er gestorben war. Ich ging also nach Arkansas und habe den ganzen Staat durchsucht, doch vergeblich. In Russelville aber hatte Engel das Abenteuer erzählt und meinen Mörder Brinkley genannt. Wie und auf welche Weise er diesen Namen erfahren hatte, das ist mir unbekannt. So, Mesch'schurs, das ist's, was ich euch zu erzählen hatte. Wenn es mit dem Namen Brinkley seine Richtigkeit hat, so freue ich mich königlich darauf, mit diesem Halunken zusammenzutreffen. Ich schätze, daß ich mit ihm eine Rechnung machen werde.«

»Es gibt noch andre, welche die gleiche Absicht haben«, bemerkte Old Firehand. »Jetzt ist mir eines noch unklar. Ihr sagtet vorhin, daß Brinkleys rotes Haar falsch sei. Wie könnt Ihr das wissen?«

»Das ist sehr einfach. Als er über mich herfiel und ich mich wehrte, ergriff ich ihn beim Kopfe. Ich hätte ihn gewiß niedergerissen und wäre Sieger geblieben, wenn der Skalp fest angewachsen gewesen wäre; aber ich hielt die lose Perücke in der Hand, und während meines Erstaunens darüber bekam er Zeit, mir das Messer in die Brust zu stoßen. Sein eigenes Haar war, wie ich noch sehen konnte, dunkel.«

»*Well!* So ist kein Zweifel darüber möglich, daß Ihr es mit dem roten Cornel zu thun gehabt habt. Das ganze Leben und Thun dieses Menschen scheint aus lauter Verbrechen zusammengesetzt zu sein. Hoffentlich gelingt es uns heute, dem ein Ende zu machen.«

»Auch ich wünsche das von ganzem Herzen. Aber Ihr habt mir noch nicht gesagt, wie wir uns des zu erwartenden Angriffes erwehren sollen.«

»Das braucht Ihr jetzt noch nicht zu wissen. Ihr werdet es im geeigneten Augenblicke erfahren. Zunächst haben sich die Arbeiter ruhig zu verhalten; sie mögen sich darauf einrichten, daß es keinen Schlaf für sie geben wird. Auch sollen sie ihre Waffen in Ordnung bringen. Noch vor Mitternacht werden sie einen Bahnzug besteigen, welcher sie an die betreffende Stelle bringen wird.«

»*Well,* so muß ich mich mit diesem Bescheide begnügen. Euren Anordnungen wird Folge geleistet werden.«

Als jener sich entfernt hatte, erkundigte sich Old Firehand bei dem Ingenieur, ob er vielleicht zwei Arbeiter habe, welche den beiden gefangenen Tramps in Beziehung auf Gestalt und Gesichtszüge ähnlich seien; auch sollten diese Mut genug besitzen, auf der Lokomotive die Stelle der Gefangenen zu vertreten. Charoy dachte nach und schickte dann seinen Neger fort, um die Personen, welche er für geeignet hielt, herbeizuholen.

Als sie kamen, sah Old Firehand, daß die Wahl, welche der Ingenieur getroffen hatte, eine gar nicht üble sei. Die Gestalten waren fast dieselben, und was die Gesichtszüge betraf, so war vorauszusehen, daß man im Dunkel der Nacht den Unterschied nicht bemerken werde. Es galt nur noch, dafür zu sorgen, daß die Stimmen nicht allzu verschieden klangen.

Darum nahm Old Firehand die beiden Arbeiter mit in das Zimmer Hartleys und stellte zum Scheine noch ein kurzes Verhör mit den Tramps an. Die ersteren hörten die Stimmen der letzteren und waren also im stande, sie später nachzuahmen.

Als dies alles besorgt war, beschloß der Jäger, nun einmal zu rekognoszieren, um zu erfahren, ob der rote Cornel vielleicht Kundschafter gesandt habe. Er verließ das Haus und suchte nach Westmannsart die Umgebung ab. Dies geschah natürlich nach der Seite hin, von welcher her sich solche Leute nähern mußten, also in der Richtung nach dem Eagletail. Wenn ein erfahrener Jäger jemand, dessen Stellung er nicht kennt, beschleichen will, so thut er's nicht ins Blaue hinein, sondern er überlegt sich, welchen Ort sich der Betreffende nach den gegebenen Verhältnissen und Umständen gewählt haben werde. Dies that auch Old Firehand. Wenn Späher gekommen waren, so befanden sich dieselben jedenfalls an einer Stelle, von welcher aus bei Nacht die Arbeiterniederlassung möglichst ungefährlich und zugleich hinreichend zu beobachten war. Und eine solche Stelle gab es gar nicht weit entfernt vom Hause des Ingenieurs. Man hatte in das Terrain schneiden müssen, und so stieg hart am Geleise eine Böschung auf, deren Höhe einige Bäume trug. Von dort oben herunter gab es den besten Überblick, und die Bäume gewährten die nötige Deckung. Wenn irgendwo, so mußten die Spione dort gesucht werden.

Old Firehand suchte unbemerkt von der andern Seite an den Fuß der kleinen Höhe zu kommen und kroch dann leise hinauf. Als er oben angekommen war, sah er, daß seine Berechnung ganz richtig gewesen war. Unter den Bäumen saßen zwei Gestalten, welche miteinander sprachen, natürlich so leise, daß sie unten nicht gehört werden konnten. Der kühne Jäger näherte sich ihnen so weit, daß er mit dem Kopfe den Stamm des Baumes, neben welchem sie saßen, berührte. Er hätte beide mit der Hand ergreifen können. Er konnte sich so nahe an sie wagen, weil sein grauer Anzug selbst für das schärfste Auge nicht vom Boden zu unterscheiden war. Es galt zu hören, was sie sagten. Leider war gerade eine Pause eingetreten, und es verging eine geraume Zeit, bevor der eine sagte: »Hast du denn erfahren, was später, wenn wir hier fertig sind, geschehen soll?«

»Nichts Gewisses«, antwortete der andre.

»Man munkelt von allerlei; aber genau wissen es wohl nur wenige.«

»Ja. Der Cornel ist verschwiegen und hat nur wenig Vertraute. Seinen eigentlichen Plan kennen wohl nur die, welche vor uns bei ihm gewesen sind.«

»Meinst du Woodward, welcher mit ihm den Rafters entkommen ist? Nun, der scheint ja gerade gegen dich sehr mitteilsam zu sein. Hat er dir nichts gesagt?«

»Andeutungen, weiter nichts.«

»Aber aus Andeutungen kann man doch Schlüsse ziehen.«

»Gewiß! So schließe ich zum Beispiel aus seinen Worten, daß der Cornel nicht die Absicht hat, unsre ganze Schar beisammen zu behalten. Eine so große Zahl ist ihm für seine weiteren Pläne nur hinderlich. Und ich gebe ihm da ganz recht. Je mehr Personen wir sind, desto kleiner ist der Gewinn, der auf den einzelnen fällt. Ich denke, daß er sich die Besten auswählt und mit ihnen ganz plötzlich verschwinden wird.«

»Alle Teufel! Sollten die andern etwa dann betrogen werden?«

»Wieso betrogen?«

»Nun, wenn zum Beispiel der Cornel morgen mit denen, welche er bei sich behalten wird, verschwindet?«

»Das könnte gar nichts schaden. Ich würde mich nur darüber freuen.«

»So! Und ich müßte mir das verbitten!«

»Du? Dummkopf! Ich habe dich für viel klüger gehalten.«

»Inwiefern?«

»Es versteht sich ganz von selbst, daß du nicht bei denen sein würdest, welche betrogen werden und das Nachsehen haben.«

»Kannst du mir das beweisen? Wenn nicht, so halte ich die Augen offen und schlage Alarm.«

»Der Beweis ist nicht schwer zu führen. Hat er dich nicht mit mir hierher geschickt?«

»Nun?«

»Nur brauchbare und zuverlässige Leute erhalten so einen Auftrag. Indem er uns mit der Beaufsichtigung dieses Ortes betraut, hat er uns das allerbeste Vertrauenszeugnis erteilt. Was folgt daraus? Wenn er wirklich die Absicht hegt, einen Haufen der Unsrigen von sich abzuschütteln, so werden wir nicht zu diesen gehören, sondern auf alle Fälle zu denen, welche er mit sich nimmt.«

»Hm! das läßt sich hören; dieses Argument ist gut und beruhigt mich vollständig. Aber wenn du meinst, daß ich mit unter den Auserwählten sein werde, warum hältst du da hinter dem Berge und sagst mir nicht, was Woodward dir über seine Pläne mitgeteilt hat!«

»Weil ich selbst noch nicht im klaren bin. Es handelt sich um einen Zug hinauf in die Berge.«

»Wozu in die Berge?«

»Hm! Ich weiß nicht, ob es geraten ist, davon zu sprechen; aber ich will es dir dennoch mitteilen. Da oben hat vor uralten Zeiten ein Volk gewohnt, dessen Namen mir entfallen ist. Dieses Volk ist entweder nach Süden gezogen oder ausgerottet worden und hat vorher ungeheure Schätze in den See versenkt.«

»Unsinn! Wer Schätze besitzt, der nimmt sie mit, wenn er fortzieht!«

»Ich sage dir ja, daß es möglicherweise auch ausgerottet worden ist!«

»Worin sollten diese Schätze bestehen? In Geld?«

»Das weiß ich nicht. Ich bin kein Gelehrter und kann also nicht sagen, ob frühere Völker Münzen geprägt oder Banknoten gedruckt haben. Die letzteren hätten aber jetzt allen Wert verloren. Woodward sagte, das Volk sei heidnisch gewesen und habe ungeheure Tempel besessen mit massiv goldenen und silbernen Götzenbildern und unzähligen ebensolchen Gefäßen. Diese Reichtümer liegen im Silbersee, welcher davon seinen Namen hat.«

»So sollen wir diesen See wohl austrinken, um diese Sachen auf dem Boden liegen zu sehen?«

»Sprich nicht unverständig! Der Cornel wird wohl wissen, woran er ist und was er zu thun hat. Er soll eine Zeichnung besitzen, mit deren Hilfe man die betreffende Stelle genau und sicher zu bestimmen im stande sein wird.«

»So! Und wo liegt denn dieser Silbersee?«

»Das weiß ich nicht. Jedenfalls wird er erst dann davon reden, wenn er bestimmt hat, wen er mitnehmen will. Es versteht sich ganz von selbst, daß er sein Geheimnis und seine Absichten nicht vorher ausplaudern kann.«

»Natürlich! Aber gefährlich ist diese Sache auf alle Fälle.«

»Warum?«

»Der Indianer wegen.«

»*Pshaw!* Es wohnen dort nur zwei Rote, der Enkel und der Urenkel desjenigen Indianers, von welchem die Zeichnung stammt. Und diese sind doch mit zwei Schüssen weggeputzt.«

»Wenn's so ist, so will ich's loben. Ich war noch nie droben in den Mountains und muß mich also auf die verlassen, welche die Sache verstehen. Zunächst meine ich, daß wir unser ganzes Augenmerk auf unser heutiges Unternehmen zu richten haben. Meinst du, daß es gelingen wird?«

»Jedenfalls. Schau nur, wie ruhig alles im Orte ist! Kein Mensch hat dort unten eine Ahnung von unsrer Anwesenheit und unserm Vorhaben. Und zwei unsrer besten und listigsten Leute sind schon hier, um uns vorzuarbeiten. Wer könnte da an ein Mißlingen denken!«

»*Well!* Wenn diese Arbeiter nur klug genug sind, sich nicht in die Angelegenheit zu mischen; sie würden uns sonst zwingen, zu den Gewehren zu greifen.«

»Das wird und kann ihnen gar nicht in den Sinn kommen, denn sie wissen eben nichts davon. Der Zug kommt hier an, hält fünf Minuten lang und fährt dann weiter. Eine Wegsstunde von hier brennt unser Feuer. Dort halten unsre zwei Genossen, welche sich auf der Lokomotive befinden, dem Maschinisten die Revolver vor und zwingen ihn, den Zug zu stoppen. Wir umringen diesen; der Cornel steigt auf und nimmt – –«

»Oho!« unterbrach ihn der andre. »Wer steigt auf? Etwa der Cornel allein? Oder nur mit wenigen, mit denen er dann ganz gemütlich davondampft? Später läßt er halten, steigt aus, nimmt die halbe Million und verschwindet? Und die andern sitzen hier und haben nichts und sehen nichts als ihre eigenen verblüfften Gesichter? Nein, so wird nicht gewettet!«

»Was du denkst!« erklang es ärgerlich. »Ich habe dir ja gesagt: Wenn der Cornel wirklich eine solche Absicht hegte, so befänden wir beide uns unter denen, welche den Zug besteigen dürfen.«

»Wenn du das für so gewiß annimmst, so glaube ich es und will es abwarten; aber ich habe auch gehört, was andre sagen. Man traut dem Cornel nicht, und ich bin überzeugt, daß, wenn der Zug hält, ein jeder sich in die Wagen drängen wird.«

»Meinetwegen! Ich habe nicht die Absicht, einen Kameraden zu übervorteilen, und werde den Cornel warnen, dies zu versuchen. Wenn der Silbersee uns so ungeheure Schätze bietet, so haben wir nicht nötig, gegen unsre hiesigen Genossen unehrlich zu sein. Wir teilen; ein jeder erhält sein Geld, und dann mag der Cornel sich diejenigen aussuchen, welche er mit in das Gebirge nehmen will. Basta! Sprechen wir nicht weiter davon! Jetzt möchte ich nur wissen, was die Lokomotive soll, welche da unten steht. Das Feuer brennt unter dem Kessel; also steht sie zur Fahrt bereit. Wohin?«

»Vielleicht ist es die Probiermaschine, welche der Sicherheit wegen dem Geldzuge vorangehen soll?«

»Nein. Da wartete sie nicht schon jetzt. Der Zug kommt ja erst nachts drei Uhr. Diese Maschine kommt mir nicht geheuer vor, und ich bin neugierig, zu erfahren, welche Absicht man mit ihr verfolgt.«

Der Mann sprach da einen Verdacht aus, welcher sehr zu berücksichtigen war. Old Firehand sah ein, daß die Maschine nicht stehen bleiben durfte. Es war eine gewöhnliche kleine Bauzugslokomotive, an welche Wagen, in denen Erde transportiert zu werden pflegte, angehängt waren. In diesen Wagen sollten die Arbeiter transportiert werden. Damit durfte man nun nicht bis gegen Mitternacht warten, sondern es mußte, um den Verdacht des Kundschafters zu zerstreuen, gleich geschehen. Old Firehand kroch also zurück und schlich sich nach dem Hause des Ingenieurs, welchem er sagte, was er gehört hatte.

»*Well!*« meinte dieser. »So müssen wir die Leute gleich fortschaffen. Aber die Späher werden sie einsteigen sehen!«

»Nein. Geben wir den Arbeitern den Befehl, sich ungesehen fortzuschleichen; sie mögen ungefähr eine Viertelstunde weit gehen und dann an der Strecke warten, bis der leere Zug kommt; dieser wird sie aufnehmen, und da der Schall nicht so weit trägt und die Bahn eine Krümmung macht, werden die Spione weder sehen noch hören, daß der Zug dort hält.«

»Und wie viele Leute behalte ich hier zurück?«

»Zwanzig genügen vollständig zum Schutze Eures Hauses und zur Sicherung der beiden Gefangenen. Eure Maßregeln können binnen einer halben Stunde getroffen sein; dann geht der Bauzug ab. Ich schleiche mich wieder zu den Spähern, um zu hören, was sie sagen.«

Bald lag er wieder hinter den beiden Männern, welche sich jetzt schweigend verhielten. Er konnte ebenso gut wie sie das vor ihm liegende Terrain überblicken und gab sich alle mögliche Mühe, eine Bewegung der Bewohner zu bemerken – vergeblich. Die Leute entfernten sich so heimlich und vorsichtig, daß die Spione gar keine Ahnung davon bekamen. Übrigens waren die Lichter, welche in den Gebäuden und Hütten brannten, ganz unvermögend, den außerhalb derselben liegenden freien Raum so zu erleuchten, daß man menschliche Gestalten deutlich hätte unterscheiden können.

Da sah man eine helle Laterne vom Hause des Ingenieurs her sich dem Geleise nähern. Der Träger derselben rief so laut, daß es weithin zu hören war: »Den leeren Bauzug nach Wallace ab! Die Wagen werden dort gebraucht.«

Es war der Ingenieur, welcher diese Worte rief. Er war, ohne einen Wink von Old Firehand erhalten zu haben, selbst so scharfsinnig gewesen, nachzudenken, auf welche Weise er den Verdacht des Spions am besten beseitigen könne. Er hatte sich mit dem Maschinisten verabredet, und so antwortete dieser ebenso laut: »*Well,* Sir! Ist mir lieb, daß ich endlich fortkomme und meine Kohlen nicht umsonst zu verfeuern brauche. Habt Ihr in Wallace etwas auszurichten?«

»Nichts als eine ›gute Nacht‹ an den Ingenieur, welcher wohl bei den Karten sitzen wird, wenn Ihr dort angedampft kommt. *Good road!*«

»*Good night,* Sir!«

Einige schrille Pfiffe, und der Zug setzte sich in Bewegung. Als das Geräusch desselben verschollen war, meinte der eine der Späher: »Nun, weißt du, woran du mit dieser Lokomotive bist?«

»Ja, ich bin beruhigt, Sie bringt leere Wagen nach Wallace, welche dort gebraucht werden. Mein Verdacht war unbegründet. Verdacht ist hier überhaupt Unsinn. Der Plan ist so gut angelegt, daß er unbedingt gelingen muß. Wir könnten eigentlich schon jetzt aufbrechen.«

»Nein. Der Cornel hat uns befohlen, bis Mitternacht zu warten, und wir haben ihm zu gehorchen.«

»Meinetwegen! Aber wenn ich bis dahin hier aushalten soll, so sehe ich nicht ein, wozu ich meine Augen unnütz anstrengen soll. Ich werde mich niederlegen und schlafen.«

»Ich auch; das ist das gescheiteste. Später wird es keine Zeit und wohl auch keine Lust zur Ruhe geben.«

Old Firehand zog sich schnell zurück, denn die beiden bewegten sich von ihren Stellen, um es sich möglichst bequem zu machen. Er kehrte zum Ingenieur zurück, um diesen wegen der Worte, welche er gerufen hatte, zu loben. Er begab sich mit ihm in das Innere des Hauses, wo sie bei Wein und Zigarren der Stunde des Aufbruches harrten. Es gab nur noch zwanzig Arbeiter im Orte, und das genügte vollkommen, da keine Feindseligkeit zu erwarten war.

Die übrigen Leute hatten sich, dem ihnen erteilten Befehle gemäß, fortgeschlichen. Außerhalb Sheridans warteten sie aufeinander und folgten dann der Strecke, bis sie die gebotene Entfernung zurückgelegt hatten. Dort blieben sie halten, bis der Zug kam und sie aufnahm. Er brachte sie bis an den Eagle-tail, wo er anhielt. Daß die Tramps das nun Folgende beobachten würden, war gar nicht möglich, da dieselben jedenfalls schon aufgebrochen waren. Der Fluß zwang sie, sich bei ihrem Ritte in einer solchen Entfernung von der Bahn zu halten, daß sie gar nicht gewahren konnten, was auf derselben geschah.

Old Firehand hatte mit seinem geübten Scharfblicke ein außerordentlich geeignetes Terrain ausgewählt. Die Bahn hatte den Fluß, welcher hier von hohen Ufern eingeengt wurde, zu überschreiten. Sie that dies damals mit Hilfe einer Interimsbrücke, über welche das Geleise führte, um drüben direkt in einen ungefähr siebzig Meter langen Tunnel zu treten. Wenige Schritte vor dieser Brücke hielt der Zug, welcher nicht, wie die beiden Späher gemeint hatten, aus lauter leeren Wagen bestand; die zwei letzten waren vielmehr mit dürrem Holze und Kohlen beladen. Kaum war der Train zum Stehen gebracht, so trat aus dem ringsum herrschenden Dunkel der Nacht ein kleiner, dicker Kerl, welcher wie ein Frauenzimmer aussah, zur Lokomotive und fragte den Führer derselben mit hoher Fistelstimme: »Sir, was wollt Ihr denn jetzt schon hier? Bringt Ihr etwa die Arbeiter?«

»Ja«, antwortete der Gefragte, indem er die sonderbare Gestalt, welche gerade im Lichtschein der Feuerung stand, erstaunt betrachtete. »Wer seid denn Ihr?«

»Ich?« lachte der Dicke. »Ich bin die Tante Droll.«

»Eine Tante! Donner und Doria! Was haben wir denn mit Frauenzimmern und alten Tanten zu thun!«

»Na, erschreckt nur nicht so heftig! Es könnte Euren Nerven schaden. Tante bin ich nur so nebenbei; man wird Euch das später erklären. Also warum kommt Ihr?«

»Es geschieht auf Befehl Old Firehands, welcher zwei von den Tramps abgeschickte Spione belauscht hat. Diese hätten Verdacht geschöpft, wenn wir später aufgebrochen wären. Gehört Ihr zu den Leuten dieses berühmten Masters?«

»Ja; aber reißt ja nicht aus vor Angst; es sind lauter Onkel, und ich bin die einzige Tante dabei.«

»Fällt mir nicht ein, mich vor Euch zu fürchten, Miß oder Mistreß. Wo sind denn die Tramps?«

»Fort, schon vor drei Viertelstunden aufgebrochen.«

»So können wir also die Kohlen und das Holz abladen?«

»Ja. Nehmt Eure Leute wieder auf, und ich werde zu Euch steigen, um Euch die nötigen Winke zu geben.«

»Ihr? Winke geben? Man hat Euch doch nicht etwa zum General dieses Armeecorps gemacht?«

»Jawohl bin ich das, mit Eurer gütigen Erlaubnis natürlich. So, da bin ich. Und nun laßt Euer Pferd hübsch langsam über die Brücke laufen und dann gerade so halten, daß die Kohlenwagen an den Eingang des Tunnels zu stehen kommen.«

Droll war auf die Lokomotive gestiegen. Die Arbeiter hatten beim Halten des Zuges die Wagen verlassen, mußten aber wieder in dieselben zurück. Der Maschinist betrachtete den Dicken noch einmal mit einem Blicke, aus welchem zu ersehen war, daß es ihm nicht leicht wurde, den Anordnungen dieser zweifelhaften Tante Gehorsam zu leisten.

»Na, wie wird's?« fragte Droll.

»Seid Ihr denn wirklich der Mann, auf welchen ich zu hören habe?«

»Jawohl! Und wenn Ihr das nicht augenblicklich thut, so helfe ich hier nach. Ich habe keine Lust, bis zum jüngsten Tage an dieser Brücke kleben zu bleiben.«

Er zog sein Bowiemesser und richtete die Spitze desselben gegen die Magengegend des Maschinisten.

»Alle Wetter, seid Ihr eine spitzige und auch scharfe Tante!« rief dieser aus. »Aber grad', da Ihr mir das Messer zeigt, muß ich Euch anstatt für einen Verbündeten, für einen Tramp halten. Könnt Ihr Euch legitimieren?«

»Macht keinen Unsinn weiter«, antwortete der Dicke jetzt in ernstem Tone, indem er sein Messer wieder in den Gürtel schob. »Wir halten drüben hinter dem Tunnel. Dadurch, daß ich Euch über die Brücke entgegenging, habe ich Euch doch bewiesen, daß mir Euer Kommen bekannt ist, und ich also nicht zu den Tramps gehören kann.«

»Schön, jetzt glaube ich Euch. Fahren wir also hinüber.«

Der Zug passierte die Brücke und fuhr dann so weit in den Tunnel ein, daß die zwei hinteren Wagen außerhalb desselben stehen blieben. Jetzt sprangen die Arbeiter wieder ab und schütteten den Inhalt des einen Sturzwagens aus. Dann ging der Zug weiter und hielt jenseits des Tunnels im Freien so, daß der noch volle Wagen, welcher nun auch umgestürzt werden konnte, an den Ausgang desselben zu stehen kam. Diese Sturzwagen sind so eingerichtet, daß, während das Rädergestell stehen bleibt, der darauf ruhende Kasten zur Seite geneigt, ausgeschüttet und dann wieder in seine vorige Lage zurückgebracht werden kann. Die Arbeiter stiegen ab, um vor und hinter dem Tunnel die Kohlen und das Holz zu einem leicht brennenden Haufen aufzuschichten, doch wurde das so arrangiert, daß die Schienen nicht von dem Feuer beschädigt werden konnten. Der Maschinist dampfte dann noch eine Strecke weiter, stoppte die Maschine und kam darauf wieder zurück. Sein Mißtrauen war vollständig verschwunden. Was er sah, das mußte ihn belehren, daß er sich unter den richtigen Leuten befand. Der Tunnel war durch einen hohen Felsen gebrochen, hinter welchem ein Feuer brannte, welches unten im Flußthale, wo die Tramps gelagert hatten, nicht gesehen werden konnte. Um dieses Feuer lagerten die Rafters und alle andern, welche mit Old Firehand nach dem Eagle-tail gekommen waren. Rechts und links an der Flamme waren zwei Stämme eingerammt, welche oben in Gabeln ausliefen, in denen eine lange, starke Stange gedreht wurde, welche durch mächtig große Stücke von Büffelfleisch gesteckt worden war. Diese Männer waren, als der Zug durch den Tunnel kam, alle aufgestanden, um die Arbeiter zu begrüßen.

»Na, glaubt Ihr nun, daß ich kein Tramp bin?«, fragte Droll den Maschinisten, als derselbe von seiner Maschine kam und mit an das Feuer trat.

»*Yes,* Sir«, nickte dieser. »Ihr seid ein ehrlicher Kerl.«

»Und ein guter dazu! Das will ich Euch beweisen, indem ich euch alle zum Essen lade. Wir haben eine fette Büffelkuh geschossen, und Ihr sollt einmal sehen, wie sie schmeckt, wenn sie *à la prairie* zubereitet worden ist. Es reicht für uns alle zu, und ich hoffe, daß Eure Leute bald mit ihrer Arbeit fertig sind, um sich zu uns zu setzen.«

In kurzem saß man beim saftigen Mahle. Freilich war an dem Feuer nur für die wenigsten Platz. Es hatten sich verschiedene Gruppen gebildet, welche von den Rafters, die sich als Wirte fühlten, bedient wurden. Es war außer der Büffelkuh noch ein kleineres Wild vorhanden, so daß es trotz der großen Zahl der Bahnarbeiter genug zu essen gab.

Vorhin, bevor der Zug rangiert wurde und der Ingenieur den Schichtmeister aufgesucht hatte, um ihm den Befehl zum Aufbruch zu erteilen, hatte er ihm noch bemerkt: »Old Firehand läßt Euch sagen, wenn Ihr über jenen Master Engel, Euren einstmaligen Gefährten, etwas Weiteres hören wollt, so sollt Ihr Euch an einen Deutschen, einen gewissen Mr. Pampel wenden, den Ihr bei den Rafters treffen werdet.«

»Kennt der ihn? Weiß er von ihm?«

»Höchst wahrscheinlich, sonst würde Old Firehand Euch doch nicht an ihn adressieren.«

Watson dachte jetzt an diese Weisung und spitzte die Ohren, um der deutschelnden Aussprache eines der Rafters zu entnehmen, daß derselbe der Betreffende sei. Nach kurzer Zeit hatte er sie alle sprechen gehört; aber es gab keinen unter ihnen, der nicht sein echtes Yankee-Englisch gesprochen hätte. Der Schichtmeister beschloß also, sich direkt zu erkundigen. Er war einer der wenigen, welche am Feuer Platz gefunden hatten. Neben ihm saß die Tante Droll und der Humply-Bill. Er wendete sich an den letzteren. »Sir, erlaubt mir die Frage, ob sich wohl ein Deutscher unter euch befindet.«

»Mehrere sogar«, antwortete Bill.

»Wirklich? Wer denn zum Beispiel?«

»Nun, vor allen Dingen ist Old Firehand selbst ein Deutscher, und sodann kann ich Euch da unsre dicke Tante und dort den schwarzen Tom als solche nennen. Vielleicht ist auch der kleine Fred, den Ihr da drüben sitzen seht, zu den Deutschen zu rechnen.«

»Hm, unter den Genannten scheint sich der, den ich suche, nicht zu befinden.«

»So? Wen sucht Ihr denn?«

»Einen gewissen Mr. Pampel.«

»Pam–pam–pam–pampel?« rief Bill, indem er in ein schallendes Gelächter ausbrach. »*Heavens*, welch ein Name! Wer kann ihn über die Lippen bringen! Pam–pam–pam– wie war es? Ich muß das Wort noch einmal hören.«

»Mr. Pampel«, wiederholte der Schichtmeister, worauf alle in das Gelächter des Humply-Bill einstimmten.

Das Wort erklang von einer Gruppe zu der andern und zog das Lachen hinter sich her, so daß es auf dem ganzen Platz kein ernstes Gesicht mehr gab. Kein einziges? O doch. Drolls Miene war unbeweglich geblieben. Er hatte sich ein großes Stück Büffellende hergenommen, schnitt riesige Bissen davon ab, steckte sie, einen nach dem andern, in den Mund und kaute mit einem Eifer und einer Andacht, als ob er weder den Namen noch das schallende Gelächter höre. Als das letztere endlich verstummt war, ließ sich die Stimme Bills wieder vernehmen: »Nein, Sir, da müßt Ihr schlecht berichtet sein. Unter uns gibt es keinen, der Pampel heißt.«

»Aber Old Firehand hat es mir sagen lassen!« antwortete Watson.

»Da habt Ihr den Namen nicht richtig gehört oder nicht richtig behalten. Ich bin überzeugt, daß jeder von uns sich lieber eine Kugel in den Kopf geben als so einen Mann lächerlich machen würde. Meinst du nicht auch, alter Droll?«

Droll hielt im Kauen inne und antwortete: »Eine Kugel? Fällt mir gar nicht ein!«

»Das kannst du freilich sagen, weil du nicht Pampel, sondern Droll heißest. Trügest du aber den ersteren Namen, so bin ich überzeugt, daß du nicht unter die Leute gehen würdest.«

»Aber ich bin ja unter sie gegangen!«

Er betonte das in einer solchen Weise, daß Bill ihn von der Seite visierte und dann fragte: »Also du lachst nicht über diesen Namen?«

»Nein. Ich thue es nicht, um den Kameraden, welcher in der That unter uns weilt und genau so heißt, nicht zu beleidigen.«

»Wie? Was? Dieser Pampel befände sich also wirklich unter uns?«

»Allerdings.«

»Teufel! Wer ist es denn?«

»Ich selber bin es.«

Da sprang Bill auf und rief: »Du, du selbst bist dieser Pam–pam–pam!«

Er konnte vor Lachen nicht weiter, und die andern vermochten sich so wenig zu beherrschen, daß sie von neuem einstimmten. Die Heiterkeit wurde dadurch bedeutend erhöht, daß Droll vollständig ernst blieb und so, in den Wohlgeschmack der Lende versunken, weiter kaute, als ob er mit dem Gelächter und dessen Ursache nicht das mindeste zu thun habe. Aber als er den letzten Bissen verschluckt hatte, stand er auf, sah sich rund um und rief, daß alle es hörten: »Mesch'schurs, jetzt ist der Spaß zu Ende. Kein Mensch trägt die Schuld an seinem Namen, und wer den meinigen lächerlich findet, der mag es mir jetzt im Ernste sagen und dann sein Messer nahmen, um mit mir ein klein wenig auf die Seite und ins Dunkle zu gehen. Wir werden sehen, wer von uns beiden dann noch lacht!«

Sofort trat eine tiefe Stille ein.

»Aber Droll«, bat der Humply-Bill, »wer konnte ahnen, daß du so heißest! Der Name ist wirklich gar zu apart. Wir haben dich nicht beleidigen wollen, und ich hoffe, daß du mir meine Worte nicht übel nimmst. Komm, setze dich wieder her zu mir!«

»*Well,* das werde ich thun. Zornig bin ich gar nicht, denn ich weiß, daß das Wort wirklich pamplig klingt; aber nun ihr wißt, daß dies mein Name ist, habt ihr Ruhe zu geben.«

»Natürlich! Versteht sich ganz von selbst. Aber warum hast du ihn uns bisher verschwiegen? Du bist überhaupt ein Kerl, der nicht gern von seinen früheren Verhältnissen spricht.«

»Nicht gern? Wer sagt das? Ich erinnere mich recht gern an die Zeit meiner Vergangenheit; aber es hat noch nicht die Gelegenheit gegeben, über dieselbe zu reden.«

»So hole das jetzt nach. Von uns allen andern weißt du, was wir sind und war wir waren. Wir haben alle während des Rittes hieher Brüderschaft gemacht und müssen uns also kennen; nur von dir und über dich wissen wir nichts, fast gar nichts.«

»Weil es überhaupt nicht viel ist, was ihr erfahren könnt. Übrigens meinen Heimatsort kennt ihr bereits.«

»Ja, Langenleuba im Altenburgischen. Was war dein Vater? Dürfen wir es wissen?«

»Warum nicht!« lächelte Droll. »Er war mehr, weit mehr als der Vater manches andern Mannes gewesen ist. Wir haben bis früh drei Uhr auf die Tramps zu warten, und so gibt es Zeit genug, euch alle seine Ehren und Würden zu nennen. Er war Glöckner, Kellner, Kirchner und Totengräber, Kindtaufs-, Hochzeits- und Leichenbitter, Sensenschleifer, Obsthüter und Bürgergardenfeldwebel. Da habt ihr es!«

Man sah ihn forschend an, um zu erkennen, ob er im Scherze oder im Ernste spreche.

»Glaubt's nur immerhin!« versicherte er. »Er ist das gewiß und wirklich gewesen, und wer die Verhältnisse da drüben kennt, der weiß nun, daß mein Vater ein blutarmer Teufel war, aber trotzdem in Ehren stand und die Achtung seiner Mitbürger genossen hat. Wir waren fast ein Dutzend Kinder und haben gehungert und gekummert, um ehrlich durch die Welt zu kommen, und ich kann euch später wohl erzählen – – –«

»Halt, bitte!« unterbrach ihn da der Schichtmeister. »Ihr achtet nur auf den Wunsch der andern, aber nicht darauf, Sir, daß ich nach Euch gefragt habe. Old Firehand hat mir Euern Namen sagen lassen – –«

»Ja, er ist der einzige, welcher weiß, daß ich so heiße.«

»Damit«, fuhr Watson fort, »ich von Euch erfahren möge, was aus Eurem Landsmann Engel geworden ist.«

»Engel? Welchen Engel meint Ihr?«

»Den Jäger und Fallensteller, welcher droben am Silbersee gewesen ist.«

»Den, den meint Ihr?« fuhr Droll auf. »Habt Ihr ihn gekannt?«

»Wie mich selbst! Lebt er noch?«

»Nein; er ist tot.«

»Wißt Ihr das genau?«

»Ganz genau. Wo habt Ihr ihn denn kennen gelernt?«

»Eben droben am Silbersee. Wir haben einen ganzen Winter dort verbringen müssen, weil wir eingeschneit – – –«

»So heißt Ihr Watson?« rief Droll, ihn unterbrechend.

»Ja, Sir; so ist mein Name.«

»Watson, Watson! Welch ein Zufall! Doch nein, es gibt ja keinen Zufall! Es ist Gottes Schickung! Master, ich kenne Euch, wie ich meine Tasche kenne, und habe Euch doch noch nie gesehen.«

»So hat man Euch von mir erzählt? Wer ist das gewesen?«

»Der Bruder Eures Kameraden Engel. Schaut her! Dieser Knabe heißt Fred Engel; er ist der Neffe Eures Gefährten vom Silbersee und mit mir ausgezogen, den Mörder seines Vaters zu suchen.«

»Ist sein Vater ermordet worden?« fragte Watson, indem er dem Knaben die Hand bot und ihm freundlich zunickte.

»Ja, und zwar einer Zeichnung wegen, welche – –«

»Wieder die Zeichnung!« fiel der Schichtmeister ein. »Kennt Ihr den Mörder? Jedenfalls ist's der rote Cornel!«

»Ja, er ist's, Sir. Aber – – er soll ja auch Euch ermordet haben!«

»Nur verwundet, Sir, nur verwundet. Der Stich traf glücklicherweise nicht ins Herz. Dennoch wäre ich an Verblutung zu Grunde gegangen, wenn nicht ein Retter erschienen wäre, ein Indianer, welcher mich verband und dann zu andern Roten brachte, bei denen ich bleiben durfte, bis ich gesund geworden war. Dieser, mein Retter, ist der berühmteste der Indianer und heißt – –«

Er sprach den Satz nicht aus; er hielt mitten in demselben inne; richtete sich langsam empor und starrte nach dem Felsen, als ob er eine überirdische Erscheinung sähe. Von dorther kam Winnetou langsam gegangen. Er hatte sich entfernt, um zu rekognoszieren.

»Da kommt er, da kommt er, Winnetou, der Häuptling der Apachen!« schrie der Schichtmeister. »Er ist da, er ist hier! Welch ein Glück! Winnetou, Winnetou!«

Er stürzte auf den Häuptling zu, faßte die Hände desselben und zog sie an seine Brust. Der Apache blickte ihm ins Angesicht, und seine Züge legten sich in ein weiches, freundliches Lächeln, als er antwortete: »Mein weißer Bruder Watson! Ich kam zu den Kriegern der Timbabatsch und erfuhr von ihnen, daß du wieder gesund geworden und nach dem Mississippi gegangen seist. Der gute Manitou muß dich sehr lieb gehabt haben, daß er deine Wunde, welche schlimmer war, als ich dir gestand, heilen ließ. Setze dich nieder und erzähle, wie deine ferneren Tage bis auf den heutigen verlaufen sind!«

Es gab keinen, welcher gemeint hätte, daß jetzt der Gedanke an die Tramps weit notwendiger sei als die Erzählung der Erlebnisse des Schichtmeisters. Was Winnetou that, war gewiß richtig; wenn er die Aufmerksamkeit von dem eigentlichen Grunde der Anwesenheit so vieler Menschen auf die eine Person, den Schichtmeister, lenkte, so hatte er sicher seine gute Absicht dabei und hatte sich auf seiner Rekognoszierung überzeugt, daß man sich vollständig in Sicherheit befinde und ganz ruhig von etwas anderm als den Tramps sprechen könne.

Natürlich waren alle gespannt auf die Erzählung eines Mannes, welchem Winnetou das Leben gerettet hatte, und man hörte fast keinen lauten Atemzug, als Watson jetzt sein Abenteuer so berichtete, wie er es Old Firehand und dem Ingenieur erzählt hatte. Als er zu Ende war, zögerte er keinen Augenblick, zu fragen: »Und Ihr, Master Droll, könnt mir also sagen, was aus meinem Kameraden geworden ist?«

»Ja, das kann ich«, antwortete der Dicke. »Ein toter Mann ist aus ihm geworden.«

»So hat der Cornel ihn ermordet?«

»Nein, aber verwundet, grad' so, wie Euch, und daran ist der arme Teufel gestorben.«

»Erzählt, erzählt, Sir!«

»Das ist schnell berichtet; ich brauche gar nicht viele Worte zu machen. Als der Cornel Euch vom Lagerplatze fortgelockt hatte, begann Engel darüber nachzudenken, daß Ihr als waffenloser Mann dem Roten bei der Jagd doch gar nichts nützen könntet. Warum hatte er Euch mitgenommen? Er mußte eine besondere Absicht, welche mit der Jagd gar nichts zu thun hatte, dabei verfolgen. Ihr beide hattet dem Cornel nicht getraut, und nun wurde es Engel, der Euch sehr lieb gewonnen hatte, angst um Euch. Diese Angst ließ ihm keine Ruhe, und so machte er sich auf, um Euren Spuren, welche sehr deutlich waren, nachzufolgen. Die Sorge verdoppelte seine Schritte, und so hatte er Euch nach Verlauf von vielleicht einer Stunde so weit eingeholt, daß er Euch sehen konnte. Er trat eben um die Ecke eines Gebüsches, als er Euch erblickte; aber was er sah, riß ihn wieder hinter dieselbe zurück. Vor Entsetzen fast starr, sah er durch die Zweige. Der Rote stach Euch nieder und kniete dann über Euch, um sich zu überzeugen, ob die Wunde tödlich sei. Dann stand er wieder auf und blieb, wie sich besinnend, eine Weile stehen. Was sollte nun Engel thun? Den wohlbewaffneten Mörder angreifen, um Euch zu rächen, er, der keine einzige Waffe besaß? Das wäre Wahnsinn gewesen. Oder sollte er warten, bis der Cornel sich entfernt hatte, und dann zu Euch gehen, um nachzusehen, ob vielleicht noch Leben vorhanden sei? Auch das nicht! Ihr waret ja sicher tot, sonst hätte der Kerl gewiß mit einem nochmaligen Stiche nachgeholfen, und sodann wäre der Rote unbedingt auf Engels Spur getroffen und hätte ihn verfolgt und auch kalt gemacht. Nein; hatte der Schurke Euch ermordet, so sollte jedenfalls die Reihe nun an Engel kommen, und so erkannte dieser, daß die schleunigste Flucht das einzige sei, was er zu unternehmen habe. Er wendete sich also zurück und eilte davon, erst auf der bisherigen Spur zurück und dann, als das Terrain günstig war, ostwärts ab. Aber nur zu bald sollte er den Beweis bekommen, daß der Mörder sich nicht lange an der Stelle seiner That aufgehalten, sondern zurückgekehrt, die Fährte gefunden habe und derselben nachgegangen sei. Engel hatte eine Höhe erstiegen und sah, als er da zurückblickte, den Roten hinter sich herkommen, zwar noch im Thale unten, aber doch nur in einer Entfernung von höchstens zehn Minuten. Jenseits der Höhe gab es eine ebene Prairie. Engel rannte hinab und dann weiter, immer geradeaus, so schnell er konnte. Erst nach einer Viertelstunde wagte er es, für einen Augenblick stehen zu bleiben und sich umzublicken. Er sah den Verfolger viel näher hinter sich als vorher und rannte weiter. Die Hetze ging wohl eine Stunde lang fort, bis Engel Büsche vor sich sah; er glaubte sich gerettet; aber die Büsche standen weit auseinander, und dazwischen gab es fettes Gras, welches die Spuren der Füße in größter Deutlichkeit aufnahm. Der Flüchtige war eigentlich ein guter Läufer; aber die Entbehrungen des harten Winters hatten ihn doch entkräftet; der Verfolger kam ihm immer näher. Als er sich wieder umblickte, sah er ihn in einer Entfernung von höchstens hundert Schritten hinter sich. Das spornte seine Kräfte zur letzten Anstrengung. Er sah Wasser vor sich. Es war der Orfork des Grand Rivers. Er rannte auf dasselbe zu, hatte es aber noch nicht erreicht, als ein Schuß fiel. Er fühlte einen Stoß wie von einer kräftigen Faust an der rechten Körperseite, sprang weiter und in das Wasser hinein, um nach dem gegenüberliegenden Ufer zu schwimmen. Da sah er von links her einen Bach sein Wasser in den Fluß ergießen. Er wendete sich nach der Mündung desselben und schwamm eine kleine Strecke aufwärts, bis er ein Gestrüpp erblickte, welches seine dichten Zweige, die durch hängengebliebenes Spülgras für das Auge noch undurchdringlicher geworden waren, vom Ufer aus bis ins Wasser niederhing. Er schlüpfte darunter und blieb dort stehen. Seine Füße hatten den Boden erreicht. Ihr könnt denken, daß er vor Aufregung am ganzen Körper zitterte.«

»Und vor Anstrengung und Angst!« fügte Watson hinzu. »Bitte, weiter, weiter!«

»Der Cornel hatte nun auch das Ufer erreicht; da er Engel nicht sah und der Fluß schmal war, glaubte er, daß ersterer hinübergeschwommen sei, und ging auch ins Wasser. Aber das konnte nur mit großer Vorsicht geschehen, weil er seine Schießwaffen und Munition nicht naß machen durfte. Es dauerte also lange, ehe er, auf dem Rücken schwimmend und die genannten Gegenstände über Wasser haltend, drüben ankam und im Gesträuch verschwand.«

»Er ist gewiß zurückgekehrt«, meinte der Humply-Bill. »Da er drüben keine Fährte fand, mußte er annehmen, daß der Flüchtling noch diesseits des Flusses sei.«

»Allerdings«, nickte Droll. »Er suchte erst drüben eine Strecke des Ufers ab und kehrte dann zurück, um auch hüben zu forschen; aber da gab es auch keine Fährte, und das machte ihn irr. Zweimal ging er an dem Verstecke vorüber, aber er sah den Verborgenen nicht. Dieser lauschte lange Zeit, ohne den Mörder wiederzusehen oder zu hören. Dennoch blieb er im Wasser stehen, bis es dunkel geworden war; dann schwamm er hinüber und lief die ganze Nacht hindurch gerade nach West, um möglichst weit fortzukommen.«

»War er nicht verwundet?«

»Doch, ein Streifschuß am Oberkörper unter dem Arme. In der Aufregung und bei der Kälte des Wassers hatte er das nicht so bemerkt oder doch nicht beachtet; aber während des Marsches begann die Wunde zu brennen. Er verstopfte sie so gut es ging, bis er am Morgen kühlende Blätter fand, welche er auflegte und von Zeit zu Zeit erneuerte. Er war zum Tode matt und fühlte einen wütenden Hunger, den er mit Wurzeln zu stillen suchte, die er nicht kannte, aber doch aß. So schleppte er sich weiter, bis er gegen Abend ein einsames Kamp erreichte, dessen Bewohner ihn gastlich aufnahmen. Er war so schwach, daß er ihnen nicht erzählen konnte, was er erlebt hatte; er brach bewußtlos zusammen. Als er erwachte, lag er in einem alten Bette und wußte nicht, wie er hineingekommen sei. Dann erfuhr er, daß er fast zwei Wochen lang im Fieber gelegen und nur von Mord, Blut, Flucht und Wasser phantasiert habe. Nun erst erzählte er sein Abenteuer und erfuhr, daß der Cow-boy einen rothaarigen Mann getroffen habe, welcher sich erkundigt hatte, ob vielleicht ein Fremder auf dem Kamp eingekehrt sei. Der Boy hatte diesen Mann einmal in Colorado Springs gesehen und wußte, daß er Brinkley heiße; er hielt ihn nicht für einen vertrauenswürdigen Menschen und verneinte die Frage. So erfuhr Engel den Namen des Mörders; denn er nahm an, daß derselbe sich ihm gegenüber eines falschen bedient habe. Die Wunde kam ins Heilen, und dann wurde er bei einer Gelegenheit mit nach Las Animas genommen.«

»Also nicht nach Puebla«, meinte der Schichtmeister, »sonst hätte ich, als ich später dorthin kam, seine Spur vielleicht gefunden. Was that er dann?«

»Er schloß sich als Fuhrmann einem Handelszug an, welcher nach alter Weise auf dem Arkansaswege nach Kansas City ging. Als er dort seinen Lohn empfing, hatte er die Mittel, seinen Bruder aufzusuchen. In Russelville angekommen, hörte er, daß dieser fortgegangen sei, doch erhielt er von dem Nachbar einen für ihn zurückgelassenen Brief, in welchem stand, daß er ihn in Benton, Arkansas, finden werde.«

»Ah, dort! Und gerade Benton ist einer der wenigen Orte, wohin ich nicht gekommen bin!« sagte Watson. »Wie aber stand es mit der Zeichnung, welche er bei sich trug?«

»Die hatte im Wasser des Orforkes gelitten, und Engel mußte sie kopieren. Natürlich erzählte er seinem Bruder alles und dieser war gern bereit, den Ritt mit ihm zu unternehmen. Leider aber stellte es sich bald heraus, daß jenes Erlebnis nicht so folgenlos sei, wie man angenommen hatte. Engel begann zu husten und zehrte rasch ab. Der Arzt erklärte, daß er an der galoppierenden Schwindsucht leide, und acht Wochen nach seinem Eintreffen beim Bruder war er eine Leiche. Das lange Stehen im kalten Frühjahrswasser hatte ihn zum Todeskandidaten gemacht.«

»Also hat dieser Cornel doch sein Leben auf dem Gewissen.«

»Wenn er weiter nichts zu tragen hätte! Hier unter uns gibt es mehrere, welche mit diesem vielfachen Mörder abzurechnen haben. Aber hört, was weiter geschehen ist! Engel, der Bruder nämlich, war ein wohlhabender Mann, der sein Feld baute und nebenbei einen einträglichen Handel trieb. Er hatte zwei Kinder, einen Knaben und ein Mädchen. Die Familie bestand aus den Eltern, diesen beiden Kindern und einem Burschen für alles, welcher, wenn es not that, auch die Arbeit einer Magd verrichtete. Eines Tages nun ist ein Fremder zu Engel gekommen und hat demselben einen so lukrativen Handelsantrag gemacht, daß dieser ganz entzückt davon gewesen ist. Der Fremde hat sich für einen Kanalbootunternehmer ausgegeben und gesagt, daß er als Goldsucher sein Glück gemacht habe. Bei dieser Gelegenheit ist zur Sprache gekommen, daß er damals einen Jäger kennen gelernt habe, Namens Engel, der auch ein Deutscher gewesen sei. Damit war natürlich der Bruder gemeint, und es ist so viel zu erzählen gewesen, daß der Nachmittag und der Abend vergangen sind, ohne daß der Fremde an den Aufbruch gedacht hat. Natürlich wurde er gebeten, über Nacht zu bleiben, was er nach einigem Zureden auch annahm. Engel hat schließlich den Tod seines Bruders und die Ursache desselben erzählt und die Zeichnung aus dem kleinen Wandschränkchen geholt. Später ging man zur Ruhe. Die Familie schlief eine Treppe hoch in einer nach hinten gelegenen Stube und der Bursche ebendaselbst, aber auf der andern Seite, in einer kleinen Kammer. Dem Gaste hatte man das gute Zimmer, welches nach vorn lag, angewiesen. Unten war alles verschlossen worden, und Engel hatte, wie es stets zu geschehen pflegte, die Schlüssel mit hinaufgenommen. Nun war kurz vorher der Geburtstag des Knaben Fred gewesen, an welchem er ein zweijähriges Fohlen als Geschenk erhalten hatte. Noch mochte er nicht lange geschlafen haben, als er wieder erwachte. Es fiel ihm ein, daß er heute abend infolge der vielen und interessanten Abenteuer, welche erzählt worden waren, vergessen hatte, das Pferd zu füttern. Er stand also wieder auf und verließ ganz leise, um niemand zu wecken, das Schlafzimmer. Unten schob er den Riegel von der Hinterthür und ging über den Hof in den Stall. Licht mitzunehmen hatte er nicht für nötig gehalten, auch war die Küche, in welcher sich die Laterne befand, verschlossen. Er mußte also im Finstern füttern, weshalb er länger als gewöhnlich zubrachte. Noch war er nicht fertig, als er glaubte, einen Schrei gehört zu haben. Er trat aus dem Stalle in den Hof und sah Licht in der Schlafstube. Dieses verschwand und erschien gleich darauf in der Kammer des Knechtes. Dort erhob sich ein großer Lärm. Der Knecht schrie, und Möbel krachten. Fred rannte zur Mauer und kletterte am Weinspalier bis zum Fenster empor. Als er durch dasselbe blickte, sah er, daß der Bursche am Boden lag; der Fremde kniete auf ihm, hielt ihm mit der Linken die Gurgel zu und mit der Rechten einen Revolver an den Kopf. Zwei Schüsse knallten. Fred hatte schreien wollen, aber keinen Ton hervorgebracht. Er ließ vor Schreck das Spalier aus den Händen und stürzte, eben als die Schüsse krachten, auf die Steine des gepflasterten Hofes hinab. Er war mit dem Kopfe aufgeschlagen und hatte die Besinnung verloren. Als er wieder zu sich kam, fragte er sich, was zu thun sei. Der Mörder befand sich wohl noch im Hause; darum durfte er sich nicht hineinwagen. Aber Hilfe mußte geschafft werden. Er sprang also über den Zaun, wobei er aus Leibeskräften schrie, um den Mann zu verjagen und von den Eltern abzuhalten, und rannte der Wohnung des nächsten Nachbars zu. Diese lag ebenso wie Engels Haus eine Strecke vom Orte entfernt. Die Leute hörten die Hilferufe, waren schnell munter und kamen aus dem Hause. Als sie hörten, was geschehen sei, bewaffneten sie sich und folgten dem zurückkehrenden Knaben. Noch hatten sie das Haus nicht erreicht, so sahen sie, daß es im Stockwerke desselben brannte. Der Fremde hatte Feuer angelegt und war dann entwichen. Die Flammen hatten so rasch um sich gegriffen, daß man schon nicht mehr nach oben konnte; was in den untern Räumen stand und lag, wurde meist geborgen. Das Wandschränkchen stand offen und war leer. Die Leichen, zu denen man unmöglich gelangen konnte, mußten verbrennen.«

»Gräßlich – schrecklich!« rief es rundum, als der Erzähler jetzt eine Pause machte. Fred Engel saß am Feuer, hielt das Gesicht in die Hände und weinte leise.

»Ja, gräßlich!« nickte Droll. »Der Fall erregte Aufsehen. Es wurde geforscht nach allen Richtungen, doch vergeblich. Die beiden Brüder Engel hatten in St. Louis eine Schwester, die Frau eines reichen Flußreeders. Sie bot zehntausend Dollar Prämie auf das Ergreifen des Raub- und

Brandmörders; auch das fruchtete nichts. Da kam sie auf den Gedanken, sich an das Privatdetektivbureau von Harris und Blother zu wenden, und das hat Erfolg gehabt.«

»Erfolg?« fragte Watson. »Der Mörder ist ja noch frei! Ich nehme natürlich an, daß es der Cornel ist.«

»Ja, er ist noch frei«, antwortete Droll, »aber schon so gut wie abgethan. Ich begab mich nach Benton, um dort die Augen einmal besser aufzumachen, als andre es gethan hatten, und – – –«

»Ihr? Warum Ihr?«

»Um mir die Fünftausend zu verdienen.«

»Es waren doch Zehntausend!«

»Das Honorar wird geteilt«, bemerkte Droll. »Die eine Hälfte bekommt Harris und Blother, die andre der Detektiv.«

»Ja, seid denn Ihr, Sir, ein Polizist?«

»Hm! Ich denke, daß ich es hier mit lauter ehrlichen Leuten zu thun habe, unter denen es keinen gibt, dem man auch einmal auf die Fersen gesetzt wird, und so will ich sagen, was ich bisher verschwiegen habe: Ich bin Privatpolizeiagent und zwar für gewisse Distrikte des fernen Westens. Ich habe schon manchen Mann, der sich ganz sicher fühlte, an Master Hanf geliefert und denke, dies auch weiter fortzuüben. So, nun wißt Ihr es, und nun kennt Ihr auch den Grund, warum ich nicht von mir zu sprechen pflege. Der alte Droll, über den schon viele Hunderte gelacht haben, ist, wenn man ihn kennt, kein so sehr lächerlicher Kerl. Doch das gehört nicht hierher; ich habe von dem Morde zu sprechen.«

Hatte man vorhin über den sonderbaren Namen der Tante gelacht, so sah man jetzt Droll mit ganz andern Augen an. Sein Geständnis, daß er Detektiv sei, warf einen erklärenden Schein auf seine ganze Persönlichkeit, auf alle seine angenommenen Eigenheiten. Er versteckte sich hinter sein drolliges Wesen, um seine Hände desto sicherer nach dem, den er fassen wollte, ausstrecken zu können.

»Also«, fuhr er fort, »ich machte mich vor allen Dingen an Fred und fragte ihn aus. Ich erfuhr, was erzählt und gesprochen worden war. Das Wandschränkchen war von dem Mörder geöffnet worden. Er hatte es nicht aufbrechen dürfen, weil durch das dabei verursachte Geräusch die Bewohner des Hauses aufgeweckt worden wären; er hatte dieselben ermordet, um zu der Zeichnung zu kommen. Er wollte dieselbe natürlich benutzen, folglich hegte er die Absicht, nach dem Silbersee zu gehen. Ich mußte ihm nach und nahm Fred mit, der ihn gesehen hatte und also erkennen würde. Schon auf dem Steamer, als ich die Tramps erblickte, war ich meiner Sache ziemlich sicher; die Gewißheit ist von Tag zu Tag gewachsen, und hoffentlich fällt mir der Thäter heute in die Hand.«

»Noch hatten sie das Haus nicht erreicht, so sahen sie,
daß es im Stockwerk desselben brannte.«

»Dir?« fragte der alte Blenter. »Oho! Was willst du mit ihm thun?«

»Das, was ich im Augenblick für das beste halte.«

»Ihn etwa nach Benton schaffen?«

»Vielleicht.«

»Das laß dir nicht träumen! Es gibt Leute, welche weit mehr Recht als du auf ihn haben. Denke an die Rechnung, welche nur allein ich mit ihm quitt zu machen habe!«

»Und ich!« rief der Schichtmeister.

»Und wir andern Rafters auch!« ertönte es von mehreren Seiten.

»Erregt euch nicht, denn wir haben ihn noch nicht!« antwortete Droll.

»Wir haben ihn!« behauptete Blenter.

»Er ist jedenfalls der Allererste, welcher den Zug besteigt.«

»Mag sein; aber ich esse keine Büffellende, wenn ich nicht vorher den Büffel geschossen habe. Übrigens ist es mir ganz egal, wer ihn bekommt. Es ist gar nicht notwendig, daß ich ihn geschleppt bringe. Bringe ich den Nachweis seines Todes und daß ich zu demselben beigetragen habe, so ist mir die Prämie so sicher wie mein Sleeping-gown. Für jetzt habe ich genug gesprochen und werde ein wenig schlafen. Weckt mich, wenn die Zeit gekommen ist!«

Er stand auf, um sich ein abgelegenes, dunkles Plätzchen zu suchen. Die andern aber dachten nicht an Schlaf. Das Gehörte beschäftigte sie noch lange Zeit, und dann gab der zu erwartende Zusammenstoß mit den Tramps ein Thema, welches gar nicht ausführlich genug besprochen werden konnte.

Winnetou nahm nicht teil an dieser Unterhaltung. Er hatte sich an den Felsen gelehnt und schloß die Augen; aber er schlief keineswegs, denn zuweilen hoben sich die Lider, und dann schoß ein scharfer, forschender Blick wie ein Blitz unter denselben hervor. –

Es war um Mitternacht, als die zwanzig Arbeiter zu dem Ingenieur kamen, um das Haus desselben zu umstellen. Old Firehand begab sich zu Hartley. Dieser lag schlafend im Bette, aber neben demselben saß Charoys Neger mit dem Revolver in der Hand. Er hatte an Stelle des Verwundeten, welcher des Schlafes bedurfte, die Bewachung der beiden Tramps übernommen, und Old Firehand sah, daß er in dieser Beziehung keine Sorge zu haben brauchte. Er kehrte also befriedigt zu dem Ingenieur zurück und sagte diesem, daß er nun aufbrechen werde, um dem Zuge entgegen zu gehen.

»So ist also die gefährliche Stunde gekommen«, meinte Charoy. »Habt Ihr denn gar keine Angst, Sir?«

»Angst?« fragte der Jäger erstaunt. »Hätte ich diese Angelegenheit freiwillig übernommen, wenn ich Angst hätte?«

»Oder wenigstens Sorge?«

»Ich habe nur die eine Sorge, daß mir der Cornel entgeht.«

»Aber es ist möglich, sogar wahrscheinlich, daß man auf Euch schießen wird!«

»Noch wahrscheinlicher ist es, daß man mich nicht treffen wird. Bekümmert Euch nicht um mich, und haltet vielmehr während meiner Abwesenheit hier gute Ordnung. Es ist immerhin möglich, daß der Cornel einige Leute hierher schickt, welche aufpassen sollen, ob alles regelrecht verläuft. In diesem Falle würde er mit ihnen ein gewisses Warnungszeichen verabreden. Verhaltet Euch also ganz so wie gewöhnlich.«

Nun rief er die zwei Arbeiter herbei, welche sich an der Stelle der beiden Tramps auf die Lokomotive stellen sollten, und begab sich mit ihnen so, daß etwaige Späher es nicht bemerken konnten, auf die Strecke. Diese Arbeiter waren auf Fürsorge des Ingenieurs hin auch ziemlich wie die Tramps gekleidet.

Es war vollständig dunkel; aber die Arbeiter kannten die Strecke und nahmen den Jäger in ihre Mitte. Während sie so in der Richtung nach Carlyle fortschritten, schärfte er ihnen nochmals ein, wie sie sich in jedem einzelnen möglichen Falle zu verhalten hätten. Sie erreichten den Ort, welcher telegraphisch bestimmt worden war, und setzten sich da im Grase nieder, um die Ankunft des Zuges zu erwarten. Es war noch nicht ganz drei Uhr, als er kam und bei ihnen halten blieb. Er bestand aus der Maschine und sechs großen Personenwagen. Old Firehand stieg ein und durchwanderte dieselben. Sie waren leer. In dem vordersten stand ein mit Steinen gefüllter, verschlossener Koffer. Ein Kondukteur war nicht vorhanden; es gab nur zwei Personen, den Maschinisten und den Heizer. Als Old Firehand die Wagen verlassen hatte, trat er zu diesen beiden und gab ihnen ihre Instruktion. Er hatte noch nicht ausgesprochen, so sagte der Heizer: »Sir, wartet einen Augenblick! Ich glaube nicht, daß es notwendig ist, Eure Befehle vollends auszusprechen. Ich habe keine Lust, dieselben zu befolgen.«

»So? Warum?«

»Ich bin Heizer und habe den Kessel zu feuern; dafür werde ich bezahlt; aber mich erschießen zu lassen, dazu bin ich nicht angestellt.«

»Wer spricht denn von Erschießen?«

»Ihr freilich nicht, desto mehr aber ich.«

»Kein Mensch wird schießen.«

»Gut, dann stechen oder schlagen sie, und das ist ganz dasselbe. Es bleibt sich gleich, ob ich erschossen, erstochen, erschlagen oder erwürgt werde. Ich will auf keinem einzigen dieser Wege meinen Posten verlassen.«

»Aber haben Eure Vorgesetzten Euch denn nicht befohlen, zu thun, was wir Euch hier vorschreiben?«

»Nein; das können sie nicht. Ich bin Familienvater und thue meine Pflicht. Mich mit Tramps herumzuschlagen, das gehört aber keineswegs in den Kreis meiner Verpflichtungen. Man hat mir gesagt, daß ich mit hierherfahren und dann hören solle, was von mir verlangt wird. Ob ich es auch thue, das soll ganz von meinem Ermessen abhängen, und ich thue es eben nicht.«

»Das ist Euer fester Entschluß?«

»Ja.«

»Und Ihr, Sir?« fragte Old Firehand den Maschinisten, welcher bisher ruhig zugehört hatte.

»Ich verlasse meine Maschine nicht«, antwortete der brave, furchtlose Mann.

»Aber ich halte es für meine Pflicht, Euch zu sagen, daß Euch doch durch irgend einen unvorhergesehenen Umstand ein Schaden oder gar ein Unglück zugefügt werden kann.«

»Euch nicht auch, Sir?«

»Allerdings.«

»Nun also! Was Ihr, der Fremde, wagt, das werde ich, der ich Beamter bin, wohl auch wagen dürfen.«

»Recht so! Ihr seid ein wackerer Mann. Der Feuermann mag ruhig nach Sheridan gehen und dort unsre Rückkehr erwarten; ich werde seine Stelle vertreten.«

»*Well*, ich gehe und wünsche gute Verrichtung!« brummte der Genannte, indem er sich entfernte.

Old Firehand stieg mit den beiden Arbeitern auf und vervollständigte die Unterweisung des Maschinisten; dann schwärzte er sich das Gesicht mit Ruß. Er sah nun in seinem Leinenanzuge ganz wie ein Feuermann aus. Der Zug setzte sich in Bewegung.

Die Wagen waren nach amerikanischer Konstruktion gebaut. Man mußte hinten beim letzten einsteigen, um in die vorderen zu gelangen; sie waren natürlich erleuchtet. Die Lokomotive war eine sogenannte Tendermaschine und mit hohen, festen Schutz- und Wetterwänden aus starkem Eisenblech umgeben. Das war ein sehr glücklicher Umstand, denn diese Wände verbargen die auf der Maschine Stehenden fast ganz und besaßen genug Festigkeit, eine Pistolen- oder Flintenkugel abzuhalten.

Der Zug erreichte nach kurzer Zeit Sheridan und hielt dort an. Es befand sich nur der Ingenieur am Platze; er wechselte mit dem Maschinisten die herkömmlichen Redensarten und ließ dann den Train weitergehen.

Indessen waren die beiden Späher, welche Old Firehand auf der Böschung belauscht hatte, an der Stelle, wo der Cornel mit den Tramps sich gelagert hatte, angekommen. Sie berichteten ihm, daß in Sheridan niemand eine Ahnung des Bevorstehenden habe, und richteten damit große Freude an. Dann aber nahmen sie den Cornel beiseite und teilten ihm die Befürchtungen mit, welche sie gegeneinander ausgesprochen hatten. Er hörte sie ruhig an und sagte dann: »Was ihr mir sagt, das weiß ich schon. Es fällt mir gar nicht ein, alle diese Kerle, von denen die meisten unnütze Halunken sind, bei mir zu behalten, und ebensowenig kann es mir beikommen, denen, die ich nicht brauche, einen einzigen Dollar von dieser halben Million zu geben; sie bekommen nichts.«

»So werden sie es sich nehmen.«

»Wartet es ab! Ich habe meinen Plan.«

»Aber sie werden den Zug besteigen!«

»Immerhin! Ich weiß, daß sich alle hineindrängen werden; ich bleibe außen stehen und warte, bis die Kasse herausgebracht wird. Ist dann der Zug fort, so wird sich finden, was geschieht.«

»Wie steht es denn mit uns beiden?«

»Ihr bleibt bei mir. Dadurch, daß ich euch nach Sheridan schickte, habe ich bewiesen, daß ich euch Vertrauen schenke. Jetzt geht zu Woodward. Er kennt meinen Plan und wird euch die Namen derer nennen, welche ich bei mir behalten werde.«

Sie gehorchten dieser Forderung und lagerten sich zu dem Genannten, welcher ungefähr den Rang eines Lieutenants unter dem Cornel bekleidete. Jetzt lag noch alles in Dunkelheit; später, als die Stunde nahte, wurde neben der Strecke ein Feuer angebrannt. Die Tramps ahnten nicht, daß diese späte Nachtstunde zu ihrem Verderben gewählt worden sei. Um drei war es noch dunkel; aber bis der Zug den Eagle-tail erreichte, graute der Tag und man hatte leichtes Zielen.

Es war ein Viertel nach drei, als die Wartenden das ferne Rollen des Zuges hörten und kurz darauf die scharfen Lichter der Maschine erblickten. Old Firehand hielt das Feuerloch geschlossen, damit er und die andern drei Personen nicht deutlich gesehen werden konnten. Kaum hundert Schritte von dem Feuer entfernt, gab der Maschinist, als ob er einem plötzlichen Zwange gehorche, Gegendampf. Die Pfeife ertönte, die Räder kreischten und stöhnten; der Zug kam zum Stehen.

Bis jetzt waren die Tramps in Sorge darüber gewesen, ob es dem angeblichen Schreiber und dessen Genossen gelingen werde, den Maschinisten und den Heizer einzuschüchtern; als sie nun sahen, daß die Wagen hielten, jauchzten sie vor Freude auf und drängten nach dem hinteren Wagen. Jeder wollte der erste sein, der ihn bestieg. Der Cornel aber wußte wohl, was das nötigste sei. Er trat an die Lokomotive, warf um die Kante der einen Schutzwand einen Blick hinauf und fragte: »Alles richtig, Boys?«

»*Well!*« antwortete der eine Arbeiter, welcher dem Maschinisten den Revolver auf die Brust hielt. »Sie haben wohl parieren müssen. Schau her, Cornel! Bei der geringsten Bewegung drücken wir los.«

Old Firehand stand wie furchtsam an den Wasserbehälter gedrückt und vor ihm der andre Arbeiter mit seinem Revolver. Der Cornel wurde vollständig getäuscht. Er sagte: »Schön! Habt eure Sache gut gemacht und werdet dafür ein Extrageld erhalten. Bleibt noch oben, bis wir fertig sind, und dann, wenn ich das Zeichen gebe, steigt ab, damit diese guten Leute nicht vor Angst sterben, sondern weiterfahren können.«

Er trat von der Maschine ins Dunkel zurück. Er war überzeugt gewesen, seine beiden Tramps zu sehen, zumal der Arbeiter, welcher antwortete, die Stimme des falschen Schreibers nachgeahmt hatte. Als er fort war, bog sich Old Firehand vor, um einen Blick über den Platz zu werfen. Er sah niemand stehen, aber in den Wagen wimmelte es von Menschen. Man hörte, daß sie sich um den Koffer stritten.

»Fort, fort!« gebot der Jäger dem Maschinisten. »Und nicht langsam, sondern schnell! Der Cornel scheint nun auch eingestiegen zu sein. Wir dürfen nicht länger warten, sonst steigen sie wieder aus.«

Der Zug setzte, ohne daß der Maschinist die Pfeife ertönen ließ, sich wieder in Bewegung.

»Halt, halt!« schrie eine Stimme. »Schießt die Hunde nieder! Schießt, schießt!«

Man konnte die Worte verstehen, aber nicht die Klangfarbe der Stimme unterscheiden. Darum wußte Old Firehand nicht, daß der Cornel der Rufende war.

Die im Innern der Wagen befindlichen Tramps erschraken, als diese letzteren weiterzurollen begannen. Sie wollten aussteigen, abspringen, aber das war bei der Schnelligkeit, welche der Maschinist der Fahrt gab, unmöglich. Old Firehand mußte das Feuer schüren. Die Flammen beleuchteten ihn und seine Genossen. Die Vorderthür des ersten Wagens wurde aufgerissen und Woodward erschien in derselben. Er sah die Maschine vor sich und das hell erleuchtete Gesicht des Jägers, bei dem die vermeintlichen Tramps ganz friedlich standen.

»Old Firehand!« brüllte er so laut, daß es selbst durch das Rollen der Räder und das Pusten der Maschine tönte. »Dieser Hund ist es! Fahr zum Teufel!«

Er riß sein Pistol aus dem Gürtel und schoß. Firehand warf sich zu Boden und wurde nicht getroffen. Im nächsten Augenblicke aber blitzte sein Revolver auf, und Woodward stürzte, ins Herz getroffen, in den Wagen zurück. Andre erschienen an der offenen Thüre, wurden aber augenblicklich von seinen Kugeln getroffen. Auch die beiden Arbeiter richteten ihre Revolver auf die Thür und schossen, bis es gelungen war, die eine Seitenschutzwand in den Querfalz und also zwischen den Wagen und die Maschine zu bringen. Nun mochten die Tramps schießen.

Indessen war der Zug weitergerast. Der Führer hielt das Auge scharf auf die von den Lichtern beschienene Strecke gerichtet. Zwei Viertelstunden vergingen, und im Osten wurde es hell. Da ließ er die Pfeife ertönen, nicht in kurzen Stößen, sondern in einem langen, endlos scheinenden Brüllen. Er näherte sich der Brücke und wollte die dort wartenden Männer von dem Kommen des Zuges unterrichten.

Diese letzteren standen längst auf ihrem Posten. Kurz vor Mitternacht waren die Dragoner aus Fort Wallace angekommen; sie hatten sich jetzt auf beiden Seiten des Flusses unter die Brücke postiert, um jeden Tramp, der etwa von oben herab entkommen sollte, da unten festzunehmen. Da, wo die Brücke begann, hielt Winnetou mit den Rafters und Jägern. Jenseits derselben, zu beiden Seiten des Tunneleinganges, standen drei Vierteile der bewaffneten Arbeiter, und am Ausgange des Tunnels wartete der Rest derselben. Bei diesen befand sich der Schichtmeister, welcher die nicht ungefährliche Aufgabe übernommen hatte, im Innern des Tunnels die Lokomotive vom Zuge zu lösen. Als er das Gebrüll der Pfeife hörte, gebot er seinen Leuten: »Das Feuer anbrennen!«

Während diesem Befehle sofort Folge geleistet wurde, indem man den vor dem Tunnelmunde liegenden Holz- und Kohlenstoß in Brand steckte, trat er selbst in den Tunnel, um, ganz an die Wand desselben gedrückt, den Zug zu erwarten.

Dieser war mit sich vermindernder Kraft und Schnelligkeit über die Brücke gekommen und näherte sich dem Tunnel. Old Firehand sah die dort postierten Leute und rief ihnen zu: »Hinter uns anbrennen!«

Einen Augenblick später hielt der Zug. Die Lokomotive stand gerade da, wo der Schichtmeister sie erwartet hatte.

»Nur einen Augenblick!«

Bei diesen Worten kroch er zwischen die Maschine und den ersten Wagen, löste die Verbindung zwischen beiden und rannte zum Tunnel hinaus. Die Lokomotive folgte augenblicklich; die Wagen blieben stehen, und die vorn und hinten brennenden Feuer wurden von den Arbeitern, nachdem man die Geleise schnell durch daraufgelegte Steine geschützt hatte, in die Mitte der Strecke geschoben.

Dies alles war viel schneller geschehen, als es erzählt werden kann, viel zu schnell auch, als daß es den Tramps ebenso rasch möglich gewesen wäre, zu erkennen, in welcher Lage sie sich befanden. Es war ihnen schon während der sausenden Fahrt nicht wohl gewesen. Sie hatten erfahren, daß Old Firehand auf der Maschine stehe, und wußten also, daß ihr Plan vereitelt sei; aber sie waren gewiß, daß sie da, wo der Zug zum Halten kam, selbst wenn dieser Ort eine belebte Station sein sollte, ihre Freiheit wiedererlangen würden. Sie waren gut bewaffnet und ihrer so viele, daß es wohl niemand wagen würde, sie halten zu wollen.

Nun stand der Zug; darauf hatten sie gewartet. Aber als sie aus den Seitenfenstern blickten, starrte ihnen eine unterirdische Dunkelheit entgegen. Denjenigen, welche sich nach der Thür des letzten Wagens drängten, um auszusteigen, war es, als ob sie durch eine enge, finstere Röhre in ein mächtig großes, qualmendes Feuer blickten. Und die von ihnen, welche im vorderen Wagen standen, sahen, daß die Lokomotive verschwunden und an deren Stelle ein brennender Kohlenhaufen getreten war. Da kam einem von ihnen der richtige Gedanke.

»Ein Tunnel, ein Tunnel!« rief er erschrocken aus, und »ein Tunnel, ein Tunnel!« schrieen ihm die andern nach. »Was ist da zu thun? Wir müssen hinaus!«

Man schob und stieß, so daß diejenigen, welche an den Thüren standen – denn nun war auch diejenige des vorderen Wagens passierbar –, nicht aussteigen konnten, sondern förmlich hinausgeworfen wurden. Der zweite stürzte auf den ersten, der dritte auf den zweiten und so weiter. Es gab ein Chaos von Körpern, Armen und Beinen, von Schreien, Verwünschungen und Flüchen, und das ging nicht ohne manche Verletzung ab. Es gab sogar welche, die zu den Waffen griffen, um sich derer zu erwehren, welche an ihnen hingen oder auf ihnen lagen.

Und zu der Finsternis, welche von den vorn und hinten am Tunnel brennenden Feuern und den Waggonslampen nicht einmal nur notdürftig erleuchtet wurde, gesellte sich jetzt der dicke, schwere Kohlenqualm, welcher von dem Morgenwinde in den Tunnel getrieben wurde.

»Beim Teufel! Man will uns ersticken!« rief eine kreischende Stimme. »Hinaus, hinaus!«

Zehn, zwanzig, fünfzig, hundert schrieen es ihm nach, und in wahrer Todesangst drängte sich, trieb, schob und stieß sich alles den beiden Ausgängen zu. Aber dort prasselten die Feuer, deren breit und hoch lodernde Flammen keinen Raum zum Durchgang boten. Wer da hinaus wollte, mußte durch das Feuer springen und an den Kleidern unbedingt in Brand geraten. Das erkannten die vorderen; sie wendeten sich um und schoben zurück; die hinteren drängten nach und wollten nicht weichen, und infolgedessen entspann sich in der Nähe der beiden Feuer ein schauerlicher Doppelkampf zwischen Leuten, welche kurz vorher noch

Freunde und in allem Bösen gleichgesinnt gewesen waren. Der Tunnel warf das Brüllen und Toben in verzehnfachter Stärke zurück, so daß es draußen klang, als ob alles wilde Getier der Erde drinnen losgelassen sei.

Old Firehand hatte den Felsen umgangen, um an das vordere Feuer zu kommen.

»Wir brauchen nichts zu thun«, rief ihm dort ein Arbeiter entgegen. »Die Bestien reiben einander selber auf. Hört nur, Sir! Ein ausgezeichneterer Plan als der Eurige konnte nicht erdacht werden.«

»Ja, sie sind hart aneinander geraten«, antwortete er. »Aber sie sind Menschen, und wir müssen sie schonen. Macht mir den Eingang frei!«

»Wollt Ihr etwa hinein?«

»Ja.«

»Um Gottes willen nicht! Sie werden über Euch herfallen und Euch erwürgen, Sir!«

»Nein, sondern sie werden froh sein, wenn ich ihnen einen Weg zur Rettung zeige.«

Er half selbst mit, das Feuer seitwärts zu schieben, so daß sich zwischen diesem und der Tunnelwand ein Raum öffnete, durch welchen man springen konnte. Langsam hineinzugehen, wäre unmöglich gewesen. Er that den Sprung und befand sich nun im Tunnel, er allein den wütenden Menschen gegenüber. Wohl nie im Leben hatte sich seine Verwegenheit so deutlich gezeigt wie jetzt; aber auch nie wohl war sein Selbstgefühl ein so sicheres gewesen wie in diesem Augenblick. Er hatte oft erfahren, wie geradezu fascinierend, wie lähmend auch der Mut eines einzigen Mannes auf ganze Massen zu wirken vermag.

»Hallo, silence!« erschallte seine mächtige Stimme. Sie übertönte das Geschrei aus hundert Kehlen, und alle schwiegen still. »Hört, was ich euch sage!«

»Old Firehand!« erklang es voller Staunen über seine unvergleichliche Furchtlosigkeit.

»Ja, der bin ich«, antwortete er. »Und ihr habt es erfahren: wo ich bin, da gibt es keinen Widerstand. Wollt ihr nicht ersticken, so laßt eure Waffen hier und kommt hinaus, aber einzeln. Ich werde draußen am Feuer stehen und kommandieren. Wer hinausspringt, ohne meinen Zuruf abzuwarten, der wird augenblicklich erschossen. Und wer irgend eine Waffe bei sich behält, bekommt ebenso die Kugel. Wir sind ihrer viele, Arbeiter, Jäger, Rafters und Soldaten, genug, um diese meine Drohung wahr machen zu können. Überlegt es euch! Werft uns eine Mütze oder einen Hut hinaus; das soll uns das Zeichen sein, daß ihr euch fügen wollt. Thut ihr das nicht, so richten sich hundert Büchsen auf die Feuer, um niemand durchzulassen.«

»Hallo, silence!« erschallte Old Firehands mächtige Stimme.

Er hatte des Qualms wegen die letzten Worte nur mit Anstrengung sprechen können und sprang, um ja nicht das Ziel für eine Kugel abzugeben, schnell wieder nach draußen zurück. Diese Vorsicht war geraten, aber eigentlich überflüssig. Der Eindruck, den sein Erscheinen auf die Tramps hervorgebracht hatte, war ein solcher, daß keiner von ihnen es gewagt hätte, das Gewehr gegen ihn zu erheben.

Jetzt gab er den Arbeitern die Weisung, ihre Waffen auf den Tunnelmund zu richten, um die Tramps zurückzuwerfen, falls diese versuchen sollten, in Masse durchzubrechen. Es war zu hören, daß sie sich berieten. Viele laute Stimmen sprachen durcheinander. Die Umstände erlaubten ihnen nicht, viel Zeit auf diese Beratung zu verwenden, denn der Qualm, welcher den Tunnel füllte, wurde immer dichter und erschwerte das Atmen mehr und mehr. Einem Manne wie Old Firehand gegenüber hatten sie den Mut verloren; sie wußten, daß er seine Drohung wahr machen werde; der Tod des Erstickens trat ihnen näher und näher, und so sahen sie keinen andern Weg der Rettung vor sich als die Ergebung. Es kam ein Hut an dem Feuer vorüber aus dem Tunnel geflogen, und gleich darauf wurden die Tramps durch einen Zuruf Old Firehands belehrt, daß der erste von ihnen kommen dürfe. Er kam herausgesprungen und mußte ohne Aufenthalt über die Brücke hinüber, wo er von den Rafters und Jägern in Empfang genommen wurde. Man hatte sich infolge des so wohlgelungenen Planes, welcher eigentlich dem Kopfe Winnetous entstammte, mit Stricken, Schnüren und Riemen versehen, und der Mann wurde, als er drüben anlangte, sofort gebunden. Ebenso erging es allen seinen Kameraden, welche nach ihm kamen. Sie wurden in solchen Zwischenräumen aus dem Tunnel entlassen, daß man Zeit hatte, jeden einzelnen zu fesseln, bevor der nächste kam. Dennoch ging das so schnell, daß nach kaum einer Viertelstunde alle Tramps sich in der Gewalt der Sieger befanden. Aber nun stellte sich zum großen Verdruß und Ärger der letzteren heraus, daß der rote Cornel fehlte. Die Gefangenen, welche man befragte, sagten aus, daß er mit noch etwa zwanzig andern den Zug gar nicht bestiegen habe. Es wurde im Tunnel und in den Waggons sorgfältig nachgesucht; man fand ihn nicht und mußte also annehmen, daß diese Leute die Wahrheit gesagt hatten.

Sollte gerade dieser Mensch, auf den es am meisten abgesehen war, entkommen? Nein! Die Gefangenen wurden dem Schutze der Soldaten und Arbeiter anvertraut, und dann ritten Old Firehand und Winnetou mit den Jägern und Rafters zurück, um die Spur der Vermißten an der Stelle, an welcher der Zug angehalten hatte, aufzunehmen. Dort angekommen, schickte Old Firehand vier Rafters weiter nach Sheridan, um sein Pferd, seinen Jagdanzug und die beiden noch dort befindlichen Tramps nach dem Tunnel schaffen zu lassen. Er wollte nicht wieder nach Sheridan zurückkehren, sondern mit seinen Genossen gleich mit nach Fort Wallace gehen, wohin die Tramps geschafft werden sollten, weil sie dort unter militärischer Bewachung besser aufgehoben waren als anderswo. Natürlich bekamen diese vier Boten auch den Befehl, dem Ingenieur mitzuteilen, inwieweit die Ausführung des Planes gelungen war.

Man fand den Platz, auf welchem die Tramps gelagert hatten, um den Zug zu erwarten. Nicht weit davon waren die Pferde angebunden gewesen. Nach längerem Suchen und sorgfältiger Beurteilung der vielen Fuß- und Hufeindrücke ergab es sich, daß allerdings ungefähr zwanzig Mann entkommen seien. Diese hatten ebensoviele Pferde mit sich genommen, natürlich waren die besten der Tiere ausgesucht worden; die andern hatte man nach allen Richtungen davongejagt.

»Dieser Cornel hat sehr pfiffig gehandelt«, meinte Old Firehand. »Hätte er alle Pferde mitgenommen, so wäre das eine große Last für seinen kleinen Trupp gewesen, und die zurückgelassene Spur würde so deutlich sein, daß ein Kind ihr folgen könnte. Dadurch, daß er die zurückgelassenen Rosse auseinander jagte, hat er uns das Nachforschen erschwert und viel Zeit gewonnen. Und da er jedenfalls nicht die schlechtesten behalten haben wird, so kommt er schnell vorwärts und wird jetzt bereits einen Vorsprung haben, den wir nur mit Mühe auszugleichen vermögen.«

»Mein weißer Bruder irrt sich vielleicht«, antwortete Winnetou. »Dieses Bleichgesicht hat die Gegend gewiß nicht verlassen, ohne nachgeforscht zu haben, was mit seinen Leuten geschehen ist. Wenn wir jetzt seiner Fährte folgen, wird uns dieselbe gewiß nach dem Eagle-tail führen.«

»Ich bin überzeugt, daß mein roter Bruder ganz richtig vermutet. Der Cornel ist von hier fortgeritten, um uns zu belauschen. Er wird nun wissen, woran er ist, und schleunigst die Flucht ergriffen haben. Wir aber sind hierher gekommen, um nach ihm zu forschen, und haben dabei die kostbarste Zeit verloren.«

»Wenn wir schnell zurückkehren, wird er vielleicht noch einzuholen sein!«

»Nein. Mein Bruder muß bedenken, daß wir ihm nicht augenblicklich folgen können. Wir müssen mit nach Fort Wallace, um dort unsre Aussagen abzulegen. Das wird den ganzen heutigen Tag in Anspruch nehmen, so daß wir den zwanzig Tramps erst morgen folgen können.«

»So werden sie uns über einen ganzen Tag voraus sein!«

»Ja; aber wir wissen, wohin sie wollen, und brauchen also keine Zeit damit zu versäumen, daß wir ihrer Fährte folgen. Wir gehen direkt nach dem Silbersee.«

»Meint mein Bruder, daß sie nun noch dahin wollen?«

»Jedenfalls.«

»Jetzt, da sie hier geschlagen worden sind?«

»Ja, trotzdem.«

»Aber sie haben hier keinen Erfolg gehabt. Wird das nicht ihr Vorhaben verändern?«

»Gewiß nicht. Sie wollten Geld haben, um damit irgendwo gewisse Einkäufe zu machen. Diese Einkäufe sind aber nicht unbedingt nötig. Leben können sie von dem Wilde, welches sie schießen. Waffen haben sie und Munition wohl auch. Und sollte es ihnen an der letzteren fehlen, so bekommen sie unterwegs Gelegenheit, sich dieselbe auf ehrliche oder auch unehrliche Weise zu beschaffen. Ich bin überzeugt, daß sie nach dem Silbersee gehen werden.«

»So wollen wir jetzt ihrer Spur folgen, um wenigstens zu erfahren, wohin sie von hier aus geritten sind.«

Zwanzig Reiter hinterlassen Hufeindrücke genug, und hier gab es genug geübte Augen, denen selbst eine viel weniger sichtbare Fährte nicht hätte entgehen können. Dieselbe führte nach dem Flusse und dann stets am Ufer desselben aufwärts; sie war so deutlich, daß man Galopp reiten konnte, ohne sie zu verlieren.

Am Eagle-tail, unweit der Brücke, waren die Tramps halten geblieben. Einer von ihnen, wohl der Cornel, war dann unter dem Schutze der dort stehenden Bäume und Sträucher hinauf nach dem Geleise geschlichen, wo er jedenfalls Zeuge der Gefangennahme der ganzen Gesellschaft gewesen war. Nach seiner Rückkehr hatten sie sich aus dem Staube gemacht.

Die Jäger und Rafters folgten der Spur wohl noch eine halbe Stunde lang und kehrten dann, als sie genau wußten, welche Richtung die Flüchtigen eingeschlagen hatten, nach der Brücke zurück. Die Tramps hatten ihren Weg nach dem Busch-Creek genommen, ein fast sicheres Zeichen, daß sie die Absicht hegten, sich nach Colorado und von dort aus jedenfalls an den Silbersee zu wenden.

Indessen waren die vier Rafters aus Sheridan zurückgekehrt. Sie hatten auch Hartley und den Ingenieur Charoy mitgebracht, welche mit nach Fort Wallace wollten, wo ihre Aussage von Wichtigkeit war. Die Arbeiter begaben sich zu Fuße nach Sheridan; sie nahmen als Belohnung die Waffen mit, welche den Tramps abgenommen worden waren. Zum Transport der letzteren waren mehr als genug Wagen vorhanden. Der Bauzug stand auch da und ebenso der »Geldzug«, welcher freilich kein Geld enthalten hatte. Nachdem die Gefangenen aufgeladen worden waren, stiegen die andern ein und die beiden Züge setzten sich in Bewegung. Die Dragoner aber kehrten zu Pferde nach Fort Wallace zurück.

Dort hatte sich das Ereignis indessen herumgesprochen und die Bevölkerung war außerordentlich gespannt, zu erfahren, welchen Verlauf dasselbe genommen habe. Als die Züge ankamen, drängte sich alles herbei, und die Tramps wurden auf eine Weise empfangen, welche ihnen einen Vorgeschmack dessen gab, was sie hier später, nach ihrer Verurteilung, zu erwarten hatten. Wären es nicht ihrer so viele gewesen, und hätte ihre Eskorte es nicht zu verhüten gewußt, so wären sie gewiß gelyncht worden.

Sie hatten übrigens große Verluste erlitten, da fast der vierte Teil ihrer Anzahl tot im Tunnel aufgefunden worden war. Noch heute erzählt man sich in jener Gegend von dieser berühmten Ausräucherung der Tramps im Tunnel des Eagle-tail, wobei natürlich die Namen von Old Firehand und Winnetou genannt werden.

Elftes Kapitel

In der Klemme

Da, wo jenseits des Cumison River sich die Elk Mountains erheben, ritten vier Männer über ein Hochplateau, welches mit kurzem Grase bewachsen war und, so weit das Auge reichte, weder Sträucher noch Bäume zeigte. Obgleich man im fernen Westen daran gewöhnt ist, außergewöhnliche Gestalten zu sehen, so hätten diese vier Reiter einem jeden, der ihnen begegnet wäre, auffallen müssen.

Der eine von ihnen, dem man es sofort ansah, daß er der vornehmste sei, ritt einen prachtvollen Rapphengst von der Art, welche man bei gewissen Apachenstämmen züchtet. Seine Gestalt war nicht zu hoch und breit, und dennoch machte sie den Eindruck großer Kraft und Ausdauerfähigkeit. Sein sonnverbranntes Gesicht wurde von einem dunkelblonden Vollbart umrahmt. Er trug lederne Leggins, ein Jagdhemd aus demselben Stoffe und lange Stiefeln, welche er bis über das Knie heraufgezogen hatte. Auf seinem Kopfe saß ein breitkrempiger Filzhut, in dessen Schnur rundum die Ohrenspitzen des Grizzlybären steckten. Der breite, aus einzelnen Lederriemen geflochtene Gürtel schien mit Patronen gefüllt zu sein und enthielt außerdem zwei Revolver und ein Bowiemesser. Ferner hingen an demselben zwei Paar Schraubenhufeisen und vier fast kreisrunde, dicke Schilf- und Strohgeflechte, welche mit Riemen und Schnallen versehen waren. Jedenfalls waren diese bestimmt, dem Pferde an die Hufe geschnallt zu werden, falls es galt, einen Verfolger irre zu führen. Von der linken Schulter nach der rechten Hüfte hing ein zusammengeschlungener Lasso und um den Hals an einer festen Seidenschnur eine mit Kolibribälgen verzierte Friedenspfeife. In der Rechten hielt er ein kurzläufiges Gewehr, dessen Schloß von einer höchst eigenartigen Konstruktion zu sein schien, und auf dem Rücken trug er an einem breiten Riemen ein sehr langes und sehr starkes Doppelgewehr von der jetzt äußerst seltenen Art, welche man früher Bärentöter nannte und aus deren Läufen man nur Kugeln allergrößten Kalibers schoß. Dieser Mann war Old Shatterhand, der berühmte Jäger, welcher diesen Beinamen dem Umstande verdankte, daß er einen Feind mit einem bloßen Hiebe seiner Faust zu erlegen vermochte.

Neben ihm ritt ein kleines, schmächtiges und bartloses Kerlchen in einem blauen, langschößigen Fracke mit gelben, sehr blank geputzten Knöpfen. Auf seinem Kopfe saß ein großer Damen-, sogenannter Amazonenhut, auf welchem sich eine riesige Feder bewegte. Die Hosen waren ihm zu kurz, und die nackten Füße steckten in alten, derben Lederschuhen, an denen große, mexikanische Sporen befestigt waren. Dieser Reiter hatte ein ganzes Arsenal von allerlei Waffen an und um sich hängen; aber wer ihm in das gutmütige Gesichtchen blickte, der mußte die Meinung hegen, daß diese gewaltige Armatur nur die Bestimmung habe, etwaige Feinde abzuschrecken. Dieses Männchen war Herr Heliogabalus Morpheus Franke, von seinen Gefährten gewöhnlich nur der Hobble-Frank genannt, weil er infolge einer früheren Verwundung auf dem einen Beine hinkte.

Hinter diesen beiden ritt zunächst eine weit über sechs Fuß lange, aber auch desto hagerere Figur auf einem alten, niedrigen Maultiere, welches kaum die Kraft zu haben schien, den Reiter zu tragen. Dieser trug eine Lederhose, welche jedenfalls für eine weit kürzere und dafür stärkere Gestalt zugeschnitten worden war. Auch bei ihm steckten die ebenfalls nackten Füße in Lederschuhen, welche so oft besetzt und geflickt worden waren, daß sie nun aus lauter Flecken und zusammengesetzten Stücken bestanden; einer derselben war wenigstens seine fünf oder sechs Pfund reichlich schwer. Der Leib dieses Mannes steckte in einem Büffellederhemde, welches die Brust unbedeckt ließ, weil es weder Knöpfe noch Heftel und Schlingen hatte. Die Ärmel desselben reichten kaum über den Ellbogen vor. Um den langen Hals war ein Baumwollentuch geschlungen, dessen ursprüngliche Farbe nicht mehr zu erkennen war. Auf dem spitzen Kopfe saß ein Hut, welcher vor langen Jahren einmal ein grauer »Cylinder« gewesen war. Vielleicht hatte er da den Kopf eines Millionärs gekrönt; dann aber war er tiefer und immer tiefer gesunken und schließlich in die Prairie und die Hände seines gegenwärtigen Besitzers geraten. Dieser hatte die Krempe für überflüssig gehalten, sie also abgerissen und nur ein kleines Stückchen daran gelassen, um dasselbe als Handhabe beim Abnehmen der unbeschreiblich verbogenen und zerknüllten Kopfbedeckung zu benutzen. In einem dicken Stricke, welcher ihm als Gürtel diente, steckten zwei Revolver und ein Skalpmesser und außerdem hingen an demselben mehrere Beutel, welche alle die Kleinigkeiten enthielten, die ein Westmann nicht gut entbehren kann. Von seinen Schultern hing ein Gummimantel, aber was für einer! Dieses Prachtstück war gleich vom ersten Regen so eingegangen und zusammengeschrumpft, daß es seine ursprüngliche Bestimmung nie wieder erfüllen konnte und fernerhin nur wie eine Husarenjacke getragen werden mußte. Quer über seine unendlich langen Beine hatte dieser Mann eine jener Rifles liegen, mit denen der geübte Jäger niemals sein Ziel verfehlt. Wie alt er war, das konnte man nicht erraten und nicht sagen, und ebensowenig war das Alter seines Maultieres zu bestimmen. Höchstens war zu vermuten, daß die beiden sich genau kannten und schon manches Abenteuer miteinander erlebt hatten.

Der vierte Reiter saß auf einem sehr hohen und starken Klepper. Er war sehr, sehr beleibt, aber so klein, daß seine kurzen Beine die Flanken des Pferdes nur halb zu fassen vermochten. Er trug, obgleich die Sonne fast heiß herniederschien, einen Pelz, welcher aber an hochgradiger Haarlosigkeit litt. Hätte man die Haare desselben sammeln wollen, so hätte man wohl kaum genug erhalten, um das Fell einer Maus damit auszustatten. Auf dem Kopfe saß ein viel zu großer Panamahut, und unter dem nackten Pelze blickten zwei riesige Aufschlagstiefeln hervor. Da die Ärmel des Pelzes viel zu lang waren, so konnte man von dem ganzen Manne eigentlich nur das fette, rote und gutherzig listige Gesicht sehen. Er war mit einer langen Rifle versehen. Was für Waffen er außerdem besaß, war jetzt nicht zu erkennen, da der Pelz alles verdeckte.

Diese beiden Männer waren David Kroners und Jakob Pfefferkorn, allüberall nur als der »lange Davy« und der »dicke Jemmy« bekannt. Sie waren unzertrennlich, und niemand hatte den einen von ihnen gesehen, ohne daß der andre dabei oder wenigstens in der Nähe gewesen wäre. Jemmy war ein Deutscher und Davy ein Yankee, doch hatte der letztere während der vielen Jahre, welche beide zusammen gewesen waren, von dem ersteren so viel Deutsch gelernt, daß er sich auch in dieser Sprache genügend auszudrücken verstand. Ebenso unzertrennlich wie die beiden Reiter waren auch ihre Tiere. Sie standen stets nebeneinander; sie grasten zusammen, und wenn sie an irgend einem Lagerplatze gezwungen waren, die Gesellschaft andrer Reittiere zu dulden, so rückten sie wenigstens ein Stückchen von diesen ab und drängten sich desto enger Seite an Seite, um sich mit Schnauben, Schnüffeln und Lecken zu liebkosen.

Die vier Reiter mußten, obgleich es noch nicht weit über Mittag war, doch heute schon eine bedeutende Strecke zurückgelegt haben und nicht nur über weiches Grasland gekommen sein, denn sie und ihre Pferde waren tüchtig mit Staub bedeckt. Dennoch sah man weder ihnen noch den Tieren eine Ermüdung an. Fühlten sie sich ja abgespannt, so hätte man dies nur aus dem Schweigen, welches sie beobachteten, zu schließen vermocht. Dieses wurde zuerst von dem neben Old Shatterhand reitenden Hobble-Frank unterbrochen, welcher seinen Nachbar im heimischen Dialekte fragte: »Also am Elk-fork soll heute übernachtet werden? Wie weit ist es denn eigentlich noch dorthin?«

»Wir werden dieses Wasser gegen Abend erreichen«, antwortete der Gefragte.

»Gegen Abend erscht? O wehe! Wer soll das aushalten! Wir sitzen nu schon seit früh im Sattel. Eenmal müssen wir doch anhalten, um wenigstens die Pferde verschnaufen zu lassen. Meenen Se nich ooch?«

»Allerdings. Warten wir, bis wir diese Prairie hinter uns haben; dann gibt es eine Strecke Wald, wo auch ein Wasser fließt.«

»Schön! Da bekommen die Pferde zu trinken und Gras finden sie ooch derzu. Was aber finden denn wir? Gestern gab's das letzte Büffelfleesch und heute früh die Knochen. Seitdem is uns keen Sperling und keen sonstiges Wild vor die Flinte gekommen; ich habe also Hunger und muß bald etwas zu knuspern haben, sonst geh' ich zu Grunde.«

»Habe keine Sorge! Ich werde schon einen Braten besorgen.«

»Ja, aber was für eenen! Diese alte Wiese hier is so eensam; ich glob, es leeft keen Käfer drof herum. Wo soll denn da een anständig hungriger Westmann nur den Braten herbekommen!«

»Ich sehe ihn schon. Nimm einmal mein Pferd am Zügel und reite mit den andern langsam weiter.«

»Wirklich?« fragte Frank, indem er sich kopfschüttelnd rundum blickte. »Sie sehen den Braten schon? Ich verschpüre aber gar nischt Derartiges.«

Er nahm den Zügel von Old Shatterhands Pferd und ritt mit Davy und Jemmy weiter. Der erstgenannte aber ging seitwärts ab, wo man eine Menge von Hügeln im Grase liegen sah. Dort gab es eine Kolonie von Prairiehunden, wie die amerikanischen Murmeltiere wegen ihrer kläffenden Stimme genannt werden. Sie sind harmlose, unschädliche und sehr neugierige Geschöpfe und wohnen sonderbarerweise gern mit Klapperschlangen und Eulen beisammen. Wenn sich ihnen jemand naht, so richten sie sich auf, um ihn anzuäugen; dabei gibt es sehr possierliche Stellungen und Bewegungen. Schöpfen sie Verdacht, so tauchen sie blitzschnell in ihre Röhren nieder und sind nicht mehr zu sehen. Der Jäger, wenn er einen andern Brocken bekommen kann, verschmäht das Fleisch dieser Tiere, nicht etwa aber, weil es ungenießbar ist, sondern weil er ein Vorurteil gegen dasselbe hat. Will er trotzdem einen Prairiehund erlegen, so darf er nicht versuchen, sich heimlich anschleichen zu können, denn diese Geschöpfe sind zu aufmerksam, als daß ihm dies gelingen könnte. Er muß ihre Neugierde erwecken und so lange zu fesseln suchen, bis er in Schußweite gekommen ist. Das kann er aber nur dadurch erreichen, daß er selbst auch die lächerlichsten Stellungen annimmt und die possierlichsten Bewegungen macht. Der Prairiehund weiß dann nicht, woran er ist und was er von dem Nahenden zu halten hat. Das wußte Old Shatterhand. Er machte also, sobald er bemerkte, daß er von den auf ihren Haufen sitzenden Tieren bemerkt worden war, allerlei Kreuz- und Quersprünge, duckte sich nieder, fuhr wieder hoch empor, drehte sich um sich selbst, bewegte die Arme wie die Flügel einer Windmühle und hatte dabei nur den Zweck im Auge, immer näher zu kommen.

Hobble-Frank, welcher jetzt neben Jemmy und Davy ritt, sah dieses Gebaren und meinte in besorgtem Tone: »Herrjemersch nee, was fällt ihm denn da ein! Is er etwa nich bei Troste? Er thut doch ganz so, als ob er Bellamadonna getrunken hätte!«

»Belladonna meinst du wohl«, verbesserte Jemmy.

»Schweig!« gebot der Kleine. »Belladonna hat gar keenen Sinn. Es heeßt Bellamadonna; das muß ich, der ich in Moritzburg geboren bin, doch wissen. Dort wächst die Bellamadonna wild im Walde, und ich habe sie wohl tausendmal schtehen sehen. Horcht! Er schießt.«

Old Shatterhand hatte jetzt zwei Schüsse so schnell hintereinander abgefeuert, daß sie fast wie einer klangen. Sie sahen ihn eine Strecke aufwärts rennen und sich zweimal bücken, um etwas aufzuheben. Dann kam er zu ihnen zurück. Er hatte zwei Prairiehunde erlegt, steckte sie in die Satteltasche und stieg dann wieder auf. Hobble-Frank machte ein sehr zweifelhaftes Gesicht und fragte im Weiterreiten: »Soll das etwa der Braten sein? Da dank ich ganz ergebenst!«

»Warum?«

»Solch Zeug verzehr' ich nich!«

»Hast du es denn schon einmal gekostet?«

»Nee! Das ist mir nich im Troome eingefallen!«

»So hast du auch kein Urteil darüber, ob ein Prairiehund genießbar ist oder nicht. Hast du vielleicht einmal eine junge Ziege gegessen?«

»Een junges Zikkel?« antwortete Frank, indem er mit der Zunge schnalzte. »Natürlich habe ich das gegessen. Hören Sie, das is was ganz und gar Apartes!«

»Wirklich?« lächelte Old Shatterhand.

»Off Ehre! Eene Delikatesse, die wirklich ihresgleichen sucht.«

»Und Tausende lachen darüber!«

»Ja; aber diese Tausende sind dumm. Ich sage Ihnen, wir Sachsen sind helle und verschtehen uns off imprägnierte Genüsse wie keene andre europäische Nation. Een junges Zikkel in die Pfanne, eene kleene Zehe Knobloch und een paar Schtengeln Majoran hinein und das recht braun und knusperig gebraten, das is Sie een wahres Götteressen für die Herren und Damen des Olymps. Ich kenne das, denn so um Ostern 'rum, wenn's junge Ziegen gibt, da ißt ganz Sachsen Sonn- und Feiertags nur Zikkelbraten.«

»Sehr wohl! Aber sage mir, ob du auch schon einmal Lapin gegessen hast!«

»Lapäng? Was ist denn das?«

»Zahmer Hase, Kuhhase oder Karnickel, wie ihr in Sachsen sagt. Eigentlich heißt es Kaninchen.«

»Karnickel? Alabonnör! Das ist ooch etwas ganz Expansives. In Moritzburg und Umgegend gab's meiner Zeit zur Kirchweih schtets Karnikkel. Das Fleesch is zart wie Butter und zerleeft eenem geradezu off der Zunge.«

»Es gibt aber viele, welche dich auslachen würden, wenn du ihnen dies sagtest.«

»So sind sie nicht recht gescheit im Koppe. So een Karnickel, welches nur die besten und feinsten Kräuterspitzen frißt, muß een durchaus obligates Fleesch haben; das verschteht sich ganz von selbst. Oder glooben ooch Sie es nich?«

»Ich glaube es; aber dafür verlange ich, daß du mir nun auch meinen Prairiehund nicht schändest. Du wirst sehen, daß er gerade wie junge Ziege und fast wie Kaninchen schmeckt.«

»Davon hab' ich noch nie etwas gehört!«

»So hast du es heute gehört und wirst es auch schmecken. Ich sage dir, daß – – – halt, sind das nicht Reiter, welche dort kommen?«

Er deutete nach Südwest, wo eine Anzahl Gestalten sich bewegten. Sie waren noch so entfernt, daß man noch nicht zu unterscheiden vermochte, ob es Tiere, vielleicht Büffel, oder Reiter seien. Die vier Jäger ritten langsam weiter und hielten die Augen auf diese Gruppe gerichtet. Nach einiger Zeit erkannte man, daß es Reiter seien, und bald darauf zeigte es sich, daß dieselben Uniformen trugen; es waren Soldaten.

Diese hatten eigentlich eine nordöstliche Richtung eingehalten; nun aber sahen sie die vier und änderten ihren Kurs, um im Galopp heranzukommen. Es waren ihrer zwölf, von einem Lieutenant angeführt. Sie näherten sich bis auf vielleicht dreißig Schritte und blieben da halten. Der Offizier musterte die vier Reiter mit finsterem Blicke und fragte dann: »Woher des Weges, Boys?«

»Alle Wetter!« brummte Hobble-Frank. »Wollen wir uns wirklich mit ›Boys‹ anreden lassen? Dieser Kerl muß doch sehen, daß wir den bessern Schtänden angehören!«

»Was gibt's zu flüstern!« rief der Lieutenant in strengem Tone. »Ich will wissen, woher ihr kommt!«

Frank, Jemmy und Davy sahen auf Old Shatterhand, was dieser thun oder sagen werde. Er antwortete in ruhigstem Tone: »Aus Leadville.«

»Und wohin wollt ihr?«

»Nach den Elk Mountains.«

»Das ist eine Lüge!«

Old Shatterhand trieb sein Pferd an, bis es neben demjenigen des Offiziers stand, und fragte noch immer in demselben ruhigen Tone: »Habt Ihr einen Grund, mich Lügner zu nennen?«

»Ja!«

»Nun, welchen?«

»Ihr kommt nicht aus Leadville, sondern von Indian Fort herauf.«

»Da irrt Ihr Euch.«

»Ich irre mich nicht. Ich kenne euch.«

»So? Nun, wer sind wir denn?«

»Die Namen kenne ich nicht; aber ihr werdet sie mir sofort sagen.«

»Und wenn wir das nicht thun?«

»So nehme ich euch mit.«

»Und wenn wir uns das nicht gefallen lassen, Sir?«

»So habt ihr die Folgen zu tragen. Wer und was wir sind, und was diese Uniform zu bedeuten hat, das ist euch bekannt. Wer von euch nach der Waffe greift, den schieße ich nieder.«

»Wirklich?« lächelte Old Shatterhand. »So versucht doch einmal, ob Ihr dieses Exempel fertig bringt. Da, seht!«

Er hatte das Gewehr in der Rechten und hielt es *par pistolet* auf den Offizier gerichtet; zugleich hatte er den einen Revolver gezogen. Ebenso schnell hatten Frank, Davy und Jemmy ihre Waffen bei der Hand.

»Alle Teufel!« rief der Lieutenant, indem er nach dem Gürtel greifen wollte. »Ich – – –«

»Halt!« rief Old Shatterhand ihm donnernd in die Rede. »Hand weg vom Gürtel, Boy! Alle Hände in die Höhe, sonst blitzt es bei uns!«

In Situationen, wie die gegenwärtige, kommt, wenn sie ernst gemeint sind, was hier aber nicht der Fall war, es darauf an, wer zuerst die Waffe schußbereit hat. Dieser fordert den andern auf, die Hände in die Höhe zu halten, um sie so weit wie möglich von den im Gürtel oder in den Taschen steckenden Waffen zu entfernen. Gehorcht der Aufgeforderte dieser Weisung nicht augenblicklich, so ist's um ihn geschehen, denn er bekommt die Kugel auf der Stelle. Dies wußte der Offizier und dies wußten auch seine Leute. Im Gefühle ihrer Übermacht und Sicherheit hatten sie es versäumt, die Wehr bei der Hand zu halten, sie sahen die Mündungen von acht Gewehren und Revolvern auf sich gerichtet; sie waren überzeugt, es mit verbrecherischem Gesindel zu thun zu haben, und darum fügten sie sich augenblicklich in den ihnen gewordenen Befehl; sie streckten ihre Hände empor. Es war eigentlich ein gespaßiger Anblick, so viele gut bewaffnete Kavalleristen mit hoch erhobenen Armen auf ihren Pferden halten zu

»Alle Hände in die Höhe, sonst blitzt es bei uns!«

sehen. Ein leises Lächeln ging über Old Shatterhands stets so ernste Züge, als er jetzt fortfuhr: »So! Was glaubt Ihr nun wohl, Boy, was wir thun werden?«

»Schießt zu!« antwortete der Lieutenant, an welchen diese Frage gerichtet worden war. »Aber die Rache wird euch verfolgen, bis sie euch eingeholt hat.«

»*Pshaw!* Was hätten wir davon, wenn wir unsre guten Kugeln an Leute verschwendeten, welche sich von vier vermeintlichen armseligen Strolchen so einschüchtern lassen, daß sie die Arme gen Himmel strecken! Einen Ruhm gewißlich nicht! Ich wollte Euch nur eine gute Lehre erteilen. Ihr seid noch jung und werdet sie gebrauchen können. Seid stets möglichst höflich, Sir! Ein Gentleman läßt sich nicht vom ersten besten, der ihm begegnet, mit ›Boy‹ anreden. Und sodann, straft niemals Leute Lügen, wenn Ihr nicht den Beweis führen könnt, daß sie wirklich Lügner sind; Ihr könntet leicht an den Unrechten kommen, wie gegenwärtige Figura zeigt. Und drittens, wenn Ihr hier im Westen auf Leute trefft, mit denen Ihr nicht zärtlich zu verfahren gedenkt, so nehmt die Gewehre in die Hände; es könnte Euch sonst geschehen, daß Ihr gezwungen wäret, ganz dieselbe Schuljungenstellung einzunehmen, wie im gegenwärtigen Augenblicke. Ihr habt Euch in uns geirrt. Wir sind weder ›Boys‹ noch Lügner. Und nun laßt die Arme wieder sinken; wir haben nicht die Absicht, Euch Löcher in die Haut zu machen!«

Er steckte den Revolver ein und ließ das Gewehr sinken; seine drei Genossen folgten diesem Beispiele. Darauf nahmen die Soldaten die erhobenen Arme nieder. Ihr Offizier stieß in seiner Scham und Wut hervor: »Sir, wie könnt Ihr es wagen, eine solche Komödie mit uns zu spielen! Ihr müßt wissen, daß ich die Macht besitze, Euch dafür zu bestrafen!«

»Die Macht?« fragte Old Shatterhand lachend. »Die Lust, ja, aber die Macht nicht; das habe ich Euch bewiesen. Ich möchte wissen, wie Ihr es anfangen wolltet, uns irgend eine Strafe zu erteilen. Ihr würdet Euch gerade ebenso wie vorhin blamieren.«

»Oho! Jetzt kommt es darauf an, wer zuerst den Revolver in der Hand – – –«

Er kam nicht weiter. Er war wieder mit der Hand nach dem Gürtel gefahren, fühlte sich aber in demselben Augenblicke aus dem Sattel und durch die Luft hinüber zu Old Shatterhand gehoben, welcher ihn quer vor sich auf das Pferd warf, ihm das blitzschnell hervorgezogene Messer auf die Brust setzte und dann, abermals lachend, ausrief: »Sprecht weiter, Sir! Was wolltet Ihr sagen? Es kommt darauf an, wer zuerst den andern bei sich auf dem Sattel liegen hat; nicht wahr, so war es? Sobald einer Eurer Leute sich rührt, fährt Euch meine Klinge in das Herz! Versucht's einmal!«

Die Soldaten hielten starr auf ihren Pferden. Eine solche Körperkraft, Gewandtheit und Schnelligkeit hatten sie nicht erwartet; sie waren so betroffen und verblüfft, daß sie vergaßen, daß sie Waffen hatten und sich in der Überzahl befanden.

»Alle tausend Teufel!« schrie der Offizier, wobei er sich aber aus Angst hütete, ein Glied zu bewegen. »Was fällt Euch ein. Laßt mich los!«

»Mir fällt bloß ein, Euch zu beweisen, daß Ihr wirklich an die Falschen geraten seid. Vor so viel Männern, wie ihr seid, fürchten wir uns noch lange nicht. Und wäre es auch eine ganze Eskadron, wir würden dennoch ohne Sorge sein. Stellt Euch hierher und hört höflich an, was ich Euch sagen werde.«

Er nahm ihn beim Kragen, hob ihn mit nur einer Hand vom Pferde und stellte ihn neben dasselbe in das Gras. Dann fuhr er fort: »Habt Ihr vielleicht schon einmal einen von uns gesehen?«

»Nein«, antwortete der Gefragte, indem er tief Atem holte. Er fühlte einen Grimm in sich, dem er aber keinen Ausdruck zu geben wagte. Er sah sich vor seinen Leuten aufs äußerste blamiert und hätte am liebsten den Säbel gezogen, um ihn Old Shatterhand durch den Leib zu stoßen, doch war er überzeugt, daß ihm der Versuch dazu nicht glücken, sondern wieder schlecht bekommen werde.

»Also nicht?« meinte der Jäger. »Dennoch bin ich überzeugt, daß Ihr uns kennt. Wenigstens werdet Ihr unsre Namen gehört haben. Hat man Euch einmal von Hobble-Frank erzählt? Hier hält er gerade vor Euch.«

»Kenne weder den Mann noch seinen Namen«, murrte der Offizier.

»Aber von dem langen Davy und dem dicken Jemmy habt Ihr gehört?«

»Ja. Sollen es etwa diese beiden sein?«

»Allerdings.«

»*Pshaw!* Das glaube ich nicht!«

»Wollt Ihr mich etwa wieder Lügen strafen? Das laßt bleiben, Sir! Old Shatterhand pflegt jedes Wort, welches er spricht, beweisen zu können.«

»Old Shat – – –« rief der Lieutenant, indem er einen Schritt zurücktrat und die Augen groß und erstaunt auf den Jäger richtete. Die zweite Silbe des Namens war ihm im Munde stecken geblieben.

Auch bei seinen Leuten war eine Bewegung der Ver- oder vielmehr der Bewunderung zu bemerken. Man hörte einige laute »Ah!«, welche sie willenlos vernehmen ließen.

»Ja, Old Shatterhand«, meinte dieser. »Kennt Ihr diesen Namen?«

»Den kenne ich; den kennen wir alle nur zu gut. Und dieser Mann wollt Ihr – Ihr – Ihr – – sein, Sir?«

Seine Miene drückte, indem er den Jäger mit weit geöffneten Augen maß, seinen Zweifel aus. Aber da fiel sein Blick auf das bereits erwähnte kurzläufige Gewehr mit dem eigenartigen, kugelförmigen Schlosse, und sofort fügte er, indem sein Gesicht eine schnell veränderte Miene zeigte, hinzu: »*Behold!* Ist das nicht ein Henrystutzen, Sir?«

»Allerdings«, nickte Old Shatterhand. »Kennt Ihr diese Art von Gewehren?«

»Gesehen habe ich noch keins, aber eine genaue Beschreibung hat man mir gegeben. Der Erfinder soll ein sonderbarer Kauz gewesen sein und nur einige angefertigt haben, weil er befürchtete, daß die Indianer und Büffel bald ausgerottet sein würden, falls dieser vielschüssige Stutzen allgemeine Verbreitung fände. Die wenigen Exemplare sind verloren gegangen, und nur Old Shatterhand soll noch eins derselben, das allerletzte, besitzen.«

»Das ist richtig, Sir. Von den elf oder zwölf Henrystutzen, die es überhaupt gegeben hat, ist nur der meinige noch vorhanden; die andern sind im wilden Westen mit ihren Besitzern verschwunden.«

»So seid Ihr also wirklich – wirklich dieser Old Shatterhand, dieser weitberühmte Westmann, welcher den Kopf eines ausgewachsenen Büffelstieres mit den Händen zu Boden drückt und den stärksten Indianer mit der bloßen Faust niederschmettert?«

»Ich habe Euch ja schon gesagt, daß ich es bin. Wenn Ihr noch daran zweifelt, so will ich gern den Beweis antreten. Ich gebe nicht nur Indianern, sondern unter Umständen auch Weißen meine Faust. Wollt Ihr sie haben?«

Er bog sich im Sattel zu dem Offizier herüber und holte mit der geballten Faust wie zum Schlage aus; dieser aber wich schnell zurück und rief: »Ich danke, Sir, ich danke! Da will ich Euch doch lieber Glauben schenken, ohne diesen Beweis abzuwarten. Ich habe nur diesen einen Schädel und wüßte nicht, woher ich, falls er mir zerschlagen würde, einen andern nehmen sollte. Verzeiht, daß ich vorhin nicht sehr höflich gewesen bin! Wir haben alle Veranlassung, gewissen Leuten scharf in das Gesicht zu sehen. Wollt Ihr nicht die Güte haben, uns zu begleiten? Meine Kameraden würden sich nicht nur sehr darüber freuen, sondern es als eine Ehre für sich betrachten, wenn es Euch gefiele, unser Gast zu sein.«

»Wohin?«

»Nach Fort Mormon, wohin wir wollen.«

»Da kann ich Eurer Einladung leider nicht Folge leisten, denn wir müssen nach der entgegengesetzten Richtung, um zu einer bestimmten Stunde mit Freunden zusammenzutreffen.«

»Das thut mir aufrichtig leid. Darf ich fragen, wohin Ihr wollt, Sir?«

»Zunächst nach den Elk Mountains, wie ich Euch schon gesagt habe; von da wollen wir dann nach den Book Mountains hinüber.«

»So muß ich Euch warnen«, meinte der Offizier, welcher jetzt einen so rücksichtsvollen Ton angeschlagen hatte, als ob er vor einem hohen Vorgesetzten stehe.

»Warum? Vor was oder wem?«

»Vor den Roten.«

»Danke! Ich habe die Indianer nicht zu fürchten. Überdies wüßte ich nicht, welche Gefahr von dieser Seite drohen könnte. Die Roten leben ja gerade jetzt in tiefem Frieden mit den Weißen, und zumal die Utahs, mit denen man es hier zu thun hat, haben seit Jahren nichts gethan, was Mißtrauen gegen sie erwecken könnte.«

»Das ist richtig; aber gerade darum sind sie jetzt desto mehr ergrimmt. Wir wissen ganz genau, daß sie seit kurzem die Kriegsbeile ausgegraben haben, und müssen infolgedessen von Mormon- und Indian-Fort aus beständig Patrouille reiten.«

»Wirklich? Davon wissen wir noch nichts.«

»Das glaube ich, denn ihr kommt aus Colorado, bis wohin die Kunde davon noch nicht gedrungen sein kann. Euer Weg führt euch mitten durch das Gebiet der Utahindianer. Ich weiß, daß der Name Old Shatterhand bei den Roten aller Nationen große Macht besitzt; aber nehmt die Sache nicht allzu leicht, Sir! Gerade die Utahs haben alle Veranlassung, gegen die Weißen ergrimmt zu sein.«

»Warum?«

»Es ist eine Gesellschaft von weißen Goldsuchern in eins der Utahlager gebrochen, um Pferde zu rauben; es war des Nachts; aber die Utahs sind erwacht und haben sich zur Wehr gesetzt, wobei viele von ihnen von den weit besser bewaffneten Weißen getötet worden sind. Diese letzteren sind mit den Pferden und andern bei dieser Gelegenheit mitgenommenen Gegenständen entkommen; doch haben sich die Roten am Morgen aufgemacht, sie zu verfolgen. Die Räuber wurden ereilt, und es entspann sich ein Kampf, welcher abermals viele Menschenleben gekostet hat. Es sollen dabei gegen sechzig Indianer erschossen worden, aber auch nur sechs Bleichgesichter entkommen sein. Nun schweifen die Utahs umher, um diese sechs zu finden, und zugleich haben sie eine Gesandtschaft nach Fort Union geschickt, welche Schadenersatz verlangen sollte, für jedes Pferd ein andres, für die verlorenen Gegenstände in Summa tausend Dollar und für jeden getöteten Indianer zwei Pferde und ein Gewehr.«

»Das finde ich nicht unbillig. Ist man auf diese Forderungen eingegangen?«

»Nein. Es fällt den Weißen gar nicht ein, den Roten die Berechtigung zu irgend einer Forderung zuzusprechen. Die Gesandtschaft ist unverrichteter Sache heimgekehrt, und infolgedessen sind die Tomahawks ausgegraben worden. Die Utahs stehen in Masse auf, und da wir hier im Territorium leider nicht genug Militär besitzen, um sie mit einem Schlage niederwerfen zu können, so hat man sich nach Verbündeten umgesehen. Es sind einige Offiziere zu den Navajos hinab, um sie gegen die Utahs zu gewinnen, und das ist auch gelungen.«

»Und was ist den Navajos für ihren Beistand geboten worden?«

»Alle Beute, welche sie machen.«

Das Gesicht Old Shatterhands verfinsterte sich, als er dies hörte. Er sagte kopfschüttelnd: »Also erst werden die Utahs überfallen, beraubt und ihrer viele getötet; als sie Bestrafung der Übelthäter und Ersatz verlangen, weist man sie ab, und nun sie die Angelegenheit in die eigenen Hände nehmen, hetzt man die Navajos gegen sie und bezahlt diese letzteren mit der Beute, welche den Beleidigten abgenommen wird! Ist es da ein Wunder zu nennen, wenn sie sich bis zum Äußersten getrieben fühlen? Ihre Erbitterung muß groß sein, und wehe nun allerdings dem Weißen, welcher in ihre Hände fällt!«

»Ich habe nur zu gehorchen und besitze kein Recht, irgend ein Urteil zu fällen. Ich habe Euch diese Mitteilung gemacht, um Euch zu warnen, Sir. Meine Ansichten dürfen nicht die Eurigen sein.«

»Das begreife ich. Nehmt meinen Dank für die Warnung und wenn Ihr im Fort von der Begegnung mit uns erzählt, so sagt dabei, daß Old Shatterhand kein Feind der Roten ist und es lebhaft bedauert, daß eine reichbegabte Nation zu Grunde gehen muß, weil man ihr keine Zeit läßt, sich nach den Gesetzen menschlicher Kultur natürlich zu entwickeln, sondern von ihr verlangt, sich nur so im Handumdrehen aus einem Jägervolke in eine moderne Staatsgemeinschaft zu verwandeln. Mit ganz demselben Rechte kann man einen Schulknaben umbringen, weil er noch nicht das Geschick und die Kenntnisse besitzt, General oder Professor der Astronomie zu sein. *Good bye, Sir!*«

Er wendete sein Pferd und ritt, gefolgt von den drei Gefährten, davon, ohne noch einen ferneren Blick auf die Soldaten zu werfen, welche ihm betroffen nachblickten und dann ihren unterbrochenen Ritt fortsetzten. Der Zorn hatte ihn zu seiner letzten und, wie er gar wohl wußte, zwecklosen Rede verleitet; desto schweigsamer verhielt er sich nun jetzt, als er wortlos dem Gedanken nachhing, daß es ganz umsonst ist, den »Bruder Jonathan« darüber zu belehren, daß er keine größere Daseinsberechtigung besitze als der Indianer, welcher von Ort zu Ort, von Stelle zu Stelle getrieben wird, bis er – wie vorauszusehen ist – sein zu Tode gehetztes Dasein unbemitleidet endet.

Es verging eine halbe Stunde, dann erwachte Old Shatterhand aus seinem Grübeln, um seine Aufmerksamkeit dem Horizonte zu widmen, welcher jetzt die Form einer dunklen, immer breiter werdenden Linie angenommen hatte. Die Hand nach demselben ausstreckend, sagte er: »Dort liegt der Wald, von welchem ich gesprochen habe. Gebt euern Pferden die Sporen; dann werden wir ihn in fünf Minuten erreichen.«

Es muß erwähnt werden, daß sich die Umgangsform zwischen ihm und seinen drei Gefährten in der Weise herausgebildet hatte, daß er sie mit dem vertraulichen Du anredete, während sie bei dem achtungsvollen Sie oder, falls englisch gesprochen wurde, dem gebräuchlichen *You*, Ihr, geblieben waren. Keiner von ihnen hätte sich ungestraft von irgend jemand mißachten oder gar beleidigen lassen, aber sich auf gleiche Stufe mit ihm zu stellen, das hatten sie doch nicht fertig gebracht.

Jetzt wurden die Pferde in Galopp gesetzt, und bald erreichten die vier Reiter einen hohen, dichten Fichtenwald, dessen Rand so fest geschlossen zu sein schien, daß zu Pferde an kein Durchkommen zu denken war. Aber Old Shatterhand wußte Bescheid. Er ritt direkt auf eine Stelle zu, trieb sein Pferd durch das schmale Unterholz und befand sich nun auf einem sogenannten Indianerpfad, einer von den zuweilen hier verkehrenden Roten ausgetretenen Bahn von kaum drei Fuß Breite. Er stieg zunächst ab, um die Stelle nach neuen Spuren zu durchsuchen; als er keine fand, stieg er wieder auf und forderte seine Begleiter auf, ihm zu folgen.

Hier im heimlichen Urwalde wehte nicht das leiseste Lüftchen, und außer den Schritten der Pferde war kein Geräusch zu vernehmen. Old Shatterhand hielt den Stutzen schußbereit in der rechten Hand und den Blick scharf nach vorn gerichtet, um bei einer etwaigen feindlichen Begegnung der erste zu sein, welcher die Waffe auf den Gegner richtet. Aber er war überzeugt, daß es jetzt eine solche Gefahr nicht gebe. Wenn die Roten die Gegend zu Pferde durchstreiften, so befanden sich ihrer so viele beisammen, daß sie gewiß keinen solchen Pfad aufsuchten, wo nichts zu entdecken war und durch die Dichtheit des Waldes die Bewegung erschwert wurde. Es gab auf diesem Pfade nur wenige Stellen, an denen es einem Reiter möglich gewesen wäre, umzukehren. Eine ganze Schar berittener Indianer wäre im Falle eines Angriffes durch nur wenige Fußgänger hier verloren gewesen.

Nach längerer Zeit öffnete sich der Pfad auf eine Blöße, in deren Mitte mehrere große Felsblöcke hoch aufeinander getürmt lagen. Sie waren mit Flechten überzogen und in den Ritzen hatten Sträucher die nötige Nahrung für ihre Wurzeln gefunden. Hier hielt Old Shatterhand an, indem er sagte: »Das ist der Ort, an welchem wir den Pferden einige Ruhe gönnen wollen und indessen unsre Prairiehunde braten können. Wasser gibt es auch, wie ihr seht.«

Es floß nämlich eine kleine Quelle unter den Steinen hervor, schlängelte sich über die Lichtung hin und verlor sich dann im Walde. Die Reiter stiegen ab, gaben ihren Pferden die Mäuler zum Grasen frei und suchten dann nach dürrem Holze, um ein Feuer anzubrennen. Jemmy übernahm es, die Prairiehunde abzuhäuten und auszunehmen, und Old Shatterhand entfernte sich, um nachzusehen, ob man an diesem Orte jetzt sicher sei.

Der Wald war nämlich nur drei Viertelstunden breit und wurde quer von dem Indianerpfade durchschnitten. Die Blöße lag ungefähr in der Mitte desselben.

Nicht lange, so briet das Fleisch über dem Feuer, und ein gar nicht übler Duft zog durch die Lichtung. Dann kehrte Old Shatterhand zurück. Er war schnellen Schrittes bis an den jenseitigen Waldesrand gegangen, von welchem aus man weit über eine offene Prairie sehen konnte. Sein Auge hatte nichts Verdächtiges gewahren können, und so brachte er den dreien die Nachricht, daß keine Überraschung zu befürchten sei.

Nach einer Stunde war der Braten fertig, und Old Shatterhand nahm sich ein Stück desselben.

»Hm!« brummte der Hobble-Frank. »Hundebraten essen! Wenn das früher mal eenem eingefallen wäre, mir zu prophezeien, daß ich den besten Freund des Menschen verschpeisen würde, dem hätte ich eene Antwort gegeben, daß ihm die Haare zu Berge geschtanden hätten. Aber ich habe eben Hunger und muß es also probieren.«

»Es ist ja kein Hund«, erinnerte Jemmy. »Du hast ja gehört, daß dieses Murmeltier nur seiner Stimme wegen fälschlicherweise den Namen Prairiehund erhalten hat.«

»Das bessert an der Sache nischt; das macht sie vielmehr noch schlimmer. Murmelbraten! Sollte man so was denken! Der Mensch is doch zuweilen zu recht konsistenten Dingen beschtimmt. Na, wollen sehen.«

Er nahm sich ein Stück Brust und kostete es verzagt; dann aber klärte sich sein Gesicht auf; er schob ein größeres Stückchen in den Mund und erklärte kauend: »Wirklich gar nich übel, off Ehre! Es schmeckt wirklich beinahe wie Karnickel, wenn ooch nich ganz so fein wie Zikkelbraten. Kinder, ich denke, von diesen beeden Hunden wird nich viel übrig bleiben.«

»Wir müssen für den Abend aufheben«, antwortete Davy. »Wir wissen nicht, ob wir heute noch etwas schießen.«

»Ich sorge nich für schpäter. Wenn ich müde bin und mich in Orpheusens Arme werfen kann, so bin ich vorderhand vollschtändig zufrieden geschtellt.«

»Morpheus heißt es«, verbesserte Jemmy.

»Schweigste gleich schtille! Du wirscht mir doch nich etwa een M vor meinen Orpheus machen wollen! Den kenn' ich ganz genau; in dem Dorfe Klotsche bei Moritzburg gab es eenen Gesangverein, welcher ›Orpheus in der Oberwelt‹ hieß; diese Kerle sangen so tellurisch lieblich, daß die Zuhörer schtets in den angenehmsten Schlummer sanken. Darum schtammt von dorther, also aus Klotsche, das Schprichwort von dem Orpheus in die Arme sinken. Schtreite dich also nich mit mir, sondern verzehre deinen Prairiehund mit schweigsamer Bedächtigkeet; dann wird er dir besser bekommen, als wenn du dich mit eenem Manne von meinen Erfahrungen herumschtreitest. Du weeßt, ich bin een guter Kerl, aber wenn mir jemand beim Essen eenen Morpheus offbinden will, da werde ich deschperat und importiert!«

Old Shatterhand winkte Jemmy, zu schweigen, damit das Essen ohne Störung eingenommen werde, konnte aber eine andre Störung nicht verhüten, welche ihnen nicht durch den kleinen, erregbaren Hobble-Frank drohte.

Wenn die vier Männer sich ganz sicher wähnten, so befanden sie sich in einem großen Irrtum. Es näherte sich ihnen die Gefahr in Gestalt von zwei Reitertrupps, welche ihre Richtung auf den Wald genommen hatten.

Der eine dieser Trupps war klein; er bestand nur aus zwei Reitern, welche von Norden her kamen und auf die Fährte von Old Shatterhand und seinen Genossen stießen. Sie hielten an und sprangen von den Pferden, um die Spur zu untersuchen. Die Art und Weise, in welcher dies geschah, ließ vermuten, daß sie keine unerfahrenen Westmänner seien. Sie waren gut bewaffnet; aber ihre Kleidung hatte gelitten. Gewisse Anzeichen machten es denkbar, daß sie in letzter Zeit keine guten Tage erlebt hatten. Was ihre Pferde betraf, so waren dieselben wohlgenährt und munter, doch ohne Sattel, auch ungezäumt und nur mit einem Riemenhalfter versehen. In dieser Weise pflegen die Pferde der Indianer in der Nähe der Lager zu weiden.

»Was meinst du zu dieser Fährte, Knox?« fragte der eine. »Sollten wir vielleicht Rote vor uns haben?«

»Nein«, antwortete der Gefragte in bestimmtem Tone.

»Also Weiße! Woraus schließest du das?«

»Die Pferde waren beschlagen, und die Männer ritten nicht hinter-, wie die Roten es thun, sondern nebeneinander.«

»Und wie viele sind es?«

»Nur vier. Wir haben also nichts zu fürchten, Hilton.«

»Außer wenn es Soldaten sind!«

»*Pshaw!* Auch dann nicht. Auf einem Fort dürfen wir uns freilich nicht sehen lassen; da gibt es so viele Augen und Fragen, daß wir uns sicher verraten würden. Aber vier Kavalleristen, die würden nichts aus uns herausbringen. Aus welchen Gründen sollten sie auch wohl die Vermutung ziehen, daß wir zu den Weißen gehören, von denen die Utahs überfallen worden sind!«

»Das denke ich freilich auch; aber oft hat der Teufel sein Spiel, ohne daß man es vorher ahnen kann. Wir befinden uns in einer miserablen Lage. Von den Roten gehetzt und von den Soldaten gesucht, irren wir in dem

Gebiete der Utahs hin und her. Es war eine Dummheit, uns von diesem roten Cornel und seinen Tramps goldene Berge vormalen zu lassen.«

»Eine Dummheit? Gewiß nicht. Schnell reich werden zu können, das ist eine schöne Sache, und ich verzweifle noch lange nicht. In kurzer Zeit wird der Cornel mit dem andern Trupp nachkommen, und dann brauchen wir uns nicht mehr zu sorgen.«

»Aber bis dahin kann viel geschehen.«

»Gewiß. Wir müssen versuchen, aus dieser schlimmen Lage zu kommen. Denke ich darüber nach, so finde ich nur einen Weg dazu, und dieser öffnet sich uns gerade eben jetzt.«

»Welcher wäre das?«

»Wir müssen Weiße zu finden suchen, denen wir uns anschließen. In ihrer Gesellschaft werden wir für Jäger gelten und es wird niemand einfallen, uns in Beziehung zu den Leuten zu bringen, welche die Utahs gezwungen haben, das Beil des Krieges auszugraben.«

»Und du meinst, daß wir solche Männer vor uns haben?«

»Ich denke es. Sie sind nach dem Walde. Laß uns ihnen folgen.«

Sie ritten auf der Fährte Old Shatterhands dem Walde zu. Dabei sprachen sie von ihren Erlebnissen und Absichten. Aus ihren Reden war zu entnehmen, daß sie Verbündete des roten Cornels waren.

Dieser hatte seinen Trupp, welcher bekanntlich aus den zwanzig am Eagle-tail entkommenen Tramps bestand, zu vermehren getrachtet. Er war zu der Erkenntnis gekommen, daß seine Schar droben in den Bergen voraussichtlich von den Indianern derb gelichtet werde und daß zwanzig also viel zu wenig seien. Darum hatte er während des Rittes durch Colorado einen jeden, welcher Lust dazu zeigte, an sich gezogen. Das waren natürlich lauter existenzlose Menschen, deren Moralität gar nicht untersucht zu werden brauchte. Unter ihnen befand sich auch Knox und Hilton, die beiden, welche jetzt dem Walde zuritten. Die Schar des Cornel war bald so groß geworden, daß sie Aufsehen erregen mußte und ihre Verproviantierung von Tag zu Tag immer schwieriger wurde. Darum hatte der Cornel den Entschluß gefaßt, sie zu teilen. Mit der einen Hälfte wollte er in der Gegend von La Veta über die Rocky Mountains gehen, und die andre sollte sich nach Morrison und Georgetown wenden, um das Gebirge dort zu übersteigen. Da Knox und Hilton erfahrene Leute waren, so sollten sie diese zweite Abteilung leiten, eine Aufgabe, welche sie sehr gern übernommen hatten. Sie waren glücklich über die Berge gekommen und hatten in der Gegend von Breeckenridge Halt gemacht. Dort war ihnen das Unglück passiert, daß die ausgebrochene Pferdeherde eines Haciendero bei ihnen vorübergestampft war; dabei hatten ihre eigenen Pferde sich losgerissen und waren mit den andern entflohen. Um sich in den

Besitz neuer Pferde zu setzen, hatten sie später ein Utahlager überfallen und waren von den Indianern verfolgt und geschlagen worden. Nur sechs waren entkommen. Aber die Roten hefteten sich auch diesen sechs auf die Fersen; vier derselben waren gestern noch gefallen und die beiden Anführer, Knox und Hilton, hatten allein das Glück gehabt, den rächenden Geschossen der Indianer zu entgehen.

Davon sprachen sie, als sie sich dem Walde näherten. An demselben angekommen, fanden sie den Indianerpfad und folgten demselben. Sie erreichten die Blöße gerade in dem Augenblick, als das kleine Wortgefecht zwischen Jemmy und dem Hobble-Frank zu Ende war.

Als sie die am Feuer sitzende Gesellschaft erblickten, hielten sie für einen Augenblick an, doch erkannten sie sofort, daß sie von diesen Leuten nur Gutes anstatt Schlimmes zu gewärtigen hatten.

»Also wir sind Jäger, verstanden?« flüsterte Knox Hilton zu.

»Ja«, antwortete dieser. »Aber sie werden uns fragen, woher wir kommen!«

»So laß nur mich antworten.«

Jetzt erblickte Old Shatterhand die beiden. Ein andrer wäre erschrocken; bei ihm aber war Schreck eine Unmöglichkeit, er nahm den Stutzen in die Hand und sah ihnen, als sie sich näherten, ernst und erwartungsvoll entgegen.

»*Good day*, Mesch'schurs!« grüßte Knox. »Ist es vielleicht erlaubt, sich hier bei euch ein wenig auszuruhen?«

»Es ist uns jeder ehrliche Mann willkommen«, antwortete Old Shatterhand, indem er mit scharfem Auge erst die Reiter und dann die Pferde betrachtete.

»Hoffentlich haltet Ihr uns nicht für das Gegenteil!« meinte Hilton, indem er den durchdringenden Blick des Jägers scheinbar ruhig aushielt.

»Ich urteile über meine Mitmenschen nur dann, wenn ich sie kennen gelernt habe.«

»Nun, so gestattet, daß wir Euch die Gelegenheit dazu geben!«

Die beiden waren abgestiegen und setzten sich mit an das Feuer. Sie hatten jedenfalls Hunger, denn sie warfen ziemlich sehnsüchtige Blicke nach dem Braten. Der gutmütige Jemmy schob ihnen einige Stücke desselben zu und forderte sie auf, zu essen, was sie sich nicht zweimal sagen ließen. Jetzt verbot es die Höflichkeit, Fragen an sie zu richten; darum wurde die Zeit, bis sie gesättigt waren, in Schweigen verbracht.

Der andre erwähnte Trupp, welcher sich dem Walde von der andern Seite näherte, bestand aus einer Schar von gegen zweihundert Indianern. Old Shatterhand war zwar auch auf dieser Seite gewesen, um zu rekognoszieren, aber er hatte, als er die dort sich öffnende Prairie überblickte, die heranreitenden Roten nicht sehen können, da sie sich zu dieser Zeit noch hinter einer vorspringenden Waldesecke befunden hatten. Auch sie mußten die Gegend genau kennen, denn sie hielten gerade auf den Ausgang des schmalen Waldpfades zu, durch dessen Eingang die Weißen nach der Blöße gekommen waren.

Die Roten befanden sich auf dem Kriegspfade, wie die grellen Farben bezeugten, mit denen sie ihre Gesichter angemalt hatten. Die meisten waren mit Schießgewehren und nur wenige mit Bogen und Pfeilen bewaffnet. An ihrer Spitze ritt ein riesenhafter Kerl, welcher ein Häuptling war, denn er trug eine Adlerfeder im Schopfe. Sein Alter war nicht zu erkennen, da auch sein Gesicht ganz mit schwarzen, gelben und roten Linien bedeckt war. Am Pfade angekommen, stieg er ab, um denselben zu untersuchen. Die vordersten Krieger des Zuges, welche hinter ihm hielten, sahen seinem Beginnen mit Spannung zu. Ein Pferd schnaubte. Er erhob warnend die Hand und der betreffende Reiter hielt dem Tiere die Nüstern zu. Da der Häuptling damit zur größten Stille aufforderte, mußte er etwas Verdächtiges bemerkt haben. Er ging langsam, Schritt für Schritt und den Oberkörper tief zum Boden niedergesenkt, eine kurze Strecke auf dem Pfade weiter in den Wald hinein. Als er dann zurückkehrte, sagte er leise in der Sprache der Utah, welche ein Glied der shoshonischen Abteilung des Sonorasprachstammes ist: »Ein Bleichgesicht war hier vor der Zeit, welche die Sonne braucht, um eine Spanne weit zu laufen. Die Krieger der Utah mögen sich mit ihren Pferden unter den Bäumen verbergen. Ovuts-avaht wird gehen, um das Bleichgesicht zu suchen.«

Der Häuptling, welcher fast noch länger, breiter und stärker als Old Firehand war, hieß also Ovuts-avaht, zu deutsch der »große Wolf«. Er schlich in den Wald zurück; als er nach vielleicht einer halben Stunde zurückkehrte, war keiner seiner Leute zu sehen. Er ließ einen leisen Pfiff hören, und sofort kamen die Roten unter den Bäumen hervor, indem sie die Pferde dort zurückließen. Er gab einen Wink, auf welchen die Unteranführer, fünf oder sechs an der Zahl, zu ihm traten.

»Sechs Bleichgesichter lagern bei den Felsen«, sagte er ihnen. »Das sind wohl die sechs, welche gestern entkamen. Sie essen Fleisch, und ihre Pferde weiden bei ihnen. Meine Brüder mögen mir folgen, bis der Pfad zu Ende geht; dann teilen sie sich; die Hälfte schleicht nach rechts, die andern nach links, bis die Lichtung umstellt ist. Dann werde ich das Zeichen geben und die roten Krieger brechen hervor. Die weißen Hunde werden so erschrocken sein, daß sie sich gar nicht wehren. Wir werden sie mit den Händen greifen und nach dem Dorfe schaffen, um sie dort an den Pfahl zu binden. Fünf Leute bleiben hier, um die angebundenen Pferde zu bewachen. Howgh!«

Dieses letztere Wort ist ein Bekräftigungswort und hat ungefähr die Bedeutung unsers »Amen« oder »Basta«, »abgemacht«! Wenn ein Indianer dies ausspricht, so hält er den Gegenstand für vollständig erschöpft besprochen und erledigt.

Ihren Häuptling voran, drangen die Roten auf dem Pfade in den Wald ein, leise, so leise, daß nicht eine Spur von Geräusch zu hören war. Als sie die Stelle erreichten, an welcher der Weg auf die Blöße mündete, gingen sie nach beiden Seiten auseinander, um den Platz zu umstellen. Ein Reiter hätte nicht in den Wald eindringen können; zu Fuße aber und für die gewandten Gestalten der Indianer war es möglich.

Die Weißen hatten soeben ihr Mahl verzehrt. Hobble-Frank schob sein Bowiemesser in den Gürtel und sagte, natürlich in englischer Sprache, um von den beiden Neuangekommenen verstanden zu werden: »Jetzt haben wir gegessen und die Pferde sind ausgeruht; nun können wir wieder aufbrechen, um noch vor Nacht an unser heutiges Ziel zu gelangen.«

»Ja«, stimmte Jemmy bei. »Aber vorher ist es notwendig, daß wir uns kennen lernen und wissen, wohin wir beiderseits gehen.«

»Das ist richtig«, nickte Knox. »Darf ich also erfahren, welches Ziel ihr heute noch erreichen wollt?«

»Wir reiten nach den Elkbergen.«

»Wir auch. Das trifft sich ausgezeichnet. Da können wir ja zusammenreiten.«

Old Shatterhand sagte kein Wort. Er gab Jemmy einen verstohlenen Wink, das Examen fortzusetzen, denn er wollte erst dann sprechen, wenn er seine Zeit gekommen sah.

»Mir soll es recht sein«, antwortete der Dicke. »Aber wo wollt ihr dann weiter hin?«

»Das ist noch unbestimmt. Vielleicht nach dem Greenriver hinüber, um nach Bibern zu suchen.«

»Da werdet ihr wohl nicht viele finden. Wer Dickschwänze (Biber) fangen will, muß weiter nördlich gehen. So seid ihr also Trapper, Biberjäger?«

»Ja. Ich heiße Knox und mein Gefährte Hilton.«

»Aber wo habt Ihr denn Eure Biberfallen, Master Knox, ohne welche Ihr keinen Fang machen könnt?«

»Die sind uns da unten am San Juanflusse von Dieben, vielleicht von Indianern, gestohlen worden. Vielleicht treffen wir ein Kamp, wo es welche zu kaufen gibt. Ihr meint also, daß wir uns euch zunächst bis nach den Elkbergen anschließen dürfen?«

»Habe nichts dagegen, wenn meine Gefährten es zufrieden sind.«

»Schön, Master! So dürfen wir nun wohl eure Namen erfahren?«

»Warum nicht! Mich nennt man den dicken Jemmy; mein Nachbar rechts ist der – –«

»Der lange Davy wohl?« fiel Knox schnell ein.

»Ja. Ihr erratet es wohl?«

»Natürlich! Ihr seid ja weit und breit bekannt, und wo der dicke Jemmy sich befindet, da braucht man nicht lange nach seinem Davy zu suchen. Und der kleine Master hier an Eurer linken Seite?«

»Den nennen wir Hobble-Frank; ein famoses Kerlchen, den Ihr schon noch kennen lernen werdet.«

Frank warf einen warmen, dankbaren Blick auf den Sprecher, und dieser fuhr fort: »Und der letzte Name, den ich Euch zu nennen habe, ist Euch jedenfalls noch besser bekannt, als der meinige. Ich denke doch, daß Ihr von Old Shatterhand gehört habt.«

»Old Shatterhand?« rief Knox aufs freudigste überrascht. »Wirklich? Ist's wahr, Sir, daß Ihr Old Shatterhand seid?«

»Warum sollte es nicht wahr sein?« antwortete der Genannte.

»Dann erlaubt mir, Euch zu sagen, daß ich mich unendlich freue, Euch kennen zu lernen, Sir!«

Er streckte bei diesen Worten dem Jäger die Hand entgegen und warf dabei Hilton einen Blick zu, welcher diesem sagen sollte: »Du, freue dich auch, denn nun sind wir geborgen. Wenn wir bei diesem berühmten Mann sind, haben wir nichts mehr zu befürchten.« Old Shatterhand aber that, als ob er die ihm dargebotene Hand gar nicht bemerkte, und entgegnete in kaltem Tone: »Freut Ihr Euch wirklich? Dann ist es schade, daß ich Eure Freude nicht zu teilen vermag.«

»Warum nicht, Sir?«

»Weil ihr Leute seid, über welche man sich überhaupt nicht freuen kann.«

»Wie meint Ihr das?« fragte Knox, ganz betroffen über diese Offenheit. »Ich nehme an, daß Ihr scherzet, Sir?«

»Ich spreche im Ernste. Ihr seid zwei Schwindler und vielleicht gar etwas noch viel Schlimmeres.«

»Oho! Meint Ihr, daß wir eine solche Beleidigung auf uns sitzen lassen?«

»Jawohl, das meine ich, denn was könnt ihr anders thun?«

»Kennt Ihr uns etwa?«

»Nein. Das wäre auch keine Ehre für mich.«

»Sir, Ihr werdet immer rücksichtsloser. Man beleidigt keinen, mit dem man vorher gegessen hat. Beweist mir doch einmal, daß wir Schwindler sind!«

»Warum nicht!« antwortete Old Shatterhand gleichmütig.

»Das ist Euch unmöglich. Ihr gesteht ja selbst, daß Ihr uns nicht kennt. Ihr habt uns noch nie gesehen. Wie wollt Ihr da nachweisen, daß Eure Worte auf Wahrheit beruhen?«

»*Pshaw,* gebt Euch keine unnütze Mühe und haltet doch um Gottes willen Old Shatterhand nicht für so dumm, daß er sich von Leuten eures Schlages einen Coyoten anstatt eines Büffels vormalen läßt! Gleich als mein erster Blick auf euch fiel, habe ich gewußt, wer und was ihr seid. Also unten am San Juan habt ihr eure Fallen ausgelegt gehabt? Wann denn?«

»Vor vier Tagen.«

»So kommt ihr also direkt von dort herauf?«

»Ja.«

»Das wäre also von Süden her und ist eine Lüge. Ihr seid ganz kurz nach uns gekommen und wir müßten euch also draußen auf der offenen Prairie gesehen haben. Nach Norden aber tritt der Wald weiter vor und hinter dieser Waldeszunge habt ihr euch befunden, als ich zum letztenmal, bevor wir in den Pfad einlenkten, Umschau hielt. Ihr seid vom Norden gekommen.«

»Aber, Sir, ich habe die Wahrheit gesagt. Ihr habt uns nicht gesehen.«

»Ich? Euch nicht gesehen? Wenn ich so schlechte Augen hätte, wäre ich schon tausendmal verloren gewesen. Nein, ihr macht mir nichts weis! Und nun weiter: Wo habt ihr eure Sättel?«

»Die sind uns auch mit gestohlen worden.«

»Und das Zaumzeug?«

»Ebenso.«

»Mann, haltet mich nicht für einen dummen Jungen!« lachte Old Shatterhand verächtlich. »Ihr habt wohl Sattel und Zaum mit den Biberfallen ins Wasser gesteckt, daß das alles zusammen gestohlen werden konnte? Welcher Jäger nimmt dem Pferde den Zaum ab? Und woher habt ihr nun die indianische Halfter?«

»Die haben wir von einem Roten erhandelt.«

»Und wohl auch die Pferde?«

»Nein«, antwortete Knox, welcher einsah, daß er unmöglich auch noch diese Lüge sagen dürfe; sie wäre allzu groß und frech gewesen.

»Also die Utahindianer handeln mit Halftern! Das habe ich noch nicht gewußt. Woher habt ihr denn eure Pferde?«

»Die haben wir in Fort Dodge gekauft.«

»So weit von hier? Und ich möchte wetten, daß diese Tiere letzthin wochenlang sich auf der Weide befunden haben. Ein Pferd, welches den Reiter von Fort Dodge hierher getragen hat, sieht ganz anders aus. Und wie kommt es denn, daß die eurigen nicht beschlagen sind?«

»Das müßt Ihr den Händler fragen, von dem wir sie haben.«

»Unsinn! Händler! Diese Tiere sind ja gar nicht gekauft.«

»Was denn sonst?«

»Gestohlen.«

»Sir!« rief Knox, indem er nach seinem Messer griff. Auch Hilton fuhr mit der Hand nach seinem Gürtel.

»Laßt die Messer stecken, sonst schlage ich euch nieder wie Holzklötze!« drohte Old Shatterhand. »Meint ihr denn, ich sähe nicht, daß die Pferde indianische Dressur haben!«

»Wie könnt Ihr das wissen? Ihr habt uns doch nicht reiten sehen! Nur die kurze Strecke vom Pfade bis hierher zu diesen Steinen habt Ihr uns auf den Pferden gesehen. Und das ist nicht genug, um so ein Urteil zu fällen.«

»Aber ich bemerke, daß sie unsre Tiere vermeiden, daß sie sich zusammenhalten. Diese Pferde sind den Utahs gestohlen worden, und ihr gehört zu den Leuten, welche über diese armen Roten hergefallen sind.«

Knox wußte nicht mehr, was er sagen sollte. Dem Scharfsinne dieses Mannes war er nicht gewachsen. Wie es solchen Leuten in ähnlichen Fällen zu ergehen pflegt, so auch ihm: er nahm seine letzte Zuflucht zur Grobheit.

»Sir, ich habe viel von Euch gehört und Euch für einen ganz andern Menschen gehalten«, sagte er. »Ihr redet wie im Traume. Wer Behauptungen aufstellt, wie die Eurigen sind, der muß geradezu verrückt sein. Unsre Pferde indianische Dressur! Es würde zum Totlachen sein, wenn man sich nicht darüber ärgern müßte. Ich sehe ein, daß wir nicht zusammenpassen, und werde aufbrechen, um nicht gezwungen zu sein, Eure ferneren Phantasien anhören zu müssen.«

Er stand auf und Hilton mit ihm. Aber auch Old Shatterhand erhob sich, legte ihm die Hand auf den Arm und gebot: »Ihr bleibt!«

»Bleiben, Sir? Soll das etwa ein Befehl sein?«

»Allerdings.«

»Habt Ihr etwa über uns zu verfügen?«

»Ja. Ich werde euch den Utahs zur Bestrafung ausliefern.«

»Ah, wirklich? Das wäre ja noch viel toller als die indianische Dressur!«

Er sprach das in höhnischem Tone, aber seine Lippen bebten dabei, und es war ihm anzusehen, daß er nicht die Zuversicht besaß, welche zu zeigen er sich die größte Mühe gab.

»Aber es wird damit dieselbe Richtigkeit haben wie bei der Dressur«, antwortete der Jäger. »Daß eure Pferde den Utahs gehört haben, zeigt sich in – – alle Teufel, was ist das?«

Er hatte, indem er von den Pferden sprach, das Auge auf dieselben gerichtet und dabei etwas bemerkt, was seine ganze Aufmerksamkeit auf sich zog. Sie hielten nämlich die Nüstern hoch, drehten sich nach allen Richtungen, sogen die Luft ein und rannten dann freudig wiehernd dem Rande der Lichtung zu.

»Ja, was ist das?« rief auch Jemmy. »Es sind Rote in der Nähe!«

Das untrügliche Auge Old Shatterhands erfaßte mit einem einzigen scharfen Blicke die Gefahr. Er antwortete: »Wir sind umzingelt, jedenfalls von den Utahs, deren Nähe durch die Pferde verraten worden ist und die sich nun also gezwungen sehen werden, loszubrechen.«

»Was thun wir da?« fragte Davy. »Wehren wir uns?«

»Zunächst wollen wir ihnen zeigen, daß wir mit diesen Raubmördern nichts zu thun haben. Das ist die Hauptsache. Also nieder mit ihnen!«

Er schlug Knox die geballte Faust gegen die Schläfe, daß der Getroffene wie ein Holzblock niederstürzte, und dann bekam Hilton, ehe er ihn zu parieren vermochte, ganz denselben Hieb.

»Nun schnell hinauf auf den Felsen«, gebot Old Shatterhand. »Dort haben wir Deckung, hier unten aber nicht. Dann müssen wir das weitere abwarten.« Die Steinkolosse waren nicht leicht zu ersteigen; aber in Lagen, wie die gegenwärtige eine war, verdoppeln und vergrößern sich die Fähigkeiten des Menschen; in drei, vier, fünf Sekunden waren die vier Jäger hinauf und hinter den Ecken, Kanten und Sträuchern, wo sie sich niederduckten, verschwunden. Seit dem Wiehern der beiden Indianerpferde war bis jetzt kaum eine Minute vergangen. Der Häuptling hatte sofort das Zeichen zum Angriffe geben wollen, dies aber unterlassen, als er sah, daß das eine Bleichgesicht zwei andre niederschlug. Er konnte sich das nicht erklären und zögerte; dadurch hatten die vier Zeit gewonnen, sich auf die Felsen zu retirieren. Jetzt stellte sich der »große Wolf« die Frage, was nun unter den gegenwärtigen Umständen zu tun sei. Die Weißen zu überrumpeln, das war versäumt worden. Jetzt steckten sie oben und konnten von den Kugeln und Pfeilen nicht erreicht werden; wohl aber waren sie im stande, vom Felsen aus den ganzen freien Raum zu beherrschen und ihre Kugeln nach allen Richtungen zu senden. Zweihundert Rote gegen vier oder höchstens sechs Weiße! Der Sieg der ersteren war gewiß. Aber wie sollten sie ihn gewinnen? Etwa die Felsen stürmen? Es war vorauszusehen, daß dabei viele Indianer fallen würden. Der Rote ist, wenn es sein muß, tapfer, kühn, ja sogar verwegen; aber wenn er sein Ziel durch List und ohne Gefahr zu erreichen vermag, so fällt es ihm nicht ein, sein Leben auf das Spiel zu setzen. Der Häuptling rief also durch einen Pfiff seine Unteranführer zu sich, um sich mit ihnen zu beraten.

Das Resultat dieser Beratung war sehr bald zu sehen oder vielmehr zu hören. Es ertönte vom Rande der Lichtung her eine laute Stimme. Da der

Und dann bekam Hilton ganz denselben Hieb.

freie Platz höchstens fünfzig Schritt breit war und die Entfernung zwischen den Felsen und der Stelle, an welcher diese Stimme erscholl, also nur die Hälfte, fünfundzwanzig Schritt, betrug, so konnte man jedes Wort deutlich vernehmen. Es war der Häuptling selbst, welcher, an einem Baum stehend, herüberrief: »Die Bleichgesichter sind von vielen roten Kriegern umringt, sie mögen herunterkommen!«

Das war so naiv, daß gar keine Antwort gegeben wurde. Der Rote wiederholte die Aufforderung noch zweimal und fügte, als er auch da noch keine Erwiderung fand, hinzu: »Wenn die weißen Männer nicht gehorchen, werden wir sie töten.«

Darauf antwortete nun Old Shatterhand: »Was haben wir den roten Kriegern gethan, daß sie uns umringt haben und überfallen wollen?«

»Ihr seid die Hunde, welche unsre Männer getötet und unsre Pferde geraubt haben.«

»Du irrst. Nur zwei dieser Räuber sind hier; sie kamen kurz vorher zu uns, und als ich ahnte, daß sie die Feinde der Utahs sind, habe ich sie niedergeschlagen. Sie sind nicht tot; sie werden bald wieder erwachen. Wenn ihr sie haben wollt, so holt sie euch.«

»Du willst uns hinüberlocken, um uns zu töten!«

»Nein.«

»Ich glaube dir nicht.«

»Wer bist du? Wie ist dein Name?«

»Ich bin Ovuts-avaht, der Häuptling der Utahs.«

»Ich kenne dich. Der ›große Wolf‹ ist stark vom Körper und vom Geiste. Er ist der Kriegsherr der Yampa-Utahs, welche tapfer und gerecht sind und den Unschuldigen nicht die Sünden des Schuldigen entgelten lassen werden.«

»Du redest wie ein Weib. Du jammerst um dein Leben. Du nennst dich unschuldig, aus großer Angst vor dem Tode. Ich verachte dich. Wie lautet dein Name? Es wird der Name eines alten, blinden Hundes sein.«

»Ist der ›große Wolf‹ nicht selber blind? Er scheint unsre Pferde nicht zu sehen. Haben diese etwa den Utahs gehört? Es ist ein Maultier dabei. Ist es ihnen gestohlen worden? Wie kann der ›große Wolf‹ uns für Pferdediebe halten? Er sehe doch meinen Rapphengst an! Haben die Utahs jemals ein solches Pferd besessen? Es ist von dem Blute, welches nur für Winnetou, den Apachenhäuptling, und seine Freunde gezüchtet wird. Muß der ›große Wolf‹ nicht daraus ersehen, daß ich ein Freund dieses berühmten Mannes bin? Darf er mich da der Angst und Feigheit zeihen? Die Krieger der Utahs mögen hören, ob mein Name der eines Hundes ist. Die Bleichgesichter heißen mich Old Shatterhand; in der Sprache der Utahs aber werde ich Pokai-mu, die ›tötende Hand‹, genannt.«

Der Häuptling antwortete nicht gleich wieder, und die jetzt eingetretene Stille währte einige Minuten. Das war ein sicheres Zeichen, daß der Name des Jägers Eindruck gemacht hatte. Erst nach der angegebenen Zeit war die Stimme des »großen Wolfes« wieder zu vernehmen: »Das Bleichgesicht gibt sich für Old Shatterhand aus; wir aber glauben seiner Versicherung nicht. Er weiß, daß dieser große, weiße Jäger von allen roten

Männern hoch geachtet wird, und nimmt dessen Namen an, um uns zu täuschen und dem Tode zu entgehen. Wir erkennen aus seinem Verhalten, daß ihm dieser Name nicht gehört.«

»Wieso?« fragte der Jäger.

»Old Shatterhand kennt keine Furcht; dir aber hat die Angst den Mut genommen, dich uns zu zeigen.«

»Wäre das wahr, so besäßen die Krieger der Utahs noch mehr Angst als ich. Ich lasse mich nicht sehen, und ihr zählt viele, viele Bewaffnete; sie aber verstecken sich, und du mit ihnen, vor nur vier Männern. Wer hat da größere Furcht, ich oder ihr? Übrigens will ich dir beweisen, daß ich keine Bangigkeit kenne. Ihr sollt mich sehen.«

Er trat aus seinem Versteck hervor, stieg auf den höchsten Punkt des Felsen, blickte langsam rundum und stand so frei und unbesorgt da oben, als ob es nicht ein einziges Gewehr gebe, dessen Kugel ihn zu treffen vermöge.

»Ing Pokai-mu, ing Pokai-mu, howgh!« erklangen mehrere laute Stimmen – »er ist die ›tötende Hand‹, er ist die ›tötende Hand‹, gewiß!«

Das waren Leute, welche ihn kannten, weil sie ihn gesehen hatten. Er blieb furchtlos stehen und rief dem Häuptlinge zu: »Hast du das Zeugnis deiner Krieger vernommen? Glaubst du nun, daß ich Old Shatterhand wirklich bin?«

»Ich glaube es. Dein Mut ist groß. Unsre Kugeln treffen viel, viel weiter als zu dir. Wie leicht kann eins unsrer Gewehr losgehen!«

»Das wird nicht geschehen, denn die Krieger der Utahs sind tapfere Helden, aber keine Mörder. Und wenn ihr mich tötet, so würde mein Tod schwer an euch gerächt werden.«

»Wir fürchten keine Rache!«

»Sie würde euch ereilen und auffressen, ohne zu fragen, ob ihr euch vor ihr fürchtet. Ich habe den Wunsch des ›großen Wolfes‹ erfüllt und mich ihm gezeigt. Warum bleibt er noch im Verborgenen? Hat er noch Angst oder hält er mich für einen Meuchelmörder, der ihn töten will?«

»Der Häuptling der Utahs hat keine Sorge. Er weiß, daß Old Shatterhand nur dann zur Waffe greift, wenn er angegriffen wird, und wird sich ihm zeigen.«

Er trat hinter dem Baume hervor, so daß seine große Gestalt vollständig zu sehen war.

»Ist Old Shatterhand nun zufrieden?« fragte er.

»Nein.«

»Was verlangt er noch?«

»Ich will mit dir in größerer Nähe sprechen, um eure Wünsche bequemer zu erfahren. Komm also näher herbei, bis zur Hälfte der jetzigen

Entfernung; ich werde vom Felsen steigen und dir entgegengehen. Dann setzen wir uns, wie es würdigen Kriegern und Häuptlingen geziemt, nieder, um zu beraten.«

»Willst du nicht lieber zu uns kommen?«

»Nein; es soll der eine den andern dadurch ehren, daß sie einander gleich weit entgegenkommen.«

»Dann würde ich mit dir auf der freien Lichtung sitzen und den Schüssen deiner Leute ohne Schutz ausgesetzt sein.«

»Ich gebe dir mein Wort, daß dir nichts geschehen soll. Sie werden nur dann schießen, wenn deine Krieger mir eine Kugel senden. Dann wärest du freilich verloren.«

»Wenn Old Shatterhand sein Wort gibt, so darf man vertrauen; es gilt ihm ebenso heilig wie der größte Schwur. Ich werde also kommen. Wie wird der große weiße Jäger bewaffnet sein?«

»Ich werde alle meine Waffen ablegen und hier zurücklassen; dir aber steht es frei, zu thun, was dir beliebt.«

»Der ›große Wolf‹ wird sich nicht dadurch schänden, daß er weniger Mut und Vertrauen zeigt. Komm also herab!«

Der Häuptling legte seine Waffen da, wo er stand, in das Gras und wartete dann auf Old Shatterhand.

»Sie wagen zu viel«, wurde dieser von Jemmy gewarnt. »Sind Sie wirklich der Überzeugung, daß Sie es thun dürfen?«

»Ja. Wenn der Häuptling vorher zurückgetreten wäre, um sich mit seinen Leuten zu beraten oder ihnen einen Befehl, einen Wink zu geben, so würde ich freilich Verdacht schöpfen. Da er das aber nicht gethan hat, so muß ich ihm Vertrauen schenken.«

»Und was wollen wir inzwischen thun?«

»Nichts. Ihr legt, doch ohne daß man es unten bemerkt, die Gewehre auf ihn an und schießt ihn sofort nieder, falls ich angegriffen werden sollte.« – Er stieg hinab und dann schritten die beiden langsam aufeinander zu. Als sie sich erreichten, hielt Old Shatterhand dem Häuptling die Hand hin und sagte: »Ich habe den ›großen Wolf‹ noch nie gesehen, aber oft gehört, daß er in der Beratung der Weiseste und im Kampfe der Tapferste sei. Ich freue mich also jetzt, sein Angesicht zu sehen und ihn als Freund begrüßen zu können.«

Der Indianer ignorierte die Hand des Weißen, musterte mit scharfem Blicke die Gestalt und das Gesicht desselben, und antwortete, indem er nieder zur Erde deutete: »Setzen wir uns! Die Krieger der Utahs haben ihre Kriegsbeile gegen die Bleichgesichter ausgraben müssen, und es gibt also keinen einzigen Weißen, den ich als Freund begrüßen kann.«

Er ließ sich nieder, und Old Shatterhand setzte sich ihm gegenüber.

Das Feuer war verlöscht; neben der Asche desselben lagen noch Knox und Hilton, welche sehr schwer betäubt oder gar tot sein mußten, da sie sich noch immer nicht bewegten. Old Shatterhands Mustang hatte die Indianer gerochen, noch ehe die Stimme des Häuptlings erschollen war, und sich schnaubend in die Nähe des Felsens gemacht. Davys altes Maultier besaß eine ebenso feine Nase und war diesem Beispiele gefolgt. Die Pferde Franks und Jemmys hatten sich das zur Lehre dienen lassen, und so standen die vier Tiere jetzt hart am Felsen, und ihre Haltung, ihr Benehmen zeigte, daß sie sich der Gefahr, in welcher sie sich mit ihren Herren befanden, wohl bewußt waren.

Keiner der beiden einander gegenüber Sitzenden schien beginnen zu wollen. Old Shatterhand blickte wartend und so gleichgültig, als ob ihm nicht das mindeste geschehen könne, vor sich nieder. Der Rote aber konnte seinen prüfenden Blick nicht von dem Weißen lassen. Die Farbe, welche dick auf seinem Gesichte lag, ließ den Ausdruck desselben nicht erkennen; aber die breit und etwas abwärts gezogenen Mundwinkel deuteten an, daß er sich von dem viel besprochenen Jäger eine Vorstellung gemacht hatte, welche durch die äußere Gestalt desselben jetzt nicht bestätigt wurde. Dies zeigte sich, als er jetzt endlich die fast ironische Bemerkung machte: »Der Ruf Old Shatterhands ist groß; aber seine Gestalt ist nicht mit demselben fortgewachsen.«

Old Shatterhand ragte über die gewöhnliche Größe hinaus, war aber dem Äußern nach keineswegs ein Gigant. Er hatte in der Vorstellung des Roten jedenfalls als ein wahrer Goliath gelebt. Der Jäger antwortete lächelnd: »Was hat die Gestalt mit dem Rufe zu thun? Soll ich dem Häuptlinge der Utahs etwa antworten: »Die Gestalt des ›großen Wolfes‹ ist groß, aber sein Ruf, seine Tapferkeit ist nicht gleichmäßig mit ihr gewachsen?«

»Das würde eine Beleidigung sein«, erklärte der Rote mit blitzenden Augen, »auf welche ich dich sofort verlassen würde, um den Befehl zum Beginne des Kampfes zu erteilen!«

»Warum erlaubst du dir da eine solche Bemerkung über meine Gestalt? Zwar können deine Worte einen Old Shatterhand nicht beleidigen, aber sie enthalten eine Mißachtung, welche ich nicht dulden darf. Ich bin wenigstens ein ebenso großer Häuptling wie du; ich werde höflich mit dir sprechen und verlange von dir die gleiche Höflichkeit. Das muß ich dir sagen, bevor wir unsre Unterredung beginnen, denn sonst würde dieselbe zu keinem guten Ziele führen.«

Er war es sich und seinen drei Begleitern schuldig, dem Roten diesen Verweis zu geben. Je kräftiger er auftrat, desto mehr imponierte er, und von dem Eindrucke, welchen er jetzt hervorbrachte, hing die Gestaltung seiner Lage ab.

»Es gibt nur ein einiges Ziel und kein andres«, erklärte der »große Wolf«.

»Welches?«

»Euer Tod.«

»Das wäre ein Mord, denn wir haben euch nichts gethan.«

»Du befindest dich in der Gesellschaft der Mörder, welche wir verfolgen!«

»Glaubst du, daß ich dabei war, als sie euch des Nachts überfielen?«

»Nein. Old Shatterhand ist kein Pferdedieb; er hätte sie von ihrem Beginnen abgehalten.«

»Nun, warum behandelst du mich dennoch als Feind?«

»Du bist mit ihnen geritten.«

»Nein, das ist nicht wahr. Sende einen deiner Leute auf unsrer Spur zurück. Er wird bald sehen, daß diese beiden Männer erst nach uns gekommen und auf unsere Fährte gestoßen sind.«

»Das ändert nichts. Die Bleichgesichter haben uns im tiefsten Frieden überfallen, unsre Pferde geraubt und viele von unsern Kriegern getötet. Unser Grimm war groß, doch unsre Bedachtsamkeit nicht kleiner. Wir schickten weise Männer ab, um Bestrafung der Schuldigen und Ersatz für unsre Verluste zu erlangen; man hat sie ausgelacht und abgewiesen. Darum haben wir die Tomahawks ausgegraben und geschworen, daß, bis unsre Rache vollendet ist, jeder Weiße, welcher in unsre Hände fällt, getötet werden soll. Diesen Schwur müssen wir halten, und du bist ein Weißer.«

»Der aber unschuldig ist!«

»Waren meine Krieger, welche man tötete, etwa eines Fehlers schuldig? Verlangst du, daß wir barmherziger sein sollen als unsre Widersacher und Mörder?«

»Ich beklage, was geschehen ist. Der ›große Wolf‹ wird wissen, daß ich ein Freund der roten Männer bin.«

»Ich weiß es; aber dennoch mußt auch du sterben. Wenn die ungerechten Bleichgesichter, welche unsre Klagen nicht berücksichtigen, erfahren, daß sie durch ihr Verhalten den Tod vieler Gerechten, sogar Old Shatterhands verschuldet haben, so werden sie sich dies zur Lehre dienen lassen und in Zukunft klüger und einsichtsvoller handeln.«

Das klang gefährlich. Der Indianer sprach im vollsten Ernste, und die Folgerung, welche er zog, war gar nicht unlogisch entstanden. Dennoch antwortete Old Shatterhand: »Der ›große Wolf‹ denkt nur an seinen Schwur, aber nicht an die Folgen desselben. Wenn ihr uns tötet, wird ein Schrei der Entrüstung über die Berge und Prairien erschallen, und Tausende von Bleichgesichtern werden sich gegen euch aufmachen, um unsern Tod zu rächen. Diese Rache wird um so strenger sein, als wir stets die Freunde der roten Männer waren.«

»Ihr? Nicht du allein? Du sprichst auch von deinen Gefährten? Wer sind sie denn, diese Bleichgesichter?«

»Der eine heißt Hobble-Frank, und du wirst ihn vielleicht nicht kennen; aber die Namen der beiden andern hast du oft gehört; sie sind der dicke Jemmy und der lange Davy.«

»Ich kenne sie. Man hat nie den einen ohne den andern gesehen, und ich habe niemals erfahren, daß sie Feinde der Indianer seien. Aber gerade deshalb wird ihr Tod die ungerechten Häuptlinge der Weißen belehren, wie unklug es von ihnen war, unsre Gesandten fortzuweisen. Euer Schicksal ist entschieden, aber es wird ein ehrenvolles sein. Ihr seid tapfere und berühmte Männer und sollt den qualvollsten Tod erleiden, den wir euch nur bieten können. Ihr werdet ihn erdulden, ohne mit der Wimper zu zucken, und die Kunde davon wird durch alle Lande erklingen. Dadurch wird euer Ruhm noch glänzender, als er bisher war, und ihr werdet in den ewigen Jagdgründen zu großem Ansehen gelangen. Ich hoffe, daß du erkennst, welche Rücksicht das von uns ist, und uns dafür dankbar bist!«

Old Shatterhand war keineswegs über die ihm hier gebotenen Vorteile entzückt. Er ließ das aber nicht merken und antwortete: »Deine Absicht ist eine sehr gute, und ich lobe dich dafür; aber diejenigen, welche uns rächen, werden dir nicht dankbar dafür sein.«

»Ich lache über sie; sie mögen kommen!«

»Meinst du, daß du sie besiegen wirst, daß es ihrer wenige sein dürften?«

»Ovuts-avaht hat nicht die Gewohnheit, seine Feinde zu zählen. Und weißt du nicht, wie zahlreich wir dann sein werden? Es werden sich versammeln die Krieger der Weawers, der Uinta, Yampa, Sampitsches, Pahvants, Wiminutsches Elks, Capotes, Païs, Tasches, Muatsches und Tabequatsches. Diese Völker alle gehören zu dem Stamme der Utahs; sie werden die weißen Krieger zermalmen.«

»So gehe nach dem Osten und zähle die Weißen! Und welche Anführer werden sie haben! Es werden uns Rächer erstehen, von denen ein einziger viele, viele Utahs aufwiegt.«

»Wer wäre das?«

»Ich will dir nur einen nennen, nämlich Old Firehand.«

»Er ist ein Held; er ist unter den Bleichgesichtern das, was der Grizzly unter Prairiehunden ist«, gab der Häuptling zu. »Aber er wäre auch der einzige; einen zweiten kannst du mir nicht nennen.«

»O, viele, noch viele könnte ich anführen; aber ich will nur noch einen erwähnen, Winnetou, den du wohl kennen wirst.«

»Wer sollte ihn nicht kennen, aber wenn er hier wäre, müßte er auch sterben; er ist unser Feind.«

»Nein; er wagt und läßt sein Leben für jeden seiner roten Brüder.«

»Schweig davon! Er ist der Häuptling der Apachen. Die Weißen fühlen sich zu schwach gegen uns; sie haben zu den Navajos gesandt und diese gegen uns aufgehetzt.«

»Das weißt du schon?«

»Die Augen des ›großen Wolfes‹ sind scharf, und seinen Ohren kann kein Geräusch entgehen. Gehören die Navajos nicht zu dem Stamme der Apachen? Müssen wir also Winnetou nicht als unsern Feind betrachten? Wehe ihm, wenn er in unsre Hände fällt!«

»Und wehe dann auch euch! Ich warne dich. Ihr hättet nicht nur die Krieger der Weißen gegen euch, sondern auch viele tausend Streiter der Mescaleros, der Llaneros, der Xicarillas, Taracones, Navajos, Tschiriguamïs, Pilanenjos, Lipans, Coppers, Gilas und Mimbrenjos, welche ja alle zu dem Stamme der Apachen gehören. Diese würden gegen euch ziehen, und die Weißen brauchten nichts zu thun, als nur ruhig zuzusehen, wie sich die Utahs und Apachen untereinander aufreiben. Willst du euern bleichen Feinden wirklich diese Freude machen?«

Der Häuptling sah vor sich nieder und antwortete nach einer Weile: »Du hast die Wahrheit gesagt; aber die Bleichgesichter drängen von allen Seiten auf uns ein; sie überschwemmen uns, und der rote Mann ist verurteilt, eines langsamen und qualvollen Erstickungstodes zu sterben. Ist es da nicht besser für ihn, den Kampf so zu führen, daß er rascher stirbt und rascher vernichtet wird? Der Blick, welchen du mir in die Zukunft öffnest, kann mich nicht abhalten, sondern mich nur darin bestärken, das Kriegsbeil ohne Gnade und Rücksicht zu gebrauchen. Gib dir also keine Mühe; es bleibt bei dem, was ich gesagt habe.«

»Daß ihr uns also am Marterpfahle sterben lassen wollt?«

»Ja. Ergibst du dich in das Schicksal, welches dir meine Worte bezeichneten?«

»Ja«, antwortete Old Shatterhand mit solcher Ruhe, daß der Rote schnell rief: »So liefert eure Waffen ab!«

»Das werden wir freilich nicht thun!«

»Aber du sagst ja, daß du dich ergeben willst!« erklang es im Tone der Verwunderung.

»Allerdings, nämlich in das Schicksal, welches uns durch deine Worte verkündet wird. Was aber hast du gesagt? Daß ihr jedes Bleichgesicht, welches in eure Hände fällt, töten werdet. Oder ist es nicht so?«

»Ja, so waren meine Worte«, nickte der Rote, darauf gespannt, was Old Shatterhand darauf vorbringen werde.

»Gut, so tötet uns, wenn wir in eure Hände gefallen sind, was aber bis jetzt noch nicht geschehen ist.«

»Uff! Glaubst du uns etwa zu entkommen?«

»Allerdings.«

»Das ist unmöglich. Weißt du, wie viele Krieger ich bei mir habe? Es sind ihrer zweihundert!«

»Bloß? Vielleicht hast du dir erzählen lassen, daß schon größere Horden sich vergeblich die Mühe gegeben haben, mich zu fangen oder festzuhalten.«

»Aber zweihundert und ihr nur vier! Es ist keine Lücke vorhanden, durch welche ihr entschlüpfen könntet!«

»So werden wir uns eine Lücke machen!«

»Ihr würdet dabei getötet werden!«

»Möglich! Aber wie viele deiner Krieger würdest du dabei einbüßen! Ich rechne auf jeden meiner Gefährten wenigstens zwanzig und ich selbst werde gewiß viel mehr als fünfzig erschießen, ehe ihr mich in eure Hände bekommt.«

Er sagte das mit einer solchen Zuversicht, daß der Rote ihn erstaunt anschaute. Dann stieß der letztere ein rauhes Lachen hervor und sagte, indem er die Hand geringschätzend auf und nieder bewegte: »Die Gedanken deines Kopfes verwirren sich. Du bist ein kühner Jäger, aber wie könntest du fünfzig Krieger erlegen?«

»Mit Leichtigkeit. Hast du noch nicht erfahren, was für Waffen ich besitze?«

»Du sollst ein Gewehr besitzen, aus welchem man immerfort schießen kann, ohne ein einziges Mal laden zu müssen; aber das ist eine Unmöglichkeit, ich glaube es nicht.«

»Soll ich es dir zeigen?«

»Ja, zeige es!« rief der Häuptling, ganz elektrisiert von dem Gedanken, dieses geheimnisvolle Gewehr, an welches sich so viele Sagen knüpften, sehen zu können.

»So werde ich es mir geben lassen und es dir bringen.«

Er stand auf und schritt zum Felsen, um den Stutzen zu holen. Wie die Verhältnisse lagen, mußte er vor allen Dingen danach trachten, die Indianer trotz ihrer Überzahl einzuschüchtern und bestürzt zu machen, und dazu war dieses Gewehr am besten geeignet. Er wußte, welche und wie viele Sagen über dasselbe unter den Roten kursierten. Sie hielten es für eine Zauberflinte, welche der »große Manitou« dem Jäger gegeben habe, um denselben unüberwindlich zu machen. Jemmy langte sie ihm von dem Felsen herab; er kehrte zu dem Häuptling zurück, hielt sie ihm hin und sagte: »Hier ist das Gewehr; nimm es, und sieh es dir an!«

Schon streckte der Rote die Hand aus; aber er zog sie wieder zurück und fragte: »Darf denn auch ein andrer als du es angreifen? Wenn es wirklich das Zaubergewehr ist, so muß es jedem, dem es nicht gehört, Gefahr bringen, sobald er es berührt.«

Diese vorteilhafte Ansicht mußte Old Shatterhand ausbeuten. Mußte er sich mit seinen Begleitern den Roten ergeben, so war er mit ihnen jedenfalls gezwungen, die Waffen alle auszuliefern. In diesem Falle kam es sehr darauf an, wenigstens dieses eine Gewehr behalten zu können. Eine direkte Lüge wollte Old Shatterhand zwar nicht sagen, aber er antwortete: »Ich darf die Geheimnisse desselben nicht mitteilen. Nimm, und versuche es selbst!«

Er hatte den Stutzen in der rechten Hand und legte bei diesen Worten den Daumen an die Patronenkugel, um durch eine kleine, ganz unbemerkbare Bewegung dieselbe so vorzudrehen, daß der Schuß bei der geringsten Berührung derselben losgehen mußte. Sein scharfes Auge bemerkte eine Gruppe von mehreren Roten, welche aus Neugierde ihre geschützten Stellungen verlassen hatten und nun nahe dem Rande der Lichtung bei einander standen. Diese Gruppe bildete ein so gutes Ziel, daß eine auch nicht ganz genau auf sie gerichtete Kugel einen von ihnen treffen mußte. Jetzt kam es darauf an, ob der Häuptling das Gewehr ergreifen werde oder nicht. Er war wohl weniger abergläubisch als die andern Roten, aber er traute der Sache doch nicht ganz. »Soll ich, oder soll ich nicht?« Diese beiden Fragen waren in seinen begierig auf das Gewehr gerichteten Augen zu lesen. Old Shatterhand nahm es jetzt mit beiden Händen, hielt es ihm näher und zwar so, daß der Lauf genau nach der erwähnten Indianergruppe zeigte. Die Neugierde des Häuptlings war doch größer als seine Besorgnis; er griff zu. Old Shatterhand spielte ihm das Gewehr so in die Hand, daß dieselbe die Kugel berührte. Sofort krachte der Schuß – drüben, wo die Indianer standen, ertönte ein Schrei und der »große Wolf« ließ den Stutzen erschrocken fallen. Einer der Roten rief herüber, daß er verwundet worden sei.

»Bin ich's gewesen, der ihn verwundet hat?« fragte der Häuptling betroffen.

»Wer sonst?« antwortete Old Shatterhand. »Das ist nur erst zur Warnung geschehen. Bei der nächsten Berührung dieses Gewehres wird es aber Ernst werden. Ich erlaube dir, es wieder anzufassen, aber ich warne dich; die Kugel würde nun – –«

»Nein, nein!« rief der Rote, indem er mit beiden Händen abwehrte. »Es ist wirklich ein Zaubergewehr und nur für dich bestimmt. Wenn ein andrer es nimmt, so geht es los und er trifft seine eigenen Freunde, vielleicht gar sich selbst. Ich mag es nicht; ich mag es nicht!«

Die Neugierde des Häuptlings war doch größer als seine Besorgnis; er griff zu.

»Das ist sehr klug von dir«, meinte Old Shatterhand in ernstem Tone. »Sei froh, daß es jetzt nur einmal losgegangen ist. Du hast nur eine kleine Lehre erhalten; das nächste Mal würde es anders kommen. Ich werde dir zeigen, wie oft es losgeht. Schau nach dem Ahornbäumchen dort am Bache. Es ist nur zwei Finger stark und soll zehn Löcher erhalten, welche genau die Breite deines Daumens voneinander entfernt sind.«

Er hob den Stutzen auf, legte ihn an, zielte auf den Ahorn und drückte ein – drei – sieben – zehnmal ab. Dann sagte er: »Gehe hin, und siehe es! Ich könnte noch viele, viele Male schießen, aber es ist ja genug, um dir zu zeigen, daß ich in einer Minute fünfzig von deinen Kriegern in das Herz treffen könnte, wenn ich wollte.«

Der Häuptling ging zum Bäumchen. Old Shatterhand sah, daß er die Entfernungen der Löcher mit dem Daumen maß. Mehrere Rote kamen, von der Wißbegierde getrieben, aus ihren Verstecken hervor und zu ihm hin. Dies benutzte der Jäger, um schnell neue Patronen in die sich excentrisch bewegende Kugel zu schieben.

»Uff, uff, uff!« hörte er rufen. War es für die Indianer schon ein wirkliches Wunder, daß er so viele Schüsse abgegeben hatte, ohne zu laden, so waren sie jetzt doppelt erstaunt, zu sehen, daß nicht nur keine Kugel fehlgeschlagen war, sondern jede das dünne Stämmchen genau einen Daumen breit über der vorigen durchschlagen hatte. Der Häuptling kehrte zurück, setzte sich wieder nieder und forderte den Jäger durch eine Handbewegung auf, seinem Beispiele zu folgen. Er sah eine ganze Weile schweigend vor sich nieder und sagte dann: »Ich sehe, daß du ein Liebling des großen Geistes bist. Ich habe von diesem Gewehre gehört, es aber nicht glauben können. Nun weiß ich, daß man die Wahrheit gesagt hat.«

»So sei also vorsichtig, und überlege wohl, was du thust! Du willst uns ergreifen und töten. Versuche es; ich habe nichts dagegen. Wenn ihr dann die Krieger zählt, welche von meinen Kugeln getroffen sind, wird sich in eurem Dorfe das Klagegeschrei der Frauen und Kinder der Gefallenen erheben; mir aber darfst du dann die Schuld nicht geben.«

»Meinst du denn, daß wir uns treffen lassen werden? Ihr müßt euch uns ergeben, ohne daß ein Schuß zu fallen braucht. Ihr seid umringt und habt nichts zu essen. Wir belagern euch so lange, bis der Hunger euch zwingt, die Waffen zu strecken.«

»Da kannst du lange warten. Wir haben Wasser zum Trinken und Fleisch genug zum Essen. Dort stehen ja unsre Tiere, vier Pferde, von denen wir viele Wochen lang leben könnten. Aber dazu wird es gar nicht kommen, denn wir werden uns durchschlagen. Ich gehe voran mit meinem Zaubergewehre in der Hand, schicke euch Kugel auf Kugel zu, und wie gut ich zu treffen weiß, hast du ja gesehen.«

»Wir werden hinter den Bäumen stehen!«

»Meinst du, daß euch das vor meiner Zauberflinte schützen werde? Nimm dich in acht! Du würdest der erste sein, auf den ich sie richte. Ich bin ein Freund der roten Männer, und so würde es mir sehr leid thun, so viele von euch töten zu müssen. Ihr habt schon jetzt so schwere Verluste zu beklagen, und es werden, wenn der Kampf mit den weißen Soldaten und den Navajos beginnt, noch viele, viele eurer Männer fallen. Darum solltet ihr nicht auch noch uns, eure Freunde, zwingen, den Tod in eure Reihen zu senden.«

Diese ernsten Worte verfehlten ihre Wirkung nicht. Der Häuptling starrte lange vor sich hin, unbeweglich wie eine Statue sitzend. Dann stieß er in beinahe bedauerndem Tone hervor: »Wenn wir nicht geschworen hätten, alle Bleichgesichter zu töten, so würden wir euch vielleicht ziehen lassen; aber ein Schwur muß gehalten werden.«

»Nein. Man kann einen Schwur zurücknehmen.«

»Aber nur, wenn die große Beratung es erlaubt.«

»So beratet euch!«

»Wie kannst du mir das sagen! Ich bin der einzige Häuptling hier; mit wem soll ich mich beraten!«

Jetzt hatte Old Shatterhand den Häuptling da, wohin er ihn hatte haben wollen. Wenn derselbe schon vom Beraten sprach, so war die größte Gefahr bereits vorüber. Der Jäger kannte die Eigenart der Roten. Er hatte jetzt den beabsichtigten Erfolg errungen und wußte es, daß es am klügsten sei, denselben nicht sofort zu verfolgen. Darum schwieg er und wartete, was der »große Wolf« nun weiter sagen werde.

Dieser ließ seine Augen prüfend über die Lichtung schweifen. Er dachte jedenfalls darüber nach, ob es nicht vielleicht doch möglich sei, sich hier der vier Weißen trotz des gefährlichen Zaubergewehres zu bemächtigen, und nur dann, als dieses Nachgrübeln allzu lang währte, sagte Old Shatterhand, indem er Miene machte, aufzustehen: »Der Häuptling der Utahs hat nun alles gehört, was ich ihm sagen kann; es gibt nichts Weiteres zu besprechen, und ich werde also jetzt zu meinen Gefährten zurückkehren. Er mag thun, was ihm beliebt.«

»Warte noch!« antwortete der Rote schnell. »Werdet ihr uns für feig halten, wenn wir es unterlassen, hier mit euch zu kämpfen?«

»Nein. Ein Häuptling darf nicht nur tapfer und mutig, sondern er muß auch klug und vorsichtig sein. Kein Anführer wird die Seinen unnütz opfern. Ich selbst habe stets nur dann den Feind angegriffen, wenn ich des Sieges sicher war. Jedermann weiß, daß der ›große Wolf‹ ein tapferer Krieger ist; aber wenn du dir hier von vier Weißen die Hälfte deiner Leute töten ließest, würde man an allen Lagerfeuern erzählen, daß du unsinnig gehandelt habest und nicht mehr fähig seist, die Krieger der Utahs im Kampfe anzuführen. Bedenke, daß die Weißen und die Navajos gegen euch schon unterwegs sind, und daß du deine Krieger brauchst, um diese Feinde zu schlagen. Es würde also die größte Thorheit sein, sie hier nutzlos erschießen zu lassen.«

»Du hast recht«, antwortete der Rote mit einem tiefen Seufzer darüber, mit zweihundert gegen nur vier Männer gezwungen zu sein, Nachgiebigkeit zu zeigen. »Ich selbst kann meinen Schwur nicht zurücknehmen; ich muß ihn mir von der Versammlung der Alten zurückgeben lassen. Darum werdet ihr als meine Gefangenen mit uns ziehen, um zu erfahren, was die Beratung über euch beschließt.«

»Wenn wir uns nun aber weigern, dies zu thun?«

»So werden wir gezwungen sein, den Kampf zu beginnen und euch mit Kugeln überschütten.«

»Es wird keine einzige treffen. Die Felsen haben Löcher und Lücken genug, welche uns als Verstecke dienen. Wir aber können von da droben aus nach allen Seiten sicher auf euch zielen und jede unsrer Kugeln wird ihren Mann nehmen.«

»So warten wir, bis es dunkel ist und ihr nichts sehen könnt. Dann schleichen wir uns zu den Felsen, um Holz hinzuschaffen, welches wir anbrennen. Früh, wenn die Sonne aufgeht, werden wir dann sehen, ob ihr erstickt seid oder noch lebt.«

Er sagte das in einem sehr zuversichtlichen Tone, doch Old Shatterhand antwortete lächelnd: »Das ist nicht so leicht, wie du zu denken scheinst. Wir werden, sobald es dunkel geworden ist, vom Felsen steigen. Jeder legt sich an eine Seite desselben, und wehe dann dem roten Krieger, welcher sich zu nähern wagte! Er würde weggeschossen. Du siehst, daß wir auf alle Fälle im Vorteil sind; aber eben weil ich die roten Männer lieb habe und nicht gern auch nur einen einzigen von ihnen töten will, bin ich bereit, auf alle diese Vorteile zu verzichten. Ich bin dein Freund, und du sollst nicht in der schlimmen Lage bleiben, in welcher du dich jetzt befindest. Ich will mit meinen Gefährten sprechen. Vielleicht sind sie bereit, mit euch zu reiten. Nur fragt es sich, welche Bedingungen du stellst. Gefangen kann doch nur derjenige sein, welcher ergriffen worden ist. Wollt ihr uns fangen, nun, so versucht es getrost; ich habe nichts dagegen; aber das würde ja eben der Kampf sein, welchen du vermeiden willst.«

»Uff!« stieß der Häuptling hastig hervor. »Deine Worte treffen gerade so genau wie deine Kugeln. Old Shatterhand ist nicht nur ein Held des Kampfes, sondern auch ein Meister der Rede.«

»Ich spreche nicht nur zu meinem, sondern auch zu deinem Nutzen. Warum sollen wir Feinde sein? Ihr habt die Tomahawks gegen die Soldaten und die Navajos ausgegraben; würde es nicht von großem Nutzen für euch sein, wenn Old Shatterhand euer Verbündeter wäre, anstatt euer Feind sein zu müssen?«

Der Häuptling war klug genug, einzusehen, daß der Jäger recht hatte. Aber sein Schwur band ihm die Hände. Darum erklärte er: »Ich muß euch als Feinde betrachten, bis die Versammlung gesprochen hat. Bist du nicht damit einverstanden, so müssen die Waffen sprechen.«

»Ich bin einverstanden; ich werde mit meinen Gefährten reden, und ich denke, daß sie sich bereit zeigen werden, mit euch zu reiten, aber als Gefangene nicht.«

»Als was denn sonst?«

»Als Begleiter.«

»So wollt ihr nicht eure Waffen ausliefern und euch auch nicht binden lassen?«

»Nein, auf keinen Fall!«

»Uff! So will ich dir das Letzte sagen. Gehst du nicht mit darauf ein, so belagern wir euch hier trotz deines Zaubergewehres. Ihr brecht jetzt mit uns nach unserm Dorfe auf; ihr behaltet eure Waffen, eure Pferde und werdet auch nicht gefesselt. Wir werden ganz so thun, als ob wir im Frieden mit euch lebten; dafür aber schwört ihr uns zu, daß ihr euch ohne Gegenwehr dem Beschlusse der Beratung fügen wollt. Ich habe gesprochen. Howgh!«

Dieses letztere Wort war der Beweis, daß er nun auf keinen Fall weiter nachgeben werde; aber Old Shatterhand war mit diesem Ergebnisse der Unterredung auch vollständig zufrieden. Wenn die Roten jetzt Ernst mit dem Angriffe machten, so war es vollständig unmöglich, ihnen heiler Haut zu entgehen. Es war ein großes Glück, daß sie einen solchen Respekt vor dem Zaubergewehre besaßen; dadurch war jetzt erreicht worden, was zu erreichen überhaupt in der Möglichkeit lag. Jedenfalls mußte dieser Respekt auch auf den Beschluß der Versammlung der Alten einwirken. Darum antwortete Old Shatterhand: »Der ›große Wolf‹ soll erkennen, daß ich sein Freund bin. Ich will gar nicht erst mit meinen Genossen sprechen, sondern dir gleich jetzt in ihrem und meinem Namen mein Wort geben. Wir werden uns ohne Gegenwehr in den Beschluß fügen.«

»So nimm dein Calumet, und beschwöre, daß du so handeln wirst.«

Old Shatterhand löste die Friedenspfeife von der Schnur, that ein wenig Tabak in den Kopf und steckte denselben mittels des Punks (Prairiefeuerzeug) in Brand. Dann stieß er den Rauch gegen den Himmel, gegen die Erde, nach den vier Richtungen aus und sagte: »Ich verspreche, daß wir an keine Gegenwehr denken werden!«

»Howgh!« nickte der Häuptling. »Jetzt ist es gut.«

»Nein, denn auch du mußt dein Versprechen besiegeln«, erklärte Old Shatterhand, indem er dem Roten die Pfeife hinhielt.

Dieser hatte vielleicht im stillen darauf gerechnet, daß ihm das erlassen werde. In diesem Falle hätte er sich nicht an sein Versprechen gebunden gefühlt und, wenn nur die Weißen erst vom Felsen herunter waren, nach seinem Gutdünken gehandelt. Doch fügte er sich ohne Widerrede, indem er die Pfeife nahm, den Rauch in derselben Weise nach den vier Richtungen blies und dann sagte: »Den vier Weißen wird von uns nichts Böses geschehen, bis die Beratung der Alten über ihr Schicksal beschlossen hat. Howgh!«

Nun gab er Old Shatterhand das Calumet zurück und ging zu Knox und Hilton, welche noch genau so dalagen, wie sie niedergeschlagen worden waren.

»Auf diese erstreckt sich mein Versprechen nicht«, sagte er. »Sie gehören zu den Mördern, denn wir haben ihre Pferde als die unsrigen erkannt. Ihre Strafe wird eine schwere sein. Wohl ihnen, wenn deine Hand ihre Seelen von ihnen genommen hätte. Sie scheinen tot zu sein.«

»Nein«, antwortete Old Shatterhand, dessen scharfem Auge es während der Unterredung nicht entgangen war, daß die beiden einmal leise die Köpfe erhoben hatten, um sich umzusehen. »Sie sind nicht tot; sie sind sogar nicht mehr ohnmächtig; sie stellen sich nur tot, weil sie glauben, wir werden sie hier liegen lassen.«

»So mögen die Hunde sich erheben, sonst zermalme ich sie mit dem Fuße!« rief der Häuptling, indem er jedem der beiden einen so gewaltigen Fußstoß versetzte, daß sowohl Knox als auch Hilton es aufgab, Bewußtlosigkeit zu heucheln; sie standen auf. Ihre Angst war so groß, daß es ihnen gar nicht einfiel, an Flucht oder Verteidigung zu denken.

»Ihr seid meinen Kriegern heute früh entkommen«, sagte der Häuptling im grimmigsten Tone. »Nun hat der große Manitou euch in meine Hand gegeben, und ihr sollt für die Mordthaten, welche ihr begangen habt, am Marterpfahle heulen, daß es alle Bleichgesichter des Gebirges hören.«

Die beiden verstanden jedes Wort des Roten, da derselbe ein ziemlich gutes Englisch sprach.

»Mordthaten?« fragte Knox in der Absicht, den Versuch zu machen, sich durch Leugnen zu retten. »Davon wissen wir nichts. Wen sollen wir ermordet haben?«

»Schweig, Hund! Wir kennen euch, und auch diese Bleichgesichter hier, welche euretwegen in unsre Hände gefallen sind, wissen, was ihr gethan habt!«

Knox war ein listiger Bursche. Er sah Old Shatterhand unverletzt und unbeschädigt neben dem Roten stehen. Die Indianer hatten es nicht gewagt, sich an dem berühmten Manne zu vergreifen. Wer in seinem Schutze stand, war gewiß ebenso sicher vor ihnen wie er selbst; darum kam dem Mörder ein Gedanke, welchen er für den einzig rettenden hielt. Old Shatterhand war ein Weißer; er mußte sich also der Weißen gegen die Roten annehmen. So wenigstens dachte Knox und darum antwortete er: »Natürlich müssen sie wissen, was wir gethan haben, denn wir sind ja mit ihnen geritten und seit Wochen mit ihnen zusammengewesen.«

»Lüge nicht!«

»Ich sage die Wahrheit. Frage Old Shatterhand, welcher dir erklären und beweisen wird, daß wir gar nicht diejenigen sein können, für welche wir von euch gehalten werden.«

»Irrt euch nicht«, erklärte Old Shatterhand. »Wenn ihr glaubt, daß ich eine Lüge sprechen werde, um euch der verdienten Strafe zu entziehen, so muß ich euch sagen, daß es mir unmöglich einfallen kann, mich auf gleiche Stufe mit euch zu stellen. Ihr wißt, was ich von euch denke; ich habe es euch gesagt und meine Ansicht über euch auch nicht geändert.«

Er wendete sich von ihnen ab.

»Aber, Sir«, rief Knox, »Ihr wollt uns doch nicht etwa in dieser Gefahr verlassen! Es handelt sich um unser Leben!«

»Allerdings, nachdem es sich vorher um das Leben der von euch Gemordeten gehandelt hat. Ihr habt den Tod verdient, und ich habe gar keine Veranlassung, dagegen zu sein, daß einem jeden sein Recht werde.«

»Alle Wetter! Kommt Ihr uns so, nun, so weiß ich auch, was ich zu thun habe. Rettet Ihr uns nicht, nun, so sollt Ihr mit uns zu Grunde gehen!« Und sich von Old Shatterhand ab und zu dem Häuptlinge wendend, fuhr er fort: »Warum ergreifst du nicht auch diese vier? Sie haben sich ja auch an dem Pferderaube beteiligt und auch mit auf die Utahs geschossen; gerade durch ihre Kugeln sind die meisten eurer Leute gefallen!«

Das war eine Frechheit sondergleichen. Old Shatterhand machte eine Bewegung, als ob er sich auf den unverschämten Menschen stürzen wolle, besann sich aber eines andern und blieb schweigend stehen. Dennoch folgte die Strafe sofort der That, und was für eine Strafe. Die Augen des Häuptlings leuchteten auf; sie sprühten förmlich Blitze, als er Knox andonnerte: »Feigling! Du hast nicht den Mut, die Schuld allein zu tragen und wirfst sie auf andre, gegen welche du eine stinkende Kröte bist. Dafür soll die Strafe für dich nicht erst am Marterpfahle, sondern gleich jetzt beginnen. Ich werde mir deinen Skalp nehmen, und du sollst leben und ihn an meinem Gürtel hängen sehen. Nani witsch, nani witsch!«

Diese beiden Utahworte bedeuten »mein Messer, mein Messer!« Er rief sie den am Rande der Blöße stehenden Indianern zu.

»Um Gottes willen!« schrie der Bedrohte auf. »Bei lebendigem Leibe skalpieren, nein, nein!«

Er that einen Sprung, um zu fliehen; aber der Häuptling war ebenso schnell wie er, schoß ihm nach und ergriff ihn beim Halse; ein Druck seiner starken Hand und Knox hing in derselben, schlaff wie ein Lappen. Ein Indianer kam gerannt, um dem Häuptling das Messer zu bringen. Dieser nahm es, warf den halb Erstickten auf den Boden, kniete auf ihn – drei schnelle Schnitte, ein Ruck am Haare, ein entsetzlicher Schrei des unter ihm Liegenden, und er erhob sich, den blutigen Skalp in der linken Hand. Knox bewegte sich nicht; er war wieder ohnmächtig geworden; sein Schädel bot einen entsetzlichen Anblick dar.

»So muß es jedem Hund ergehen, welcher die roten Männer zerreißt und dann Unschuldige vernichten will!« rief der »große Wolf«, indem er den Skalp in den Gürtel steckte.

Hilton hatte mit Grauen gesehen, was seinem Gefährten geschehen war. Der Schreck machte ihn fast unbeweglich; er sank langsam neben dem Skalpierten nieder und blieb dort sitzen, ohne ein Wort zu sagen.

Der Häuptling gab ein Zeichen, auf welches die Roten herbeikamen; bald wimmelte die Lichtung von ihnen. Hilton und Knox wurden mit Riemen gefesselt.

Old Shatterhand war, sobald der »große Wolf« vom Skalpieren gesprochen hatte, auf den Felsen gestiegen, um nicht Zeuge der grausigen Scene sein zu müssen, sondern seinen Gefährten mitzuteilen, welches Resultat er erzielt habe.

»Das ist schlimm«, meinte Jemmy. »Konnten Sie uns denn nicht ganz frei bringen?«

»Nein; das war unmöglich.«

»Vielleicht wäre es besser gewesen, wenn Sie es hätten zum Kampfe kommen lassen!«

»Ganz gewiß nicht. Es hätte uns jedenfalls das Leben gekostet.«

»Oho! Wir hätten uns gewehrt. Und bei der Angst, welche die Roten vor dem Stutzen haben, hätten wir nicht zu verzweifeln gebraucht. Sie hätten es sicher nicht gewagt, uns nahe zu kommen.«

»Das ist wahrscheinlich; aber sie hätten uns ausgehungert. Ich habe zwar davon gesprochen, daß wir unsre Pferde verzehren würden, aber ich wäre lieber vor Hunger gestorben, als daß ich meinen Rappen getötet hätte.«

»Das hätten Sie gar nicht zu thun gebraucht. Bei der Eröffnung der Feindseligkeiten wäre es für die Roten das erste gewesen, unsre Pferde zu erschießen.«

»Aber gerade dadurch wären wir des besten Mittels, zu entkommen, beraubt gewesen.«

»Fort mit den Pferden! Wir selbst hätten uns gerettet. Zweihundert Mann rund um die Blöße! Die Roten stehen also nicht dicht bei- oder gar hintereinander. Wir hätten uns, sobald es dunkel wurde, von den Felsen

Der »große Wolf« erhob sich, den blutigen Skalp in der linken Hand.

fortgeschlichen, vier Personen gerade auf einen Punkt. Vielleicht wären wir auf eine Lücke gestoßen und durch dieselbe entkommen; keinesfalls aber hätten wir es mit mehr als einem oder höchstens zwei Roten zu thun gehabt – zwei Schüsse oder zwei Stiche und wir wären durchgebrochen.«

»Aber was dann? Du stellst dir die Sache ganz anders vor, als sie geworden wäre. Die Roten hätten rundum Feuer angebrannt und unsre

Absicht, zu entfliehen, sofort bemerkt. Und selbst wenn es uns gelungen wäre, ihre Reihe zu durchbrechen, so hätten wir gar nicht sehr weit kommen können, ohne sie auf unsrer Spur zu haben. Wir hätten einige von ihnen töten müssen und dann nicht die mindeste Aussicht auf Schonung gehabt.«

»Das is sehr richtig«, stimmte der Hobble-Frank bei. »Ich weeß gar nich, wie es so eenem dicken Jemmy Pfefferkorn nur beikommen kann, gescheiter als unser Old Shatterhand sein zu wollen. Du bist immer und schtets das Gänseei, welches klüger als die Henne sein will. Old Shatterhand hat sein möglichstes gethan, und ich gebe ihm dafür die erschte Zensur mit der Eens und eenem Schternchen hintendran, und ich gloobe sehr beschtimmt, daß der Davy ganz derselbigen Ansicht is.«

»Das versteht sich ganz von selbst«, antwortete dieser. »Der Kampf hätte zu unserm sichern Untergange geführt.«

»Wozu aber führt es, daß wir mit ihnen ziehen?« fragte Jemmy. »Es ist doch anzunehmen, daß die Versammlung der Alten uns auch als Feinde behandelt.«

»Das wollt' ich ihnen nich geraten haben«, drohte Frank. »Bei der Geschichte habe ich doch ooch noch een Wörtchen mitzuschprechen. Mich bringt keener leicht an so eenen Marterpfahl. Ich wehre mich mit Haut und Haar dagegen.«

»Das darfst du ja nicht. Es ist geschworen worden. Wir müssen alles ruhig über uns ergehen lassen.«

»Wer hat denn das gesagt? Siehste denn wirklich nich ein, du trauriger Seefensieder, daß dieser Schwur seine Mucken und Parabeln hat. Es gehört doch wahrhaftig keen gastronomisches Spiegelteleskop dazu, einzusehen, daß sich unser berühmter Shatterhand da eene ganz allerliebste Hinterportiere offgelassen hat. Davon, daß wir alles über uns ergehen lassen müssen, schreibt Obadja nischt. Es heeßt, wie du gehört hast, daß wir an keene Gegenwehr denken werden. Gut, das halten wir. Mögen sie beschließen, was sie wollen, wir werden nich mit tausendzentnerigen, eisernen Dampfkränen dreinschlagen; aber List, List, List, das is der wahre Jakob; das is keene Gegenwehr. Wenn uns der Sufflör zum Tode verurteelt, so verschwinden wir durch irgend eene Versenkung und tauchen jenseits des Hoftheatersch mit konzentrierter Grandifloria wieder off.«

»Grandezza, meinst du wohl«, verbesserte Jemmy.

»Schprichste mir schon wieder über den Schnurrbart weg!« zürnte der Kleine. »Wenn nur du nich reden wolltst! Ich werde schon wissen, wie ich mich im Konvexationslexikon zu benehmen habe! Grandezza! Gran is een Apothekergewicht von zwölf Pfund, und dezza, dezza, das is gar nischt, verschtanden! Aber Grand heeßt groß und Floria bedeutet, sich in

Flor, im Glück, in der Blüte befinden. Wenn wir also in Grandifloria offtauchen, so wird jeder genügend komfortable Mensch wissen, was ich damit gemeent und angedeutet habe. Mit dir aber darf man gar nich durch die Blume schprechen; schöne Redewendungen verschtehste nich, und alles Höhere is dir Wurscht und Schnuppe. Ich bin dein treuer Busenfreund; aber wenn ich dich so da vor mir schtehen sehe, grad so protokollarisch, wie du dicke bist, so schteigen mir die Wehmutsthränen in die Wimpern und ich möchte mit dem toten Cäsar rufen: ›Ooch du, mein Sohn, schwimmst mitten drin im Teiche!‹ Bessere dich also, Jemmy, bessere dich, solange du dich noch bessern kannst! Du verbitterscht mir das Leben. Wenn ich dann schpäter 'mal die Oogen geschlossen habe, aus dem edleren Dasein geschwunden und um das bessere Leben gebracht durch deine pupillarisch-servilitätische Impertinenz, so wirscht du mit Bedauern auf zu meinen Geistern schauen und dir die Finger wund ringen aus Gram und Herzeleed darüber, daß du mir hier unten im irdischen Daseinsformat so oft und chronologisch widerschprochen hast!«

Das war nicht etwa im Scherz gesagt; die gegenwärtige Lage der vier Männer war ja überhaupt keine zum Scherzen geeignete. Er meinte es sehr ernst, der kleine, eigentümliche Mensch. Jemmy wollte ihm vielleicht eine ironische Antwort geben, aber Old Shatterhand winkte ihm ab und sagte: »Frank hat mich verstanden. Ich habe auf Gegenwehr verzichtet, aber nicht auf List. Doch würde es mir lieb sein, wenn ich nicht zu einer so spitzfindigen Auslegung meines Versprechens gezwungen wäre. Ich hoffe, daß uns noch andre und ehrlichere Hilfsmittel zu Gebote stehen werden. Jetzt haben wir es zunächst mit der Gegenwart zu thun.«

»Und da fragt es sich vor allen Dingen«, fiel Davy ein, »ob wir den Roten trauen dürfen. Wird der ›große Wolf‹ Wort halten?«

»Ganz gewiß. Niemals hat ein Häuptling den Schwur gebrochen, bei welchem er das Calumet rauchte. Bis zur Beratung können wir uns den Utahs getrost schlafend anvertrauen. Laßt uns hinab- und zu Pferde steigen. Die Roten rüsten sich zum Aufbruche.«

Knox und Hilton waren von den Indianern auf ihre Pferde gebunden worden. Der erstere, welchen noch tiefe Ohnmacht umfangen hielt, lag lang auf dem Pferde, um dessen Hals man seine Arme gezogen hatte. Die Utahs verschwanden einer hinter dem andern in der Enge des Pfades. Der Häuptling war der letzte; er wartete auf die Weißen, um sich ihnen anzuschließen. Das war ein gutes Zeichen, denn es war das gerade Gegenteil der erwarteten feindseligen Behandlung. Die Jäger hatten geglaubt, daß man sie in die Mitte nehmen und auf das strengste bewachen werde. Nun aber war anzunehmen, daß der »große Wolf« kein Mißtrauen hege, sondern dem Versprechen Old Shatterhands vollen Glauben schenke.

Als er mit ihnen den engen Indianerpfad zurückgelegt hatte und am Rande des Waldes angekommen war, hatten die Roten ihre Pferde schon unter den Bäumen hervorgeholt und stiegen auf. Der Zug setzte sich in Bewegung. Die vier Weißen blieben mit dem Häuptlinge am Ende desselben, während die Spitze von einigen Indianern gebildet wurde, welche Knox und Hilton zwischen sich genommen hatten. Das war Old Shatterhand lieb, denn die Roten ritten im Gänsemarsche, weshalb der Zug so lang wurde, daß am Ende desselben das Jammern des nun wieder ins Bewußtsein zurückgekehrten Skalpierten nicht gehört werden konnte.

Jetzt, wo sich die Prairie wieder öffnete, gab es eine weite Fernsicht bis zu den Elk-Mountains hin, bis zu deren Fuß sich die Ebene erstreckte. Old Shatterhand fragte den Häuptling nicht, aber er sagte sich selbst, daß zwischen diesen Bergen das Ziel des heutigen Rittes liege. Es wurde überhaupt nicht gesprochen. Die Weißen beobachteten sogar gegeneinander ein tiefes Schweigen, denn alles Reden wäre unnütz gewesen. Man mußte warten, bis man am Lagerplatz der Utahs angekommen war; dann erst konnte ein Entschluß gefaßt, ein Rettungsplan erdacht werden.

Zwölftes Kapitel

Auf Tod und Leben

Die Roten schienen es recht eilig zu haben; sie ritten meist im Trabe und nahmen nicht die mindeste Rücksicht auf die beiden gefesselten Gefangenen, deren einer sogar lebensgefährlich verwundet war. Das Abziehen der Kopfhaut ist eine sehr schlimme Verletzung. Man trifft zwar hie und da einen Weißen, welcher skalpiert worden und entkommen ist, aber das sind äußerst seltene Ausnahmen, denn es gehört, abgesehen von allem andern, eine höchst robuste Konstitution dazu, eine solche Verwundung zu überleben.

Die Berge rückten immer näher, und gegen Abend wurden die ersten Ausläufer derselben erreicht. Die Roten lenkten in ein langes, schmales Querthal ein, dessen Seiten mit Wald bestanden waren. Später ging es durch mehrere Seitenthäler, immer bergan, und die Indianer fanden trotz der eingebrochenen Dunkelheit ihren Weg so leicht, als ob es heller Tag sei.

Später ging der Mond auf und beleuchtete die dicht mit Bäumen bewachsenen Felsenhänge, zwischen denen die Reiter sich still und stetig fortbewegten. Erst gegen Mitternacht schien man sich in der Nähe des Zieles zu befinden, denn der Häuptling gab einigen seiner Leute den Befehl, vorauszureiten, um die Ankunft der Krieger zu melden. Schweigend ritten diese Boten davon, den Befehl auszuführen.

Dann kam man an einen ziemlich breiten Wasserlauf, dessen hohe Ufer, als man ihnen folgte, immer weiter auseinander traten, bis man sie trotz des hellen Mondenscheines nicht mehr zu erkennen vermochte. Der Wald, welcher erst zu beiden Seiten fast bis an das Wasser reichte, wich später zurück und öffnete eine grasige Savanne, auf welcher man in der Ferne die Feuer brennen sah.

»Uff!« ließ der Häuptling jetzt zum erstenmal während des Rittes seine Stimme hören. »Dort liegen die Zelte meines Stammes und da wird euer Schicksal entschieden werden.«

»Noch heute?« erkundigte sich Old Shatterhand.

»Nein. Meine Krieger bedürfen der Ruhe, und euer Todeskampf wird länger währen und uns größere Freude machen, wenn ihr euch vorher durch den Schlaf gekräftigt habt.«

»Das ist nicht übel!« meinte der dicke Jemmy in deutscher Sprache, um von den Roten nicht verstanden zu werden. »Unser Todeskampf! Er thut genau so, als ob wir dem Marterpfahl gar nicht entgehen könnten. Was sagst du dazu, alter Frank?«

»Zunächst noch gar keen Wort«, antwortete der kleine Sachse. »Reden werde ich erscht schpäter, wenn die kongressive Zeit dazu gekommen is. Niemand schtirbt vor seinem Tode, und ich habe wirklich keene Lust, eene Ausnahme von dieser weltgeschichtlichen Regel zu machen. Nur das will ich bemerken, daß es mir noch gar nich wie schterben zu Mute is. Warten wir also die Sache ab. Aber wenn ich etwa mit brutaler Gewalt zu vorzeitig zu meinen Großvätern versammelt werden soll, so wehre ich mich meiner Haut, und ich weeß genau, daß an meinem schpätern Leichenschteene viele Witwen und Waisen derer klagen werden, die ich vorher in die Elise expediere.«

»Ins Elysium meinst du wohl?« fragte der Dicke.

»Rede nich so albern! Wir reden jetzt doch deutsch und Elise is echt germanisch. Ich bin een guter Christ und mag also mit dem alten römischen Elysium nischt zu thun haben. Daß nun gerade immer diejenigen Menschen am klügsten thun, welche den kleensten Verschtand besitzen! Es is aber immer so gewesen, daß die größten Kartoffeln am seefigsten sind!«

Er hätte seinem Ärger über die erfahrene Verbesserung wohl noch ferner Luft gemacht, wenn er die Zeit dazu gehabt hätte. Die gab es aber nicht, denn der Augenblick des Empfanges war gekommen. Die Bewohner des Dorfes hatten sich aufgemacht, die zurückkehrenden Krieger zu begrüßen. Sie kamen ihnen in hellen Haufen entgegen, voran die Männer und Knaben, hinter diesen die Frauen und Mädchen, alle aus Leibeskräften schreiend und brüllend, daß es klang, als ob die Schar aus lauter wilden Tieren bestehe. Old Shatterhand hatte erwartet, ein gewöhnliches Zeltdorf zu finden, mußte aber zu seiner Enttäuschung erkennen, daß er in einem Irrtum befangen gewesen war. Die große Anzahl der Feuer bewies, daß viel, viel mehr Krieger vorhanden waren, als die Zelte zu fassen vermochten. Es hatten sich die Bewohner vieler anderen Utahdörfer hier versammelt, um den Rachezug gegen die Weißen zu beraten. Die vorausgesandten Boten hatten erzählt, daß der Häuptling sechs Bleichgesichter mitbringe, und die Roten gaben jetzt ihrem Entzücken über diese Botschaft einen Ausdruck, dessen eben nur wilde Völkerschaften fähig sind. Sie schwangen ihre Waffen und schrieen aus Leibeskräften, indem sie die entsetzlichsten Drohungen ausstießen.

Als das Lager erreicht worden war, sah Old Shatterhand, daß dasselbe aus Büffelhautzelten und aus mittels Zweigen schnell errichteten Hütten bestand, welche einen weiten Kreis bildeten, in dessen Innerem der Zug halten blieb. Hier wurden die beiden Gefesselten von den Pferden losgebunden und auf die Erde geworfen. Das gräßliche Stöhnen des verwundeten Knox wurde von dem Geheul der Roten völlig verschlungen. Dann führte man die andern vier zu diesen beiden. Die Krieger bildeten einen weiten Kreis um sie, und dann traten die Frauen und Mädchen vor, um die Weißen kreischend zu umtanzen.

Das war eine der größten Beleidigungen, welche es gab. Es ist eine Mut- und Ehrlosigkeitserklärung, Gefangene von den Weibern umtanzen zu lassen. Wer sich das widerstandslos gefallen läßt, wird für tiefer stehend als ein Hund gehalten. Man hatte den vier Jägern bis jetzt die Waffen gelassen. Old Shatterhand rief seinen Gefährten einige Worte zu, worauf dieselben niederknieten und ihre Gewehre anlegten. Er selbst schoß den Bärentöter ab, dessen Knall das Geheul übertönte, und legte dann den Stutzen an die Wange. Sofort trat tiefes Schweigen ein.

»Was ist das?« rief er so laut, daß alle es hörten. »Sind wir gezwungen worden, mit euch zu reiten, oder haben wir es freiwillig gethan? Wie können die roten Männer uns als Gefangene behandeln? Ich habe mit dem ›großen Wolfe‹ die Pfeife der Beratung geraucht und bin einverstanden gewesen, daß die Krieger der Utahs sich miteinander besprechen, ob wir als Feinde oder Freunde behandelt werden sollen. Diese Besprechung hat noch nicht stattgefunden. Selbst wenn die Utahs uns als Feinde betrachten wollten, sind wir doch nicht ihre Gefangenen. Und selbst wenn wir gefangen wären, würden wir nicht dulden, daß man die Frauen und Mädchen um uns wie um feige Coyoten tanzen läßt. Wir sind nur vier Krieger, und die Männer der Utahs zählen nach Hunderten; dennoch frage ich, welcher von euch es wagen will, Old Shatterhand zu beleidigen. Er mag vortreten und mit mir kämpfen, wenn ich ihn nicht für einen Feigling halten soll! Nehmt euch in acht! Ihr habt mein Gewehr gesehen und wißt, wie es schießt. Sobald es den Frauen einfällt, den Tanz der Beleidigung wieder zu beginnen, werden wir unsre Flinten sprechen lassen, und dieser Platz wird von dem Blute derer gerötet werden, welche so treulos sind, die Pfeife der Beratung, welche allen tapfern roten Kriegern heilig ist, nicht zu achten!«

Der Eindruck dieser Worte war ein großer. Daß der berühmte Jäger es wagte, einer solchen Übermacht gegenüber Drohungen auszusprechen, erschien den Roten ganz und gar nicht als ein wahnsinniges Beginnen; es imponierte ihnen. Sie wußten, daß seine Worte nicht leere Reden seien, sondern daß er sie zur Wahrheit machen werde. Die Frauen und Mädchen zogen sich, ohne einen Befehl dazu erhalten zu haben, zurück. Die Männer flüsterten einander halblaute Bemerkungen zu, wobei am deutlichsten die Worte »Old Shatterhand« und »das Gewehr des Todes« zu hören waren. Es traten einige mit Federn geschmückte Krieger zu dem »großen Wolfe« und sprachen mit ihm; dann näherte sich dieser der noch immer im Anschlage sich befindenden Gruppe der vier Jäger und sagte in der Sprache der Utahs, deren sich Old Shatterhand auch bedient hatte: »Der Häuptling der Yampa-Utahs ist nicht treulos; er achtet das Calumet der Beratung und weiß, was er versprochen hat. Morgen, wenn es Tag geworden ist, wird über das Schicksal der vier Bleichgesichter entschieden werden, und bis dahin sollen sie in dem Zelte bleiben, welches ich ihnen jetzt anweisen werde. Die beiden andern aber sind Mörder und haben mit meinem Versprechen nichts zu thun; sie werden sterben, wie sie gelebt haben – triefend vom Blute. Howgh! Ist Old Shatterhand mit diesen meinen Worten einverstanden?«

»Ja«, antwortete der Gefragte. »Doch verlange ich, daß unsre Pferde in der Nähe unsres Zeltes bleiben.«

»Auch das will ich erlauben, obgleich ich nicht einsehe, aus welchem Grunde Old Shatterhand diesen Wunsch ausspricht. Denkt er etwa, entfliehen zu können? Ich sage ihm, daß ein vielfacher Ring von Kriegern sein Zelt umgeben wird, so daß er unmöglich entkommen kann.«

»Ich habe versprochen, das Ergebnis eurer Beratung abzuwarten; du brauchst uns also keine Wächter zu stellen. Wenn du es dennoch thun willst, so habe ich nichts dagegen.«

»So kommt!«

Als die vier dem Häuptlinge nun folgten, bildeten die Indianer eine Gasse und betrachteten, als Old Shatterhand durch dieselbe schritt, ihn mit scheuen, ehrfurchtsvollen Blicken. Das Zelt, welches den Weißen angewiesen wurde, war der größten eines. Mehrere Lanzen steckten zu beiden Seiten des Einganges in der Erde, und die drei Adlerfedern, welche die Spitzen schmückten, ließen vermuten, daß es eigentlich die Wohnung des »großen Wolfes« sei.

Die Thür wurde durch eine breite Matte gebildet, welche jetzt zurückgeschlagen war. Kaum fünf Schritte von ihr entfernt brannte ein Feuer, welches das Innere erleuchtete. Die Jäger traten hinein, legten ihre Gewehre ab und setzten sich nieder. Der Häuptling entfernte sich, doch schon nach kurzer Zeit kamen mehrere Rote, welche sich in angemessener Entfernung so um das Zelt niederließen, daß keine Seite desselben ohne scharfe Beobachtung blieb.

Nach wenigen Minuten trat eine junge Frau herein, welche zwei Gefäße vor den Weißen niedersetzte und sich dann wortlos entfernte. Das eine war ein alter Topf mit Wasser und das andre eine große, eiserne Pfanne, in welcher mehrere Fleischstücke lagen.

»Oho!« schmunzelte der Hobble-Frank. »Das wird wohl unser Suppeh sein sollen. Een Wassertopp, das is nobel! Die Kerle schneiden off. Wir sollen vor Erschtaunen über ihre zivilisatorischen Küchengerätschaften die Hände über dem Koppe zusammenschlagen. Und Büffelfleesch, wenigstens acht Pfund! Sie werden's doch nich etwa gar mit Rattengift eingerieben haben?«

»Rattengift!« lachte der Dicke. »Woher sollten die Utahs solches Zeug bekommen? Übrigens ist das Fleisch von einem Elke und nicht von einem Büffel.«

»Weeßt du's schon wieder besser als ich? Ich kann doch machen und sagen, was ich will, so kommst du mir derquere. Das hat niemals keene Besserung nich. Ich will mich aber heute nich mit dir schtreiten, sondern dir hiermit nur eenen extemporierten Blick zuwerfen, aus welchem du ersehen kannst, wie unendlich ich meine Persönlichkeit über deiner Pigmentgeschtalt erhaben fühle.«

»Pygmäengestalt«, verbesserte Jemmy.

»Wirst du wohl gleich zwölf Sechsachtelakte schweigen!« gebot der Kleine. »Bringe meine Galle nich in pneumatische Anschwellung, sondern widme mir die Hochachtung, welche ich infolge meines außerordentlichen Lebenslaufes mit vollem Rechte zu beanschpruchen habe! Denn nur unter dieser Bedingung kann ich mich so populär machen, diesem Braten den Segen meiner unleugbaren Kochkunstfertigkeet angedeihen zu lassen.«

»Ja, brate nur«, nickte Old Shatterhand, um den Ärger des Kleinen abzulenken.

»Das is freilich bald gesagt. Wo aber nehme ich die Zwiebeln und die Lorbeerblätter her. Übrigens weeß ich noch nich, ob ich mit der Pfanne hinaus an das Feuer darf.«

»Versuche es.«

»Ja, versuchen! Wenn die Kerle es nich leiden wollen und mir eene Kugel in die Magengegend schicken, so is es für mich ganz egal, ob das Fleesch unter der Haut eenes Elkes oder Büffels gewachsen is. Aber Furcht gibt's nich, solange man sich bei der richtigen Herzhaftigkeet befindet; *feni, fidi, fidschi* – ich gehe 'naus!«

Er trug die Pfanne mit dem Fleische an das Feuer und machte sich an demselben als Koch zu schaffen, ohne von den Wächtern gestört zu werden. Die andern blieben im Zelte sitzen und beobachteten durch die offene Thür das rege Thun und Treiben der Indianer.

Der Mond verbreitete jetzt fast Tageshelle. Sein Licht fiel auf einen nahen, dunkel bewaldeten Bergstock, von welchem sich ein breites, glitzerndes Silberband herniederschlängelte, ein Flüßchen oder starker Bach, welcher sich unten in ein ziemlich großes, fast seeartiges Wasserbecken ergoß. Der Abfluß dieses letzteren bildete den Wasserlauf, an dessen Ufer man in das Lager gekommen war. Büsche oder Bäume schien es in der Nähe nicht zu geben; die Umgebung des Sees war flach und offen.

An jedem Feuer saßen Indianer, welche ihren mit dem Braten des Fleisches bechäftigten Frauen zusahen. Zuweilen erhob sich einer oder der andre, um, langsam an dem Zelte vorübergehend, einen Blick auf die Weißen zu werfen. Von Knox und Hilton war nichts zu sehen und zu hören, doch durfte man vermuten, daß ihre Lage keineswegs eine für den Augenblick so befriedigende sei, wie diejenige Old Shatterhands und seiner Gefährten.

Nach Verlauf einer Stunde kam Hobble-Frank mit der dampfenden Pfanne in das Zelt zurück; er setzte sie den Gefährten hin und sagte in sehr selbstbewußtem Tone: »Hier habt ihr eure Herrlichkeet. Ich bin neugierig, was ihr für Oogen machen werdet. Zwar fehlt das Gewürz, aber meine angeborene Talenthaftigkeet hat leicht darüber hinwegzukommen gewußt.«

»Auf welche Weise denn?« fragte Jemmy, indem er sein kleines Näschen über die Pfanne hielt. Das Fleisch brodelte nicht nur, sondern es rauchte, und zwar nicht wenig; das Zelt war in Zeit von einigen Augenblikken von einem scharfen, brenzlichen Geruche erfüllt.

»Off eene so eenfache Weise, daß der Erfolg een wahres Wunder is«, antwortete der Kleine. »Ich habe mal gelesen, daß Holzkohle nich nur das Salz ersetzt, welches uns hier fehlt, sondern sogar ooch solchem Fleesche, welches eene ziemliche Anrüchigkeet besitzt, den Hohguhgeruch benimmt. Unser Braten war mit eener sehr dissidenten Müffigkeet begabt und so habe ich denn zu dem erwähnten Mittel gegriffen und ihn in hölzerne Asche geschmort, was sehr leicht war, da wir ja Holzfeuer haben. Das Feuer is mir zwar dabei ein bißchen mit in die Pfanne hineingeraten, aber gerade das wird, wie mir mein genialer Küchenverschtand mitteelt, von derjenigen knusperigen Wirkung sein, welche eenen gefühlvollen und wohlschmeckenden Menschen bei Tische in Exstasibilität versetzt.«

»O weh! Elkbraten in Holzasche! Bist du denn gescheit!«

»Rede doch keenen Äpfelsalat! Ich bin schtets gescheit. Das mußt du doch nu endlich wissen. Die Asche is een chemischer Gegner aller alchimistischen Unreenlichkeet. Genieße also diesen Elk mit dem dazu gehörigen Menschenverschtand; so wird er dir sehr gut bekommen und deiner Konschtitution diejenigen körperlichen und geistigen Kräfte verleihen, ohne welche der Mensch vom schnöden Unorganismus vollschtändig verschlungen wird.«

»Aber«, meinte Jemmy kopfschüttelnd, »du sagst ja selbst, daß dir das Feuer in die Pfanne geraten ist. Das Fleisch hat gebrannt; es ist verdorben.«

»Rede nich, sondern kaue!« fuhr Frank auf. »Es is höchst ungesund, beim Essen zu singen oder zu sprechen, weil dabei die unrechte Kehle offgeklappt wird und die Schpeise in die Milz anschtatt in den Magen kommt.«

»Ja, kauen, wer soll das Zeug kauen! Da, schau her! Ist das noch Fleisch?«

Er spießte mit dem Messer ein Stück an, hob es empor und hielt es dem Kleinen an die Nase. Das Fleisch war schwarz gebrannt und von einer dunklen, fettigen Aschenlage umgeben.

»Natürlich is es Fleesch. Was soll es denn sonst sein!« antwortete Frank.

»Aber schwarz wie chinesische Tusche!«

»So beiß doch nur zu! Da wirst du sofort dein Wunder schmecken!«

»Das glaube ich gern. Und diese Asche!«

»Die wird abgeputzt und abgewischt.«

»Das mache mir erst einmal vor!«

»Mit königlicher Leichtigkeet!«

Er langte sich ein Stück heraus und rieb es so lange an der ledernen Zeltwand hin und her, bis die Asche an derselben kleben geblieben war.

»So muß man's machen«, fuhr er dann fort. »Dir aber fehlt's schtets an der nötigen Fingerfertigkeet und Geistesgegenwart. Und nun sollst du sehen, wie delikat das schmeckt, wenn ich jetzt so een Endchen abbeiße und zwischen der Zunge zerdrücke. Das – –«

Er hielt plötzlich inne. Er hatte in das Fleisch gebissen, nahm die Zähne weit auseinander, behielt den Mund offen und sah seine drei Gefährten einen nach dem andern betroffen an.

»Nun«, erinnerte Jemmy, »so beiße doch!«

»Beißen – – wie? Weeß der Kuckuck, das schnorpst und prasselt gerade wie – wie – wie, na, wie gebratene Scheuerbürschte. Sollte man das für menschenmöglich halten!«

»Das war vorauszusehen. Ich glaube, die alte Pfanne ist weicher als das Fleisch. Jetzt kannst du die Schöpfung deines Geistes selbst verzehren!«

»Oho! Es soll nich von mir gesagt werden, daß ihr meinetwegen hungern müßt. Wie wärsch denn, wenn wir's klopften?«

»Versuche es!« lachte Old Shatterhand. »Ich aber will sehen, ob wirklich alles verdorben ist.«

»Na, vielleicht is een Stück da, welches noch nich ganz zu gar so großer Charakterfestigkeet gediehen is. Lassen Sie mich nur suchen; ich wisch die Asche ab!«

Es gab glücklicherweise einige Stücke, welche noch leidlich genießbar waren und für die vier Personen ausreichten; aber Frank war sehr kleinlaut geworden; er zog sich an eine dunkle Stelle zurück und that, als ob er schliefe. Doch hörte er alles, was gesprochen wurde und sah auch, was draußen im Lager vorging.

Morgen sollten Knox und Hilton am Marterpfahle sterben und die andern Weißen vielleicht ein gleiches Schicksal erfahren. Das gab für die Roten ein großes Fest, zu welchem sie zeitig gerüstet sein mußten. Darum legten sie sich nach dem späten Essen zur Ruhe; die Feuer verlöschten bis auf zwei, nämlich dasjenige an dem Zelte, in welchem sich Old Shatterhand mit seinen drei Gefährten befand, und dasjenige, an welchem Knox und Hilton mit ihren Wächtern lagen. Um das erstere hatte sich ein dreifacher Kreis von Roten gelagert und draußen vor dem Dorfe standen zahlreiche Posten. Ein Entkommen wäre, wenn nicht unmöglich, so doch schwer und sehr gefährlich gewesen.

Old Shatterhand hatte, um nicht während der ganzen Nacht die Augen der Roten auf sich zu haben, die Matte am Eingange herabgelassen. Nun lagen die Weißen im Dunkeln und gaben sich vergeblich Mühe, einzuschlafen.

»Wie wird es morgen um diese Zeit mit uns stehen!« meinte Davy. »Vielleicht haben uns da die Roten in die ewigen Jagdgründe befördert.«

»Wenigstens einen oder zwei oder drei von uns«, antwortete Jemmy.

»Warum das?« fragte Old Shatterhand.

»Ich denke, sie werden sich nicht an Sie wagen.«

»Also nur an euch? Hm! Was denkst du da von mir! Wir gehören zusammen und keiner von uns darf denken, sich von dem Schicksale der andern ausschließen zu können. Solltet ihr für den Tod bestimmt werden, so kann es mir nicht einfallen, mir das Leben bieten zu lassen. Wir würden in diesem Falle kämpfen bis auf den letzten Mann.«

»Aber Ihr habt ja versprochen, Euch nicht zu wehren.«

»Allerdings, und dieses Versprechen halte ich wörtlich. Aber ich habe nicht versprochen, nicht zu fliehen. Zu diesem letzteren würden wir wenigstens den Versuch machen und wer sich uns da in den Weg stellt, der trägt dann selbst die Schuld daran, daß er weggeräumt wird. Übrigens sind meine Sorgen ganz andrer Art, denn ich vermute, daß die Roten nicht direkt unsern Tod beschließen werden.«

»Sondern, daß sie uns freigeben?«

»Auch das nicht. Ihre Erbitterung gegen die Weißen ist so groß und, wie ich eingestehen muß, so gerecht, daß sie keinem gefangenen Bleichgesichte so mir nichts dir nichts die Freiheit schenken werden. Aber unsre Namen haben einen guten Klang bei ihnen, und außerdem haben sie Angst vor meinem Stutzen, den sie so fürchten, daß sie sich nicht einmal getrauen, ihn anzugreifen. Ich halte es also nicht nur für möglich, sondern sogar für wahrscheinlich, daß sie eine Ausnahme mit uns machen werden. Das heißt, sie werden uns nicht Leben und Freiheit schenken, sondern uns um dieselben kämpfen lassen.«

»Alle Teufel! Das wäre ja wunderbar schön. Das wäre ganz genau so, als ob sie uns direkt ermordeten, denn sie würden die Bedingungen so stellen, daß wir untergehen müßten.«

»Allerdings. Aber wir brauchen den Mut dennoch nicht zu verlieren. Der Weiße ist bei dem Roten in die Schule gegangen; er besitzt ebensoviel List und Gewandtheit wie dieser, und in Beziehung auf die Ausdauer ist er ihm überlegen. Diese Erfahrung haben wir alle gemacht, und sie wird uns nicht täuschen. Soll ich die Summa ziehen, so muß ich sagen, daß im offenen Nahekampf es drei Weiße mit vier Indianern aufnehmen, wenn nämlich die Waffen gleich sind und auch die Kräfte gleich stehen. Der kriegerische Stolz der Roten aber wird sie verhindern, uns eine zu große Überzahl gegenüber zu stellen. Thäten sie dies dennoch, so würden wir sie durch Spott veranlassen, es zurückzunehmen.«

»Aber«, meinte Hobble-Frank, welcher bisher geschwiegen hatte, »die Perschpektive, die Sie uns da zeigen, is off keenen Fall beglückend. Diese Kerle werden uns die Geschichte natürlich so sauer wie möglich machen. Ja, Sie mit Ihrer Körperkraft und Elefantenschtärke haben gut lachen; Sie hauen, schlagen und schtoßen sich durch; aber wir andern drei unglücklichen Schwammerlinge, wer werden heute die letzten Freuden des Daseins genossen haben.«

»Wohl in Gestalt dieses Elkbratens?« fragte Jemmy.

»Fängste schon wieder an! Ich dächte, unsre Lage wäre eene derartige, daß du es unterlassen kannst, deinen besten Freund und Kampfgenossen noch so kurz vor seiner letzten Himmelfahrt zu Tode zu ärgern. Zersplittere mir mein Denkvermögen nich! Ich habe alle meine Gedanken scharf off unsre Rettung zu richten. Oder meenst du etwa, daß es ungeheuer edel- und ooch heldenmütig is, eenen dem hippologischen Gerichte geweihten Menschen vier Schtunden vor seinem komplimentären Tode durch schpottsüchtige Redensarten langsam abzumurxen?«

»Hippokratisch, nicht hippologisch, heißt das Gericht«, bemerkte Jemmy.

Er brachte es nicht fertig, diese Verbesserung zu unterlassen, und der Kleine geriet darüber in einen solchen Zorn, daß er die Worte hervorstieß: »Höre, das is zu schtark; nu wird mersch zu toll. Ich kann dich nur mit den

Worten niederschmettern, welche Heinrich Heine in ›Des Sängers Fluch‹ bringt, nämlich:

›Du Wütrich teuflischer Natur,
Frech gegen Gott und Mensch und Tier,
Das Ach und Weh der Kreatur
Und deine Missethat an ihr
Hat polizeilich dich beordert
Und vor das Amtsgericht gefordert.‹

Da – nu weeßt du meine Meenung. Nimm sie dir zu Herzen, und drehe sie so lange in deinem Gemüte rum und num, bis du zur reuevollen Einsicht gelangst!«

»Aber, alter Frank, ich meine es ja gar nicht bös; ich muß dich als Freund doch aufmerksam machen, wenn du dich irrst. Ich will nicht haben, daß du dich blamierst.«

»So? Kann ich – ich – ich, nämlich ich, der Hobble-Frank aus Moritzburg, mich etwa wirklich irren und blamieren?«

»Ebenso wie jeder andre Mensch. Gerade auch der Reim, den du jetzt gebraucht hast, ist ein Beweis dafür. Erstens ist im Originale weder von der Polizei, noch von einem Amtsgerichte die Rede; zweitens ist das Gedicht nicht von Heine, sondern von Bürger, und drittens lautet seine Überschrift nicht ›Des Sängers Fluch‹, sondern ›Der wilde Jäger‹.«

»So so, i der Tausend! Was du nich alles weeßt oder wissen willst! Wenn du dich in dieser Weise an mich wagst, so kann ich dir nur sagen, daß meine Litteraturgeschichte nich von Blech is, sondern über jeder andern erhaben schteht. Durch deine Verdrehungen der wahrhaftigen Thatsachen und Unwahrscheinlichkeeten willst du mich selber zum wilden Jäger machen; aber das soll dir nich gelingen. Rede von jetzt an, was du willst, ich schpreche keen Wort mehr mit dir, sondern hülle mich dir gegenüber in die tiefste Verächtlichkeet. Wer Heine und Bürger verwechseln kann, noch dazu hier im indianischen Wigwam, dem sind alle Schterne untergegangen. Ich brachte dir schtets mein ganzes, reiches und exponiertes Seelenleben entgegen; aber ich habe mich schrecklich in dir geirrt. Deine Falschheet dreht mir das Zwergfell um; aber ich bin christlich geboren und akademisch erzogen und will es dir verzeihen. Aber unsre Freundschaft ist perdüh, und dein kaltes Temperament wird sich niemals wieder in den Schtrahlen meines Geistes sonnen dürfen. Ade, Jemmy, für immerdar! In diesem Oogenblicke verschwindet dein Planet in Nacht und Grauen. *Requiriescat in panem!*«

Er legte sich nieder und schloß die Augen. Auf der andern Seite ließ sich etwas hören, was wie ein leises, unterdrücktes Lachen klang; er beachtete es nicht. Die andern setzten das Gespräch nicht fort; es trat tiefe Ruhe ein, deren Stille nur zuweilen von dem Knistern des Feuers unterbrochen wurde.

Der Schlaf senkte sich nach und nach doch auf die müden Augenlider, welche sich erst dann wieder öffneten, als draußen laute Rufe erschollen und dann die Thürmatte geöffnet wurde. Ein Roter blickte herein und sagte: »Die Bleichgesichter mögen sich erheben und mit mir kommen.«

Sie standen auf, nahmen ihre Waffen und folgten ihm. Das Feuer war verlöscht, und die Sonne erhob sich über dem östlichen Horizonte. Sie warf ihre jungen Strahlen gegen den erwähnten Bergstock, daß das von demselben niederfließende Wasser wie flüssiges Gold funkelte und die Oberfläche des Sees wie eine polierte Metallscheibe erglänzte. Jetzt reichte der Blick weiter als am vorigen Abend. Die Ebene, in deren westlichem Teile der See lag, war ungefähr zwei englische Meilen lang und halb so breit und wurde rundum von Wald begrenzt. Im südlichen Teile befand sich das Lager, welches aus gegen hundert Zelten und Hütten bestand. Am Ufer des Sees weideten die Pferde; diejenigen der vier Jäger befanden sich in der Nähe ihres Zeltes; man hatte also die darauf bezügliche Forderung Old Shatterhands berücksichtigt.

Vor und zwischen den Hütten und Zelten standen oder bewegten sich rote Gestalten, welche all ihren kriegerischen Schmuck angelegt hatten, natürlich zur Feier des Todes der beiden gefangenen Mörder. Sie traten, als die vier Weißen vorübergeführt wurden, höflich zurück und hefteten auf die Gestalten derselben ihre Blicke mit einem Ausdrucke, welcher mehr prüfend und taxierend als feindselig genannt werden konnte.

»Was haben diese Kerle?« fragte Frank. »Sie gucken mich ja an, ungefähr so wie man een Pferd betrachtet, welches man koofen will.«

»Sie prüfen unsern Körperbau«, antwortete Old Shatterhand. »Das ist ein Zeichen, daß ich richtig vermutet habe. Unser wahrscheinliches Schicksal ist ihnen bereits bekannt. Wir werden um unser Leben kämpfen müssen.«

»Schön! Das meinige soll ihnen nich billig zu stehen kommen. Jemmy, hast du Angst?«

Sein Zorn gegen den Dicken war verflogen; man hörte es seiner Frage an, daß er mehr an diesen als an sich selbst dachte.

»Angst habe ich nicht, aber besorgt bin ich, wie sich ganz von selbst versteht. Furcht würde uns nur schaden. Es gilt jetzt, so gefaßt und ruhig wie möglich zu sein.«

Außerhalb des Lagers waren zwei Pfähle in die Erde getrieben; in der

Nähe standen fünf mit Federn geschmückte Krieger, der »große Wolf« unter ihnen. Er trat den Weißen einige Schritte entgegen und erklärte: »Ich habe die Bleichgesichter holen lassen, damit sie Zeuge seien, wie die roten Krieger ihre Feinde bestrafen. Man wird sogleich die Mörder bringen, um sie am Pfahle sterben zu lassen.«

»Wir begehren das nicht zu sehen«, antwortete Old Shatterhand.

»Seid ihr Feiglinge, daß ihr euch vor dem fließenden Blute entsetzt? Dann müssen wir euch als solche behandeln und brauchen euch mein Versprechen nicht zu halten.«

»Wir sind Christen. Wir töten unsre Feinde, wenn wir gezwungen sind, schnell; aber wir martern sie nicht.«

»Jetzt seid ihr bei uns und habt euch unsern Gebräuchen zu fügen. Wollt ihr das nicht thun, so beleidigt ihr uns und werdet dafür mit dem Tode bestraft.«

Old Shatterhand wußte, daß der Häuptling im Ernste sprach, und daß er sich mit seinen Gefährten in die größte Gefahr begab, wenn er sich weigerte, der Hinrichtung beizuwohnen. Darum erklärte er gezwungenermaßen: »Nun gut, wir werden bleiben.«

»So laßt euch bei uns nieder! Wenn ihr euch fügt, wird euch ein ehrenvoller Tod beschieden sein.«

Er setzte sich in das Gras, das Gesicht den Pfählen zugewendet. Die andern Häuptlinge thaten dasselbe, und die Weißen mußten sich fügen; dann ließ der »große Wolf« einen weithin schallenden Ruf hören, welcher mit einem allgemeinen Triumphgeheul beantwortet wurde. Es war das Zeichen, daß das gräßliche Schauspiel beginnen solle.

Die Krieger kamen herbei und bildeten um die Pfähle einen Halbkreis, in dessen Innern die Häuptlinge mit den Weißen saßen. Dann näherten sich die Weiber und Kinder, welche sich den Männern gegenüber in einem Bogen aufstellten, so daß der Kreis geschlossen wurde.

Nun brachte man Knox und Hilton, welche so scharf gefesselt waren, daß sie nicht gehen konnten, sondern streckenweise getragen werden mußten. Die Riemen schnitten ihnen so tief in das Fleisch, daß Hilton stöhnte. Knox war still; er lag im Wundfieber und hatte soeben aufgehört zu phantasieren. Sein Anblick war schrecklich. Beide wurden in aufrechter Stellung an die Pfähle gebunden, und zwar mit nassen Riemen, welche sich beim Trocknen so zusammenziehen mußten, daß sie den Opfern einer grausamen Gerechtigkeit die ärgsten Schmerzen bereiteten.

Knoxens Augen waren geschlossen, und sein Kopf hing schwer auf die Brust herab; er hatte das Bewußtsein verloren und wußte nicht, was mit ihm vorging. Hilton ließ seine angsterfüllten Blicke umherschweifen. Als er die vier Jäger sah, rief er ihnen zu: »Rettet mich, rettet mich,

Mesch'schurs. Ihr seid doch keine Heiden. Seid ihr denn gekommen, um uns eines so entsetzlichen Todes sterben zu sehen und euch an unsern Qualen zu weiden?«

»Nein«, antwortete Old Shatterhand. »Wir befinden uns gezwungen hier, können auch nichts für euch thun.«

»Ihr könnt, ihr könnt, wenn ihr nur wollt. Die Roten werden auf euch hören.«

»Nein. Ihr seid allein schuld an eurem Schicksale. Wer den Mut zu sündigen hat, der muß auch den Mut haben, die Strafe auf sich zu nehmen.«

»Ich bin unschuldig. Ich habe keinen Indianer erschossen. Knox hat es gethan.«

»Lügt nicht! Es ist eine freche Feigheit, die Schuld auf ihn allein wälzen zu wollen. Bereut lieber Eure Thaten, damit Ihr jenseits Vergebung findet!«

»Ich will aber nicht sterben; ich mag nicht sterben! Hilfe, Hilfe, Hilfe!«

Er brüllte so laut, daß es über die weite Ebene hinschallte, und zerrte dabei so an seinen Fesseln, daß ihm das Blut aus dem Fleische spritzte. Da stand der »große Wolf« auf und gab mit der Hand ein Zeichen, daß er sprechen wolle. Aller Augen richteten sich auf ihn. Er erzählte in der kurzen, kräftigen und doch schwunghaften Weise eines indianischen Redekünstlers, was geschehen war, und schilderte das verräterische Gebaren der Bleichgesichter, mit denen man im Frieden gelebt hatte, und welche nicht beleidigt worden waren, mit Worten, welche einen so tiefen Eindruck auf die Roten machten, daß diese mit den Waffen zu rasseln und zu klirren begannen. Dann erklärte er, daß die beiden Mörder zum Tode am Marterpfahle verurteilt seien und die Hinrichtung nun beginnen werde. Als er geendet und sich niedergesetzt hatte, erhob Hilton nochmals seine Stimme, um Old Shatterhand zur Fürbitte zu bewegen.

»Nun gut, ich will es versuchen«, antwortete dieser. »Kann ich nicht den Tod abwenden, so erreiche ich doch so viel, daß derselbe ein schneller und nicht so qualvoller wird.«

Er wendete sich an die Häuptlinge, hatte aber noch nicht den Mund zum Sprechen geöffnet, als der »große Wolf« ihn zornig anfuhr: »Du weißt, daß ich die Sprache der Bleichgesichter spreche und also verstanden habe, was du diesem Hunde dort versprochen hast. Habe ich nicht genug gethan, indem ich dir so günstige Bedingungen stellte? Willst du gegen unser Urteil sprechen und meine Krieger dadurch so erzürnen, daß ich dich nicht gegen sie zu beschützen vermag? Schweig also, und sage kein Wort! Du hast genug an dich selbst zu denken und solltest dich nicht um andre bekümmern. Wenn du die Partei dieser Mörder ergreifst, so stellst du dich ihnen gleich und wirst dasselbe Schicksal erleiden.«

»Meine Religion gebietet mir, eine Fürbitte zu thun«, war die einzige Entschuldigung, welche der Weiße vorbringen durfte.

»Nach welcher Religion haben wir uns zu richten, nach der deinigen oder nach der unsrigen? Hat eure Religion es diesen Hunden geboten, uns im tiefsten Frieden zu überfallen, unsre Pferde zu rauben und unsre Krieger zu töten? Nein! Also soll eure Religion auch keinen Einfluß auf die Bestrafung der Thäter haben.«

Er wendete sich ab und gab mit der Hand ein Zeichen, worauf wohl ein Dutzend Krieger hervortraten. Dann drehte er sich wieder zu Old Shatterhand um und erklärte diesem: »Hier stehen die Anverwandten derer, die ermordet wurden. Sie haben das Recht, die Strafe zu beginnen.«

»Worin soll dieselbe bestehen?« erkundigte sich der Jäger.

»Aus verschiedenen Qualen. Zuerst wird man mit Messern nach ihnen werfen.«

Wenn bei den Roten ein Feind am Marterpfahle zu sterben hat, so suchen sie die Qualen möglichst zu verlängern. Die ihm beigebrachten Wunden sind erst nur sehr leicht und werden nach und nach schwerer. Gewöhnlich beginnt man mit dem Messerwerfen, welches in der Weise vorgenommen wird, daß hintereinander die verschiedenen Glieder und Körperstellen angegeben werden, welche von den Messern getroffen werden oder in denen dieselben stecken bleiben sollen. Man wählt diese Ziele so aus, daß nicht viel Blut vergossen wird, damit der Gemarterte nicht vorzeitig an Blutverlust stirbt.

»Der rechte Daumen!« gebot der »große Wolf«.

Die Arme der Gefangenen waren in der Weise angebunden, daß die Hände frei hingen. Die hervorgetretenen Roten sonderten sich in zwei Abteilungen, die eine für Hilton und die andre für Knox. Sie nahmen einen Abstand von zwölf Schritten und standen hintereinander. Der Voranstehende nahm sein Messer in die erhobene Rechte, zwischen die ersten drei Finger, zielte, warf und traf den Daumen. Hilton stieß einen Schmerzensschrei aus. Knox wurde auch getroffen, doch war seine Ohnmacht so tief, daß er nicht erwachte.

»Den Zeigefinger«, befahl der Häuptling.

In dieser Weise gab er der Reihe nach die Finger an, welche getroffen werden sollten und auch wirklich mit erstaunlicher Genauigkeit getroffen wurden. Hatte Hilton erst einen einzelnen Schrei ausgestoßen, so brüllte er jetzt unausgesetzt. Knox erwachte erst, als seine linke Hand zum Ziele genommen wurde. Er stierte wie abwesend um sich, schloß dann die blutunterlaufenen Augen wieder und ließ ein ganz unmenschliches Geheul hören. Er hatte gesehen, was man mit ihm begann; das Fieber ergriff ihn wieder, und beides, Delirium und Todesangst, entrissen ihm Laute, für welche man eine menschliche Stimme gar nicht geeignet halten sollte.

Unter dem unausgesetzten Gebrülle beider wurde die Exekution fortgesetzt. Die Messer trafen die Handrücken, Handgelenke, die Muskeln des Unter- und des Oberarmes, und dieselbe Reihenfolge wurde in Beziehung auf die Beine eingehalten. Das währte ungefähr eine Viertelstunde und war der leichte Beginn der Quälung, welche stundenlang dauern sollte. Old Shatterhand und seine drei Gefährten hatten sich abgewendet. Es war ihnen unmöglich, die Scene mit den Augen zu verfolgen. Das Schreien mußten sie über sich ergehen lassen.

Ein Indianer wird von frühester Kindheit an in dem Ertragen körperlicher Schmerzen geübt. Er gelangt dadurch so weit, daß er die größten Qualen ertragen kann, ohne mit der Wimper zu zucken. Vielleicht sind die Nerven des Roten auch weniger empfindlich als diejenigen des Weißen. Wenn der Indianer gefangen wird und am Marterpfahle stirbt, so erträgt er die ihm zugefügten Schmerzen mit lächelndem Munde, singt mit lauter Stimme sein Todeslied und unterbricht dasselbe nur hie und da, um seine Peiniger zu schmähen und zu verlachen. Ein jammernder Mann am Marterpfahle ist bei den Roten eine Unmöglichkeit. Wer über Schmerzen klagt, wird verachtet, und je lauter die Klagen werden, desto größer wird die Verachtung. Es ist vorgekommen, daß gemarterte Weiße, welche sterben sollten, ihre Freiheit erhielten, weil sie durch ihre unmännlichen Klagen zeigten, daß sie Memmen seien, welche man nicht zu fürchten brauche und deren Tötung für jeden Krieger eine Schande sei.

Man kann sich da denken, welchen Eindruck das Gejammer Knoxens und Hiltons machte. Die Roten wendeten sich ab und ließen Rufe der Entrüstung und Verachtung hören. Als den Verwandten der ermordeten Utahs Genüge geschehen war und nun andre aufgefordert wurden, vorzutreten, und die Peinigung durch ein neues Mittel fortzusetzen, fand sich kein einziger Krieger bereit dazu. Solche »Hunde, Coyoten und Kröten« wollte niemand berühren. Da erhob sich einer der Häuptlinge und sagte: »Diese Menschen sind nicht wert, daß ein tapferer Krieger Hand an sie legt; das sehen meine roten Brüder doch wohl ein. Wir wollen sie den Weibern überlassen. Wer von der Hand eines Weibes stirbt, dessen Seele nimmt in den ewigen Jagdgründen die Gestalt einer Frau an und muß arbeiten in alle Ewigkeit. Ich habe gesprochen.«

Dieser Vorschlag wurde nach kurzer Beratung angenommen. Die Frauen und Mütter der Ermordeten wurden aufgerufen; sie bekamen Messer, um den beiden dem Tode Geweihten leichte Schnitte zu versetzen, auch in der Reihenfolge, welcher der »große Wolf« anzugeben hatte.

Einem gesitteten Europäer wird es schwer, zu glauben, daß ein Weib sich zu solchen Grausamkeiten herbeilassen könne. Aber die Roten sind eben nicht zivilisiert, und hier bannte die Rache für den vielfachen Mord jede mildere Regung. Die Frauen, meist alte Weiber, begannen ihr Werk, und das Heulen und Jammern der beiden Weißen erhob sich von neuem, und zwar in einer Weise, daß es selbst den Ohren der Roten unerträglich wurde. Der »große Wolf« gebot Einhalt und sagte: »Diese Memmen sind es auch nicht wert, nach dem Tode Frauen zu sein. Kein roter Mann wird raten, ihnen die Freiheit zu geben, denn ihre Schuld ist zu groß; sie müssen sterben; aber sie sollen die ewigen Jagdgründe als Coyoten betreten, welche ohne Aufhören gehetzt und verfolgt werden. Man übergebe sie den Hunden. Ich habe gesprochen.«

Es begann eine Beratung, deren Ergebnis Old Shatterhand voraussah und mit Grauen erwartete. Er war so kühn, eine Fürbitte zu wagen, wurde aber in einer Weise abgewiesen, daß er froh war, nicht noch Schlimmeres davongetragen zu haben. Der Beschluß wurde ganz nach dem Antrage des »großen Wolfes« gefaßt. Einige Rote entfernten sich, um die Hunde zu holen. Der Häuptling wendete sich zu den vier Weißen: »Die Hunde der Utahs sind auf die Bleichgesichter dressiert; sie thun ihnen nichts; sie werfen sich erst dann auf sie, wenn sie gehetzt werden; dann aber zerreißen sie jeden Weißen, welcher sich in der Nähe befindet. Ich werde euch also fortbringen und in einem Zelte bewachen lassen, bis die Tiere wieder angebunden sind.«

Auf seinen Befehl wurden die vier in ein nahes Zelt gebracht und dort von mehreren Indianern bewacht. Es war ihnen gerade so zu Mute, als ob sie selbst für die Gebisse der Bestien bestimmt seien. Die beiden Mörder hatten den Tod verdient; aber von Hunden zerrissen werden, das war ein gräßliches Ende. Draußen herrschte wohl zehn Minuten lang eine Stille, welche nur zuweilen von dem Jammer Hiltons, der sein Schicksal noch nicht kannte, unterbrochen wurde. Dann hörte man lautes, hastiges Bellen, welches in ein blutdürstiges Geheul überging; zwei menschliche Stimmen kreischten in fürchterlicher Todesangst auf; dann wurde es wieder still.

»Horch!« sagte Jemmy. »Ich höre Knochen krachen. Ich glaube gar, man läßt die beiden von den Hunden fressen.«

»Möglich, aber ich glaube es nicht«, antwortete Old Shatterhand. »Das Krachen lebt nur in deiner Einbildung. Auch die meinige ist ungewöhnlich aufgeregt. Wohl uns, daß wir nicht gezwungen waren, die Scene mit anzusehen!«

Jetzt wurden sie wieder aus dem Zelte gelassen, um nach dem Richtplatze zurückgeführt zu werden. Weiter drin, im Innern des Lagers, sah man vier oder fünf Rote gehen, welche die Hunde an starken Riemen zurückzubringen hatten. Ob die Tiere die Spuren der Weißen gewittert hatten – – einer der Hunde war kaum fortzuzerren; er sah sich um und erblickte die vier Jäger; mit einem gewaltigen Rucke riß er sich los und kam herbeigestürzt. Ein allgemeiner Schreckensschrei erscholl; der Hund war so groß und stark, daß es für einen Menschen ganz unmöglich schien, es mit ihm aufzunehmen. Und doch wollte keiner der Indianer auf ihn schießen, da das Tier ein sehr wertvolles war. Jemmy legte sein Gewehr an und zielte.

»Halt, nicht schießen«, gebot Old Shatterhand. »Die Roten könnten uns den Tod dieses prächtigen Hundes übelnehmen, und ich will ihnen zugleich zeigen, was die Faust eines weißen Jägers vermag.«

Diese Worte waren hastig hervorgestoßen. Es geschah überhaupt alles weit schneller, als es erzählt oder beschrieben werden kann, denn der Hund hatte die ganze Strecke in wahrhaft pantherähnlichen Sprüngen in nicht mehr als zehn oder zwölf Sekunden zurückgelegt. Old Shatterhand trat ihm mit einer schnellen Bewegung entgegen, die Hände niederhaltend.

»Du bist verloren!« schrie ihm der »große Wolf« zu.

»Warte es ab!« antwortete der Jäger.

Jetzt war der Hund da. Er hatte den zähnebewehrten Rachen weit geöffnet und warf sich mit raubtierartigem Schnaufen auf den Gegner. Dieser hielt die Augen fest auf diejenigen des Tieres gerichtet; als dasselbe zum Sprunge ansetzte und sich bereits in der Luft befand, warf er sich ihm mit schnell ausgespreizten Armen entgegen – ein gewaltiger Zusammenprall von Hund und Mensch – Old Shatterhand schlug die Arme über dem Nacken des Tieres, welches nach seiner Gurgel gezielt hatte, zusammen und drückte den Kopf des Hundes so fest gegen sich, daß dieser nicht zu beißen vermochte. Ein noch festerer Druck, und dem Hunde ging der Atem aus; seine kratzenden Beine fielen schlaff nach unten. Mit einer schnellen Bewegung riß der Jäger den Kopf der Bestie mit der linken Hand von sich ab – ein Schlag mit der rechten Faust auf die Schnauze, dann schleuderte er ihn von sich.

»Da liegt er«, rief er, sich umdrehend, dem Häuptling zu. »Laßt ihn anbinden, damit er, wenn er erwacht, nicht Unheil anrichtet.«

»Uff, ugh, ugh, uff!« erscholl es von den Lippen der erstaunten Roten. Das hätte keiner von ihnen gewagt; das hätten sie nicht für möglich gehalten. Der »große Wolf« gab den Befehl, das Tier fortzuschaffen, trat zu Old Shatterhand und sagte in aufrichtig bewunderndem Tone: »Mein weißer Bruder ist ein Held. Anstatt sich von dem Bluthunde niederreißen und zerfleischen zu lassen, hat er ihn zu Boden geschlagen. Die Füße keines Roten hätten so fest gestanden, und die Brust keines andern Menschen

Old Shatterhand schlug die Arme über dem Nacken des Tieres zusammen.

hätte diesen Zusammenprall ausgehalten; ihm wären die Rippen eingedrückt worden. Warum ließ Old Shatterhand nicht schießen?«

»Weil ich euch nicht um dieses prächtige Tier bringen wollte.«

»Welche Unvorsichtigkeit! Wenn es dich nun zerrissen hätte!«

»*Pshaw!* Old Shatterhand wird von keinem Hunde zerrissen! Was gedenken die Krieger der Utahs nun zu thun?«

»Sie werden über euch beraten, denn die Zeit dazu ist gekommen. Wollen die Bleichgesichter nicht um Mitleid bitten?«

»Mitleid? Bist du toll? Frage mich doch lieber, ob ich geneigt bin, Mitleid mit euch zu haben!«

Der Häuptling führte ihn mit einem Blicke, in welchem ebensowohl Erstaunen als Bewunderung lag, zur Seite, wo die vier Weißen sich außerhalb des Kreises der Roten niedersetzen sollten, um die Beratung nicht belauschen zu können. Dann verfügte er sich nach dem Platze, welchen er schon vorher eingenommen gehabt hatte.

Die Augen der Jäger richteten sich natürlich nach den beiden Pfählen. Dort hingen die zerfleischten Körper und Glieder der Mörder an den von den Hunden vielfach zerrissenen Riemen nieder, ein wirklich grauenhafter Anblick.

Nun begann die entscheidende Sitzung, welche ganz in indianischer Weise abgehalten wurde. Erst sprach der »große Wolf« eine lange Zeit; dann folgten die Häuptlinge einer nach dem andern; der Wolf begann wieder, die andern auch; gewöhnliche Krieger durften nicht sprechen; sie standen ehrfurchtsvoll lauschend im Kreise. Der Indianer ist wortkarg; aber bei Beratungen spricht er gern und viel. Es gibt Rote, welche als Redner eine ganz bedeutende Berühmtheit erlangt haben.

Die Beratung nahm wohl zwei Stunden in Anspruch, eine lange Zeit für diejenigen, deren Schicksal von dem Erfolge derselben abhängig war; dann kündete ein allgemein und laut gerufenes »Howgh!« den Schluß der Sitzung an. Die Weißen wurden geholt; sie mußten in das Innere des Kreises treten, um dort ihr Schicksal zu vernehmen. Der »große Wolf« erhob sich von der Erde, um ihnen dasselbe zu verkündigen: »Die vier Bleichgesichter haben bereits gehört, weshalb wir die Kriegsbeile ausgegraben haben; ich will es ihnen nicht wiederholen. Wir haben geschworen, alle Weißen, welche in unsre Hände geraten, zu töten, und ich dürfte mit euch keine Ausnahme machen. Ihr seid mir hierher gefolgt, damit über euch beraten werde, und habt mir versprochen, keine Gegenwehr zu leisten. Wir wissen, daß ihr die Freunde der roten Männer seid, und darum sollt ihr nicht das Schicksal der andern Bleichgesichter, welche wir fangen werden, teilen. Diese kommen sofort an den Marterpfahl; ihr aber sollt um euer Leben kämpfen dürfen.«

Er machte eine Pause, welche Old Shatterhand zu der Frage benutzte: »Mit wem? Wir vier Personen gegen euch alle? Gut, ich bin einverstanden. Meine Todesflinte wird viele von euch in die ewigen Jagdgründe senden!«

Er erhob den Stutzen. Der Häuptling vermochte nicht ganz seinen Schreck zu verbergen; er machte eine schnelle, abwehrende Bewegung und antwortete: »Old Shatterhand irrt sich, jeder von euch soll einen

Gegner haben, mit welchem er kämpft, und der Sieger hat das Recht, den Besiegten zu töten.«

»Damit bin ich einverstanden. Wer aber hat das Recht, unsre Gegner zu wählen, wir oder ihr?«

»Wir. Ich werde eine Aufforderung ergehen lassen, auf welche sich Freiwillige melden.«

»Und wie oder mit welchen Waffen soll gekämpft werden?«

»So, wie derjenige von uns, welcher sich meldet, bestimmt.«

»Ach! Nach unsern Wünschen werdet ihr euch also da nicht richten?«

»Nein.«

»Das ist ungerecht.«

»Nein, das ist gerecht. Du mußt bedenken, daß wir im Vorteile vor euch sind und also auch einen Vorteil zu verlangen haben.«

»Im Vorteile? Wieso?«

»So viele gegen vier.«

»*Pshaw!* Was sind alle eure Waffen gegen meine Todesflinte! Nur derjenige, welcher sich fürchtet, verlangt einen Vorteil vor dem andern.«

»Sich fürchtet?« fragte der Wolf mit blitzenden Augen. »Willst du mich beleidigen? Willst du etwa behaupten, daß wir uns fürchten?«

»Ich sprach nicht von euch, sondern im allgemeinen. Wenn ein schlechter Läufer mit einem bessern um die Wette läuft, so pflegt er eine Vorgabe zu begehren. Indem du uns in das Nachteil versetzest, gibst du mir das Recht zu der Ansicht, daß du uns für bessere Krieger hältst, als ihr seid. Und das würde ich als Häuptling der Utahs nicht thun.«

Der »große Wolf« blickte eine ganze Weile vor sich nieder. Er konnte dem Jäger nicht unrecht geben, mußte sich aber hüten, ihm beizupflichten; darum sagte er endlich: »Wir haben euch schon so viel Nachsicht erwiesen, daß ihr keine weitere verlangen dürft. Ob wir uns vor euch fürchten, werdet ihr beim Kampfe erfahren.«

»Gut; aber ich fordere ehrliche Bedingungen.«

»Wie meinst du das?«

»Du sagst, daß der Sieger das Recht habe, den Besiegten zu töten. Wie nun, wenn ich einen deiner Krieger besiege und töte, kann ich dann frei und sicher diesen Ort verlassen?«

»Ja.«

»Es wird mir niemand etwas thun?«

»Nein, denn du wirst nicht siegen. Es wird überhaupt keiner von euch siegen.«

»Ich verstehe dich. Ihr werdet eure Auswahl unter den Kriegern so treffen und die Art des Kampfes so bestimmen, daß wir unterliegen? Irre dich nicht! Es kann leicht anders kommen, als du denkst.«

»Wie es kommen wird, weiß ich so genau, daß ich sogar noch eine Bedingung stelle, nämlich die, daß der Sieger alles Eigentum des Besiegten erhält.«

»Diese Bedingung ist sehr nötig, da sich sonst wohl niemand melden würde, der mit uns kämpfen wollte.«

»Hüte dich!« fuhr der Häuptling auf; »du hast einfach nur zu sagen, ob ihr einverstanden seid oder nicht.«

»Und wenn wir es nicht sind?«

»So brecht ihr euer Versprechen, denn du hast gesagt, daß ihr keine Gegenwehr leisten wollt.«

»Ich halte mein Versprechen, aber ich will euer Wort, daß derjenige von uns, welcher aus dem Kampfe als Sieger hervorgeht, von euch als Freund betrachtet werden soll.«

»Ich verspreche es dir.«

»Rauchen wir die Pfeife des Friedens darüber!«

»Glaubst du mir nicht?« rief der Wolf.

Old Shatterhand sah ein, daß er nicht so schroff auftreten dürfe, wenn er nicht auf die bisher errungenen Vorteile verzichten wolle; darum erklärte er: »Wohlan, ich glaube dir. Frage deine Krieger, wer sich melden will!«

Jetzt gab es eine große Bewegung unter den Indianern; sie gingen und wogten fragend und schreiend durcheinander. Old Shatterhand sagte zu seinen Gefährten: »Leider durfte ich die Saite nicht allzu straff anspannen, sonst wäre sie zerrissen. Ich bin mit den erhaltenen Bedingungen keineswegs zufrieden.«

»Wir müssen eben zufrieden sein, da wir keine besseren bekommen können«, sagte der lange Davy.

»Ja, was mich betrifft, da habe ich keine Sorge. Die Roten haben eine solche Scheu vor mir, daß ich neugierig bin, ob sich ein Gegner für mich finden wird.«

»Ganz gewiß.«

»Wer?«

»Der ›große Wolf‹ selbst. Da kein andrer sich melden wird, muß er die Ehre seines Stammes retten. Er ist ein riesiger Kerl, ein wahrer Elefant.«

»Pah! Ich fürchte ihn nicht. Aber ihr! Man wird euch die gefährlichsten Gegner wählen und für jeden von uns eine Kampfesart bestimmen, von der man annimmt, daß er in derselben nicht bewandert ist. Zum Beispiel mit mir wird sich mein Gegner nicht in einen Faustkampf einlassen.«

»Warten wir es ab«, meinte Jemmy.

»Jetzt ist alle Sorge und Angst vergeblich. Halten wir die Muskeln fest und die Augen offen!«

»Und den Verschtand helle und klar«, fügte der Hobble-Frank hinzu. »Was mich betrifft, so bin ich so ruhig wie een Meilenzeiger im Schtraßengraben. Ich weeß gar nich, wie das kommt, aber es is wirklich wahr, daß mir nich im geringsten bange is. Diese Utahs sollen heut eenen sächsischen Moritzburger kennen lernen. Ich werde kämpfen, daß die Funken bis nach Grönland fliegen.«

Jetzt stellte sich die Ordnung unter den Roten wieder her. Der Kreis wurde wieder gebildet, und der »große Wolf« brachte drei Krieger herbei, welche er als diejenigen vorstellte, die sich freiwillig gemeldet hatten.

»So bezeichne jetzt die Paare«, bat Old Shatterhand.

Der Häuptling schob den ersten zu dem langen Davy hin und sagte: »Hier steht Pagu-angare (›roter Fisch‹), welcher mit diesem Bleichgesichte um sein Leben schwimmen will.«

Die Wahl war für die Roten gut getroffen. Dem langen, klapperdürren Davy war es anzusehen, daß er vom Wasser nicht leicht getragen wurde. Der Rote hingegen war ein Kerl mit runden Hüften, breiter, fleischiger Brust und starken Arm- und Beinmuskeln. Jedenfalls war er der beste Schwimmer des Stammes. Hätte sein Name dies nicht erraten lassen, so wäre es aus dem verächtlichen Blicke, den er auf Davy warf, zu ersehen gewesen.

Dann stellte der Häuptling einen hohen, sehr breitschulterigen Menschen, dessen Muskeln wie Wülste hervortraten, dem kleinen, dicken Jemmy gegenüber und sagte: »Dieser hier ist Namboh-avaht (›großer Fuß‹), welcher mit dem dicken Bleichgesichte ringen wird. Sie werden mit den Rücken gegeneinander zusammengebunden werden. Jeder erhält ein Messer in die rechte Hand, und wer den andern zuerst unter sich bringt, darf ihn erstechen.«

Der »große Fuß« trug seinen Namen mit vollem Recht. Er hatte ungeheure Füße, auf welchen er wohl so fest stand, daß der kleine, dicke Jemmy vor Angst hätte davonrennen mögen.

Nun stand noch der dritte da, ein knochiger Kerl, fast vier Ellen lang, schmal, aber mit hochgewölbter Brust und ewig langen Armen und Beinen. Der Häuptling stellte ihn vor den Hobble-Frank hin und meinte dabei: »Und hier steht To-ok-tev (›springender Hirsch‹), welcher bereit ist, mit diesem Bleichgesichte um das Leben zu laufen.«

Armer Hobble-Frank! Während dieser »springende Hirsch« mit seinen Siebenmeilenbeinen zwei Schritte machte, mußte der Kleine zehn machen! Ja, die Roten waren außerordentlich auf ihren Vorteil bedacht gewesen.

»Und wer kämpft mit mir?« fragte Old Shatterhand.

»Ich«, antwortete der »große Wolf« in stolzem Tone, indem er seine

Hünengestalt hoch aufrichtete. »Du glaubtest, wir fürchten uns; ich will dir zeigen, daß du dich irrtest.«

»Das ist mir lieb«, antwortete der Weiße freundlich. »Ich habe meine Gegner bisher stets unter den Häuptlingen gesucht.«

»Du wirst unterliegen!«

»Old Shatterhand wird nicht besiegt!«

»Und Ovuts-avaht auch nicht! Wer könnte erzählen, daß er mich besiegt habe!«

»Ich werde es schon heute erzählen!«

»Und ich werde Herr deines Lebens sein!«

»Kämpfen wir nicht mit Redensarten, sondern mit der Flinte!«

Old Shatterhand sagte das in leicht ironischem Tone; er wußte, daß der Häuptling nicht darauf eingehen werde. Und wirklich antwortete dieser schnell: »Ich habe nichts mit deinem Todesgewehre zu schaffen. Zwischen uns soll das Messer und der Tomahawk entscheiden.«

»Ich bin auch dies zufrieden.«

»So wirst du in kurzem eine Leiche und ich werde im Besitze all deines Eigentums, auch des Pferdes, sein!«

»Ich glaube, daß mein Pferd deine Wünsche erregt; aber die Zauberflinte ist noch wertvoller. Was wirst du mit ihr beginnen?«

»Ich mag sie nicht, und auch kein andrer trägt Verlangen nach ihr. Sie ist zu gefährlich, denn wer sie berührt, der trifft seine besten Freunde. Wir werden sie tief in die Erde vergraben, wo sie verrosten und verfaulen mag.«

»So mag derjenige, welcher sie dabei berührt, sehr vorsichtig sein, sonst wird er böses Unheil über den ganzen Stamm der Yampa-Utahs bringen. Und nun sag, wann und in welcher Reihenfolge die Einzelkämpfe vor sich gehen sollen.«

»Erst soll geschwommen werden. Aber ich weiß, daß die Christen gern vor ihrem Tode geheimnisvolle Gebräuche befolgen. Ich will euch dazu diejenige Zeit geben, welche ihr Bleichgesichter eine Stunde nennt.«

Die Roten hatten den Kreis um die Weißen wohl nur deshalb wieder geschlossen, um alle deutlich sehen zu können, wie erschrocken die Bleichgesichter über die ihnen zuerteilten Gegner sein würden. Aber sie hatten nichts Derartiges gesehen und gingen nun wieder auseinander. Man schien sich jetzt gar nicht um die Jäger zu bekümmern; aber diese wußten gar wohl, daß sie sehr scharf beobachtet wurden. Sie saßen bei einander und sprachen über die Chancen, welche ihnen bevorstanden. Dem langen Davy war die Gefahr am nächsten getreten, da er der erste war, welcher zu kämpfen hatte. Er machte zwar kein verzweifeltes, aber doch ein sehr ernstes Gesicht.

»Der ›rote Fisch‹!« brummte er. »Natürlich hat dieser Halunke seinen Namen nur aus dem Grunde erhalten, weil er ein vorzüglicher Schwimmer ist.«

»Und aber du?« fragte Old Shatterhand. »Ich habe dich zwar schwimmen sehen, aber nur beim Baden und bei Flußübergängen. Wie steht es mit deiner Fertigkeit?«

»Nicht allzugut.«

»O weh!«

»Ja, o weh! Ich kann nicht dafür, daß mein Korpus nur aus schweren Knochen besteht. Und ich glaube, meine Knochen haben ein noch viel größeres Gewicht als diejenigen eines jeden andern Menschenkindes.«

»Also mit der Schnelligkeit ist's nichts. Hältst du denn aber aus?«

»Aushalten? Pah! So lange Ihr wollt. Kräfte habe ich ja genug; aber mit dem Vorwärtskommen hapert es. Ich werde meinen Skalp wohl hergeben müssen.«

»Das ist noch nicht so bestimmt zu sagen. Noch verliere ich nicht die Hoffnung. Hast du vielleicht auch schon auf dem Rücken geschwommen?«

»Ja, und da scheint es leichter zu gehen.«

»Allerdings macht man die Erfahrung, daß hagere und ungeübte Leute hinten besser schwimmen als vorn. Lege dich also auf den Rücken; nimm den Kopf recht tief und die Beine hoch; stoße recht regelmäßig und ausgiebig mit den Füßen aus, und hole stets nur dann Atem, wenn du die Hände unter den Rücken schlägst.«

»*Well!* Aber das kann nichts nützen, denn dieser ›rote Fisch‹ wird mich trotzdem ausstechen.«

»Vielleicht doch nicht, wenn mir meine List gelingt.«

»Welche?«

»Du mußt mit der Strömung schwimmen und er gegen dieselbe.«

»Ach, wäre das zu machen? Ist denn eine Strömung vorhanden?«

»Ich vermute es. Wenn sie fehlte, wärst du freilich verloren.«

»Wir wissen ja noch gar nicht, wo geschwommen werden soll.«

»Natürlich drüben auf dem See, welcher eigentlich nur ein Teich ist. Er ist länglichrund, fünfhundert Schritte lang und dreihundert breit, ungefähr, wie man von hier aus zu schätzen vermag. Das Berggewässer stürzt sich mit großem Gefälle hinein, und zwar, wie es scheint, nach dem linken Ufer hin. Das ergibt also eine Strömung, welche an diesem Ufer hingeht, drei Viertel um den See bis an den Ausfluß desselben. Laß mich nur machen. Wenn es menschenmöglich ist, werde ich es dahin bringen, daß du mit dieser Strömung den Gegner schlägst.«

»Das sollte ein Gaudium sein, Sir! Und ich setze den Fall, es gelänge mir, soll ich da den Kerl erstechen?«

»Hast du Lust dazu?«

»Er würde mich jedenfalls nicht schonen, schon um meines bißchen Hab und Gutes willen.«

»Das ist richtig. Aber auch ganz abgesehen davon, daß wir Christen sind, liegt es in unserm eigenen Vorteile, Milde walten zu lassen.«

»Schön! Aber was werdet Ihr thun, wenn er mich besiegt und mit dem Messer auf mich loskommt? Ich darf mich doch nicht wehren!«

»In diesem Falle werde ich es zu erzwingen wissen, daß mit dem Töten so lange gewartet wird, bis alle Einzelkämpfe zu Ende geführt sind.«

»*Well,* das ist ein Trost selbst für den schlimmsten Fall, und ich bin nun beruhigt. Aber, Jemmy, wie steht es mit dir?«

»Nicht besser als mit dir«, antwortete der Dicke. »Mein Gegner heißt ›großer Fuß‹. Weißt du, was das zu bedeuten hat?«

»Nun?«

»Er steht so fest auf den Füßen, daß ihn niemand niederbringt. Und ich, der ich um zwei Köpfe kleiner bin als er, soll das vermögen? Und Muskeln hat dieser Mensch wie ein Nilpferd. Was ist da mein Fett dagegen!«

»Nicht bange machen lassen, lieber Jemmy«, tröstete Old Shatterhand. »Ich bin ja ganz in derselben Lage. Der Häuptling ist bedeutend höher und breiter als ich, aber an der Gewandtheit wird es ihm wohl mangeln, und ich möchte behaupten, daß ich auch mehr Muskelkraft besitze als er.«

»Ja, Ihre Muskelkraft ist ein Phänomen, eine Ausnahme. Aber ich gegen diesen ›Großfuß‹! Ich werde mich wehren, solange ich es vermag, aber unterliegen werde ich dennoch. Ja, wenn es hier auch so eine Strömung, so eine List gäbe!«

»Die is ja da!« fiel der Hobble-Frank ein. »Wenn ich's mit diesem Florian zu thun hätte, so wär' mirsch gar nich angst.«

»Du? Du bist doch noch schwächer als ich!«

»Am Leibe, ja, aber nich am Geiste. Und mit dem Geiste muß man siegen. Verschtehste mich?«

»Was thu' ich mit dem Geiste gegen einen solchen Muskelmenschen!«

»Siehste, so biste! Alles und ooch schtets, alles weeßte besser als ich; aber wenn sich's ums Leben und Schkalpieren handelt, so sitzest du da wie die Fliege in der Buttermilch. Du zappelst mit Händen und Füßen und kommst doch nich raus.«

»So schieße los, wenn du einen guten Einfall hast!«

»Einfall! Was das nu schon wieder für eene Rede is! Ich brauch' keenen Einfall, ich bin ooch ohne Einfälle schtets geistreich. Denke dich nur mal richtig in deine Lage hinein! Ihr zwee beede schtellt euch mit dem

Rücken gegeneenander und man bindet euch über dem Bauche zusammen, grad wie das schöne Schternbild der siamesischen Zwillinge von der Milchschtraße herunter. Jeder kriegt een Messer in die Hand, und dann geht das Reitergefecht los. Wer den andern unter sich bringt, is Sieger. Wie aber kann man in eener solchen Schtellung den Gegner unter sich bringen? Doch nur dadurch, daß man ihm den Halt aus den Füßen nimmt, was dadurch geschehen kann, daß man ihn von hinten mächtig an die Waden tritt oder den Fuß um den seinen schlingt und diesen wegzureißen sucht. Habe ich recht oder nich?«

»Ja. Nur weiter.«

»Nur sachte! Das muß alles mit Bedacht geschehen und hat keene Eile. Gelingt das Experiment, so purzelt der Gegner off die Nase und man kommt off ihn zu liegen, aber nämlich leider mit dem Rücken off seinen Rücken, wobei man das europäische Gleichgewicht sehr leicht selber verlieren kann. Eegentlich müßtet ihr so zusammengebunden werden, daß ihr mit den Gesichtern gegeneenander schteht. Ob die Roten mit dem umgekehrten Schtaatsverhältnisse irgend eene List verbinden, das kann ich jetzt noch nich durchschauen; aber so viel weeß ich genau, daß ihre Hinterlist dir nur Nutzen bringen wird.«

»Auf welche Weise denn? So rede doch nur endlich!« drängte Jemmy.

»Herrjemerschneeh, ich rede doch schon eene ganze Viertelschtunde lang! So höre nur! Der Rote wird dich von hinten mit den Füßen treten, um dir das Been auszuheben und dich aus dem Gleichgewichte zu bringen. Das schadet dir gar nischt, denn bei der konfessabeln Schtärke deiner Waden fühlst du seine Tritte erscht vierzehn Monate hinterher. Jetzt wartest du eenen Oogenblick ab, an welchem er wieder schtößt und also nur off eenem Beene schteht. Da beugst du dich mit aller Gewalt nach vorne nieder, hebst ihn also off deinen Rücken, schneidest rasch den Schtrick oder Riemen entzwee, mit dem ihr zusammengebunden seid, und wippst ihn mit eenem schnellen Schwipps über deinen Kopf weg off die Erde runter. Dann aber oogenblicklich droff, den Kerl bei der Gurgel gepackt und ihm das Messer offs Herz gesetzt. Haste mich begriffen, alter Schneesieber?«

Old Shatterhand hielt dem Kleinen die Hand hin und sagte: »Frank, du bist kein übler Kerl. Das hätte ich wirklich nicht besser aussinnen können. Diese Anweisung ist ausgezeichnet und muß zum Ziele führen.«

Franks ehrliches Gesicht glänzte vor Entzücken, als er die ihm dargebotene Hand schüttelte und dabei sagte: »Schon gut, schon gut, liebster Obermeester! Off so etwas ganz und gar Selbstverschtändliches kann ich mir nich viel einbilden. Meine Meriten und Astern blühen wo ganz anders. Aber es is eben wieder mal een Beweis dafür, daß der Diamant von unvernünftigen Menschen oft für eenen Ziegelschteen gehalten wird. Darum denke – –«

»Kieselstein, nicht Ziegelstein«, unterbrach ihn Jemmy. »Himmel, wäre das ein Diamant, welcher die Größe eines Ziegelsteines hätte!«

»Schweigste wohl gleich schtille, du alter, unverbesserlicher Krakehler! Ich rette dir mit meiner Geistesüberlegenheet das Leben, und du wirfst mir als Dank dafür meinen ungeschliffenen Ziegelschteen an den Kopp! Een schöner Kerl, wer solche Mucken hat! Haste denn mal eenen Diamanten gefunden?«

»Nein.«

»So rede doch nich von solchen Dingen!«

»Hast denn du einen gefunden?«

»Ja. Der Moritzburger Glaser hatte den seinigen verloren, und ich hob ihn von der Gasse off. Ich war damals een junger Mensch und bekam für meine Ehrlichkeet een Geschenk, welches ungeheuern Wert hatte. Der Glaser war nämlich zugleich Krämer und schenkte mir eene thönerne Tabakspfeife für zwee Pfennige und een halbes Päckchen Kraustabak für eenen Dreier. Das is mir unvergeßlich geblieben, und du siehst also, daß ich gar wohl von Diamanten schprechen kann. Wenn du nich endlich mal offhörst, dich so an mir zu reiben, so kann es leicht so weit kommen, daß ich dir meine Freundschaft offsage, und dann wirschte ja sehen, ob du ohne mich durch die Welt zu kommen vermagst. Hier is doch weder die Zeit noch der Ort zu Zank und Schtreit. Wir schtehn alle vor unserm letzten Lebenslichte und haben die heilige Verpflichtung, eener dem andern mit Rat und That beizuschtehen anschtatt uns zu ärgern. Wenn wir in eener Schtunde abgemurxt werden sollen, warum wollen wir uns da jetzt noch die kostbare Gesundheit schädigen und uns durch Grobheeten das Leben verkürzen? Ich dächte, es wäre nu endlich gerade Zeit, Verschtand anzunehmen.«

»Das ist vollständig richtig«, stimmte Old Shatterhand bei. »Denken wir jetzt nur an die Kämpfe, welche uns bevorstehen. Jemmy wird wohl seine Sache machen; ich sehe es ihm an, daß ihm das Herz leicht geworden ist. Was aber wirst du anfangen, lieber Frank?«

»Lieber Frank!« wiederholte der Kleine. »Wie schön akustisch das klingt! Es is doch wirklich was ganz andres, wenn man mit gebildeten Gentlemännern verkehrt! Was ich anfangen werde? Nu, loofen werde ich, was denn andres?«

»Das weiß ich wohl, aber du wirst zurückbleiben!«

»Das weeß ich wohl!«

»Du brauchst drei Schritte, wenn er einen macht!«

»Leider Gottes!«

»Es fragt sich aber, welche Strecke ihr zu durchlaufen habt, und ob du aushältst. Wie steht es mit dem Atmen?«

»Ganz vorzüglich. Ich habe eene Lunge wie eene Hummel; ich summe und brumme den ganzen Tag, ohne daß mir die Luft ausgeht. Loofen kann ich schon. Das habe ich als königlich sächsischer Forschtgehilfe lernen müssen.«

»Aber mit so einem langbeinigen Indianer kannst du es nicht aufnehmen!«

»Hm! Das fragt sich noch!«

»Er heißt der ›springende Hirsch‹! also ist Schnelligkeit seine Haupteigenschaft.«

»Wie er heeßt, das is mir Wurscht, wenn ich nur eher als er ans Ziel gelange.«

»Das aber wirst du eben nicht.«

»Oho! Warum nich?«

»Ich sagte es ja schon, und du gabst es zu. Vergleiche deine Beine mit den seinigen!«

»Ach so, die Beene! Sie denken also, es kommt off die Beene an?«

»Natürlich! Auf was soll es denn bei einem Wettlaufe, bei welchem es sich gar um Tod und Leben handelt, ankommen?«

»Off die Beene, ja, ooch mit, aber die sind noch lange nich die Hauptsache. Merschtenteels hat's der Kopp zu entscheiden.«

»Der läuft doch nicht mit!«

»Freilich leeft er mit. Oder soll ich etwa meine Beene ganz alleene fortschpringen lassen und mit dem übrigen Korpus warten, bis sie wiederkommen? Das wäre eene gefährliche Geschichte. Wenn sie mich nich wiederfänden, könnte ich sitzen bleiben, bis mir neue gewachsen wären, und das soll nur bei den Krebsen geschehen. Nee, der Kopp muß mit, denn der hat die Hauptarbeit.«

»Ich begreife dich nicht!« rief Old Shatterhand aus, ganz erstaunt über die Ruhe des Kleinen.

»Ich ooch nich, wenigstens jetzt noch nich. In diesem Momente weeß ich nur, daß een eenziger guter Gedanke besser is als een ganzes Hundert Schritte oder Schprünge, die am Ziele vorüberführen.«

»So hast du einen Gedanken?«

»Noch nich. Aber ich denke, wenn ich dem Jemmy eenen guten Rat habe geben können, so werde ich mich doch nich selber im Schtiche lassen. Jetzt weeß ich doch noch gar nich, wo geloofen werden soll. Wenn das entschieden is, dann werde ich wohl sehen, wo und wie das Häkchen anzunageln is. Lassen Sie sich's nur um mich nicht bange werden! Es sagt mir eene innere Tenorschtimme, daß ich der Welt hier noch nich den

Rücken kehre. Ich bin noch zu Großem geboren, und weltgeschichtliche Persönlichkeeten schterben niemals vor der Erfüllung ihrer Aufgabe und so abseits von den sanften Genüssen der Zivilisation.«

Jetzt kam der »große Wolf« wieder mit den andern Häuptlingen herbei, um die Weißen aufzufordern, sich mit an den See zu begeben. Dort wimmelte es bereits von Menschen jeden Alters und Geschlechts, denn es sollte da der Schwimmkampf entschieden werden.

Als sie am Ufer anlangten, sah Old Shatterhand, daß er nicht falsch vermutet hatte; es gab eine bedeutende Strömung. Der See hatte beinahe die Gestalt einer Ellipse. Oben, an der einen Schmalseite, trat das Bergwasser ein und strömte erst der linken Lang-, dann der unteren Schmalseite entlang dem Ausflusse zu, welcher sich auf der rechten Langseite und gar nicht weit von dem Einflusse befand. Diese Strömung folgte also fast zu drei Vierteilen der Uferstrecke. Wenn sie für Davy benutzt werden konnte, war dieser vielleicht gerettet.

Die Frauen, Mädchen und Knaben verbreiteten sich weit am Ufer hin. Die Krieger ließen sich an der unteren Schmalseite nieder, denn dort sollte der Kampf beginnen. Aller Augen waren auf die beiden Interessenten gerichtet. Der »rote Fisch« blickte stolz und selbstbewußt über das Wasser hin wie einer, welcher seiner Sache vollständig sicher ist. Auch Davy schien ruhig zu sein, aber er schluckte oft; sein Kehlkopf war in steter Bewegung. Wer ihn kannte, dem war das ein Zeichen innerer Erregung.

Endlich wendete sich der »große Wolf« zu Old Shatterhand: »Denkst du, daß wir beginnen sollen?«

»Ja, aber wir kennen die näheren Bedingungen noch nicht«, antwortete der Gefragte.

»Die sollt ihr hören. Gerad hier vor mir steigen beide in das Wasser. Wenn ich mit einem Klatschen der Hände das Zeichen gebe, stoßen sie ab. Es wird einmal um den ganzen See geschwommen und die Schwimmer haben sich stets genau eine Manneslänge vom Ufer zu halten. Wer einbiegt, um den Weg zu kürzen, ist besiegt. Der, welcher zuerst hier ankommt, stößt den andern mit dem Messer nieder.«

»Gut! Aber nach welcher Seite schwimmen sie ab? Nach rechts oder links?«

»Links. Sie kehren dann von rechts her zurück.«

»Sollen sie nebeneinander schwimmen?«

»Natürlich!«

»Also mein Gefährte zur rechten und der ›rote Fisch‹ zur linken Hand?«

»Nein, umgekehrt.«

»Warum?«

»Weil derjenige, welcher links schwimmt, dem Ufer näher ist und also den weitesten Weg zurückzulegen hat.«

»So ist es falsch und ungerecht, sie beide nach derselben Richtung gehen zu lassen. Du liebst nicht den Betrug und wirst zugeben, daß es richtiger ist, wenn sie nach verschiedenen Seiten abgehen. Der eine schwimmt von hier aus am rechten, der andre am linken Ufer hin; oben begegnen sie sich, und dann kehrt jeder am gegenseitigen Ufer zurück.«

»Du hast recht«, erklärte der Häuptling. »Aber welcher soll rechts, und welcher links?«

»Um auch hier gerecht zu sein, mag das Los entscheiden. Siehe, ich nehme hier zwei Grashalme auf, und die beiden Schwimmer wählen. Wer den längeren hat, schwimmt nach links, wer den kürzeren, nach rechts.«

»Gut, so soll es sein. Howgh.«

Dieses letztere Wort wurde zu Davys Glück gesprochen, denn es zeigte an, daß an diesem Beschlusse nichts zu ändern sei. Old Shatterhand hatte zwei Halme gepflückt, aber so, daß sie von genau gleicher Länge waren. Er trat zuerst zu dem »roten Fisch« und ließ diesen wählen; dann gab er Davy seinen Halm, knipp aber einen Augenblick vorher ein kleines Stückchen davon ab. Die Halme wurden verglichen; Davy hatte den kürzeren und mußte also nach rechts. Sein Gegner zeigte sich darüber nicht im mindesten zornig; er schien jetzt noch gar keine Ahnung von dem Nachteile zu haben, in welchem er sich befand. Aber desto heller war Davys Gesicht geworden. Er musterte die Wasserfläche und raunte Old Shatterhand zu: »Ich weiß nicht, wie ich zu dem kleinen Halm gekommen bin; aber er rettet mich, denn ich hoffe, daß ich eher anlange. Die Strömung ist stark und wird ihm zu schaffen machen.«

Er warf seine Kleider ab und stellte sich in das hier seichte Wasser. Der »rote Fisch« that ebenso. Jetzt klatschte der Häuptling in die Hände – ein Sprung, beide befanden sich auf tieferer Stelle und ruderten auseinander, der Rote nach links und der Weiße längs des Ufers hin nach rechts.

»Davy, halte dich schtramm!« rief der Hobble-Frank dem Freunde nach.

Zunächst war kein großer Unterschied zwischen beiden zu bemerken. Der Indianer strich langsam, aber weit und kraftvoll aus wie einer, welcher im Wasser zu Hause ist. Er blickte nur vor sich hin und hütete sich, sich nach dem Weißen umzusehen, weil er damit, wenn auch nur einen einzigen Augenblick, Zeit verloren hätte. Davy schwamm unruhiger, unregelmäßiger. Er war kein geübter Schwimmer und mußte erst in den richtigen, taktmäßigen Ausstrich kommen. Als sich dieser nicht bald einstellen wollte, legte er sich auf den Rücken, und nun ging es besser. Die Strömung war hier nicht mehr bedeutend, aber sie half ihm doch so vorwärts, daß er gegen den Roten nicht zurückblieb. Sie befanden sich jetzt beide auf den Langseiten des Sees.

Nun aber begann der Indianer einzusehen, daß der schwierigere Teil ihm zugefallen sei. Er hatte die ganze Seite des Sees bis hinauf an die Mündung des Bergbaches zu durchschwimmen, und bei jedem Striche, den er vorwärts that, fühlte er, daß die Strömung stärker wurde. Noch nahm er seine Kräfte zu Rate, bald aber sah man, daß er sich anstrengen mußte. Er stieß so kräftig aus, daß er bei jedem Stoße bis zur halben Brust aus dem Wasser kam.

Drüben bei Davy wurde die Strömung immer schwächer, aber sie hatte eine ihm günstige Richtung. Dazu kam, daß er sich mehr und mehr in die notwendigen Bewegungen fand. Er arbeitete regelmäßiger und bedächtiger. Er beobachtete den Erfolg jedes Stoßes und lernte schnell die falschen Bewegungen kennen. Darum verdoppelte sich seine Schnelligkeit, und bald war er dem Roten voraus, was diesen veranlaßte, seine Kräfte noch mehr anzustrengen, anstatt dieselben für die Überwindung der späteren, größeren Schwierigkeiten aufzusparen.

Jetzt näherte sich Davy dem Ausflusse. Die Strömung wurde stärker; sie wollte ihn ergreifen und mit sich fort aus der Bahn, aus dem See reißen. Er kämpfte schwer und kam gegen den Roten wieder zurück. Das war der Augenblick, auf welchen alles ankam.

Seine Gefährten standen am Ufer und sahen ihm in größter Spannung zu.

»Der Rote holt ihn wieder ein«, sagte Jemmy in ängstlichem Tone. »Er wird verlieren.«

»Wenn er sich nur noch drei Ellen weiter arbeitet«, antwortete Old Shatterhand, »so hat er die Abströmung überwunden und ist gerettet.«

»Ja, ja«, stimmte Frank bei. »Er scheint das einzusehen. Wie er schtößt und schtampft! Da, recht so, er kommt vorwärts; er is drüber weg. Halleluja, vivat hoch!«

Es war dem Langen gelungen, den Widerstand zu besiegen, und er kam nun in ruhiges Wasser. Bald hatte er die rechte Langseite hinter sich, während der Rote seine linke noch nicht zurückgelegt hatte, und bog nun auf der Schmalseite nach dem Bacheinflusse ein.

Der Rote sah das und arbeitete wie wahnsinnig, um sein Leben zu retten; aber jeder, auch der kräftigste Stoß, brachte ihn kaum eine Elle vorwärts, während Davy das doppelte Resultat erzielte. Jetzt erreichte der letztere die Einflußstelle. Die Wasser des Baches faßten ihn und rissen ihn mit sich fort. Er hatte noch das dritte Drittel seines Weges zurückzulegen, während der Indianer noch kaum sein erstes überwunden hatte. Beide schossen aneinander vorüber.

»Hurra!« konnte Davy sich nicht enthalten zu schreien. Der Rote antwortete durch ein weithin hörbares wütendes Gebrüll.

Jetzt war es für Davy keine Anstrengung mehr, sondern eine Lust, zu schwimmen. Er brauchte nur leise zu rudern, um sich in der vorgeschriebenen Richtung zu halten. Nach und nach, je schwächer die Strömung wurde, mußte er wieder mehr Kraft anwenden, aber es ging so leicht, und es war ihm, als ob er all sein Leben lang nur immer geschwommen habe. Er erreichte die bestimmte Stelle des Ufers und stieg an das Land. Als er sich umdrehte, sah er, daß der Rote soeben den Ausfluß erreicht hatte und dort abermals mit der Strömung rang.

Ein kurzes, aber markerschütterndes Geheul der Roten erscholl; sie sagten damit, daß der »rote Fisch« verloren habe und dem Tode geweiht sei. Davy aber fuhr eiligst zunächst in seine Kleider und dann auf seine Gefährten los, um sie, wie zu einem zurückgeschenkten Leben erwacht, zu begrüßen.

»Wer hätte das gedacht!« sagte er, indem er Old Shatterhand die Hände schüttelte. »Ich habe den besten Schwimmer der Utahs besiegt!«

»Durch einen Grashalm!« antwortete der Jäger lächelnd.

»Wie haben Sie es angefangen?«

»Später davon. Es war eine kleine Künstelei, die aber kein Betrug zu nennen ist, da es die Rettung deines Lebens galt, ohne daß die Roten einen Schaden davon haben.«

»So is es!« stimmte Frank bei, welcher unendlich glücklich über den Sieg seines Freundes war. »Dein Leben hat nich mal an eenem Schtroh-, sondern gar nur an eenem Grashalme gehangen. So is es ooch beim Wettloofen. Die Beene alleene thun es noch lange nich. Wer weeß, welcher Halm mir meine Rettung bringt. Ja, in den Beenen muß man's ooch en bißchen haben, aber im Koppe noch viel mehr. Da schaut, hier kommt der Unglücksfisch!«

Der Indianer kam jetzt von rechts herbei, über fünf Minuten nach dem Weißen. Er stieg an das Land und setzte sich dort nieder, das Gesicht nach dem Wasser gewendet. Keiner der Roten blickte zu ihm hin; keiner bewegte sich; sie warteten, daß Davy dem Besiegten den Todesstoß gebe.

Da kam eine Squaw herbei, an jeder Hand ein Kind führend. Sie trat zu ihm. Er zog das eine Kind rechts, das andre links an sich, schob sie dann leise von sich, gab seinem Weibe die Hand und winkte ihr, sich zu entfernen. Dann suchte er mit dem Auge nach Davy und rief ihm zu: »Nani witsch, ne pokai – dein Messer, töte mich!«

Dem braven Langen traten fast die Thränen in die Augen. Er nahm das Weib mit den Kindern, schob sie ihm wieder zu und sagte halb englisch und halb im Utah, welches er nicht beherrschte: »No witsch – not pokai!«

Dann wendete er sich ab und trat zu den Gefährten zurück. Die Utahs hatten das gesehen und gehört. Der Häuptling fragte: »Warum tötest du ihn nicht?«

»Weil ich ein Christ bin. Ich schenke ihm das Leben.«

»Aber wenn er gesiegt hätte, wärest du von ihm erstochen worden!«

»Er hat nicht gesiegt und es also nicht thun können. Er mag leben.«

»Aber sein Eigentum nimmst du? Seine Waffen, seine Pferde, seine Frau und auch seine Kinder?«

»Fällt mir nicht ein! Ich bin kein Räuber. Er mag behalten, was er hat.«

»Uff, ich begreife dich nicht! Er hätte klüger gehandelt.«

Auch die andern Roten schienen ihn nicht zu begreifen. Die Blicke, welche sie auf ihn richteten, sagten deutlich, wie erstaunt sie über sein Verhalten waren. Keiner von ihnen hätte auf sein Recht verzichtet, und wenn hundert Menschenleben der Gegenstand desselben gewesen wären. Der »rote Fisch« schlich davon. Auch er konnte nicht begreifen, warum der Weiße ihn nicht erstach und skalpierte. Er schämte sich, besiegt zu sein, und hielt es für das beste, sich unsichtbar zu machen.

Aber einen Dank gab es doch. Die Frau trat zu dem Langen und reichte ihm die Hand; sie hob auch die Hände der Kinder zu ihm empor und stammelte einige halblaute Worte, deren Sinn Davy zwar nicht verstand, sich aber leicht denken konnte.

Jetzt näherte sich Namboh-avaht, der »große Fuß«, dem Häuptlinge und fragte, ob er nun mit seinem Bleichgesichte beginnen könne. Der »große Wolf« nickte und befahl, nach der dazu bestimmten Stelle aufzubrechen. Diese lag in der Nähe der beiden Marterpfähle. Dort wurde, wie gewöhnlich, ein weiter Kreis gebildet, in dessen Mitte der Häuptling den »großen Fuß« führte. Old Shatterhand begleitete den dicken Jemmy hin. Er that dies aus dem Grunde, darüber zu wachen, daß keine Hinterlist gegen den Dicken in Anwendung komme.

Die beiden Kämpfer entblößten den Oberleib und stellten sich dann mit dem Rücken gegeneinander. Jemmys Kopf reichte nicht ganz bis an des Roten Schulter. Der Häuptling hatte einen Lasso in der Hand, mit dem er die beiden zusammenband. Der Riemen ging dem Roten über die Hüfte, dem Weißen aber über die Brust. Zufälligerweise und zum Vorteile des letzteren reichten die Enden des Lassos gerade so weit, daß der Häuptling die Schleife auf der Brust des Dicken machen mußte.

»Nun brauchst du den Riemen nicht zu zerschneiden, sondern bloß die Schleife aufzuziehen«, sagte Old Shatterhand ihm in deutscher Sprache.

Jetzt bekam jeder sein Messer in die rechte Hand, und der Akt konnte beginnen. Da der Häuptling zurücktrat, so folgte Old Shatterhand seinem Beispiele.

»Schteh feste, Jemmy, und laß dich ja nich werfen!« rief der Hobble-Frank. »Du weeßt, wenn er dich erschticht, so bin ich für immerdar verwitwet und verwaist, und das wirscht du mir doch nich anthun wollen. Laß dich nur schtoßen, und schwipp ihn nachher tüchtig über!«

Auch der Rote bekam von verschiedenen Seiten aufmunternde Zurufe zu hören. Er antwortete: »Ich heiße nicht der ›rote Fisch‹, der sich besiegen läßt. Ich werde diese kleine, breite Kröte, welche mir am Rücken hängt, in wenigen Augenblicken erdrücken und zermalmen.«

Jemmy sagte gar nichts. Er schaute still und ernsthaft drein, bildete aber eigentlich hinter der Gestalt des Roten eine possierliche Figur. Vorsichtigerweise hielt er das Gesicht seitwärts zurückgewendet, um die Fußbewegungen des Roten sehen zu können. Es lag nicht in seiner Absicht und auch nicht in seinem Interesse, den Kampf zu beginnen; er wollte das vielmehr dem Indianer überlassen.

Dieser stand lange Zeit still und unbeweglich; er wollte seinen Gegner mit einem plötzlichen Angriffe überrumpeln; aber das gelang ihm nicht. Als er vermeintlich ganz unvorhergesehen seinen Fuß nach hinten schob, um Jemmy ein Bein zu stellen, versetzte ihm dieser einen solchen Tritt gegen das andre, feststehende Bein, daß der Getroffene beinahe zu Fall gekommen wäre.

Nun aber folgte Angriff auf Angriff. Der Rote war stärker, aber der Weiße vorsichtiger und bedachtsamer. Der erstere geriet nach und nach in Wut über die Erfolglosigkeit seiner Bemühungen; aber je mehr er tobte und mit den Füßen nach hinten stieß, desto ruhiger wurde der letztere. Der Kampf schien sich in die Länge zu ziehen; er verlor an Interesse, da auch nicht der kleinste Vorteil des einen oder des andern zu bemerken war. Aber desto schneller sollte das Ende kommen, nämlich durch eine verabredete Hinterlist des Indianers.

Dieser hatte durch sein bisheriges Verhalten nur bezweckt, seinen Gegner sicher zu machen. Der Weiße sollte denken, daß gar keine andre Art des Angriffes erfolgen könne und werde. Jetzt aber griff der Indianer in den Lasso, zog ihn scharf an, so daß er vorn Raum zu einer Wendung bekam, und drehte sich um – – doch nicht ganz.

Wäre ihm seine Absicht gelungen, so hätte er dem Weißen dann seine Vorderseite zugekehrt und ihn einfach niederpressen können; aber Jemmy war ein schlauer Patron und sehr auf seiner Hut. Auch der Hobble-Frank hatte die heimtückische Absicht des Roten sofort bemerkt und rief dem Dicken schnell zu: »Wirf ihn ab; er dreht sich um!«

»Weiß schon!« antwortete Jemmy.

In demselben Augenblicke, in welchem er diese Worte sprach und an dem der Rote seine Umdrehung erst halb bewerkstelligt hatte und also keinen festen Halt besaß, bückte er sich schnell nieder, riß dadurch seinen Gegner empor und zog die Schleife auf. Der Lasso gab nach. Der Rote griff mit den Händen in die Luft und machte über Jemmys Kopf einen ganz regelrechten Purzelbaum auf die Erde nieder, wobei ihm sein Messer entfiel. Wie der Blitz so schnell kniete der Dicke auf ihm, faßte ihn mit der Linken bei der Kehle und setzte ihm mit der Rechten das Messer auf die Herzgegend. Vielleicht hatte der »große Fuß« die Absicht gehegt, sich um keinen Preis zu ergeben, sondern sich in jedem Falle zu wehren, aber der Purzelbaum hatte ihn so verblüfft, und die Augen des Dicken funkelten so nahe und drohend vor seinem Gesichte, daß er es für das beste hielt, bewegungslos liegen zu bleiben. Da richtete Jemmy seinen Blick auf den Häuptling und fragte: »Gibst du zu, daß er verloren ist?«

»Nein«, antwortete der Gefragte, indem er herbeitrat.

»Warum nicht?« erkundigte sich sofort Old Shatterhand, indem er auch herbeikam.

»Er ist nicht besiegt.«

»Ich behaupte das Gegenteil: Er ist besiegt.«

»Das ist nicht wahr, denn der Lasso ist geöffnet.«

»Daran ist der ›große Fuß‹ selbst schuld, denn er hat sich umgedreht und dabei den Riemen aufgesprengt.«

»Das hat niemand gesehen. Laß ihn los! Er ist unbesiegt, und der Kampf hat von neuem zu beginnen.«

»Nein, Jemmy, laß ihn nicht los!« gebot der Jäger. »Sobald ich es dir befehle, erstichst du ihn, oder sobald er es wagt, sich zu bewegen!«

Da richtete sich der Häuptling stolz auf und fragte: »Wer hat hier zu befehlen, du oder ich?«

»Du und ich, wir beide.«

»Wer sagt das?«

»Ich sage es. Du bist der Häuptling der Deinen, und ich bin der Anführer der Meinen. Du und ich, wir beide, sind einen Vertrag über die Bedingungen des Kampfes eingegangen. Wer diese Bedingungen nicht achtet, der hat den Vertrag gebrochen und ist ein Lügner und Betrüger.«

»Du – du wagst so zu mir zu sprechen, vor diesen vielen roten Kriegern?«

»Das ist kein Wagnis. Ich sage die Wahrheit und verlange Treue und Ehrlichkeit. Wenn ich nicht mehr sprechen darf, nun wohl, so wird das Gewehr des Todes reden.«

Er hatte den Kolben seines Stutzens an der Erde gehabt; jetzt nahm er ihn in sehr demonstrativer Weise empor.

»So sag, was wünschest du denn?« fragte der Häuptling, bedeutend kleinlauter.

»Du gibst zu, daß diese beiden kämpfen sollten, mit dem Rücken gegeneinander stehend?«

»Ja.«

»Der ›große Fuß‹ aber hat den Lasso gelüftet und sich umgedreht. Ist das richtig? Du mußt es gesehen haben!«

»Ja«, gestand der Häuptling zögernd.

»Ferner sollte derjenige sterben, den der andre unter sich zu liegen bekommen würde. Erinnerst du dich der Bedingung?«

»Ich kenne sie.«

»Nun, wer liegt unten?«

»Der ›große Fuß‹.«

»Wer ist also der Besiegte?«

»Er – –« antwortete der Häuptling gezwungenermaßen, da Old Shatterhand den Stutzen so hielt, daß ihm die Mündung des Laufes fast die Brust berührte.

»Hast du etwas dagegen zu bemerken?«

Bei diesen Worten traf aus dem Auge des berühmten Jägers den Häuptling ein so großer, überwältigender Blick, daß er trotz seiner Riesengestalt sich klein fühlte und die erwartete Antwort gab: »Nein; der Besiegte gehört dem Sieger. Sage diesem, daß er ihn erstechen kann.«

»Das brauch ich ihm nicht erst zu sagen, denn er weiß es schon; aber er wird es nicht thun.«

»Will er ihm etwa auch das Leben schenken?«

»Darüber werden wir später entscheiden. Bis dahin mag der ›große Fuß‹ mit demselben Lasso gebunden werden, von welchem er sich losmachen wollte.«

»Warum ihn binden? Er wird euch nicht entfliehen.«

»Haftest du mir dafür?«

»Ja.«

»Womit?«

»Mit meinem ganzen Eigentum.«

»Das genügt. Er mag gehen, wohin er will, soll aber am Schlusse der noch bevorstehenden zwei Einzelkämpfe zu seinem Sieger zurückkehren.«

Jetzt stand Jemmy auf und legte seine Kleider wieder an. Auch der »große Fuß« sprang empor und machte sich durch den Kreis der Roten Bahn, welche nicht wußten, ob sie ihm Verachtung zeigen sollten oder nicht.

Diese Utahs hatten überhaupt wohl noch nie erlebt, daß ein sich nicht einmal im Besitze der vollen Freiheit befindlicher Weißer in der Art wie dieser Old Shatterhand mit ihnen und ihrem Häuptling umgesprungen war. Er befand sich in ihrer Gewalt und doch getrauten sie sich nicht, ihm die Erfüllung dessen, was er begehrte, zu versagen. Das war die Macht seiner Persönlichkeit und die Wirkung des Nimbus, mit welchem die Geschichte und Sage ihn umgeben hatte.

Der Häuptling war jedenfalls darüber ergrimmt, daß bereits zwei seiner besten Krieger besiegt waren, und zwar von Gegnern, denen sie weit, weit überlegen geschienen hatten. Jetzt fiel sein Blick auf den Hobble-Frank und seine Stimmung wurde sofort eine bessere. Dieser kleine Kerl war ganz unmöglich im stande, den »springenden Hirsch« einzuholen. Hier wenigstens war den Roten der Sieg gewiß.

Er winkte den »springenden Hirsch« herbei, führte ihn zu Old Shatterhand und sagte: »Dieser Krieger besitzt die Schnelligkeit des Windes und ist noch von keinem andern Läufer übertroffen worden. Willst du deinem Gefährten nicht raten, daß er sich lieber ohne Kampf ergeben soll?«

»Nein.«

»Er würde schnell sterben, ohne Schande auf sich geladen zu haben.«

»Ist es nicht die allergrößte Schande, sich ohne Kampf zu ergeben? Hast du den ›roten Fisch‹ nicht auch für unüberwindlich gehalten, und sagte der ›große Fuß‹ nicht, daß er seinen Gegner, Kröte, in wenigen Minuten erdrücken und zermalmen werde? Meinst du, der ›springende Hirsch‹ werde glücklicher sein als sie, welche so stolz begannen und so still und bescheiden endeten und sich davonschlichen?«

»Uff!« rief der »springende Hirsch«. »Ich laufe mit dem Reh um die Wette!«

Old Shatterhand betrachtete ihn jetzt genauer. Ja, er hatte den Bau eines guten Läufers, und seine Beine waren gewiß geeignet, ohne zu ermüden, große Strecken zurückzulegen. Aber die Menge seines Gehirnes schien nicht mit der Länge der Beine in Einklang zu stehen. Er hatte ein wahres Affengesicht, aber ohne daß von der Klugheit dieser Tiere ein Zeichen auf demselben zu entdecken gewesen wäre.

Der Hobble-Frank hatte sich auch genähert und den Hirsch betrachtet.

»Was hältst du von ihm?« fragte ihn Old Shatterhand.

»Das is der leibhaftige dumme Junge von Meißen, wie er vor den Fettoogen schteht und die Brühe nich finden kann«, antwortete der Kleine.

»Denkst du es mit ihm aufnehmen zu können?«

»Hm! Was seine Beene betrifft, so is er mir dreimal über; aber was den Kopp betrifft, so hoffe ich, ihm wenigstens nich unter zu sein. Wollen erscht zu erfahren suchen, off welcher Schtrecke wir loofen sollen. Vielleicht loofe ich mit dem Koppe besser und schneller, als er mit den Beenen.«

Old Shatterhand wendete sich also wieder zu dem Häuptlinge: »Ist es schon beschlossen, wo der Lauf um das Leben stattzufinden hat?«

»Ja. Komm, ich werde es dir zeigen.«

Old Shatterhand und der Hobble-Frank folgten ihm aus dem Kreise der Indianer hinaus; der »springende Hirsch« blieb zurück; ihm war das Ziel bereits genannt worden. Der Häuptling zeigte nach Süden und sagte: »Siehst du den Baum, welcher auf dem halben Wege zwischen hier und dem Walde steht?«

»Ja.«

»Bis zu ihm soll gelaufen werden. Wer dreimal um ihn herum geht und dann zuerst zurückkehrt, ist der Sieger.«

Der Hobble-Frank maß die Entfernung mit den Augen und auch das ganze fernere südwärts gelegene Terrain und meinte dann in englischer Sprache, welche er bekanntlich weit reiner sprach als das Deutsche: »Aber ich hoffe, daß Ehrlichkeit zwischen beiden Teilen vorhanden ist!«

»Willst du sagen, daß du uns Unehrlichkeit zutraust?« fragte der Häuptling scharf.

»Ja.«

»Soll ich dich niederschlagen?«

»Versuche es! Die Kugel meines Revolvers würde schneller sein als deine Hand. Hat sich vorhin nicht der ›große Fuß‹ umgedreht, obgleich es verboten war? Ist das ehrlich gehandelt?«

»Es war nicht unehrlich, sondern listig.«

»Ah! Und solche Listen sollen erlaubt sein?«

Der Häuptling besann sich. Sagte er ja, so war damit das Verhalten des »großen Fußes« verteidigt, und vielleicht gab es jetzt für den »springenden Hirsch« auch eine Veranlassung, zur List zu greifen. Diese Weißen leisteten weit mehr, als was man ihnen zugetraut hatte. Vielleicht war der kleine Kerl hier auch ein guter Läufer; da erschien es wohl geraten, seinem roten Gegner eine Zuflucht offen zu halten. Darum antwortete er: »List ist kein Betrug. Warum soll sie verboten sein?«

»Kann sie denn auch von der Erfüllung der Bedingungen entbinden?«

»Nein, denn diesen muß genau nachgekommen werden.«

»Dann erkläre ich mich einverstanden und bin bereit, den Lauf zu beginnen. Von welchem Punkte aus?«

»Ich werde eine Lanze in die Erde stoßen, wo sich der Anfangs- und auch der Endpunkt des Laufes befinden soll.«

Er entfernte sich für kurze Zeit, so daß die Weißen allein standen.

»Dir ist wohl ein Gedanke gekommen?« fragte Old Shatterhand.

»Ja. Sehen Sie mir es an?«

»Allerdings, denn du lachst so still vergnügt vor dich hin.«

»Es is ooch ganz zum Lachen. Dieser Häuptling hat mir mit seiner List schaden wollen und mir ganz im Gegenteele den größten Dienst erwiesen.«

»Wieso?«

»Das sollen Sie gleich hören. Was für een Boom is das wohl, um den wir dreimal herumtanzen sollen?«

»Es scheint eine Buche zu sein.«

»Und sehen Sie mal weiter nach links; da schteht ooch een Boom, aber fast zweemal so weit. Was is das für eener?«

»Eine Fichte.«

»Schön. Wohin also sollen wir loofen?«

»Nach der Buche.«

»Ich werde aber gerade nach der Fichte rennen.«

»Bist du toll!«

»Nee. Ich loofe eben mit dem Kopfe nach der Buche, mit den Füßen aber nach der Fichte, obgleich es dorthin doppelt so weit is.«

»Aber zu welchem Zwecke denn?«

»Das werden Sie dann sehen und sich darüber freuen. Ich gloobe, daß ich mich in meinen Erwartungen nich täusche. Wenn ich diesem ›schpringenden Hirsche‹ in die vordere Garnitur schaue, so scheint mir een Irrtum gar nicht möglich zu sein.«

»Sei vorsichtig, Frank! Es handelt sich um das Leben.«

»Na, wenn sich's nur bloß ums Leben handelte, so brauchte ich mich gar nich anzuschtrengen. Wenn ich besiegt würde, so blieb ich dennoch leben. Der ›große Fuß‹ hat zu schterben, und den Häuptling werden Sie ooch zu Boden bringen; gegen diese beede könnte ich ja ausgelöst werden. Also um mein Leben ist es mir gar nich bange; aber es handelt sich um die Ehre und Reputation. Soll denn schpäter in der Geschichte des vierten Viertels des neunzehnten Jahrhunderts zu lesen sein, daß ich, der Hobble-Frank aus Moritzburg, von so eenem indianischen Merinogesichte überschprungen worden bin? Das lasse ich mir nich nachsagen.«

»Aber, so erkläre mir wenigstens deine Absicht. Vielleicht kann ich dir einen guten Rat erteilen!«

»Danke ergebenst! Den Rat habe ich mir schon selbst gegeben und will meine Erfindungen ooch selber ausbeuten. Nur sagen Sie mir eens: Wie heeßt Fichte in der Utahsprache?«

»Ovomb.«

»Ovomb? Sonderbarer Name! Und wie würde der kurze Satz heeßen: nach jener Fichte?«

»Intsch ovomb.«

»Das is noch kürzer, zwee Worte bloß. Die werde ich nich vergessen.«

»Was hat denn dieses Intsch ovomb mit deinem Plane zu thun?«

»Es is der Leuchtschtern für meinen Dauerloof. Aber schtille jetzt; der Häuptling kommt!«

Der »große Wolf« kam wieder. Er steckte eine Lanze in den weichen Grasboden und erklärte, daß der Todeslauf jetzt beginnen werde.

»In welcher Kleidung?« fragte ihn der Hobble-Frank.

»Wie es euch beliebt.«

Frank entledigte sich aller Kleidungsstücke bis auf die Hosen; der »springende Hirsch« trug jetzt nur einen Lederschurz. Er blickte auf seinen Gegner mit einem Gesichte, welches Verachtung ausdrücken sollte, aber das Ebenbild der göttlichsten Borniertheit war.

»Frank, gib dir Mühe!« mahnte Jemmy. »Denke daran, daß Davy und ich gesiegt haben!«

»Weine nur nich!« tröstete der Kleine. »Wennste noch nich wissen solltest, ob ich Beene habe oder nich, so wirst du sie jetzt protuberanzieren sehen.«

Da klatschte der Häuptling in die Hände. Einen schrillen Schrei ausstoßend, flog der »springende Hirsch« davon, der kleine Frank hinter ihm her. Die Bewohner des ganzen Lagers waren wieder versammelt, um den Wettlauf anzusehen. Ihrer Ansicht nach war es schon jetzt, nach drei, vier Sekunden, gewiß, wer der Sieger sein werde. Der Hirsch war seinem Gegner schon weit voraus und gewann mit jedem weiteren Schritte größeren Vorsprung. Die Roten jubelten. Es wäre Wahnsinn gewesen, zu behaupten, daß der Weiße den Roten noch ein- oder gar überholen könne.

Geradezu wunderbar war's, wie der Kleine seine Beinchen warf. Man sah sie fast nicht, so schnell bewegten sie sich, und doch hatte es, wenigstens für den genauen Beobachter, den Anschein, als ob er noch nicht alles leiste, sondern noch rascher laufen könne, wenn er wolle. Da wurden die Indianer unruhig; sie ließen einzelne Ausrufe des Hohnes, der Schadenfreude hören; sie lachten und glaubten wirklich, alle Veranlassung dazu zu haben. Der Grund war folgender: Die Buche stand in schnurgerader Richtung von dem Lager aus mitten in der Prairie, wohl nicht ganz dreitausend Fuß entfernt. Links von ihr, aber wenigstens zweitausend Fuß weiter, stand die erwähnte Fichte, und jetzt, da die beiden Läufer sich in dazu genügender Entfernung befanden, sah man deutlich, daß der Kleine sich nicht die Buche, sondern die Fichte zum Ziele genommen hatte. Er rannte, was die Beinchen nur hergeben wollten, auf sie zu. Das war freilich so lächerlich, daß den Indianern ihre Heiterkeit verziehen werden konnte.

»Dein Gefährte hat mich falsch verstanden«, rief der Häuptling Old Shatterhand zu.

»Nein.«

»Aber er rennt ja nach der Fichte!«

»Allerdings.«

»So wird der ›springende Hirsch‹ mit doppelter Schnelligkeit siegen!«

»Nein.«

»Nein?« fragte der »große Wolf« erstaunt.

»Es ist eine List, und du hast sie ihm selbst erlaubt.«

»Uff, uff! Jawohl« und »uff, uff!« riefen auch die andern Roten, als der Häuptling ihnen die Worte Old Shatterhands erklärte. Ihr Gelächter verstummte, und ihre Spannung verdoppelte, nein, verzehnfachte sich.

In kurzer Zeit hatte der Hirsch die Buche erreicht. Er mußte sie dreimal umkreisen. Schon beim erstenmal sah er, zurückblickend, seinen Gegner in ganz andrer Richtung, wenn auch nur dreihundert Schritte entfernt. Er blieb ganz betroffen stehen und starrte den Moritzburger erstaunt an.

Da sah man vom Lager aus, daß der Kleine den Arm nach der noch so fernen Fichte ausstreckte; aber man konnte nicht hören, was er dabei sagte.

»Intsch ovomb, intsch ovomb – nach jener Fichte, nach jener Fichte!« rief er nämlich dem Roten zu.

Dieser besann sich, ob er richtig gehört habe. Seine Gedanken reichten nicht weiter als zu der Erklärung, daß er den Häuptling falsch verstanden habe, und daß nicht die Buche, sondern die Fichte das Halbziel des Wettlaufes sei. Schon war der Kleine weiter, viel weiter fort; da galt kein Bedenken und kein Zögern; es ging ja ums Leben! Der Rote verließ die Buche und eilte weiter, auf die Fichte zu. In wenigen Augenblicken schoß er von weitem an dem Gegner vorüber und flog, ohne sich einmal umzusehen, seinem zweiten Ziele entgegen.

Das verursachte eine gewaltige Aufregung unter den Roten. Sie heulten und lärmten, als ob das Leben aller auf dem Spiele stehe. Desto größer war die Freude der Weißgesichter, und namentlich des dicken Jemmy, welche den Geniestreich ihres Kameraden so vortrefflich glücken sahen.

Dieser wendete, sobald der »springende Hirsch« an ihm vorüber war, um und rannte auf die Buche zu. Dort angekommen, ging er drei-, vier-, fünfmal um den Stamm herum und trat dann in größter Eile den Rückweg an. Vier Fünfteile desselben legte er in scharfem Trabe zurück, dann blieb er halten, um sich nach der Fichte umzublicken. Dort stand der »springende Hirsch« ganz unbeweglich. Natürlich konnte man weder die Hände und Arme oder gar das Gesicht desselben erkennen, aber es war deutlich zu sehen, daß er starr wie eine Bildsäule dastand. Er wußte nicht, woran er war, und sein Geist war nicht scharf genug, zu erraten, wie glorreich er genasführt worden.

Frank wendete, sobald der »springende Hirsch« an ihm vorüber war, um und rannte auf die Buche zu.

Der Hobble-Frank fühlte sich im höchsten Grade befriedigt und legte die übrige Strecke seines Weges in gemütlichem Gange zurück. Die Indianer empfingen ihn mit finstern Blicken; er aber machte sich nichts daraus, trat zu dem Häuptlinge, schlug ihm auf die Schulter und fragte: »Nun, altes Haus, wer hat gesiegt?«

»Wer die Bedingungen erfüllt hat«, antwortete der Rote grimmig.

»Das bin ich!«

»Du?«

»Ja, bin ich nicht an der Buche gewesen?«

»Ich sah es.«

»Und zuerst wieder hier?«

»Ja.«

»Bin ich nicht fünfmal anstatt nur dreimal um den Baum gegangen?«

»Warum zweimal mehr?«

»Aus reiner Liebe zu dem ›springenden Hirsche‹. Als er einmal herum war, rannte er fort, und ich habe für ihn das Fehlende nachgeholt, damit die Buche sich nicht über ihn beklagen kann.«

»Warum verließ er sie, um nach der Fichte zu gehen?«

»Ich wollte ihn fragen; aber er rannte so schnell an mir vorüber, daß ich gar keine Zeit dazu fand. Wenn er kommt, wird er es dir vielleicht sagen.«

»Warum ranntest auch du erst nach der Fichte?«

»Weil ich glaubte, es sei eine Tanne. Old Shatterhand hatte den Baum eine Fichte genannt, und so wollte ich wissen, wer recht hatte.«

»Warum bist du umgekehrt und nicht vollends hingegangen?«

»Weil der ›springende Hirsch‹ hinging. Von ihm kann ich es hinterher ebensogut erfahren, wer sich geirrt hat, ob ich oder ob Old Shatterhand.«

Er sagte das alles im ruhigsten und unbefangensten Tone, den es geben kann. Im Innern des Häuptlings kochte es. Seine Worte kamen fast zischend über die Lippen, als er fragte: »Hast du etwa den ›springenden Hirsch‹ betrogen?«

»Betrogen? Soll ich dich niederschlagen?« fuhr der Kleine scheinbar zornig auf, indem er sich der eigenen früheren Worte des Häuptlings bediente.

»Oder hast du eine List angewendet?«

»List? Wozu hätte die dienen sollen?«

»Um den Hirsch nach der Fichte zu senden.«

»Das wäre eine schlechte List, deren ich mich schämen müßte. Ein Mensch, welcher um sein Leben läuft, läßt sich nicht vom Ziele aus noch so viel weiter schicken. Wenn er das thäte, so hätte er kein Gehirn, und diejenigen, zu denen er gehört, müßten sich schämen, ihn nicht besser geübt und erzogen zu haben. Nur ein Thor würde einen solchen Menschen mit einem Weißen um das Leben kämpfen lassen. Ich kann dich und deine Vermutungen nicht begreifen, da du durch dieselben deine eigene Ehre beleidigst.«

Die Hand des Häuptlings fuhr in den Gürtel und krampfte sich um den Messergriff. Am liebsten hätte er den ebenso mutigen wie listigen und vorsichtigen Kleinen augenblicklich erstochen; aber die Worte desselben gaben keine wirkliche Handhabe zur Beschönigung einer solchen That, und er mußte also seinen Grimm hinunterschlucken.

Der Hobble-Frank trat nun zu seinen Gefährten, von denen er mit stiller, aber desto herzlicherer Freude beglückwünscht wurde.

»Hab' ooch gesiegt, bist du mit mir zufrieden?« fragte er Jemmy in Bezug auf die Ermahnung, welche dieser ihm mit auf den Weg gegeben hatte.

»Natürlich! Das hast du wirklich schlau angefangen. Es ist geradezu ein Meisterstück.«

»Wirklich? So nimm's treulich in dein Gedächtnis auf, pagena hundertsechsunddreißig, und schlag dieses Blatt immer dann off, wenn dir die Alimentation kommt, an meiner Überlegenheet zu zweifeln. Da kommt der ›schpringende Hirsch‹, aber nich geschprungen, sondern geschlichen. Er scheint een böses Gewissen zu haben und drückt sich off die Seite, als ob er Prügel bekommen sollte. Seht nur sein Gesicht! Und mit diesem Confusius habe ich mich messen sollen! Ja, ja, die Beene thun's nich, selbst beim Wettloofen nich, sondern merschtenteels der Kopp!«

Der Hirsch schien sich verschwinden lassen zu wollen; aber der Häuptling rief ihn zu sich und fuhr ihn an: »Wer hat gesiegt?«

»Das Bleichgesicht«, lautete die furchtsame Antwort.

»Warum bist du nach der Fichte gelaufen?«

»Das Bleichgesicht log mich an. Es sagte, bei der Fichte sei das Ziel.«

»Und du glaubtest es? Ich hatte dir das Ziel genannt!«

Old Shatterhand übersetzte dem Hobble-Frank, daß er ein Lügner genannt worden sei. Darum verteidigte sich der verschmitzte Kleine, indem er sich an den Häuptling wendete: »Ich soll gelogen haben? Ich soll dem Hirsch gesagt haben, die Fichte sei sein Ziel? Das ist nicht wahr. Ich sah ihn an der Buche stehen; er betrachtete mich erstaunt und schien vor Angst und Sorge, was ich im Schilde führe, vergehen zu wollen. Da fühlte ich Mitleid mit dem Armen und rief ihm zu ›Intsch ovomb!‹ Ich sagte ihm also, daß ich nach der Fichte wolle. Warum er dann an meiner Stelle hingelaufen ist, das vermag ich nicht zu enträtseln; vielleicht weiß er es selber nicht. Ich habe gesprochen. Howgh!«

Old Shatterhand mußte innerlich lachen, daß der kleine ironische Tausendsasa sich der indianischen Ausdrucksweise bediente. Den Häuptling aber brachte das in noch größeren Zorn, er rief: »Ja, du hast gesprochen und bist fertig; aber ich bin noch nicht fertig und werde mit dir sprechen, wenn nachher die Zeit gekommen ist. Wort halten aber muß ich. Das Leben, der Skalp und das Eigentum des ›springenden Hirsches‹ gehören dir.«

»Nein, nein!« wehrte der Kleine ab. »Ich mag nichts haben. Behaltet ihn hier bei euch; ihr könnt ihn wohl gebrauchen, besonders wenn es einen Wettlauf mit einem Bleichgesichte um das Leben gilt.«

Unter den Roten ging ein leises, zorniges Murmeln um, und der Häuptling knirschte ihm zu: »Jetzt magst du noch giftige Reden speien; später wirst du um Gnade wimmern, daß es bis zum Himmel schallt. Jedes einzelne Glied deines Körpers soll besonders sterben, und deine Seele soll stückweise aus dir fahren, daß dein Sterben viele Monde währt.«

»Was könnt ihr mir thun? Ich habe gesiegt und bin also frei.«

»Noch ist einer da, der noch nicht gesiegt hat, Old Shatterhand. Warte einige Augenblicke, so wird er vor mir im Staube liegen und um sein Leben flehen. Ich werde es ihm gegen das deinige schenken, und dann bist du mein Eigentum.«

»Irre dich nicht!« warnte Old Shatterhand ernst. »Noch liege ich nicht vor dir. Und wenn dir gelänge, was noch keinem gelungen ist, nämlich mich zu besiegen, so würde ich nicht mein Leben um dasjenige eines andern eintauschen.«

»Warte bis nachher! Jetzt bist du unverletzt; aber unter den Qualen, welche deiner warten, wird dein Stolz sich beugen und dein Sinn sich ändern, so daß du mir tausend Leben für das deinige bieten würdest, wenn du sie hättest! Kommt alle mit mir; es geht zum letzten, größten und entscheidendsten Kampfe!«

Die Roten folgten dem Häuptling in wirren Haufen; die Weißen schritten langsam hinterdrein.

»Habe ich etwa zu viel gesagt?« fragte der Hobble-Frank besorgt.

»Nein«, antwortete Old Shatterhand. »Es ist ganz gut, daß ihr Kriegerstolz sich einmal selbst vor so einem kleinen Kerl beugen muß. Freilich, wenn der Häuptling mich tötete, so wäret auch ihr verloren, denn man würde sofort über euch herfallen. Aber es ist ihnen auch in dem höchst wahrscheinlichen Falle, daß ich Sieger werde, nicht zu trauen. Ich bin, ohne ganz bestimmte Gründe dazu zu haben, der Überzeugung, daß die Roten uns auf keinen Fall friedlich ziehen lassen werden. Sie entschlossen sich für den Einzelkampf, weil sie fest glaubten, daß wir alle fallen würden. Nun das vergeblich gewesen ist, werden sie auf andres sinnen. Die Hauptsache ist, daß wir ihnen imponieren. Das hat sie bis jetzt im Zaum gehalten und wird uns auch ferner nützlich sein. Und darum freue ich mich, daß du so furchtlos zu dem ›großen Wolf‹ gesprochen hast, du, der Knirps zum Goliath. Er ist darüber zwar in Grimm geraten, aber er hat nun erfahren, daß selbst der Kleinste unter uns keine Spur von Furcht empfindet. Nun gilt es, ihn selbst vor seinen Leuten klein zu machen. Das werde ich besorgen, indem ich mich jetzt mit ihm messe. Mir scheint, sie wollen uns als Geiseln hier behalten, eine Absicht, welche wir ihnen durchkreuzen müssen, weil wir keinen Augenblick unsres Lebens sicher wären.«

Während dieser Erklärungen des Jägers waren sie an den Kreis gelangt, welcher von den Zelten und Hütten gebildet wurde. Im Mittelpunkte desselben wurden die Vorbereitungen zu dem bevorstehenden, hochinteressanten Zweikampfe getroffen.

Dort ragte aus einem Haufen zentnerschwerer, zusammengetragener Steine ein starker Pfahl empor, an welchem zwei Lassos befestigt wurden. Um diesen Platz standen alle männlichen und weiblichen Bewohner des Lagers, um Zeuge des Schauspieles zu sein. Old Shatterhand richtete sein Augenmerk darauf, daß die roten Krieger alle vollständig bewaffnet waren, ein Umstand, welcher auf seine Befürchtungen nicht beruhigend zu wirken vermochte. Er beschloß, dem entgegenzuarbeiten, und trat in die Mitte des Kreises, wo der Häuptling sich bereits befand. Dieser zeigte eine sehr siegesgewisse Haltung. Er deutete auf die beiden Lassos und sagte: »Du siehst diese Riemen. Weißt du, wozu sie bestimmt sind?«

»Ich kann es mir denken«, antwortete der Jäger. »Wir sollen während des Kampfes angebunden sein.«

»Du hast richtig geraten. Das eine Ende des Lassos hängt an dem Pfahle; das andre bekommen wir um den Leib gebunden.«

»Warum?«

»Damit wir uns nur in diesem engen Kreise bewegen und einander nicht entfliehen können.«

»Was mich betrifft, so ist diese Maßregel überflüssig, denn es wird mir nicht einfallen, vor dir davonzulaufen. Ich kenne den eigentlichen Grund. Du traust mir mehr Schnelligkeit und Gewandtheit als Stärke zu, und willst mich durch diese Fessel verhindern, diese Überlegenheit in Anwendung zu bringen. Sei es; es ist mir sehr gleichgültig! Mit welchen Waffen kämpfen wir?«

»Es bekommt jeder ein Messer in die linke und einen Tomahawk in die rechte Hand. Damit wird gekämpft, bis einer von uns beiden tot ist.«

Es war klar, daß der Häuptling diese Kampfesweise gewählt hatte, weil er glaubte, dem Weißen in derselben überlegen zu sein. Doch erklärte dieser sehr ruhig: »Ich bin einverstanden.«

»Einverstanden? Mit deinem Tode? Es ist gewiß, daß ich dich besiege.«

»Warten wir es ab!«

»Prüfe erst einmal deine Kraft, und versuche, ob du mir das nachmachen kannst!«

Er trat zu einem der schweren Steine und hob ihn empor. Er besaß eine ungeheure Körperkraft, und es war sicher, daß keiner seiner Roten es ihm hätte nachmachen können. Old Shatterhand bückte sich nieder, um denselben Stein aufzuheben, brachte ihn aber trotz aller scheinbaren Anstrengung nicht drei Zoll hoch empor. Ein befriedigtes »Uff!« erklang im Kreise der Indianer. Der kleine Sachse aber sagte zu dem dicken Jemmy: »Er verschtellt sich nur, um den Häuptling sicher zu machen. Ich weeß ganz genau, daß er diesen Schteen bis über den Kopf heben und ooch noch zehn Schritte weit fortschleudern kann. Warten wir es nur ab, bis es zur Perplexion kommt. Da wird der Rote sein blaues Wunder sehen.«

Dieser letztere hegte aber die entgegengesetzte Ansicht. Er hatte den Weißen mit seiner Kraftprobe mutlos machen wollen und war überzeugt, daß ihm dies gelungen sei. Darum sagte er im Tone der Nachsicht: »Du siehst, was du zu erwarten hast. Die Bleichgesichter pflegen zu beten, wenn sie vor dem sicheren Tode stehen. Ich erlaube dir, zu deinem Manitou zu sprechen, bevor der Kampf beginnt.«

»Das ist nicht nötig«, antwortete Old Shatterhand. »Ich werde erst dann mit ihm sprechen, wenn meine Seele zu ihm kommt. Du bist ein starker Mann, und ich hoffe, daß du dich in diesem Kampfe nur auf dich allein verlässest!«

»Das werde ich thun. Wer sollte mir helfen?«

»Deine Krieger. Wie es scheint, halten sie es doch für möglich, daß du von mir besiegt wirst. Warum haben sie sich bewaffnet, als ob es in den Streit gehen solle?«

»Sind etwa deine Gefährten unbewaffnet?«

»Nein. Aber wir werden alle unsre Waffen nach unserm Zelte schaffen. Das ist bei den Bleichgesichtern so Brauch. Der Stolz eines tapfern weißen Kriegers duldet es nicht, daß durch irgend einen Umstand der Anschein der Hinterlist erregt wird. Soll ich glauben, daß auch du ein Tapferer bist?«

»Willst du mich beleidigen?« rief der Rote zornig. »Ich brauche nicht den Beistand eines andern. Meine Krieger sollen alle ihre Waffen in die Zelte tragen, wenn die deinigen dies ebenso thun.«

»Gut! Du wirst sehen, daß wir es sogleich thun. Ich werde nur mein Messer behalten.«

Er übergab seine Gewehre dem Hobble-Frank, und Jemmy und Davy thaten desgleichen. Dabei sagte er dem Kleinen in deutscher Sprache: »Du trägst das alles scheinbar in das Zelt, schiebst es aber, wenn dich niemand beobachtet, unter der hintern Seite desselben ins Freie hinaus. Du kehrst nicht zurück. Man wird nur Aufmerksamkeit für den Kampf haben und gar nicht auf dich achten. Du kriechst hinten aus dem Zelte und machst unsre Tiere, welche sich dort befinden, reisefertig.«

»Was hast du mit diesem Manne zu sprechen?« fuhr ihn der Häuptling an. »Warum redest du mit ihm in einer Sprache, welche wir nicht verstehen?«

»Weil das die einzige Sprache ist, in welcher er bewandert ist.«

»Was hast du ihm gesagt?«

»Daß er diese Gegenstände in unser Zelt tragen und dort bewachen soll.«

»Warum bewachen? Meinst du, daß wir euch bestehlen werden?«

»Nein; aber ich kann mein Zaubergewehr nicht allein lassen, da sonst sehr leicht ein Unglück geschehen könnte. Du weißt ja, daß es losgeht und die roten Männer trifft, sobald ein andrer es berührt.«

»Ja, das habe ich gesehen. Laß es also jetzt noch bewachen. Wenn ich dich getötet habe, werde ich es tief vergraben oder in den See werfen lassen, um es unschädlich zu machen.«

Auf das Geheiß des Häuptlings legten alle Indianer ihre Waffen ab und übergaben sie den Frauen, welche sie in die Zelte bringen sollten. Auch der Hobble-Frank entfernte sich. Der Häuptling legte seine Oberkleider ab, um nicht durch dieselben gehindert zu sein. Old Shatterhand folgte diesem Beispiele nicht. Falls er siegte, hätte das Ankleiden eine Zeitversäumnis zur Folge gehabt, welche sehr leicht verhängnisvoll werden konnte. Die Frauen kehrten sehr eilig zurück, um sich ja nichts entgehen zu lassen. Aller Augen waren nach dem Innern des Kreises gerichtet, und niemand dachte an den kleinen Sachsen.

»Jetzt hast du deinen Willen gehabt«, sagte der »große Wolf«. »Soll es beginnen?«

»Vorher noch eine Frage. Was wird mit meinen Gefährten werden, wenn du mich tötest?«

»Sie werden unsre Gefangenen sein.«

»Aber sie haben sich doch frei gekämpft und können also gehen, wohin es ihnen beliebt.«

»Das werden sie. Vorher aber sollen sie als Geiseln bei uns bleiben.«

»Das ist gegen die Verabredung; aber ich halte es für unnötig, ein Wort darüber zu verlieren. Und was geschieht ferner in dem Fall, daß ich dich töte?«

»Dieser Fall tritt nicht ein!« rief der Rote stolz.

»Wir müssen ihn aber doch als eine Möglichkeit setzen.«

»Nun gut! Besiegst du mich, so seid ihr frei.«

»Und niemand wird uns zurückhalten?«

»Kein Mensch!«

»So bin ich befriedigt, und wir können anfangen.«

»Ja, beginnen wir. Lassen wir uns anbinden. Hier hast du einen Tomahawk.«

Es waren zwei Kriegsbeile zurückbehalten worden. Der Häuptling, welcher natürlich auch mit seinem Messer versehen war, nahm eines dieser Beile und überreichte es Old Shatterhand. Dieser nahm und betrachtete es und schleuderte es dann in einem hohen, weiten Bogen über den Kreis hinaus.

»Was thust du?« fragte der Häuptling erstaunt.

»Ich werfe den Tomahawk weg, weil er nichts taugt. Der deinige ist, wie ich sehe, von vorzüglicher Arbeit; der andre aber wäre mir gleich beim ersten Hiebe in der Hand zersprungen.«

»Meinst du, daß ich ihn dir aus Hinterlist gegeben habe?«

»Ich meine, daß er mir mehr geschadet als genützt hätte, weiter nichts!«

Er wußte freilich recht gut, daß man ihm in voller Absicht eine so schlechte Waffe gegeben hatte. Man sah trotz der dicken Farbe, welche das Gesicht des Häuptlings bedeckte, daß er dasselbe in höhnische Falten zog, als er nun bemerkte: »Es war dir erlaubt, das Beil wegzuwerfen; aber du wirst kein andres dafür erhalten.«

»Ist auch nicht nötig. Ich werde nur mit meinem Messer kämpfen, von welchem ich weiß, daß ich mich auf dasselbe verlassen kann.«

»Uff! Bist du bei Sinnen! Der erste Hieb meines Tomahawks wird dich töten. Ich habe ihn und mein Messer, und du bist nicht so stark wie ich.«

»So hast du vorhin meinen Scherz für Ernst genommen. Ich wollte dich nicht einschüchtern. Nun aber magst du beurteilen, wer von uns beiden der stärkere ist.«

Er bückte sich zu einem Steine nieder, welcher weit schwerer war als derjenige, den der »große Wolf« gehoben hatte, zog ihn erst bis zur Höhe des Gürtels auf, schwang ihn dann über den Kopf empor, hielt ihn dort eine Weile still und schleuderte ihn nachher von sich, so daß er in einer Entfernung von neun oder zehn Schritten liegen blieb.

»Mach es nach!« rief er dem Roten zu.

»Uff, uff, uff!« ertönte es im Kreise. Der Häuptling antwortete nicht sogleich. Er blickte von dem Jäger auf den Stein und von diesem wieder zu dem ersteren zurück; er war mehr als überrascht und ließ erst nach einer Weile seine Stimme hören: »Meinst du, daß du mich zum Fürchten bringst? Denke das ja nicht! Ich werde dich töten und dir den Skalp nehmen, und wenn der Kampf bis zum heutigen Abende währen sollte!«

»Er wird nicht so lange dauern, sondern in wenigen Minuten beendet sein«, antwortete Old Shatterhand lächelnd. »Also meinen Skalp willst du mir nehmen?«

»Ja, denn die Kopfhaut des Besiegten gehört dem Sieger. Bindet uns an!«

Dieser Befehl wurde an zwei bereit stehende Rote gerichtet, welche dem Häuptlinge und Old Shatterhand die Lassos um die Hüften banden und dann zurücktraten. Auf diese Weise an den Pfahl befestigt, konnten sich die beiden nun nur innerhalb eines Kreises bewegen, dessen Halbmesser die Länge des noch freien Lassoteiles betrug. Sie standen so, daß die beiden Lassos eine gerade Linie, also den Durchmesser bildeten, der eine mit dem Gesichte dem Rücken des andern zugekehrt. Der Rote hatte den Tomahawk in der rechten und das Messer in der linken, Old Shatterhand nur das Messer in der rechten Faust.

Der »große Wolf« hatte sich den Kampf wohl in der Weise gedacht, daß einer den andern im Kreise herumtreiben und so nahe an ihn zu kommen versuchen werde, daß die Möglichkeit eines sichern Hiebes oder Stiches gegeben sei. Er hatte wohl einsehen müssen, daß er seinem Gegner an Stärke nicht überlegen sei; aber die Waffen waren ungleich, und er hegte die vollständige Überzeugung, daß er siegen werde, zumal nach seiner Ansicht der Weiße das Messer ganz falsch gefaßt hielt. Old Shatterhand hatte das Messer nämlich so in der Hand, daß die Klinge nicht ab-, sondern aufwärts gerichtet war; es war ihm also nicht möglich, einen Stich von oben herab auszuführen. Der Rote lachte im stillen darüber und nahm seinen Gegner scharf in das Auge, damit ihm keine Bewegung desselben entgehen könne.

Auch der Weiße hielt den Blick fest auf ihn gerichtet. Er hatte keineswegs die Absicht, sich im Kreise umherjagen zu lassen; er wollte nicht angreifen, sondern den Angriff erwarten, und dieser Zusammenstoß sollte sofort entscheiden. Es kam ganz nur darauf an, in welcher Weise der »große Wolf« sich seines Tomahawks bedienen werde; gebrauchte er ihn in fester Hand, so war nichts zu befürchten; wendete er ihn aber schleudernd, also im Wurfe an, so galt es, die größte Aufmerksamkeit und Vorsicht zu entwickeln. Die beiden standen nicht so weit entfernt voneinander, daß es leicht war, einem solchen Wurfe auszuweichen.

Glücklicherweise dachte der Häuptling gar nicht daran, das Beil zu werfen. Wenn er nicht traf, so war es aus seiner Hand, und er konnte es nicht wieder bekommen.

So standen sie fünf Minuten, zehn Minuten, und keiner bewegte sich vorwärts. Schon ließen die roten Zuschauer Ausrufe der Anfeuerung oder gar Mißbilligung hören. Der »große Wolf« forderte seinen Gegner höhnisch auf, zu beginnen; er rief ihm Beleidigungen zu. Old Shatterhand sagte nichts; seine Antwort bestand darin, daß er sich niedersetzte und eine so ruhige und unbefangene Haltung annahm, als ob er sich in der friedlichsten Gesellschaft befinde. Aber seine Muskeln und Sehnen waren bereit, sofort in die schnellste und kräftigste Aktion zu treten.

Sich umschauend sahen sie, daß das Rufen und Schießen der Wächter die anderen aufmerksam gemacht hatte.

Der Häuptling nahm dieses Verhalten als einen Ausdruck der Geringschätzung, also als Beleidigung auf, während es doch nichts als eine Kriegslist war, welche ihn zur Unvorsichtigkeit reizen sollte. Sie erreichte diesen Zweck vollständig. Er glaubte, mit einem sitzenden Feind leichter fertig werden zu können und diesen Umstand schnell benutzen zu müssen. Einen lauten Kriegsruf ausstoßend, sprang er auf Old Shatterhand ein, den Tomahawk zum tödlichen Hiebe erhoben. Schon glaubten die Roten, diesen Hieb sitzen zu sehen; schon öffneten sich viele Lippen zum Jubelgeschrei, da schnellte der Weiße seitwärts empor – das mit Absicht verkehrt gehaltene Messer that seine Schuldigkeit; der Hieb ging fehl; die niedersausende Faust fuhr in die blitzschnell emporgehaltene Klinge, so daß sie das Kriegsbeil fallen ließ; ein rascher Hieb Old Shatterhands gegen den linken Arm des Roten, und diesem flog auch das Messer aus der Hand, und dann schlug der Weiße seinem Gegner mit einem fast unsichtbar schnellen Hiebe den harten Griff des Bowiemessers mit solcher Kraft auf die Gegend des Herzens, daß der Rote wie ein Sack zur Erde flog und dort liegen blieb. Old Shatterhand erhob das Messer und rief: »Wer ist der Sieger?«

Keine Stimme antwortete. Selbst diejenigen, welche es für möglich gehalten hatten, daß ihr Häuptling unterliegen könne, hatten nicht geglaubt, daß es so schnell und in dieser Weise geschehen könne. Die Leute standen wie erstarrt.

»Er selbst hat gesagt, daß der Skalp des Besiegten dem Sieger gehöre«, fuhr Old Shatterhand fort. »Sein Schopf ist also mein Eigentum; aber ich will ihn nicht haben. Ich bin ein Christ und ein Freund der roten Männer und schenke ihm das Leben. Vielleicht habe ich ihm eine Rippe eingeschlagen; aber tot ist er nicht. Meine roten Brüder mögen ihn untersuchen; ich aber gehe nach meinem Zelte.«

Er band sich los und ging. Niemand hinderte ihn daran, und niemand hinderte auch Davy und Jemmy, ihm zu folgen. Jeder wollte sich zunächst überzeugen, wie es mit dem »großen Wolfe« stehe, und darum drängten alle zu ihm hin. Infolgedessen erreichten die Jäger ganz unbeachtet ihr Zelt. Hinter demselben lagen ihre Waffen, und da stand auch der Hobble-Frank mit den Pferden.

»Schnell aufsteigen und fort!« sagte Old Shatterhand. »Reden können wir später.«

Sie schwangen sich auf und ritten davon, erst langsam und hinter den Zelten und Hütten Deckung suchend. Dann aber wurden sie von den Wachen bemerkt, welche auch jetzt am Tage außerhalb des Lagers Wache standen. Diese stießen das Kriegsgeheul aus und schossen nach ihnen. Darum gaben die Weißen ihren Pferden die Sporen, um sie in Galopp zu setzen. Sich umschauend, sahen sie, daß das Rufen und Schießen der Wächter die andern aufmerksam gemacht hatte. Die Roten quollen förmlich zwischen den Zelten hervor und sandten den Entkommenen ein satanisches Geheul nach, welches von dem Echo der Berge vielfach zurückgeworfen wurde.

Die Jäger galoppierten in gerader Richtung über die Ebene nach der

Stelle zu, in welcher sich das Bergwasser in den See stürzte. Old Shatterhand kannte die Gegend gut genug, um zu wissen, daß das Thal dieses Baches das schnellste Entkommen biete. Er war überzeugt, daß die Utahs sofort zur Verfolgung aufbrechen würden, und mußte sich also einer Gegend zuwenden, in welcher es den Roten möglichst schwer wurde, sich auf der Fährte zu halten.

Dreizehntes Kapitel

Edelmut Old Shatterhands

Es war an demselben Morgen, als an dem Bache, welchem gestern abend die Utahs mit ihren Gefangenen gefolgt waren, ein Reitertrupp aufwärts ritt. An der Spitze desselben befand sich Old Firehand mit der Tante Droll. Hinter ihnen ritten Humply-Bill und der Gunstick-Uncle mit dem englischen Lord; kurz, es waren die Weißen alle, welche das bereits erzählte Abenteuer am Eagle-tail erlebt hatten und dann nach den Bergen aufgebrochen waren, um nach dem Silbersee zu gelangen. In Denver war Butler, der Ingenieur, mit Ellen, seiner Tochter, zu ihnen gestoßen. Er hatte sich von der Farm seines Bruders direkt dorthin begeben, da es nicht seine Absicht hätte sein können, sein Kind den Gefahren eines abermaligen Zusammentreffens mit den Tramps auszusetzen. Das Mädchen, welches sich auf keinen Fall von dem Vater hatte trennen mögen und ihm zuliebe mit in die Wildnis ging, saß in einer Art von Sänfte, welche von zwei kleinen, aber ausdauernden indianischen Ponies getragen wurde.

Winnetou war jetzt nicht zu sehen, da er als Kundschafter, wozu er sich außerordentlich eignete, voranritt. Zufälligerweise hatte der Weg, welcher von ihm und Old Firehand vorgezeichnet worden war, den Trupp nach dem Walde und über die Blöße geführt, auf welcher Old Shatterhand und seine Begleiter mit den Utahs zusammengetroffen waren. Die beiden Anführer waren erfahren und scharfsinnig genug, die Spuren lesen zu können; sie hatten gesehen, daß Weiße von den Indianern gefangen genommen worden seien, und waren sofort bereit gewesen, der Fährte zu folgen, um vielleicht Hilfe zu bringen.

Sie ahnten nicht, daß von den Utahs das Kriegsbeil ausgegraben worden sei. Sowohl Winnetou als auch Old Firehand wußten sich mit diesem Stamme in tiefstem Frieden, und beide waren überzeugt, bei demselben eine freundliche Aufnahme zu finden und ein gutes Wort für die gefangenen Weißen einlegen zu dürfen.

Wo die Roten ihr Lager aufgeschlagen hatten, wußten sie nicht genau; aber sie kannten den See, und da die Umgebung desselben sich prächtig zum Kampieren eignete, so glaubten sie, die Utahs dort zu finden. Trotz der vorausgesetzten freundlichen Gesinnung wäre es ganz und gar gegen den Gebrauch des Westens gewesen, sich ihnen zu zeigen, ohne sie vorher beobachtet zu haben. Darum war Winnetou vorangeritten, um zu rekognoszieren. Eben als der Trupp die Stelle, an welcher die Ufer des Baches auseinander traten, um die Ebene zu bilden, erreicht hatte, kehrte der Apache zurück. Er kam im Galopp geritten und winkte schon von weitem, daß man anhalten solle. Das war kein gutes Zeichen, und darum fragte Old Firehand, als Winnetou vollends herangekommen war: »Mein Bruder will uns warnen. Hat er die Utahs gesehen?«

»Ich sah sie und ihr Lager.«

»Und Winnetou durfte sich ihnen nicht zeigen?«

»Nein, denn sie haben das Beil des Krieges ausgegraben.«

»Woran war das zu erkennen?«

»Aus den Farben, mit denen sie sich bemalt hatten, und auch daraus, daß ihrer so viele beisammen sind. Die roten Krieger vereinigen sich zu so vielen nur im Kriege und zur Zeit der großen Jagden. Da wir uns nicht in der Jahreszeit der Büffelzüge befinden, kann es nur das Schlachtbeil sein, um welches sich so viele geschart haben.«

»Wie groß ist ihre Zahl?«

»Winnetou konnte das nicht genau sehen. Es standen wohl dreihundert am See, und in den Zelten werden sich wohl auch welche befunden haben.«

»Am See? So viele? Was hat es da gegeben? Vielleicht ein großes Fischtreiben?«

»Nein. Beim Treiben der Fische bewegen die Menschen sich vorwärts; diese aber standen still und blickten ruhig in das Wasser.«

»Alle Teufel! Sollte das etwa eine Exekution bedeuten? Sollte man die Weißen in das Wasser geworfen haben, um sie zu ertränken?«

Diese Vermutung Old Firehands bewegte sich auf nicht ganz falscher Fährte, denn der Apache hatte die Utahs in dem Augenblicke beobachtet, in welchem das Wettschwimmen begonnen hatte. Winnetou antwortete mit solcher Zuversicht, als ob er mit am See gestanden und alles beobachtet hätte: »Nein, man will sie nicht ertränken; aber es gilt ein Schwimmen um das Leben.«

»Hast du Grund, das zu vermuten?«

»Ja. Winnetou kennt die Gebräuche seiner roten Brüder, und Old Firehand ist mit denselben auch so gut bekannt, daß er mir beistimmen wird. Die Utahs tragen die Kriegsfarben und betrachten die bei ihnen befindlichen Weißen also als Feinde. Dieselben sollen getötet werden. Aber der rote Mann läßt seinen Feind nicht schnell sterben, sondern er martert ihn langsam zu Tode; er wirft ihn nicht in das Wasser, um ihn rasch zu ertränken, sondern er gibt ihm einen überlegenen Gegner, mit welchem er um das Leben schwimmen muß. Da der Gegner stets besser schwimmt als das Bleichgesicht, so ist der Weiße unbedingt verloren. Man läßt ihn schwimmen, nur um sein Sterben, seine Todesangst zu verlängern.«

»Das ist richtig, und ich bin also ganz deiner Ansicht. Wir haben die Spuren von erst vier und dann zwei Weißen gezählt; das sind sechs. Man wird sie nicht alle schwimmen lassen, sondern jeden auf eine andre Art um sein Leben kämpfen lassen. Wir müssen uns beeilen, sie zu retten.«

»Wenn mein weißer Bruder das thut, so wird er sich nur beeilen, selbst zu sterben.«

»Nun, das muß gewagt werden. Ich baue darauf, daß ich mich gegen die Utahs niemals feindlich gezeigt habe.«

»Darauf darfst du dich nicht verlassen. Haben sie das Kriegsbeil gegen die Weißen ausgegraben, so behandeln sie ihren besten Freund als Feind, wenn er ein Bleichgesicht ist; sie würden auch deiner nicht schonen.«

»Aber die Häuptlinge würden mich schützen!«

»Nein. Der Utah ist nicht treu und aufrichtig, und kein Häuptling dieses Volkes hat auf seine Krieger den Einfluß, welcher dich zu retten vermöchte. Wir dürfen uns nicht zeigen.«

»Aber du darfst doch zu ihnen gehen!«

»Nein, denn ich weiß nicht, ob sie das Beil nicht auch gegen andre rote Nationen geschliffen haben.«

»Dann sind diese sechs Weißen aber doch rettungslos verloren!«

»Mein Bruder mag das nicht glauben. Ich habe zwei Gründe, welche dagegen sprechen.«

»Nun, erstens?«

»Erstens habe ich bereits gesagt, daß die Gefangenen der roten Männer nur langsam sterben dürfen; es ist aber noch früh am Morgen, und wir haben also noch Zeit, das Lager zu beobachten. Vielleicht erfahren wir mehr, als wir jetzt wissen, und dann können wir leichter einen Entschluß fassen.«

»Und zweitens?«

Der Apache machte ein äußerst pfiffiges Gesicht, als er antwortete: »Es befindet sich bei den Bleichgesichtern ein Mann, welcher sich und die Seinigen nicht so leicht töten läßt.«

»Wer?«

»Old Shatterhand.«

»Was!« fuhr der Jäger auf. »Old Shatterhand, mit welchem du droben am Silbersee zusammentreffen willst? Sollte er wirklich schon hier sein?«

»Old Shatterhand ist so pünktlich wie die Sonne oder ein Stern am Himmel.«

»Hast du ihn gesehen?«

»Nein.«

»Wie willst du da behaupten, daß er sich hier befindet!«

»Ich weiß es bereits seit gestern.«

»Ohne es mir zu sagen?«

»Schweigen ist oft besser als sprechen. Hätte ich gestern gesagt, wessen Gewehr auf der Blöße gesprochen hat, so würdet Ihr nicht ruhig geblieben sein, sondern viel schneller vorwärts gedrängt haben.«

»Sein Gewehr hat gesprochen? Woher weißt du das?«

»Als wir den Waldessaum und das Gras der Lichtung absuchten, fand ich ein Bäumchen mit Kugellöchern. Die Kugeln stammen aus Old Shatterhands Wunderbüchse; ich weiß es genau. Er hat die roten Männer erschrecken wollen, und sie fürchten sich nun vor seinem Gewehre.«

»Hättest du mir das Bäumchen gezeigt! Hm! Wenn Old Shatterhand sich unter diesen Weißen befindet, so braucht uns allerdings nicht allzu bange zu sein. Ich kenne ihn; ich weiß, was er leistet, und welchen Respekt die Indianer für ihn hegen. Was sollen wir thun? Was schlägst du uns vor?«

»Meine Freunde werden mir jetzt folgen und dabei einzeln hintereinander reiten, damit die Utahs, wenn sie ja auf unsre Fährte treffen sollten, nicht zählen können, wieviel Personen wir sind. Howgh!«

Er wendete sein Pferd nach rechts und ritt weiter, ohne zu fragen, ob Old Firehand ihm beistimme, und ohne sich umzuschauen, ob man ihm folge.

Die Ufer des Baches waren, wie schon gesagt, auseinander getreten, um als erst niedriger und dann immer mehr ansteigender Höhenzug die Ebene des Sees einzusäumen. Die Ebene war baumlos, aber die Höhen standen voller Wald, welcher bis zum Fuße derselben herniederstieg und dann einen leichten Saum von Büschen bildete. Hinter diesen Büschen und unter den Bäumen Schutz und Deckung suchend, folgte Winnetou der Höhe rechts, welche die nördliche Seite der Ebene begrenzte und dann im Westen an jenen Bergstock stieß, dessen Wasser den See speiste.

Auf diese Weise umritten die Weißen die Ebene von dem östlichen bis zu dem westlichen Punkte derselben, wo sie an den Bach gelangten und einige hundert Schritte vom See entfernt, sich unter Bäumen befanden, zwischen denen hindurch sie auf das Lager sehen konnten. Dort stiegen sie ab. Doch banden sie ihre Pferde nicht an; es behielt vielmehr ein jeder die Zügel des seinigen in der Hand, und Winnetou verschwand, um die Umgebung abzusuchen. Er kehrte sehr bald zurück und meldete, daß er nichts Verdächtiges gefunden habe. Es war kein Utah heute an diesen Ort gekommen. Nun erst band man die Pferde an und lagerte sich in das weiche Moos. Der Platz war wie dazu gemacht, das Lager heimlich und dabei mit aller Gemütlichkeit zu beobachten.

Man sah die Utahs vor demselben stehen nach Süden hin. Dann erblickte man zwei Männer, welche sich von dem Haufen trennten und aus Leibeskräften südwärts rannten. Old Firehand nahm sein Fernrohr vor das Auge, sah hindurch und rief: »Ein Wettlauf zwischen einem Roten und einem Weißen! Der Rote ist schon weit voran und wird siegen. Der Weiße ist ein sehr kleiner Kerl.«

Er gab dem Apachen das Rohr. Kaum hatte dieser den kleinen Weißen vor das Glas bekommen, so fuhr er auf: »Uff! Das ist der Hobble-Frank! Dieser kleine Held muß um sein Leben laufen und kann den Roten unmöglich überholen.«

»Der Hobble-Frank, von dem du uns erzählt hast?« fragte Old Firehand. »Wir dürfen die Hände nicht in den Schoß legen; wir müssen einen Entschluß fassen!«

»Jetzt noch nicht«, meinte der Apache. »Noch hat es keine Gefahr. Old Shatterhand ist ja bei ihm.«

Die Bäume standen so, daß man nicht das ganze Terrain des Wettlaufes zu übersehen vermochte. Die beiden Läufer waren rechts verschwunden; man erwartete ihre Rückkehr und war natürlich überzeugt, daß der Rote zuerst erscheinen werde. Wie erstaunte man aber, als an Stelle dessen der Kleine erschien, ganz gemächlich gehend, als ob es sich um einen Spaziergang handle.

»Der Frank zuerst!« rief Old Firehand. »Wie ist das möglich!«

»Durch List«, antwortete Winnetou. »Er hat gesiegt, und wir werden es erfahren, wie er es angefangen hat. Hört ihr, wie die Utahs zornig schreien! Sie entfernen sich; sie kehren in das Lager zurück. Und seht, dort stehen vier Bleichgesichter; ich kenne sie.«

»Ich auch«, rief Droll. »Old Shatterhand, der lange Davy, der dicke Jemmy und dieser kleine Hobble-Frank.«

Diese Namen erregten allgemeines Aufsehen. Einige kannten einen oder mehrere der Genannten persönlich; die andern hatten genugsam von ihnen gehört, um ihnen das größte Interesse zu widmen. Die Bemerkungen flogen hin und her, bis Winnetou zu Old Firehand sagte: »Sieht mein Bruder jetzt, daß ich recht hatte? Unsre Freunde haben ihre Waffen noch; es kann also nicht gefährlich um sie stehen.«

»Einstweilen noch, ja; aber wie bald kann sich das ändern. Ich schlage vor, ganz offen hinzureiten.«

»Will mein Bruder hin, so mag er es thun; ich aber bleibe hier«, antwortete der Apache in sehr bestimmtem Tone. »Old Shatterhand kennt die Verhältnisse und weiß, was er thut; wir aber kennen sie nicht und würden ihn vielleicht in der Ausführung seines Planes stören. Bleibt hier, ich werde so weit wie möglich vordringen, um zu erfahren, was geschieht.«

Er behielt das Fernrohr in der Hand und verschwand zwischen den Bäumen. Es verging eine lange halbe Stunde; da kehrte er zurück und meldete: »Es gibt mitten im Lager einen Zweikampf. Die Utahs stehen so eng beisammen, daß ich die Kämpfenden nicht sehen konnte; aber den Hobble-Frank sah ich. Er zog die Pferde heimlich und vorsichtig hinter das Zelt und gab ihnen die Decken. Die Weißen wollen fort.«

»Und heimlich? Also fliehen?« fragte Old Firehand. »So postieren wir uns hier an den Weg und nehmen sie auf oder gehen ihnen gar entgegen.«

»Keins von beiden«, entgegnete der Apache kopfschüttelnd.

»Meine Ansichten scheinen heute bei meinem roten Bruder stets auf Widerspruch zu stoßen!«

»Old Firehand mag nicht zürnen, sondern nachdenken. Was werden die Roten thun, wenn die Weißen fliehen?«

»Sie werden dieselben verfolgen.«

»Wenn man vier oder sechs Männer verfolgt, wie viele Krieger braucht man dazu?«

»Nun, zwanzig bis dreißig.«

»Gut! Diese werden wir sehr leicht besiegen. Wenn wir uns aber den Utahs zeigen, wird der ganze Stamm hinter uns her sein, und dann muß viel Blut fließen.«

»Du hast recht, Winnetou. Aber wir können die Roten doch nicht blind machen. Sie werden unsre Zahl sehr bald aus der Fährte erkennen.«

»Sie werden die Fährte betrachten, welche vor ihnen ist, aber nicht diejenige, welche sich hinter ihnen befindet.«

»Ach, du meinst, daß wir ihnen folgen?«

»Ja.«

»Ohne daß wir uns Old Shatterhand zeigen?«

»Wir werden mit ihm sprechen, aber nur du und ich. Horch! Was ist das?«

Vom Lager her erscholl ein fürchterliches Geheul, und gleich darauf sah man vier Reiter im Galopp aus demselben kommen. Es waren die Weißen. Sie schlugen die Richtung nach dem obern Ende des Sees ein, hatten also die Absicht, den Bach zu erreichen und an demselben aufwärts zu reiten.

»Da kommen sie«, sagte Winnetou. »Old Firehand mag mir folgen. Meine andern weißen Brüder aber müssen mit den Pferden schnell tiefer in den Wald hinein und dort warten, bis wir zurückkehren. Sie mögen unsre Pferde mitnehmen.«

Er nahm Old Firehand bei der Hand und zog ihn mit sich fort, immer am hohen Ufer des Baches entlang, unter den Bäumen hin, bis an eine Stelle, von welcher aus man das Lager sehen konnte, ohne von dort aus bemerkt zu werden. Da blieben sie stehen.

Old Shatterhand kam schnell näher. Er hielt sich mit seinen Begleitern nahe am Wasser, ritt also unten, während der Apache und Old Firehand oben standen. Als er die Stelle erreichte, erklang es von oben herab: »Uff! Meine weißen Brüder mögen hier halten bleiben.«

Die vier parierten ihre Pferde und blickten nach oben.

»Winnetou, Winnetou!« riefen sie zugleich.

»Ja, es ist Winnetou, der Häuptling der Apachen«, antwortete er. »Und hier steht noch einer, welcher ein Freund meiner weißen Brüder ist.«

Er zog den gewaltigen Jäger hinter einem Baume hervor.

»Old Firehand!« rief Old Shatterhand. »Du hier, du! Ich muß hinauf, dich zu begrüßen! Oder komm herab!«

Trotz der Gefahr, in welcher er sich befand, machte er Miene, vom Pferde zu springen.

»Halt, bleib!« wehrte ihn Old Firehand ab. »Auch ich darf nicht zu dir.«

»Warum?«

»Die Utahs, welche dir folgen werden, dürfen von unsrer Gegenwart nichts ahnen.«

»Ach! Seid ihr allein?«

»Nein. Wir sind wohl vierzig Jäger, Rafters und sonstige Westmänner. Du wirst gute Bekannte bei uns finden. Jetzt ist es nicht Zeit zum Erzählen. Wo wolltest du hin?«

»Nach dem Silbersee.«

»Wir auch. Reitet jetzt weiter. Sobald eure Verfolger vorüber sind, kommen wir auch und nehmen sie in die Mitte.«

»Recht so!« rief Old Shatterhand. »Welch eine Freude und welch ein Glück, euch hier zu treffen! Aber wenn wir auch keine langen Reden halten können, so müßt ihr doch in Kürze erfahren, was geschehen ist. Könnt ihr von da oben aus das Lager sehen?«

»Ja.«

»So paßt auf, damit ich nicht überrumpelt werde. Ich will euch das Nötigste erzählen.«

Die Freude dieser Männer über das Zusammentreffen war gewiß groß; aber die Verhältnisse verboten es, ihr Worte zu verleihen und dabei Zeit zu verschwenden. Man machte sich gegenseitig in kurzer Zeit die nötigen Mitteilungen, welche der geübte Scharfsinn dieser Leute sehr leicht zu ergänzen vermochte. Als man damit zu Ende war, ergriff Winnetou das Wort, indem er Old Shatterhand fragte: »Mein weißer Bruder kennt die tiefe Schlucht, welche von den Bleichgesichtern Night-Cañon genannt wird?«

»Ja; ich bin ja mit dir mehreremal dort gewesen.«

»Sie ist von hier aus in fünf Stunden zu erreichen. Sie erweitert sich in ihrer Mitte zu einem runden Platze, dessen Wände, die niemand zu ersteigen vermag, bis zum Himmel zu reichen scheinen. Erinnert Old Shatterhand sich dieser Stelle?«

»Sehr gut.«

»Bis dorthin mag mein weißer Bruder reiten. Ist er durch diese runde Stelle gekommen, so mag er sich jenseits derselben festsetzen. Die Schlucht ist da so schmal, daß kaum zwei Reiter einander ausweichen können. Er bedarf seiner Gefährten gar nicht und kann allein mit seiner Zauberflinte mehrere hundert Utahs aufhalten. Wenn sie dort angekommen sind, so können sie weder vorwärts noch rückwärts, denn wir werden schnell hinter ihnen sein. Es bleibt ihnen nur die Wahl, sich bis auf den letzten Mann erschießen zu lassen oder sich zu ergeben.«

»Gut, wir werden diesem Rate folgen. Aber sagt mir nur vor allen Dingen noch das eine: Warum reitet ihr zu so vielen hinauf an den Silbersee?«

»Das will ich dir sagen«, antwortete Old Firehand. »Es gibt da oben eine äußerst reiche Silbermine, aber in so wasserloser Gegend, daß die Ausbeutung derselben eine Unmöglichkeit ist, falls es uns nicht gelingt, Wasser zu schaffen. Da ist mir der Gedanke gekommen, das Wasser des Silbersees hinzuleiten. Gelingt uns das, so nehmen wir Millionen aus der Mine. Ich habe einen Ingenieur mit, welcher die technischen Punkte erst zu begutachten und, im Falle des Glückes, dann auszuführen hat.«

Über Old Shatterhands Gesicht flog ein undefinierbares Lächeln, als er bemerkte: »Eine Mine? Wer hat sie entdeckt?«

»Ich selbst war mit dabei.«

»Hm! Leite den See nach dieser Mine, so machst du ein doppeltes Geschäft.«

»Wieso?«

»Auf dem Grunde desselben liegen Reichtümer, gegen welche deine Silberader die reinste Armut ist.«

»Ah! Meinst du den Schatz im Silbersee?«

»Allerdings.«

»Was weißt du davon?«

»Mehr, als du denkst. Du wirst es später erfahren, wenn mehr Zeit als jetzt dazu ist. Aber du selbst sprichst von diesem Schatze. Von wem hast du darüber erfahren?«

»Von – – na, auch davon später. Mache dich fort! Ich sehe Indianer aus dem Lager kommen.«

»Hierher?«

»Ja, zu Pferde.«

»Wie viele?«

»Fünf.«

»*Pshaw!* Sie sind nicht zu fürchten; aber ihr dürft euch doch nicht vor ihnen sehen lassen. Es ist die Avantgarde, welche uns nicht aus den Augen lassen soll; das Gros wird jedenfalls bald folgen. Also vorwärts! Auf Wiedersehen im Nachtcañon!«

Er gab seinem Pferde die Fersen und ritt mit den drei Begleitern davon. Old Firehand und Winnetou duckten sich nieder, um die fünf Utahs zu beobachten. Sie kamen heran und ritten, die Blicke aufmerksam nach vorn und gegen die Erde gerichtet, vorüber, ohne zu ahnen, was für gefährliche Leute sich in der Nähe befanden.

Nun kehrten die beiden zu ihren Leuten zurück. Diese hatten sich in den Wald zurückgezogen und befanden sich nahe der Einmündung des Baches in den See. Old Firehand wollte ihnen mitteilen, was er mit Old Shatterhand besprochen hatte; da fiel sein Auge auf mehrere Utahfrauen, welche sich dem Ufer des Sees näherten; sie trugen die zum Angeln nötigen Gerätschaften in den Händen. Er machte Winnetou auf sie aufmerksam und sagte: »Wenn man diese Squaws belauschen könnte, so würde man über die Absicht ihrer Krieger vielleicht etwas erfahren.«

»Winnetou wird es versuchen, wenn sie nahe genug herankommen«, antwortete der Apache.

Ja, sie kamen nahe genug herbei. Sie wollten nicht im See, sondern in der Mündung des Baches fischen. Dort setzten sie sich unter Büschen nebeneinander ans Ufer hin, warfen die Angeln aus und sprachen miteinander. Sie schienen es gar nicht zu wissen oder wenigstens sich nicht daran zu kehren, daß der Angler nicht sprechen darf. Winnetou wand sich wie eine Schlange zu ihnen hin und legte sich hinter die Büsche, an denen sie saßen. Es war unterhaltend, sie und zugleich auch ihn beobachten zu können. So lag er wohl über eine Viertelstunde und kehrte dann zurück, um zu melden: »Wenn diese Squaws nicht besser schweigen lernen, werden sie niemals eine Forelle fangen. Sie haben mir alles gesagt, was ich wissen wollte.«

»Und was war das?« wurde er gefragt.

»Die fünf Krieger, welche an uns vorüberritten, sollen die Fährte Old Shatterhands deutlicher machen, und in kurzer Zeit werden fünfzig andre folgen, angeführt von dem ›großen Wolfe‹.«

»So ist er unverletzt?«

»Ja. Der Hieb Old Shatterhands hat ihm die rechte Hand gelähmt und seinen Atem ins Stocken gebracht. Dieser ist ihm zurückgekehrt und die Hand hindert ihn nicht, die Verfolgung selbst zu leiten. Old Shatterhand soll erschossen werden, damit er den Navajos nichts über die Absichten der Utahs verraten kann. Diese letzteren zerstreuen sich heute in der ganzen Gegend, um zu jagen und Fleisch zu machen, denn morgen soll das Lager abgebrochen werden.«

»Wohin wird es verlegt?«

»Die Frauen und Kinder ziehen zu den Alten in die Berge, wo sie sicher sind; die Krieger aber folgen dem ›großen Wolfe‹ nach, um den Versammlungsplatz aller Utahstämme aufzusuchen.«

»Wo ist derselbe?«

»Das schienen die Squaws nicht zu wissen. Mehr konnte ich nicht erfahren; es ist aber für das, was wir vorhaben, genug.«

»So können wir nichts thun, als warten, bis der ›große Wolf‹ mit seinem Truppe vorüber ist. Daß er fünfundfünfzig Männer mit sich nimmt, zeigt uns, welchen Respekt er vor Old Shatterhand hat. Eine solche Überzahl gegen vier Weiße!«

»Old Shatterhand ist mein Freund und Schüler«, meinte Winnetou stolz. »Er hat fünfundfünfzig nicht zu fürchten.«

Nun legte man sich auf die Lauer, bis nach wohl einer Stunde der »große Wolf« mit seinen Leuten kam. Sie ritten vorüber, ohne einen Blick unter die Bäume zu werfen. Ihr Aussehen war ein höchst kriegerisches. Sie waren ohne Ausnahme mit Schießgewehren bewaffnet. Der Häuptling trug die rechte Hand in einer Binde. Sein Gesicht war noch dicker bemalt als am Morgen. Von seinen Schultern hing der mit Federn geschmückte Kriegsmantel auf den Rücken des Pferdes nieder; aber der Kopf trug nicht mehr den Schmuck der Adlerschwingen. Er war besiegt worden und wollte diese Auszeichnung erst wieder anlegen, wenn er seine Rache befriedigt hatte. Seine Leute ritten die besten Pferde, welche sich im Lager befunden hatten.

Zehn Minuten später folgte der kühne Winnetou ganz allein und nach abermals zehn Minuten brachen die andern auf.

Von einem wirklichen Wege war natürlich keine Rede. Man ritt immer am Wasser aufwärts. Dieses hatte im Frühjahre während des Hochwassers an den Ufern gefressen. Losgerissene Steine und Stämme lagen überall, und man kam infolgedessen nur sehr langsam vorwärts, besonders da die Sänfte nur schwer über solche Hindernisse zu bringen war. Als man dann die Lehne des Berge hinter sich hatte, wurde es besser. Die größte Steigung war überwunden, und je weniger Fall das Wasser hatte, desto weniger zerstört war die Umgebung des Baches.

Was die Fährte betrifft, welcher man folgte, so konnte dieselbe gar nicht deutlicher sein. Da Old Shatterhand solche Verbündete gefunden hatte, hielt er es nicht mehr für nötig, für eine unlesbare Spur zu sorgen. Die ihm folgenden fünf Utahs waren mit Absicht so geritten, daß ihre Hufeindrücke leicht zu sehen waren, und da der »große Wolf« keinen Feind hinter sich wußte, war es ihm nicht eingefallen, Vorsicht anzuwenden.

Die Richtung nach dem Nachtcañon führte an der schmalsten Stelle der Elk-Moutains quer über das Gebirge. Als man sich oben befand, wurde der Bach verlassen; es ging mitten durch Urwald, welcher kein Unterholz hatte. Die weit auseinander stehenden Stämme vereinigten ihre Kronen zu einer so dichten Laubdecke, daß nur an einzelnen Stellen ein Sonnenstrahl durchzudringen vermochte. Der Boden war moderig und weich und zeigte die Fährte tief eingeschnitten.

Einigemal näherte man sich dem Apachen so, daß man ihn zu sehen bekam. Seine Haltung war eine sehr unbesorgte. Er wußte, daß die Utahs ihre Aufmerksamkeit wohl schwerlich hinter sich richteten.

Zehn Uhr war es gewesen, als Old Firehand mit seinen Leuten vom See aufgebrochen war. Bis ein Uhr ging es fast nur durch Wald und dann über eine Buschprairie, was den Weißen sehr lieb sein mußte. Wäre die Prairie offen gewesen, so hätte man viel größere Abstände nehmen müssen. Das grasige Land senkte sich oft zu Thal, um drüben wieder emporzusteigen; dann kam wieder Wald, aber nicht für lange Zeit, denn schon nach wenigen Minuten erreichte man den jenseitigen Saum desselben. Dort hielt der Apache, um seine Gefährten zu erwarten. Warum er nicht weiterritt, diese Frage beantwortete er nicht durch Worte, sondern dadurch, daß er vorwärts zeigte.

Ein Anblick wirklich ganz einziger Art bot sich den Weißen. Man hatte das Gebiet des Elkgebirges hinter und dasjenige des Grand-River mit seinen Cañons vor sich. Von rechts, von links und von da, wo die Reiter hielten, senkten sich drei schwarze, schiefe Felsenebenen wie riesige, unten zusammenstoßende Schiefertafeln gegeneinander. Die Neigung derselben war so stark und ihre Fläche so glatt, daß man unmöglich im Sattel bleiben konnte. Es war fast schaurig, bis auf den tiefen Grund, den man doch erreichen mußte, zu blicken. Von beiden Seiten, da wo die Riesentafeln zusammenstießen, floß ein Wasser abwärts, aber ohne einen Baum, einen Busch oder auch nur einen Halm zu nähren. Unten vereinigten sich die beiden Wasser, um in einem Felsenspalt zu verschwinden, welcher die scheinbare Breite eines Lineales besaß.

»Das ist der Night-Cañon«, erklärte Old Firehand, indem er auf diese Spalte deutete. »Er trägt diesen Namen, weil er so tief und schmal ist, daß das Licht der Sonne nicht hinabzudringen vermag und es in seiner Tiefe selbst am hellen Tage fast Nacht ist; daher der Name Nachtcañon. Man reitet da um die Mittagszeit in einer ziemlichen Dämmerung. Und seht, da unten!«

Er zeigte abwärts, dahin, wo das Wasser im Spalt verschwand. Dort bewegten sich kleine Gestalten; Reiter waren es, so klein, daß sie dem Beobachter kaum bis an die Kniee zu reichen schienen. Das waren die Utahs, welche soeben im Felsenspalt verschwanden.

Dieser war fast senkrecht in eine gigantische Steinmauer gerissen, über welcher eine weite, weite Ebene lag, die von nebelfernen Bergriesen, dem Book-Gebirge, abgeschlossen wurde. Die Tante Droll blickte in die Tiefe und sagte zu dem schwarzen Tom: »Da solle wir 'nunter? Das kann doch nur een Schieferdecker fertig bringe! Das is ja de reene Lebensgefährlichkeet, wenn's nötig is! Wennste dich hersetzt, und ich geb' dir eenen Schwupps, so kannste bis 'nunter Schlitte fahre.«

»Und doch müssen wir hinab«, meinte Old Firehand. »Steigt ab und nehmt eure Pferde bei den Zügeln, aber kurz. Wir müssen es allerdings gerade wie beim Schlittenfahren machen, wenn es einen Berg hinabgeht. Da man kein Schleifzeug und keinen Hemmschuh hat, kann man nur dadurch hemmen, daß man im Zickzack abwärts fährt. So auch wir jetzt, immer herüber und hinüber.«

Dieser Rat wurde befolgt, und es zeigte sich, daß derselbe gut war. In gerader Richtung wäre man schwerlich ohne verschiedene Schiffbrüche hinabgekommen; der Abstieg nahm weit über eine halbe Stunde in Anspruch. Ein wahres Glück, daß die Utahs so ahnungslos waren! Hätten sie ihre Verfolger bemerkt und sich im Felsenspalt festgesetzt, so wäre es ihnen ein Leichtes gewesen, sie während dieses langsamen Abstieges, ohne alle Gefahr für sich, einen nach dem andern wegzuputzen.

Endlich war man unten und ordnete sich zum Eindringen in den Cañon, welcher hier so schmal war, daß neben dem Wasser nur zwei Reiter Platz fanden. Voran war natürlich wieder Winnetou. Ihm folgte Old Firehand, neben welchem jetzt der Lord ritt. Dann kamen die Jäger und nachher die Rafters, welche den Ingenieur und seine Tochter zwischen sich nahmen. Der Trupp war seit dem Eagle-tail dadurch größer geworden, daß sich Watson, der Schichtmeister, mit noch mehreren Arbeitern angeschlossen hatte.

Gesprochen durfte nicht werden, da jeder Laut in diesem Spalte viel weiter als im Freien zu hören war. Der Hufschlag der Pferde konnte zum Verräter werden; darum war Winnetou abgestiegen und, während sein Pferd von einem Rafter geführt wurde, auf seinen weichen Mokassins den Gefährten vorangegangen.

Es war wie ein Ritt durch die Unterwelt. Vor und hinter sich den engen Spalt, unter sich den starren, steinbesäten Felsen und das dunkle, unheimliche Wasser und rechts und links die gerade aufstrebenden Felsenwände, welche so hoch waren, daß sie den Himmel nicht sehen ließen, sondern oben zusammenzustoßen schienen. Die Luft wurde, je weiter man eindrang, desto kälter und schwerer, und das Tageslicht verwandelte sich in Dämmerung.

Und lang war der Cañon, ewig lang! Zuweilen wurde er ein wenig breiter, so daß er Raum für fünf oder sechs Reiter bot; dann traten die Wände wieder so eng zusammen, daß man vor Angst, erdrückt zu werden, laut hätte aufschreien mögen. Sogar den Pferden war es nicht geheuer; sie schnaubten ängstlich und strebten schnell vorwärts, um aus dieser Enge erlöst zu werden.

Eine Viertelstunde verging und noch eine; da – – unwillkürlich blieben alle halten – – gab es einen Krach, als ob zehn Kanonen zugleich abgeschossen worden seien.

»Um Gottes willen, was war das?« fragte Butler, der Ingenieur. »Stürzen vielleicht die Felsen ein?«

»Ein Flintenschuß«, antwortete Old Firehand. »Der Augenblick ist da. Je ein Mann für drei Pferde bleibt zurück; die andern vor. Absteigen!«

Im Nu waren über dreißig Mann, jeder die Büchse in der Hand, auf den Füßen, um ihm zu folgen. Schon nach wenigen Schritten sahen sie Winnetou stehen, den Rücken ihnen zugekehrt und die Silberbüchse nach vorwärts zum Schusse angelegt.

»Die Waffen nieder, sonst spricht meine Zauberbüchse!« ertönte eine gewaltige Stimme; man wußte nicht, woher, ob von oben hernieder oder aus dem Erdboden heraus.

»Nieder die Waffen!« donnerte es ebenfalls in der Sprache der Utahs, daß in dem engen Spalte aus den wenigen Silben ein ganzes Gewittergrollen wurde.

Dann fielen schnell aufeinander drei Schüsse. Man hörte, daß sie aus einem und demselben Laufe kamen. Das mußte der Henrystutzen Old Shatterhands sein, dessen Knall hier allerdings die Stärke eines Kanonenschusses hatte. Gleich darauf blitzte auch die Silberbüchse Winnetous auf. Die Getroffenen schrieen, und dann folgte ein Geheul, als ob alle Scharen der Hölle losgelassen seien.

Old Firehand hatte den Apachen erreicht und konnte nun sehen, was und wen er vor sich hatte. Der Spalt erweiterte sich auf eine kurze Strecke und bildete einen Raum, welchen man am besten ein Felsengemach nennen konnte. Es war von rundlicher Gestalt und so groß, daß vielleicht hundert Reiter in demselben Platz finden konnten. Das Wasser lief am linken Rande desselben hin. Auch hier herrschte Dämmerung; doch konnte man die Schar der Utahs sehen.

Die fünf vorausgesandten Krieger hatten einen großen Fehler begangen. Sie waren hier halten geblieben, um die Ihrigen zu erwarten. Hätten sie das nicht gethan, so wären die jenseits postierten vier Weißen gezwungen gewesen, sie anzureden, und sie hätten wohl rückwärts fliehen können, um die Ihrigen zu warnen. Da sie aber so lange gewartet hatten, bis diese nachkamen, so waren sie nun alle eingeschlossen. Drüben stand Old Shatterhand mit dem erhobenen Henrystutzen, und neben ihm kniete der Hobble-Frank, damit Davy und Jemmy über ihn hinwegschießen könnten. Die Roten hatten ihre Waffen auf die Aufforderung des ersteren nicht sofort gesenkt, und darum waren die Schüsse gefallen. Fünf tote Utahs lagen am Boden. Die andern konnten kaum an Gegenwehr denken; sie hatten genug zu thun, ihre Pferde zu bändigen, welche durch den außerordentlichen Wiederhall der Schüsse scheu geworden waren.

»Werft die Waffen weg, sonst schieße ich wieder!« ertönte Old Shatterhands Stimme abermals.

Und von der andern Seite her erschallte es: »Hier steht Old Firehand. Ergebt euch, wenn ihr euer Leben retten wollt!«

Und neben diesem rief der Apache: »Wer kennt Winnetou, den Häuptling der Apachen? Wer sein Gewehr gegen ihn erhebt, der verliert seinen Skalp. Howgh!«

Waren die Utahs der Meinung gewesen, den Feind nur vor sich zu haben, so sahen sie jetzt, daß ihnen der Rückweg auch verschlossen war. Dort stand die mächtige Gestalt Old Firehands und die stolzschlanke des berühmten Apachenhäuptlings. Neben ihnen hielt, da sonst kein Raum vorhanden war, die Tante Droll mit angeschlagenem Gewehr im Wasser, und zwischen diesen dreien sah man verschiedene Gewehrläufe ragen.

Kein einziger der Utahs wagte, sein Gewehr wieder zu erheben. Sie starrten nach vorn und nach hinten und wußten nicht, was sie thun sollten. Widerstand leisten wäre ihr Verderben gewesen, das sahen sie ein; aber sich so schnell und ohne alle Verhandlung ergeben, das widerstrebte ihnen. Da sprang Droll aus dem Wasser, schritt bis zum Häuptling vor, hielt ihm den Lauf des Gewehres an die Brust und rief ihm zu: »Wirf das Gewehr weg, sonst drücke ich los!«

Der »große Wolf« hielt den Blick starr auf die dicke, fremdartige Gestalt geheftet, als ob er ein Gespenst vor sich sehe; die Finger seiner Rechten öffneten sich und ließen das Gewehr fallen.

»Den Tomahawk auch und das Messer!«

Der Häuptling griff in den Gürtel, nahm die beiden genannten Waffen heraus und warf sie fort.

»Binde deinen Lasso los!«

Auch diesem Befehle gehorchte der »große Wolf«. Droll nahm den Lasso und band mit demselben die Füße des Häuptlings unter dem Bauche seines Pferdes zusammen. Dann nahm er dieses letztere beim Zügel, führte es auf die Seite und rief dem Gunstick-Uncle, welcher hinter Old Firehand stand, zu: »Komm her, Onkel, und fessele ihm die Hände!«

Der Uncle kam steif und gravitätisch herbeigeschritten und antwortete: »An den Gürtel will ich hinten – – ihm die beiden Hände binden.«

Er schwang sich hinter dem »großen Wolf« auf das Pferd, machte seine Worte zur That und sprang dann wieder ab. Es war, als habe der Häuptling gar nicht gewußt, was mit ihm vorging; er befand sich wie im Traume. Sein Beispiel wirkte. Die Seinen ergaben sich nun auch in ihr Schicksal; sie wurden ebenso entwaffnet und gebunden wie er, und das ging außerordentlich schnell von statten, da alle Weißen nur darauf bedacht waren, zu thun, was der Augenblick erforderte.

Gern hätte der Hobble-Frank Winnetou begrüßt; Davy und Jemmy hatten ganz dasselbe Verlangen; aber man durfte jetzt nicht an solche Herzensangelegenheiten denken, sondern mußte die Erledigung derselben für später aufheben. Es galt vor allen Dingen aus dem Cañon zu kommen. Darum wurde, als der letzte Rote gebunden war und man die erbeuteten Waffen aufgelesen hatte, sofort der Weiterritt angetreten. Voran ritten die Jäger; dann kamen die Roten, und den Beschluß bildeten die Rafters.

Winnetou und Old Firehand ritten mit Old Shatterhand voran. Sie hatten ihm still die Hand gegeben, die einzige Begrüßungsart, welche sie einstweilen für nötig hielten. Gerade vor den Gefangenen ritten zwei, welche sich viel näher standen, als sie dachten, nämlich die Tante Droll und der Hobble-Frank. Keiner sagte ein Wort zu dem andern. Nach einiger Zeit nahm Droll die Füße aus den Steigbügeln, stieg im Reiten auf den Rücken des Pferdes und setzte sich verkehrt in den Sattel.

»*Heavens!* Was soll das heißen?« fragte Frank. »Wollt Ihr Komödie spielen, Sir? Vielleicht seid Ihr in einem Cirkus als Clown angestellt gewesen?«

»Nein, Master«, antwortete der Dicke. »Ich habe nur die Gewohnheit, die Festtage so zu feiern, wie sie fallen.«

»Wie meint Ihr das?«

»Ich setze mich verkehrt, weil es uns sonst verkehrt gehen kann. Denkt doch daran, daß hinter uns fünfzig Rote reiten; da kann leicht etwas geschehen, woran man nicht gedacht hat. Ich behalte sie in dieser Stellung im Auge und habe den Revolver in der Hand, um ihnen, wenn's nötig ist, eine Pille zu geben. Wenn Ihr gescheit seid, so macht es auch so!«

Drüben stand Old Shatterhand mit dem erhobenen Henrystutzen.

»Hm! Was Ihr sagt, ist sehr richtig. Mein Pferd wird es nicht übelnehmen; ich drehe mich auch um.«

Einige Sekunden später saß auch er verkehrt im Sattel, um die Roten beaufsichtigen zu können. Es ging nun gar nicht anders, als daß diese beiden possierlichen Reiter einander oft ansehen mußten; dabei wurden ihre Blicke immer freundlicher; sie gefielen einander offenbar. Das ging so eine Weile, ohne daß dabei ein Wort fiel, bis endlich der Hobble-Frank nicht länger zu schweigen vermochte. Er begann: »Nehmt mir's nicht übel, wenn ich Euch nach Eurem Namen frage. So wie Ihr da neben mir sitzet, habe ich Euch schon gesehen.«

»Wo denn?«

»In meiner Einbildung.«

»Alle Wetter! Wer hätte geahnt, daß ich in Eurer Einbildung lebe! Wie viel Mietzins habe ich da zu bezahlen, und wie steht es mit der Kündigung?«

»Ganz nach Belieben; aber heute ist es mit der Einbildung alle, da ich Euch nun in Person sehe. Wenn Ihr der seid, für den ich Euch halte, so habe ich viel Spaßhaftes von Euch gehört.«

»Nun, für wen haltet Ihr mich denn?«

»Für die Tante Droll.«

»Und wo habt Ihr von dieser gehört?«

»An verschiedenen Orten, an denen ich mit Old Shatterhand und Winnetou gewesen bin.«

»Was! Mit diesen beiden berühmten Männern seid Ihr geritten?«

»Ja. Wir waren oben im Nationalpark und dann auch in dem Estacato.«

»Donner und Doria! Da seid Ihr wohl gar der Hobble-Frank?«

»Ja. Kennt Ihr mich?«

»Natürlich! Der Apache hat oft von Euch gesprochen und Euch noch heute, als wir vor dem Lager der Utahs lagen, einen kleinen Helden genannt.«

»Einen – kleinen – Helden!« wiederholte Frank, indem ein seliges Lächeln über sein Gesicht ging. »Einen – kleinen – Helden! Das muß ich mir aufschreiben! Ihr habt richtig geraten, wer ich bin; aber ob auch ich richtig geraten habe?«

»Für wen haltet Ihr mich denn?«

»Für die Tante Droll, wie ich schon gesagt habe.«

»Die bin ich auch.«

»Wirklich? Das freut mich herzlich!«

»Wie seid Ihr denn auf die Vermutung gekommen, daß ich diese Tante bin?«

»Eure Kleidung sagte es mir, und ebenso Euer Verhalten. Ich habe oft erzählen gehört, daß die Tante Droll ein ganz außerordentlich couragiertes Weibsbild ist, und als ich Euch vorhin so mit dem Häuptlinge der Utahs umspringen sah, dachte ich mir gleich: Das und keine andre ist die Tante!«

»Sehr ehrenvoll für mich! Na, wir sind wohl beide Kerle, welche ihre Schuldigkeit tun. Aber die Hauptsache für mich ist, daß ich vernommen habe, Ihr seid ein Landsmann von Old Shatterhand!«

»Das ist richtig.«

»Also ein Deutscher?«

»Ja.«

»Woher denn da?«

»Gerade aus der Mitte heraus. Ich bin nämlich ein Sachse.«

»Alle Wetter! Was für einer? Königreich? Altenburg? Koburg-Gotha? Meiningen-Hildburghausen?«

»Königreich, Königreich! Aber Ihr kennt diese Namen so genau. Seid Ihr etwa auch ein Deutscher?«

»Natürlich!«

»Woher denn da?« fragte Frank nun seinerseits entzückt.

»Auch aus Sachsen, nämlich Sachsen-Altenburg.«

»Herrjemerschnee!« fiel da der Kleine in seinem heimischen Dialekte ein. »Ooch een Sachse, und zwar een Altenburger? Is es denn die Möglichkeet! Aus der Schtadt Altenburg oder vom Lande, he?«

»Nich aus der Residenz, sondern aus der Langenleube.«

»Langen – – leube?« fragte Frank, indem ihm der Mund offen stehen blieb. »Langenleube-Niederhain?«

»Jawohl! Kennen Sie es?«

»Warum sollte ich nich? Ich habe ja Verwandte dort, ganz nahe Verwandte, bei denen ich als Junge zweemal off der Kirmse gewesen bin. Hören Sie, dort gibt's aber Kirmsen, im Altenburgischen! Da wird gleich vierzehn Tage lang Kuchen gebacken. Und wenn so eene Kirmse alle ist, da geht sie off dem nächsten Dorfe wieder an. Drum schpricht man dort nur so im allgemeenen vom Altenburger Landessen.«

»Das is richtig!« nickte Droll. »Mache könne mersch, denn habe thune mersch. Aber Se habe Verwandte bei uns? Wie heiße denn die Leute, und wo schtamme se her?«

»Es is ganz nahe Verwandtschaft. Das is nämlich so! Mein Vater hat eenen Paten gehabt, dessen selige Schwiegertochter sich in der Langenleube wieder verheiratet hat. Schpäter schtarb sie, aber ihr Schtiefsohn hat eenen Schwager, und der is es, den ich meene.«

»So! Was war er denne?«

»Alles mögliche. Er war een ganzer Kerl, der alles fertig brachte. Bald war er Kellner, bald Kirchner, bald Bürgergardenfeldwebel und bald Hochzeitsbitter, bald –«

»Halt!« unterbrach ihn Droll, indem er herüberlangte und seinen Arm ergriff. »Wie war sein Name?«

»Seinen Vornamen kenn ich nich mehr; aber sein Familienname war Pampel. Ich nannte ihn nur immer Vetter Pampel.«

»Wie? Pampel? Höre ich recht?« rief Droll. »Hatte er Kinder?«

»Die schwere Menge!«

»Wisse Se, wie se geheeße habe?«

»Nee, nich mehr. Aber off den größten kann ich mich noch sehr gut besinnen, denn ich war dem Kerl gut. Er hieß Bastel.«

»Bastel, also Sebastian?«

»Jawohl, denn Sebastian wird off Altenburgisch Bastel ausgeschprochen. Ich gloobe, er hieß ooch noch Melchior dazu, een Name, der in Altenburg sehr gäng und gäbe is.«

»Richtig, sehr richtig! Es thut schtimme, es thut sehr genau schtimme! Sebastian Melchior Pampel! Wisse Se, was aus ihm geworde is?«

»Nee, leider nich.«

»So sehe Se mal mich an, schaue Se mal her zu mir!«

»Warum?«

»Weil ich es bin, der draus geworde is.«

»Sie – Sie?« fragte der Kleine.

»Ja, ich! Ich war der Bastel, und ich weeß noch ganz genau, wer bei uns off der Kirmse gewese is; des war der Vetter Frank aus Moritzburg, der nachher Forschtgehilfe geworde is.«

»Der bin ich, ich in eegener Person! Vetter, also hier, hier mitten in der Wildnis finden wir uns als schtammverwandte Menschen und Cousängs! Wer hätte das für möglich gehalten! Komm her, Bruderherz, ich muß dich an meinen Busen drücken!«

»Ja, ich ooch. Hier haste mich!«

Er langte herüber, und der andre langte hinüber. Die Umarmung war, da beide verkehrt auf ihren Pferden saßen, mit einigen Schwierigkeiten verbunden, welche aber zur Not überwunden wurden.

Die finster blickenden Indianer wußten jedenfalls nicht, was sie von dem Gebaren der beiden halten sollten; diese aber kehrten sich nicht an die bemalten Gesichter; sie ritten Hand in Hand nebeneinander, mit dem Rücken nach vorn, und sprachen von der seligen Jugendzeit. Sie hätten wohl noch lange kein Ende gefunden, wenn nicht im Zuge eine Stockung eingetreten wäre. Man hatte nämlich das Ende der Spalte erreicht, welche auf einen größeren und viel breiteren Cañon mündete.

Zwar war die Sonne schon so tief gesunken, daß ihre Strahlen den Boden desselben nicht mehr erreichten, aber es gab doch Licht da und eine reine, bewegte Luft. Die Reiter atmeten erleichtert auf, als sie ins Freie gelangten, welches sie freilich nicht eher betraten, als bis sie vorsichtig Umschau gehalten hatten, ob keine feindlichen Wesen in der Nähe seien.

Dieser Cañon war vielleicht zweihundert Schritte breit und hatte auf seinem Grunde ein kleines, schmales Flüßchen, welches man leicht durchwaten konnte. Am Wasser gab es Gras und Buschwerk, und auch einige Bäume standen da.

Die Roten wurden von den Pferden genommen und dann mit wieder gefesselten Füßen auf die Erde gesetzt. Nun erst war der richtige Augenblick zur ausgiebigen Begrüßung gekommen, und er wurde gehörig ausgenutzt. Diejenigen, welche sich bisher noch nicht gekannt hatten, lernten sich schnell kennen, und es dauerte gar nicht lange, so gab es keine andre Anrede als das trauliche »Du«. Davon waren natürlich Firehand, Shatterhand, Winnetou, der Lord und der Ingenieur ausgenommen.

Der Trupp Old Firehands hatte Proviant bei sich gehabt, und es wurde zunächst gegessen. Dann sollte über das Schicksal der Roten entschieden werden. Hierüber gab es mehr als eine Ansicht. Winnetou, Old Firehand und Old Shatterhand waren bereit, sie frei zu geben; die andern aber verlangten eine strenge Bestrafung. Der Lord meinte: »Bis dahin, wo die Zweikämpfe vorüber waren, halte ich sie nicht für strafbar; dann aber mußten sie euch die Freiheit geben. Statt das zu thun, haben sie euch verfolgt, um euch zu ermorden, und ich zweifle gar nicht daran, daß sie dies gethan hätten, wenn ihnen die Gelegenheit dazu geworden wäre.«

»Das ist sehr wahrscheinlich«, antwortete Old Shatterhand; »aber sie haben die Gelegenheit dazu nicht gefunden, und es also auch nicht gethan.«

»*Well!* So ist die Absicht strafbar.«

»Wie wollt Ihr diese Absicht bestrafen?«

»Hm! Das ist freilich schwierig.«

»Mit dem Tode doch nicht?«

»Nein.«

»Mit Haft, Gefängnis, Zuchthaus?«

»*Pshaw!* Prügelt sie tüchtig durch!«

»Das wäre das Schlimmste, was wir thun könnten, denn es gibt für den Indianer keine größere Beleidigung als Schläge. Sie würden uns über den ganzen Kontinent verfolgen.«

»So legt ihnen eine Geldstrafe auf!«

»Haben sie Geld?«

»Nein, aber Pferde und Waffen.«

»Ihr meint, daß wir ihnen diese nehmen sollen? Das wäre grausam. Ohne Pferde und Waffen müßten sie verhungern oder in die Hände ihrer Feinde fallen.«

»Ich begreife Euch nicht, Sir! Je nachsichtiger Ihr mit diesen Leuten seid, desto undankbarer werden sie. Gerade Ihr solltet nicht so milde denken, da gerade eben Ihr es seid, an dem sie sich vergangen haben.«

»Und gerade weil sie sich an mir, Frank, Davy und Jemmy vergangen haben, sollten wir vier es sein, die über ihr Schicksal zu bestimmen haben.«

»Macht, was Ihr wollt!« sagte der Lord, indem er sich unwillig abwendete. Gleich aber drehte er sich ihm wieder zu und fragte: »Wollen wir wetten?«

»Worüber?«

»Darüber, daß diese Kerle es Euch übel vergelten, wenn Ihr sie mit Nachsicht behandelt?«

»Nein.«

»Ich setze zehn Dollar!«

»Ich nicht.«

»Ich setze zwanzig gegen zehn!«

»Und ich wette gar nicht.«

»Niemals?«

»Nein.«

»Schade, jammerschade! Ich habe es während dieses ganzen langen Rittes vom Osage-nook bis hierher zu keiner Wette gebracht. Nach allem, was ich von Euch hörte, muß ich Euch für einen veritablen Gentleman halten, und nun sagt auch Ihr mir, daß Ihr niemals wettet. Ich wiederhole es: Macht, was Ihr wollt!«

Er war beinahe zornig geworden. Er hatte sich sehr leicht und gut in das Leben des fernen Westens gefunden, aber daß nie jemand mit ihm wetten wollte, das wollte ihm nicht behagen.

Die Worte Old Shatterhands, daß er, Frank, Jemmy und Davy allein das Recht besäßen, über das Schicksal der Roten zu entscheiden, waren nicht ohne Wirkung geblieben, und nach längerer Debatte einigte man sich dahin, daß diesen genannten vier die Entscheidung anheimgegeben werden solle, doch sei dabei darauf zu achten, daß man von den Roten keine weiteren Feindseligkeiten zu erwarten habe. Es sollte also ein festes Abkommen mit ihnen getroffen werden. Dazu genügte es nicht, daß mit dem Häuptlinge allein verhandelt wurde; seine Untergebenen mußten auch hören, was er sagte und versprach. Vielleicht blieb er dann aus Rücksicht auf ihre gute Meinung über seine Ehrenhaftigkeit seinen Versprechungen getreu.

Es wurde also ein weiter Kreis gebildet, der aus allen Weißen und Roten bestand. Zwei Rafters mußten aufwärts und abwärts im Cañon Wache halten, um die Annäherung eines Feindes sofort zu melden. Der Häuptling saß vor Winnetou und Old Shatterhand. Er sah sie nicht an, vielleicht aus Scham, vielleicht auch aus Verstocktheit.

»Was denkt der ›große Wolf‹, was wir jetzt mit ihm machen werden?« fragte Old Shatterhand in der Utahsprache.

Der Gefragte antwortete nicht.

»Der Häuptling der Utah hat Angst; darum antwortet er nicht.«

Da erhob er den Blick, bohrte ihn mit grimmigem Ausdrucke in das Gesicht des Jägers und sagte: »Das Bleichgesicht ist ein Lügner, wenn es behauptet, daß ich mich fürchte!«

»So antworte! Überhaupt darfst du nicht von Lügen sprechen, denn du selbst bist es, der welche geredet hat.«

»Das ist nicht wahr!«

»Es ist wahr. Als wir uns noch in eurem Lager befanden, fragte ich dich, ob wir frei sein würden, wenn ich den Sieg errungen hätte. Was antwortetest du mir?«

»Daß ihr gehen könntet.«

»War das keine Lüge?«

»Nein, denn ihr seid gegangen.«

»Aber ihr habt uns verfolgt!«

»Nein.«

»Willst du es leugnen?«

»Ja, ich leugne es.«

»Zu welchem Zwecke habt ihr dann das Lager verlassen?«

»Um nach dem Versammlungsorte der Utahs zu reiten, nicht um euch zu verfolgen.«

»Warum hast du denn fünf deiner Krieger auf unsre Fährte gesandt?«

»Das habe ich nicht gethan. Wir haben das Kriegsbeil ausgegraben, und wenn dies geschehen ist, so hat man vorsichtig zu sein. Als ich euch die Freiheit versprach, falls du mich besiegen würdest, wußte ich gar nicht, nach welcher Richtung ihr euch wenden wolltet. Wir wollten euch ziehen lassen und haben Wort gehalten. Ihr aber habt uns überfallen, uns alles abgenommen und fünf unsrer Krieger getötet. Die Leichen derselben liegen noch drin im Felsenspalt.«

»Du weißt nur zu gut, was ich von deinen Worten zu denken habe. Warum schossen deine Wächter auf uns, als wir fortritten?«

»Sie wußten nicht, was ich euch versprochen hatte.«

»Warum stießen alle deine Leute das Kriegsgeschrei aus? Diese kannten dein Versprechen ganz genau.«

»Dieses Geschrei galt nicht euch, sondern den Wächtern, daß diese nicht mehr schießen sollten. Gerade das, was wir gut gemeint haben, legst du uns für schlimm aus.«

»Du verstehst es, dich sehr scharfsinnig zu verteidigen; aber es gelingt dir nicht, deine Unschuld zu beweisen. Ich will einmal sehen, ob deine Krieger den Mut besitzen, aufrichtiger zu sein, als du bist.«

Er legte einigen der Roten die Frage auf, wem ihr jetziger Ritt gegolten habe, und sie antworteten übereinstimmend mit dem Häuptlinge, daß sie keine böse Absicht gegen die Bleichgesichter verfolgt hätten.

»Diese Leute wollen dich nicht Lügen strafen«, fuhr er, zu dem »großen Wolfe« gerichtet, fort. »Aber ich habe einen unumstößlichen Beweis. Wir haben dein Lager umschlichen und deine Leute belauscht. Wir wissen, daß ihr uns töten wolltet.«

»Das vermutet ihr nur!«

»Nein, wir haben es gehört. Wir wissen auch, daß das Lager morgen abgebrochen wird, und daß alle Krieger dir nach dem Versammlungsorte der Utahs folgen werden; die Frauen und Kinder aber gehen zu den Alten in die Berge. Ist das wahr?«

»Ja.«

»Nun, so ist auch das andre wahr, was wir hörten. Wir sind fest überzeugt, daß ihr uns nach dem Leben getrachtet habt. Welche Strafe werdet ihr wohl dafür erhalten?«

Der Rote antwortete nicht.

»Wir hatten euch nichts gethan, und ihr nahmt uns mit, um uns zu töten. Jetzt habt ihr uns das Leben nehmen wollen; ihr hättet also mehr verdient als nur den Tod. Aber wir sind Christen. Wir wollen euch vergeben. Ihr sollt eure Freiheit und eure Waffen zurückerhalten, und dafür müßt ihr uns versprechen, daß keinem von uns, die wir hier sitzen, jemals von euch ein Haar gekrümmt werde.«

»Spricht das deine Zunge oder dein Herz?« fragte der Häuptling, indem er einen ungläubig forschenden, scharf stechenden Blick auf Old Shatterhand warf.

»Meine Zunge hat niemals andre Worte als mein Herz. Bist du bereit, mir das Versprechen zu geben?«

»Ja.«

»Daß wir alle, welche wir uns hier befinden, rote und weiße Männer, von heute an Brüder sind?«

»Ja.«

»Die einander beistehen wollen und müssen in jeder Not und in jeder Gefahr?«

»Ja.«

»Und bist du bereit, das mit der Pfeife des Friedens zu beschwören?«

»Ich bin bereit.«

Er antwortete schnell und ohne alles Besinnen; dies ließ darauf schließen, daß es ihm ernst mit seinem Versprechen war. Der Ausdruck seines Gesichtes ließ sich infolge der dick aufgetragenen Farbe nicht bestimmen.

»So mag die Pfeife reihum gehen«, fuhr Old Shatterhand fort. »Ich werde dir die Worte vorsagen, welche du dabei nachzusprechen hast.«

»Sage sie, und ich werde sie wiederholen!«

Diese Bereitwilligkeit schien ein gutes Zeichen zu sein, und der wohlmeinende Jäger freute sich von Herzen darüber, konnte aber nicht umhin, noch eine Warnung auszusprechen: »Ich hoffe, daß du es dieses Mal ehrlich meinst. Ich bin stets ein Freund der roten Männer gewesen; ich berücksichtige, daß die Utahs jetzt angegriffen worden sind. Wäre das nicht der Fall, so würdet ihr jetzt nicht so wohlfeilen Kaufes davonkommen. Erweisest du dich aber nochmals treulos, so bezahlst du es mit dem Leben. Das versichere ich dir, und ich halte Wort!«

Der Häuptling blickte vor sich nieder, ohne den Blick zu dem Sprechenden zu erheben. Dieser nahm sein Calumet vom Halse, an welchem er es hängen hatte, und stopfte es. Nachdem er es in Brand gesteckt hatte, löste er die Fesseln des Häuptlings. Dieser mußte sich erheben, den Rauch nach den bekannten sechs Richtungen blasen und dabei sprechen: »Ich bin der ›große Wolf‹, der Häuptling der Yampa-Utahs; ich spreche für mich und diese meine Krieger, welche sich bei mir befinden. Ich rede zu den Bleichgesichtern, welche ich sehe, zu Old Firehand, Old Shatterhand und allen andern, auch zu Winnetou, dem berühmten Häuptlinge der Apachen. Alle diese Krieger und weißen Männer sind unsre Freunde und Brüder. Sie sollen sein wie wir, und wir wollen sein wie sie. Es soll ihnen niemals von uns ein Leid geschehen, und wir werden lieber sterben als zugeben, daß sie uns für ihre Feinde halten! Das ist mein Schwur. Ich habe gesprochen. Howgh!«

Er setzte sich wieder nieder. Nun wurden auch die andern von ihren Fesseln befreit, und die Pfeife ging von Mund zu Mund, bis alle geraucht hatten. Selbst die kleine Ellen Butler mußte ihre sechs Züge thun; man durfte um ihrer selbst willen mit ihr keine Ausnahme machen.

Darauf erhielten die Roten auch ihre ganzen Waffen wieder. Das war kein Wagnis, wenn man ihrem Schwure trauen konnte. Dennoch aber verhielten sich die Weißen so vorsichtig wie möglich, und jeder von ihnen hatte die Hand in der Nähe seines Revolvers. Der Häuptling holte sein Pferd herbei und fragte dann Old Shatterhand: »Mein Bruder hat uns die Freiheit vollständig zurückgegeben?«

»Vollständig.«

»So dürfen wir fortreiten?«

»Ja, wohin ihr wollt.«

»Wir werden nach unserm Lager zurückkehren.«

»Ach! Ihr wolltet ja nach dem Versammlungsorte der Utah! Jetzt gibst du doch zu, daß euer Ritt nur uns gegolten hat.«

»Nein. Ihr habt uns die Zeit geraubt, so daß wir nun zu spät kommen würden. Wir kehren zurück.«

»Durch den Felsenspalt?«

»Ja. Lebe wohl!«

Er gab ihm die Hand und stieg auf. Dann ritt er in den Spalt hinein, ohne sich nach einem andern Menschen umzublicken. Seine Leute folgten ihm, nachdem jeder von ihnen freundlich gegrüßt hatte.

»Und der Kerl ist doch ein Schuft!« meinte der alte Blenter. »Hätte er die Farbe nicht so fingerdick auf dem Gesichte, so könnte man ihm die Falschheit von demselben ablesen. Eine Kugel vor den Kopf wäre das beste gewesen.«

Winnetou hörte diese Worte und entgegnete: »Mein Bruder kann recht haben; aber es ist besser, Gutes thun anstatt Böses. Wir bleiben während der Nacht hier, und ich werde jetzt den Utahs folgen, um sie zu belauschen.«

Er verschwand im Felsenspalt, nicht zu Pferde, denn zu Fuße konnte er seine Absicht leichter ausführen.

Eigentlich war allen jetzt viel wohler und freier zu Mute als vorher. Was hätte man mit den Utahs machen sollen? Sie töten? Unmöglich! Sie als Gefangene mit sich herumschleppen? Ebenso unmöglich! Jetzt hatte man sie verpflichtet, Frieden und Freundschaft zu üben, und war sie los geworden. Das war besser als jedes andre.

Der Tag neigte sich zur Rüste, zumal es hier im Cañon eher dunkel wurde als außerhalb desselben. Einige der Männer gingen, Holz zum Lagerfeuer zu suchen. Old Firehand ritt südwärts im Cañon hinab und Old Shatterhand nordwärts hinauf, um zu rekognoszieren. Man mußte vorsichtig sein. Beide legten eine bedeutende Strecke hinter sich und kehrten, als sie nichts Verdachterregendes bemerkten, wieder zurück.

Es waren hier wohl seit langer Zeit keine Menschen gewesen, welche ein Feuer gebrannt hatten, denn es gab, trotzdem von einem Walde keine Rede war, genug Holz zum Brennen. Die Frühjahrsflut hatte vieles mitgebracht und angeschwemmt. Niemand freute sich mehr über das Feuer als der Lord, denn er fand da brillante Gelegenheit, mit Hilfe seines Bratgestelles seine kulinarischen Geschicklichkeiten zu entwickeln. Es gab noch einen kleinen Fleischvorrat und auch Konserven, Mehl und dergleichen, was man aus Denver mitgenommen hatte. Da konnte er braten und backen nach Herzenslust.

Später stellte sich Winnetou wieder ein. Dieser Mann hatte sich trotz der in dem Felsenspalt herrschenden Stockdunkelheit mit seinen geübten Augen zurechtgefunden. Er erzählte, daß die Utahs die Leichen mitgenommen und dann ihren Weg wirklich fortgesetzt hatten. Er war ihnen bis jenseits des Spaltes gefolgt und hatte noch deutlich gesehen, daß sie die steile Felssenkung emporgeritten und dann oben im Walde verschwunden waren.

Dennoch wurde eine Wache tief in den Spalt postiert, um von da aus jeden Überfall unmöglich zu machen. Zwei andre Wächter standen je hundert Schritte ober- und unterhalb des Lagerplatzes im Hauptcañon; auf diese Weise war für vollständige Sicherheit gesorgt.

Natürlich gab es außerordentlich viel zu erzählen, und es war später als Mitternacht, als man sich zur Ruhe legte. Old Firehand revidierte vorher die Posten um sich zu überzeugen, daß dieselben wachsam seien, und erinnerte die andern an die Reihenfolge, in welcher die Ablösung stattzufinden hatte. Dann löschte man das Feuer, und es wurde still und dunkel im Cañon.

Vierzehntes Kapitel

Gefangen und befreit

Winnetou hatte richtig gesehen; die Utahs waren oben im Walde verschwunden, aber sie hatten denselben nicht durchritten, sondern waren halten geblieben. Der Transport der Leichen war ihnen nicht schwer geworden, da sie zu ihren Pferden auch diejenigen der Getöten zurückerhalten hatten. Jetzt ließ der Häuptling die Toten herabnehmen. Er trat vor an den Waldesrand, blickte hinab nach dem Felsenspalt und sagte: »Man wird uns beobachtet haben. Da unten steht gewiß so ein weißer Hund, welcher sehen will, ob wir wirklich nach unserm Lager zurückkehren.«

»Thun wir das denn nicht?« fragte einer seiner Leute. Jedenfalls hatte sich derselbe durch Tapferkeit oder andre Vorzüge so ausgezeichnet, daß er eine solche Frage wagen konnte.

»Hast du so wenig Hirn wie der Schakal der Prairie?« fuhr der »große Wolf« ihn an. »Es gilt, Rache an diesen bleichen Kröten zu nehmen.«

»Aber sie sind nun unsre Freunde und Brüder!«

»Nein.«

»Wir haben die Pfeife des Friedens mit ihnen geraucht!«

»Wem gehörte diese Pfeife?«

»Old Shatterhand.«

»Nun, so gilt der Schwur für ihn, aber nicht für uns. Warum war er so dumm, sich nicht meiner Pfeife zu bedienen! Siehst du das nicht ein?«

»Der ›große Wolf‹ hat stets recht«, antwortete der Mann, welcher mit der Sophistik seines Häuptlings vollständig einverstanden war. Die Ausrede desselben mußte jeden Krieger der Utahs gewiß zufrieden stellen.

»Morgen früh werden die Seelen der Bleichgesichter in den ewigen Jagdgründen sein, um uns später dort zu bedienen«, fuhr der Häuptling fort.

»Du willst sie überfallen?«

»Ja.«

»Da ist unsre Zahl zu klein, und wir können auch nicht durch den Spalt zurück, weil man denselben bewachen wird.«

»So nehmen wir einen andern Weg und holen uns so viele Krieger, wie wir bedürfen. Liegen nicht ihrer genug drüben im P'a-mow (Wald des Wassers)? Und führt nicht weiter oben ein Weg quer durch den Cañon, den die Bleichgesichter nicht zu kennen scheinen? Die Leichen und ihre Pferde bleiben hier und zwei von euch als Wächter dabei. Wir andern reiten nordwärts.«

Dieser Entschluß wurde ausgeführt. Der Wald war zwar nur schmal, bildete aber einen stundenlangen Streifen, an welchem die Utahs im Galopp hinritten, bis die Höhe sich allmählich niedersenkte nach einer Schlucht, welche quer durch die Felsen führte. Durch diese Schlucht gelangte der »große Wolf« in den Hauptcañon, in welchem die Weißen sich befanden; freilich mündete die Schlucht wenigstens drei englische Meilen oberhalb der Lagerstelle. Gegenüber der ersteren schnitt ein enger Seitencañon in den Hauptcañon ein, doch war derselbe nicht ganz so schmal wie die Felsenspalte, in welcher heute das Zusammentreffen der Weißen mit den Roten stattgefunden hatte. Dorthin wendete sich der »große Wolf« mit seinen Leuten. Er schien den Weg sehr genau zu kennen, denn er irrte trotz der Dunkelheit nicht ein einziges Mal und führte sein Pferd so sicher, als ob er sich auf einer breiten deutschen Heerstraße befände.

Der jetzige Cañon hatte kein Wasser und stieg bergan. Bald erreichten die Roten die Scheitelhöhe der weiten Felsenebene, in welche das vielverzweigte Netz der Cañons tief eingeschnitten ist. Da war es hell; der Mond stand leuchtend am Himmel. Im Galopp ging es über die Ebene, und nach einer halben Stunde fiel die Gegend in Gestalt eines breiten, sanften Einschnittes leise nieder. Rechts und links blieben die Felsen als schützende Wände stehen, immer höher werdend, je tiefer das Terrain sich senkte, und dann tauchten vorn üppige Wipfel auf, unter denen viele Feuer brannten. Es war ein Wald, ein wirklicher Wald, mitten auf oder in der von Stürmen glatt gefegten und von der Sonne ausgetrockneten und zu Stein gedorrten Ebene.

Dieser Wald verdankte sein Dasein einzig nur der Depression des Bodens. Die Stürme heulten darüber hin, ohne ihn zu treffen, und die Niederschläge konnten sich sammeln, um eine Art See zu bilden, dessen Wasser das Erdreich auflöste und für die Wurzeln fruchtbar machte. Das war der P'a-mow, der Wald des Wassers, nach welchem der »große Wolf« wollte.

Es hätte des Mondlichtes gar nicht bedurft, um sich hier zurechtfinden zu können, so zahlreich waren die Feuer, welche hier brannten. Da gab es ein reges Lagerleben, und zwar das Leben eines Kriegslagers. Man sah kein Zelt, keine Hütte. Die vielen roten Krieger, welche man erblickte, lagen an den Feuern entweder auf ihren Decken oder auf der bloßen Erde;

dazwischen lagen oder standen und weideten ebensoviele Pferde. Das war der Ort, an welchem sich die Scharen der Utahs aller Stämme zum Kriegszuge zu versammeln hatten.

Als der »große Wolf« bei dem ersten Feuer ankam, hielt er an, stieg ab, winkte seinen Leuten, hier zu warten, und rief einem der am Feuer Sitzenden den Namen »Nanap neav« zu. Diese beiden Worte bedeuten »alter Häuptling«. Es war also jedenfalls der Oberanführer sämtlicher Utahstämme gemeint. Der Angeredete erhob sich und führte den »großen Wolf« nach dem See, an welchem ein großes, von den übrigen abgesondertes Feuer brannte. An demselben saßen vier Indianer, alle mit der Feder des Adlers geschmückt. Einer derselben mußte das Auge ganz besonders auf sich ziehen. Er hatte sein Gesicht nicht bemalt; es war von unzähligen tiefen Falten durchzogen. Sein Haar hing schloßweiß und lang auf den Rücken herab. Dieser Mann war gewiß wenigstens achtzig Jahre alt, und doch saß er so aufrecht, stolz und kräftig da, als wären es fünfzig weniger. Er richtete das Auge scharf auf den Ankommenden, ohne aber ein Wort, einen Gruß zu sagen, auch die andern schwiegen. Der »große Wolf« setzte sich stumm nieder und blickte vor sich hin. So verging eine ganze Weile; dann endlich erklang es aus dem Munde des Alten: »Der Baum wirft im Herbst die Blätter ab; wenn er sie aber vorher verliert, so taugt er nichts und soll umgehauen werden. Vor drei Tagen trug er sie noch. Wo sind sie heute hin?«

Diese Frage bezog sich auf die Adlerfedern, welche der »große Wolf« nicht mehr trug; sie enthielt einen für jeden tapfern Krieger niederschlagenden Vorwurf.

»Morgen wird der Schmuck wieder prangen, und am Gürtel die Skalpe von zehn und zwanzig Bleichgesichtern!« antwortete der »große Wolf«.

»Ist der ›große Wolf‹ von Bleichgesichtern besiegt worden, daß er die Zeichen seiner Tapferkeit und Würde nicht mehr tragen darf?«

»Von einem Bleichgesichte nur, aber von demjenigen, dessen Faust schwerer ist als die Hände von hundert weißen Männern.«

»Das könnte nur Old Shatterhand sein.«

»Er ist es.«

»Uff!« entfuhr es dem Alten, und »uff!« stimmten die andern ein. Dann fragte er: »So hat der ›große Wolf‹ diesen berühmten Weißen gesehen?«

»Ihn und noch viele andre, Old Firehand, Winnetou, den langen und den dicken Jäger, einen Trupp, wohl fünfmal zehn Köpfe stark. Ich bin gekommen, Euch ihre Skalpe zu bringen.«

Der Indianer soll seine Gefühle verbergen können; besonders wird

Am Feuer saßen vier Indianer, alle mit den Federn des Adlers geschmückt.

dies von den Alten und Häuptlingen verlangt; aber das, was diese vier Anführer jetzt hörten, erschütterte ihre Selbstbeherrschung derart, daß sie in Ausrufungen der Freude, der Verwunderung und des Staunens ausbrachen. Das Gesicht des Alten nahm einen solchen Ausdruck der Spannung an, daß fast keine Falte mehr zu bemerken war.

»Der ›große Wolf‹ mag erzählen!« forderte er den Genannten auf.

Dieser kam der Aufforderung nach. Sein Bericht war nicht mit der Wahrheit übereinstimmend; er war bemüht, sich und sein Thun in ein gutes Licht zu stellen. Die andern saßen regungslos und hörten dem Erzähler mit größter Aufmerksamkeit zu. Als er geendet hatte, fragte der älteste der Häuptlinge: »Und was will der ›große Wolf‹ jetzt thun?«

»Du wirst mir noch fünfzig Krieger geben, mit denen ich diese Hunde überfalle. Ihre Skalpe müssen noch vor der Morgenröte an unsern Gürteln hangen.«

Die Falten des Alten kamen wieder zum Vorschein; seine Brauen zogen sich zusammen, und seine Adlernase schien doppelt so dünn und scharf zu werden.

»Noch vor der Morgenröte?« fragte er. »Sind das Worte eines roten Kriegers? Die Bleichgesichter haben uns überfallen, beraubt und unsre Männer getötet. Jetzt ziehen sie mit Macht heran, unser Blut zu vergießen und rufen auch die Scharen der Navajos herbei. Sie haben es auf unsern Untergang abgesehen, und nun der große Geist die Berühmtesten und Vornehmsten von ihnen in unsre Hände gegeben hat, sollen sie schnell und schmerzlos sterben wie ein Kind im Arme der Mutter. Was sagen meine roten Brüder zu diesen Worten des ›großen Wolfes‹?«

»Die Weißen müssen an den Marterpfahl«, antwortete der eine Häuptling.

»Wir müssen sie lebendig fangen«, meinte der zweite.

»Je berühmter sie sind, desto größer sollen ihre Qualen sein«, fügte der dritte hinzu.

»Meine Brüder haben gut gesprochen«, lobte der Alte. »Wir werden diese Hunde lebendig ergreifen.«

»Der alte Häuptling mag bedenken, welche Männer unter ihnen sind!« warnte der »große Wolf«. »Old Shatterhand drückt den Kopf eines Büffels nieder, und Old Firehand ist nicht schwächer. In ihren Waffen stecken alle bösen Geister. Und Winnetou ist ein großer Krieger – –«

»Aber ein Apache«, fiel der Alte zornig ein. »Gehören die Navajos, welche gegen uns heranziehen, etwa nicht zu den Apachen? Er ist unser Todfeind und soll mehr gemartert werden als die Bleichgesichter. Ich weiß, welche Kräfte und Geschicklichkeiten diesen berühmten Bleichgesichtern gegeben sind, aber wir haben Krieger genug, sie zu erdrücken. Du hast das erste Recht zur Rache und sollst also der Anführer sein. Ich gebe dir dreihundert Krieger mit, und du wirst mir die Bleichgesichter lebendig bringen.«

»Darf ich mir dann, wenn sie an den Marterpfahl gebunden werden, die Skalpe von Old Firehand, Old Shatterhand und Winnetou nehmen?«

»Sie gehören dir, aber nur dann, wenn kein Weißer vorher getötet wird. Der vorzeitige Tod eines jeden bringt uns um die Wonne, ihre Qualen sehen zu können. Du hast bereits fünfzig Männer bei dir; da kommen auf jeden Weißen sieben Rote. Wenn ihr euch gut anschleicht, so muß es euch gelingen, sie zu umschlingen und zu binden, bevor sie recht erwachen. Nehmt genug Riemen mit! Jetzt komm; ich werde wählen, wer dich begleiten soll. Die Zurückbleibenden werden sich grämen, aber sie sollen dafür die vordersten an den Marterpfählen sein.«

Sie standen auf und machten einen Rundgang von Feuer zu Feuer, um die Auserwählten zu bestimmen. Bald waren dreihundert Mann beisammen und außerdem noch fünfzig zur Bewachung der Pferde, welche ja nicht ganz bis hin zu den Weißen mitgenommen werden konnten. Der »große Wolf« erklärte diesen Leuten, um was es sich handelte, beschrieb ihnen die Situation genau und setzte ihnen dann seinen Angriffsplan auseinander. Dann stiegen die Roten auf und begannen ihren für die Weißen so verhängnisvoll sein sollenden Ritt. Die Namen Old Firehand, Old Shatterhand und Winnetou klangen in allen Ohren. Welch ein Ruhm, solche Helden gefangen und an den Marterpfahl gebracht zu haben!

Es ging genau denselben Weg zurück, den der »große Wolf« gekommen war, doch nur bis in den Hauptcañon. Dort stieg man ab, um die Pferde unter dem Schutze der Fünfzig zurückzulassen. Bei der gegebenen Übermacht konnte das Unternehmen fast völlig gefahrlos genannt werden. Dennoch war das Gelingen nicht zu garantieren, und zwar in Rücksicht auf die Pferde. Der »große Wolf« wußte nur zu gut, daß die Pferde der Weißen einen anschleichenden Roten leicht mit der Witterung nehmen. Bei einer Schar von dreihundert Indianern war anzunehmen, daß die Pferde die Annäherung derselben durch große Unruhe und lautes Schnauben verraten würden. Was war dagegen zu thun? Der Häuptling sprach diese Frage nicht leise für sich aus, sondern laut, so daß es die Umstehenden hörten. Da bückte sich einer derselben nieder, riß eine Pflanze aus, hielt sie ihm hin und sagte: »Hier ist ein sicheres Mittel, den Geruch irre zu führen.«

Der Häuptling erkannte die Pflanze an dem Dufte derselben. Es war Salbei. Es gibt im fernen Westen Strecken, viele Quadratmeilen groß, welche ganz mit Salbei bedeckt sind. Auch in diesem Cañon, dessen Grund die Sonne erreichen konnte, stand die Pflanze in Massen. Der Rat war gut und wurde sofort befolgt. Die Roten rieben ihre Hände und Kleider mit Salbei ein. Das gab einen so starken Duft, daß alle Hoffnung auf die Täuschung der Pferde vorhanden war. Außerdem bemerkte der »große Wolf«, daß der geringe Luftzug, welchen es gab, von abwärts heraufkam, also den Roten zu Gunsten.

Diese hatten sich in Anbetracht ihrer numerischen Überlegenheit nicht mit Schießgewehren, sondern nur mit den Messern bewaffnet. Es galt, die Weißen so zu überrumpeln und zusammenzudrücken, daß es zu gar keinem Kampfe kommen konnte.

Nun wurde der Weitermarsch zu Fuße angetreten, ein Weg von drei englischen Meilen. Zunächst konnte man rüstig vorwärts schreiten; aber als zwei Meilen zurückgelegt waren, galt es, vorsichtiger zu sein.

Erst jetzt kam dem Häuptling der Gedanke, daß die Weißen aus Vorsicht ihr Lager an einem andern Orte aufgeschlagen haben könnten; er wurde durch denselben in eine fast fieberhafte Unruhe versetzt. Weiter ging es und weiter, leise und schlangengleich. Sechshundert Füße und doch war nicht das mindeste Geräusch zu vernehmen; kein Steinchen wurde von seinem Orte bewegt, kein Zweig geknickt. Da – – da blieb der voranschreitende Wolf stehen. Er sah das Wachtfeuer brennen. Es war gerade die Zeit, in welcher Old Firehand die Posten revidierte. Der Häuptling hatte am Tage gesehen, daß ein solcher ober- und ein andrer unterhalb aufgestellt worden war. Diese Wächter standen jedenfalls jetzt noch; sie waren es, welche zuerst unschädlich gemacht werden mußten.

Er gebot leise Halt und bedeutete nur zweien, ihm zu folgen. Sich auf die Erde legend, krochen sie weiter. Bald kamen sie zu dem oberen Posten; er sah Old Firehand nach, der ihn soeben verlassen hatte, und kehrte den Roten den Rücken zu. Plötzlich legten sich zwei Hände um seinen Hals und vier andre ergriffen ihn an den Armen und Beinen. Er konnte nicht atmen; die Besinnung schwand ihm, und als er wieder zu sich kam, war er gefesselt und in dem Munde steckte ein Knebel, welcher ihn am Schreien verhinderte. Neben ihm saß ein Indianer, welcher ihm die Spitze seines Messers auf die Brust gesetzt hielt. Das erkannte er, obgleich der Schein des Mondes nicht herunter auf die Sohle des Cañons drang.

Inzwischen war das Feuer verlöscht, und der Häuptling hatte abermals zwei Krieger zu sich beordert. Es galt dem untern Posten. Man mußte also am Lager vorüber. Da dasselbe diesseits des Wassers lag, so war es geraten, den Weg jenseits desselben zurückzulegen. Die drei wateten hindurch und krochen drüben weiter, ein nicht sehr gefährliches Beginnen. Es war anzunehmen, daß beide Posten in gleicher Entfernung von dem Lager placiert seien, und so konnte man leicht berechnen, welche Strecke zurückgelegt werden mußte. Das Wasser schimmerte phosphoreszierend, und das Plätschern konnte zum Verräter werden. Darum krochen die Roten noch eine Strecke weiter, gingen dann hinüber, legten sich wieder nieder und schoben sich dann auf Händen und Füßen wieder aufwärts. Nicht lange, so sahen sie den Posten; er stand sechs Schritte von ihnen, das Gesicht zur Seite gekehrt. Noch eine kurze Minute, ein Sprung, ein leises, kurzes Stampfen, und auch er war überwältigt. Die zwei Roten blieben bei ihm zurück, und der »große Wolf« ging allein über das Wasser, um nun den Hauptschlag auszuführen.

Die Pferde standen in zwei Gruppen zwischen dem Lager und den beiden Posten. Sie hatten sich bis jetzt vollständig ruhig verhalten; es war aber nicht anzunehmen, daß dies auch fernerhin geschehen werde. Sie mußten, falls die Indianer nahe an ihnen vorüberkamen, trotz des Salbeigeruches Verdacht schöpfen. Darum hielt der »große Wolf« es für geraten, seine Leute auch über das Wasser gehen zu lassen. Dies geschah mit wirklich meisterhafter Geräuschlosigkeit. Drüben angekommen, legten sich alle nieder, um die Strecke von hundert Schritten kriechend zurückzulegen, bis sie sich dem Lager gegenüber befanden. Die größte Schwierigkeit dabei lag in der Überwindung des Umstandes, daß sich so viele Menschen auf engem Raum zusammengedrängt bewegen mußten, und zwar vollständig unhörbar. Als sie nun nebeneinander lagen, den Menschen und Pferden gegenüber, begannen die letzteren doch unruhig zu werden. Es galt, schnell zu handeln. Von einem leisen Überschreiten des Wassers konnte keine Rede sein.

»Vorwärts!« erklang die unterdrückte und doch von allen Roten vernehmbare Stimme des »großen Wolfes«.

Das Flüßchen wurde schnell übersprungen. Keiner der Weißen war noch wach; sie lagen alle im ersten Schlafe. Die nun folgende Scene ist nicht zu beschreiben. Die Bleichgesichter lagen nahe beieinander, so daß die dreihundert Indianer gar nicht Raum für ihre Bewegungen hatten. Ihrer fünf und sechs und noch mehr warfen sich auf einen Weißen, rissen ihn empor und schleuderten den Schlaftrunkenen den hinter ihnen Stehenden zu, um augenblicklich einen zweiten, dann dritten und vierten zu erfassen. Das kam über die Schlafenden so schnell, daß sie sich in der Gewalt der Indianer befanden, ehe sie nur recht wach geworden waren.

Und ganz entgegengesetzt dem Brauche der Indianer, jeden Angriff mit einem Kriegsgeheule zu begleiten, arbeiteten diese Utahs fast vollständig lautlos, und erst dann, als die Weißen laut wurden, erhoben auch sie ihr gellendes Geschrei, welches weithin durch die Nacht erklang und von den Wänden des Cañons vervielfältigt zurückgeworfen wurde.

Dabei gab es ein Gewühle von Körpern, Armen und Beinen, welche in der Finsternis nicht voneinander zu unterscheiden waren. Nur drei einzelne Gruppen waren trotz der Dunkelheit einigermaßen zu erkennen, drei Gruppen, welche nicht weit voneinander entfernt sich hart an der Felsenwand bewegten. Die Mittelpunkte derselben waren Old Firehand, Old Shatterhand und Winnetou, welche infolge ihrer großen Geistesgegenwart und Erfahrenheit nicht in der Weise wie die andern hatten überrumpelt werden können. Sie waren aufgesprungen und hatten mit dem

Rücken gegen die Felswand Deckung gesucht. Nun vertheidigten sie sich mit den Messern und Revolvern gegen die übermächtigen Feinde, welche sich ihrer Klingen nicht bedienen durften, weil die Weißen lebendig gefangen werden sollten. Die drei mußten doch trotz ihrer berühmten Geschicklichkeit, Gewandtheit und Körperkraft unterliegen. Sie wurden von den Roten so eng umdrängt, daß es ihnen schließlich unmöglich wurde, die Arme zur Abwehr zu bewegen. Sie wurden auch niedergewürgt und wie ihre Gefährten gebunden. Ein markdurchdringendes Geheul der Roten verkündete, daß der Überfall gelungen sei.

Nun gebot der »große Wolf«, ein Feuer anzuzünden. Als die Flamme desselben den Kampfplatz beleuchtete, ergab es sich, daß unter den Stichen und Schüssen der drei vorhin Genannten über zwanzig Rote verwundet oder gar getötet worden seien.

»Dafür sollen diese Hunde zehnfache Qualen erdulden!« zürnte der Häuptling. »Wir schneiden ihnen das Leder in Streifen vom Leibe. Sie alle sollen eines schauderhaften Todes sterben, und nicht einer von ihnen wird die Sterne des morgenden Abends schauen! Nehmt die Toten, die Pferde und die Waffen der Bleichgesichter. Wir müssen zurückkehren.«

»Wer soll die Wunderbüchse des weißen Jägers anrühren?« fragte einer. »Sie geht von selber los und tötet denjenigen, welcher sie angreift, und noch viele andre dazu.«

»Wir lassen sie liegen und errichten auf ihr einen Steinhaufen, damit kein roter Mann die Hand an sie legt. Wo ist sie?«

Man suchte nach ihr, ohne sie zu finden; sie war verschwunden. Als der »große Wolf« Old Shatterhand nach ihr fragte, gab dieser keine Antwort. Als er vorhin im Kampfgewühle erwacht und aufgesprungen war, hatte man ihm den Stutzen aus der Hand gerissen und fortgeschleudert. Der Häuptling ließ Feuerbrände nehmen, um das klare, durchsichtige Wasser des Baches zu beleuchten. Derselbe war so seicht, daß man jedes auf seinem Grunde liegende Steinchen erkennen konnte, aber der Stutzen wurde nicht gesehen.

Die Yampa-Utahs hatten das Gewehr am Tage in den Händen Old Shatterhands gesehen und konnten das Verschwinden desselben nicht begreifen. Vielleicht lag es in der Felsenspalte. Man untersuchte diese eine weite Strecke hinein, natürlich mit Hilfe von Bränden, doch auch vergeblich. Die Folge war, daß selbst diejenigen Roten, welche bisher noch gezweifelt hatten, daß das Gewehr Old Shatterhands übernatürliche Eigenschaften besitze, sich jetzt der Meinung der andern anschlossen. Die Zauberbüchse konnte, solange man hier verweilte, ihre unbegreiflichen Kräfte zur Geltung bringen, darum gebot der »große Wolf«, welchem es selbst unheimlich wurde: »Bindet die Gefangenen an die Pferde, und dann fort von hier! Ein böser Geist hat das Zaubergewehr verfertigt. Wir dürfen nicht hier bleiben, bis es uns seine Kugeln sendet.«

Diesem Befehle wurde augenblicklich Folge geleistet und als die Roten aufbrachen, war seit dem Beginn des Kampfes nicht viel über eine Stunde vergangen.

»Nicht einer von ihnen wird die Sterne des morgenden Abends schauen«, hatte der Häuptling gesagt. Er glaubte, daß alle Weißen in seine Hände geraten seien, und doch war dies nicht der Fall. Es wurde bereits gesagt, daß Old Firehand einen Wachtposten in den Felsenspalt beordert habe, um einen Überfall durch die etwa zurückkehrenden Yampa-Utahs zu verhüten. Dieser Posten war – Droll, welcher erst nach zwei Stunden abgelöst werden sollte. Der Hobble-Frank hatte sich ihm freiwillig angeschlossen, um mit ihm von der lieben Heimat zu plaudern. Sie saßen, natürlich mit allen ihren Waffen versehen, in tiefer Finsternis, unterhielten sich flüsternd und lauschten zuweilen in den Felsenriß zurück, ob sich dort etwas hören lasse. Sie fühlten nicht die mindeste Müdigkeit, und es gab so viel zu erzählen, daß ihnen der Stoff gar nicht ausgehen konnte.

Da plötzlich hörten sie am Ausgange des Spaltes ein Geräusch, welches sehr geeignet war, ihre Aufmerksamkeit zu erregen.

»Horch!« flüsterte Frank dem »Vetter« zu. »Hast du was gehört?«

»Ja, ich hab's gehört«, antwortete die Tante ebenso leise. »Was is das gewesen?«

»Es müssen mehrere von unsern Leuten offgeschtanden sein.«

»Nee, das is es nich. Das müsse viele, viele Menschen sein. Das is ee Fußgeschtrampel von wenigstens zweehundert – – –«

Er hielt erschrocken inne, denn jetzt waren die Überfallenen erwacht und erhoben die Stimme.

»Donner und 's Messer, das is Kampf!« fuhr der Hobble-Frank auf. »Ich gloobe, wir sind merschtenteels überfallen worden!«

»Ja, überfalle sind wir worde!« stimmte Droll ein. »Das müsse rote Halunke sein, wenn's nötig is!«

Der nächste Augenblick bewies, daß diese Vermutung die richtige war, denn es erscholl das Kampfgeheul der Indianer.

»Gott schteh uns bei; sie sind's wirklich!« rief Frank. »Droff, off sie! Komm rasch hinaus!«

Er ergriff den Arm Drolls, um ihn mit sich fortzuziehen; aber dieser wegen seiner Pfiffigkeit bekannte Jäger hielt ihn zurück und sagte, vor Aufregung allerdings beinahe zitternd: »Bleib da! Nich so schnell hinaus! Wenn die Indianersch itzt bei Nacht eenen Überfall unternehme, so sind ihrer so viele beisamme, daß mer so vorsichtig wie möglich zu sein hat.

Wolle erscht sehe, wie de Sache schteht. Nachher wisse mer, was mer zu mache habe. Mer müsse uns niederlege und vorwärts krieche.«

Dies thaten sie. Sie schoben sich an Händen und Füßen bis zum Ausgang hin. Da erkannten sie trotz der Dunkelheit, daß ihre Gefährten verloren seien. Die Übermacht der Roten war zu groß. Links von ihnen war der Kampf entbrannt. Die Schüsse Firehands, Shatterhands und Winnetous knallten, aber nicht lange Zeit, dann ertönte der hundertstimmige Siegesruf der Roten. Gerade vor dem Ausgange der Spalte war freie Bahn.

»Rasch hinter mir her und übersch Wasser nüber!« raunte Droll dem Vetter zu.

Er kroch so schnell und vorsichtig wie möglich auf der Erde hin. Frank folgte ihm. Dabei berührte die Hand des letzteren einen harten, langen Gegenstand; dieser war ein Gewehr mit Kugelschloß. »Old Shatterhands Henrystutzen!« durchzuckte es ihn. Er nahm das Gewehr mit.

Die beiden kamen glücklich an das Wasser und dann an das andre Ufer desselben. Dort ergriff Droll den Hobble-Frank bei der Hand und zog ihn fort, abwärts, in südlicher Richtung. Die Flucht gelang ihnen, weil es so finster war und weil ihre Schritte bei dem Geschrei der Indianer nicht gehört werden konnten. Bald aber wurde der Raum zwischen Wasser und Felsen so enge, daß Droll riet: »Mer müsse wieder nüber ans linke Ufer. Da wird die Bahn wohl breeter sein.«

Sie wateten hinüber. Zu ihrem Glücke befanden sie sich schon weit unterhalb der Stelle, wo der Posten gestanden hatte. Sie gingen oder vielmehr sie rannten weiter, bald an die Felsenwand, bald an im Wege liegende Steine stoßend, bis sie die Stimmen der Indianer nicht mehr hörten; da hielt der Hobble-Frank seinen Gefährten an und sagte in vorwurfsvollem Tone: »Nun halte endlich mal schtille, du Tausendsapperlot! Warum biste denn eegentlich fortgerannt und hast mich schmählich verführt, mitzuloofen! Das is doch gegen alle Pflicht und Kameradschaftlichkeet! Haste denn gar keene Ambition im Leibe?«

»Ambition?« antwortete Droll, wegen seines Körperumfanges vom Laufen beinahe atemlos. »Die habe mer wohl im Leib, aber wer de Ambition behalte will, der muß vor alle Dinge den Leib ze rette suche. Darum bin ich fortgerannt.«

»Aber das war doch eegentlich gar nich erlaubt!«

»So? Warum soll das nicht erlaubt gewese sein?«

»Weil es unsre Pflicht war, unsre Freunde zu retten.«

»So! Und off welche Weise hättest se denn rette wolle?«

»Wir hätten uns off diese Roten werfen müssen, um sie zusammenzuhauen und niederzuschtechen.«

»Hihihihi! Zusammenhaue und niederschteche!« lachte Droll in seiner eigenartigen Weise. »Da hätte mer weiter nischt erreicht, als daß mer ooch mit gefange worde wäre.«

»Gefangen. Meenste etwa, daß unsre Gefährten nur gefangen worden sind, nicht erschossen, erschtochen und erschlagen?«

»Nee, umgebrunge hat mer se nich; das schteht fest. Ich weeß es genau.«

»Das könnte mich beruhigen!«

»Gut, so beruhige dich. Haste denn Schüsse gehört?«

»Ja.«

»Und wer is es denn, der geschosse hat? Etwa de Indianersch?«

»Nee, denn was ich hörte, das waren Revolverschüsse.«

»Also! De Indianersch habe ihre Gewehre gar nich gebraucht; es is also ihre Absicht gewest, de Bleichgesichter bei lebendige Leibe gefange ze nehme, um se schpäter desto mehr martern ze könne. Darum bin ich fort. Jetzt sind wir zwee beede gerettet und könne für unsre Leute mehr thun, als wenn mer mit gefange genomme worde wäre.«

»Da haste recht, Vetter, da haste recht! Es fällt mir een gewaltiger Schteen vom Herzen. Soll es etwa von dem weltberühmten Hobble-Frank heeßen, daß er, während seine Kameraden sich in Lebensgefahr befanden, das Hasenpanier angegriffen habe! Bei Leibe nich! Lieber schtürze ich mich ins dickste Kampfgewühl und haue um mich wie een rasender Hufeland. Es ist geradezu gräßlich. Wer hätte in seinem schtillen, friedfertigen Temparamente ahnen können, daß so etwas geschehen werde! Ich bin ganz außer mir!«

»Ooch ich bin ganz ergriffe und erschrocke; aber verblüffe laß ich mich dennoch nich. Solche Leute wie Winnetou, Firehand und Shatterhand darf mer nich eher verlore gebe, als bis se in Wirklichkeet verlore sind. Und die sind doch ooch nich mal alleene, sondern es befinde sich Kerle bei ihnen, die Haare off de Zähne habe. Warte mersch also nur ruhig ab!«

»Das is sehr leicht gesagt. Was für Indianer mögen es nur gewesen sein?«

»Utahs natürlich. Der ›große Wolf‹ is nich in sein Lager zurückgekehrt, sondern er hat gewußt, daß noch andre Utahs sich in der Nähe befinde, und diese herbeigeschafft.«

»Der Halunke! Und vorher hat er mit uns die Friedenspfeife geraucht! Von welcher Seite mag er wohl gekommen sein?«

»Ja, wenn ich das wüßte, dann wäre ich gescheiter, als ich jetzt bin. Da oben am Lagerplatze hält er sich gewiß nich off, sondern er läßt de Gefangene fortschaffe. Da wir nich wisse, nach welcher Richtung er sich wende wird, so dürfe mer hier nich schtehe bleibe; mer müsse fort, viel weiter fort, bis mer eenen Ort finde, wo mer uns gut verschtecke könne.«

»Und dann?«

»Dann? Nun, mer werde warte, bis es Tag geworde is; dann untersuche mer de Schpure und loofe so lange hinter de Indianersch her, bis mer wisse, was mer für unsre Freunde thun könne. Jetzt aber fort. Komm!«

Er nahm Frank wieder am Arme und berührte dabei den Stutzen.

»Was?« fragte er. »Zwee Gewehre haste?«

»Ja. Ich fand, als wir nach dem Wasser krochen, Old Shatterhands Henrystutzen.«

»Das is gut; das is ausgezeichnet. Der kann uns viel Nutze bringe. Aber verschtehste denn ooch, dermit ze schieße?«

»Natürlich! Ich bin so lange bei Old Shatterhand, daß ich sein Gewehr genau so kenne, wie er selbst. Aber jetzt vorwärts! Wenn's den Roten einfällt, flußab zu reiten, so holen sie uns ein, und wir sind perdüh. Ich aber muß mein teures Leben in acht nehmen, um es für die Rettung meiner Freunde offzuopfern. Wehe den Indianern, und wehe dem ganzen wilden Westen, wenn eenem von unsern Leuten ein falsches Haar gekrümmt wird! Ich bin een guter Mensch; ich bin sozusagen zwee Seelen und een Gedanke; aber wenn ich rabbiat werde, so haue ich die ganze formidable Weltgeschichte in die Pfanne. Du wirst mich schon noch kennen lernen. Ich bin een Sachse. Verschtehste mich! Wir Sachsen sind schtets een schtrategisch amüsantes Volk gewesen und haben in allen Kriegen und diatonischen Schtreitigkeeten die schwersten Prügel ausgeteelt.«

»Oder gekriegt!« versetzte Droll, indem er den Gefährten fortzog.

»Schweig!« antwortete dieser. »Ihr Altenburger seid nur Käsesachsen; wir aber an der Elbe sind die richtigen. So lange die menschliche Lippe von Kulturereignissen spricht, sind Moritzburg und Perne die symplegaden Mittelpunkte aller kalospinthechromokrenen Größe und Anschtändigkeet gewesen. Bei Leipzig wurde Napoleon geschlagen, und in Räcknitz bei Dresden is Moreau um seine zwee eenzigen beeden Beene gekommen; an der Weißeritz liegt die Pflanzschtätte der Kühnheet und der Tapferkeet, die ich in meinem Busen konsumiere, und so will ich den Roten nich raten, es bei mir bis zur Berserkerwut kommen zu lassen. Ich bin adstringiert in meinem Zorne und incapabel in meinem Grimme. Morgen, morgen schpreche ich weiter mit euch, morgen, wenn der Schtrahl der erschten Sonne *dos à dos* mit dem letzten Scheine der Finsternis ins blutige Gefilde schtürzt!«

Er ballte die Faust und schüttelte sie drohend hinter sich. Noch nie im Leben war er so aufgeregt und wütend gewesen wie jetzt; das zeigte sich nicht bloß in seinen Worten, sondern auch in der Weise, wie er jetzt trotz der Finsternis vorwärtsstürmte, als gelte es, die Feinde zu ereilen, welche er doch hinter sich hatte.

Und doch war die Richtung, welche die beiden eingeschlagen hatten, die richtige und für sie am besten geeignete, an die Roten zu kommen, wie sie zu ihrer Überraschung später erkennen sollten. Um ja nicht von den Indianern eingeholt zu werden, beschleunigten sie ihre Schritte so sehr, wie es bei der herrschenden Dunkelheit möglich war. Das Wasser rechts und die Felsenwand zur linken Hand, gingen sie immer südwärts, bis nach ungefähr einer Stunde der Cañon eine Wendung nach Osten machte. Über dem dadurch gebildeten Winkel erschien zu ihrer rechten Hand und zu ihrer Überraschung der Mond am Himmel, nach welchem empor sich ein freier Blick dadurch öffnete, daß von dieser Seite ein Neben- in den Hauptcañon mündete. Droll blieb stehen und sagte: »Halt! Hier müsse mer überlege, wohin mer uns wende wolle, nach 'rebber oder nach 'nebber.«

»Darüber kann's gar keenen Zweifel geben«, meinte Frank. »Wir müssen in das Nebenthal.«

»Warum?«

»Weil mit aboluter Konsekration anzunehmen is, daß die Roten im Hauptcañon bleiben werden. Verschtecken wir uns in den Nebencañon, so ziehen sie an uns vorüber, und wir können uns dann früh mit obligatorischer Hypnologie an ihre hintersten Fersen heften. Meenste nich?«

»Hm, der Gedanke is nich übel, zumal der Mond grad über dem Seitenthale schteht und uns den Weg beleuchtet.«

»Ja, Luna schtrahlt mir Trost ins Herz und küßt mir die brausenden Schtröme meiner Thränen aus dem vor Wut vertrockneten Gemüte. Folgen wir ihrem süßen Schtrahle! Vielleicht führt uns der traute Schein an eenen Ort, wo wir uns gut verschtecken können, was in unsrer imponderablen Situation die Hauptsache is.«

Sie sprangen über das Wasser und drangen in den Seitencañon ein, in welchem jetzt kein Wasser floß, doch gab es Anzeichen genug, daß zu einer andern Jahreszeit die ganze Sohle des schmalen Thales ein Wasserbett bildete. Ihre Richtung war jetzt genau westlich. Sie mußten tief in den Cañon eindringen, um nicht von den Indianern doch entdeckt zu werden. Wohl eine halbe Stunde lang waren sie demselben gefolgt, als sie plötzlich, auf das angenehmste überrascht, stehen blieben. Die Felswand zu ihrer Rechten hörte nämlich plötzlich auf, um mit einer von Norden kommenden Wand eine scharfe Ecke zu bilden. Da lag nun vor ihnen nicht etwa freies Terrain, sondern Wald, ein wirklicher Wald, wie kein Fremder ihn hier hätte ahnen können. Über nur wenigem Unterholz wölbten sich die Wipfel so dicht, daß das Licht des Mondes nur an einzelnen Stellen durchzudringen vermochte. Es war der Wald des Wassers, in welchem die Utahs ihr Kriegslager aufgeschlagen hatten.

Über nur wenigem Unterholz wölbten sich die
Wipfel so dicht, daß das Licht des Mondes nur an einzelnen
Stellen durchzudringen vermochte.

Die Senkung, welche er füllte, zog sich genau von Norden nach Süden, parallel mit dem nicht viel über eine halbe Stunde entfernten Hauptcañon. Zwischen diesem letzteren und dem Walde gab es zwei Verbindungswege, zwei Seitenthäler, ein nördliches, welches der »große Wolf« benutzt hatte, und ein südliches, durch welches Droll und Frank jetzt gekommen waren. Diese beiden von Osten nach Westen gehenden Nebenthäler bildeten mit dem Hauptcañon und dem Walde ein Rechteck, dessen innere Fläche aus dem hohen, stundenlangen Felsenblocke bestand, in welchen die Gewässer sich ihre senkrechten und mehrere hundert Fuß tiefen Wege eingefressen hatten.

»Een Wald, een Forscht, mit richtigen Büschen und Beemen, als ob er von eenem königlich sächsischen Oberförschter angelegt worden wäre!« sagte Frank. »Besser konnten mersch gar nich treffen, denn das gibt een Verschteck, wi's im Hauptbuche schteht. Meenste nich?«

»Nee«, antwortete die Tante Droll. »Dieser Wald kommt mer verdächtig oder gar beinahe färchterbar vor. Ich trau' ihm nich.«

»Wieso denn und warum denn? Denkste etwa, daß da Bären ihr nächtliches Difficil offgeschlagen haben?«

»Das weniger. Bären sind grad nich ze färchte, sondern andre Kreature, welche aber genau ebenso gefährlich sind.«

»Was denn für welche?«

»Indianersch.«

»Das wäre dumm; das wäre freilich dumm!«

»Es sollt' mich freue, wenn ich mich irre thät', aber meine Gedanke werde wohl de richtige sein.«

»Willste wohl die Gewogenheet haben, mir diese Gedanken logisch zu perturbieren?«

Die beiden standen an der Felsenecke, wo es Schatten gab, und hielten die Augen scharf auf den vom Monde beschienenen Waldesrand gerichtet. Dabei fragte Droll: »Wer wird wohl besser wisse, daß hier een Wald is, wir oder die rote Kerls?«

»Die Indianer.«

»Werde se ebensogut wisse wie wir, daß mer sich im Walde am beste verschtecke kann?«

»Natürlich.«

»Habe ich dir nich schon erklärt, daß Indianer in der Nähe sein müsse?«

»Ja, denn bei ihnen hat der ›große Wolf‹ sich Hilfe geholt.«

»Wo werde nun diese Leute schtecke? Im öden, nackten Cañon oder im bequemen Walde?«

»In dem letzteren.«

»Gut, also müsse mer uns hier sehr in acht nehme. Ich bin überzeugt, daß mer Grund habe, sehr vorsichtig zu sein.«

»So meenste wohl, daß wir den Wald vermeiden müssen?«

»Nee, aber offpasse müsse mer. Siehste vielleicht was Verdächtiges?«

»Nee, gar nischt.«

»Ich ooch nich. So wolle mersch also versuche. Rasch 'nüber, und dann unter de Schträucher niedergeduckt und gehorcht, ob sich was regt. Vorwärts!«

Sie sprangen über die lichte, vom Monde beschienene Stelle hinüber. Bei den Bäumen angekommen, kauerten sie sich nieder, um zu lauschen. Sie hörten nichts; kein Blättchen regte sich; aber Droll sog die Luft ein und fragte leise: »Frank, schnuppere mal! Es riecht nach Rooch. Denkste nich?«

»Ja«, antwortete der Gefragte; »aber der Geruch is kaum zu bemerken. Es is nur eene halbe Ahnung von eener Viertelschpur von Rooch.«

»Weil's weit herkommt. Mer müsse de Sache untersuche und uns näher schleiche.«

Sie nahmen sich bei den Händen und schritten langsam und leise vorwärts. Es war dunkel unter dem Kronendache, und sie mußten sich also mehr auf ihren Tastsinn als auf ihr Gesicht verlassen. Je weiter sie vorwärts kamen, desto bemerkbarer wurde der Rauchgeruch; freilich avancierten sie nur langsam. Dem Hobble-Frank mochte doch ein Bedenken gegen ihr gefährliches Unternehmen kommen, denn er fragte flüsternd: »Wär's nich besser, wir ließen den Rooch Rooch sein? Wir begeben uns ganz nutzlos in eene Gefahr, die mir nicht komprimieren kann.«

»Eene Gefahr is es freilich«, antwortete Droll, »aber mer müsse es wage. Vielleicht könne mer unsre Freunde rette.«

»Hier?«

»Ja. Falls der ›große Wolf‹ nich an unserm Lagerplatz bleibe will, wird er grad hierher komme.«

»Das wäre famos!«

»Famos? Na, na, es kann uns das Lebe koste!«

»Das schadet nischt, wenn wir nur unsre Gefährten retten. Jetzt kann es mir nich einfallen, umzukehren.«

»Recht so, Vetter; bist een tüchtiger Kerl. Aber List is besser als Gewalt. Also nur vorsichtig, nur vorsichtig!«

Sie schlichen weiter, bis sie stehen bleiben mußten, weil der Schein eines Feuers zu sehen war. Auch waren unbestimmte Töne, wie ferne Menschenstimmen, zu vernehmen. Der Wald schien sich nun mehr nach rechts auszubreiten. Sie folgten dieser Richtung und erblickten bald noch mehrere Feuer. »Een großes, großes Lager«, flüsterte Droll. »Das werde de Utahkrieger sein, welche sich zum Zuge gegen de Navajos versammle. Da sind jedenfalls viele hundert beisamme.«

»Schadet nischt. Wir müssen näher. Ich will wissen, was mit Old Shatterhand und den andern wird. Ich muß – –«

Er wurde unterbrochen, denn vor ihnen ertönte jetzt plötzlich ein viel-, vielstimmiges Geheul, nicht des Schmerzes oder der Wut, sondern des Jubels.

»Ach! Jetzt bringe se de Gefangene«, meinte Droll. »Der ›große Wolf‹ kommt von Nord, und wir komme von Süd. Nun müsse mer unbedingt erfahre, was mer mit ihne anfange will.«

Bis jetzt waren sie in aufrechter Stellung vorwärts geschritten; jetzt mußten sie sich anschleichen. Sie legten sich also auf den Boden nieder und krochen weiter. Nach kurzer Zeit erreichten sie die himmelhoch scheinende Felsenwand, welche die östliche Grenze des Waldes bildete. Ihr entlang schlichen sie sich weiter, indem sie sich nebeneinander hielten. Sie hatten jetzt die Feuer zu ihrer linken Hand und erblickten sehr bald den kleinen See, an dessen Ufer das Feuer der Häuptlinge brannte.

»Een Teich oder een See!« meinte Droll. »Das habe ich geahnt. Wo Wald is, muß ooch Wasser sein. Mer könne nich mehr weiter, weil das Wasser bis an den Felsen geht. Mer müsse also wieder nach links nebber.«

Sie befanden sich am südlichen Ende des Sees, an dessen westlichem Ufer das Feuer brannte, an welchem die Häuptlinge gesessen hatten. Sie krochen am Ufer hin, bis sie einen hohen Baum erreichten, dessen untere Äste man leicht mit den Händen erlangen konnte. Da wurde neue Nahrung in das erwähnte Feuer geworfen; die Flamme loderte hoch empor und beleuchtete die gefangenen Bleichgesichter, welche jetzt gebracht wurden.

»Jetzt müsse mer genau offpasse«, sagte Droll. »Kannste klettere, Vetter?«

»Wie een Eechhörnchen!«

»Dann roff off den Boom. Von da oben aus habe mer eene viel freiere und schönere Aussicht als hier unten.«

Sie schwangen sich hinauf und saßen dann oben im Laube, so daß selbst der scharfäugigste Indianer sie nicht hätte bemerken können.

Die Gefangenen hatten laufen müssen; also waren sie an den Füßen nicht gefesselt. Sie wurden an das Feuer geführt, wo sich die Häuptlinge, der »große Wolf« natürlich bei ihnen, wieder niedergelassen hatten. Dieser Indianer hatte die im Gürtel verborgenen Adlerfedern hervorgeholt und wieder in den Schopf gesteckt. Er war Sieger und durfte also sein Abzeichen wieder tragen. Sein Auge ruhte mit dem Ausdrucke eines hungrigen Panthers auf den Weißen, doch sagte er jetzt noch nichts, da der älteste Häuptling das Recht besaß, zuerst das Wort zu ergreifen.

Der Blick Nanap neavs, des Alten, flog von einem Weißen zum andern, bis er zuletzt an Winnetou halten blieb.

»Wer bist du?« fragte er ihn. »Hast du einen Namen, und wie heißt der räudige Hund, den du deinen Vater nennst?«

Jedenfalls hatte er erwartet, daß der stolze Apache ihm gar nicht antworten werde; aber Winnetou sagte in ruhigem Tone: »Wer mich nicht kennt, ist ein blinder Wurm, der vom Schmutze lebt. Ich bin Winnetou, der Häuptling der Apachen.«

»Du bist kein Häuptling, kein Krieger, sondern das Aas einer toten Ratte!« verhöhnte ihn der Alte. »Diese Bleichgesichter alle sollen den Tod der Ehre am Marterpfahle sterben; dich aber werden wir hier in das Wasser werfen, daß dich die Frösche und Krebse verzehren.«

»Nanap neav ist ein alter Mann. Er hat viele Sommer und Winter gesehen und große Erfahrungen gemacht; aber dennoch scheint er noch nicht erfahren zu haben, daß Winnetou sich nicht ungerächt verhöhnen läßt. Der Häuptling der Apachen ist bereit, alle Qualen zu leiden, aber beleidigen läßt er sich von einem Utah nicht.«

»Was willst du mir thun?« lachte der Alte auf. »Deine Glieder sind gebunden.«

»Nanap neav mag bedenken, daß es für einen freien, bewaffneten Mann leicht ist, grob gegen einen gefesselten Gefangenen zu sein! Aber würdig ist es nicht. Ein stolzer Krieger verschmäht es, solche Worte zu sagen, und wenn Nanap neav dies nicht beherzigen will, so mag er die Folgen tragen.«

»Welche Folgen? Hat deine Nase einmal den stinkigen Schakal gerochen, von dem selbst der Aasgeier nichts wissen will? So ein Schakal bist du. Der Gestank, den du – –«

Er kam nicht weiter. Es ertönte ein Schrei des Schreckens aus den Kehlen aller Utahs, welche in der Nähe standen. Winnetou war dem Alten mit einem gewaltigen Satze gegen den Leib gesprungen, hatte ihn dadurch hintenüber geworfen, versetzte ihm mit der Ferse einige Hiebe und Tritte auf die Brust und gegen den Kopf und kehrte wieder nach seinem Platze zurück.

Auf den allgemeinen Schrei trat für einen Augenblick eine tiefe Stille ein, so daß man die laute Stimme des Apachen hörte: »Winnetou hat ihn gewarnt. Nanap neav hörte nicht und wird nun nie wieder einen Apachen beleidigen.«

Die andern Häuptlinge waren aufgesprungen, um den Alten zu untersuchen. Die Hirnschalte war ihm an der rechten Seite des Kopfes eingetreten und ebenso ein Teil des Brustkastens. Er war tot. Die roten Krieger drängten heran, die Hände an den Messern und blutgierige Blicke auf Winnetou werfend. Man sollte meinen, daß die That des Apachen die Utahs zur heulenden Wut aufgestachelt hätte; dem war aber nicht so. Ihr Grimm blieb stumm, zumal der »große Wolf« die Hand zurückweisend erhob und dabei gebot: »Zurück! Der Apache hat den Häuptling umgebracht, um schnell und ohne Qual zu sterben. Er dachte, ihr würdet nun über ihn herfallen und ihn rasch töten. Aber er hat sich verrechnet. Er soll eines Todes sterben, den noch kein Mensch erlitten hat. Wir werden darüber beraten. Schafft den alten Häuptling in seiner Decke fort, damit die Augen dieser weißen Hunde sich nicht an seiner Leiche weiden! Sie sollen alle an seinem Grabe geopfert werden. Wir werden Old Firehand und Old Shatterhand lebendig mit ihm begraben!«

»Du lebst nicht lange genug, um mich begraben zu können!« antwortete Old Shatterhand.

»Schweig, Hund, bis du gefragt wirst! Wie willst du die Tage kennen, welche ich noch zu leben habe?«

»Ich kenne sie. Es ist kein einziger mehr, denn morgen um diese Zeit wird deine Seele aus dem Körper gewichen sein.«

»Sind deine Augen so scharf, daß du in die Zukunft zu blicken vermagst? Ich werde sie dir ausstechen lassen!«

»Um zu wissen, wann du stirbst, bedarf es keiner scharfen Augen. Hast du jemals gehört, daß Old Shatterhand die Unwahrheit gesprochen hat?«

»Alle Bleichgesichter lügen, und du bist auch eins.«

»Die Roten lügen; das hast du bewiesen. Wir waren vier Weiße und kämpften mit vier Roten um unser Leben. Im Falle des Sieges sollten wir unsre Gegner töten dürfen und dann frei sein. Wir siegten und schenkten euch das Leben. Dennoch wolltet ihr uns nicht die Freiheit geben. Ihr verfolgtet uns und fielet in unsre Hände. Wir konnten euch das Leben nehmen. Ihr hattet es verdient; wir thaten es doch nicht, weil wir Christen sind. Wir rauchten mit euch die Pfeife des Friedens, und ihr gelobtet uns, bis zum Tode unsre Freunde und Brüder zu sein. Wir ließen euch frei, und zum Dank dafür habt ihr uns überfallen und hierher geschleppt. Wer lügt, ihr oder wir? Aber weißt du, was ich dir sagte, bevor wir gegen Abend im Cañon voneinander schieden?«

»Der ›große Wolf‹ ist ein stolzer Krieger; er merkt sich nie die Worte eines Bleichgesichtes.«

»So will ich sie dir in das Gedächtnis zurückrufen. Ich warnte dich und sagte dir, wenn du dein Wort abermals nicht halten solltest, so werde es dein Tod sein. Du hast dein Versprechen gebrochen und wirst also sterben.«

»Wann?« grinste der Wolf.

»Morgen.«

»Durch wessen Hand?«

»Durch die meinige.«

»Du hast ein Loch im Kopfe, aus welchem dir das Hirn gelaufen ist!«

»Ich hab's gesagt, und so wird es geschehen. Zweimal lag dein Leben in meiner Hand; ich schenkte es dir, und du belogst mich trotzdem. Zum drittenmal wird das nicht geschehen. Die roten Männer sollen erfahren, daß Old Shatterhand wohl nachsichtig ist, aber auch zu strafen weiß.«

»Hund, du wirst keinen Menschen mehr bestrafen. Ihr werdet jetzt umzingelt und während der Nacht bewacht. Wir aber werden jetzt über euch beraten, und sobald der Tag anbricht, beginnen eure Todesqualen, welche mehrere Tage währen werden.«

Die Gefangenen wurden nach einer kleinen offenen Stelle des Waldes gebracht, auf welcher ein Feuer brannte; ein Indianer saß dabei, um es zu unterhalten. Man band ihnen nun auch die Füße zusammen und legte sie nieder. Zwölf bewaffnete Krieger standen rundum unter den Bäumen, um den Ort zu bewachen. Eine Flucht war unmöglich oder schien wenigstens ganz und gar unmöglich zu sein.

Droll und Frank hatten von ihrem hohen Sitze aus alles deutlich gesehen. Der Baum, auf welchem sie sich befanden, stand vielleicht hundertfünfzig Schritte weit von dem Feuer der Häuptlinge entfernt, so daß sie auch den größten Teil der Worte, welche gesprochen worden waren, hatten verstehen können. Jetzt nun galt es, die Stelle, nach welcher die Gefangenen geschafft werden sollten, ausfindig zu machen und sich derselben zu nähern.

Eben, als sie von dem Baume stiegen, wurden die erbeuteten Waffen und andern Gegenstände zu den Häuptlingen an das Feuer gebracht und dort niedergelegt. Da diese Sachen keine große Beachtung fanden, so war zu schließen, daß man erst am Tage über die Verteilung derselben entscheiden werde, ein Umstand, welcher der Tante Droll zu großer Beruhigung diente.

Am Feuer des Ufers sah man nun nur noch die Anführer. Es mußte irgend einen Grund geben, welcher die andern Krieger nach einer andern Stelle zog. Welcher Grund das war, das sollten Frank und Droll sehr bald erfahren. Es ließen sich eigentümliche, klagende Töne hören. Man vernahm eine Zeit lang eine Solostimme, welcher dann ein Chorus folgte. Das ging ohne Unterbrechung, bald schwächer und bald lauter fort.

»Weeßte, was das is?« fragte Droll seinen Moritzburger Vetter.

»Das soll wohl die tote Leichenarie für den alten Häuptling sein?«

»Ja. Bei de Utahs beginnen de Gesänge noch ehe de Leiche erkaltet is.«

»Das is uns von Wichtigkeet, denn bei diesem Jammern wird es den Kerls schwer sein, uns zu hören. Wir müssen die Unsrigen unbedingt offsuchen.«

»Was aber dann, wenn mer se gefunde habe? Heraushole könne mer se doch nich!«

»Das is ooch gar nicht nötig, denn sie werden schon selber gehen. Die

Hauptsache is, daß wir sie losbinden oder ihre Riemen durchschneiden. Is der Platz, an welchem sie sich befinden, nich weit vom Feuer der Häuptlinge entfernt, wo die Waffen liegen, so haben wir dann gewonnenes Spiel. Een wahres Glück is es, daß es hier unter den Beemen so dunkel is. Die Feuer sind uns nich etwa schädlich, sondern nur nützlich, weil wir da die Geschtalten der Roten leicht erkennen und ihnen aus dem Wege gehen können.«

»Das hat seine Richtigkeet. Also jetzt wieder nieder off de Erde, und dann weiter fort! Ich krieche voran.«

»Warum denn du?«

»Weil ich länger im Westen gewesen bin und mich offs Anschleichen besser verschtehe als du.«

»Ach, rede nich! Bilde dir nur nich solche große Rosinen ein! Ich bin erfahren in allen kontrapretiosen Angelegenheeten des westlichen Daseins. Die ungeheure Anbequemlichkeet, mit welcher ich selbst den schwierigsten Gegenschtand als reenes Kinderspiel begreife, hat mein Offfassungsvermögen zu eener solchen Terpsichorität gebracht, daß es überhaupt gar nischt geben kann, worin ich nich sofort Meester bin. Aber weil du mein geliebter Vetter bist, will ich dir den Vortritt lassen. Aber paß nur genau off! Will dich vorn eener totschtechen, so sag nur eenen Mux, damit ich dir von hinten beischtehen kann. Ich laß dich nich im Schtich!«

Der kleine Sachse bewies jetzt wirklich, daß er bei Old Shatterhand in einer vortrefflichen Schule gewesen war. Er machte seine Sache ausgezeichnet. Trotzdem er zwei Gewehre zu tragen hatte, bewegte er sich gewandt und geräuschlos vorwärts. Sein Vordermann hatte freilich den schwierigeren Teil der Aufgabe zu überwinden, welcher darin bestand, jeden Gegenstand, welcher zur Deckung geeignet war, zu benutzen.

Sie kamen vielleicht in einer Entfernung von fünfzig Schritten an den Häuptlingen vorüber und wendeten sich nach dem nächsten Feuer, welches glücklicherweise dasjenige war, an welchem die Gefangenen lagen. Droll sagte sich natürlich, daß dieselben nicht an einer dunkeln Stelle zu suchen seien. Sicher, wenn auch langsam, aber doch stetig kamen sie näher, was freilich nicht ohne alle Gefahr bewerkstelligt werden konnte. Es kam einigemal vor, daß ein Roter ganz nahe an ihnen vorüberhuschte. Einmal mußte Frank sich blitzschnell zur Seite werfen, um nicht von dem Fuße eines vorbeieilenden Indianers berührt zu werden. Später aber hörte dieses Hin- und Herlaufen auf. Diejenigen, welche den Totengesang übernommen hatten, hockten um die Leiche, und die andern hatten sich ausgestreckt, um eine Stunde zu schlafen.

So gelangten die beiden bis hinter die Wachen, welche den Platz der Gefangenen umstanden. Droll lag hinter einem Baume und Frank hinter dem nächsten. Der Mann, welcher das Feuer zu unterhalten hatte, war einmal fortgegangen, um bei der Leiche in das Klagelied einzustimmen, und einige der zwölf Wächter hatten dasselbe gethan. Die Flamme war zusammengesunken und gab ein sehr ungenügendes Licht. Die Gestalten der Gefangenen waren kaum zu erkennen. Droll kroch einige Schritte nach rechts, dann eine kleine Strecke weit nach links, ohne aber einen Wächter zu erblicken. Als er dann zu Frank zurückkam, flüsterte er diesem zu: »Der Oogenblick scheint mer günstig zu sein. Siehste Old Shatterhand?«

»Ja. Er is ja hier gleich der erschte.«

»Kriech zu ihm hin und bleib so steif bei ihm liegen, als ob du ooch gefesselt wärscht!«

»Und du?«

»Ich mach mich zu Old Firehand und Winnetou, die da drüben liegen.«

»Das is gefährlich!«

»Och nich mehr als hier. Was wird Old Shatterhand für Freede habe, wenn er seinen Stutzen wieder hat! Mach schnell!«

Der Hobble-Frank hatte keine große Strecke, höchstens acht Schritte zurückzulegen. Eben fiel die Flamme so weit nieder, daß es schien, als ob das Feuer vollständig verlöschen wolle; es wurde so dunkel, daß man die Gestalten der Gefangenen nicht mehr zu unterscheiden vermochte. Einer der Wächter ging hin, um neues Holz aufzulegen; aber ehe dasselbe vom Feuer ergriffen wurde, hatten Droll und Frank die Dunkelheit benutzt; beide befanden sich an Ort und Stelle.

Frank hatte sich neben Old Shatterhand gelegt. Er streckte die Beine aus, als ob er gefesselt sei, schob seinem Nachbar den Henrystutzen hin und zog dann die Arme an, damit die Wächter denken sollten, sie seien ihm an den Leib gebunden.

»Frank, du?« fragte Old Shatterhand leise, aber nicht etwa im Tone des Staunens. »Wo ist Droll?«

»Drüben liegt er, bei Firehand und Winnetou.«

»Gott sei Dank, daß ihr die Fährte gefunden habt und noch vor Tage kommen konntet!«

»Wußten Sie denn, daß wir kommen würden?«

»Natürlich! Als die Kerle das Feuer anbrannten, sah ich, daß ihr nicht unter den Gefangenen waret.«

»Wir konnten doch noch in der Spalte schtecken und ergriffen werden!«

»*Pshaw!* Die Roten suchten ja dort nach meinem Gewehre. Ich hatte Angst, ob sie euch drin finden würden; aber sie kamen ohne euch heraus, und mein Stutzen war verschwunden; das sagte mir alles. Ich habe so fest geglaubt, ihr werdet uns nicht verlassen, daß ich dem ›großen Wolfe‹ mit dem Tode gedroht habe.«

»Das is kühn!«

»Lieber Frank, nur dem Kühnen gehört die Welt!«

»Ja, dem Kühnen und dem Hobble-Frank. Habe ich meine Sache nich tribunal gemacht? Sind wir unsern kameradlichen Verpflichtungen und Obliegenheeten nich ganz pizzicato nachgekommen?«

»Ausgezeichnet habt ihr euch verhalten, ausgezeichnet!«

»Ja, ohne uns wären Sie futsch gewesen!«

»Das nun gerade nicht. Du weißt, daß ich mein Spiel erst dann verloren gebe, wenn es wirklich zu Ende ist. Hier aber gibt es nicht nur Karten, sondern sogar noch Trümpfe genug. Wäret ihr nicht gekommen, so hätten wir uns auf andre Weise helfen müssen. Da schau her!«

Frank blickte zu ihm hin und sah, daß der Jäger ihm die freie Rechte zeigte. »Diese Hand habe ich schon losgemacht«, fuhr derselbe fort; »die andre würde in einer Viertelstunde auch frei gewesen sein. Ich habe in meiner kleinen, verborgenen Tasche ein Federmesser, welches von Mann zu Mann gegangen wäre, so daß wir alle in kurzer Zeit unsre Riemen zerschnitten hätten. Dann schnell aufgesprungen und zu den Waffen gerannt, welche drüben bei den Häuptlingen liegen – –«

»Das wissen Sie auch?«

»Ich wäre ein schlechter Westmann, wenn mir das hätte entgehen können. Ohne Waffen gibt es keine Rettung für uns; also habe ich gleich von Anfang an scharf aufgepaßt, wohin sie gethan wurden. Jetzt vor allen Dingen muß ich wissen, wie ihr hierher gekommen seid. Ihr seid den Roten gefolgt?«

»Nee, das nich; wir sind ja schon viel eher fort als sie.«

»Um sie zu beobachten und ihnen nachzugehen?«

»Ooch nich. Wir sind ganz inflexibel ausgerissen, immer den Cañon hinab, bis wir in een Seitenthal kamen, in welches wir uns kompromittieren konnten. Wir hatten die Absicht, dann schpäter beim hellen Tageslicht die Fährte der Roten offzusuchen, um zu sehen, was wir für Sie thun könnten.«

»Ach! So ist es also eigentlich nicht euer Verdienst, daß ihr diesen Wald gefunden habt?«

»Nee, den Wald haben wir eegentlich nich verdient; aber da der Zufall ihn uns eenmal entgegengeworfen hat, werden Sie es uns wohl nich übelnehmen, daß wir nachher so frei gewesen sind, Ihnen die schuldige Neujahrsvisite abzuschtatten.«

»Du wirst ironisch.«

»Das weniger; ich möchte hiermit nur kontrahiert haben, daß es keene Leichtigkeet war, uns durch den Wald und diese Roten zu Ihnen hindurch zu assimilieren.«

»Das weiß ich wohl zu würdigen, alter Frank. Ihr habt euer Leben für uns gewagt, und wir werden euch das nie vergessen. Darauf kannst du dich verlassen. Aber, zieh dein Gewehr an dich! Es kann leicht gesehen werden. Und gib dein Messer her, damit ich meinen Nachbar frei mache; der wird es dann weiterreichen.«

»Und nachher, wenn die Fesseln fort sind, was thun wir dann? Erscht zu den Waffen, nachher zu den Pferden rennen, und dann fort?«

»Nein; wir bleiben.«

»Alle Teufel! Is das Ihr subhastierter Ernst? Da bleiben! Wird das von Ihnen Rettung genannt?«

»Ja.«

»Ich danke! Off diese Weise haben diese Kerle een remorquiertes Geschäft gemacht, denn wenn früh die liebe Sonne erscheint, beschimmert sie zwee Gefangene mehr als in der Mitternacht.«

»Wir werden nicht gefangen sein. Nach den Waffen und dann zu den Pferden laufen, das müßte so schnell geschehen, daß ein heilloser Wirrwarr entstehen würde. Keiner fände in dieser kurzen Zeit sein Gewehr und Messer, sein übriges Eigentum heraus. Die Roten wären über uns, ehe wir an die Pferde kommen könnten. Und wer weiß, ob dieselben noch gesattelt sind. Nein, wir müssen uns sofort hinter unsre Schilder verstecken.«

»Schilder? Ich bin keen Ritter Kunibold von Eulenschnabel; ich habe keenen Harnisch und ooch keen Schild. Und wenn Sie dieses Wort hektoetrisch gebrauchen, so bitte ich um ergebene Offklärung, was ich unter dem Schilde zu verschhtehen habe.«

»Die Häuptlinge.«

»Ach, siehste, wie de bist! Das is freilich een großartiger Gedanke!«

»Nicht großartig, sondern sehr naheliegend. Wir setzen uns in den Besitz der Häuptlinge und sind dann sicher, daß uns nichts geschehen wird. Jetzt still. Das Feuer brennt wieder niedrig, und so werden die Wächter es wohl nicht sehen, wenn wir die Arme bewegen.«

Er durchschnitt seine Fesseln und that dasselbe dann bei seinem Nachbar. Dieser gab das Messer weiter. Dasjenige Drolls zirkulierte bereits. Dann ging Old Shatterhands Befehl leise von Mund zu Mund, daß alle zu den Häuptlingen zu eilen hätten, sobald von ihm das Feuer ausgelöscht worden sei.

»Das Feuer ausgelöscht?« brummte Frank. »Wie wollen Sie das fertig bringen?«

»Paß auf, so wirst du es sehen! Ausgelöscht muß es werden, sonst treffen uns die Kugeln der Wächter.«

Jetzt lagen alle bereit. Old Shatterhand wartete, bis der Mann am Feuer, welcher jetzt wieder dort saß, im Begriff stand, wieder Holz aufzulegen, wodurch die Flamme für kurze Zeit gedämpft wurde. Da sprang er auf, schnellte sich zu ihm hin, schlug ihm die Faust auf den Kopf und warf ihn in das Feuer. Durch ein drei- oder viermaliges Hin- und Herwälzen des Körpers wurde dasselbe ausgelöscht. Das geschah so schnell, daß es finster war, ehe die Wächter den Vorgang recht begriffen. Sie stießen ihre Warnungsrufe zu spät aus, denn schon drangen die Gefangenen durch den Wald dem See entgegen. Old Shatterhand war allen voran; hinter ihm kamen Winnetou und Firehand.

Die Häuptlinge saßen noch immer beratend an ihrem Feuer. Es war eine hochwillkommene Aufgabe für sie, die denkbar fürchterlichsten Qualen, an denen die Weißen und der Apache sterben sollten, in Vorschlag zu bringen und zu besprechen. Da hörten sie zwar den Ruf der Wächter, aber zugleich sahen sie die Gestalten der Befreiten auf sich zukommen – einige Sekunden später waren sie zu Boden geworfen, entwaffnet und gebunden.

Die Weißen griffen nach ihren in der Nähe liegenden Gewehren, ungefragt, ob jeder sein eigenes erwische. Als die Wächter nun unter den letzten Bäumen erschienen, sahen sie ihre Anführer am Boden liegen, und daneben knieten einige Weiße mit gezückten Messern, augenblicklich bereit, die Häuptlinge zu erstechen. Hinter dieser Gruppe standen die andern mit angelegten Gewehren. Die Roten fuhren erschrocken zurück, um ein Wutgeheul auszustoßen, welches die übrigen schnell herbeirief.

Old Shatterhand durfte es nicht zum Angriff kommen lassen. Mit lauter Stimme verkündigte er den Tod der Häuptlinge, sobald man versuche, dieselben zu befreien. Er forderte, daß die Roten sich zurückziehen sollten, worauf er dann mit ihren Anführern in friedlicher Weise verhandeln werde.

Es war ein entscheidender Augenblick, ein Augenblick, an welchem Tod und Leben hing, und zwar nicht von wenigen, sondern von vielen. Die Indianer standen unter dem Schutze der Bäume; die Weißen waren vom Feuer hell beschienen, aber es war gar nicht zu zweifeln, daß beim ersten Schusse die drohenden Messer sich in die Herzen der Häuptlinge senken würden.

»Bleibt dort!« rief der »große Wolf« seinen Leuten zu. »Ich werde mit den Bleichgesichtern sprechen.«

»Mit dir haben wir nichts zu verhandeln«, antwortete ihm Old Shatterhand. »Die andern mögen reden.«

»Warum nicht ich?«

»Weil dein Mund voller Lügen ist.«

»Ich werde die Wahrheit reden.«

»Das versprachest du schon immer, ohne es zu halten. Du hast mir vorhin befohlen, nur dann zu sprechen, wenn ich gefragt werde. Jetzt bin nicht ich mehr dein Gefangener, sondern du bist der meinige, und ich gebe dir ganz denselben Befehl. Wenn du redest, ohne dazu aufgefordert worden zu sein, bekommst du ohne Gnade das Messer in das Herz gestoßen. – Wie heißest du?«

Diese Frage wurde an den ältesten der Anführer gerichtet. Er antwortete: »Kunpui (Feuerherz) ist mein Name. Gebt mich frei, so werde ich mit euch sprechen!«

»Frei wirst du sein, aber erst dann, wenn wir gesprochen haben und ihr mit dem, was wir verlangen, einverstanden seid.«

»Was fordert ihr? Die Freiheit?«

»Nein, denn die haben wir bereits und werden sie uns nicht wieder nehmen lassen. Rufe zunächst fünf deiner vornehmsten Krieger herbei!«

»Was sollen sie?«

»Das wirst du nachher hören. Rufe sie schnell, sonst verlieren die Messer, welche über euch gezückt sind, die Geduld!«

»Ich muß mir überlegen, welche ich wähle.«

Das sagte er nur, um Zeit zum Nachdenken zu gewinnen, ob es wirklich notwendig sei, den Befehl Old Shatterhands zu befolgen. Das war diesem nicht unlieb, denn während der Pause, welche dadurch entstand, fanden die Weißen Gelegenheit, sich das ihnen geraubte Eigentum anzueignen. Freilich sahen sie sich nicht vollständig befriedigt, denn es gab keinen unter ihnen, dem nicht irgend ein Gegenstand noch fehlte. Endlich nannte Feuerherz fünf Namen, und die Träger derselben mußten herbeikommen, ihre Waffen aber zurücklassen. Sie setzten sich nieder, um zu warten, was nun kommen werde. Sie glaubten zu vernehmen, was von ihnen verlangt werde, zunächst aber hörten sie etwas andres. Old Shatterhand hatte nämlich, als die Häuptlinge niedergestreckt und gebunden wurden, seinen Stutzen einstweilen fallen lassen; jetzt hob er ihn wieder auf. Das Auge des »großen Wolfes« fiel auf das Gewehr und voller Entsetzen schrie er auf: »Die Zauberflinte, die Zauberflinte! Sie ist wieder da; die Geister haben sie ihm durch die Luft gebracht! Rührt sie nicht an; rührt auch ihn nicht an, sonst kostet's euch das Leben!«

»Die Zauberflinte, die Zauberflinte!« hörte man die Stimmen der erschrockenen Yampa-Utahs drüben unter den Bäumen.

Shatterhand gebot dem »Wolfe« Schweigen und wendete sich an Feuerherz: »Was wir fordern, ist folgendes: Es fehlen uns noch viele Sachen, welche ihr uns abgenommen habt; die gebt ihr uns zurück. Beim Anbruch des Tages reiten wir fort und nehmen die Häuptlinge samt diesen fünf Männern als Geiseln mit. Sobald wir dann überzeugt sein können, daß uns von euch keine Gefahr mehr droht, geben wir diese Leute frei und erlauben ihnen, nach hier zurückzukehren.«

»Uff! Das ist zu viel verlangt«, antwortete Feuerherz. »Das können wir nicht zugeben. Kein tapferer roter Krieger wird geneigt sein, als Geisel mit den weißen Männern zu gehen.«

»Warum? Was ist schlimmer, ein Geisel zu sein, welcher wieder freigelassen wird, oder ein Gefangener, der so unvorsichtig gewesen ist, sich ergreifen zu lassen? Doch das letztere. Wir sind bei euch gefangen gewesen, und doch hat dies weder unsern Ruhm noch unsre Ehre geschädigt; es haben vielmehr beide gewonnen, indem wir euch bewiesen haben, daß wir selbst dann nicht verzagen, wenn wir von so einer Übermacht ergriffen und in Banden gelegt worden sind. Es ist keine Schande für euch, einen Tag lang mit uns zu reiten, um dann unbeschädigt zurückkehren zu dürfen.«

»Es ist eine Schande, eine große Schande. Ihr befandet euch in unsern Händen, die Marterpfähle sollten mit Tagesanbruch errichtet werden, und nun sind wir die Gefesselten, und ihr schreibt uns Gesetze vor!«

»Wird dies besser dadurch, daß ihr euch weigert, auf mein Verlangen einzugehen? Wird die Schande dadurch eine geringere, daß ihr es zu einem Kampfe kommen laßt, in welchem ihr, die ihr hier sitzet, ganz sicher und außerdem noch viele andre von euch getötet werden. Die Häuptlinge und diese fünf hervorragenden Krieger sterben von unsern ersten Schüssen, und unsre Flinten werden dann schnell weiterfressen. Denkt an meine Zauberbüchse!«

Diese letztere Mahnung schien ganz besonders zu wirken, denn Feuerherz fragte: »Wohin sollen wir euch begleiten? Nach welcher Gegend werdet ihr reiten?«

»Ich könnte dir aus Vorsicht eine Lüge sagen«, antwortete Old Shatterhand, »aber ich verschmähe das. Wir gehen in die Book-Mountains, hinauf nach dem Silbersee. Wenn wir sehen, daß ihr ehrlich seid, werden wir euch nur einen Tag bei uns behalten. Ich gebe euch jetzt eine Viertelstunde Zeit zum Überlegen. Fügt ihr euch in unsern Willen, so wird euch nichts geschehen; weigert ihr euch aber, so werden unsre Gewehre zu sprechen beginnen, sobald die angegebene Zeit verflossen ist. Ich habe gesprochen!«

Er sagte die drei letzten Worte mit einem Nachdrucke, welcher keinen Zweifel darüber zuließ, daß er sich durch keinerlei Vorstellung von seinem Verlangen abbringen lassen werde. Feuerherz senkte den Kopf. Es war geradezu unerhört, daß diese wenigen Weißen, denen vor einigen Minuten der grausamste Tod gedroht hatte, sich jetzt in der Lage befanden, solche Forderungen zu stellen. Da wurde seine Aufmerksamkeit nach den

Bäumen gelenkt, denn dort ließ sich eine halblaute Stimme hören: »Mai ive!«

Diese beiden Worte bedeuten »schau hierher!« Sie waren nicht gerufen, sondern ziemlich leise gesprochen worden; sie konnten jedem andern als dem Häuptlinge gelten, ihren Ursprung nur dem Zufalle verdanken und für die Weißen ohne alle Bedeutung sein; dennoch richteten Shatterhand, Firehand und Winnetou ihre Augen sofort nach der betreffenden Stelle. Was sie da sahen, mußte sie sehr interessieren. Dort standen zwei Rote, welche eine Decke an deren oberen zwei Zipfeln wie einen vertikalen Vorhang zwischen sich hielten; diesen Vorhang bewegten sie in schnellen, aber gewissen Zwischenräumen auf und nieder. Hinter ihnen sah man den Schein eines der Feuer leuchten. Diese beiden Indianer sprachen mit Feuerherz.

Die Indianer haben nämlich eine Zeichensprache, welche bei den verschiedenen Stämmen eine verschiedene ist. Des Nachts bedienen sie sich dazu glühender Pfeile, mit denen sie in die Luft geschossene Grasbüschel entzünden. Am Tage brennen sie ein Feuer an und halten, um den Rauch zu sammeln, Felle oder Decken darüber. So oft diese Felle und Decken weggenommen oder gelüpft werden, steigt eine Rauchwolke empor, welche das Zeichen bildet. Es ist das eine Art Telegraphie, ganz der unsern ähnlich, denn die Intervalle zwischen den einzelnen Rauchwolken haben eine ganz so bestimmte Bedeutung wie unsre Striche und Punkte. Man darf aber nicht denken, daß ein Stamm stets bei denselben Zeichen bleibt; dieselben werden vielmehr sehr oft verändert, damit den Fremden und Feinden die Entzifferung dieser Zeichensprache so schwer wie möglich werde.

Waren die beiden Roten der Ansicht gewesen, daß man ihr Beginnen nicht beachten werde, so hatten sie sich geirrt. Sobald sie die Decke zu bewegen begannen, trat Winnetou einige Schritte zur Seite, so daß er genau hinter Feuerherz, für welchen diese Zeichen bestimmt waren, zu stehen kam. Die zwei Indianer standen in gerader Linie zwischen diesem und dem Feuer; indem sie die Decke abwechselnd hoben und senkten, ließen sie das Feuer vor den Augen des Häuptlings erscheinen und wieder verschwinden, und zwar in längeren oder kürzeren Zwischenräumen, welche natürlich ihre ganz bestimmte Bedeutung hatten.

Old Firehand und Shatterhand wußten sofort, um was es sich handelte, thaten aber so, als ob sie nichts bemerkten; sie überließen die Enträtselung der Zeichen Winnetou, welcher als geborener Roter darin noch gewandter war als sie.

Das Telegraphieren währte wohl fünf Minuten lang, während welcher Zeit Feuerherz kein Auge von der Stelle, an welcher die beiden standen,

Das Telegraphieren währte wohl fünf Minuten lang.

verwendete. Dann traten sie auseinander; sie waren mit ihrer Mitteilung zu Ende und dachten wohl nicht, daß sie von ihren Gegnern belauscht worden seien. Feuerherz bemerkte erst jetzt, daß Winnetou hinter ihm stand. Das fiel ihm auf, und er drehte sich besorgt und schnell um, zu sehen, wohin der Apache blickte. Dieser aber war klug genug, sich schnell abzuwenden und so zu thun, als ob die im Mondenscheine schillernde

Fläche des Sees seine ganze Aufmerksamkeit in Anspruch nehme. Feuerherz fühlte sich beruhigt. Winnetou aber trat langsam zu Old Shatterhand und Old Firehand. Diese entfernten sich mit ihm noch einige Schritte weiter, und dann fragte der letztere in leisem Tone: »Die Roten haben zu dem Häuptlinge gesprochen. Hat mein Bruder ihre Worte gesehen und verstanden?«

»Gesehen wohl, aber nicht jedes einzelne verstanden«, antwortete der Gefragte. »Dennoch ist der Sinn mir klar, denn was ich nicht verstand, das konnte ich mir leicht durch Nachdenken ergänzen.«

»Nun, was haben sie gesagt?«

»Die beiden Roten sind zwei junge Häuptlinge der Sampitsche-Utahs, deren Krieger sich auch mit hier befinden. Sie forderten Feuerherz auf, getrost mit uns zu reiten.«

»So meinen sie es ehrlich? Das sollte mich sehr wundern.«

»Sie sind nicht aufrichtig. Wenn wir nach dem Silbersee wollen, so geht unser Weg von hier aus zunächst über den Grand River und in das Teywipah (Hirschthal) hinein. Dort lagern viele Krieger der Tasch-, Capoie- und Wihminutsche-Utahs, um sich zum Zuge gegen die Navajos zu versammeln und die hier befindlichen Utahs zu erwarten. Auf diese müssen wir stoßen, und sie werden, wie man meint, uns niederschlagen und die Geiseln befreien. Es sollen gleich jetzt einige Boten an sie gesendet werden, sie zu benachrichtigen. Und damit wir auf keinen Fall entkommen können, werden die hiesigen Utahs, sobald wir aufgebrochen sind, dieses Waldlager verlassen und uns folgen, damit wir zwischen die beiden Utahheere geraten und unmöglich gerettet werden können.«

»Alle Teufel! Dieser Plan ist nicht übel. Was sagt mein roter Bruder dazu?«

»Ich stimme bei, daß er sehr gut ausgedacht ist; aber er hat einen großen Fehler.«

»Welchen?«

»Den, daß ich ihn belauscht habe. Wir kennen ihn und wissen nun, was wir zu thun haben.«

»Aber in das Hirschthal müssen wir, wenn wir nicht einen Umweg von wenigstens vier Tagen machen wollen.«

»Wir werden keinen Umweg machen, sondern nach diesem Thale reiten, aber trotzdem den Utahs nicht in die Hände fallen.«

»Ist das möglich?«

»Ja. Frage meinen Bruder Old Shatterhand. Ich bin mit ihm im Thal der Hirsche gewesen. Wir waren allein und wurden von einem großen Haufen von wandernden Elk-Utahs gejagt. Wir sind ihnen entkommen, weil wir einen Felsenweg fanden, welchen vielleicht vor und dann auch nach uns kein Mensch betreten hat. Er ist nicht ungefährlich; aber wenn es gilt, zwischen ihm und dem Tode zu wählen, so kann die Wahl doch wohl nicht zweifelhaft sein.«

»Gut, reiten wir diesen Weg. Und was thun wir mit den Geiseln?«

»Die geben wir nicht eher frei, als bis wir das gefährliche Thal der Hirsche hinter uns haben.«

»Aber den ›großen Wolf‹, wollen wir auch den freigeben?« fragte Old Shatterhand.

»Willst du ihn töten?« erkundigte sich Winnetou.

»Er hat es verdient. Ich habe ihm unten im Cañon, wo ich ihn begnadigte, gesagt, daß es ihn das Leben kosten werde, wenn er wieder Verrat übe. Er hat trotzdem abermals sein Wort gebrochen, und ich bin der Ansicht, daß wir dies nicht unbestraft hingehen lassen dürfen. Es handelt sich nicht um uns allein. Wenn er nicht bestraft wird, kommt er zu der Ansicht, daß man den Weißen überhaupt nicht Wort zu halten brauche, und das Beispiel eines solchen Häuptlings ist maßgebend für alle andern Roten.«

»Mein Bruder hat recht. Ich töte nicht gern einen Menschen; aber der ›große Wolf‹ hat Euch mehrfach betrogen und also den Tod wiederholt verdient. Lassen wir ihn leben, so gilt das für Schwäche. Bestrafen wir ihn aber, so erfahren seine Krieger, daß man uns das Wort nicht ungestraft brechen darf, und werden künftig nicht mehr wagen, so treulos zu handeln. Aber jetzt brauchen wir noch nichts davon zu erwähnen.«

Nun war die Viertelstunde vergangen, und Old Shatterhand fragte Feuerherz: »Die Zeit ist um. Was hat der Häuptling der Utahs beschlossen?«

»Bevor ich das sagen kann«, antwortete der Gefragte, »muß ich erst genau wissen, wohin ihr die Geiseln schleppen wollt.«

»Schleppen werden wir sie nicht; sie reiten mit uns. Zwar werden sie gefesselt sein, aber Schmerzen werden wir ihnen nicht bereiten. Wir gehen nach dem Teywipah.«

»Und dann?«

»Hinauf nach dem Silbersee.«

»Und so weit sollen die Geiseln mit euch reiten. Die Hunde der Navajos können bereits da oben angekommen sein; sie würden unsre Krieger töten.«

»So weit wollen wir sie nicht mitnehmen; sie sollen uns bis in das Thal der Hirsche begleiten. Ist uns bis dorthin nichts geschehen, so nehmen wir an, daß ihr euer Wort gehalten habt, und lassen sie frei.«

»Ist das wahr?«

»Ja.«

»Werdet ihr es mit uns durch die Pfeife des Friedens berauchen?«

»Nur mit dir allein; das genügt, denn du redest und rauchst im Namen der andern.«

»So nimm dein Calumet und brenne es an.«

»Nimm lieber das deinige.«

»Warum? Ist nicht deine Pfeife ebensogut wie die meinige? Oder bringt die deinige nur Wolken der Unwahrheit zu stande?«

»Umgekehrt ist es richtig. Mein Calumet spricht stets die Wahrheit; aber der Pfeife der roten Männer ist nicht zu trauen.«

Das war eine schwere Beleidigung; darum rief Feuerherz, indem seine Augen vor Zorn funkelten: »Wäre ich nicht gebunden, so würde ich dich töten. Wie darfst du es wagen, unser Calumet Lügen zu strafen!«

»Weil ich ein Recht dazu habe. Die Pfeife des ›großen Wolfes‹ hat uns wiederholt belogen, und du hast dieselbe Schuld auf dich geladen, indem du ihm Krieger gabst, uns zu ergreifen. Nein, es wird nur aus deinem Calumet geraucht. Willst du das nicht, so nehmen wir an, daß du es nicht ehrlich meinst. Entscheide schnell! Wir haben keine Lust, mehr Worte zu verlieren.«

»So bindet mich los, damit ich die Pfeife bedienen kann!«

»Das ist nicht nötig. Du bist Geisel und mußt gefesselt bleiben, bis wir dich im Thal der Hirsche freigeben. Ich selbst werde dein Calumet bedienen und es dir an die Lippen halten.«

Feuerherz zog es vor, nicht mehr zu antworten. Er mußte auch diese Beleidigung auf sich nehmen, da es sich um sein Leben handelte. Old Shatterhand nahm ihm die Pfeife vom Halse, stopfte sie und steckte sie in Brand. Dann stieß er den Rauch gegen oben, unten und die vier Himmelsrichtungen und erklärte dann in kurzen Worten, daß er das zwischen ihm und Feuerherz gegebene Versprechen halten werde, wenn die Utahs auf alle Feindseligkeit verzichteten. Feuerherz wurde auf die Füße gestellt und in die vier Windrichtungen gedreht. Dabei mußte er dieselben sechs Züge aus der Pfeife thun und für sich und die Seinen das Gegenversprechen leisten. Die Zeremonie war damit beendet.

Nun mußten die Utahs die noch fehlenden, den Weißen zurückbehaltenen Gegenstände abliefern. Sie thaten es, denn sie sagten sich, daß sie sehr bald wieder in den Besitz derselben kommen würden. Dann wurden die Pferde der Weißen und der Geiseln gebracht. Das war gerade, als der Tag zu grauen begann. Die Weißen hielten es für geraten, ihren Abzug möglichst zu beschleunigen. Sie mußten sich dabei der äußersten Vorsicht bedienen und durften sich nicht die mindeste Blöße geben, durch welche den Roten irgend ein Vorteil geworden wäre.

Die fünf ausgewählten Krieger und die Häuptlinge wurden auf ihre

Pferde gebunden; dann nahmen je zwei Weiße einen von ihnen in die Mitte und hielten die Revolver bereit, sofort zu schießen, falls die Indianer sich gegen die Abführung der Geiseln wehren sollten. Der Zug setzte sich in Bewegung nach dem Seitencañon, aus welchem der Hobble-Frank und die Tante Droll sich in das Lager geschlichen hatten. Die Roten verhielten sich ruhig; nur die finstern Blicke, mit denen sie den Bleichgesichtern folgten, bewiesen, von welchen Gefühlen sie beherrscht waren.

Fünfzehntes Kapitel

Eine Indianerschlacht

Auf den glücklichen Ausgang dieses Abenteuers war niemand stolzer als Droll und Hobble-Frank, deren klugem Eingreifen dieser Erfolg, wenigstens die Schnelligkeit desselben, zu verdanken war. Sie ritten hinter den Gefangenen nebeneinander. Als sie das Lager verlassen hatten, sagte Droll, indem er sein eigentümliches, listiglustiges Kichern hören ließ: »Hihihihi, is das eene Freede für meine alte Seele! Na, werde sich de Indianersch ärgere, daß se uns so fortreite lasse müsse! Meenste nich, Vetter?«

»Freilich!« nickte Frank. »Das war een Genieschtreech, wie er nich besser im Buche schtehen kann. Und weeßte, wer die Hauptmatadoren dabei gewesen sind?«

»Nu?«

»Du und ich, wir zwee beeden. Ohne uns lägen die andern noch in Ketten und Banden, gerade wie Prometheus, der jahraus und -ein nur Adlerlebern essen darf.«

»Na, weeßte, Frank, ich denke, daß die sich ooch noch herausgefunde hätte. Leute wie Winnetou, Shatterhand und Firehand lasse sich nich so leicht an de Marterpfähle binde. Die sind schon oft noch schlimmer drangewese und lebe heutigestags noch.«

»Das gloobe ich zwar ooch, aber schwer geworden wäre es ihnen doch. Ohne unsre internationale Schneidigkeet wäre es ihnen zwar nich unmöglich, aber ooch nich so leicht geworden, sich aus dieser verteufelten Falle zu kontrapunktionieren. Ich bin zwar nich schtolz droff, aber es is immerhin eene erhebende Gefühlsempfindung, wenn man sich sagen kann, daß man neben hervorragenden Geistesgaben ooch noch eene Ausdehnung der Intelligenz besitzt, welche selbst das schnellste Pferd nich einzuholen vermag. Wenn ich mich schpäter zur Ruhe gesetzt habe und eemal bei guter Tinte bin, werde ich meine Momoiranden schreiben, was alle berühmten Männer thun. Nachher wird die Welt erscht recht erkennen, zu welchen Hallucinationen een eenziger Menschengeist die kompetenten Fähigkeeten besitzt. Du bist ooch so een hochbegabter Ehrenerdenbürger, und wir können mit dem Schtolze unsres imitierten Selbstbewußtseins uns daran erinnern, daß wir nich nur deutsche Landsleute, sondern sogar konfigurierte Vettern und Verwandte sind.«

Jetzt war der Zug im Nebencañon angekommen. Er bog nicht links ab nach dem Hauptcañon ein, sondern wendete sich nach rechts, um dem ersteren zu folgen. Winnetou, welcher den Weg am genauesten kannte, ritt wie gewöhnlich an der Spitze. Hinter ihm kamen die Jäger, dann die Rafters, welche die Gefangenen in der Mitte hatten. Diesen folgte die Sänfte, in welcher sich Ellen befand; ihr Vater ritt nebenher, und den Schluß bildeten wieder einige Rafters.

Ellen hatte sich seit gestern außerordentlich brav gehalten; sie war glücklicherweise von den Roten nicht so streng behandelt worden wie die erwachsenen und männlichen Gefangenen. Als diese letzteren sich von ihren Banden befreit hatten und zu den Häuptlingen gesprungen waren, um sich derselben zu bemächtigen, war sie ganz allein an dem von Old Shatterhand ausgelöschten Feuer zurückgeblieben. Ein Glück, daß die Roten nicht daran gedacht hatten, sich ihrer zu bedienen, um die Freiheit der Geiseln zu erzwingen!

Der schmale Cañon stieg ziemlich steil empor und mündete nach vielleicht einer Stunde auf die weite, offene Felsenebene, welche von den dunkeln Massen der Rocky-Mountains begrenzt zu werden schien. Hier drehte Winnetou sich um und sagte: »Meine Brüder wissen, daß die Roten uns folgen werden. Wir wollen jetzt Galopp reiten, um eine möglichst große Strecke zwischen sie und uns zu bringen.«

Infolgedessen gab man den Pferden die Sporen und trieb dieselben so sehr an, wie es die Rücksicht auf die Sänfte und die Ponies, welche dieselbe trugen, erlaubte. Später erlitt diese Schnelligkeit eine Unterbrechung durch einen für die Reiter sehr erfreulichen Umstand. Man erblickte nämlich ein Rudel Gabelantilopen, und es gelang, zwei derselben zu umkreisen und zu erlegen. Das gab hinreichend Proviant für den heutigen Tag.

Die Berge traten immer näher. Die Hochebene schien an den Fuß derselben zu stoßen; dies war aber keineswegs der Fall, da das Thal des Grand River dazwischen lag. Gegen Mittag, als die Strahlen der Sonne so heiß herniederbrannten, daß sie Mensch und Tier belästigten, gelangte man an eine schmale Stelle der felsigen Ebene, welche sich abwärts senkte.

»Das ist der Anfang eines Cañons, welcher uns zum Flusse führen wird«, erklärte Winnetou, indem er dieser Senkung folgte. Es war, als hätte ein Riese hier den Hobel angesetzt, um eine tief und immer tiefer gehende Bahn in den harten Stein zu schneiden. Die Wände rechts und links, erst kaum bemerkbar, dann manns-, nachher haushoch, stiegen immer höher an, bis sie oben scheinbar zusammenstießen. Hier in der Enge wurde es dunkel und kühl. Von den Wänden sickerte Wasser herab, welches sich auf der Sohle sammelt und bald fußtief wurde, so daß die durstigen Pferde trinken konnten. Und eigentümlich, dieser Cañon zeigte nicht die leiseste Windung. Er war schnurgerade in den Felsen eingefressen, so daß, lange bevor man sein Ende erreichte, vorn ein heller Strich zu sehen war, welcher desto breiter wurde, je mehr man sich demselben näherte. Das war der Ausgang, das Ende des mehrere hundert Fuß tiefen Einschnittes.

Als die Reiter bei demselben anlangten, bot sich ihnen ein beinahe überwältigender Anblick dar. Sie befanden sich im Thale des Grand River. Dieses war vielleicht eine halbe englische Meile weit, der Fluß strömte in der Mitte hin und ließ zu seinen beiden Seiten einen Grasstreifen frei, welcher von der senkrecht ansteigenden Cañonwand begrenzt wurde. Das Thal lief von Nord nach Süd, gerade wie mit dem Lineal gezogen, und die beiden Felsenwände zeigten nicht den engsten Riß oder den kleinsten Vorsprung. Darüber stand die glühende Sonne, welche hier trotz der Tiefe des Cañons das Gras dem Verdorren nahe brachte.

Kein einziger Riß? Und doch! Gerade den Reitern gegenüber gab es am rechten Ufer des Flusses einen ziemlich breiten Einschnitt, aus welchem ein sehr ansehnlicher Bach geflossen kam. Dorthin deutete Winnetou, indem er sagte: »Diesem Bache müssen wir aufwärts folgen; er führt nach dem Thale der Hirsche.«

»Aber wie kommen wir hinüber?« fragte Butler, welchem es um seine Tochter zu thun war. »Der Fluß ist zwar nicht reißend, scheint aber tief zu sein.«

»Oberhalb des Bacheinflusses gibt es eine Furt, welche so seicht ist, daß das Wasser in dieser Jahreszeit die Sänfte nicht berühren wird. Meine Brüder mögen mir folgen!«

Man ritt quer über das Gras bis an die Uferstelle, an welcher sich die Furt befand. Dieselbe lag so, daß man, am jenseitigen Ufer angekommen, auch noch den Bach überschreiten mußte, um an das rechte Ufer desselben zu gelangen, welches breiter und also bequemer zu passieren war als das linke. Winnetou trieb sein Pferd in das Wasser, und die andern folgten ihm. Er hatte recht gehabt; das Wasser reichte ihm lange nicht bis an die Füße. Dennoch blieb er, in der Nähe des andern Ufers angekommen, plötzlich halten und stieß einen halblauten Ruf aus, als ob er eine Gefahr entdeckt habe.

»Was gibt's?« fragte Old Shatterhand, welcher hinter ihm ritt. »Hat sich das Flußbett verändert?«

»Nein; aber da drüben sind Männer geritten.«

Er deutete nach dem Ufer. Old Shatterhand trieb sein Pferd mehrere Schritte weiter und sah nun auch die Fährte. Sie war breit, wie von vielen Reitern; das Gras hatte sich noch nicht ganz wieder erhoben.

»Das ist wichtig!« sagte Old Firehand, welcher sich den beiden genähert hatte. »Wir wollen diese Fährte untersuchen; unterdessen müssen die andern im Wasser bleiben.«

Die drei ritten vollends an das Ufer, stiegen dort ab und betrachteten die Eindrücke mit ihren Kenneraugen.

»Das waren Bleichgesichter«, sagte Winnetou.

»Ja«, stimmte Old Shatterhand bei, »Indianer wären hintereinander geritten und hätten keine so breite, augenfällige Spur verursacht. Ich möchte behaupten, daß diese Leute keine echten Westmänner sind. Ein Jäger, welcher Erfahrung besitzt, ist weit vorsichtiger. Ich schätze den Trupp auf dreißig bis vierzig Personen.«

»Ich ebenso«, meinte Old Firehand. »Aber Weiße, hier, unter den gegenwärtigen Verhältnissen! Das müssen Neulinge sein, unvorsichtige Menschen, welche es sehr notwendig haben müssen, hinauf in die Berge zu kommen.«

»Hm!« brummte Old Shatterhand. »Ich glaube, zu erraten, wen wir da vor uns haben.«

»Nun, wen?«

»Den roten Cornel mit seiner Abteilung.«

»Alle Wetter! Möglich ist's. Meiner Berechnung nach können die Kerle hier sein. Und das stimmt auch mit dem, was du von Knox und Hilton erfahren hast. Wir müssen die Spur – –«

Er wurde von Winnetou unterbrochen, welcher an den Bach gegangen war und, in das Uferwasser zeigend, sagte: »Meine Brüder mögen hierherkommen. Es ist der rote Cornel gewesen.«

Sie gingen hin und sahen in das Wasser. Dieses war brunnenhell; man konnte den Grund ganz deutlich erkennen und sah eine Reihe von Eindrücken, welche neben der Stelle, an welcher die Reiter den Bach überschritten hatten, von dem einen Ufer nach dem andern führte.

»Ehe die Reiter hinüber sind«, erklärte der Apache, »ist einer von ihnen abgestiegen, um die Tiefe des Wassers zu untersuchen. Es sind also dumme Menschen gewesen, denn jedes offene Auge sieht, daß das Wasser niemand bis über die Beine reicht. Und womit hat der Mann den Bach untersucht? Meine Brüder mögen es mir sagen!«

»Mit einer Hacke, deren Stiel er in der Hand gehabt hat. Das ist aus dem Eindrucke deutlich zu erkennen«, antwortete Old Firehand.

»Ja, mit einer Hacke. Diese Leute wollen also nicht jagen, sondern graben. Es war der rote Cornel.«

»Es ist der rote Cornel gewesen!«

»Ich bin ganz derselben Meinung; dennoch aber müssen wir es für möglich halten, daß es auch andre gewesen sein können.«

»Dann könnten nur Goldgräber hier vorbei sein«, sagte Old Shatterhand. »Und das bestreite ich.«

»Aus welchen Gründen?«

»Erstens sind Goldgräber erfahrene Leute, welche nicht so unvorsichtig sind, und zweitens können wir bei den Spuren von vierzig Pferden auf vielleicht zehn Packpferde rechnen; bleiben dreißig Reiter; Goldgräber aber wandern nicht in so bedeutenden Trupps in den Bergen und Cañons umher. Nein, es ist der rote Cornel mit seinen Leuten. Ich möchte es beschwören.«

»Auch ich bezweifle es nicht. Wo aber sind sie hin? Da drüben rechts abgebogen, also nicht weiter den Grand River hinab, sondern am Bache empor nach dem Thale der Hirsche. Sie reiten also den Utahs gerade in die Arme.«

»Das ist ihr Schicksal, welches sie sich selbst bereitet haben. Wir können es nicht ändern.«

»Oho!« rief Old Firehand. »Wir müssen es ändern.«

»Müssen? Warum? Haben sie es verdient?«

»Nein. Aber wir müssen den Plan, die Zeichnung haben, welche der Cornel gestohlen hat. Wenn wir diese Zeichnung nicht bekommen, erfahren wir nie, wo die Schätze des Silbersees liegen.«

»Das ist wahr. Du willst diesen Halunken nachreiten, um sie zu warnen?«

»Um sie nicht zu warnen, sondern um sie selbst niederzuschlagen.«

»Das ist unmöglich. Bedenke, welchen Vorsprung sie haben!«

Old Firehand bückte sich nieder, um das Gras nochmals zu untersuchen, und sagte dann im Tone der Enttäuschung: »Leider! Sie sind vor fünf Stunden hier gewesen. Wie weit ist es bis nach dem Hirschthale?«

»Vor Abend können wir es nicht erreichen.«

»So muß ich meine Absicht aufgeben. Sie befinden sich in der Gewalt der Roten, noch ehe wir die Hälfte des Weges zurückgelegt haben. Wie aber steht es mit den Boten, welche von den Yampa-Utahs nach diesem Thale geschickt werden sollten? Sie sind jedenfalls noch vor uns aufgebrochen, und wir haben doch keine Fährte von ihnen gesehen.«

»Diese Männer sind wohl nicht geritten, sondern gelaufen«, erklärte Winnetou. »Zu Fuß ist der Weg viel kürzer, da ein Mokassin über Stellen gelangen kann, an denen Pferd und Reiter die Hälse brechen würden. Meine Brüder mögen nicht an den Cornel denken, sondern daran, daß wir diese Spuren verwischen müssen.«

»Warum verwischen?«

»Wir wissen, daß die Yampa-Utahs uns folgen. Wir gehen später von dem Wege ab, von welchem sie denken, daß wir ihm folgen werden. Wir müssen uns Mühe geben, sie zu täuschen, wenn wir entkommen wollen. Sie müssen die Fährte des Cornels, welcher direkt nach dem Hirschthale geht, für die unsrige halten; dann werden sie derselben folgen und es nicht für möglich halten, daß wir zur Seite gegangen und ihnen entwichen sind. Darum dürfen sie nicht sehen und nicht wissen, daß bereits vor uns Reiter hier gewesen sind. Meine beiden weißen Brüder verstehen es, eine Fährte auszulöschen. Der Hobble-Frank und Droll, der Humply-Bill und der Gunstick-Uncle haben es auch gelernt, Watson und der schwarze Tom ebenso. Diese Männer mögen das Gras aufheben und aus ihren Hüten mit Wasser begießen, denn wenn es naß ist, wird die Sonne es aufwärts ziehen. Das muß auf einer Strecke geschehen, von hier an bis so weit das Auge reicht. Wenn dann die Yampa-Utahs kommen, steht das Gras hoch, und nur da, wo wir geritten sind, ist es niedergetreten.«

Dieser Plan war ausgezeichnet. Die Genannten mußten herbei und, während die andern mit allen Pferden die Furt vollends passierten, über den Bach gingen und drüben warteten, denselben ausführen. Sie gingen auf der Fährte des Cornels wohl gegen hundert Schritte zurück, besprengten das Gras mit Wasser und richteten es auf, indem sie, langsam rückwärts schreitend, ihre Decken auf dem Boden hinter sich herzogen. Das übrige mußte die Sonne thun, und daß sie es thun werde, war ganz zweifellos. Wer nicht Zeuge dieses Vorganges gewesen war, mußte, wenn er eine halbe Stunde später kam, annehmen, nur die Fährte Old Firehands und seiner Begleiter vor sich zu haben. Diejenigen, welche die Fährte vertilgt hatten, sprangen über den Bach und stiegen wieder in den Sattel.

Die gefangenen Roten hatten schweigend zugeschaut. Seit dem Aufbruche hatte überhaupt keiner von ihnen ein Wort gesprochen. Was sie jetzt gesehen hatten, kam ihnen verdächtig vor. Warum löschten die Bleichgesichter diese fremde Fährte aus? Warum verschwendeten sie mit dieser Arbeit die kostbare Zeit, anstatt der Spur so rasch wie möglich zu folgen? Feuerherz konnte es nicht über sich gewinnen, länger zu schweigen; er wendete sich an Old Firehand. »Wer sind die Männer, welche vorher hier geritten sind?«

»Reiter«, antwortete der Gefragte kurz.

»Wohin sind sie?«

»Weiß ich es?«

»Warum vertilgst du ihre Spur?«

»Deiner Krieger wegen.«

»Ihretwegen? Was haben sie mit dieser Fährte zu schaffen?«

»Sie werden sie nicht sehen.«

»Sie werden sie ja nicht sehen, denn die Spur befindet sich hier, und meine Krieger lagern im Walde des Wassers.«

»Sie lagern nicht dort, sondern sie sind hinter uns her.«

»Glaube das nicht!«

»Ich glaube es nicht nur, sondern ich weiß es sogar.«

»Du irrst. Zu welchem Zwecke sollten meine Leute euch folgen?«

»Um uns zwischen sich und diejenigen Utahs zu nehmen, welche im Thale der Hirsche lagern.«

Man sah, daß Feuerherz erschrak. Er faßte sich aber schnell und sagte: »Meinem weißen Bruder hat wohl geträumt? Ich weiß nichts von allem, was er sagt.«

»Lüge nicht! Wir haben wohl die Zeichen gesehen, welche die beiden jungen Häuptlinge dir mit der Decke gaben. Wir haben diese Zeichen ebensogut verstanden wie du selbst und wissen, daß du uns mit dem Calumet belogen hast.«

»Uff! Meine Worte waren ohne Falsch!«

»Das wird sich zeigen. Wehe euch, wenn uns die Yampa-Utahs folgen! Weiter habe ich dir nichts zu sagen. Wir müssen weiter.«

Der unterbrochene Ritt wurde fortgesetzt, jetzt am Bache hinauf. Die Fährte, welcher man folgte, war breit, und also mußte ebenso breit geritten werden, damit es den Verfolgern nicht möglich war, zu erkennen, daß sie zwei Fährten vor sich hatten. Waren die Roten schon vorher schweigsam gewesen, so senkten sie jetzt erst recht die Köpfe. Sie sahen sich durchschaut und erkannten, daß ihr Leben nun keinen Pfifferling mehr wert sei. Wie gern wären sie entflohen, aber von einem Entkommen war keine Rede; ihre Banden waren unzerreißbar fest, und zudem wurden sie von den Weißen so eng umgeben, daß ein Durchbrechen derselben die reine Unmöglichkeit genannt werden mußte.

Der Bach wand sich in vielen Krümmungen allmählich aufwärts. Das Thal wurde breiter und war weiter oben mit Büschen und Bäumen bestanden. Es verzweigte sich endlich in mehrere Nebenthäler, aus denen kleine Wasser kamen, um den Bach, welcher hier seinen Ursprung nahm, zu bilden. Winnetou folgte der stärksten dieser Quellen, deren Thal wohl eine Viertelstunde ziemlich breit war und dann plötzlich eine Felsenenge bildete, hinter welcher es wieder auseinander ging, um eine saftig grüne Matte zu bilden. Als die Enge passiert war, hielt er an und sagte: »Das ist ein vortrefflicher Platz zum Ruhen und Essen. Unsre Pferde sind müde und hungrig, und auch wir bedürfen der Erholung. Meine Brüder mögen absteigen und die Antilopen braten.«

»Dann aber ereilen uns die Utahs!« bemerkte Old Firehand.

»Was schadet das? Sie sollen sehen, daß wir wissen, was sie beabsichtigen. Sie können uns nichts thun, denn wenn wir nur einen Mann an die Enge der Felsen stellen, wird er sie schon von weitem kommen sehen und uns benachrichtigen. Sie können diesen Ort nicht erstürmen und müssen sich zurückziehen.«

»Aber wir versäumen hier viel Zeit.«

»Wir versäumen nicht eine Minute. Wenn wir essen und trinken, wächst unsre Kraft, die wie vielleicht brauchen werden. Und wenn wir unsern Pferden Gras und Wasser geben, können sie später schneller laufen. Ich habe diesen Platz auserwählt. Mein Bruder mag thun, um was ich ihn gebeten habe.«

Der Apache hatte recht, und die andern waren auch einverstanden, daß hier Rast gemacht werde. Da, wo die Felsen das Thal verschlossen, wurde ein Wächter ausgestellt. Die Gefangenen band man an Bäume; die Pferde ließ man grasen, und bald brannten zwei Feuer, über denen das Wild briet. In kurzem konnte man es genießen. Auch die Indianer bekamen ihren Teil, auch Wasser aus dem Becher zu trinken, welchen der Lord bei sich hatte. Dieser letztere war bei ausgezeichneter Laune. Er war in das Land gekommen, um Abenteuer zu suchen, und hatte mehr gefunden, als er für möglich gehalten. Jetzt hatte er sein Buch hervorgezogen, um die Beiträge zu summieren, welche er Bill und dem Uncle schuldete.

»Wollen wir wetten?« fragte er den ersteren.

»Welche Wette?«

»Daß ich Euch schon tausend Dollar schulde, und sogar noch mehr?«

»Ich wette nicht.«

»Jammerschade! Diese Wette hätte ich gewonnen.«

»Ist mir lieb. Übrigens werdet Ihr heute wohl noch mehr eintragen müssen, Sir, denn es ist möglich, daß wir etwas erleben.«

»Schön! Wenn wir es nur überleben, so mag es kommen. Seht, es geht schon los!«

Der Wachtposten hatte nämlich einen halblauten Pfiff ausgestoßen. Er winkte. Die Anführer eilten zu ihm hin. Als sie, hinter den Felsen versteckt, durch die Enge blickten, sahen sie die Utahs im Thale aufwärts kommen; sie waren noch gegen tausend Schritte entfernt.

Draußen vor den Felsen wucherte Gesträuch. Dahinein postierte Old Shatterhand schnell seine besten Schützen und beorderte sie, zu schießen, sobald sein erster Schuß falle, doch sollten sie nur auf die Pferde, nicht auf die Reiter zielen. Die Roten kamen schnell näher, die Augen auf die Spur geheftet. Sie glaubten, die Weißen seien ganz glücklich, entkommen zu sein, und wußten sich so sicher, daß sie nicht einmal Späher vorausgesandt hatten. Da krachte vor ihnen ein Schuß; zehn, zwanzig folgten, noch mehr. Die getroffenen Pferde brachen zusammen oder bäumten sich und rannten, ihre Reiter abwerfend und den Zug in Unordnung bringend, zurück. Ein durchdringendes Geheul, dann verschwanden die Indianer; der Platz war leer.

»So!« meinte Old Shatterhand. »Die wissen nun, daß wir auf unsrer Hut sind und ihre Gedanken kennen. Aber wir müssen aufbrechen, da sie uns doch vielleicht von der Seite beschleichen können. Vorwärts also!«

In wenigen Minuten war der Zug wieder beritten und setzte sich in Bewegung. Es war anzunehmen, daß die Roten nur langsam, weil mit äußerster Vorsicht, vordringen würden; darum konnte man überzeugt sein, einen mehr als genügenden Vorsprung zu bekommen.

Es ging die Matte hinauf, über die Lehne des Berges hinüber, und dann erreichte man ein Labyrinth von Schluchten und Thälern, welche aus verschiedenen Richtungen kommend, alle nach einem und demselben Punkte zu streben schienen. Dieser Punkt war der Eingang einer breiten, öden, stundenlangen Felsenklüftung, in welcher nicht ein einziger Grashalm Nahrung zu finden schien. Felsenstücke von jeder Form und Größe lagen hoch aufgetürmt übereinander oder zerstreut umher. Es war, als sei hier in der Urzeit ein riesiger Naturtunnel eingestürzt.

In diesem Steinschutte war es schwer, eine zusammenhängende Spur ausfindig zu machen. Nur hie und da zeigte ein aus seiner Lage gestoßener oder von einem Pferdehufe geritzter Stein, daß die Tramps hier geritten seien. Winnetou deutete mit der Hand vorwärts und sagte: »In zwei Stunden senkt sich dieses Steingewirr in das große, grüne Thal der Hirsche nieder. Wir aber werden hier links abreiten. Old Shatterhand und Old Firehand mögen absteigen, ihre Pferde führen lassen und hinterher gehen, um etwaige Spuren sofort zu vertilgen, damit die Yampa-Utahs nicht bemerken, daß wir zur Seite gewichen sind!«

Er wendete sich nach links in die Trümmer hinein. Die beiden Genannten gehorchten seiner Anweisung und stiegen erst dann, als man weit genug entfernt vom Wege war, wieder auf ihre Pferde. Der Apache bewies, daß er ein ganz unvergleichliches Ortsgedächtnis besaß. Es schien, als ob kein Mensch sich in diesem Wirrsal zurechtfinden könne; es waren seit seinem letzten Hiersein Jahre vergangen, und doch kannte er jeden Stein, jeden Fels, jede Steigung und Biegung, so daß er sich nicht einen Augenblick lang über die einzuhaltende Richtung im unklaren befand.

Es ging sehr steil bergan, bis eine weite, öde Hochfläche erreicht wurde. Über dieselbe flog man im Galopp. Schon war die Sonne hinter den Rockybergen verschwunden, als man das Ende dieses Plateaus erreichte oder doch vor sich liegen sah, denn der Apache hielt an, deutete nach vorn und erklärte: »Noch fünfhundert Schritte weiter fällt der Stein so gerade wie ein Wassertropfen zur Tiefe; jenseits ebenso; dazwischen aber liegt unten das Thal der Hirsche mit gutem Wasser und vielem Wald. Es hat nur einen bekannten Eingang, nämlich den, von welchem wir abgewichen sind, und auch nur einen Ausgang, welcher hinauf nach dem Silbersee führt. Ich und Old Shatterhand sind die einzigen, welche einen weiteren Zugang kennen, den wir, als wir uns in Gefahr befanden, durch Zufall entdeckten. Ich werde ihn euch zeigen.«

Er näherte sich dem Rande des Plateaus. Dort lagen Felstrümmer, wie eine Schutzmauer, damit man nicht in die grausige Tiefe stürzen möge, nebeneinander geschichtet. Er verschwand zwischen zwei solchen Trümmerstücken, und die andern folgten ihm einzeln. Sonderbar, es gab da einen Weg. Rechts gähnte die Tiefe, in welche man hinab wollte; er führte aber links in den Felsenstock hinein und zwar so steil abwärts, daß man vorzog, abzusteigen und die Pferde zu führen. Der ungeheure, meilenlange und breite Felsenkoloß hatte einen Riß bekommen, welcher in verschiedenen Krümmungen von oben nach unten ging. Nachrollendes Steinwerk hatte diesen Riß in der Weise ausgefüllt, daß ein fester Boden gebildet worden war, dem man sich getrost anvertrauen konnte.

Die Pferde konnten trotz der Steilheit dieses Weges nicht stürzen, da er nicht aus glattem Gestein, sondern aus ziemlich festem Geröll bestand, welches das Ausgleiten verhinderte. Je tiefer man kam, desto finsterer wurde es. Old Firehand hatte Ellen Butler auf sein Pferd gesetzt und ging, sie stützend und haltend, neben demselben her. Es war, als ob man stundenlang zur Tiefe gestiegen sei, bis plötzlich die Senkung aufhörte, der Boden sich ebnete und der Felsenriß so breit wurde, daß er einen großen Saal, aber ohne Decke, bildete. Hier hielt Winnetou an und sagte: »Wir sind beinahe im Thale. Hier werden wir bleiben, bis die Dunkelheit uns gestattet, an den Utahs vorüberzukommen. Schafft die Pferde nach hinten, wo sie trinken können, und gebt den Gefangenen Knebel, damit sie nicht laut werden!«

Die Roten hatten natürlich auch abwärts steigen müssen; darum hatte man ihnen die Beine freigegeben. Nun fesselte man sie wieder und verschloß ihnen auch den Mund, um sie am Rufen zu verhindern. Es herrschte tiefe Dämmerung in diesem Raume, aber die Männer, welche geübt waren, des Nachts fast wie die Katzen zu sehen, fanden sich dennoch leicht zurecht. Im hintern Teile sammelte sich die Feuchtigkeit des Felsens in einem kleinen Tümpel, aus welchem ein Wässerlein vorn abfloß; wohin, das sah man noch nicht.

Winnetou nahm einige der Jäger mit sich, um ihnen die Örtlichkeit zu zeigen. Was sie sahen, setzte sie nicht wenig in Verwunderung. Vorn, wo der Saal sich wieder verengte, gab es einen Ausgang, so schmal, daß kaum zwei Männer nebeneinander gehen konnten. Dieser Gang führte auch abwärts, aber nicht sehr weit. Nach einigen Krümmungen standen die Männer vor einem dichten, natürlichen Vorhang von Schlingpflanzen, unter welchem das Wasser verschwand. Winnetou schob diese Gardine ein wenig zur Seite, und da sahen sie vor sich Wald, Baum an Baum, hoch und kräftig gewachsen und so dicht belaubt, daß das letzte Licht des Tages nicht durch die Wipfel zu dringen vermochte.

Der Apache trat hinaus, um zu rekognoszieren. Als er wieder hereinkam, meldete er: »Rechts von uns, im Norden, also thalaufwärts, brennen viele Feuer unter den Bäumen; dort lagern also die Utahs. Thalabwärts ist es finster. Dort hinab müssen wir. Vielleicht stehen keine Roten dort. Höchstens hat man zwei oder drei Mann an den Ausgang des Hirschthales gestellt; diese sind sehr leicht unschädlich zu machen, und wir könnten also das Thal ohne große Gefahr verlassen, wenn sich nicht der rote Cornel in demselben befände. Wir müssen unbedingt erfahren, wie es um ihn steht. Darum werde ich mich, sobald es dunkler geworden ist, zu den Feuern schleichen, um zu lauschen. Bevor das geschehen ist, können wir nicht fort; bis dahin aber müssen wir uns vollständig lautlos verhalten.«

Er führte die Männer wieder zurück, um nach ihnen auch den andern die Örtlichkeit zu zeigen. Das war notwendig, da im Falle der Not und Gefahr ein jeder wissen mußte, wo er sich befand und wo es einen Ausweg gab.

Die Gefangenen waren sehr gut gefesselt, dennoch erhielt jeder von ihnen einen besonderen Wächter. Hatten die Weißen gestern und auch schon früher ihre Banden zu lösen vermocht, so konnte auch den Roten dasselbe gelingen.

Winnetou war der Meinung gewesen, daß er allein rekognoszieren gehen werde, dem stimmten aber weder Old Shatterhand noch Old Firehand bei. Das Unternehmen war hier so gefährlich, daß ein einzelner leicht nicht wiederkehrte, und dann wußte man nicht, was ihm geschehen war und auf welche Weise man ihm Hilfe bringen konnte. Darum wollten die Genannten mit ihm gehen.

Nachdem man fast zwei Stunden gewartet hatte, brachen die drei auf. Sie schlichen hinaus in den Wald und blieben da zunächst stehen, um zu lauschen, ob sich vielleicht jemand in ihrer Nähe befinde. Es war nichts zu sehen und zu hören. Die Feuer brannten in ziemlicher Ferne; es waren ihrer sehr viele; aus dieser Anzahl ließ sich schließen, daß eine ganz ungewöhnliche Menge Utahs hier lagerte.

Die drei schlichen nun vorwärts, von Baum zu Baum, Winnetou voran. Je weiter sie sich den Feuern näherten, desto leichter wurde ihnen die Lösung ihrer Aufgabe, denn gegen die Flammen blickend, konnten sie jeden Gegenstand sehen, welcher vor ihnen stand oder lag.

Sie bewegten sich am linken Rande des Thales. Die Feuer lagen mehr gegen die Mitte. Vielleicht hatten die Roten der Felswand nicht getraut. Daß sich von derselben leicht ein Stück lösen konnte, bewiesen die Trümmer, welche, Bäume zerschmetternd, herniedergestürzt waren und sich tief in die Erde eingewühlt hatten. Die drei Männer kamen rasch vorwärts. Schon befanden sie sich parallel den vordersten Feuern. Links von ihnen, und noch weiter zurück, brannte eine sehr helle, hohe Flamme abgesondert von den andern. An derselben saßen fünf Häuptlinge, wie aus den Adlerfedern, welche ihre Schöpfe schmückten, zu erkennen war.

Eben erhob sich einer von ihnen. Er hatte den Kriegsmantel abgeworfen. Sein nackter Oberleib war, wie Gesicht und Arme, mit dicker, grellgelber Farbe bestrichen. »T'ab-wahgare!« (gelbe Sonne) flüsterte Winnetou. »Er ist der Häuptling der Capote-Utahs und besitzt die Stärke eines Bären. Seht seinen Leib! Welch dicke, starke Muskeln, und welch eine breite Brust!«

Der Utah winkte einem zweiten Häuptlinge, welcher auch aufstand. Dieser war länger als der vorige und wohl nicht weniger stark.

»Das ist Tsu-in-kuts« (vier Büffel) erklärte Old Shatterhand. »Er trägt diesen Namen, weil er einst vier Büffelstiere mit vier Pfeilschüssen getötet hat.«

Die beiden Häuptlinge wechselten einige Worte miteinander und entfernten sich dann vom Feuer. Vielleicht wollten sie Wachen inspizieren. Sie vermieden die andern Feuer und näherten sich infolgedessen mehr der Felsenwand.

»Ah!« meinte Old Shatterhand. »Sie kommen hier nahe vorüber. Was meinst du, Firehand? Wollen wir sie nehmen?«

»Bei lebendigem Leibe?«

»Natürlich!«

»Das wäre ein Coup! Schnell nieder auf die Erde; du den ersten und ich den zweiten!«

Die beiden Utahs kamen näher. Der eine ging hinter dem andern. Da tauchten plötzlich zwei Gestalten hinter ihnen auf – zwei gewaltige Faustbiebe, und die Getroffenen stürzten zu Boden.

»Gut so!« flüsterte Old Firehand. »Die haben wir. Nun schnell in unser Versteck mit ihnen!«

Jeder nahm den seinigen auf. Winnetou erhielt die Weisung, zu warten, und dann eilten die beiden dem verborgenen Felsensaale zu. Dort lieferten sie die neuen Gefangenen ab, ließen sie binden und knebeln und kehrten dann zu Winnetou zurück, nicht aber ohne zuvor den Befehl zu geben, daß keiner der Gefährten das Versteck verlassen dürfe, bevor sie zurückgekehrt seien, möge auch geschehen, was da wolle.

Winnetou stand noch an derselben Stelle. Es war jetzt weniger nötig, die drei Häuptlinge zu belauschen, als vielmehr den Ort ausfindig zu machen, an welchem sich der rote Cornel mit seiner Sippe befand. Um zu diesem Ziele zu gelangen, mußte das ganze Lager umschlichen werden. Die drei kühnen Männer schritten also immer weiter an der Felsenwand hin, die Feuer alle zu ihrer Linken lassend.

Nach dieser Seite hin konnten sie gut sehen; nach vorn war es dunkel; da galt es also, vorsichtig zu sein. Wo das Auge nicht ausreichte, mußte die tastende Hand gebraucht werden. Winnetou huschte, wie gewöhnlich, voran. Plötzlich blieb er stehen und ließ ein fast zu lautes, erschrockenes »Uff!« hören. Die andern beiden hielten ihre Schritte auch an und lauschten gespannt. Als alles ruhig blieb, fragte Old Shatterhand leise: »Was gibt es?«

»Ein Mensch«, antwortete der Apache.

»Wo?«

»Hier bei mir, vor mir, in meiner Hand.«

»Halte ihn fest! Laß ihn nicht schreien!«

»Nein. Er kann nicht schreien; er ist tot.«

»So hast du ihn erdrosselt?«

»Er war schon tot; er hängt an dem Pfahle.«

»Herrgott! Wohl am Marterpfahle?«

»Ja. Sein Skalp fehlt; sein Leib ist voll Wunden. Er ist kalt, und meine Hände sind naß vom Blute.«

»So sind die Weißen schon tot, und hier ist der Marterplatz. Suchen wir einmal!«

Sie tasteten um sich und fanden binnen zehn Minuten gegen zwanzig schauderhaft verstümmelte Leichen, welche an Pfähle und Bäume gebunden waren.

»Entsetzlich!« stöhnte Old Shatterhand. »Ich glaubte, diese Leute noch retten zu können, wenigstens vor solchen Qualen! Gewöhnlich warten die Roten bis zum nächsten Tage; hier aber haben sie sich keine Zeit gelassen.«

»Und der Plan, die Zeichnung!« meinte Old Firehand. »Die ist nun verloren.«

»Noch nicht. Wir haben die gefangenen Häuptlinge. Vielleicht können wir diese gegen die Zeichnung austauschen.«

»Wenn sie noch da und nicht etwa vernichtet ist.«

»Vernichtet? Schwerlich! Die Roten haben gelernt, die Wichtigkeit solcher Papiere einzusehen. Ein Indianer vernichtet jetzt eher alles andre als ein Papier, welches er bei einem Weißen findet, zumal wenn es nicht bedruckt, sondern beschrieben ist. Laß dir also noch nicht bange sein. Übrigens leuchtet mir ein, aus welchem Grunde man diese Kerle hier so schnell ermordet hat.«

»Nun, warum?«

»Um Platz für uns zu bekommen. Unsre Ankunft ist gemeldet worden. Wir sind noch nicht da; folglich erwartet man uns für morgen früh ganz gewiß; kommen wir da noch nicht, so sendet man Späher nach uns aus.«

»Die Boten, welche abgesendet wurden, um unsre Ankunft zu melden, werden da sein, die Yampa-Utahs aber noch nicht«, meinte Winnetou.

»Nein, die sind noch nicht da. Es hat wohl Stunden gedauert, ehe sie es gewagt haben, unsern Rastort zu passieren und in die Felsenenge einzudringen. Vielleicht kommen sie erst morgen früh, da der letzte Teil des Weges so schlecht ist, daß er des Nachts nicht – – horch! Wahrhaftig, sie kommen; sie sind da!«

Oberhalb der Stelle, an welcher die drei standen, ließ sich plötzlich ein lautes, fröhliches Geschrei hören, welches von unten her sofort beantwortet wurde. Die Yampa-Utahs kamen trotz der Finsternis der Nacht und trotz des schlechten Weges, welcher ihnen sehr bekannt sein mußte. Das war ein Gebrüll und Geheul, daß man sich hätte die Ohren verstopfen mögen. Es wurden Brände aus den Feuern gerissen, mit denen die bereits hier Lagernden den Ankömmlingen entgegenliefen. Der Wald wurde hell und lebendig, so daß die drei in die größte Gefahr, bemerkt zu werden, gerieten.

»Wir müssen fort«, sagte Old Firehand. »Aber wohin? Vor und hinter uns ist alles voller Menschen.«

»Auf die Bäume«, antwortete Old Shatterhand. »In dem dichten Gezweig können wir warten, bis die Aufregung sich gelegt hat.«

»Gut, also hinauf! Ah, Winnetou ist schon oben!«

Ja, der Apache hatte gar nicht lange erst gefragt. Er schwang sich hinauf und versteckte sich im Blätterdach. Die beiden andern folgten seinem Beispiele, indem sie die nächsten Bäume erstiegen. Es ist keine Schande, sich gegen eine solche Übermacht zu verbergen.

Jetzt sah man beim Scheine der Feuer und der Fackeln die Yampa mit ihren Genossen kommen. Sie stiegen von den Pferden, welche fortgeführt wurden, und fragten, ob Winnetou und die Weißen angekommen und ergriffen worden seien. Diese Frage wurde mit der größten Verwunderung aufgenommen. Die Yampa wollten nicht glauben, daß die Genannten nicht angekommen seien, denn sie waren ja der Fährte derselben gefolgt. Es wurde hin und her gefragt, hundert Vermutungen tauchten auf, doch der wahre Sachverhalt blieb ein Rätsel.

Es war für die andern Utahs eine hochwichtige Nachricht, zu hören, daß Old Firehand, Old Shatterhand und Winnetou sich in der Nähe befänden. Aus den verschiedenen Ausrufungen, aus der ungeheuern Wirkung, welche diese Nachricht hervorbrachte, konnten diese drei Männer ersehen, in welch einem Rufe sie bei diesen Roten standen.

Als die Yampa erfuhren, daß über zwanzig Weiße zu Tode gemartert worden seien, glaubten sie, daß es die von ihnen Gesuchten seien, und verlangten, sie zu sehen. Man kam mit Fackeln herbei, um sie ihnen zu zeigen, und nun bot sich den drei im Laube versteckten ein Anblick, welcher bei der ungewissen, flackernden Beleuchtung ein doppelt gräßlicher war. Die Yampas erkannten, daß diese Leichen nicht die richtigen seien, und kühlten ihre Wut auf ganz unbeschreibliche Weise an denselben. Glücklicherweise war diese Scene nicht von langer Dauer; sie erlitt ein Ende, welches kein Utah für möglich gehalten hätte.

Nämlich vom untern Ende des Thales ertönte ein langgezogener Schrei, ein Schrei, den niemand, der ihn einmal gehört hat, jemals wieder zu vergessen vermag, nämlich der Todesschrei eines Menschen.

»Uff!« rief einer der unter den Bäumen stehenden Häuptlinge erschrocken. »Was war das? Die ›gelbe Sonne‹ und ›vier Büffel‹ sind dort unten!«

Ein zweiter, ähnlicher Schrei erscholl, und dann krachten mehrere Schüsse.

»Die Navajos, die Navajos!« schrie der Häuptling. »Winnetou, Shatterhand und Firehand haben sie herbeigeholt, um sich zu rächen. Auf, ihr Krieger; werft euch auf die Hunde! Vernichtet sie! Laßt die Pferde zurück, und kämpft zu Fuße hinter den Bäumen!«

Einige Augenblicke lang rannte alles durcheinander. Man holte die Waffen; man warf Holz in die Feuer, um das nötige Licht zum Kampfe zu bekommen. Man rief und brüllte; der Wald hallte wider vom Kriegsgeheul. Schüsse krachten, näher und immer näher. Fremde, dunkle Gestalten huschten von Baum zu Baum und ließen ihre Gewehre blitzen.

Die Utahs antworteten, erst einzeln, hie und da, dann zu widerstandsfähigen Gruppen vereinigt. Es gab keinen eigentlichen, allgemeinen Kampfplatz, wenn man nicht dem ganzen Thale diese Bezeichnung geben wollte, sondern um jedes Feuer entspann sich ein Kampf im besondern.

Ja, es waren die Navajos; sie hatten die Utahs überrumpeln wollen, hatten es aber nicht verstanden, die am Ausgange des Thales stehenden Wachen lautlos zu überwältigen. Die Todesschreie derselben hatten Alarm gemacht, und nun galt es, Mann gegen Mann zu kämpfen und nicht der Überraschung, sondern der Tapferkeit und Überzahl die Entscheidung zu überlassen.

Der rote Mann greift am liebsten gegen Morgen an, wo der Schlaf, wenigstens bei den dortigen Verhältnissen, bekanntlich am tiefsten ist. Warum die Navajos von dieser Regel abwichen, war schwer zu ersehen. Vielleicht hatten sie geglaubt, unbemerkt eindringen und dann die von den Feuern beschienenen Feinde schnell niederschießen zu können. Als das nicht gelungen war, hatte ihre Tapferkeit ihnen nicht gestattet, zurückzuweichen; sie waren dennoch vorgedrungen und kämpften nun mit viel Verlust.

Es stellte sich heraus, daß die Utahs in der Überzahl waren; überdies kannten sie das Terrain besser als die Feinde, und so wurden diese, obgleich sie sich außerordentlich wacker hielten, nach und nach zurückgedrängt. Man kämpfte aus der Ferne und in der Nähe, mit der Schießwaffe und mit Messer oder Tomahawk. Es war für die drei verborgenen Zuschauer eine höchst aufregende Scene, Wilde gegen Wilde in der wildesten Manier! Hier kämpften zwei unter brutalstem Geheul; dort schlachteten sich einige in teuflischer Lautlosigkeit ab. Wo einer fiel, war sofort der Sieger über ihn her, um ihm den Skalp zu nehmen, vielleicht um in dem nächsten Augenblicke seinen eigenen zu verlieren.

Von den drei Häuptlingen, welche noch am Feuer gesessen hatten, kämpften zwei eigenhändig mit, um die Ihrigen durch ihr Beispiel anzufeuern. Der dritte lehnte in der Nähe des Feuers an einem Baume, verfolgte den Verlauf des Kampfes mit scharfem Blicke und erteilte nach rechts und links seine laut gebrüllten Befehle. Er war der Feldherr, bei welchem die Fäden der Verteidigung sich vereinigten. Selbst als die Navajos weiter und weiter zurückgedrängt wurden, blieb er stehen, ohne mit zu avancieren. Er wollte seinem Platze stolz treu bleiben und überließ den andern Häuptlingen die Leitung der Verfolgung der Feinde.

Der Kampf entfernte sich mehr und mehr. Jetzt war es für die drei unfreiwilligen Zeugen Zeit, sich in Sicherheit zu bringen. Der Weg nach ihrem Asyle war frei. Später, falls der Kampf vielleicht eine Gegenrichtung nahm, oder wenn die Utahs als Sieger zurückkehrten, war es wohl unmöglich, unbemerkt nach dem Verstecke zu gelangen.

Winnetou stieg vom Baume. Die beiden andern sahen es trotz der Dunkelheit und kamen auch herab. Noch immer stand der Häuptling an seiner Stelle. Das Getöse des Kampfes erscholl aus weiter Ferne.

»Jetzt zurück!« sagte Winnetou. »Später werden Freudenfeuer angebrannt, und dann ist's zu spät für uns.«

»Nehmen wir diesen Häuptling mit?« fragte Old Shatterhand.

»Ja. Wir werden ihn leicht ergreifen, denn er ist allein. Ich will mich zu – –«

Er hielt inne. Und was er sah, das war auch ganz geeignet, ihn in das größte Erstaunen zu versetzen und ihm die Worte im Munde stecken bleiben zu lassen. Es kam nämlich aus dem Dunkel schnell wie der Blitz ein kleines, schmächtiges, hinkendes Kerlchen gesprungen, schwang die Flinte und schlug den Häuptling mit einem wohlgezielten Kolbenhiebe zu Boden. Dann ergriff er den Roten beim Genick und zerrte ihn schnell fort, in das Dunkel hinein. Dabei hörte man die nicht sehr lauten, aber dennoch verständlichen Worte aus seinem Munde: »Was Old Shatterhand und Old Firehand kann, das können und verschtehen wir Sachsen mehrschtenteels ooch!«

Er schlug den Häuptling mit einem wohlgezielten Kolbenhiebe zu Boden.

»Der Hobble-Frank!« meinte Old Shatterhand erstaunt.

»Ja, der Frank!« stimmte Old Firehand ein. »Das Kerlchen ist verrückt! Wir müssen ihm schleunigst nach, damit er keine Dummheiten macht!«

»Verrückt? Gewiß nicht! Ein possierlicher Knirps ist er; das ist wahr; aber das Herz hat er gerade da, wo es hingehört, und leichtsinnig ist er gar nicht. Ich habe ihn in die Schule genommen und kann sagen, daß ich meine Freude an ihm habe. Dennoch aber wollen wir ihm nach, da sein Weg auch der unsrige ist.«

Sie eilten fort, hinter dem Kleinen her, in das Dunkel hinein. Schon hatten sie den Eingang zum Verstecke fast erreicht; da fiel gerade vor ihnen ein Schuß.

»Ein Roter ist auf ihn getroffen. Schnell drauf auf – –« wollte Old Shatterhand sagen, aber er schwieg, denn es ertönte die lachende Stimme des Kleinen: »Dummkopp, so paß doch off, wo du hinzielst! Wennste mich treffen willst, darfste doch nicht in den Mond schießen! Da haste dein Teel, und nun gute Nacht!«

Ein Krach wie von einem schweren Hiebe, dann war es still. Die drei drangen vor und stießen auf den Kleinen.

»Zurück!« gebot er. »Hier wird geschossen und geschtochen!«

»Halt, schieß nicht!« warnte Old Shatterhand. »Was hast du denn hier zu suchen?«

»Zu suchen? Nischt und gar nischt. Ich brauch' nich zu suchen, denn ich hab's ja schon bis zum doppelten Findling gebracht. Danken Sie Gott, daß Sie den Mund geöffnet haben! Hätte ich Sie nich an Ihrer konglomeraten Schtimme erkannt, meiner Treu, ich hätte Sie kurz und kleen geschossen. Ich habe zwee Kugeln in der Büchse, was bei meiner Geistesgegenwart und Konsubschtanz fürwahr keen Schpaß nich is. Ich warne Sie allen Ernstes, sich nich wieder so blindlings erschtens in die Gefahr und zweetens mir entgegenzuschtürzen, denn sonst werden Sie drittens wie der Wind zu Ihren Vätern und Patriarchen versammelt.«

Die beiden weißen Jäger mußten trotz des Ernstes der gegenwärtigen Situation über diese Strafrede lachen. Es war augenblicklich kein Feind in der Nähe, und so konnte sich Old Shatterhand ohne Besorgnis erkundigen. »Aber wer hat dir denn die Erlaubnis gegeben, das Versteck zu verlassen?«

»Erlaubnis? Mir hat keen Mensch was zu erlauben. Ich bin mein eegener Herr und Fideikommißbesitzer. Nur die Sorge um Sie hat mir den Küraß umgeschnallt. Kaum waren Sie fort, so ging een Geschrei los, als ob die Cimbern mitten in die Teutonen eingebrochen wären. Das wäre noch auszuhalten gewesen, denn meine Nerven sind mit Teer und Fischthran eingerieben. Aber nachher ging das Geschieße los, und es wurde mir um Sie angst und bange. Mein kindliches Gemüt hängt mit väterlicher Anhänglichkeit an Ihrer seelischen Daseinsexistenz, und ich kann es mir unmöglich ruhig gefallen lassen, wenn Sie von den Roten um Ihr schönes Leben gebracht werden. Darum nahm ich das Gewehr und huschte fort, ohne daß die andern es in der ägyptischen Verfinsterung bemerkten. Links wurde geschossen; nach rechts hatten Sie gewollt; ich ging also nach rechts. Da schtand der Häuptling am Boome wie een marinierter Ölgötze. Das ärgerte mich, und so versetzte ich ihm eenen vertikalen Klaps, daß er horizontal zu Boden kam. Natürlich wollte ich ihn schnell in successive Sicherheet bringen und zerrte ihn fort; aber er war mir doch zu schwer, und ich setzte mich een Weilchen off sein Corpus juris, um een bißchen auszuruhen. Da kam so een roter Franctireur geschlichen und sah mich gegen das Licht. Er legte die Flinte an; ich schlug sie zur Seite, und seine Kugel flog in die Milchschtraße empor; ich aber setzte mich mit Hilfe meines Kolbens mit ihm in solche Konfexion, daß er neben dem Häuptling niederknickte. Nun liegen die beeden Kerle da, ganz ohne Sinn und Verschtand, und wissen nich, woran sie denken sollen. Es is doch een Mallör off dieser Welt!«

»Sei froh, daß es kein größeres Unglück gegeben hat! Wenn du eher kamst, warst du verloren!«

»Haben Sie keene Sorge! Der Hobble-Frank kommt niemals eher, als bis er den Sieg in beeden Händen hat. Was soll nun mit den Kerls geschehen? Ich alleene kann sie nich bewältigen.«

»Wir werden dir helfen. Jetzt rasch hinein! Da unten hat das Schießen aufgehört, und es steht zu erwarten, daß die Utahs nun zurückkehren.«

Die beiden besinnungslosen Indianer wurden in das Versteck gebracht und ebenso gebunden und geknebelt wie die andern. Dann postierte sich Winnetou mit Old Firehand an dem Vorhang, um die Vorgänge draußen zu beobachten. Ja, die Utahs kehrten zurück, und zwar als Sieger. Es wurde eine doppelte Anzahl Feuer angebrannt, mit deren Bränden man den Wald nach den Toten und Verwundeten durchsuchte. Die Navajos hatten die ihrigen mitgenommen, wie es bei den Indianern Sitte ist.

Bei jedem Toten, den man fand, erhob sich ein Klage- und Wutgeheul. Die Leichen wurden zusammengetragen, um ehrenvoll begraben zu werden. Man vermißte mehrere Personen, welche gefangen sein mußten. Unter diesen dachte man sich auch die drei Häuptlinge, welche verschwunden waren, ohne daß eine Spur von ihnen zu finden war. Bei dieser Entdeckung hallte der Wald wieder vom Gebrüll der ergrimmten Krieger. Die zwei noch übrigen Anführer riefen die hervorragenden Krieger zu einer Beratung, bei welcher laute, zornige Reden gehalten wurden.

Das brachte Winnetou auf den Gedanken, sich hinauszuschleichen, um vielleicht zu erfahren, was die Utahs beschließen würden. Dies wurde ihm gar nicht schwer. Die Roten waren überzeugt, ganz allein zu sein, und hielten also jede Vorsicht für überflüssig. Die zurückgeschlagenen Navajos kamen gewiß nicht wieder, und wenn dies auch geschah, so waren unten am Ausgange des Thales Wachen ausgestellt. Daß sich mitten im Thale noch viel gefährlichere Feinde als die Navajos befanden, davon hatte man ja keine Ahnung. So hörte Winnetou also alles, was vorgenommen werden sollte.

Man wollte noch während der Nacht die Toten begraben; die Klaggesänge konnten für später aufgeschoben werden. Jetzt galt es, vor allen Dingen die gefangenen Häuptlinge zu befreien. Das war sogar noch notwendiger, als morgen die Ankunft Winnetous und seiner berühmten weißen Gefährten abzuwarten. Da diese hinauf nach dem Silbersee wollten, mußten sie unbedingt und auf alle Fälle in die Hände der Utahs fallen. Der Häuptlinge wegen mußte so schnell wie möglich aufgebrochen werden, um dieselben zu befreien. Darum sollten alle nötigen Vorbereitungen getroffen werden, um beim Grauen des Tages den Verfolgungsritt antreten zu können.

Jetzt zog Winnetou sich langsam und vorsichtig zurück. In der Nähe des Versteckes angekommen, sah er mehrere Pferde stehen. Diese Tiere waren während des Kampfes scheu geworden und hatten sich von den andern getrennt; es waren ihrer fünf. Da fiel dem Apachen ein, daß die Gefangenen doch transportiert werden müßten, drei Häuptlinge und ein Krieger. Dazu waren vier Pferde nötig. Kein Mensch befand sich in der Nähe. Die Tiere scheuten vor ihm nicht, weil er ein Indianer war. Er nahm eines derselben am Halfter und führte es nach dem Verstecke. Dort saß Old Firehand hinter dem Vorhange und nahm es in Empfang. Auf diese Weise wurden noch drei andre hineingeschafft; sie schnaubten zwar ein wenig, wurden aber von Winnetou sehr bald beruhigt.

Im Innern des Versteckes wurde niemand die Zeit lang. Es gab so viel zu erzählen, zu hören und – zu lauschen. Der Hobble-Frank hatte sich, natürlich in völliger Dunkelheit, an der Seite seines Freundes und Vetters niedergelassen. Früher war er nicht von dem dicken Jemmy gewichen und trotz aller scheinbaren Zerwürfnisse mit ihm stets ein Herz und eine Seele gewesen; seit er aber den Altenburger gefunden hatte, war das anders geworden. Droll wollte nicht gelehrt sein und ließ den Kleinen sprechen, ohne ihn jemals zu verbessern; das band den Hobble mit mächtiger Gewalt an ihn. Übrigens dachte Droll, der erfahrene Westmann, nicht etwa gering von dem Kleinen; er schätzte im Gegenteile dessen gute Eigenschaften in vollem Maße und freute sich auch jetzt aufrichtig über seine

Heldenthat. Denn daß Frank erst den Häuptling und dann auch den andern Indianer niedergeschlagen hatte, war kein Werk etwa der Tolldreistigkeit, sondern der Überlegung und Geistesgegenwart. Diese That fand allgemeine Anerkennung, und alle hatten sich lobend ausgesprochen, nur einer noch nicht, nämlich der Lord. Jetzt aber holte er das Versäumte nach. Er saß an der andern Seite des Kleinen und fragte diesen: »Frank, wollen wir wetten?«

»Ich wette nich«, antwortete der Gefragte.

»Warum nicht?«

»Ich habe keen Geld dazu.«

»Ich borge es Ihnen.«

»Borgen macht Sorgen, sagen wir in Sachsen. Übrigens is es nich etwa christlich und kontributär-sozial, eenem armen Menschen Geld zu borgen, um es ihm durchs Wetten wieder abzuluxen. Da kommen Sie bei mir schief an die Ecke. Ich behalte mein Geld, ooch wenn ich keens habe.«

»Aber Sie würden vielleicht gewinnen!«

»Fällt mir gar nich ein! Durchs Wetten mag ich nich reich werden. Es ruht kein Segen drauf. Ich habe meine prinzipiellen Grund- und Gegensätze, in denen ich mich nun eenmal nich irre machen lasse.«

»Das ist schade. Ich wollte dieses Mal mit aller Absicht verlieren, als eine Art Belohnung für Ihre Heldenthat.«

»Een jedes Heldentum belohnt sich in seinem Innern ganz von selbst. Man trägt die accusative Anerkennung in seinen eegenen und heiligsten Herzenslokalitäten mit sich herum. Dem Verdienste seine Krone, und den andern nich die Bohne! Übrigens is es doch wohl een wenigstens multiplizierter Gebrauch, Fürschten und Helden durch eene Wette zu belohnen. Wer geben will, der mag doch geben, und zwar nich indirekt durch eine falsche Wette, sondern gleich direkt mit der Hand in den Mund. Das is in allen höheren Kulturschtaaten so Sitte, und darum wird's auch im Umkreise meiner Persönlichkeet nich andersch eingeführt.«

»So würden Sie es mir also nicht übelnehmen, wenn ich Ihnen ein Geschenk machte?«

»Sogar sehr! Schenken läßt sich der Hobble-Frank nischt; dazu hat er eene viel zu majestätische Ambition; aber een Andenken so was der gewissenhafte Franzose een Subenir und Kataplasma nennt, das darf man mir schon reichen, ohne befürchten zu müssen, die Lyrasaiten meines Gemütes in mißgestimmte Nebenklänge zu komponieren.«

»Nun, dann haben Sie – ein Andenken also. Ich hoffe, daß Sie sich darüber freuen. Ich habe zwei und kann also eins entbehren.«

Er schob ihm eins seiner Prachtgewehre in die Hände. Frank aber schob es ihm zurück und sagte: »Hörnse, Mylord, Schpaß beiseite! Greifen

Sie mich nich off demjenigen Punkte an, wo ich verderblich werden kann! Ich lächle gern und innig, aber ich kann ooch Kanonengesichter schneiden, wenn man meiner unbewachten Interferenz zu nahe tritt. Een kleener Scherz is gut und ooch für die Gesundheet leicht verdaulich; aber an der Nase zupfen, das kann ich mir nich gefallen lassen und laß ich mir nich gefallen; da denk' ich viel zu hoch und diagonal von mir!«

»Aber ich scherze ja nicht; es ist mein völliger Ernst!«

»Was? Sie wollen dieses Gewehr wirklich aus Ihrem Besitztum entlassen?«

»Ja«, entgegnete der Engländer.

»Und mir als *bona immobilia* schenken?«

»So ist es.«

»Dann her damit, nur rasch her damit, ehe die Reue kommt! Der Wahn is kurz wie Jemmy, aber die Reue lang wie Davy, singt Freiligrath. Dieses Gewehr mein Eegentum, mein unumschtößliches und konzentriertes Eegentum! Das is ja grad, als ob heut' Christbescherung wär'! Ich bin ganz außer mir vor Freude! Ich bin ganz komplexiert und überwältigt! Mylord, brauchen Sie mal eenen guten Freund, der für Sie durch dick und dünne geht, so pfeifen Sie mir nur; ich werde sofort apräsang sein! Wie bedanke ich mich nur? Wollen Sie eenen freundlichen Händedruck, eenen lukrativen Kuß oder eene interimistische Umarmung vor der ganzen Welt?«

»Ein Händedruck genügt.«

»Gut! Tü lah wolüh, Anton. Hier is meine Hand. Drücken Sie sie; immer drücken Sie sie, solange es Ihnen Freede und Vergnügen macht. Ich schtelle sie Ihnen von jetzt an täglich zur Verfügung, so oft ich sie nich selber brauche, denn Dankbarkeet is eene Zier, und finden thut man sie bei mir. Droll, Vetter aus Altenburg, hast du gehört, was mir das Glück dieses Tages in aller Hochachtung beschieden hat?«

»Ja«, antwortete der Altenburger. »Wennste een andrer wärst, so thät' ich dich beneide, weilste aber mein Freund und Vetter bist, gönn' ich dersch aus Herzegrund. Ich gratuliere!«

»Danke, wünsch' gleichfalls! Hurrje, wird's von jetzt an an een Schießen gehen! Mit diesem Gewehre fordre ich mein Jahrtausend in die Schranken, ohne Advokat und Protokoll. Hier, Mylord, is meine Hand noch eenmal; drücken Sie; drücken Sie nur immer zu; ich will mirsch gern gefallen lassen. Ihr Engländer seid doch schtets prächtige Kerle; das konschtatiere ich, wenn's verlangt wird, sehr gern mit meiner eegenhändigen Namensunterschrift. Zählen Sie mich von heute an zu Ihren intimsten Haus- und Familienfreunden. Sobald ich mal nach London offs Newskij-Prospekt komme, besuche ich Sie. Sie brauchen sich nich zu schenieren; ich bin die reene Bescheidenheet und nehme mit allem fürlieb.«

Er war über das Geschenk unendlich glücklich und erging sich darum noch weiter in Redensarten, durch welche die andern sich höchst belustigt fühlten. Ein Glück, daß es so dunkel war und er also die Gesichter der Gefährten nicht erkennen konnte.

Da für den andern Tag bedeutende Anstrengungen zu erwarten waren, so wurden Wachen ausgelost, und dann versuchte man, zu schlafen, was aber lange nicht gelingen wollte. Man schlief erst nach Mitternacht ein, wurde aber schon beim Grauen des Morgens wieder munter, da der Abzug der Indianer unter bedeutendem Lärm vor sich ging.

Als es dann draußen ruhiger geworden war, schlüpfte der Apache hinaus, um zu sehen, ob man das Versteck verlassen könne. Als er zurückkehrte, brachte er einen befriedigenden Bescheid. Es war kein einziger Utah mehr im Thale. Man konnte also das Versteck verlassen, welches zwar Raum genug geboten hatte, aber wegen der Anwesenheit der Pferde unbequem gewesen war.

Zunächst wurde der Sicherheit wegen der Ein- und Ausgang des Thales mit je einem Posten besetzt und dann das letztere selbst genauer untersucht. Man fand ein Massengrab, welches einfach aus einem über den Leichen errichteten Steinhaufen bestand. Auch gab es einige tote Pferde, welche von irregegangenen Kugeln getroffen worden waren. Die Roten hatten sie unbenutzt liegen lassen; die Weißen waren klüger. Der Weg nach dem Silbersee führte, wenn man den Utahs ausweichen wollte, durch wüste Gegenden, die alles pflanzlichen und also auch animalischen Lebens entbehren. Es war da nicht leicht, hinreichend Nahrung zu finden. Da kamen die Pferde sehr gelegen. Der Westmann ist nicht wählerisch; er sättigt sich auch mit Pferdefleisch, wenn er nichts andres und besseres hat. Wird ihm doch, wenn er Gast der Indianer ist, sehr oft gemästeter Hund als Festbraten vorgesetzt. Man nahm also die besten Stücke, verteilte sie und brannte einige Feuer an, an denen sich jeder seinen Anteil braten konnte, um ihn zu konservieren.

Das war kein Zeitverlust, da man den Roten nicht sofort folgen durfte. Auch war es besser, jetzt für fertige Portionen zu sorgen, als später die dann kostbar gewordene Zeit damit zu verschwenden. Daß die Pferde trinken und grasen durften, um sich für den heutigen Ritt zu stärken, versteht sich ganz von selbst.

Nach der Entfernung der Utahs waren den Gefangen die Knebel abgenommen worden. Sie konnten also wieder frei Atem holen und sprechen. Die »gelbe Sonne« war der erste, welcher von diesem letzteren Umstande Gebrauch machte. Er hatte lange still dagelegen, das Treiben der Weißen beobachtet und jeden einzelnen genau und mit finstern Blicken betrachtet. Jetzt wendete er sich an Old Shatterhand: »Welcher von euch ist es, der mich niedergeschlagen hat? Wie könnt ihr es wagen, uns gefangen zu nehmen und zu binden, da wir euch nichts gethan haben!«

»Weißt du, wer wir sind?« fragte der Jäger entgegen.

»Ich kenne Winnetou, den Apachen, und weiß, daß Old Shatterhand und Firehand sich bei ihm befinden.«

»Ich bin Shatterhand, und mein Arm war es, der dich zu Boden schlug.«

»Warum?«

»Um dich unschädlich zu machen.«

»Willst du behaupten, daß ich dir schaden wollte?«

»Ja.«

»Das ist eine Lüge!«

»Gib dir keine Mühe, mich zu täuschen! Ich weiß alles. Wir sollten hier getötet werden, obgleich wir mit den Utahs die Pfeife des Friedens geraucht haben. Die Yampas haben euch gestern Boten geschickt und sind dann selbst gekommen. Jede Unwahrheit, welche du sagst, ist umsonst gesprochen. Wir wissen, woran wir sind, und glauben euch kein Wort.«

Der Häuptling wendete das Gesicht ab und schwieg. An seiner Stelle ergriff der einfache Krieger, welchen der Hobble-Frank an dem Verstecke niedergeschlagen hatte, das Wort: »Die Bleichgesichter sind jetzt Feinde der Utahs?«

»Wir sind Freunde aller roten Männer; aber wir wehren uns, wenn wir von ihnen feindlich behandelt werden.«

»Die Utahs haben die Kriegsbeile gegen die Bleichgesichter ausgegraben. Ihr seid berühmte Krieger und fürchtet sie nicht. Weißt du aber, daß die Navajos ausgezogen sind, den Bleichgesichtern zu helfen?«

»Ja.«

»Die Navajos sind Apachen, und der berühmteste Häuptling dieses Volkes, Winnetou, ist euer Freund und Gefährte; er befindet sich bei euch. Ich sehe ihn dort bei seinem Pferde stehen. Warum schlagt ihr einen Krieger der Navajos nieder und bindet ihm die Arme und die Beine?«

»Meinst du dich selbst?«

»Ja. Ich bin ein Navajo.«

»Warum hast du dich dann nicht mit den Farben deines Stammes bemalt?«

»Um mich zu rächen.«

»Und warum ließest du dich hier noch treffen, als die Deinen schon gewichen waren?«

»Eben wegen meiner Rache. Mein Bruder kämpfte an meiner Seite und wurde von einem Häuptling dieser Hunde erschlagen. Ich brachte seinen Körper in Sicherheit, damit die Utahs ihm nicht die Skalplocke nehmen könnten, und kehrte dann, obgleich meine Krieger schon gewichen waren, zurück, um seinen Tod zu rächen. Ich schlich an den Feinden vorüber, ohne von ihnen gesehen zu werden. Ein Häuptling hatte meinen Bruder erschlagen; ein Häuptling sollte mir dafür seinen Skalp geben. Ich wußte, daß ein solcher im Thale zurückgeblieben war, und wollte ihn suchen. Da sah ich zwei Männer in meinem Wege, einen toten und einen lebendigen. Dieser letztere sah auch mich; ich war verrathen und wollte ihn erschießen; er war schneller als ich und schlug mich nieder. Als ich erwachte, lag ich in Finsternis und war gefangen. Rufe Winnetou! Er kennt mich nicht; aber wenn ich mit ihm sprechen darf, werde ich beweisen können, daß ich kein Utah, sondern ein Najavo bin. Als ich den Bruder den Gefährten übergeben hatte, entfernte ich die Kriegsfarben aus meinem Gesichte, um von den Utahs nicht sogleich als Feind erkannt zu werden.«

»Ich glaube dir; du bist ein Navajo und sollst frei sein.«

Da fuhr die »gelbe Sonne« auf: »Er ist ein Utah, einer meiner Krieger, ein Feigling, der sich durch eine Lüge retten will!«

»Schweig!« gebot Old Shatterhand. »Wäre es wirklich ein Gefährte von dir, so würdest du ihn nicht verraten. Daß du ihn verderben willst, beweist, daß er die Wahrheit gesprochen hat. Du bist ein Häuptling, aber deine Seele ist diejenige eines gemeinen Feiglings, den man verachten muß!«

»Beleidige mich nicht!« brauste der andre auf. »Ich habe die Macht, euch alle zu verderben. Nimmst du uns die Bande ab, so soll euch verziehen werden. Thust du es aber nicht, so werdet ihr von tausend unbeschreiblichen Qualen erwartet!«

»Ich verlache deine Drohung; du befindest dich in unsrer Gewalt, und wir werden mit dir thun, was uns beliebt. Je ruhiger du dich in deine Lage fügst, desto erträglicher wird sie sein. Wir sind Christen und erfreuen uns nicht daran, unsern Feinden Schmerzen zu bereiten.«

Indem er dies sagte, befreite er den Navajo, welcher ein noch junger Mann war, von seinen Fesseln. Dieser sprang auf, reckte und dehnte seine Glieder und bat: »Gib diese Hunde in meine Hand, damit ich mir ihre Skalpe nehmen kann! Je milder du mit ihnen bist, desto mehr werden sie dich betrügen.«

»Du hast keinen Teil an ihnen«, antwortete Old Shatterhand. »Du wirst vielleicht mit uns ziehen; aber wenn du es wagst, sie auch nur mit dem Finger zu berühren, würde ich dich mit meinen eigenen Händen töten. Nur wenn wir sie leben lassen, können sie uns Nutzen bringen; ihr Tod aber würde uns schaden.«

»Was könnte das für ein Nutzen sein?« fragte der Rote verächtlich. »Diese Hunde sind zu nichts gut.«

»Darüber habe ich dir keine Erklärung zu geben. Willst du sicher zu den Deinen gelangen, so hast du dich nach unserm Willen zu richten.«

Man sah es dem Gesichte des Navajo an, daß er nur ungern auf die Erfüllung seines Wunsches verzichtete; aber er mußte sich fügen. Um ihm einigermaßen zu Willen zu sein, übergab Old Shatterhand ihm die Bewachung der gefangenen Utahs und versprach ihm den Skalp desjenigen von ihnen, der es wagen würde, einen Fluchtversuch zu unternehmen. Das beruhigte den Mann und war zugleich ein kluges Arrangement, da es jedenfalls keinen aufmerksameren und unermüdlicheren Aufseher geben konnte als ihn, der so lüstern nach den Kopfhäuten der Gefangenen war.

Nun galt es vor allen Dingen noch, die ermordeten Weißen zu besichtigen. Sie boten einen Anblick dar, dessen Beschreibung am besten unterlassen bleibt. Sie waren unter großen Qualen gestorben. Die Männer, welche bei den Leichen standen, hatten schon viel gesehen und erfahren; aber sie konnten sich eines Schauders nicht erwehren, als sie die zerstochenen Körper und verunstalteten Gliedmaßen der Toten erblickten. Die Tramps hatten geerntet, was und wie von ihnen gesäet worden war. Am schlimmsten war es dem Cornel ergangen. Er hing verkehrt am Marterpfahle, mit dem Kopf nach unten. Er war, ganz wie seine Gefährten, von allen Kleidern entblößt; die Roten hatten die Anzüge unter sich verteilt, und es war nicht das kleinste Stück derselben zu sehen.

»Jammerschade!« sagte Old Firehand. »Hätten wir doch eher kommen können, um die Ermordung dieser Leute zu verhindern!«

»Pshaw!« antwortete der alte Blenter. »Habt Ihr etwa auch noch Mitleid mit diesen Kerls? Und wenn wir zur rechten Zeit gekommen und es euch gelungen wäre, ihnen das Leben zu retten, der Cornel hätte doch sterben müssen. Mein Messer hätte auf alle Fälle ein Wort mit ihm gesprochen.«

»So war es nicht gemeint, denn ihren Tod bedauere ich nicht, wenn ich auch wünsche, daß derselbe ein weniger grausamer hätte sein mögen. Aber das Papier, das Papier, die Zeichnung, welche der Cornel bei sich trug! Die wollte ich haben; die brauchten wir! Und nun ist sie fort; jedenfalls verloren.«

»Vielleicht finden wir sie. Jedenfalls geraten wir noch mit den Utahs zusammen, und dann wird es wohl auf irgend eine Art zu ermöglichen sein, in den Besitz des Anzuges zu gelangen, den wir dann untersuchen werden.«

»Schwerlich! Wir kennen ja die Kleidungsstücke nicht, welche er zuletzt getragen hat; sie sind wohl nicht beisammen geblieben, sondern unter mehrere Rote verteilt worden. Wie will man sie wieder zusammenbringen? Die Zeichnung ist verloren, und jener alte Häuptling Ikhatschi-

Der Cornel hing verkehrt am Marterpfahle,
mit dem Kopf nach unten.

tatli, von welchem Engel sie erhalten hat, ist tot; ein zweites Exemplar ist ja nicht mehr zu bekommen.«

»Ihr vergeßt«, fiel Watson, der frühere Schichtmeister in Sheridan, ein, »daß dieser Häuptling einen Sohn und auch einen Enkel hatte, welche zwar nicht anwesend waren, aber doch eigentlich bei ihm am Silbersee wohnten. Sie werden, wie sich ganz von selbst versteht, das Geheimnis kennen und sind gewiß, ob im Guten oder im Bösen, das ist gleich, dazu zu bringen, es uns mitzuteilen.«

»Ein Indianer läßt sich zu so etwas nicht zwingen, besonders wenn es sich um Gold und Silber handelt; er stirbt lieber, als daß er dem verhaßten Weißen zum Reichtum verhilft.«

»Es fragt sich, ob er uns zu den Verhaßten zählt. Die beiden ›Bären‹ sind vielleicht den Weißen freundlich gesinnt.«

»Die ›beiden Bären‹?« fragte Old Firehand. »Hießen sie so?«

»Ja doch! Der ›große‹ und der ›kleine Bär‹.«

»Alle Wetter! Wie konnte mir das entgehen! Jawohl, es fällt mir ein, daß das ihre Namen waren. Wie ist es nur möglich, daß ich nicht sofort an die beiden Tonkawa gedacht habe, welche sich mit uns auf dem Dampfer befanden! Nintropan-hauey und Nintropan-homosch, der ›große Bär‹ und der ›kleine Bär‹, so hießen sie doch!«

»Die zwei Nintropan wohnen droben am Silbersee«, bestätigte jetzt Winnetou. »Ich kenne sie; sie sind meine Freunde und waren den Bleichgesichtern stets gewogen.«

»Wirklich? Das ist gut, sehr gut; denn da ist alle Hoffnung vorhanden, daß sie uns die gewünschte Auskunft geben werden. Leider gibt es jetzt Kampf dort oben, und die Utahs befinden sich zwischen uns und dem See. Wir werden wohl nicht hindurchkommen.«

»Wir brauchen nicht hindurch, nicht an den Utahs vorüber; denn ich kenne einen Weg, welchen noch kein Weißer und noch kein Utah betreten hat. Er ist zwar sehr beschwerlich, aber wenn wir bald aufbrechen, werden wir noch vor ihnen und sogar schon vor den Navajos oben sein.«

»So wollen wir uns beeilen. Wir haben hier nichts mehr zu thun, als diese Weißen zu begraben, die wir doch nicht hängen lassen können. Das ist bald geschehen, wenn wir sie nebeneinander legen und mit Steinen bedecken. Dann machen wir uns sofort auf den Weg. Ich hoffe das Beste, zumal wir so viele Geiseln haben und wir also die Utahs wohl zwingen können, auf friedliche Vorschläge einzugehen.«

Sechzehntes Kapitel

Am Silbersee

Es war eine gewaltige Scenerie, welche sich den Augen der Weißen bot, als sie nach einigen Tagen sich dem Ziele ihres beschwerlichen Rittes näherten. Sie ritten in einem langsam aufsteigenden Cañon, an dessen beiden Seiten mächtig hohe Felsenmassen aufstarrten, und zwar in einem Farbenglanze, welcher die Augen beinahe blendete. Kolossale Sandsteinpyramiden, eine neben der andern stehend, oder sich kulissenartig vor- und hintereinander schiebend, strebten in einzelnen, verschieden gefärbten Lagerungen und Stockwerken zum Himmel empor. Bald bildeten diese Pyramiden geradlinige senkrechte Wände; bald waren sie mit ihren vielen Pfeilern und vorspringenden Ecken, Spitzen und Kanten mit steinernen Schlössern oder phantastischen Citadellen zu vergleichen. Die Sonne stand hoch, schräg über diesen großartigen Formationen und ließ dieselben in einer geradezu unbeschreiblichen Farbenpracht erglänzen. Gewisse Felsen schillerten im hellsten Blau, andre tief goldigrot; zwischen ihnen lagen gelbe, olivengrüne und im feurigsten Kupfer funkelnde Lagerungen, während in den Furchen ein gesättigt blauer Schatten ruhte. Aber dieses Gepränge, bei welchem dem Beschauer die Augen übergehen wollten, war ein totes; es fehlte ihm das Leben, die Bewegung. Es floß kein Wassertropfen zwischen diesen Felsen; kein Halm fand Nahrung auf dem tiefen Grunde, und an den starren Mauern war kein grünender Zweig, kein einziges Blatt, dessen Grün dem Auge wohlgethan hätte, zu bemerken.

Aber daß es zuzeiten hier Wasser gab, und zwar in gewaltiger Menge, das bewiesen die Spuren, welche zu beiden Seiten deutlich am Gestein zu erkennen waren. In diesen Zeiten bildete der jetzt trockene Cañon das Bett eines Stromes, welcher seine reißenden Fluten tief und breit in den Colorado ergoß. Dann war die Schlucht wochenlang für jeden menschlichen Fuß gesperrt, und wohl schwerlich konnte ein kühner Westmann oder Indianer es wagen, sich den Wogen auf schwankem, gebrechlichem Kanoe anzuvertrauen.

Die Sohle des Cañon bestand dementsprechend aus einer tiefen Lage rundgescheuerter Steine, deren Zwischenräume mit Sand ausgefüllt waren. Das gab eine sehr beschwerliche Bahn, denn die runden Steine wichen bei jedem Schritte unter den Hufen der Pferde und ermüdeten die Tiere so, daß man von Zeit zu Zeit Halt machen mußte, um sie ausruhen zu lassen.

Old Firehand, Old Shatterhand und Winnetou ritten voran. Der erstere widmete der Umgebung eine auffällige Aufmerksamkeit. Man sah ihm an, daß er nach einer Stelle suchte, welche ihm jedenfalls von Wichtigkeit war. Da, wo zwei gewaltige Felsenpfeiler sich in der Höhe aneinander lehnten und unten einen Zwischenraum ließen, welcher kaum zehn Fuß breit war und sich nach innen noch zu verengern schien, hielt er sein Pferd an, betrachtete die Stelle mit prüfendem Blicke und sagte: »Hier muß es sein, wo ich damals herauskam, nachdem ich die Ader gefunden hatte. Ich glaube nicht, daß ich mich irre.«

»Und da willst du hinein?« fragte Old Shatterhand.

»Ja. Und ihr sollt mit.«

»Führt der Spalt denn weiter? Es scheint doch, daß er bald zu Ende geht.«

»Wollen sehen. Es ist doch möglich, daß ich mich irre.«

Er wollte vom Pferde steigen, um nachzuforschen; aber der Apache lenkte sein Tier nach der Felsenenge und sagte in seiner ruhigen, sicheren Weise: »Meine Brüder mögen mir folgen, denn hier beginnt ein Weg, auf welchem wir eine große Strecke abschneiden werden. Auch ist er für die Pferde viel bequemer als der Geröllboden des Cañons.«

»Du kennst diese Spalte?« fragte Old Firehand überrascht.

»Winnetou kennt alle Berge, Thäler, Schluchten und Risse genau; du weißt, daß er sich niemals irrt.«

»Das ist wahr. Aber daß du gerade diese Stelle kennst, und daß du von ihr behauptest, der Anfang eines Weges zu sein, das ist sonderbar. Kennst du die Gegend, in welche er führt?«

»Ja. Diese Spalte wird erst noch enger; dann verbreitert sie sich sehr, nicht zu einer schmalen Schlucht, sondern zu einer glatten Felsenfläche, welche wie eine riesige Tafel allmählich in die Höhe steigt.«

»Das stimmt, das stimmt! Ich bin also an der richtigen Stelle. Diese Tafel führt mehrere hundert Fuß nach oben. Und was kommt dann? Weißt du es?«

»Die obere Kante dieser Tafel fällt dann jenseits jäh in die Tiefe, in einen großen, runden Kessel, aus welchem eine schmale, viel gewundene Felsenenge hinauf in das weite, schöne Thal des Silbersees führt.«

»Auch das ist richtig. Bist du in diesem Kessel gewesen?«

»Ja.«

»Hast du da vielleicht etwas Merkwürdiges gefunden?«

»Nein. Es ist nichts, gar nichts da zu finden, kein Wasser, kein Gras, kein Tier. Kein Käfer, keine Ameise kriecht über das ewig trockene Gestein.

»So will ich dir beweisen, daß man doch etwas findet, etwas, was viel kostbarer ist als Wasser und Gras.«

»Meinst du die Silberader, welche du entdeckt hast?«

»Ja. Es gibt da nicht nur Silber, sondern auch Gold. Dieser Felsenkessel ist es, wegen dessen ich den weiten Ritt unternommen habe. Vorwärts, biegen wir hier ab!«

Sie ritten in den Spalt hinein, einzeln hintereinander, denn es gab nicht Platz genug für zwei. Bald aber traten die Felsenwände weiter und immer weiter auseinander; die gigantischen Pfeiler öffneten sich, und nun lag, mit dem untersten Winkel an die Spalte stoßend, vor den Reitern ein mächtiges, glattes Felsendreieck, welches sich langsam und dachförmig zwischen rechts und links zurückweichenden Wänden erhob und oben gegen den hellen Himmel eine scharfe, schnurgerade Grundlinie bildete.

Da hinauf ging nun der Ritt. Es war, als ob die Pferde ein ungeheures Dach zu erklimmen hätten, doch war die Steigung desselben nicht so bedeutend, daß sie allzu große Schwierigkeiten bot. Es dauerte wohl eine Stunde, ehe der Zug oben ankam, und nun dehnte sich vor den Reitern eine meilenweite Felsenebene nach Westen hin, in deren Vordergrund der tiefe Kessel, von welchem Old Firehand und Winnetou gesprochen hatten, eingesenkt war. Aus diesem sah man von oben aus einen dunklen Strich links ab nach Süden gehen. Das war die erwähnte Felsenenge, durch welche man aus dem Kessel nach dem Silbersee gelangte.

Nun ging es in die Tiefe hinab. Die Senkung war so bedeutend, daß man vom Pferde steigen mußte. Es gab sogar Stellen, an welchen die Passage fast gefährlich wurde. Man hatte die Gefangenen natürlich von den Pferden gebunden und ihnen die Beine freigegeben, damit sie hinabsteigen konnten. Der junge Navajo hielt sich hart hinter ihnen und ließ sie nicht aus dem Auge. Unten angekommen, mußten sie wieder aufsteigen, um festgebunden zu werden.

Nun wollte Old Firehand den Gefährten seinen Fund zeigen; aber die Utahs durften nichts von demselben wissen. Darum wurden sie ein Stück in die Felsenenge hineingebracht, und einige Rafters blieben mit dem Navajo bei ihnen, um sie zu bewachen. Die andern waren gar nicht wieder in den Sattel gestiegen. Die Kunde, daß man sich an dem langersehnten Fundorte befinde, versetzte sie in die größte Aufregung.

Der Kessel hatte einen Durchmesser von wenigstens einer englischen Meile. Sein Boden bestand aus tiefem Sande, untermischt mit abgescheuerten Steinen bis zur Größe einer Männerfaust. Zwei Männer waren hier von großer Bedeutung, nämlich Old Firehand, welcher die Ader anzugeben hatte, und Butler, der Ingenieur, welcher den Fund und die Möglichkeit der Ausbeutung technisch begutachten sollte. Dieser letztere ließ seinen prüfenden Blick rund umherschweifen und meinte dann: »Es ist möglich, daß wir hier auf eine reiche Bonanza stoßen. Gibt es wirklich edles Metall hier, so steht allerdings zu erwarten, daß es gleich in bedeutenden Mengen vorhanden ist. Diese ungeheure Vertiefung wurde im Laufe der Jahrhunderte ausgewaschen. Das Wasser strömte durch die Felsenenge von Süden herbei und bildete, da es nicht weiter konnte, einen Strudel, welcher das Gestein ablöste und zu Gries und Sand zerrieb. Der Boden, auf welchem wir stehen, wurde durch den allmählichen Niederschlag gebildet und muß die ausgewaschenen Metalle enthalten, welche infolge ihrer Schwere am tiefsten sanken und also unter dem Sande liegen. Wenn wir einige Ellen tief nachgraben, wird es sich zeigen, ob unsre Reise erfolgreich oder vergeblich war.«

»Wir brauchen nicht nachzugraben. Es genügt doch, nachzuweisen, daß die Ufer dieses einstigen Wasserloches das gesuchte Metall enthalten!« antwortete Old Firehand.

»Allerdings. Gibt es in diesen Wänden Gold oder Silber, so ist ganz bestimmt auch der Boden des Kessels mit diesen Metallen geschwängert.«

»So kommt! Ich will euch den Beweis liefern.«

Er schritt in gerader Richtung nach einer Stelle, welche er genau zu kennen schien. Die andern folgten ihm mit größter Spannung.

»Vetter, mir schuckert das Herz«, gestand der Hobble-Frank dem Altenburger. »Wenn wir hier Silber finden oder gar Gold, so raffe ich mir alle Taschen voll und fahre nachher heeme, nach Sachsen. Dort baue ich mir am lieblichen Schtrande der Elbe eene sogenannte Villa und recke von früh bis abends den Kopp zum Fenster 'raus, um den Leuten zu zeigen, was für een vornehmer und großartiger Kerl ich geworden bin.«

»Und ich«, antwortete Droll, »koof mir ee Bauerngut mit zwanzig Pferden und achtzig Kühen und mache weiter nischt als Quark und Ziegenkäse. Dadroff kommt's nämlich im Altenburgischen hauptsächlich an.«

»Und wenn wir aber nischt finden?«

»Ja, wenn nischt gefunde wird, so könne mer ooch nischt mache. Aber ich denk, daß mer schon Glück habe werde, denn es verschteht sich ganz von selber, daß es in der Nähe des Silbersees ooch Silber gebe muß.«

Seine Zuversicht sollte nicht zu Schanden werden. Old Firehand war an der Felswand angelangt, welche sich hier unterwaschen und zerbrökkelt zeigte. Er zog einen lockern Stein heraus, noch einen und noch mehrere. Es entstand ein Riß, welcher mit diesen Steinen verschlossen worden war. Dieser Riß war durch natürlichen Einfluß entstanden und, wie man deutlich sah, künstlich erweitert worden. Old Firehand langte mit der Hand hinein und sagte dabei: »Von dem, was ich hier fand, habe ich mir eine Probe mitgenommen und untersuchen lassen. Jetzt will ich sehen, ob das Gutachten Butlers dasselbe ist.«

Als er nun die Hand zurückzog, hielt er in derselben ein weißes, bräunlich angelaufenes und drahtähnliches Gebilde, welches er dem Ingenieur hinreichte. Kaum hatte dieser es genommen und einen Blick darauf geworfen, so rief er laut: »Himmel! das ist ja reines gediegenes Silber! Und das hat ursprünglich hier in diesem Spalt gesteckt?«

»Ja, der ganze Spalt war damit ausgefüllt. Er scheint sich tief in das Gestein hineinzuziehen und sehr reich an Metall zu sein.«

»So kann ich garantieren, daß wir hier eine außerordentlich reiche Ausbeute machen werden. Jedenfalls gibt es noch mehr solche Klüfte und Sprünge, welche Gediegenes enthalten.«

»Und auch feste Gänge mit Erz, wie ich gleich zeigen werde«, lächelte Old Firehand.

Er holte einen zweiten noch viel größeren Gegenstand heraus und gab ihn dem Ingenieur. Es war ein mehr als zwei Faust großes Erzstück, welches Butler aufmerksam betrachtete, um dann auszurufen: »Die chemische Untersuchung ist freilich viel sicherer; aber ich möchte darauf schwören, daß wir es hier mit Chlorsilber, also Silberhornerz, Kerargyrit, zu thun haben!«

»Das stimmt. Die chemische Analyse hat Chlorsilber ergeben.«

»Mit wie viel Prozent?«

»Fünfundsiebzig Prozent reines Silber.«

»Welch ein Fund! Allerdings findet man in Utah vorzugsweise Silberhornerz. Wo ist die betreffende Ader?«

»Weiter dahinten an der andern Seite des Kessels. Ich habe sie hoch mit Geröll bedeckt, werde sie euch aber zeigen. Und nun, was ist das?«

Er brachte aus der Spalte mehrere Körner von der Größe einer Haselnuß.

»Nuggets, Gold!« schrie der Ingenieur. »Auch von hier?«

»Ja. Wir hatten uns damals hier versteckt und konnten nicht fort, weil die Roten auf uns lauerten. Es fehlte uns an Wasser, und ich grub den Sand auf, um zu versuchen, ob der Boden Feuchtigkeit enthalte. Wasser gab es nicht, aber solche Nuggets fand ich mehrere.«

»So gibt es auch Goldgänge hier, ganz wie ich vorhin gesagt habe! Old Firehand, hier liegen Millionen, und der Entdecker ist ein reicher, steinreicher Mann!«

»Nur der Entdecker? Ihr alle sollt teilhaben. Ich bin der Entdecker, Butler ist der Ingenieur, und die andern helfen ausbeuten. Zu diesem

Zwecke habe ich euch mitgenommen. Die Bedingungen, unter denen wir zusammen arbeiten, und der Anteil, den jeder einzelne bekommt, das werden wir noch bestimmen.«

Die Worte riefen einen allgemeinen Jubel hervor, einen Jubel, welcher gar nicht nachlassen wollte. Old Firehand zeigte nun den Gang des Silbererzes, welcher ein ganz bedeutender war. Es stand zu erwarten, daß dies nicht der einzige sei. Die meisten zeigten Lust, gleich auf der Stelle nachzuforschen, doch Old Shatterhand that dem Einhalt, indem er warnte: »Nicht so eilig, Mesch'schurs! Wir haben zunächst an noch andres zu denken. Wir befinden uns ja nicht allein hier oben.«

»Aber wir sind den Roten zuvorgekommen«, bemerkte der Lord, welcher zwar keinen Anspruch auf den Metallfund machte, aber sich wenigstens ebensosehr wie die andern über denselben freute.

»Zuvorgekommen, ja, aber nicht weit. Der Navajo, welcher sich bei uns befindet, kennt die Rückzugslinie der Seinen ganz genau. Er hat berechnet, daß sie kaum einige Stunden später als wir am See eintreffen werden, und hinter ihnen folgen jedenfalls sofort die Utahs. Wir haben also keine Zeit zu verlieren, uns darauf vorzubereiten.«

»Das ist wahr«, stimmte Old Firehand bei. »Aber wissen möchte ich doch, ob die Ausbeutung hier auf große Schwierigkeiten stoßen wird. Uns das zu sagen, wird Master Butler wohl nur einiger Minuten bedürfen. Also Butler, gebt Antwort!«

Master Butler prüfte mit einem langen Blicke die Umgebung und sagte dann: »Wasser ist's, vor allen Dingen Wasser, dessen wir bedürfen. Welches ist die nächste Stelle, an welcher dasselbe vorhanden ist?«

»Eben der Silbersee.«

»Wie weit liegt er von hier?«

»In zwei Stunden sind wir dort.«

»Liegt er höher als diese Stelle?«

»Bedeutend.«

»So wäre also das nötige Gefälle vorhanden. Nur fragt es sich, ob die Möglichkeit da ist, es hierher zu leiten.«

»Die Felsenenge, welche den einzigen Zugang zu diesem Kessel bildet, führt ja hinauf und mündet in der Nähe des Sees.«

»Das ist wichtig, denn da kann ich annehmen, daß die Zuleitung auf keine unüberwindlichen Schwierigkeiten stoßen wird. Aber Röhren brauchen wir, wenn auch später von Eisen, so zunächst nur von Holz. Und gibt es solches hier?«

»Massenhaft. Der Silbersee ist ganz von Wald umgeben.«

»Das ist prächtig! Vielleicht brauchen wir nicht die ganze Strecke mit Röhren zu belegen. Wir können ja etwas aufwärts von hier ein Reservoir anlegen. Vom See bis in dieses Reservoir kann das Wasser offen fließen. Von da aus aber muß es in Röhren genommen werden, damit wir den nötigen Druck bekommen.«

»Ach, wegen der Spritzen?«

»Ja. Wir werden uns natürlich hüten, das Gestein mit Hacke und Schaufel zu bearbeiten. Es wird mit Wasser gesprengt und nur da, wo die Spritze nicht greift, nehmen wir Pulver. Auch hier der metallhaltige Boden wird mit Wasser behandelt.«

»Aber dann muß dasselbe einen Abfluß haben, sonst füllt sich der Kessel und wir können nicht arbeiten.«

»Ja, der Abfluß! Es gibt hier keinen, und doch muß er geschaffen werden. Ich denke, zunächst wird ein Pump- oder Paternosterwerk genügen, mit welchem wir das Wasser da zur Höhe heben, über welche wir gekommen sind. Von da läuft es von selbst hinab und durch die Spalte in den Cañon. Während wir jetzt hinauf zum See reiten, werde ich sehen, ob und in welcher Weise sich die Sache machen läßt. Freilich sind uns Maschinen nötig, welche wir nicht haben; aber das macht keine Schwierigkeit. In Zeit von einem Monat kann alles Nötige beisammen sein. Zwei Punkte nur sind es, welche mir Bedenken machen.«

»Welche?«

»Erstens die Indianer. Wollen wir uns von ihnen nach und nach abschlachten lassen?«

»Das haben wir nicht zu besorgen. Old Shatterhand, Winnetou und ich, wir sind mit den betreffenden Stämmen so gut befreundet, daß wir leicht ein gutes Abkommen mit ihnen treffen werden.«

»Gut! Aber der Grund und Boden? Wem gehört der?«

»Den Timbabatschen. Der Einfluß Winnetous wird sie bestimmen, ihn uns zu verkaufen.«

»Und wird die Regierung diesen Kauf anerkennen?«

»Ich möchte den Mann sehen, der mir dann meine Rechte streitig machen wollte! Dieser Punkt macht mir gar keine Schmerzen.«

»So bin ich befriedigt. Die Hauptsache ist die Möglichkeit, das Wasser des Sees nach hier zu leiten, und darüber werde ich mich während unsers jetzigen Rittes instruieren. Wir wollen fort.«

Der kleine Spalt, welchen Old Firehand geöffnet hatte, wurde geschlossen und auch der Erzgang wieder zugeworfen; dann stieg die Gesellschaft wieder zu Pferde, um den unterbrochenen Ritt fortzusetzen.

Es war eine Art Hohlweg, in welchem die gefangenen Roten mit ihren Wächtern gewartet hatten, eine durch das Wasser früher in den Stein gefressene, vielfach gewundene Rinne von wenigstens zehn und höchstens zwanzig Fuß Breite, welche den Weg nach aufwärts bildete. Auch sie war vollständig pflanzenleer. Der frühere Wasserlauf war vollständig vertrocknet und führte vielleicht nur zur Frühjahrszeit ein wenig Feuchtigkeit, welche nicht im stande war, vegetabilisches Leben hervorzurufen.

Die zwei Stunden waren fast vergangen, als das einstige Flußbett plötzlich breiter wurde, um einen von Felsen eingefaßten Plan zu bilden, welcher ein stehendes Gewässer enthielt. Hier gab es Gras, zum erstenmal nach einem langen Ritte. Die Pferde hatten infolge der Hitze, des Wassermangels und des schlechten Weges sehr gelitten. Sie wollten dem Zügel nicht mehr gehorchen, sondern fressen. Darum stiegen die Reiter ab, um ihnen den Willen zu thun. Sie setzten sich in einzelne Gruppen zusammen und unterhielten sich über die Reichtümer, welche sie in der Zukunft zu besitzen hofften. Feindliche Indianer waren hier nicht zu befürchten; man wollte nur eine ganz kurze Zeit rasten und darum dachte man nicht daran, Wachen auszustellen.

Der Ingenieur hatte dem zurückgelegten Wege seine ganze Aufmerksamkeit zugewendet; jetzt äußerte er sich über das Ergebnis: »Bis hierher bin ich außerordentlich befriedigt. Der Hohlweg gibt Raum nicht nur zur Wasserleitung, sondern auch zum Transport jedes Gegenstandes, dessen wir bedürfen. Wenn unsre Ansprüche noch weiter so befriedigt werden, so muß ich sagen, daß die Natur uns in höchst freundlicher Weise entgegenkommt.«

»Du«, meinte der Hobble-Frank, indem er dem Altenburger einen Rippenstoß versetzte, »hörscht du's? Es wird merschtenteels etwas aus meiner Villa.«

»Und ebenso aus meinem Bauerngut! Na, freu dich, Altenburg, wenn der berühmteste deiner Söhne angefahre kommt mit eenem Geldsacke, zwanzig Elle lang! Vetter, komm her, ich muß dich küsse!«

»Itzt noch nich!« wehrte Frank ab. »Noch liegt der Reichtum im Zeitenschoße der konfernalen Zukunftsform verborgen, und wir müssen als vorsichtige Leute gewärtig sein, daß meine Villa und dein Bauerngut in een substantielles Nichts verfliegen. Als geborener Sachse und gelernter Pfiffikus zweifle ich zwar gar nich, daß meine Hoffnungen sich in die schönste Erfüllung absolvieren, aber zum Küssen is es denn doch noch nich. Ich bin – –«

Er wurde unterbrochen, denn der Ingenieur rief in besorgtem Tone: »Ellen! Wo ist Ellen? Ich sehe sie nicht!«

Das Mädchen hatte hier seit zwei Tagen nicht nur das erste Gras, sondern auch einige Blumen gesehen und sich beeilt, dieselben zu pflükken, um sie dem Vater zu bringen. Die Feuchtigkeit des nahen Sees durchdrang die Erde bis hierher; darum begann hier eine Vegetation, welche aufwärts immer kräftiger wurde und sogar den nach dem See führenden

Das Mädchen war starr vor Schreck.

Hohlweg bekleidete. Ellen war sorglos in denselben eingedrungen. Sie ging pflückend weiter und weiter, bis sie an eine Biegung kam. Da fiel ihr ein, daß sie sich nicht so weit entfernen dürfe. Eben wollte sie umkehren, als drei Männer um die Krümmung des Weges traten, drei bewaffnete Indianer. Das Mädchen war starr vor Schreck, wollte um Hilfe rufen, brachte aber keinen Laut hervor. Der Indianer ist durch Erziehung geistesgegenwärtig; er handelt in jeder Lage schnell und mit Entschlossenheit. Kaum erblickten die drei das Mädchen, so warfen sich zwei von ihnen auf sie, um sie zu ergreifen. Der eine preßte ihr die Hand auf den Mund; der andre hielt ihr das Messer entgegen und drohte in gebrochenem Englisch: »Still, sonst tot!«

Der dritte huschte vorwärts, um nachzusehen, zu wem die Weiße gehöre, denn es verstand sich von selbst, daß sie nicht allein sei. Er kehrte nach kaum zwei Minuten zurück und raunte seinen Gefährten einige Worte zu, welche Ellen nicht verstand; dann wurde sie fortgerissen, ohne daß sie es wagte, einen Ton hören zu lassen.

Nach kurzer Zeit war der Hohlweg zu Ende; er mündete auf eine nicht hohe Berglehne, deren unterer Saum mit Büschen besetzt war, welche nach oben in Wald übergingen. Ellen wurde zwischen die Büsche hinein- und dann nach den Bäumen gezerrt, wo eine Anzahl Indianer saßen. Sie hatten ihre Waffen neben sich liegen, ergriffen sie aber sofort und sprangen auf, als sie ihre Kameraden mit dem Mädchen kommen sahen.

Ellen verstand kein Wort von dem, was gesprochen wurde; aber sie sah die Blicke aller drohend auf sich gerichtet und glaubte sich infolgedessen in der größten Gefahr. Da fiel ihr das Totem ein, welches der »kleine Bär« ihr auf dem Schiffe gegeben hatte. Er hatte ihr gesagt, daß diese Schrift sie vor jeder Feindschaft schützen werde. »Sein Schatten ist mein Schatten, und sein Blut ist mein Blut; er ist mein älterer Bruder«, so lautete der Inhalt. Sie zog die Schnur hervor, an welcher sie das Totem hängen hatte, machte es los und gab es demjenigen Indianer, den sie seines grimmigen Aussehens wegen für den gefährlichsten hielt.

»Nintropan-homosch«, sagte sie dabei, denn sie hatte wiederholt gehört, daß der »kleine Bär« in seiner Sprache so heiße.

Der Rote faltete das Leder auseinander, betrachtete die Figuren, stieß einen Ruf der Überraschung aus und gab das Totem dem nächsten. Es ging von Hand zu Hand. Die Gesichter wurden freundlicher, und derjenige, welcher schon vorhin Ellen angesprochen hatte, fragte sie: »Wer – geben – dir?«

»Nintropan-homosch«, antwortete sie.

»Jung Häuptling?«

»Ja«, nickte sie.

»Wo?«

»Auf dem Schiffe.«

»Groß Feuerkanot?«

»Ja.«

»Auf Arkansas?«

»Ja.«

»Richtig sein. Nintropan-homosch auf Arkansas gewesen. Wer – Männer – dort?«

Er zeigte nach dem Hohlweg zurück.

»Winnetou, Old Firehand, Old Shatterhand.«

»Uff!« rief er aus, und »Uff!« riefen auch die andern. Er wollte weiter fragen; aber da rauschte es in den Büschen, und, die drei Genannten an der Spitze, brachen die Weißen hervor, um augenblicklich einen Kreis um die Roten zu bilden. Winnetou hatte ihre Spuren entdeckt, und man war ihnen augenblicklich gefolgt. Sie machten keinen Versuch, sich zu wehren, denn sie wußten, daß man ihnen nichts thun werde. Der Späher hatte vorhin Winnetou nicht bemerkt; früher hatte er ihn gesehen, und jetzt erkannte er ihn wieder.

»Der große Häuptling der Apachen!« rief er aus. »Dieses weiße Mädchen besitzt das Totem des ›kleinen Bären‹ und ist also unsre Freundin. Wir nahmen sie mit, weil wir nicht wußten, ob die Männer, zu denen sie gehört, unsre Freunde oder Feinde seien.«

Die Roten trugen blaue und gelbe Farben im Gesicht; das veranlaßte Winnetou zu der Frage: »Ihr seid Krieger der Timbabatschen?«

»Ja.«

»Welcher Häuptling führt euch an?«

»Tschia-nitsas.«

Dieser Name heißt zu deutsch »langes Ohr«. Jedenfalls war dieser Mann wegen seines scharfen Gehöres berühmt.

»Wo ist er?« fragte Winnetou weiter.

»Am See.«

»Wie viel Krieger seid ihr hier?«

»Hundert.«

»Sind auch andre Stämme da versammelt?«

»Nein. Es kommen aber noch zweihundert Krieger der Navajos, um gegen die Utahs zu kämpfen. Mit diesen wollen wir nach Norden ziehen, um uns auch die Skalpe der Utahs zu holen.«

»Nehmt euch in acht, daß sie euch nicht die eurigen nehmen. Habt ihr Wachen ausgestellt?«

»Wozu? Wir haben keine Feinde zu erwarten.«

»Es kommen ihrer mehr, als euch lieb sein wird. Ist der ›große Bär‹ am See?«

»Ja, und ebenso der ›kleine Bär‹.«

»Führt uns zu ihnen!«

Eben kamen einige Rafters mit den Pferden und Gefangenen aus dem Hohlwege, denn die andern Weißen waren natürlich zu Fuße Ellen gefolgt. Man stieg auf und die Timbabatschen stellten sich als Führer an die

Spitze. Kein Mensch war froher über diesen Verlauf des Abenteuers als der Ingenieur, welcher die größte Angst um seine Tochter ausgestanden hatte.

Es ging die Berglehne vollends hinan und dann unter Bäumen eine Strecke auf derselben hin. Dann senkte sich jenseits der Boden abwärts und bald sah man Wasser schimmern.

»Der Silbersee«, sagte Old Shatterhand, indem er sich zu den Gefährten zurückwendete. »Da sind wir nun endlich am Ziele.«

»Aber Ruhe werden wir wohl nicht finden«, bemerkte Firehand. »Wahrscheinlich bekommen wir noch viel Pulver zu riechen.«

Nur noch kurze Zeit, so war die ganz Scenerie zu überblicken, und sie war wirklich großartig zu nennen.

Turmhohe Felsenbastionen, in allen Farben schillernd wie diejenigen im Cañon, schlossen ein Thal ein, welches vielleicht zwei Stunden lang und halb so breit sein mochte. Hinter diesen Bastionen stiegen neue und immer wieder neue Bergriesen auf, der eine immer das Haupt über den andern erhebend. Aber diese Berge und Felsen waren nicht kahl. In den zahlreichen Klüften, welche sie durchrissen, wuchsen Bäume und Sträucher; je tiefer herab, desto dichter wurde der Wald, welcher rundum bis nahe an den See trat und zwischen sich und dem Wasser nur einen schmalen Grasstreifen blicken ließ.

In der Mitte des Sees lag eine grüne Insel mit einem seltsamen Luftziegelbau. Er schien aus der Zeit zu stammen, in welcher die jetzigen Indianer noch die Urbewohner nicht verdrängt hatten. Auf dem Grasstreifen standen mehrere Hütten, in deren Nähe einige Kanoes am Ufer angebunden waren. Die Insel war kreisrund und mochte einen Durchmesser von hundert Schritten haben. Das alte Bauwerk war ganz mit blühenden Schlingpflanzen überzogen; der übrige Raum war wie ein Garten bearbeitet und mit Blumen und Stauden bepflanzt. Der Wald spiegelte seine Wipfel im Wasser des Sees, und die Bergeshäupter warfen ihre Schatten über die Flut. Dennoch war dieselbe weder grün noch blau oder überhaupt dunkel gefärbt; sie glänzte vielmehr silbergrau. Kein Lufthauch kräuselte das Wasser. Wenn so etwas möglich wäre, hätte man meinen können, ein mit Quecksilber gefülltes Becken vor sich zu haben.

In und bei den erwähnten Hütten lagen Indianer, jene hundert Timbabatschen. Sie gerieten in eine kleine Aufregung, als sie den Zug der Weißen kommen sahen; da aber ihre Gefährten sich an der Spitze desselben befanden, so beruhigten sie sich schnell.

Noch hatten die Weißen die Hütten nicht ganz erreicht, so traten drüben auf der Insel zwei männliche Gestalten aus der Hütte. Der Apache hielt die Hand an den Mund und rief hinüber: »Nintropan-hauey! Winnetou ist gekommen!«

Ein antwortender Ruf scholl herüber; dann sah man die beiden in ein an der Insel hängendes Kanoe steigen, um nach dem Ufer zu rudern. Es waren die beiden »Bären«, Vater und Sohn. Ihr Erstaunen, als sie die bekannten Gesichter sahen, war jedenfalls groß, wurde aber durch keine Miene verraten. Als der »große Bär« ausgestiegen war, gab er Winnetou die Hand und sagte: »Der große Häuptling der Apachen ist überall, und wohin er kommt, erfreut er die Herzen. Ich begrüße auch Old Shatterhand, den ich kenne, und Old Firehand, der mit mir auf dem Schiffe war!«

Als er die Tante Droll erblickte, flog doch ein Lächeln über sein Gesicht; er erinnerte sich der ersten Begegnung mit diesem possierlichen Kerlchen und sagte, indem er ihm die Hand reichte: »Mein weißer Bruder ist ein tapferer Mann; er hat den Tiger getötet und ich heiße ihn willkommen.«

So ging er von Mann zu Mann, um jedem die Hand zu geben. Sein Sohn war zu jung; er durfte sich den berühmten Kriegern und Jägern noch nicht gleichrechnen, aber mit Ellen zu reden, das war kein Verstoß. Als er das Kanoe angebunden hatte, näherte er sich ihr, die aus der Sänfte gestiegen war. Er mochte während seiner Reise gesehen haben, in welcher Weise Damen und Herren sich begrüßen, und hielt es für geeignet, zu zeigen, daß er es noch nicht vergessen habe. Darum nahm er seinen Hut vom Kopfe, schwenkte ihn ein wenig, verbeugte sich und sagte in gebrochenem Englisch: »Der ›kleine Bär‹ hat es nicht für möglich gehalten, die weiße Miß wiederzusehen. Was ist das Ziel ihrer Reise?«

»Wir wollen nicht weiter als nach dem Silbersee«, antwortete sie.

Die Röte der Freude ging über sein Gesicht, obgleich er einen Ausdruck des Erstaunens nicht zu unterdrücken vermochte.

»So wird die Miß einige Zeit hier verweilen?« fragte er.

»Längere Zeit sogar«, antwortete sie.

»Dann bitte ich, stets bei ihr sein zu dürfen. Sie soll alle Bäume, Pflanzen und Blumen kennen lernen. Wir werden auf dem See fischen und im Walde jagen; aber ich muß stets in ihrer Nähe sein, denn es gibt wilde Tiere und feindselige Menschen. Wird sie mir das erlauben?«

»Sehr gern. Ich werde mich bei dir viel sicherer fühlen, als wenn ich allein bin, und freue mich sehr, daß du hier bist.«

Sie streckte ihm die Hand entgegen, und er, wahrhaftig, er zog dieselbe an die Lippen und machte dabei eine Verbeugung, wie ein richtiger Gentleman!

Die Pferde der Neuangekommenen wurden von den Timbabatschen in den Wald geführt, in welchem sich auch die ihrigen befanden. Ihr Häuptling hatte bisher stolz in seiner Hütte gesessen und kam nun langsam hervor, ziemlich verdrossen darüber, daß man von ihm nicht mehr

Notiz nehmen wollte. Er war ein finsterer Gesell mit langen Beinen und Armen, welche ihm etwas Orang-Utan-Ähnliches gaben. Er war nicht weniger erstaunt als die andern gewesen über die plötzliche Ankunft so vieler Weißer, hielt es aber für seiner Würde angemessen, dies nicht merken zu lassen, sondern ihre Anwesenheit als etwas ganz Selbstverständliches hinzunehmen. Darum blieb er von fern stehen und blickte über sie hinweg nach den Bergen hinüber, als ob er mit ihnen nicht das mindeste zu schaffen habe. Aber er hatte sich verrechnet, denn die Tante Droll kam zu ihm und sagte: »Warum tritt das ›lange Ohr‹ nicht näher? Will er die berühmten Krieger der Bleichgesichter nicht begrüßen?«

Der Häuptling brummte etwas Unverständliches in seiner Sprache vor sich hin, kam aber da bei Droll an den Falschen, denn dieser klopfte ihm wie einem alten, guten Bekannten auf die Achsel und rief: »Rede englisch, alter Boy! Ich habe deinen Dialekt nicht gelernt.«

Der Rote murmelte wieder einiges Kauderwelsch, und so fuhr Droll fort: »Verstelle dich nicht! Ich weiß, daß du ein ganz leidliches Englisch sprichst.«

»No!« leugnete der Häuptling.

»Nicht? Kennst du mich?«

»No!«

»Hast du mich also noch nicht gesehen?«

»No!«

»Hm! Besinne dich! Du mußt dich meiner erinnern.«

»No!«

»Wir haben einander unten in Fort Defience gesehen!«

»No!«

»Schweige mit deinem ›*No*‹*!* Ich kann dir beweisen, daß ich recht habe. Wir waren da drei Weiße und elf Rote. Wir haben ein wenig Karte gespielt und ein wenig getrunken. Die Roten aber tranken noch mehr als die Weißen und wußten endlich nicht mehr, wie sie hießen und wo sie waren. Sie schliefen dann den ganzen Nachmittag und auch die ganze Nacht. Kannst du dich nun besinnen, Alter?«

»No!«

»Schön! Aber antworten thust du mir doch; das ist ein Beweis, daß du mich verstehst, und darum will ich weiter sprechen. Wir Weißen legten uns auch nieder unter dem Bretterschuppen bei den Indianern, denn es gab sonst keinen Platz. Als wir erwachten, waren die Roten fort. Weißt du, wohin?«

»No!«

»Aber mit ihnen war auch mein Gewehr fort und meine Kugeltasche. Ich hatte ein *T. D.*, Tante Droll, in den Lauf gravieren lassen. Sonderbarerweise befinden sich diese Buchstaben hier auf dem Laufe des deinigen. Weißt du vielleicht, wie sie dorthin gekommen sind?«

»No!«

»Und meine Kugeltasche war mit Perlen gestickt und auch mit einem *T.D.* versehen. Ich trug sie an meinem Gürtel, grad so wie du die deinige. Und wie ich zu meiner innigen Freude bemerke, hat diese auch dieselben Buchstaben. Weißt du, wie meine Buchstaben an deine Tasche gekommen sind?«

»No!«

»So weiß ich desto besser, wie mein Gewehr in deine Hand und mein Kugelbeutel an deinen Gürtel gekommen ist. Ein Häuptling trägt nur die Sachen, welche er erbeutet hat; gestohlene Gegenstände aber verachtet er. Ich will dich von ihnen befreien.«

Im Nu hatte er dem Roten das Gewehr aus der Hand und den Beutel vom Gürtel gerissen und wendete sich dann von ihm ab. Aber blitzschnell war ihm der Rote nach und gebot ihm in ziemlich gutem Englisch: »Gib her!«

»No!« antwortete jetzt Droll.

»Diese Flinte ist mein!«

»No!«

»Und dieser Beutel auch!«

»No!«

»Du bist ein Dieb!«

»No!«

»Her damit, oder ich zwinge dich!«

»No!«

Da zog der Rote das Messer. Schon glaubten die, welche Droll nicht genau kannten, daß es zum Kampfe kommen werde; aber dieser schlug ein lustiges Gelächter auf und rief: »Jetzt soll ich der Spitzbube an meinen eigenen Sachen sein! Hält man so etwas für möglich? Doch streiten wir uns nicht. Du bist das ›lange Ohr‹; ich kenne dich. Bei dir ist das Ohr nicht das einzige Glied, welches eine ungewöhnliche Länge besitzt. Gib der Wahrheit die Ehre, und du sollst behalten können, was du hast; ich habe ja den Verlust schon lange ersetzt. Also aufrichtig: Kennst du mich?«

»Yes!« antwortete der Rote wider alles Erwarten.

»Du warst mit mir in Fort Defience?«

»Yes!«

»Warst du betrunken?«

»Yes!«

»Und bist dann mit meinem Gewehre und meinem Beutel verschwunden?«

»*Yes!*«

»Gut, so sollst du beides haben; hier. Da ist auch meine Hand. Wollen Freunde sein; aber englisch reden mußt du, und mausen darfst du nicht. Verstanden!«

Er ergriff die Hand des Roten, schüttelte sie ihm und gab ihm die gestohlenen Gegenstände wieder. Der Rote nahm sie, verzog keine Miene, sagte aber im freundlichsten Tone: »Mein weißer Bruder ist mein Freund. Er weiß, was recht und billig ist, denn er hat die Sachen bei mir gefunden und gibt sie mir wieder. Er ist ein Freund der roten Männer, und ich liebe ihn!«

»Ja, Freundchen, ich liebe auch dich. Das wirst du bald erkennen; denn wenn wir nicht gekommen wären, so würdet ihr höchst wahrscheinlich eure Skalpe verlieren.«

»Unsre Skalpe? Wer sollte sie uns nehmen?«

»Die Utahs.«

»O, die kommen nicht; die sind von den Navajos geschlagen worden, und wir werden diesen bald folgen, um uns auch viele Kopfhäute der Utahs zu holen.«

»Da irrst du dich!«

»Aber wir sehen doch Häuptlinge und Krieger der Utahs hier als Gefangene bei euch. Also müssen sie doch besiegt worden sein!«

»Die haben wir auf unsre eigene Rechnung gefangen genommen. Die Navajos aber sind schmählich geschlagen worden und entflohen; die Utahs reiten hinter ihnen her und werden vielleicht heute noch hier am Silbersee erscheinen.«

»Uff!« rief das »lange Ohr«, indem ihm vor Erstaunen der Mund offen stehen blieb.

Auch seine Untergebenen ließen laute Ausrufe des Betroffenseins hören.

»Ist's möglich?« fragte der »große Bär«. »Redet diese weiße Tante die Wahrheit?«

»Ja«, antwortete Winnetou, welcher als derjenige, dem die Umgegend des Silbersees am besten bekannt war, das Wort ergriff. »Wir werden euch alles ausführlich erzählen, aber erst nachdem wir uns vergewissert haben, daß wir nicht von den Feinden überrascht werden können. Ihr Erscheinen ist alle Augenblicke zu erwarten. Es mögen fünfzig Krieger der Timbabatschen sofort hinab in den Cañon reiten, der Humply-Bill und der Gunstick-Uncle gehen mit ihnen.«

»Ich auch mit!« bat der Hobble-Frank.

»Ich auch!« schloß sich ihm Droll an.

»Gut«, meinte Winnetou, »ihr sollt auch mit reiten. Ihr geht hinab bis an die Stelle, an welcher der Cañon schmal zu werden beginnt, und setzt euch da hinter den Felsen fest. Es gibt dort Vorsprünge und Vertiefungen genug, welche euch Schutz gewähren. Die Utahs werden die Navajos kräftig drängen, um mit ihnen zugleich den Silbersee zu erreichen. Ihr sollt den Freunden Hilfe leisten und uns, sobald ihr die Feinde nahen seht, einen Boten senden, damit wir auch kommen. Laßt eure Pferde vorher saufen; trinkt auch selbst, denn da unten gibt es kein Wasser, und der ›große Bär‹ wird euch zu essen mitgeben.«

Fleisch war genug vorhanden. Es hing, um zu trocknen, an Riemen, welche an den Bäumen ausgespannt waren. Trinkwasser gab es im Überfluß. Von den Bergen flossen mehrere Bäche herab, welche den See speisten. An einen dieser Bäche hatten sich die Pferde gemacht, um ihren Durst zu stillen.

Bald waren die fünfzig Mann mit den vier Weißen zum Aufbruche bereit. Der »kleine Bär« bat seinen Vater, mitreiten zu dürfen, was ihm sofort gewährt wurde. Er kannte besser als die Timbabatschen den See und den Cañon; seine Anwesenheit konnte ihnen von großem Vorteile sein.

Das Gebirgsthal des Silbersees zog sich von Nord nach Süd, war an seiner Ost- und Westseite vollständig unzugänglich und konnte im Norden nur durch den Cañon und die Felsenenge, aus welcher die Weißen gekommen waren, erreicht werden, während nach Süden hin der See sein Wasser in eine Schlucht ergoß, welche nach dorthin den Ausgang bildete.

Von Süden her war kein Feind zu erwarten; von dorther sollten vielmehr die befreundeten Navajos kommen. Nach dorthin brauchte man also keine Vorsichtsmaßregeln anzuwenden; diese waren nur gegen Norden hin am Platze.

Wer nach dieser Richtung die Umgebung des Silbersees untersuchte, dem mußte bald die Ansicht kommen, daß derselbe früher seinen Abfluß nicht nach Süden, sondern nach Norden gehabt hatte. Jedenfalls ergoß der See seine überschüssigen Wasser in den Cañon. Jetzt aber lag zwischen diesem und jenem eine ziemlich breite, dammartige Erhöhung, welche es früher nicht gegeben hatte. Von selbst war sie nicht entstanden, also lag die Vermutung nahe, daß sie eine künstlich aufgeworfene sei. Aber die Hände, welche diese Arbeit vollendet hatten, waren längst in Staub zerfallen, denn der Damm trug Bäume, deren Alter gewiß nicht unter hundertundfünfzig Jahre war. Zu welchem Zwecke hatte man diesen Damm errichtet? Gab es jetzt noch einen Menschen, welcher im stande war, diese Frage zu beantworten?

Das von Winnetou abgesandte Detachement ritt über den Damm hinweg, hinter welchem der Cañon begann. Er war hier kaum zehn Ellen breit, erst flach und schnitt sich nur nach und nach tiefer in den Boden ein. Je größer dann seine Tiefe wurde, desto mehr nahm er auch an Breite zu. Vegetation schien es, wenigstens nach dieser Seite hin, nur in der Nähe des Sees zu geben. Kurz hinter dem Damme hörten die Bäume und Sträucher auf, und bald war selbst kein Grashalm mehr zu sehen.

Kaum war die Truppe zehn Minuten geritten, so besaßen die Wände des Cañons bereits eine Höhe von über hundert Fuß; noch eine Viertelstunde, und sie schienen bis an den Himmel zu reichen. Hier gab es bereits das rund gescheuerte Steingeröll, welches das Reiten so sehr erschwerte. Nach der dritten Viertelstunde wurde der Cañon plötzlich breiter, doppelt so breit, als er bisher gewesen. Seine Wände waren nicht nur in der Höhe, sondern auch unten vielfach zerklüftet. Es sah fast aus, als ob die Felsen auf Säulen ständen, welche Laubengänge bildeten, in denen man sich verstecken konnte.

»Hier sollen wir halten«, sagte der »kleine Bär«, welcher mit den Weißen voranritt. »Es gibt da Löcher und Höhlen genug, in denen wir uns verstecken können.«

»Und die Pferde schaffen wir eine Strecke weit zurück«, meinte Droll, »daß sie von hier aus, wo es leicht zum Kampfe kommen kann, nicht gesehen werden.«

Diese Maßregel war vorteilhaft und wurde also befolgt. Die fünfundfünfzig Mann versteckten sich zu beiden Seiten in die Vertiefungen. Die Weißen behielten den »kleinen Bären« bei sich, weil dieser ihnen alle etwa erforderliche Auskunft geben konnte. Er erkundigte sich so verständig und ernst wie ein erwachsener Krieger nach den Ereignissen der letzten Tage und wollte es gar nicht glauben, daß die Navajos zurückgeschlagen worden. Desto größer aber war die Anerkennung, welche er den Bleichgesichtern zollte.

»Meine weißen Brüder haben gehandelt als mutige und doch bedächtige Männer«, sagte er; »die Navajos aber sind blind und taub gewesen. Sie mußten siegen, denn sie wurden von den Utahs noch nicht erwartet. Wenn sie sich still in das Thal geschlichen hätten und über die Utahs hergefallen wären, so konnten sie diese vollständig vernichten; sie haben aber vor der Zeit geschrieen und geschossen und mußten darum ihre Skalpe hergeben. Nun sind ihnen die Utahs überlegen, und wenn der Kampf sich bis in die Nähe des Sees heraufzieht, so – –«

»So werden wir ein Wörtchen mitsprechen«, fiel Droll ein.

»Ja, wir sprechen mit«, meinte auch Frank. »Es sollte mir lieb sein, wenn ich das Gewehr, welches mir der Lord gab, zum erstenmal gegen diese Kerls probieren könnte. Wie steht es denn, hat der Cañon hier etwa Zugänge?«

»Nein. Es gibt nur einen, nämlich die Spalte, durch die ihr nach dem Kessel gekommen seid, und die kennen die Utahs nicht.«

»Aber die Navajos?«

»Nur wenige von ihnen, und diesen wird es nicht einfallen, sie zu benutzen, denn der Weg ist – –«

Er unterbrach sich, um zu horchen. Sein scharfes Ohr hatte ein Geräusch vernommen. Auch die andern hörten es. Es klang wie das Stolpern eines ermüdeten Pferdes im Geröll. Nach kurzer Zeit erschien ein einzelner Reiter, ein Navajo, dessen Pferd kaum mehr zu laufen vermochte. Der Mann schien verwundet zu sein, denn sein Anzug war mit Blut befleckt und er arbeitete trotzdem unausgesetzt mit Händen und Füßen, um seinen Gaul zu erneuter Anstrengung anzutreiben.

Der »junge Bär« verließ sein Versteck und trat hinaus. Sobald der Navajo ihn erblickte, hielt er sein Pferd an und rief erfreut: »Uff! Mein junger Bruder! Sind die erwarteten Krieger der Navajos schon angekommen?«

»Noch nicht.«

»So sind wir verloren!«

»Wie kann ein Krieger der Navajos sich verloren geben!«

»Der große Geist hat uns verlassen und sich zu den Hunden der Utahs gewendet. Wir haben sie im Thale der Hirsche überfallen, um sie zu erwürgen; aber unsre Häuptlinge hatten den Verstand verloren, und wir wurden geschlagen. Wir flohen, und die Utahs folgten uns; sie waren stärker als wir; dennoch hätten wir uns gehalten; aber heute früh ist ein großer neuer Trupp zu ihnen gestoßen; sie sind nun viermal so stark wie wir und drängten gar mächtig hinter uns her.«

»Uff! So seid ihr vernichtet?«

»Fast. Zehn Flintenschüsse abwärts von hier wogt der Kampf. Ich wurde abgesandt, um vom See aus Hilfe zu holen, denn wir dachten, die erwarteten Krieger seien bereits angekommen. Nun sind unsre Leute verloren.«

»Noch nicht. Steig ab und ruhe dich hier aus! Es wird Hilfe kommen.«

Wie erstaunte der Mann, als er jetzt fünfzig Timbabatschen und vier Weiße erscheinen sah! Diese letzteren hatten den Bericht des Navajo nicht verstanden, da sie der Sprache desselben nicht mächtig waren; sie ließen ihn sich von dem »kleinen Bären« verdolmetschen. Als sie hörten, wie es stand, sagte Droll: »Wenn es so steht, so müssen sich die Navajos augenblicklich zurückziehen. Es mag schnell jemand zu ihnen hinabreiten, um ihnen zu sagen, daß wir sie hier aufnehmen werden. Und ein zweiter muß an den See, um unsre Gefährten und die übrigen Timbabatschen zu holen.«

»Was fällt dir ein!« widersprach der Hobble-Frank. »Nach diesem Plane sind die Navajos verloren.«

»Wieso?« fragte Droll erstaunt. »Meinst du, daß ich kein Westmann bin?«

»Der beste Westmann kann einmal einen schlechten Gedanken haben. Die Navajos stehen gegen eine solche Übermacht, daß sie vernichtet werden, sobald sie sich zur Flucht wenden, denn die Utahs reiten sie dann einfach nieder. Sie müssen unbedingt bleiben; sie müssen sich halten, bis das Gefecht zum Stehen kommt. Und daß dies geschieht, dafür werden wir sorgen.«

»Brav, Frank, du hast recht!« stimmte der Humply-Bill bei.

Und der Gunstick-Uncle meinte auch: »Ja, ja, sie müssen unten bleiben – bis wir die Utahs dort vertreiben!«

»Gut!« nickte der Hobble, höchst stolz auf den Beifall, welchen er fand. »Ein Krieger der Timbabatschen reitet schnell nach dem See, um Hilfe zu holen; drei bleiben hier bei den Pferden, damit diese keine Dummheiten machen, und wir übrigen laufen, was wir können, den Navajos zu Hilfe. Vorwärts!«

Dieser Vorschlag wurde sofort ausgeführt. Die vier Weißen, mit dem wackern »kleinen Bären« voran, und die Timbabatschen rannten, so schnell der schlechte Weg es erlaubte, vorwärts. Noch waren sie nicht sehr weit gekommen, so hörten sie einen Schuß fallen, bald noch einen. Da Freund wie Feind vorzugsweise mit Pfeil und Bogen bewaffnet war, so konnte es keine Gewehrsalven geben. Aber in kurzem vernahmen sie das Geschrei der Kämpfenden, und dann sahen sie dieselben.

Ja, es stand schlecht mit den Navajos. Ihre Pferde waren meist erschossen; sie fanden hinter den Kadavern derselben die einzige Deckung, welche es gab, denn die Seitenwände des Cañon waren hier glatt und winkellos, so daß sie kein Versteck gewährten. Ihre Pfeile schienen ihnen auszugehen, denn sie schossen nicht leichtsinnig und nur dann, wenn sie ihres Zieles sicher waren. Einige der Kühnsten von ihnen rannten umher, um die Pfeile der Utahs aufzulesen und denselben zurückzusenden. Diese letzteren waren so zahlreich, daß sie in mehreren Reihen hintereinander die ganze Breite des Cañons ausfüllten. Sie kämpften zu Fuß und hatten ihre Pferde zurückgelassen, damit sie ihnen nicht erschossen würden. Das war ein großes Glück für die Navajos. Wären die Utahs aufgestiegen und auf sie losgestürmt, es wäre kein einziger von ihnen am Leben geblieben.

Jetzt verstummte das Kampfgeheul für kurze Zeit. Man sah die Hilfe kommen. Die vier Weißen blieben, als sie die Utahs im Bereiche ihrer Kugeln wußten, ganz offen in der Mitte des Cañons stehen, legten die Gewehre an, zielten und drückten ab. Ein Geheul von seiten der Utahs

Der »junge Bär« verließ sein Versteck und trat hinaus.

bewies, daß die Kugeln getroffen hatten. Noch vier Schüsse, ein erneutes Heulen. Die Timbabatschen duckten sich nieder und krochen vorwärts, um auch zum Schuß zu kommen. Der Humply-Bill war der Ansicht, daß die vier Weißen nicht zugleich schießen dürften, weil in diesem Falle während des Ladens eine zu lange Pause entstehe. Zwei laden und zwei schießen, so sollte es gehalten werden, und die andern stimmten bei.

Es zeigte sich nur zu bald, was vier tüchtige Schützen mit guten Gewehren vermögen. Jeder Schuß traf seinen Mann. Diejenigen Utahs, welche Gewehre besaßen, zielten jetzt nicht mehr auf die Navajos, sondern auf die Weißen. Dadurch bekamen die ersteren Luft.

Seitwärts von den Jägern hatte sich der »kleine Bär« auf das Knie niedergelassen und gebrauchte sein Gewehr, daß es eine wahre Freude war. Schuß auf Schuß saß bei ihm. Die Utahs wichen zurück. Nur diejenigen von ihnen, welche Gewehre besaßen, blieben stehen; aber ihre Kugeln flogen zu kurz, und näher wagten sie sich nicht heran. Da rief der Hobble-Frank dem »kleinen Bären« zu: »Wir fünf bleiben halten. Die Navajos mögen sich hinter uns zurückziehen. Sage es ihnen!«

Der Sohn des Häuptlings gehorchte dieser Aufforderung, und die Roten sprangen auf und rannten zurück, um sich hinter den Weißen festzunisten. Es war ein trauriger Anblick. Erst jetzt sah man, wie sehr die Navajos gelitten hatten. Sie zählten höchstens noch sechzig Mann, und nicht die Hälfte von ihnen hatte ihre Pferde noch. Glücklicherweise konnten sie sich ungehindert zurückziehen, denn die Timbabatschen blieben liegen und hielten die Utahs im Schach. Es war eine Schande für die letzteren, daß sie nicht ein allgemeines, schnelles Vordringen wagten; aber dann wäre eine Anzahl von ihnen gefallen, und das vermeidet der Indianer stets. Er greift am liebsten nur dann an, wenn er für sich nichts zu befürchten hat.

So kam es, daß auch die Navajos rückwärts rannten und dann die Weißen mit dem »kleinen Bär« eine Strecke retirierten, ohne daran gehindert zu werden. Die Utahs rückten ganz einfach nach. Sie sparten ihre Pfeile und setzten nur mit ihren wenigen Gewehren das Gefecht fort. So zogen sich die einen von Strecke zu Strecke zurück, und die andern folgten nach, bis die ersteren in die Nähe der Stelle gekommen waren, an welcher sie sich vorher versteckt gehabt hatten. Die Weißen rieten, nun schnell die Höhlen und Vertiefungen aufzusuchen; der »kleine Bär« machte den Dolmetscher – – ein plötzlicher, allgemeiner Rückzug, und die bisher so hart Bedrängten waren verschwunden. Sie befanden sich in Sicherheit, denn hier gab es Deckung gegen jedes Geschoß, während die Utahs sich nicht verstecken konnten. Wenn nun bald die erwartete Hilfe kam, so konnte man getrost dem weitern Verlaufe des Kampfes entgegensehen.

Und diese Hilfe war schon unterwegs. Winnetou hatte dem »großen Bären« in kurzen Worten erzählt, was geschehen war. Der letztere machte ein höchst bedenkliches Gesicht und meinte: »Ich habe die Navajos gewarnt. Ich riet ihnen, zu warten, bis alle ihre Krieger beisammen seien. Aber sie glaubten, daß die Utahs sich auch noch nicht vereinigt hätten, und wollten die einzelnen Haufen derselben einen nach dem andern vernichten. Nun haben sie das Schicksal erlitten, welches sie den Feinden bereiten wollten.«

»Doch nicht!« sagte Old Shatterhand. »Sie sind doch nicht vernichtet worden.«

»Meinst du? Ich denke anders. Ich kenne die Versammlungsorte der Utahs. Wenn die Navajos vom Thal der Hirsche rückwärts fliehen, müssen sie an mehreren solchen Orten vorüber und können leicht von allen Seiten eingeschlossen werden. Und selbst wenn es ihnen gelingt, in die Berge zu entkommen, so wird die Zahl der Utahs von Ort zu Ort größer werden, und es kann leicht geschehen, daß wir tausend ihrer Krieger hier am Silbersee zu sehen bekommen. Ob die Navajos diesen unter solchen Umständen erreichen, das ist sehr zweifelhaft.«

»Wie steht es dann mit dir? Werden die Utahs dich als Feind behandeln?«

»Ja.«

»So befindest du dich in der größten Gefahr.«

»Nein.«

»Wohl weil du die Timbabatschen hier hast und auch noch einige Navajos erwartest?«

»Nein; ich verlasse mich weder auf die einen noch auf die andern, sondern ganz allein auf mich selbst.«

»So begreife ich dich nicht.«

»Ich fürchte mich vor tausend Utahs nicht.«

»Und ich verstehe das nicht.«

»Ich brauche nur die Hand aufzuheben, so sind sie verloren. Ein einziger kurzer Augenblick tötet sie alle.«

»Hm! Alle?«

»Du glaubst es nicht? Ja, du kannst so etwas nicht begreifen. Ihr Bleichgesichter seid sehr kluge Männer, aber auf einen solchen Gedanken würde keiner von euch kommen.«

Er sagte das in stolzem Tone. Der Blick Old Shatterhands schweifte rund über den See, an den Bergen hin, und dann antwortete er, indem ein leises Lächeln um seine Lippen zuckte: »Du bist es aber auch nicht, welcher auf diesen Gedanken gekommen ist.«

»Nein. Wer sagt dir das?«

»Ich selbst. Wir Weißen können keinen solchen Gedanken hegen, weil wir Christen sind und den Massenmord scheuen; aber klug genug sind wir dennoch, euch in eure Seelen zu blicken.«

»Du meinst zu wissen, warum ich mich vor tausend Feinden nicht fürchte?«

»Ja.«

»Sage es!«

»Soll ich dadurch dein Geheimnis verraten?«

»Du verrätst es nicht, denn du kannst unmöglich das Richtige treffen. Es ist ein Geheimnis, welches jetzt nur noch zwei Personen kennen, ich und mein Sohn.«

»Und ich!«

»Nein! Beweise es!«

»Gut! Du tötest tausend Utahs in wenigen Augenblicken?«

»Ja.«

»Wenn sie sich im Cañon befinden?«

»Ja.«

»Das kann weder durch Messer, Gewehre oder sonstige Waffen geschehen.«

»Nein. Und eben das, wodurch und wie es geschieht, vermagst du dir gar nicht zu denken.«

»Gar wohl! Nämlich durch eine Naturkraft. Durch die Luft, also Sturm? Nein. Durch Feuer? Auch nicht. Also durch das Wasser!«

»Deine Gedanken sind gut und klug; aber weiter kommst du nicht!«

»Wollen sehen! Wo hast du genug Wasser, um so viele Menschen zu töten? Im See. Werden diese Leute in den See gehen? Nein. Also muß der See zu den Leuten gehen; er muß seine Fluten plötzlich in den Cañon ergießen. Wie ist das möglich? Es liegt doch ein hoher, starker Damm dazwischen! Nun, dieser Damm ist vor alter Zeit nicht gewesen; er ist gebaut worden, und dabei hat man ihm eine Einrichtung gegeben, durch welche er plötzlich geöffnet werden kann, so daß der trockene Cañon sich augenblicklich in einen reißenden Strom verwandelt. Habe ich es erraten?«

Trotz der Ruhe, welche ein Indianer, und besonders ein Häuptling, in allen Lagen zu bewahren hat, sprang der »große Bär« auf und rief: »Herr, bist du allwissend?«

»Nein, aber ich denke nach.«

»Du hast es erraten; wirklich, du hast es erraten! Aber wie bin ich zu diesem Geheimnisse gekommen?«

»Durch Erbschaft.«

»Und wie wird der Damm geöffnet?«

»Wenn du mir erlaubst, nachzuforschen, so werde ich dir diese Frage sehr bald beantworten.«

»Nein, das darf ich dir nicht erlauben. Aber kannst du auch erraten, weshalb dieser Damm errichtet worden ist?«

»Ja.«

»Nun?«

»Aus zwei Gründen. Erstens zur Verteidigung. Die Eroberer der südlichen Gegenden kamen alle von Norden. Dieser große Cañon war ein beliebter Weg der Eroberer. Man baute den Damm, um ihn zu sperren und das Wasser plötzlich loslassen zu können.«

»Und der zweite Grund?«

»Der Schatz.«

»Der Schatz?« fragte der Häuptling, indem er einen Schritt zurücktrat. »Was weißt du von ihm?«

»Nichts; aber ich errate viel. Ich sehe den See, seine Ufer, seine Umgebung und denke nach. Bevor es den Damm gab, war kein See vorhanden, sondern ein tiefes Thal, durch welches die Bäche, die es heute hier noch gibt, in den Cañon flossen, den sie sich gegraben hatten. Eine reiche Nation wohnte hier; sie kämpfte lange Zeit gegen die andringenden Eroberer; sie erkannte, daß sie nachgeben, fliehen müsse, vielleicht einstweilen nur. Sie vergrub ihre Kostbarkeiten, ihre heiligen Gefäße, hier in dem Thale und errichtete den Damm, damit ein großer See entstehe, dessen Flut der unbesiegbare, stumme Wächter dieses Schatzes sei.«

»Schweig, schweig, sonst enthüllst du alles, alles!« rief der »große Bär« erschrocken. »Sprechen wir nicht von dem Schatze, sondern nur von dem Damme. Ja, ich kann ihn öffnen; ich kann tausend und noch mehr Utahs ersäufen, wenn sie sich im Cañon befinden. Soll ich es thun, wenn sie kommen?«

»Um Gottes willen, nein! Es gibt noch andre Mittel, sie zu bezwingen.«

»Welche? Die Waffen?«

»Ja, und sodann die Geiseln, welche dort im Grase liegen. Es sind die berühmtesten Häuptlinge der Utahs. Diese werden, um ihre Anführer zu retten, auf manche Bedingung, die wir machen können, eingehen. Deshalb haben wir sie ergriffen und mitgebracht.«

»Dann müssen wir diese Gefangenen in Sicherheit bringen.«

»Hast du einen passenden Ort?«

»Ja; sie mögen erst essen und trinken; dann werden wir sie nach demselben schaffen.«

Die Gefangenen bekamen die Hände frei; sie erhielten Fleisch und Wasser und wurden dann wieder gefesselt. Nachher wurden sie mit Hilfe einiger Timbabatschen in den am Ufer liegenden Kanoes nach der Insel gebracht. Old Firehand, Shatterhand und Winnetou begaben sich auch hinüber. Sie waren wißbegierig, das Innere des Bauwerkes zu sehen.

Dieses bestand oberhalb nur aus einem Erdgeschoß, welches durch eine Mauer in zwei Abteilungen getrennt wurde. In der einen befand sich der Herd, und die andre bildete den Wohnraum. Dieser war außerordentlich dürftig ausgestattet. Eine Hängematte und ein primitives Lager, das war alles.

»Und hier sollen die Gefangenen bleiben?« fragte Old Shatterhand.

»Nein, denn hier hätten wir sie nicht sicher genug. Es gibt einen noch viel bessern Ort.«

Er schob das Lager auf die Seite. Dieses bestand aus einer Unterlage von Querhölzern mit darüber gebreiteten Schilfmatten und Decken. Unter dem Lager wurde eine viereckige Öffnung frei, durch welche ein eingekerbter Baumstamm als Leiter nach unten führte. Der Häuptling stieg hinab; Old Shatterhand folgte ihm, und die andern sollten nun die Gefangenen einzeln hinablassen.

Durch die Öffnung fiel so viel Licht in diesen kellerartigen Raum, daß Old Shatterhand sich leicht über ihn zu orientieren vermochte. Er war größer als die Wohnstube; die Vergrößerung lag nach der Gartenseite zu. Die entgegengesetzte Seite wurde durch eine Luftziegelmauer abgeschlossen, in welcher es weder Thür noch sonstige Öffnung gab. Als der Jäger an dieselbe klopfte, klang sie dünn und hohl. Es befand sich also hinter ihr ein zweiter Keller, welcher unter dem Herdraume lag. Und doch war in dem letzteren kein Zugang nach unten zu sehen gewesen.

Die Utahs wurden herabgereicht und nebeneinander gelegt. Old Shatterhand befürchtete, daß es ihnen an Luft mangeln werde. Als er eine darauf bezügliche Bemerkung machte, antwortete der »große Bär«: »Sie können genugsam atmen. Hier von der Decke aus gehen Löcher durch die Mauer des Hauses; es sind Hohlziegel eingesetzt. Die alten Bewohner dieser Gegend wußten gar wohl, was sie thaten.«

Old Shatterhand trat wie unwillkürlich, aber mit Absicht, einigemal sehr fest auf. Der Boden des Kellers klang auch hohl. Jedenfalls war die Insel, ehe man den See entstehen ließ, als hohles Gebäude aufgemauert und dann mit einem festen, für das Wasser undurchdringlichen Erd- und Steinmantel umgeben worden. Sollte da unten, auf dem Grunde der Insel, der Schatz aufbewahrt liegen?

Zu weiteren auffälligen Untersuchungen gab es keine Zeit, denn der letzte Gefangene war plaziert, und der Häuptling stieg wieder nach oben. Old Shatterhand mußte ihm folgen. Unter dem Dache des Gebäudes hingen an Stangen große Stücke getrockneten und auch geräucherten Fleisches. Davon wurde in die Kanoes getragen, um mit an das Ufer genommen und dort verzehrt zu werden. Eben als man drüben anlangte, erschien auf schäumendem Pferde der Bote, welcher um Hilfe abgeschickt worden war. So nahe hatten die Timbabatschen und auch der »große Bär« die Feinde doch nicht geglaubt. Alles griff zu den Waffen und eilte zu den Pferden.

Ellen mußte natürlich zurückbleiben, doch nicht ohne Schutz. Es gab aber keinen, welcher sich gern von dem Ritte ausschließen wollte, und so war es schließlich ihr Vater, welcher bei ihr blieb. Er erhielt von dem »großen Bär« den Rat, sie hinüber nach der Insel zu rudern und dort bei ihr zu bleiben, da man dort am sichersten sei. Es blieb nämlich niemand weiter am See zurück. Zwar war wohl nichts zu befürchten, aber Vorsicht ist in solchen Fällen stets geraten. Er stieg also mit ihr in ein Kanoe, nahm seine Waffen mit und stieß vom Lande, als die andern fortritten.

Diese strengten ihre Pferde weit mehr als die erste Abteilung an. Es ging im Galopp über Stock und Stein, und in Zeit von einer Viertelstunde war der Weg zurückgelegt, zu welchem die ersten fünfzig drei Viertelstunden gebraucht hatten. Da stießen sie auf deren Pferde. Vor ihnen fielen Schüsse. Sie stiegen ab, ließen ihre Tiere ebenfalls hier zurück, teilten sich so schnell als möglich nach rechts und links und gelangten, ohne von den Utahs bemerkt zu werden, in die zerklüfteten Felsenpartieen, welche ihren Freunden zum Versteck dienten.

Natürlich freuten sich diese über die so schnelle Ankunft der Hilfe. Der Humply-Bill erzählte, was geschehen war, und der Hobble-Frank war nicht wenig stolz auf das Lob, welches ihm infolgedessen erteilt wurde.

Die Utahs glaubten, es immer noch nur mit denen, welche sie gesehen hatten, zu thun zu haben. Sie schienen einzusehen, daß sie durch ein rasches Vorgehen dem Kampfe längst ein Ende hätten machen können, und wollten das nun nachholen. Diejenigen Verteidiger des Cañon, welche vorn in den Verstecken lagen, sahen, daß die Utahs sich sammelten, und teilten das ihren Kameraden mit. Man machte sich also auf den Empfang bereit.

Plötzlich erscholl ein Geheul, als ob das wilde Heer losgelassen worden sei, und die Utahs drangen vor. Ein kaum zwei Minuten fortgesetztes Krachen von beiden Seiten, und sie wichen zurück, indem sie eine Menge Tote und Verwundete liegen ließen. Old Shatterhand hatte hinter einem der Felsenpfeiler gestanden und mehrere Schüsse abgegeben, dabei aber so gezielt, daß er die Getroffenen nicht tötete, sondern nur verwundete und kampfunfähig machte. Jetzt sah er, daß die Timbabatschen sich hinausstürzten, um die Gefallenen zu skalpieren; ihr Häuptling war bei ihnen.

»Halt!« rief er mit donnernder Stimme. »Laßt diese Leute liegen.«

»Warum? Ihre Skalpe gehören uns!« antwortete das »lange Ohr«. Dabei zog er sein Messer und bückte sich nieder, um einem Verwundeten die Kopfhaut zu nehmen. Im nächsten Augenblicke stand Old Shatterhand bei ihm, hielt ihm den Revolver vor den Kopf und drohte: »Thu einen Schnitt, so schieße ich dich nieder!«

Das »lange Ohr« hatte wohl das Herz, ein Gewehr und einen Kugelbeutel zu stehlen, aber sich erschießen zu lassen, dazu fehlte ihm der Mut. Er richtete sich auf und sagte im Tone freundlicher Vorstellung: »Was kannst du dagegen haben? Die Utahs würden uns auch skalpieren.«

»Wenn ich bei ihnen wäre, würden sie es bleiben lassen. Ich dulde es nicht, wenigstens bei den noch lebenden nicht.«

»So mögen sie ihre Skalpe behalten; aber den Toten werde ich sie nehmen.«

»Mit welchem Rechte?«

»Ich begreife dich nicht!« meinte der Rote betroffen. »Ein erlegter Feind muß doch skalpiert werden!«

»Hier liegen viele. Hast du sie denn alle besiegt?«

»Nein. Einen habe ich getroffen.«

»Welchen?«

»Ich weiß es nicht.«

»Ist er tot?«

»Auch das weiß ich nicht. Er lief weiter.«

»So zeige mir denjenigen Toten, in welchem die Kugel deines Gewehres steckt; dann sollst du ihn skalpieren dürfen; eher aber nicht!«

Der Häuptling zog sich brummend in sein Versteck zurück, und seine Leute folgten diesem Beispiele. Da erhob sich unten, wo die zurückgeschlagenen Utahs sich wieder gesammelt hatten, ein Geschrei. Da der Jäger zwischen Timbabatschen stand, hatten sie ihn nicht genau sehen können; nun er sich noch allein im Freien befand, erkannten sie ihn, und man hörte sie rufen: »Old Shatterhand! die Zauberflinte, das Zaubergewehr!«

Daß dieser Mann sich hier befinden könne, war ihnen unbegreiflich. Seine Anwesenheit machte einen wahrhaft entmutigenden Eindruck auf sie. Desto mehr Courage zeigte er. Er schritt langsam weiter, auf sie zu und rief, als er in gute Hörweite von ihnen gekommen war: »Holt eure Toten und Verwundeten! Wir schenken sie euch.«

Einer der Anführer trat vor und antwortete: »Ihr werdet auf uns schießen!«

»Nein.«

»Redest du die Wahrheit?«

»Old Shatterhand lügt nie.«

Dabei drehte er sich um und kehrte in sein Versteck zurück.

So treulos diese Roten waren, diesem Jäger, diesem Bleichgesichte trauten sie keine Untreue, keinen Verrat zu. Dazu kam, daß es der Indianer für eine große Schande hält, seine Toten oder gar Verwundeten im Stiche zu lassen. Darum schickten die Utahs jetzt, zunächst wenigstens versuchsweise, zwei ihrer Leute ab, welche sich langsam näherten, einen Verwundeten aufhoben und ihn forttrugen. Sie kehrten wieder und schafften einen zweiten fort. Als auch jetzt nichts Feindseliges unternommen wurde, gewannen sie volles Vertrauen, und es kamen ihrer mehrere. Old Shatterhand trat wieder heraus; sie erschraken und wollten davonlaufen. Er aber rief ihnen zu: »Bleibt! Es geschieht euch nichts.«

Sie blieben zaghaft stehen; er näherte sich ihnen vollends und fragte: »Wie viele Häuptlinge sind jetzt bei euch?«

»Vier.«

»Welcher ist der vornehmste von ihnen?«

»Nanap varrenton (der alte Donner).«

»Sagt ihm, daß ich mit ihm sprechen will! Er mag die Hälfte des Weges machen und ich die andre Hälfte; so treffen wir uns in der Mitte. Die Waffen lassen wir zurück.«

Sie richteten diese Botschaft aus und brachten den Bescheid: »Er wird kommen und die andern drei Häuptlinge mitbringen.«

»Ich bringe nur zwei Gefährten mit, die er vielleicht kennen wird. Sobald ihr hier fertig seid, mögen die Häuptlinge kommen.«

Bald näherten sich diese vier von der einen und Old Shatterhand mit Firehand und Winnetou von der andern Seite. In der Mitte trafen sie zusammen, begrüßten sich mit ernstem Neigen des Kopfes und setzten sich einander gegenüber auf die Erde. Der Stolz verbot den Roten, sofort zu sprechen. Ihre Züge konnte man wegen der dick aufgetragenen Farbe nicht erkennen, aber ihren Blicken sah man die Verwunderung an, neben Old Shatterhand die beiden andern berühmten Männer zu bemerken. So ruhten die Augen der beiden Parteien eine ganze Weile aufeinander, bis endlich der älteste der Roten, eben der »alte Donner«, die Geduld verlor und zu reden beschloß. Er erhob sich, reckte sich in würdevolle Haltung und begann: »Als die weite Erde noch den Söhnen des großen Manitou gehörte, und es bei uns keine Bleichgesichter gab, da – –«

»Da konntet ihr die Reden halten, so lang es euch beliebte«, fiel Old Shatterhand ein. »Die Bleichgesichter aber lieben es, sich kurz zu fassen, und dies wollen wir jetzt thun.«

Wenn der Rote ein Palaver hält, so findet er kein Ende. Die jetzige Unterredung hätte vielleicht Stunden in Anspruch genommen, wenn Old Shatterhand nicht schon die Einleitung abgeschnitten hätte. Der Rote warf ihm einen halb verwunderten, halb zornigen Blick zu, setzte sich wieder nieder und sagte: »Der ›alte Donner‹ ist ein berühmter Häuptling. Er zählt viel mehr Jahre als Old Shatterhand und ist nicht gewohnt, sich von jungen Männern unterbrechen zu lassen. Wenn die Bleichgesichter mich beleidigen wollen, so brauchten sie mich nicht kommen zu lassen. Ich habe gesprochen. Howgh!«

»Ich habe nicht die Absicht gehabt, dich zu kränken. Ein Mann kann viele Jahre zählen und doch weniger erfahren haben als ein jüngerer. Du wolltest von den Zeiten reden, in denen es noch keine Bleichgesichter gab; wir aber haben die Absicht, von dem heutigen Tage zu sprechen. Und wenn ich es bin, der dich rufen ließ, so werde ich auch derjenige sein müssen, welcher zuerst spricht, um dir zu sagen, was ich von dir will. Auch ich habe gesprochen. Howgh!«

Das war scharf zurechtgewiesen. Er deutete den Roten dadurch an, daß er es sei, der hier zu sprechen und zu fordern habe. Sie schwiegen, und darum fuhr er fort: »Du hast meinen Namen genannt und kennst mich also. Kennst du auch die beiden Krieger, welche hier neben mir sitzen?«

»Ja. Es ist Old Firehand und Winnetou, der Häuptling der Apachen.«

»So wirst du wissen, daß wir stets die Freunde der roten Männer gewesen sind. Kein Indianer kann sagen, daß wir ihm unbeleidigt entgegengetreten sind; ja, wir haben oft auf unsre gerechte Rache verzichtet und verziehen, wo wir hätten strafen sollen. Warum verfolgt ihr uns?«

»Weil ihr die Freunde unsrer Feinde seid.«

»Das ist nicht wahr. Der ›große Wolf‹ hat uns gefangen genommen, ohne daß wir ihm geringste Feindseligkeit erwiesen hatten. Er trachtete uns wiederholt nach dem Leben und brach mehreremal sein Wort. Um unser Leben zu retten, mußten wir uns gegen die Utahs wehren.«

»Habt ihr nicht im Walde des Wassers den alten Häuptling niedergeschlagen und andre Häuptlinge und Krieger mitgenommen?«

»Wieder nur, um uns zu retten.«

»Und jetzt befindet ihr euch bei den Navajos und Timbabatschen, welche unsre Feinde sind.«

»Aus Zufall. Wir wollten nach dem Silbersee und trafen hier auf sie. Wir hörten, daß es zum Kampfe zwischen euch und ihnen kommen werde, und beeilen uns, Frieden zu stiften.«

»Wir wollen Rache, aber keinen Frieden, und aus euren Händen am allerwenigsten.«

»Ob ihr ihn annehmt, das ist eure Sache; wir halten es für unsre Pflicht, ihn euch anzubieten.«

»Wir sind Sieger!«

»Bis vorhin, aber nun nicht mehr. Ihr seid schwer gekränkt worden; das wissen wir; aber es ist ungerecht von euch, euch an Unschuldigen zu rächen. Unser Leben hat wiederholt auf dem Spiele gestanden. Wäre es auf euch angekommen, so wären wir längst am Marterpfahle gestorben, wie die andern Bleichgesichter im Thale der Hirsche.«

»Was wißt ihr davon?«

»Alles. Wir haben ihre Leiber begraben.«

»So warst du dort?«

»Ja. Wir waren mitten unter euch. Wir haben gehört, was die Utahs sprachen, und gesehen, was sie thaten. Wir standen unter den Bäumen, als die Navajos kamen, und sahen, daß ihr sie von dannen getrieben habt.«

»Das ist unmöglich; das ist nicht wahr.«

»Du weißt, daß ich nicht lüge. Fragt die Häuptlinge der Utahs, welche dabei gewesen sind.«

»Wo sollen wir sie fragen? Sie sind verschwunden.«

»Wohin?«

»Wissen wir es?«

»Sind sie von den Navajos getötet worden?«

»Nein. Wir glaubten es, aber wir fanden ihre Leiber nicht. Dann glaubten wir, sie seien gefangen; aber wir haben die Navajos hart verfolgt und keinen einzigen Gefangenen bei ihnen gesehen, während viele von ihnen in unsre Hände geraten sind. Die Häuptlinge der Utahs befinden sich nicht bei den Navajos.«

»Aber verschwunden können sie doch nicht sein!«

»Der große Geist hat sie zu sich genommen.«

»Nein. Der große Geist mag von so treulosen und verräterischen Männern nichts wissen. Er hat sie in unsre Hände gegeben.«

»In eure Hände?«

»Ja, in die Gewalt der Bleichgesichter, welche ihr verderben wolltet.«

»Deine Zunge ist falsch; sie spricht solche Worte, um uns den Frieden abzuzwingen.«

»Ja, ich will und werde euch den Frieden abzwingen, ich sage die Wahrheit. Als wir des Abends im Thale der Hirsche bei euch waren, haben wir die drei Häuptlinge gefangen genommen.«

»Ohne daß ihre Krieger es merkten?«

»Niemand konnte es sehen oder hören. Wir haben sie niedergeschlagen, ohne daß sie ein Wort zu sprechen vermochten. Nennt man mich nicht Old Shatterhand?«

»Es ist nicht wahr. Man hätte euch sehen müssen.«

»Es gibt im Thale der Hirsche ein Versteck, welches wir kennen, aber nicht ihr. Ich will dir beweisen, daß ich die Wahrheit spreche. Was ist das?«

Er zog einen schmalen Riemen aus der Tasche, welcher mit walzenförmig geschnittenen Knöpfen aus der Schale der Venusmuschel besetzt war, und hielt ihm denselben vor das Gesicht.

»Uff!« rief der »alte Donner« erschrocken. »Der Wampun der ›gelben Sonne‹! Ich kenne ihn genau.«

»Und dieser hier?«

Er brachte einen zweiten Riemen hervor.

»Der Wampun des Häuptlings ›vier Büffel‹! Auch den kenne ich.«

»Und dieser dritte Wampun?«

Als er auch noch einen dritten Riemen zeigte, wollte dem Alten das Wort im Munde stocken. Er machte eine Bewegung des Entsetzens und stieß in abgerissenen Sätzen hervor: »Kein Krieger gibt sein Wampun her; er ist ihm heilig über alles. Wer den Wampun eines andern besitzt, hat denselben getötet oder gefangen genommen. Leben die drei Häuptlinge noch?«

»Ja.«

»Wo sind sie?«

»In unsrer Gewalt, gut aufgehoben.«

»Am Silbersee?«

»Du fragst zu viel. Bedenke, wer sich außer ihnen noch bei uns befindet! Es sind lauter Häuptlinge und tapfere Krieger, welche später ganz gewiß Häuptlinge werden.«

»Was wollt ihr mit ihnen thun?«

»Leben gegen Leben, Blut gegen Blut! Macht Frieden mit den Navajos und Timbabatschen, so geben wir die Gefangenen heraus!«

»Auch wir haben Gefangene gemacht. Tauschen wir sie um, Mann für Mann.«

»Hältst du mich für einen Knaben, daß du meinst, ich wisse nicht, daß man einen Häuptling für wenigstens dreißig Krieger austauscht? Überlege dir meinen Vorschlag, und denke, daß es besser ist, die Freiheit dieser Anführer zu erhalten, als noch hundert oder zweihundert Feinde umzubringen.«

»Und die Beute rechnest du nicht?«

»Beute? *Pshaw!* Von Beute ist keine Rede, denn ihr werdet keine machen, weil ihr nicht wieder siegen werdet. Jetzt stehen wir euch gegenüber, fünfzig weiße Jäger. Wir sind die Gefangenen der Utahs gewesen und haben ihrer doch gelacht; sie mußten uns gehen lassen und uns sogar ihre Häuptlinge mitgeben. Das thaten wir, als wir gefesselt und in Banden lagen. Was werden wir vermögen, wenn wir frei und ungehindert sind! Ich sage dir, wenn du nicht deinen Frieden mit uns machst, so werden die wenigsten von euch ihre heimatlichen Wigwams wiedersehen!«

Man sah es dem »alten Donner« an, daß diese Vorstellung nicht verfehlte, Eindruck auf ihn zu machen. Er blickte finster zur Erde nieder. Old Shatterhand fuhr fort, um die Wirkung seiner Worte zu erhöhen: »Eure Häuptlinge trachteten uns nach dem Leben; sie gerieten in unsre Hände und wir hatten nicht nur das Recht, sondern sogar, um sie unschädlich zu machen, die Pflicht, sie zu töten. Wir haben es nicht gethan, weil wir es gut mit ihnen und euch meinen. Wenn wir euch jetzt zum Frieden raten, so ist das ebenso gut mit euch gemeint, denn wir wissen genau, daß wir euch schlagen werden. Entschließe dich, ehe es zu spät ist.«

Da stand Old Firehand auf, reckte und streckte gelangweilt seine gigantische Gestalt und sagte: »*Pshaw!* Wozu die Worte, wenn wir Waffen haben! Der »alte Donner« mag uns schnell sagen, ob er Krieg oder Frieden will. Dann wissen wir, woran wir sind, und werden ihm geben, was ihm gehört: Leben oder Tod!«

Das wirkte schnell, wenigstens kam sofort eine Antwort: »So schnell können wir uns nicht entscheiden.«

»Warum nicht? Seid ihr Männer oder Squaws?«

»Wir sind keine Weiber, sondern Krieger. Aber wir müssen erst mit unsern Leute reden.«

»Wenn ihr wirklich Häuptlinge seid, so ist das gar nicht nötig. Ich sehe, ihr wollt Zeit gewinnen, um euch irgend eine Hinterlist auszusinnen, wie das so eure Gepflogenheit ist: aber keine Klugheit wird euch gegen unsre Fäuste helfen.«

»Old Firehand mag ruhig sprechen, wie wir ihm ruhig antworten. Dem Manne ziemt nicht, wallendes Blut zu haben. Wir werden gehen und überlegen, was zu thun sein wird.«

»So bedenkt, daß es in einer halben Stunde Nacht sein wird!«

»Wir können euch auch des Nachts sagen, was wir beschlossen haben. Wer sprechen will, ihr oder wir, mag einen Schuß abfeuern und dann laut rufen. Man wird ihm antworten. Ich habe gesprochen. Howgh!«

Er stand auf, neigte leise den Kopf und entfernte sich; die andern folgten seinem Beispiele.

»Nun sind wir grad so klug wie vorher!« zürnte Old Firehand.

»Mein Bruder hat zu zornig gesprochen«, sagte Winnetou in seiner milden Ruhe. »Er hätte Old Shatterhand weiter reden lassen sollen. Der ›alte Donner‹ war nachdenklich geworden und stand schon im Begriff, zur Einsicht zu kommen.«

Firehand schien die Wahrheit dieses Vorwurfes einzusehen, denn er entgegnete nichts. Als sie bei den andern ankamen, wurden sie von dem »langen Ohr« mit der Frage empfangen: »Es waren vier Utahs. Warum gingt ihr nur zu dreien?«

»Weil wir genug Männer waren«, antwortete Old Firehand unwirsch.

»Es gab noch andre Männer. Auch ich bin Häuptling; ich gehörte zur Beratung, grad so wie ihr.«

»Es ist genug unnütz gesprochen worden; wir brauchten nicht noch einen vierten.«

Das »lange Ohr« schwieg; aber wäre sein Gesicht nicht mit Farbe beschmiert gewesen, so hätte man ihm angesehen, wie er sich ärgerte. Er befand sich überhaupt in schlechter Laune. Er war von Droll blamiert worden, ohne seinen Groll darüber laut werden zu lassen. Und sodann hatte auch Old Shatterhand ihn durch die Verhinderung des Skalpierens vor seinen Leuten schwer beleidigt. Der Häuptling war ein Feigling, welcher nicht den Mut besaß, offen zu widerstreben; aber der Zorn, den er nicht sehen ließ, saß in seinem Innern um so fester.

Es begann zu dämmern und wurde dann Nacht. Zwar war nicht anzunehmen, daß die Utahs einen Angriff wagen würden, aber es mußten dennoch Maßregeln getroffen werden, einen etwaigen Überfall zu vereiteln. Man mußte Wachen ausstellen. Das »lange Ohr« erbot sich freiwillig, das mit einigen seiner Leute zu übernehmen, und es konnte ihm nicht abgeschlagen werden. Aber um nichts zu versäumen, wies Old Shatterhand ihm und den betreffenden Timbabatschen ihre Plätze an und schärfte ihnen ein, ja nicht weiter vorzudringen.

Es waren mit dem Häuptlinge fünf Mann, welche eine Linie quer über den Cañon bildeten. Das »lange Ohr« befand sich auf dem äußersten rechten Flügel. Old Shatterhand legte sich auf die Erde und kroch vorwärts, um vielleicht die Utahs zu belauschen. Es gelang ihm in kurzer Zeit und vollständig, obgleich sie drei Posten ausgestellt hatten, von denen er aber nicht bemerkt wurde. Er wagte es sogar, zwischen ihnen hindurchzukriechen, und sah dann, daß die Feinde sich da, wo der Cañon plötzlich breiter wurde, dicht neben- und hintereinander quer über denselben gelagert hatten. Er kehrte befriedigt zurück.

Das »lange Ohr« hatte gesehen, daß der Jäger rekognoszierte. Es ärgerte ihn, daß man ihm das nicht anvertraut hatte. Er, der Häuptling eines roten Stammes, verstand es jedenfalls viel besser, als so ein Bleichgesicht. Der Groll in ihm nagte weiter und weiter. Er wünschte, diesen Weißen zeigen zu können, daß er eine wichtige Person sei, welche man nicht umgehen dürfe. Wie nun, wenn die Roten etwas im Schilde führten und es ihm gelänge, dies zu erlauschen! Dieser Gedanke ließ ihm keine Ruhe, und endlich beschloß er ihn auszuführen. Er kroch vorwärts, weiter und weiter. Aber es war nicht so leicht, wie er sich vorgestellt hatte, denn das Steingeröll lag nicht fest; es bewegte sich unter seinen langen Gliedern. Darum mußte er seine Aufmerksamkeit mehr unter sich als vor sich richten. Wieder kollerte unter ihm ein Stein – neben ihm tauchte etwas Dunkles auf, vor ihm auch; zwei kräftige Hände legten sich ihm wie Eisenklammern um den Hals; zwei andre Hände hielten seine Arme an den Leib; sein Atem stockte, und er verlor die Besinnung.

Als er wieder zu sich kam, lag er zwischen zwei Männern, welche ihm die Spitzen ihrer Messer auf die entblößte Brust hielten. Seine Glieder waren gefesselt, und in seinem Munde steckte ein Knebel. Er machte eine

Bewegung, welche von einem dritten, der ihm zu Häupten saß, bemerkt wurde. Dieser sagte mit leiser Stimme, indem er ihm die Hand auf den Kopf legte: »Wir haben das ›lange Ohr‹ erkannt. Ich bin der ›alte Donner‹. Wenn das ›lange Ohr‹ klug ist, wird ihm nichts geschehen; ist er aber unklug, so wird er die Messer kosten, welche er auf seiner Brust fühlt. Er mag mir durch ein Nicken mit dem Kopfe zu erkennen geben, ob er meine Worte hört!«

Der gefangene Häuptling gab das gewünschte Zeichen. Er lag hier zwischen Leben und Tod, und es verstand sich ganz von selbst, daß er das Leben wählte. Es überkam ihm eine große Genugthuung bei dem Gedanken, daß es ihm jetzt möglich sei, sich an den stolzen, eingebildeten Weißen für die ihm widerfahrene Zurücksetzung und Beleidigung zu rächen.

»Das ›lange Ohr‹ mag mir ferner zu verstehen geben, ob er nur leise sprechen will, wenn ich ihm den Knebel aus dem Munde nehme«, fuhr der andre fort.

Der Aufgeforderte nickte wieder, und sofort wurde der Knebel entfernt, doch warnte der »alte Donner«: »Wenn du ein lautes Wort sprichst, wirst du sterben. Willst du dich aber mit mir verbinden, so soll dir alles verziehen sein, und du wirst teil an unsrer Beute haben. Antworte mir!«

Beute! Bei diesem Worte kam dem Timbabatsch ein Gedanke, ein großer, ein kostbarer Gedanke. Er hatte ein Gespräch zwischen dem »großen« und dem »kleinen Bären« belauscht, ein Gespräch, welches ihm noch jetzt Wort für Wort im Ohre klang. Beute! Ja, Beute sollte es geben, Beute, wie sie noch nie nach einem Kampfe ausgeteilt worden war! Von diesem Augenblicke an war er der Sache der Utahs mit Leib und Seele ergeben.

»Ich hasse und verachte diese Weißen«, antwortete er. »Wenn du mir hilfst, so werden wir sie vernichten.«

»Und die ›Bären‹ auch?«

»Ja. Doch meine Krieger sollen leben bleiben!«

»Das verspreche ich dir. Warum aber warst du vorher mein Feind?«

»Weil ich das noch nicht wußte, was ich heut weiß. Die Bleichgesichter haben mich so beleidigt, daß ich ihr Blut haben muß.«

»Diese Rache soll dir werden. Ich werde bald sehen, ob du es ehrlich mit mir meinst oder mich betrügen willst.«

»Ich bin dir treu und werde es dir beweisen, besser und vollkommener, als du jetzt ahnen kannst.«

»So sage mir zunächst, ob es wahr ist, daß die Bleichgesichter unsre Häuptlinge als Gefangene bei sich haben!«

»Es ist wahr. Ich habe sie gesehen.«

»So sind diese Hunde mit dem bösen Geiste im Bunde, sonst wäre ihnen nicht gelungen, was jedem andern Menschen unmöglich ist! Wo befinden sich die Häuptlinge der Utahs?«

»In dem Hause auf der Insel des Sees.«

»Von wem werden sie bewacht?«

»Von einem einzigen Bleichgesichte und einem Mädchen, welches seine Tochter ist.«

»Ist das wahr? Ein einziger Mann und ein Mädchen halten so viele tapfere und berühmte Krieger fest! Du lügst!«

»Ich sage die Wahrheit. Du mußt bedenken, daß die Gefangenen gefesselt sind.«

»So will ich es glauben. Das ist auf der Insel. Wie viele Krieger aber befinden sich am Ufer?«

»Keiner.«

»Mensch, wo ist dein Verstand!«

»Keiner! Die Weißen und meine Timbabatschen waren da, sonst niemand. Und diese alle waren nach dem Cañon geritten, um gegen euch zu kämpfen.«

»Welche Unvorsichtigkeit! Und das soll ich für Wahrheit halten?«

»Es ist keine Unvorsichtigkeit, denn diese Hunde halten dich für unschädlich, weil es ihnen unmöglich erscheint, daß du ohne ihr Wissen nach dem See kommen kannst.«

»Ist das denn möglich?«

»Ja. Grad dadurch kann ich dir beweisen, daß ich es ehrlich mit dir meine.«

»Uff! Der Weg in diesem Cañon hinauf ist nicht er einzige? Es gibt noch einen andern?«

»Ja. Wenn du willst, werde ich dich führen.«

»Wo ist dieser Pfad?«

»Eine Strecke abwärts von hier liegt zwischen zwei Felsensäulen eine Spalte, durch welche man über eine Höhe in einen tiefen Felsenkessel gelangt, aus dem ein Hohlweg nach dem See führt. Ich bin diesen Weg mit dem ›großen Bär‹ geritten.«

»Und am See sind wirklich keine Krieger?«

»Nein, wenn nicht die zweihundert Navajos indessen gekommen sind, welche noch erwartet werden.«

»Sie sind noch nicht da, denn sonst wären sie sofort hierher in den Cañon geeilt, um gegen uns zu kämpfen. Wie lange braucht man, um von hier aus auf diesem andern Wege nach dem See zu gelangen?«

»Drei Stunden.«

»Das ist viel, sehr viel!«

»Aber der Lohn ist groß; es fallen alle Feinde in deine Hände; du befreist deine Häuptlinge und Krieger und – –«

Er stockte.

»Und – – sprich weiter!«

»Und außerdem findest du eine Beute, wie es noch niemals eine gegeben hat.«

»Eine Beute? Bei den Navajos? Du meinst ihre Pferde und Waffen? Denn weiter ist bei ihnen nichts zu finden.«

»Ich spreche nicht von den Navajos, sondern von den beiden ›Bären‹ und ihrem Silbersee, auf dessen Grunde ungeheure Reichtümer aufbewahrt liegen, Gold, Silber und edle Steine in großer Menge.«

»Wer hat dir das weisgemacht?«

»Niemand. Ich habe es von den beiden selbst gehört. Ich lag des Abends im Dunkel unter den Bäumen. Sie kamen und blieben ganz in meiner Nähe stehen, ohne zu wissen, daß ich mich dort befand. Da sprachen sie von diesen ungeheuren Schätzen.«

»Wie sind dieselben in den See gekommen?«

»Ein Volk, welches vor langer Zeit hier wohnte und unterjocht wurde, hat sie dort aufbewahrt.«

»So sind sie wohl längst verdorben. Und wie könnte man sie heraufbekommen, wenn sie auf dem Grunde des Sees liegen? Man müßte ihn ausschöpfen.«

»Nein. Da, wo jetzt der See ist, hat früher ein trockenes Thal gelegen. Jenes Volk hat einen Turm gebaut, dessen Spitze jetzt die Insel ist. Von diesem Turme aus wurde ein fester hohler Gang gebaut, welcher über das Thal hinlief und da endete, wo jetzt der Cañon beginnt. Dann errichtete man einen starken, breiten Damm, damit das Wasser nicht mehr nach Norden ablaufen könne. Das Thal füllte sich mit Wasser und wurde zum See, aus welchem nun die Spitze des Turmes als Insel ragt. Als er voll war, lief sein Wasser nach Süden ab. Das Ende des Ganges aber wurde durch Steine verdeckt.«

»Das alles soll wahr sein?«

»Vollständig wahr. Ich habe mich überzeugt, die Steine heimlich entfernt und den Gang gefunden. Da, wo er beginnt, liegen Fackeln, welche notwendig sind, um den Gang zu erleuchten. Dieser führt auf dem Grunde des Sees hin nach der Insel, dem Turme, in dessen unterstem Stockwerke die Schätze liegen. Dieser Gang ist zugleich da, um das Wasser abzulassen und etwaige Feinde zu verderben, welche sich im Cañon befinden. Man öffnet eine Stelle des Ganges; das Wasser dringt ein und ergießt sich in den Cañon, und alles, was in demselben ist, muß ersaufen.«

»Uff! Das wäre etwas für uns. Wenn wir die Bleichgesichter ersaufen lassen könnten!«

»Das darf ich nicht zugeben, weil meine Timbabatschen mit ertrinken würden.«

»Das ist wahr. Aber wenn alles sich wirklich so verhält, wie du sagst, so sind die Weißen ohnedies verloren. Es wird sich finden, ob du es aufrichtig meinst. Willst du uns jetzt nach dem See führen?«

»Ja, ich bin sehr gern bereit dazu. Aber welchen Teil der Reichtümer werde ich bekommen?«

»Das werde ich bestimmen, sobald ich mich überzeugt habe, daß du mir die Wahrheit gesagt hast. Ich werde dich jetzt losbinden und dir ein Pferd geben lassen. Aber beim geringsten Versuch zur Flucht bist du verloren.«

Der Häuptling gab seine Befehle mit leiser Stimme. Bald saßen alle Utahs im Sattel und ritten den Cañon zurück, erst natürlich mit der größten Vorsicht, um kein Geräusch zu verursachen. Sie erreichten die Stelle, an welcher die Weißen aus dem Cañon nach dem Felsenkessel abgebogen waren, und folgten derselben Richtung.

Der Ritt war jetzt, des Nachts, noch viel beschwerlicher als am Tage; aber die Roten hatten wahre Katzenaugen, und auch ihre Pferde fanden sich leicht zurecht. Es ging die schiefe Ebene hinauf, drüben in den Kessel hinab und dann in die Felsenenge hinein, genau auf demselben Wege, den die Weißen geritten waren. Die letzte Hälfte des Rittes wurde dadurch erleichtert, daß der Mond aufgegangen war. Der Weg lag nicht tief und wurde ziemlich hell beschienen.

Genau nach der Schätzung des »langen Ohres« waren drei Stunden vergangen, als die Utahs da ankamen, wo die Bäume begannen. Sie hielten an und schickten einige Kundschafter vor, welche erforschen sollten, ob man weiter könne. Sie hatten sich ungefähr fünf Minuten entfernt, als ein Schuß und gleich darauf noch einer fiel. Nach kurzer Zeit kehrten sie zurück, indem sie einen von ihnen getragen brachten. Er war tot.

»Die Bleichgesichter sind nicht mehr im Cañon«, wurde gemeldet. »Sie stecken am Eingange zum See und haben auf uns geschossen. Unserm Bruder ist die Kugel in das Herz gedrungen. Er war so unvorsichtig, sich im Mondscheine aufzurichten.«

Diese Nachricht rief das Mißtrauen des »alten Donners« wach. Er glaubte, von dem »langen Ohre« betrogen worden zu sein; er dachte, dieser stehe mit den Weißen im Bunde und habe von ihnen den Auftrag erhalten, sich absichtlich ergreifen zu lassen, um ihnen die Utahs vor die Gewehre zu liefern. Dem »langen Ohre« gelang es aber, dieses Mißtrauen zu zerstreuen. Er bewies, daß er diese Absicht gar nicht hegen könne, und fügte hinzu: »Die Bleichgesichter haben sich, da sie viel schwächer sind als ihr, in der Dunkelheit des Cañons nicht für sicher gehalten und sind nach dem See gegangen, wo sie glaubten, daß ihr sie nicht überfallen könnt. Der Eingang zu dem Thale ist so schmal, daß sie ihn gegen euch leicht verteidigen können; es ist euch also, vollends jetzt bei Nacht, nicht möglich, ihn zu erzwingen: aber ihr werdet ihnen in den Rücken kommen.«

»Wie ist das möglich?«

»Durch den Gang, von welchem ich gesprochen habe. Er mündet nur wenige Schritte von hier. Wir öffnen ihn, indem wir die Steine fortnehmen, und steigen hinein. Wenn wir die Fackeln anzünden, können wir ihm leicht folgen; so gelangen wir in den Turm und steigen im Innern desselben empor, um auf die Insel zu kommen. Dort gibt es stets einige Kanoes, in denen wir an das Ufer rudern. Dann befinden wir uns im Rücken der Feinde und werden sie leicht überwältigen, zumal meine Timbabatschen, sobald ich es ihnen befehle, sich auf eure Seite stellen werden.«

»Gut! Die Hälfte der Utahs bleibt hier, und die andre Hälfte folgt uns in den Gang. Zeige ihn uns!«

Die Utahs waren von ihren Pferden gestiegen. Das »lange Ohr« führte sie zur Seite bis an die Stelle, an welcher der Cañon begann. Dort lehnte ein Steinhaufen am Felsen.

»Diese Steine müssen fort«, sagte der Timbabatsche, »dann werdet ihr die Öffnung sehen.«

Der Haufen wurde entfernt, und es zeigte sich ein dunkles Loch, fünf Ellen breit und drei Ellen hoch. Die Häuptlinge traten hinein und fanden, als sie um sich tasteten, einen ganzen Vorrat von Fackeln, welche aus Hirsch- und Büffeltalg gefertigt waren. Mit Hilfe der »Punks« wurde Licht gemacht. Man verteilte die Fackeln und steckte sie in Brand. Dann drang man in den Gang ein.

Es herrschte eine dumpfe Luft in demselben, aber feucht war es nicht. Er mußte außerordentlich stark gemauert und dann sehr dick und hoch mit Erde bestampft worden sein, daß er so lange Zeit dem Wasser des Sees Widerstand geleistet hatte.

Um nicht allzulange Zeit dieser Luft, welche durch den Qualm der Fackeln noch verschlechtert wurde, ausgesetzt zu sein, ging man so schnell wie möglich vorwärts, bis man nach unendlich scheinender Zeit in eine weite Halle gelangte, an deren Wänden viele in Matten gehüllte Pakete aufgestapelt lagen.

»Das muß das unterste Geschoß des Turmes, also der Insel sein«, sagte das »lange Ohr«. »Vielleicht befinden sich in diesen Päcken die Schätze, von denen ich euch gesagt habe. Wollen wir nachsehen?«

»Ja«, antwortete der »alte Donner«. »Aber lange halten wir uns dabei nicht auf, da wir uns beeilen müssen, nach der Insel zu kommen. Später haben wir mehr Zeit dazu.«

Als man von einem der Pakete die Hülle entfernt hatte, sah man im Scheine der Fackeln eine Götzenfigur goldig erglänzen. Diese eine Figur repräsentierte für sich allein ein Vermögen. Ein civilisierter Mensch hätte vielleicht vor Entzücken laut gejubelt; diese Roten blieben kalt. Man breitete die Matte wieder über den Götzen und schickte sich zum Aufstiege an.

Es waren, wenn auch nicht ganz in Gestalt unsrer Treppen, schmale Stufen gemauert, welche nach oben führten; sie boten nur für eine Person Platz; darum mußten die Roten im Gänsemarsch sich hintereinander halten.

Das »lange Ohr« stieg, mit einer Fackel in der Hand, voran. Noch hatte er die oberste Stufe dieses Geschosses nicht erreicht, so hörte er unter sich einen Schrei, welchem die Angstrufe von vielen Lippen folgten. Er blieb stehen und sah zurück. Was er erblickte, war ganz geeignet, ihn mit Entsetzen zu erfüllen. Aus dem Gange, in welchem sich noch viele, viele Utahs befanden, drang, so breit und hoch er war, das Wasser herein. Die Fackeln warfen ihre Lichtstrahlen auf die dunkle, gurgelnde Flut, welche schon halb manneshoch stand und mit entsetzlicher Schnelligkeit nach oben stieg. Diejenigen, welche sich noch im Gange befunden hatten, waren verloren; das Wasser hatte sie sofort erstickt. Und die, welche noch auf den Stufen standen, waren ebenso verloren. Sie drängten vorwärts; jeder wollte sich nach oben retten; einer riß den andern fort. Man warf die Fackeln von sich, um sich mit beiden Händen verteidigen zu können. So kam es, daß es keinem gelang, auf den Stufen Fuß zu fassen. Dabei wuchs die Flut so schnell, daß sie eine Minute, nachdem der erste Schrei erschollen war, den Roten schon bis an die Hälse reichte. Sie wurden von ihr gehoben; sie schwammen; sie kämpften gegen den Tod und gegeneinander – vergeblich.

Nur fünf oder sechs waren es, welche sich bereits so hoch befunden hatten, daß ihnen das Entkommen möglich war. Der »alte Donner« befand sich unter ihnen; sie hatten nur eine einzige Fackel, welche der voransteigende Timbabatsche trug. Eine schmale Öffnung führte durch die Decke in das nächste Gestock, von wo aus eben solche Stufen weiterführten.

»Gib mir das Licht, und laß mich voran!« gebot der Utahhäuptling dem Timbabatschen.

Er griff nach der Fackel, doch das »lange Ohr« weigerte sich, sie ihm zu geben. Es entspann sich ein kurzer Streit, welcher aber dennoch lange genug währte, das Wasser herankommen zu lassen. Es drang schon durch die Öffnung in dieses Stockwerk. Dasselbe war eng, viel, viel enger als das untere. Darum stieg die Flut mit zehnfacher Schnelligkeit an den Wänden empor.

Das »lange Ohr« war jünger und stärker als der »alte Donner«. Er riß sich von ihm los und warf ihn mit einem kräftigen Stoße zu Boden. Nun aber drangen die andern Utahs auf ihn ein. Er besaß keine Waffe und hatte nur eine Hand frei, sich ihrer zu erwehren. Schon legte einer das Gewehr auf ihn an, um ihn zu erschießen; da rief er: »Halt, sonst werfe ich das Licht in das Wasser, und dann seid ihr verloren! Ihr könnt nicht sehen, wohin ihr zu steigen habt, und das Wasser holt euch ein.« Das half. Sie sahen ein, daß sie sich nur dann retten konnten, wenn sie Licht behielten. Schon stand ihnen das Wasser bis an den Hüften.

»So behalte die Fackel, und steig voran, du Hund!« antwortete der »alte Donner«. »Aber später wirst du es büßen!«

Der Timbabatsche stand schon auf den Stufen und eilte weiter. Wieder gelangte er durch eine schmale Öffnung in das nächste Stockwerk. Die Drohung des Alten war ernst gemeint. Das »lange Ohr« wußte es. Er dachte, daß er nur dann nichts zu befürchten habe, wenn die Utahs in der Flut umkamen. Darum blieb er, als er durch die Öffnung gestiegen war, stehen und blickte zurück. Hinter ihm erschien der Kopf des »alten Donners«.

»Du hast mich einen Hund genannt und willst dich an mir rächen«, rief er ihm zu. »Du bist selbst ein Hund und sollst wie ein Hund sterben. Fahre zurück in das Wasser!«

Er versetzte ihm einen Fußtritt in das Gesicht, so daß der Alte zurückstürzte und in der Öffnung verschwand. Einen Augenblick später erschien der Kopf des nächsten Utah; auch dieser erhielt einen Fußtritt und fiel zurück. So erging es dem dritten; weiter kam keiner, denn das Wasser hatte die andern erreicht und von den Stufen geschwemmt; es trat jetzt schon durch die Öffnung; der Timbabatsche befand sich allein; nur er war übrig geblieben.

Er stieg weiter und weiter, noch einige Stockwerke höher, und das Wasser folgte ihm mit derselben Schnelligkeit. Da fühlte er, daß die Luft besser wurde. Der Aufstieg war nun so eng geworden und es gab keine Stufen mehr, sondern ein eingekerbtes Holz war als Leiter an die Mauer gelegt. Schon setzte er die Fußspitzen in die Kerben, um nach oben zu klimmen, da hörte er über sich eine Stimme: »Halt, bleib unten, sonst erschieße ich dich! Die Utahs haben uns vernichten wollen; nun sind sie selbst alle verloren, und du sollst als der letzte von ihnen sterben!«

Es war die Stimme des »großen Bären«. Der Timbabatsche erkannte sie.

»Ich bin ja kein Utah! Schieß nicht!« antwortete er voller Angst.

»Wer bist du denn?«

»Dein Freund, der Häuptling der Timbabatschen.«

»Ach, das ›lange Ohr‹! So hast du erst recht den Tod verdient, denn du bist ein Abtrünniger, ein Verräter.«

Er versetzte ihm einen Fußtritt in das Gesicht,
so daß der Alte zurückstürzte.

»Nein, nein! Du irrst!«

»Ich irre nicht. Du hast dich auf irgend eine Weise in mein Geheimnis geschlichen und es den Utahs mitgeteilt. Nun magst du so ertrinken, wie sie ertrunken sind.«

»Ich habe nichts verraten!« beteuerte der Rote voller Angst, denn das Wasser stieg ihm schon bis an das Knie.

»Lüge nicht!«

»Laß mich hinauf! Bedenke, daß ich stets dein Freund gewesen bin!«

»Nein, du bleibst unten!«

Da ließ sich eine andre Stimme hören, nämlich diejenige Old Firehands: »Laß ihn herauf! Es ist des Fürchterlichen genug geschehen. Er wird seine Sünde eingestehen.«

»Ja, ich gestehe es; ich werde euch alles, alles sagen!« versicherte das »lange Ohr«, denn das Wasser reichte ihm schon fast bis an die Hüfte.

»Gut, ich will dir das Leben schenken und hoffe, daß du mir dafür dankbar sein wirst.«

»Meine Dankbarkeit wird ohne Grenzen sein. Sage mir, was du willst, und ich werde es thun!«

»Ich halte dich beim Wort. Nun komm herauf!«

Der Rote warf, um mit beiden Händen klettern zu können, die Fackel in das Wasser und stieg hinauf. Als er oben anlangte, sah er sich in demjenigen Raume des Inselgebäudes, in welchem sich der Herd befand. Vor der offenen Thür brannte ein Feuer, und bei dem hereinfallenden Scheine desselben sah er den »großen Bären«, Old Firehand und Old Shatterhand. Er sank vor Müdigkeit und infolge der ausgestandenen Angst nieder, raffte sich aber schnell wieder auf, um hinaus zu springen und rief: »Fort, fort, hinaus, sonst kommt das Wasser, ehe wir uns retten können!«

»Bleib hier!« antwortete der »große Bär«. »Du hast von dem Wasser nichts mehr zu befürchten, denn es kann im Innern der Insel nicht höher steigen, als es draußen steht. Du bist gerettet und wirst nun erzählen, wie du von deinem Posten weg- und hierhergekommen bist.« – –

Als Old Shatterhand im Cañon seine kühne Rekognition beendet hatte, war er zu den Gefährten zurückgekehrt. Sie und die Timbabatschen lagen schweigsam in ihren Verstecken, denn die Aufmerksamkeit aller mußte nach draußen gerichtet sein, da den Utahs sehr wohl ein heimliches Herbeischleichen zuzutrauen war.

Es mochte ungefähr eine Stunde vergangen sein, als Old Shatterhand der Gedanke kam, wieder nach den Posten zu sehen. Er schlich sich hinaus und zunächst nach der Stelle, an welcher er das »lange Ohr« gelassen hatte; sie war leer. Er begab sich zu dem nächstpostierten Timbabatschen, um ihn zu fragen, und erfuhr von demselben, daß sein Häuptling fortgeschlichen sei.

»Wohin?«

»Zu den Utahs. Er ist noch nicht wieder zurück.«

»Seit wann ist er fort?«

»Seit einer Stunde fast.«

»Dann muß ihm ein Unfall widerfahren sein; ich werde nachsehen.«

Der Jäger legte sich nieder und kroch dahin, wo er vorher die feindlichen Wächter gesehen hatte; sie waren fort. Er kroch weiter. Da, wo die Utahs den ganzen Cañon quer ausgefüllt hatten, war kein einziger von ihnen zu sehen. Old Shatterhand forschte mit äußerster Vorsicht weiter nach. Er sah und fand keinen Utah, aber auch den Häuptling nicht. Das war mehr als besorgniserweckend. Er kehrte zurück, um Winnetou und Old Firehand zu holen, damit diese sich an dem Nachforschen beteiligen sollten. Alle ihre Mühe war vergeblich. Die drei Männer drangen eine bedeutende Strecke in dem Cañon vor, ohne auf einen Feind zu stoßen, und kehrten mit dem Resultate zurück, daß die Utahs verschwunden seien. Das wäre an sich gar nichts Unbegreifliches oder gar Entsetzliches gewesen, wenn nicht das »lange Ohr« mit ihnen verschwunden gewesen wäre.

»Sie haben ihn erwischt«, sagte der »große Bär«; »er hat zu viel gewagt. Nun ist's um ihn geschehen.«

»Und wohl auch um uns«, meinte Old Shatterhand.

»Wieso um uns?«

»Mir fällt auf, daß sie sich entfernt haben. Das muß einen ganz besonderen Grund haben. Der Umstand, daß der Häuptling in ihre Hand geraten ist, kann an und für sich nicht die Ursache ihres unerwarteten Rückzuges sein; es muß vielmehr ein ganz andrer Grund vorhanden sein, der aber mit dem Häuptlinge in Beziehung steht.«

»Welcher Grund könnte das sein?«

»Hm! Ich traue dem ›langen Ohr‹ nicht. Er hat mir nie gefallen.«

»Ich wüßte nicht, weshalb wir ihm mißtrauen sollten. Er hat sich niemals feindlich gegen mich verhalten.«

»Das mag sein; dennoch ist er nicht der Mann, auf den ich mich verlassen möchte. Kennt er die hiesige Örtlichkeit genau?«

»Ja.«

»Kennt er auch den Weg, welcher über den Felsenkessel nach dem See führt?«

»Er kennt ihn, denn er ist mit mir dort gewesen.«

»So weiß ich genug. Wir müssen sofort aufbrechen, um nach dem See zu gehen.«

»Warum?«

»Weil er den Utahs diesen Weg verraten hat.«

»Das traue ich ihm nicht zu!«

»Aber ich halte ihn dessen für fähig. Mag ich mich da irren oder nicht; mag er freiwillig oder gezwungen geplaudert haben, darauf kommt es nicht an; ich bin überzeugt, daß die Utahs seit einer Stunde fort sind und in zwei Stunden am See erscheinen werden.«

»Das denke auch ich«, stimmte Old Firehand bei.

»Das ›lange Ohr‹ hat kein gutes Gesicht«, meinte Winnetou. »Meine Brüder mögen schnell nach dem See kommen, sonst sind die Utahs eher dort als wir und nehmen Butler und seine Tochter gefangen.«

Da diese drei Männer derselben Ansicht waren, verlor der »große Bär« etwas von seinem Vertrauen und sprach nicht gegen den sofortigen Aufbruch. Man stieg zu Pferde und ritt den Cañon hinauf, so gut es in der Finsternis gehen mochte.

Es dauerte wohl eine Stunde, ehe man den Eingang des Seethales erreichte. Dieser wurde besetzt, und zwar von Weißen, weil nun, da ihr Häuptling abhanden gekommen war, den Timbabatschen nicht mehr ein unbedingtes Vertrauen geschenkt werden konnte.

Butler befand sich nicht mehr auf der Insel. Er hatte mit seiner Tochter in dem Gebäude gesessen; unter ihnen lagen die Gefangenen, welche miteinander sprachen. Ihre Stimmen drangen dumpf nach oben; es klang so geisterhaft, daß Ellen sich zu fürchten begann, und sie bat ihren Vater, die Insel zu verlassen und mit ihr hinüber an das Ufer zu gehen. Er erfüllte ihre Bitte und ruderte sie hinüber. Als es Nacht geworden war, brannte er ein Feuer an, war aber so vorsichtig, sich nicht an dasselbe zu setzen, vielmehr zog er sich mit Ellen in den Schatten zurück, wo beide den erleuchteten Platz übersehen konnten, ohne selbst bemerkt zu werden. Es war für sie unheimlich, so allein an diesem einsamen und gefährlichen Orte zu sein; darum freuten sie sich, als die Weißen jetzt mit den Timbabatschen zurückkehrten. Da die Utahs erst in einer Stunde erwartet werden konnten, genügte es, daß die Hälfte der Rafters vorn am Eingange postiert waren. Die andern Weißen lagerten sich um das Feuer; die Timbabatschen brannten sich ein zweites an, bei welchem sie Platz nahmen, um sich über das Verschwinden ihres Häuptlings zu unterhalten. Sie waren überzeugt, daß er ganz gegen seinen Willen in die Hände der Utahs geraten sei. Daß die Weißen ihn im Verdacht der Verräterei hatten, war ihnen wohlweislich verschwiegen worden.

Seit der Ankunft am See hatte Watson, der frühere Schichtmeister, keine Gelegenheit gehabt, mit dem »großen Bären« zu sprechen, und dieser hatte gar nicht darauf geachtet. Jetzt aber, als sie nahe bei einander am Feuer saßen, meinte der Weiße zu dem Roten: »Mein roter Bruder hat noch nicht mit mir gesprochen. Er mag mich einmal betrachten und mir dann sagen, ob er sich nicht erinnert, mich bereits einmal gesehen zu haben.«

Der Bär warf einen forschenden Blick auf ihn und antwortete dann: »Mein weißer Bruder trägt jetzt einen längeren Bart als früher; aber ich erkenne ihn doch wieder.«

»Nun, wer bin ich?«

»Einer von den beiden Bleichgesichtern, welche hier oben einen ganzen Winter zubrachten. Damals lebte Ikhatschi-tatli noch, der ›große Vater‹, welcher krank war und von ihnen gepflegt wurde, bis er starb.«

»Ja, wir pflegten ihn, und er war uns dankbar dafür. Er gab uns ein Geschenk, dessen sich der ›große Bär‹ vielleicht erinnern wird.«

»Ich weiß es«, nickte der Rote, aber in einer Weise, als ob er sich nur ungern an diesen Umstand erinnern lasse.

»Es war ein Geheimnis, welches er uns anvertraute, ein Geheimnis von einem Schatze, welcher hier verborgen liegt.«

»Ja; aber der ›große Vater‹ hatte sehr unrecht, als er von diesem Geheimnisse sprach. Er war alt und schwach geworden, und die Dankbarkeit verhinderte ihn, sich zu erinnern, daß er ewiges Schweigen gelobt hatte. Er durfte von diesem Geheimnisse, welches sich auf die Nachkommen zu vererben hat, nur zu seinem Sohne und Enkel sprechen. Die Gegenstände, um welche es sich handelt, waren nicht sein Eigentum; er durfte nicht das Geringste verschenken. Ganz besonders aber war es seine Pflicht, gegen Bleichgesichter zu schweigen.«

»So meinst du, daß ich nicht das Recht habe, von dieser Sache zu sprechen?«

»Ich kann es dir nicht verbieten.«

»Wir hatten eine Zeichnung darüber.«

»Die nützt dir nichts, denn wenn du dich nach derselben richtest, wirst du nichts finden. Ich habe den aufbewahrten Gegenständen einen andern Platz gegeben.«

»Und den darf ich nicht erfahren?«

»Nein.«

»So bist du weniger dankbar als dein Vater!«

»Ich thue meine Pflicht, werde es dir aber nicht vergessen, daß du bei seinem Tode zugegen gewesen bist. Auf die Ausnutzung des Geheimnisses mußt du verzichten; jeden andern Wunsch aber werde ich dir mit Freuden erfüllen.«

»Ist das dein Ernst?« fragte da Old Firehand schnell.

»Ja. Meine Worte sind stets so gemeint, wie ich sie spreche.«

»So werde ich an Stelle dieses unsres Gefährten einen Wunsch aussprechen.«

»Thu es! Liegt es in meiner Macht, so werde ich denselben gern erfüllen.«

»Wem gehört das Land, auf welchem wir uns hier befinden?«

»Mir. Ich habe es von den Timbabatschen erworben und werde es einst meinem Sohn, dem ›kleinen Bären‹ hinterlassen.«

»Kannst du dein Recht darauf beweisen?«

»Ja. Bei den roten Männern gilt das Wort; die weißen Männer aber verlangen ein Papier mit schwarzen Buchstaben. Ich habe ein solches anfertigen und von den weißen Häuptlingen unterschreiben lassen. Es ist auch ein großes Siegel darauf. Das Land am Silbersee, so weit es rundum von den Bergen eingefaßt wird, ist mein Eigentum. Ich kann mit demselben thun, was mir beliebt.«

»Und wem gehört der Felsenkessel, durch den wir heut gekommen sind?«

»Den Timbabatschen. Die weißen Häuptlinge haben die ganze Gegend ausgemessen und abgezeichnet; dann hat der weiße Vater in Washington sich unterschrieben, daß sie Eigentum der Timbabatschen ist.«

»Diese können also davon verkaufen, verpachten oder verschenken, ganz wie es ihnen gefällt.«

»Ja, und niemand darf etwas dagegen haben.«

»So will ich dir sagen, daß ich den Felsenkessel von ihnen kaufen will.«

»Thue es!«

»Du bist einverstanden?«

»Ja. Ich kann es ihnen nicht verbieten, zu verkaufen, und dir nicht, zu kaufen.«

»Darum handelt es sich nicht, sondern darum, ob es dir lieb oder unlieb ist, uns in deine Nachbarschaft zu bekommen.«

»Euch? Nicht bloß dich? So wollt ihr alle im Kessel wohnen?«

»Allerdings. Ich will auch die Strecke bis an deine Grenzen kaufen, in welcher die Felsenenge liegt.«

Das Gesicht des »großen Bären« nahm einen pfiffigen Ausdruck an, als er fragte: »Warum wollt ihr grad an einer Stelle wohnen, an welcher es kein Wasser gibt, und wo kein einziger Grashalm wächst? Der Weiße kauft nur solches Land, welches ihm großen Nutzen bringt. Ich errate eure Gedanken. Es ist der Stein, der Felsen, welcher Wert für euch hat.«

»Das ist richtig. Aber er gewinnt erst dann an Wert, wenn wir Wasser bekommen können.«

»Nehmt es euch aus dem See!«

»Das ist es, was ich mir von dir erbitten wollte.«

»Du sollst so viel haben, wie du brauchst.«

»Darf ich eine Leitung anlegen?«

»Ja.«

»Du verkaufst mir das Recht dazu, und ich bezahle es dir?«

»Wenn der Kauf notwendig ist, so habe ich nichts dagegen. Du magst einen Preis bestimmen, aber ich schenke ihn dir. Ihr habt mir einen großen Dienst geleistet; ohne euch wären wir in die Hände der Utahs gefallen; ich werde alle deine Wünsche erfüllen. Der Mann, welcher vorhin mit mir sprach, wollte die Schätze des Geheimnisses haben; das darf ich nicht zugeben; dafür werde ich euch aber behilflich sein, die Schätze des Felsenkessels auszubeuten. Du hörst, daß ich errate, um was es sich handelt. Es soll mich freuen, wenn eure Hoffnungen nicht zu Schanden werden.«

»Das laß ich mir gefallen«, flüsterte der Hobble-Frank seinem Vetter zu. »Das Wasser haben wir also mehrschtenteels schon; wenn dann das Gold ooch so bereitwillig fließt, so können wir bald Crassussens schpielen.«

»Meenste vielleicht Krösussens? Krösus is doch wohl derjenige König gewese, der so schteenreich gewese is?«

»Fang mir nich etwa ooch so an wie der dicke Jemmy, der immer in die falsche Konterpunktion gerät! Crassus is die richtige Modulation. Wennste mein Freund und Vetter bleiben willst, so – – horch!«

Vor dem Eingange ließ sich ein Pfiff hören. Das war das mit den Rafters verabredete Zeichen. Die Weißen sprangen auf und eilten nach dem Eingange des Thales. Die Roten blieben sitzen. Vorn angekommen, erfuhren sie, daß man aus der Gegend der Felsenenge ein Geräusch wie Huftritte gehört habe. Es wurden schnell die nötigen Maßregeln getroffen. Die Weißen lagen unter und hinter den Bäumen versteckt und warteten mit Spannung auf das, was nun kommen werde.

Vor ihnen lagen die bereits erwähnten Büsche. Die Zwischenräume derselben wurden vom Monde hinreichend beleuchtet. Hobble-Frank und Droll lagen nebeneinander. Sie hatten einen ziemlich freien Raum vor sich, den sie mit scharfen Blicken überwachten.

»Du«, flüsterte Frank, »bewegt sich nich etwas dort links am Busche?«

»Ja. Ich sah drei dunkle Punkte. Das müsse Indianersch sein.«

»Gut! Die sollen gleich schpüren, daß ich jetzt Besitzer eenes feinen Gewehrs bin.«

Er legte an. Da erhob sich einer der Indianer, um den freien Raum schnell zu überspringen. Er war im Lichte des Mondes deutlich zu erkennen. Der Schuß Franks krachte, und der Indianer fiel, in die Brust getroffen, nieder. Seine beiden Kameraden sprangen zu ihm hin, um ihn in Sicherheit zu bringen; ein Rafter schoß auf sie, traf aber nicht; sie verschwanden mit dem Toten.

Es verging einige Zeit, ohne daß man ferner etwas hörte oder sah. Das war auffällig. Darum kroch Winnetou vorwärts, um den vorn liegenden Raum vorsichtig abzusuchen. Nach ungefähr einer Viertelstunde kehrte er nach der Stelle zurück, an welcher er sich mit Old Firehand, Shatterhand

Der Schuß Franks krachte, und der Indianer fiel.

und dem »großen Bären« befunden hatte, und meldete: »Die Krieger der Utahs haben sich geteilt. Die eine Hälfte von ihnen hält mit allen Pferden dort links, wo der Weg aus dem Felsenkessel mündet; die andern sind rechts am Beginn des Cañons; dort haben sie ein Loch geöffnet, in welchem sie verschwinden.«

»Ein Loch?« fragte der »Bär« erschrocken. »So kennen sie den unterirdischen Gang, und mein Geheimnis ist verraten. Das kann kein andrer als das ›lange Ohr‹ gethan haben. Wie hat er das erfahren können? Kommt mit mir! Ich muß sehen, ob es wahr ist.«

Er eilte fort, auf der Höhe des Dammes hin, und die drei folgten ihm. Bald sahen sie, unter den Bäumen versteckt, den Anfang des Cañons hell unter sich liegen. Der Steinhaufen war entfernt, und beim Scheine des Mondes erkannte man die Utahs, welche in den Gang eindrangen.

»Ja, sie kennen mein Geheimnis«, meinte der »große Bär«. »Sie wollen nach der Insel, um uns in den Rücken zu kommen, und sie wollen meine Schätze haben. Aber das soll ihnen nicht gelingen. Ich muß rasch auf die Insel. Old Firehand und Old Shatterhand mögen mich begleiten; Winnetou aber mag hier bleiben; ich muß ihm etwas zeigen.«

Er führte den Apachen einige Schritte vorwärts nach einer Stelle, an welcher der Damm senkrecht in den See fiel. Dort lag ein großes, viele Zentner schweres Felsstück auf einer Unterlage von kleineren Steinen, welche eigentümlich geordnet waren. Der »große Bär« deutete auf einen dieser Steine und sagte: »Sobald Winnetou von hier aus sieht, daß ich auf der Insel ein Feuer anbrenne, mag er an diesen Stein stoßen, worauf dieser Felsen hinab in das Wasser rollen wird. Mein roter Bruder mag aber schnell zurückspringen und nicht erschrecken, wenn er ein großes Krachen hört.«

»Warum soll der Felsen in das Wasser?« fragte Winnetou.

»Das wirst du später sehen. Jetzt ist keine Zeit zum Erklären; ich muß fort. Schnell!«

Er rannte davon, und die beiden Jäger folgten ihm. An dem Feuer angekommen, riß er einen Brand aus demselben und stieg in eines der Boote. Während er sich bemühen mußte, die Flamme zu erhalten, nahmen Firehand und Shatterhand das Ruder; sie stießen ab und hielten auf die Insel zu. Drüben sprang der »große Bär« schnell heraus und eilte in das Gebäude. Auf dem Herde lag dürres Holzwerk; er schaffte es heraus und steckte es in Brand.

»Meine Brüder mögen horchen!« sagte er dann, mit der Hand nach der Gegend deutend, in welcher Winnetou zurückgeblieben war.

Da drüben war ein kurzes, hohles Rollen zu hören, dann das Zischen des unter dem stürzenden Felsen aufbrausenden Wassers, und nun erfolgte ein Krachen, ein Getöse, als ob ein Haus einstürze.

»Es ist gelungen!« rief der »große Bär«, tief aufatmend. »Die Utahs sind verloren. Kommt mit herein!«

Er ging wieder in das Gebäude, in die Abteilung, in welcher sich der Herd befand. Dieser stand, wie die beiden Jäger jetzt sahen, auf einer beweglichen Unterlage, denn der Rote schob ihn ohne alle Anstrengung zur Seite. Es wurde ein Öffnung sichtbar, in welche der »Bär« hinablauschte.

»Sie sind drin; sie sind unten; ich höre sie kommen«, sagte er. »Nun aber schnell das Wasser hinein!«

Er sprang hinaus, hinter das Gebäude; was er dort machte, konnten die beiden nicht sehen; aber als er zurückkehrte, deutete er auf eine nahe Stelle des Sees und erklärte: »Seht ihr, daß sich dort das Wasser bewegt? Es bildet einen Strudel, einen Trichter; es wird nach unten gezogen, denn es fließt in den Gang, den ich geöffnet habe.«

»Mein Himmel! So müssen die Utahs ja elend ertrinken!« rief Shatterhand.

»Ja, alle, alle! Kein einziger entkommt.«

»Gräßlich! War das nicht zu umgehen?«

»Nein. Es soll keiner entkommen, um zu erzählen, was er da unten gesehen hat.«

»Aber du hast deinen eigenen Bau zerstört!«

»Ja, er ist zerstört und kann nie wieder hergestellt werden. Die Schätze sind für die Menschen verloren; kein Sterblicher wird sie nun zu heben vermögen, denn die Insel wird sich bis obenan mit Wasser füllen. Komm herein!«

Es überlief die beiden Weißen ein kaltes Grauen. Das unten aufsteigende Wasser trieb die dumpfige Luft nach oben; man fühlte es aus der Bodenöffnung kommen. Das bedeutete den Tod von weit, weit über hundert Menschen.

»Aber unsre Gefangenen, die sich hier nebenan befinden!« sagte Old Shatterhand. »Die ertrinken doch auch!«

»Nein. Die Mauer widersteht für einige Zeit. Dann freilich müssen wir sie herausholen. Horcht!«

Man hörte da unten ein Geräusch, und dann sah man einen Roten mit einer Fackel auftauchen. Es war das »lange Ohr«. Der »große Bär« wollte ihn auch ertrinken lassen, aber auf Old Firehands Zureden sah er von dieser Grausamkeit ab. Kaum befand sich der Timbabatsche in Sicherheit, so stand im Innern der Insel das Wasser genau so hoch wie draußen, und der vorhin sichtbare trichterförmige Wirbel war verschwunden.

Das »lange Ohr« hatte sich am Feuer niedergesetzt; es war ihm jetzt unmöglich, zu stehen. Der »große Bär« setzte sich ihm gegenüber, zog einen Revolver aus dem Gürtel und sagte in drohendem Tone: »Jetzt mag der Häuptling der Timbabatschen erzählen, wie er mit den Utahs in den Gang gekommen ist. Wenn er mich belügt, werde ich ihm eine Kugel in den Kopf schießen. Er hat das Geheimnis der Insel gekannt?«

»Ja«, gestand der Gefragte.

»Wer hat es dir verraten?«

»Du selbst.«

»Das ist nicht wahr!«

»Es ist wahr. Ich saß drüben unter der alten Lebenseiche, als du mit deinem Sohne kamst. Ihr bliebt in meiner Nähe stehen und spracht von der Insel, von ihren Schätzen und von dem Gange, aus welchem man das Wasser in den Cañon laufen lassen kann. Erinnerst du dich?«

»Ja, es ist wahr. Wir haben dort gestanden und davon gesprochen. Wir glaubten, allein zu sein.«

»Ich ersah aus euren Worten, daß der Gang da beginne, wo der Steinhaufen lag. Am andern Morgen jagtet ihr einen Hirsch, und ich benutzte das, um den Steinhaufen zu entfernen. Ich trat in den Gang und sah die Fackeln. Da wußte ich genug und brachte die Steine wieder an ihre Stelle.«

»Und heut gingst du zu den Utahs, um das Geheimnis zu verraten!«

»Nein. Ich wollte sie belauschen, wurde aber ergriffen. Nur um mich zu retten, sprach ich von diesem Gange und auch von der Insel.«

»Das war feig. Hätte Old Shatterhand nicht bemerkt, daß du fehltest, so wäre der Verrat gelungen, und unsre Seelen befänden sich schon morgen in den ewigen Jagdgründen. Habt ihr gesehen, was unten in der Insel lag?«

»Ja.«

»Und habt ihr die Pakete geöffnet?«

»Nur ein einziges.«

»Was befand sich darin?«

»Ein Gott, aus purem Golde gefertigt.«

»Kein menschliches Auge wird ihn wiedersehen, auch das deinige nicht. Was meinst du wohl, daß du verdient hast?«

Der Timbabatsche schwieg.

»Den Tod, den zehnfachen Tod! Aber du warst mein Freund und Kamerad, und diese Bleichgesichter wünschen nicht, daß ich dich töte. Du sollst also leben bleiben, doch nur, wenn du das thust, was ich von dir verlange.«

»Was forderst du?«

»Ich werde dir einen Schwur, einen schweren Schwur abnehmen, einen Schwur, daß du niemals und niemandem von der Insel und dem, was sie enthält, etwas sagen willst.«

»Ich bin bereit, zu schwören.«

»Jetzt nicht, sondern später. Und sodann fordre ich von dir, daß du das thust, was Old Firehand von dir verlangen wird. Er will in dem Felsenkessel wohnen und ihn euch abkaufen. Du wirst ihm den Platz verkaufen und dazu den Weg, welcher von dort nach dem Silbersee führt.«

»Wir brauchen den Kessel nicht, denn er ist unnütz; kein Pferd findet Weide dort.«

»Was forderst du dafür?«

»Da muß ich erst mit den andern Timbabatschen sprechen.«

»Sie werden dich fragen, was sie verlangen sollen, und du mußt den Preis bestimmen. Da will ich dir jetzt sagen, welche Forderung du machen darfst. Old Firehand wird dir geben zwanzig Gewehre und zwanzig Pfund Pulver, zehn Decken, fünfzig Messer und dreißig Pfund Tabak. Das ist nicht zu wenig. Wirst du darauf eingehen?«

»Ich stimme bei und werde mich so verhalten, daß auch die andern darauf eingehen.«

»Du wirst mit Old Firehand und einigen Zeugen zum nächsten Häuptlinge der Bleichgesichter gehen müssen, damit der Kauf dort seine Gültigkeit erhalte. Dafür wirst du noch ein besonderes Geschenk erhalten, groß oder klein, viel oder wenig, wie du es verdienst oder wie es Old Firehand beliebt. Du siehst, ich sehe auf deinen Nutzen; aber ich hoffe, daß du mich den Verrat vergessen lässest. Jetzt rufe einige deiner Leute herüber, welche die gefangenen Utahs hinüberschaffen sollen, damit sie nicht auch ertrinken!«

Das »lange Ohr« gehorchte dieser Aufforderung, und es war hohe Zeit, daß die Gefangenen in Sicherheit gebracht wurden. Als der letzte von ihnen draußen vor dem Gebäude niedergelegt worden war, hörte man ein Prasseln und Gurgeln; das Wasser hatte die dünne Mauer eingedrückt und war nun auch drüben im Keller eingedrungen. Nur zehn Minuten später, und die Utahs hätten ertrinken müssen.

Sie wurden in den Kanoes hinüber an das Ufer geschafft und den Timbabatschen zur Bewahrung anvertraut. Deren Häuptling wurde nicht bei ihnen gelassen, weil man ihm doch noch nicht wieder trauen konnte. Er mußte mit vor nach dem Eingange, wo die Weißen noch scharf auf Posten lagen, da die Utahs ihnen gegenüberstanden und sich noch nicht zurückgezogen hatten.

Diese Leute wußten nicht, woran sie waren. Die meisten derer, welche nach der Insel hatten gehen sollen, waren schon in den Gang eingedrungen gewesen, als derselbe plötzlich durch eine mächtige Stein- und Erdmasse von oben eingedrückt worden war. Diese Masse hatte viele der Eindringlinge erdrückt und den Gang so vollständig und fest verschüttet und verstopft, daß das Wasser des Sees nicht hinauszudringen vermochte. Und das hatte in der Absicht des »großen Bären« gelegen. Das Wasser sollte nicht nach außen in den Cañon abfließen, sondern in das Innere der Insel dringen.

Die hintersten Utahs, welche nicht mit verschüttet wurden, waren erschrocken zurückgewichen und zu der andern Abteilung geeilt, um dort zu erzählen, was geschehen war. Man wußte nicht, ob alle, die sich in dem Gange befunden hatten, verloren seien, oder ob es denen, die nicht direkt verschüttet worden waren, gelungen sei, nach der Insel zu gelangen. War das letztere der Fall, so mußten diese Krieger die Weißen im Rücken angreifen. Man wartete von Minute zu Minute, daß dies geschehen werde, aber die Zeit verging, ohne daß sich diese Hoffnung erfüllte. Nun stand es fest, daß alle ein Opfer der Katastrophe geworden seien.

Es wurde Tag, und noch hielten die Utahs mit ihren Pferden an derselben Stelle. Sie hatten, um nicht von den Bleichgesichtern überrumpelt zu werden, einige Posten vorgeschoben. Da sahen sie Old Shatterhand unter den Bäumen erscheinen. Er rief ihnen zu, daß er mit ihrem Anführer zu sprechen wünsche. Dieser war überzeugt, daß der Jäger keinen Verrat beabsichtige, und ging ihm entgegen. Als sie zusammentrafen, sagte Old Shatterhand: »Du weißt, daß sich mehrere eurer Häuptlinge und Krieger als Geiseln bei uns befinden?«

»Ich weiß es. Es sind die berühmtesten unsrer Männer«, antwortete der Gefragte finster.

»Und weißt du, was mit euren Kriegern, welche den Gang betreten haben, geschehen ist?«

»Nein.«

»Der Gang stürzte zusammen, und das Wasser trat in denselben; sie sind alle ertrunken. Nur das ›lange Ohr‹ ist entkommen. Soeben sind die erwarteten zweihundert Navajos angelangt. Wir sind euch weit überlegen, aber wir wünschen nicht euer Blut, sondern wir wollen euch Frieden geben. Die Geiseln glauben uns nicht, daß so viele eurer Leute im See umgekommen sind. Einer von euch soll es ihnen sagen, um sie zu überzeugen. Schließen sie nicht Frieden, so müssen sie binnen einer Stunde sterben, und euch werden wir jagen und hetzen, bis ihr zusammenbrecht. Sei klug, und gehe jetzt mit mir! Ich führe dich zu den Häuptlingen. Sprich mit ihnen, und dann kannst du wieder hierher zurückkehren.«

Der Mann blickte eine Weile vor sich nieder und sagte dann: »Old Shatterhand kennt keine Hinterlist. Du wirst Wort halten und mich zurückkehren lassen. Ich traue dir und gehe mit.«

Er unterrichtete seine Leute von seinem Vorhaben, legte die Waffen ab und folgte dann dem Jäger nach dem See. Dort herrschte reges Leben, denn die Navajos waren wirklich angekommen. Sie brannten vor Begierde, die Niederlage der Ihrigen an den Utahs zu rächen, und es hatte mehr als die gewöhnliche Überredungsgabe erfordert, sie dem Frieden geneigt zu machen.

Die Geiseln waren von ihren Fesseln befreit worden; sie saßen unter hinreichender Bewachung bei einander, als Old Shatterhand ihren Kameraden brachte. Er ließ sich bei ihnen nieder, und dann wurde das »lange Ohr« zu ihnen geschickt, um ihnen den Hergang der Katastrophe zu berichten. Sonst mischte sich weiter niemand in ihre Beratung; sie mußten ja nun endlich selbst einsehen, daß sie von außen keine Hilfe zu erwarten hatten.

Ihre Unterhaltung währte lange; dann meldete das »lange Ohr«, daß sie den Entschluß gefaßt hätten, auf den Friedensvorschlag einzugehen. Infolgedessen gab es eine feierliche Sitzung, an welcher die hervorragenden Weißen und Roten sich beteiligten; sie dauerte mehrere Stunden, und es wurden viele Reden gehalten, bis endlich die Friedenspfeife die Runde machte.

Das Resultat war ein »ewiger« Friede zwischen allen Parteien; Sühne war von keiner Seite zu leisten; die Gefangenen wurden freigegeben, und alle, Utahs, Navajos und Timbabatschen, verpflichteten sich, den Bleichgesichtern, welche im Felsenkessel wohnen und arbeiten wollten, Freundschaft zu erweisen und allen Vorschub zu leisten.

Hierauf folgte eine große Jagd, welche bis zum Abend währte und reiche Beute brachte, und darauf, wie ganz selbstverständlich, ein Wildbretessen, bei welchem die Roten schier das Unmögliche leisteten. Die Festlichkeit währte bis zum frühen Morgen. Die aufgehende Sonne sah zu, als die Helden des Friedensschlusses sich in ihre Decken wickelten, um einzuschlafen.

Was die Zeichnung betrifft, welche der rote Cornel gehabt hatte, so war sie verschwunden; sie wäre nun auch gegenstandslos gewesen.

Eine schwierige Aufgabe für die Weißen war es, den »großen Wolf« nun freundlich zu behandeln. Er war es, der am meisten gegen sie gesündigt hatte; er trug die Schuld an allem, was geschehen war; aber auch ihm wurde vergeben.

Es verstand sich ganz von selbst, daß der ganze nächste Tag verschlafen wurde. Am nächsten Morgen schlug die Trennungsstunde. Die Utahs zogen nord- und die Navajos südwärts. Auch die Timbabatschen kehrten in ihre Wigwams heim. Das »lange Ohr« versprach, wegen des Verkaufes des Felsenkessels Beratung zu halten und dann das Resultat derselben mitzuteilen. Er kehrte schon am dritten Tage zurück und berichtete, daß die Versammlung darauf eingegangen sei und sich mit dem vom »großen Bär« festgesetzten Preise einverstanden erklärt habe. Es galt nun nur noch, den Kauf an zuständiger Stelle abzuschließen und beglaubigen zu lassen.

Der Digging-Platz war also gegeben, und es hieß nun nur, ihn in Arbeit zu nehmen. Das sollte möglichst bald geschehen. Das gab ein

Schwärmen und ein Hoffen, mit welchem nur ein einziger nicht einverstanden war – der Lord. Er hatte den Humply-Bill und den Gunstick-Uncle engagiert, ihn nach Frisco zu bringen; diesen beiden aber fiel es gar nicht ein, unter den jetzigen Verhältnissen Wort zu halten. Sie hatten schon hübsche Summen im Buche stehen, und falls sie mit dem Engländer gingen, stand zu erwarten, daß sie bis San Francisco das Honorar für noch manches Abenteuer erhalten würden, weit mehr aber mußten sie sich von dem Placer versprechen, welches zu erwerben Old Firehand im Begriffe stand. Darum wollten sie bleiben, und der Lord war verständig genug, ihnen das nicht übel zu nehmen. Übrigens konnte die Arbeit im Felsenkessel noch lange nicht begonnen werden. Der Lord hatte also noch genugsam Zeit, sich mit seinen beiden Führern nach Abenteuern in den Bergen umherzutreiben.

Zunächst ritt Old Firehand mit dem »großen Bären« und dem »langen Ohre« nach Fillmore City, wo der Kauf in Ordnung gebracht wurde. Das war zugleich der passende Ort, die nötigen Maschinen und Werkzeuge zu bestellen. Die Tante Droll war mitgeritten, um durch Zeugen vor dem Notar erhärten zu lassen, daß der rote Cornel tot sei. Dadurch beabsichtigte er, in den Besitz der Prämie zu gelangen, auf welche er es abgesehen hatte.

Ein schönes, geschwisterliches Verhältnis entwickelte sich zwischen Ellen und dem »kleinen Bären«. Er war den ganzen Tag um ihr kleines Persönchen, und wenn er einmal auf sich warten ließ, so fehlte er ihr an allen Ecken und Enden.

Endlich, nach fast anderthalb Monaten, kam die Botschaft, daß die Maschinen abgeholt werden könnten. Man brach auf, um dies zu thun, und der Lord benutzte diese gute Gelegenheit, in Gesellschaft nach bewohnten Orten zu gelangen, wo er leicht andre Führer finden konnte.

Als die Gesellschaft in Filmore City ankam, erregte sie Aufsehen. Man ahnte, daß es sich um ein großes Miner-Unternehmen handle, und gab sich alle Mühe, das Nähere zu erfahren. Aber die Interessenten bewahrten die größte Verschwiegenheit, da es nicht in ihrer Absicht liegen konnte, allerlei abenteuerliches Gesindel in ihrer Nähe zu haben.

Dann, als man alles oben am See bei einander hatte, begann der Ingenieur seine Thätigkeit zu entwickeln. Die Wasserleitung wurde angelegt und dann zunächst der Bodensand des Kessels in Angriff genommen.

Was die Ernährung betraf, so hatte man Mehl und ähnliche Vorräte in genügender Menge mitgebracht. Für Fleisch sorgten, Tag um Tag abwechselnd, drei Personen, welche zu jagen hatten, während die andern im Placer arbeiteten. Für die Zubereitung der Speisen sorgte Ellen, deren Anwesenheit eine wahre Wohltat für die rauhen Männer war.

Die Hoffnung, welche man in den Ort gesetzt hatte, bewährte sich. Der Sand war reich an Gold und ließ eine ebenso reiche Ausbeute des festen Gesteins erwarten. Der Goldstaub und die Nuggets mehrten sich von Tag zu Tag; jeden Abend wurde neu gewogen und taxiert, und wenn das Resultat, wie stets, ein erfreuliches war, so flüsterte Droll vergnügt seinem Vetter zu: »Wenn's so fortgeht, werde ich das Bauerngut bald koofe könne. Das Geschäft geht brillant.«

Und der Hobble-Frank antwortete regelmäßig: »Und meine Villa is mehrschtendeels schon fertig, wenigstens im Koppe. Das wird een komposanter Bau am schönen Schtrand der Elbe, und der Name, den ich ihm gebe, wird noch viel komposanter werden. Ich habe geschprochen. Howgh!«

Nachwort

»Der Schatz im Silbersee« ist neben »Winnetou I« das beliebteste Werk Karl Mays und zählt mit einer Auflage von weit über 2,5 Millionen Exemplaren zu den erfolgreichsten Abenteuerromanen der deutschen Literatur. Das Geheimnis dieses Erfolges liegt in einer schlechthin genialen Mischung von Indianerromantik und Wildwest-Realismus, farbenreichen Milieu- und Landschaftsschilderungen und atemloser Spannung, durchzogen von einem manchmal die Bereiche des Skurrilen berührenden Humor.

Ein ganzes Panoptikum von in ihrer Art typischen Protagonisten des Wilden Westens um die Mitte des 19. Jahrhunderts wird hier von Karl May präsentiert, wie es sich in keinem anderen seiner Indianerromane findet: Tierbändiger und Holzfäller, Tramps und Pedlars, Eisenbahnarbeiter und -ingenieure, Farmer und englische Lords, Indianer und Westleute.

Das Motiv einer Schatzsucher-Expedition in die Wildnis wurde seit den Versuchen der spanischen Konquistadoren, Eldorado zu finden, immer wieder literarisch behandelt. Konkretes Vorbild für derartige Romane aus der klassischen Ära der Indianerromane dürfte jedoch der historisch belegte Zug des französischen Grafen Raousset-Boulbon in die Sonora gewesen sein, an dem ein späterer Abenteuer-Autor persönlich teilgenommen hatte: Gustave Aimard. Dieser schrieb in den Jahren 1858 bis 1862 eine acht Werke umfassende Romanserie zu diesem Thema. 1867 erschien Sir John Retcliffes »Puebla«, in dem derselbe Stoff belletristisch verarbeitet wird. Balduin Möllhausen behandelte die Suche nach einem alten Indianerschatz in seinem 1880 erschienenen Roman »Der Schatz von Quivira«. In Karl Mays umfangreichem Lieferungswerk »Das Waldröschen« (1882/84) spielt ein Schatz der Mixtekas eine wichtige Rolle.

Parallel zum Erstabdruck des »Schatzes im Silbersee« in der Jugendzeitschrift »Der gute Kamerad«, der zwischen September 1890 und September 1891 erfolgte, erschien im »Deutschen Hausschatz« Karl Mays »Der Schatz der Inkas« (Oktober 1890 bis September 1891); in den Gesammelten Reiseromanen trug er später den Titel »In den Cordilleren«. Nach dem

»Schatz im Silbersee« ritt May auf der Schatzwelle noch weiter. Sein ebenfalls für den »Guten Kameraden« verfaßter Roman »Das Vermächtnis des Inka«, der sofort im Anschluß an den »Schatz im Silbersee« abgedruckt wurde (September 1891 bis September 1892), behandelt ebenfalls einen Zug in die Bergwelt, um einen Schatz der indianischen Ureinwohner – diesmal der Inkas – zu suchen.

Auch mit dem Silbersee hat sich Karl May schon vorher befaßt und ihn als Sujet verwendet, wenn auch bei weitem nicht in der geheimnisvoll-faszinierenden Art und Weise wie später.

> »Am Ufer des Sees stehen die alten Gebäude einer katholischen Mission, welche nicht mehr bewohnt waren. Man sagt, daß dort einst ein sehr reiches Volk gewohnt habe, Tolteken oder so ähnlich soll ihr Name gewesen sein. Dieses Volk fand viel Silber in den Bergen, und als es dann verdrängt wurde, hat es unermeßliche Schätze in der Nähe des Sees vergraben. Deshalb und weil das Wasser des Sees bei klarem Wetter und wenn die Sonne senkrecht steht, wie flüssiges Silber funkelt, hat man ihn den Silbersee genannt.«

So heißt es in dem Roman »Deutsche Herzen, deutsche Helden«, den May in den Jahren 1885 bis 1887, also nur wenige Jahre vorher, geschrieben hatte.

Einen Silbersee gibt es tatsächlich, wenngleich er von seiner geographischen Lage her nicht mit Mays Silbersee übereinstimmt: Der May-Forscher Oskar Neumann beschrieb ihn in einem 1938 erschienenen Artikel:

> »Der Silbersee liegt 45 Kilometer südöstlich von Salt Lake City in Brightontale. Er ist ungefähr 1 ½ Quadratkilometer groß und drei bis vier Meter tief... Der See liegt sehr hoch, fast 2800 Meter; die ihn umgebenden Gebirgszüge, die Wasatch Range, sind noch 1000 Meter höher. Die Berge sind mit Tannen und Zedern bewachsen und sind sehr stark silberhaltig.«

Wie bei allen seinen für die Jugend bestimmten Romanen und Erzählungen bemühte sich May um besondere Sorgfalt bei der Beschreibung von Land und Leuten. Bei der Schilderung der Rafters stützte er sich auf eine kurze Erzählung Friedrich Gerstäckers, »Die Rafters«, aus den 1847 erschienenen »Mississippi-Bildern«; die Informationen über die damals in Amerika schon florierende Bandenkriminalität entnahm er der »Gartenlaube«, wo 1878 ein Artikel »Die Tramps. Eine neue Landplage der Vereinigten Staaten« dieses Thema behandelte.

Lange Zeit nahm man an, daß die Orte Sheridan und Eagle Tail der Phantasie Mays entsprungen sein müßten. Rudolf Beissel, einer der Doyens der frühen May-Forschung, konnte den Gegenbeweis liefern: Anläßlich seines 100-jährigen Bestehens 1961 hatte der US-Bundesstaat Arkansas einen Atlas mit sämtlichen je gedruckten Karten des Territoriums herausgegeben. Auf einer dieser Karten sind diese beiden Orte verzeichnet, die beim Bau der Kansas-Pacific-Railroad entstanden und bald wieder verschwunden waren. Die indianischen Sprachproben entnahm May seinen bewährten Quellen Gatschet und Catlin.

Für das erste Kapitel, die Szene auf dem Arkansas-Dampfer, griff May auf seine – soweit bisher bekannt – erste Indianererzählung überhaupt zurück, auf »Inn-nu-woh, der Indianerhäuptling«, die 1875 in der Zeitschrift »Deutsches Familienblatt« erschienen war, und die in leicht modifizierter Form 1878 unter dem Titel »Winnetou« in der Zeitschrift »Omnibus« nachgedruckt wurde. Freilich ist Inn-nu-woh darin ein Sioux-Häuptling, und auch der später daraus geformte Winnetou ist noch weit von dem edlen Apachen-Häuptling in Mays Indianerromanen entfernt. Insofern spannt der »Schatz im Silbersee«, der 1894 – also vor genau 100 Jahren – erstmals in Buchform erschien, einen eindrucksvollen Bogen von Mays ersten literarischen Gehversuchen im Wilden Westen bis zum Gipfel seiner erzählerischen Meisterschaft.

Siegfried Augustin

Editorische Hinweise

»Der Schatz im Silbersee« erschien zum erstenmal 1894 in einer Buchausgabe. Der Text unseres Bandes folgt dieser Ausgabe, die im Verlag der Union Deutsche Verlagsgesellschaft, Stuttgart–Berlin–Leipzig, erschien.
Die Illustrationen von Věnceslav Černý wurden der ersten tschechischen Ausgabe entnommen, die der Verlag Alois Hynek, Prag, 1905 herausbrachte.
Die Gestaltung des Einbandes folgt der zweiten Lieferungsausgabe von »Deutsche Herzen und Helden« aus dem Jahre 1901 im Verlag H. G. Münchmeyer, Dresden-Niedersedlitz.

Inhaltsübersicht

Genehmigte Sonderausgabe für
Reader's Digest Deutschland, Schweiz, Österreich
Verlag Das Beste GmbH, Stuttgart, Zürich, Wien

ISBN: 978-3-89915-845-8